BASTEI LÜBBE

THEODOR J. REISDORF

DEICHE DÜNEN FRIESEN-MORDE

DREI KRIMINALFÄLLE VOM NORDSTRAND

BASTEI LÜBBE

BASTEI LÜBBE TASCHENBUCH
Band 13 997

1. Auflage: August 1998
2. Auflage: Juni 1999
3. Auflage: August 2000
4. Auflage: Januar 2004

Vollständige Taschenbuchausgabe

Bastei Lübbe Taschenbücher ist ein Imprint
der Verlagsgruppe Lübbe

Lektorat: Karin Schmidt
Titelfoto: SKN-Bildarchiv
Umschlaggestaltung: QuadroGrafik, Bensberg
Satz: KCS GmbH, Buchholz / Hamburg
Druck und Verarbeitung: 66676
Société Nouvelle Firmin-Didot,
Mesnil-sur-l'Estrée, Frankreich
Printed in France
ISBN 3-404-13977-6

TÖDLICHE TEESTUNDE

1

Der Dicke, wie Oberstudienrat Warringa genannt wurde, betrat wohlgelaunt mit einem Späßchen auf den Lippen die Klasse. Seine forschen Blicke huschten über die Bänke.

Niemand schwänzte an diesem herrlichen Frühsommertag seinen Leistungskurs.

Sie sprachen über Kafka. Der Autor, der sich beim Schreiben von vielen seelischen Verkrampfungen zu lösen versucht hatte, kam nicht bei allen Schülern gut an.

Die Tatsache, daß die Abiturienten seines Kurses sich nicht um fundamentale Existenzbedürfnisse wie Hunger, Durst, Wohnung und Kleidung zu sorgen hatten, versperrte ihnen den Zugang zum Seelischen, zur Psyche. Satt und zufrieden diskutierten sie überschnell die Textspalten und fanden nur Parallelen zu ihrer Bereitschaft, die Welt verbessern zu wollen.

Dagmar von den Höfen, eine hübsche Blondine, tat sich hervor, um die kleine dunkelhaarige Türkin Sevda Yildizlar, die an den Rollstuhl gefesselt war, auszustechen.

Aber Sevda, die sowohl körperlichen Hunger kennengelernt hatte und die Rolle der Frau nicht nur mit westeuropäischen Maßstäben in ihr Denken einbrachte, konnte sich in die sensible Welt des Dichters hineinfühlen und an vielen Stellen der Lektüre weiterhelfen.

So fungierten die beiden Schülerinnen als Schrittmacherinnen des Unterrichts, während Oberstudienrat Warringa die übrigen Schüler zu ihren Stellungnahmen herausfordern mußte.

Für sie waren die Textinhalte zu sensibel.

Ein Sohn, der nach vielen Jahren aus der Fremde nach Hause kommt und lange, sehr lange überlegt, ob er die vor ihm sich befindende Tür aufstoßen oder sich erneut in die Fremde begeben soll, paßte nicht in ihr Denkschema.

Der Dicke behielt die Zügel in der Hand.

»Im Leiden liegt der Samen der Hoffnung, Herr Warringa«, sagte Sevda und lächelte ihn an.

Der Lehrer sah die Röte, die in Dagmars Gesicht stieg.

»Bitte«, sagte er, als sie die Hand hob.

»Das sehe ich anders! Im Leiden liegt Abkehr. Es ist ein Ausdruck des Zögerns, der Kampfaufgabe. Kafka läßt den Heimkehrer an den alten Wunden erneut leiden. Das Ergebnis, ihm fehlt der Mumm, die Tür mit Wucht aufzustoßen.«

Die Klasse gab noch einige platte Beiträge, dann klingelte es. Die Schüler und Schülerinnen stürzten nach draußen, um den Scheiß zu vergessen.

Der Dicke schritt ans Fenster. Er blickte auf den Schulhof. Er hatte sich beworben. Die Studiendirektorenstelle hatte ihm zugestanden. Lehrer haben nur wenig Möglichkeiten, mit Engagement und Fleiß das Gehalt aufzubessern. Doch zu viele Ärsche spielen Schicksal, dachte er.

Der kleine, dicklippige Kollege Dehart hatte nie Farbe bekannt. Er war ein Neutrum in der bunten Lehrerlandschaft. Nun hatte er als Sieger die Konkurrenz hinter sich gelassen und trat ihm nach Erhalt der Urkunde als fordernder Vorgesetzter entgegen. Was für ein Irrgarten – wie bei Kafka! Hatte Dagmar oder Sevda recht?

Der Dicke drehte sich um. Die Klassentür war ins Schloß gefallen. Sevda rollte ihm entgegen. In ihrem braunen Gesicht lag Hoffnung. Ihre schwarzen Augen waren dankbar auf ihn gerichtet. Das lange dunkle Haar lag wie ein Vorhang auf ihren Schultern.

»Herr Warringa, Sie sind für mich mehr als eine Medizin. Ihr Unterricht ist geistreich und vollkommen. Hier, sehen Sie, ich habe ein Gedicht geschrieben, das hätte auch Kafka schreiben können«, sagte sie und hielt ihm ein Heft entgegen.

Warringa bückte sich. Er bemühte sich, die zarten Füllerlinien zu entziffern.

Plötzlich legte Sevda ihre Arme um seinen Kopf und küßte ihn. Warringa fuhr erschrocken hoch und blickte in das Gesicht seines Konkurrenten Dehart, das in diesem Moment im Türspalt verschwand.

Der Dicke starrte auf die Tür. Sevda schluchzte: »Ich

kann nur selten vom Glück sprechen, Herr Warringa, aber Ihnen verdanke ich, daß ich mein Leid überwinden kann.«

Warringa blieb sehr ernst.

»Ich hoffe, daß deine reine Seele und dein Leiden mich nicht in die Fänge des deutschen Satans treiben, Sevda«, sagte er und stellte sich hinter den Rollstuhl. Der Lehrer schob die kleine Sevda über den belebten Flur.

»Tschüs!« rief er, als er sich zum Lehrerzimmer begab und Sevda mit rotem Kopf davonfuhr.

Nach der Pause betrat Studiendirektor Dehart die Klasse. Aufnahmebereit saßen die Schülerinnen und Schüler in ihren Bänken. Auch in seinem Unterricht waren Sevda Yildizlar als auch Dagmar von den Höfen die Zugpferde.

Doch an diesem Morgen besaß Dagmar alle Trümpfe. Sie stellte die Situation der Bürger glaubhaft dar, die während des Krieges hätten handeln müssen, aber nicht hatten handeln wollen oder können.

Hero Dehart war kein Nazi, erst recht kein Neonazi, er stand weit davon mit seiner Gesinnung. Nur lehnte er eine auch auf ihn fallende Schuld ab, die andere Völker ihm wie eine Erbsünde aufzulasten sich entschlossen hatten.

Der neue Studiendirektor, nun Mitglied der Schulleitung, argumentierte logisch und fand den Beifall der Klasse.

Dagmar trieb das Thema in die Gegenwart.

So, als hätte Dehart seinen roten Faden verloren, ruhten seine bewundernden Blicke auf dem schönen Mädchen.

Er nickte weltvergessen, wenn die anderen Schüler sich meldeten und Beiträge lieferten. Unkontrolliert erteilte er das Wort, summierte Meinungen. Dabei übersah er die kleine Türkin, die im Rollstuhl an dem Schülertisch saß und sich mehrmals erfolglos gemeldet hatte.

Erst als einige Schüler empört zischten, sah er, wie Sevda dem Weinen nahe war. Erschrocken überließ er ihr das Wort.

»Herr Studiendirektor, ich suche nach einer Erklärung! Was ist das: deutsch zu sein? Ich bin Türkin, spreche Ihre

Sprache, besuche Ihre Schule, nehme an der deutschen Kultur teil«, fragte Sevda erregt.

Dehart schaute sie lange an.

»Fräulein Yildizlar, glauben Sie etwa, wenn ich mehrere Jahre im Schatten der Minarette der Hagia Sophia mein Frühstück verzehrt hätte, die Istanbuler Einwanderungsbehörde würde mir einen türkischen Paß ausstellen?«

»Nein, Herr Studiendirektor. Ich frühstücke nicht nur hier. Aber ich habe begriffen. Das macht die deutsche Geschichte so kompliziert«, antwortete Sevda enttäuscht.

»Dagmar«, sagte Dehart, als er sah, daß sie sich meldete.

»Sevda hat es schwer; würde sie in der Türkei die Schule besuchen, müßte sie ihre hübsche Figur verstecken unter einem tristgrauen Allahmantel, vielleicht noch ihr schönes Gesicht mit einem Schleier bedecken! Die Türken profitieren doppelt: Sie verdienen wie die Deutschen, und dennoch gestattet man ihnen einen mittelalterlichen Glauben.«

Hero Dehart, das neue Mitglied der Schulleitung, geriet ins Schleudern. Er wartete auf das Klingelzeichen, denn was gingen ihn die Protestschreie der Klasse an? Sevda war der erkorene Liebling der Klasse. Sollte er eingreifen? Gegen Dagmar Stellung beziehen? Nein, lieber das Feuer zünden, bis das Klingeln ihm die nötige Ruhe bescherte, denn dann konnte er sich hinter seinen Akten verschanzen und Anweisungen geben, während seine Kollegen sich mit den Schülern auseinandersetzen mußten. Er gehörte jetzt zu den Machern des Kulturbetriebes. Das Klingeln zur Pause trieb ihn nicht nur aus der Klasse, sondern auch in die vertraute Atmosphäre seines Gönners.

Oberstudiendirektor Dr. Sandmann konnte er mitteilen, daß seine Entscheidung, ihn zu befördern, richtig gewesen war, hatte er doch den Dicken erwischt, als dieser das hübsche Türkenkind geküßt hatte.

»Ach, Herr Warringa, es ist nicht sonderlich wichtig. Haben Sie eine Sekunde Zeit?« sagte der hochgewachsene, dürre Direktor Dr. Sandmann und führte den Lehrer in sein Büro.

Warringa beobachtete, wie die listigen Augen im spitzen Gesicht des Schulleiters den Triumph genossen, ihm nach durchgefochtenem Beförderungsgerangel eine Rüge erteilen zu können.

Lässig wies er auf einen Sessel.

Aufrecht setzte Sandmann sich an den Schreibtisch. Er trug sein graues Haar kurzgeschnitten und mit Würde.

Wie ein Beichtvater gab er dem Opfer die Gelegenheit, einige Sekunden in sich zu kehren.

»Herr Kollege, Ihre Gattin hat sicherlich nicht nur Ihnen Verdruß bereitet, sondern auch in unserer kleinen, züchtigen Stadt für viel Gesprächsstoff gesorgt. Selbst wenn es sich nur um Gerüchte handeln sollte, beschmutzen diese dennoch das Ansehen unserer hochstehenden pädagogischen Ansprüche.«

»Herr Direktor, lassen Sie meine Frau aus dem Spiel, und kommen Sie zur Sache«, antwortete Warringa entrüstet.

Der dürre Sandmann betrachtete seine gepflegten Hände. Ohne den Lehrer anzuschauen, sprach er mit der ihm eigenen süßlichen Stimme: »Es ist sicherlich nicht einfach für Sie, mit Ihrer Einsamkeit fertig zu werden. Aber, Herr Kollege, Schülerinnen sind und bleiben für uns tabu!«

Warringa unterdrückte die Wut, die ihn zu erfassen begann. Dieser grauhaarige Scheinheilige, der es stets zugelassen hatte, daß die Söhne und Töchter seiner reichen Freunde reichlich mit Punkten bedient wurden, und nicht eingeschritten war, wenn man die untere Skala der Beurteilung für die benutzte, die sich nicht wehren konnten.

»Herr Dr. Sandmann, Sie sollten Schillers Räuber nicht nur von den Schülern lesen lassen, sondern selbst aus den Charakteren Ihre Schlüsse ziehen«, sagte Warringa hart. »Luzi heißt die Kanaille!«

In das blasse Gesicht fiel etwas Farbe.

Sandmann schluckte. Er neigte seinen Körper vor, blickte verständnislos auf seinen Lehrer.

»Sie reagieren mißgünstig, weil Sie von der Bezirksregierung die Quittung für Ihre liederliche Art, Schüler auf das Leben vorzubereiten, erhalten haben. Sie nennen Herrn Studiendirektor Dehart Luzi und meinen damit Luzifer. Verdankt er Ihren geistreichen Bemerkungen diesen Spitznamen?«

Warringa erhob sich.

»Herr Dr. Sandmann, wenn Ihre Anschuldigungen auf Aussagen Ihres neuen Offiziers beruhen, dann stutzen Sie ihn bitte zurecht. Die naive Sevda glaubte, mir auf diesem Wege ihren Dank für meinen pädagogischen Beitrag zeigen zu müssen!«

Auch der Direktor erhob sich. Sein Gesicht verzog sich zu einem Lächeln.

»Sie geben es also zu?«

Warringa spannte die Fäuste, doch er besann sich. Wütend zischte er: »Mein lieber Herr Direktor, Sie wissen so viel von meiner ausgeflippten Frau! Wollen Sie mir die Verantwortung dafür zuschieben, daß sie es nach mehr als zwanzig in meinen Augen glücklichen Ehejahren plötzlich mit Frauen treibt? Bemühen Sie sich doch statt dessen bitte darum, etwas mehr über die Lebensgewohnheiten Ihrer ausländischen Schüler zu erfahren. Dann passiert Ihnen auch die Peinlichkeit nicht mehr, die Sie stolz auf Ihren Pseudobildungspartys vor borniertem Publikum von sich gaben. Herr Jusuf Yildizlar hat, als er Sie damals aufsuchte und bat, seinen Antrag an die AWO wegen des Schultransportes seiner kranken Tochter zu befürworten, seine Schuhe in Ihrer Wohnung nicht ausgezogen, weil bei Ihnen echte Perserteppiche herumliegen, auch nicht, weil Ihr Buffet antiken Schimmer spiegelt, sondern weil es in seinem Land Sitte ist! Nun wissen Sie es von mir! Dieser Mann hat mich in seiner Wohnung genau so geküßt wie seine Tochter.«

Warringa schlug die Tür wütend zu und dampfte in das Lehrerzimmer. Die Kollegen sahen ihn an, wagten aber kein Wort des Grußes.

Warringa nahm seine Schultasche und ging zum Parkplatz.

Zum Glück wußte Weert Warringa nicht, daß ihm weiterer Ärger bevorstand, als er in das ›Ceftka‹ ging und sich dort ein Kaufhausmenü bestellte. Von einem Magenbitter, an dem er nippte, erhoffte er sich die Beruhigung seiner Magennerven.

Er aß, in Gedanken versunken, sein Labskaus.

So kann das nicht weitergehen, dachte er. Gut, ohne Beförderung konnte er leben. Seine Ansprüche waren nicht sonderlich hochgeschraubt. Er mußte Maike fragen, ob sie noch nicht die Nase voll hatte von den perversen Sauereien der durchgedrehten Kolleginnen. Selbstverständlich liebte er Maike nicht mehr so wie in jungen Jahren. Nie hatte er vorher auch nur einen Hauch ihrer Abart an ihr entdeckt. Es war plötzlich wie eine Seuche über sie gekommen, als ihre Tochter nach Australien gegangen war, um diesem irren Freund zu folgen.

Weert Warringa bezahlte, ging zum Parkplatz und fuhr nach Norddeich. Er kannte das kleine Ferienhaus, das die Frauen angemietet hatten.

Vom Deich her blies der Wind. Erste Urlauber kamen ihm mit Strandsachen entgegen. Er sah das Auto seiner Frau, das auf dem Gehweg stand.

Entschlossen klingelte er an der Haustür. Alles lief wie am Schnürchen. Sie selbst öffnete ihm im Bademantel die Tür. In ihrem Gesicht entdeckte er Widerwillen. Maike wirkte auf ihn immer noch anziehend. Sie war für ihn schön, trotz der vielen Jahre, die auch ihr zugesetzt hatten.

Ohne große Vorrede sagte Warringa: »Maike, komm zurück nach Hause!«

Sprachlos sah er, wie sich ihr Gesicht im Ausdruck verzerrte und sie böse zischte: »Ich habe dir verboten, dich hier je sehen zu lassen! Wenn ich etwas von dir will, dann melde ich mich!«

Weert Warringa blickte für einige Sekunden auf die Tür, die vor seinen Augen krachend ins Schloß fiel.

Er ging zu seinem Wagen, stieg ein und fuhr nach Hause. Sein Bungalow war für ihn allein zu groß. Der Garten verwilderte. Einige Räume blieben ohne Pflege.

Weert Warringa, Oberstudienrat für Deutsch und Geschichte, hatte die Schnauze gestrichen voll, wie er sich auszudrücken pflegte. Mit seinen zwei Zentnern Gewicht war er kein Freund von langen Wanderungen. Dennoch trieb ihn sein Ärger nach draußen, wo die Sonne die Wolken durchbrach und ein aufgebriester Wind mild vom Deich her in das grüne Vorland fiel.

Warringa nahm sein Fahrrad und radelte über die Norddeicher Straße dem Hafen entgegen. Auf der Mole holte er sich am Kiosk ein Eis und schaute den Friesia-Schiffen zu, die zwischen Norderney und Juist die Langeweile des weiten Wattenmeeres unterbrachen. Nach einer Weile entschloß er sich zur Weiterfahrt, drehte eine Runde um den Fischereihafen, fand keinen Gefallen an den bunten Fischkuttern, die von den Fischern für den Fang vorbereitet wurden. Er radelte zum Flughafen, von dort entschied er sich für den Plattenweg nach Ostermarsch.

Froh stellte er fest, daß er so langsam mit sich ins reine kam. Das Schwitzen tat ihm gut.

Mittlerweile hatte er ohne Blick für grüne Weiden, Löwenzahn, Dotterblumen und Gänseblümchen den Querweg erreicht, der an großen Bauernhöfen entlang nach Hage führte.

Seinen Frieden durchbrach ein Schäferhund, der sich an seine Fersen heftete. Hundert Meter vor ihm lag der Bauernhof, den das Vieh zu bewachen schien.

Warringa strampelte verzweifelt, trat gelegentlich seitlich, um die Schnauze des kläffenden Hundes zu treffen. Doch die Rettung kam in Gestalt eines Mädchens, das den Köter zu sich pfiff.

Der Oberstudienrat hatte sich entschlossen, es zurechtzuweisen. Doch sprachlos schaute er auf Dagmar, seine Schülerin. Dagmar von den Höfen stand vor ihm und lächelte ihn freundlich an.

»Herr Warringa, das nenne ich eine Überraschung«, sagte sie. Der Hund knurrte böse.

»Warten Sie hier, Herr Warringa, ich bringe Hajo in den Zwinger.«

Der Lehrer sah Dagmar nach. Das lange blonde Haar wehte hinter ihr her. Ihre Figur war vollkommen. Sie trug wie üblich Jeans und eine weite Sommerbluse.

Und später tyrannisiert solch ein Prachtgewächs einen unglücklichen Mann, dachte er und schaute sich um.

Vor ihm erhob sich das Herrenhaus, seitlich schloß sich das abgeneigte Dach der angebauten Scheune an. Auf einem Platz unter Bäumen stand landwirtschaftliches Gerät. Irgendwo krähte ein Hahn, und Hühner gackerten.

Er sah, wie Dagmar freudestrahlend zurückkehrte.

»Nach altem Brauch können Sie mir ein Täßchen Tee nicht abschlagen, Herr Warringa«, sagte sie und zeigte auf die Treppe, die in das Haus führte.

Weert Warringa schob sein Fahrrad zur Fassade und lehnte es gegen die rote Backsteinwand. Er folgte Dagmar in das Haus.

Sevim Yildizlar hatte den Wagen der AWO überhört und blickte überrascht auf.

»Sevda«, rief sie erwartungsvoll, als sie vernahm, wie ihre Tochter den Rollstuhl in den Korridor schob.

Sie erhielt nicht wie sonst die gewohnte Antwort, sondern beobachtete, wie Sevda mit den Tränen kämpfte, als sie in der Küchentür erschien.

Sevim Yildizlar ließ das türkische Essen, sie hatte Köfte vorbereitet, auf dem Herd auf kleiner Flamme weiterkochen, beugte sich über ihre Tochter und trocknete ihr mit der Schürze die Tränen.

Sevda benötigte Zeit, mit ihren Gefühlen fertig zu werden. Schließlich sagte sie: »Mutter, du weißt, daß ich mich wie eine Deutsche fühle. Ich bin zwar in Bursa geboren, aber hier aufgewachsen. Ich spreche Deutsch so gut wie Türkisch.«

Die Mutter unterbrach ihre Tochter nicht.

»Mutter, ich machte einen großen Fehler! Ich habe mich bei Herrn Warringa so bedankt, wie das bei uns in der

Familie üblich ist. Ich habe ihn geküßt, weil er mir so sehr hilft.« Sevda schluchzte.

Die Mutter spielte traurig mit dem Haar ihrer Tochter.

»Mutter, auch Dagmar von den Höfen hat mich beleidigt. Dabei ist sie doch schön und auch gesund. Und Herr Dehart, der neue Studiendirektor, hat es zugelassen, daß sie mich demütigt. Mehr noch, Mutter, er hat beobachtet, wie ich Oberstudienrat Warringa geküßt habe.«

Die Mutter erhob sich.

»Sevda, Dagmar ist vielleicht eifersüchtig, weil du so gut lernst. Ich werde mit ihr reden. Wir sind zwar Türken, doch schließlich ist sie ein Mädchen mit Gefühlen, wie auch du sie empfindest«, antwortete sie. Sie hatten türkisch gesprochen.

Sie erhob sich, ging an den Herd und begann das Essen auszuteilen.

Nach dem Essen suchte Sevda ihr Zimmer auf. Sie nickte ein wenig ein, doch dann bemühte sie sich um ihre Schularbeiten, die sie sehr ernst nahm.

Sie hörte das Geräusch des Rasenmähers, das bald verstummte. Dann sah sie durch das kleine Fenster die Mutter, die das Gras zusammenharkte.

Sevda hatte die schriftliche Abiturprüfung gut bestanden, das hatte sie den Hinweisen der Lehrer entnehmen können. Um den Lieblingslehrer Warringa nicht zu enttäuschen, griff sie nach den Werken Kafkas, studierte die Texte, die sie wie eigene verstand.

Überrascht schaute sie nach einer Weile auf die Uhr.

Sie fuhr mit dem Rollstuhl in die Küche, suchte dort jedoch vergebens ihre Mutter. Dann fuhr sie zum Schuppen. Das Fahrrad stand nicht mehr an der Wand.

Mutter ist einkaufen, dachte sie und begab sich wieder in ihr Zimmer. Beruhigt begann sie sich mit mathematischen Aufgaben zu beschäftigen.

2

Kriminalassistent Sperber legte den Hörer auf die Gabel. »Eine entsetzliche Tat«, stöhnte er und schaute durch das Fenster in die Kronen der Buchen, die den Marktplatz umstanden.

Kommissar Lehnartz betrat das Zimmer. Sperber berichtete.

»Das darf doch wohl nicht wahr sein«, sagte er nur.

»Die Kollegen der Schutzpolizei sind bereits unterwegs, Chef«, sagte Sperber und langte nach der Spurensicherungstasche.

»Ein hübsches Mädchen. Sie stand im Abitur. Einzige Tochter«, sagte Lehnartz und verließ mit dem Assistenten das Büro.

Vor dem Dienstgebäude stiegen sie in den Wagen und reihten sich in den Verkehr ein, den frühe Urlauber belebten.

Sperber schaute, ohne seine Gedanken zu äußern, auf die Fassade des Gymnasiums. Kurz vor Norddeich verließen sie die Kreisstraße. Die Fahrbahn näherte sich dem Deich, den gelber Löwenzahn schmückte. Die Sonne ging hinter sich auflösenden Wolken unter. Die grüne Weidelandschaft mit grasenden Kühen und großen Höfen wirkte friedlich. Sie passierten Ostermarsch, eine Oase für Ferienfreuden und näherten sich Junkersrott, das nur aus einer Handvoll rotgeklinkerter Häuser bestand. Von einem kleinen Asphaltplatz, auf dem nur dreimal am Tage ein Bus hielt und die Verbindung mit der Stadt herstellte, führte ein schmaler Versorgungsweg in die ländliche Idylle. Zwischen weiten Wiesen lagen blühende Rapsfelder. Die Straße war nicht mehr als ein Betonband, das sich entlang den Entwässerungsgräben durch das Land zog.

Sie näherten sich dem landwirtschaftlichen Betrieb der Familie von den Höfen.

Klotzig beherrschten die Gebäude das Umland. An diesem Abend machten sie auf die Beamten einen düsteren Eindruck.

Sie sahen den Bully ihrer Kollegen. Hinter ihm hatte der Arzt seinen Landrover geparkt.

Sperber griff nach seiner Spurensicherungstasche und folgte Lehnartz zur Eingangstür. Ein Hund bellte im Zwinger und sprang wild gegen die Gitterstäbe. Sie betraten den Flur und hörten das Schluchzen einer Frau. Eine Tür stand einen Spaltbreit offen. Ein Beamter der Einsatzpolizei stand wie ein Wachsoldat vor dem Eingang zum Wohntrakt. Im Wohnzimmer, vor einer Sitzgruppe, lag das Mädchen auf dem Boden. Ihr Blut hatte den Teppich genäßt. Im Raum lag die Stille einer unbesuchten Kirche.

Polizeibeamte standen vor rustikalem Mobiliar. Die Küche, wie im Weiß der Werbung, lag unberührt mit einer kleinen Eßecke in ihrem Blick.

Lehnartz näherte sich der Leiche. Erst jetzt sah er den fast vollständig vom Rumpf getrennten Kopf des Mädchens. Das lange blonde Haar lag zum Teil in der Blutlache.

»Schauen Sie weg, Herr Kommissar«, forderte ihn eine harte Männerstimme auf.

Es war der Arzt.

Lehnartz fühlte eine Flaute in seinem Magen.

»Der Fotograf?« fragte er.

»Da kommt er«, sagte Dr. van Neesen.

Lehnartz sah zu, wie der junge, blondgelockte Manshold mit ernstem Gesicht die Bilder schoß. Er belieferte die Zeitungen mit Fotos und studierte in Oldenburg Germanistik.

Sperber begann die Fähnchen zu setzen.

»Dann bin ich an der Reihe«, sagte Dr. van Neesen. Er arbeitete im Kreiskrankenhaus seit vielen Jahren in der Chirurgie. Er schlüpfte in seinen Medizinerkittel, ließ sich die Schleife des Gürtels binden und steckte seine Hände in Gummihandschuhe.

»Mein einziger Beitrag kann hier nur darin bestehen, das Opfer einzubetten. Den Sarg bitte!« rief er.

Als besäße er keine Nerven, hob er den Kopf des Opfers an, nahm mit seinem rechten Arm die Tote auf, und das erledigte er so schnell, daß es den Anschein erweckte, er bugsierte eine intakte Leiche in die Sarghalbschale, die ihm Polizeibeamte mit ernsten Gesichtern entgegenhielten.

Erleichtert atmete er auf, als die Beamten den Deckel auf die Sargschale legten und das tote Mädchen davontrugen.

»Kommissar, hier haben Sie das Mordwerkzeug. Es handelt sich um ein Spielzeug einer verführten Jugend. Ich war in der Hitlerjugend. Sehen Sie die Raute? Diese Dolche gehörten zu unserer Ausrüstung. Allerdings, so stelle ich hier als Laie fest, wurde es vor der Tat friedlich genutzt. Die Ursache des Todes dürfte niemandem von uns Rätsel aufgeben. Auch zeitliche Spekulationen erübrigen sich. Das Blut ist noch frisch.«

Lehnartz hielt dem Arzt die Plastiktüte entgegen.

Er kämpfte mit der Übelkeit.

Dr. van Neesen verließ schweigend das Zimmer.

Auf dem kleinen Tisch standen benutzte Teetassen, auf dem Küchentisch lag ein angeschnittener Klaben.

Sperber begann mit der Spurensicherung.

»Ich suche die Eltern auf«, sagte Lehnartz.

Die Eltern befanden sich in einem kleinen, büroähnlichen Raum. Sie waren zu einem Verhör sicherlich noch nicht in der Lage, hatten allerdings medizinische Betreuung durch Dr. van Neesen abgelehnt. Der gewaltige Schock lähmte sie.

Landwirt von den Höfen in der Arbeitskleidung, mit verweintem Gesicht, rang mit der Stimme. »Wir haben drüben auf den Weiden am Kiebitzweg Gras gemäht. Das gute Wetter! Wir haben niemanden gesehen. Nur die Frau eines Lehrers der Dagmar radelte vorbei. Wir sind ahnungslos nach Hause gekommen. Hajo befand sich im Zwinger. Das war seltsam. Sonst lief er frei herum. Eine Türkin auf einem Fahrrad fuhr uns kurz vor dem Hof entgegen. Sie war äußerst verängstigt, doch wir haben ihr keine Beachtung geschenkt. Doch dann bemerkten wir, daß alle Türen offenstanden, und sind hastig in das Wohnzimmer geeilt.«

Der Landwirt unterbrach häufig seinen Bericht, und seine Frau, die ihren schweren Oberkörper auf den Schreibtisch gelegt hatte, wimmerte entsetzlich.

Lehnartz hätte am liebsten mitgeheult.

»Und Sie sahen Ihre Tochter tot auf dem Boden liegen?« fragte der Kommissar mit weicher Stimme.

»Ja, selbst die Waffe, Herr Kommissar. Es ist ein Erinnerungsstück aus meiner Jugendzeit und diente uns all die Jahre als Brotmesser.«

Lehnartz ließ die Eltern allein. Der Pastor mußte sich um sie kümmern.

Im Wohnzimmer, aus dem ihm der süßliche Geruch des Blutes entgegenstieg, packte sein Assistent Sperber die Tasche.

»Es sieht so aus, als hätte das Opfer den Mörder zum Tee eingeladen. Krümel auf den Tellern, Tee- und Kluntjereste in den Tassen. Der Klaben angeschnitten auf dem Küchenschrank«, sagte er.

»Und der Mörder mochte keine Hunde, oder der Hund nicht den Mörder. Sonst lassen sie ihn frei herumlaufen«, antwortete Lehnartz.

Sie verließen das Haus und blickten zu dem Zwinger hinüber. Der riesige Schäferhund tapste jetzt ratlos umher und bellte.

»Eine Türkin auf einem Fahrrad kam ihnen entgegen. Die Frau wirkte aufgeregt«, sagte der Kommissar, als sie in den Wagen stiegen.

Er fuhr los.

»Nennen wir das Opfer bei seinem Vornamen. Nun, Dagmar muß ihren Mörder gekannt haben. Der Mörder hat die Mordwaffe einfach auf dem Boden liegenlassen. Ob er das Auto der Eltern gehört hat und in Panik geflohen ist?« fragte Sperber, während Lehnartz den Wagen steuerte und vor sich hin starrte in die grüne Landschaft, über die sich die Dämmerung des Abends legte.

»Die Waffe war das Brotmesser der Familie«, sagte er.

»Ich habe gesehen, daß der Mörder keinen Knopf ihrer Jeans geöffnet hat, und auch die Bluse wurde nicht hochgeschoben«, sagte Sperber weiter.

Lehnartz blickte kurz seinen Kollegen an.

»Die Jeans haben meistens Reißverschlüsse, doch das stimmt. Dem Täter müssen wir andere Motive unterstellen. Wir halten es mit der Routine. Die Ergebnisse deiner Spurensicherung müssen heute noch in das Labor. Ein Bild der Dagmar muß morgen in der Zeitung erscheinen«, sagte Lehnartz. Er bremste den Wagen ab und parkte ihn neben dem Deich.

»Mein Gott, wir können keines der Polizeifotos nehmen. Wir müssen die Eltern noch einmal aufsuchen, damit sie uns eine Fotografie von Dagmar zur Verfügung stellen«, sagte Lehnartz.

»Danach sollten wir uns hier in Hage, Ostermarsch oder Junkersrott nach einer Türkin erkundigen, die mit einem Fahrrad zur fraglichen Zeit in dieser Gegend war und es eilig hatte, den Hof der von den Höfen hinter sich zu bringen«, schlug Sperber vor.

Lehnartz wendete den Wagen und fuhr zurück zum Hof der unglücklichen Eltern.

In Ostfriesland gab es keine ›Türkenviertel‹. Im Norder Raum wurde den recherchierenden Beamten nur die Familie Jusuf Yildizlar in Halbemond genannt.

Diese Familie besaß einen hervorragenden Ruf. Die Kriminalbeamten fanden schnell zu der vielen Mitbürgern bekannten Adresse.

Es war schon dunkel, als sie den Passat vor dem kleinen Landhäuschen auslaufen ließen.

Die Fensterläden waren verschlossen, und nur wenig Licht drang nach draußen. Die Beamten gingen zur Haustür und drückten den Klingelknopf. Die Tür wurde geöffnet. Nicht von der Hausfrau, sondern von der Tochter, die auf den Rollstuhl angewiesen war.

»Kripo Norden, mein Fräulein. Regen Sie sich nicht auf,

wir haben nur ein paar Routinefragen an Ihre Mutter«, sagte Lehnartz und lächelte das hübsche dunkelhaarige Mädchen freundlich an.

Wortlos wendete Sevda ihr Gefährt und rollte sich vor den Beamten in das Wohnzimmer.

Die Kriminalbeamten sahen sofort, daß Frau Yildizlar sich sehr ängstigte und mit sich rang.

»Frau Yildizlar, auf dem Hof des Landwirtes von den Höfen hat sich ein schreckliches Verbrechen ereignet. Die Tochter ist am hellichten Tag im Wohnzimmer der Familie ermordet worden.«

Lehnartz beobachtete, wie die Frau zu zittern begann. Ihre Tochter legte ihren Arm um die Schultern der Mutter, als müßte sie sie beschützen.

»Nach den Aussagen des Landwirtes und Vaters der Toten sind Sie ihm mit ihrem Fahrrad, wie er sagte, ziemlich aufgelöst entgegengekommen«, sagte Lehnartz.

Die Frau schluchzte, dann sagte sie: »Ja, ich da. Mädchen war tot.«

»Sie waren in der Wohnung?« fragte Sperber überrascht.

Die Frau heulte in sich hinein.

»Mutter wollte mit Dagmar sprechen, weil sie mich in der Schule oft fertigzumachen versucht hat, weil ich Türkin bin«, sagte Sevda mit hochrotem Kopf.

»Und da hat Ihre Mutter Dagmar fertiggemacht?« fragte Sperber ganz in der Manier untersuchender Beamter.

Beide Frauen blickten entsetzt auf.

»Mädchen war tot. Es ist Schrecklichstes, was ich bisher gesehen hab.« Die Frau war fertig.

»Wann waren Sie dort?« fragte Lehnartz.

»Vielleicht siebzehn Uhr. Ich fahre Rad weniger als halbe Stunde«, sagte die Türkin.

»Fräulein, das Opfer ist Ihre Mitschülerin. Können Sie uns zu einem Motiv verhelfen, das die sinnlose Tat erklärt?« fragte Lehnartz.

Sevda sah ihn durchdringend an.

»Nein. Meine Auseinandersetzungen mit Dagmar

betrafen nur Lehrer und Lernstoffe. Ich glaube, ich bin bei vielen meiner Mitschüler beliebt. Dagmar war sehr schön, vielleicht mißgönnte sie es mir, weil ich Türkin bin. Es ging auch darum, wer von uns beiden die bessere Schülerin war.«

»Sie deuten damit an, daß die Tote sehr, sagen wir einmal, deutschbewußt in der Schule aufgetreten ist?« fragte Lehnartz.

Immer noch heulte Frau Yildizlar.

Sevda führte das Gespräch.

»Wir Türken sind empfindlich geworden. Einige Lehrer an unserer Schule ließen Dagmar gewähren. Viele Lehrer mochten sie sehr«, sagte die Türkin und blickte auf den Boden.

»Haben Sie jemanden gesehen, Frau Yildizlar? Ist Ihnen außer den Eltern sonst noch jemand begegnet?« fragte Lehnartz die weinende Frau, die vor Angst zitterte. Eingeschüchtert blickte sie ihn mit ihren dunklen Augen an und schüttelte den Kopf.

»Nein – nein!« stammelte sie und heulte weiter.

»Ich möchte auch weinen, Herr Kommissar«, sagte Sevda mit zitternder Stimme. »Sie können sicher sein, daß ich in der Nacht weinen werde. Diesen Tod hat Dagmar nicht verdient. Aber sie war zu leichtsinnig und liebte die Gefahr. Sie forderte zu viele Menschen heraus.«

»Haben Sie herzlichen Dank für Ihre Bereitschaft, uns zu helfen. Entschuldigen Sie die Störung«, sagte Lehnartz.

Sevda Yildizlar griff in die Räder des Rollstuhles.

»Ich begleite Sie zur Tür«, sagte sie.

Warringa hatte das Lehrerzimmer gemieden. Niemandem wollte er begegnen, denn in der Kleinstadt gab es nur ein Thema: den Mord an seiner Schülerin Dagmar von den Höfen.

Er hatte eine harte Nacht hinter sich gebracht. Corvit mit Sprudel hatte er getrunken. Seine Fingerkuppen waren gelb vom Nikotin verpaffter Zigaretten. Verkatert, Natronpulver mit Selters zum Frühstück, doch dann der Griff zur Morgenzeitung. Das Zittern der Hände, der Blick auf das Foto der lachenden Dagmar.

Warringa wäre glücklich gewesen, hätte ihn über Nacht ein Schlag getroffen. Sein Leben kam ihm plötzlich sinnlos vor.

Die geliebte Tochter lebte in Australiens Wildnis mit einem ausgeflippten Arztsohn. Sein Frau spielte auf einmal verrückt und beabsichtigte, alle Genüsse dieser Erde zu durchleben.

Und nun der idiotische Mord auf dem Bauernhof mitten in einer heilen Welt, die von Aufschwung, Fortschritt und Frieden redete.

Die Buchstaben der polizeilichen Suchmeldung hatten ihn einzeln wie seelische Messerstiche getroffen, falls es so etwas überhaupt geben konnte.

Sein Meister Kafka hatte solche Leiden in die Weltliteratur eingebracht! Über Kafka hatte er zu dozieren!

Seine Schülerinnen und Schüler mußten vor den strengen Augen und Ohren des Leitenden Oberschuldirektors und in der Abwesenheit seines ihm nicht gewogenen Schulleiters beweisen, daß sie die geistige Reife besaßen, die notwendig war, um eine akademische Laufbahn einschlagen zu können. Die mündliche Abiturprüfung rückte näher.

Mit diesen bitteren Erkenntnissen stand er vor der Klasse. Er blickte entsetzt auf die Schulbank, in der Dagmar kess und ewig herausfordernd gesessen hatte.

Von ihm, dem Lehrer, erwarteten seine Schüler nicht nur ausführliche Polizeikenntnisse, sondern auch noch die Analyse des seelischen Zustandes des Mörders.

Warringa bemerkte, daß Sevda Yildizlar nicht anwesend war. Sie fehlte sonst nie!

Ihn traf es wie ein Hammer, als Jörn, der Sohn des Leiters der Krankenkasse, fragte: »Die Dagmar war ein feiner Kerl. Was muß in einem Menschen vorgehen, der solch ein schreckliches Verbrechen begeht?«

Warringa schwieg. Eine Schülerin verließ weinend die

Klasse. Die Schülerinnen saßen mit ernsten Gesichtern an den Schülertischen. Jemand forderte die Todesstrafe für Mörder. Er fand die Zustimmung einiger Mitschülerinnen.

Es gab eine Diskussion. Die Schülerinnen fühlten ihre Hilflosigkeit und ihre Empörung und begannen sich freizureden von dem Druck.

Henning, der sich entschlossen hatte, nach dem Abitur Theologie zu studieren, verwies auf die ansteigende Kriminalität und forderte eine Rückbesinnung auf alte christliche Werte.

Warringa unterließ es, auf Kafka zu verweisen. Ihm lag nichts daran, den Faden aufzunehmen und mit den Schülern über die Ursachen der Kriminalität in der Bundesrepublik zu diskutieren.

Er stand am Fenster und schaute auf die Norddeicher Straße, über die der Verkehr floß. Niemanden kümmerte es, daß Dagmar nicht mehr seine Dreizehn C besuchte. Er hörte, wie die lautstark geführte Diskussion abbrach, und wandte sich der Klasse zu. »Wir müssen einen Kranz bestellen, Herr Warringa«, sagte Heike und schluchzte.

Wie ein angeschlagener Boxer auf den Gong wartete Warringa auf das Klingeln, das ihn retten konnte. Er ließ die Zügel schleifen, hörte nicht hin, was die Schüler sprachen. Niemand konnte ihm einen Vorwurf machen. Er zückte den Kugelschreiber und schrieb in das Klassenbuch: ›Tod einer Schülerin‹

3

Der dürre Dr. Sandmann, Leiter des Fabricius-Gymnasiums, empfing die Kripobeamten in einer gequälten Haltung. So, als hätte man ihm ein Leid angetan, drückte sein asketisch blasses Gesicht Enttäuschung aus.

»Meine Herren, Dozenten der Polizei bei den Kleinen im Verkehrsunterricht oder in einer siebten Klasse in

Gemeinschaftskunde, das würde der Schule Lebensnähe schenken. Recherchierende Kriminalbeamte aber in der dreizehnten Klasse, das stört den Ruf meines Gymnasiums. Warum schrieben frühere Regierungen unsere Notrufe in den Wind?« ereiferte sich der Schulleiter. »Wir Pädagogen haben früh genug vor den Folgen des totalen Fernsehens gewarnt, vor Gewaltvideos, vor Schulsilos und vor einer Bildungsinflation. Unter dem Strich betrachtet, nähern wir uns der amerikanischen Schulrealität.«

Er zeigte auf die Sessel, die angeschafft worden waren, als die Politiker noch nicht den Rotstift in den Händen hielten.

»Darüber müssen Sie mit anderen diskutieren, Herr Direktor. Ihre Schülerin Dagmar von den Höfen wurde das Opfer eines brutalen Verbrechens. Diese Dagmar, das Opfer, muß nach den bisher vorliegenden Erkenntnissen ihren Mörder nicht nur gekannt, sondern ihn auch noch zum Tee eingeladen haben. Es ist deshalb verständlich, daß wir uns im Umfeld Ihrer Schüler umsehen müssen«, sagte Lehnartz.

»Und wie stellen Sie sich ein Entgegenkommen vor?« fragte Dr. Sandmann, dem die fordernde Art der Kriminalbeamten nicht paßte.

»Bevor wir uns von ihrem Klassenlehrer ein Bild von Dagmars Persönlichkeit zeichnen lassen, läge uns daran, ihre Mitschülerinnen und Mitschüler kennenzulernen. Diese wissen oft mehr als Eltern und Lehrer«, sagte Sperber, der die meisten Lehrer nicht ausstehen konnte.

»Es gibt klare Richtlinien der Bezirksregierung. Ich kann nicht einfach Kriminalbeamte auf eine Klasse loslassen. Obwohl eine Schülerin der Schule einem schrecklichen Verbrechen zum Opfer fiel«, antwortete Dr. Sandmann unsicher.

»Eine Schülerin wurde ermordet! Ist das nicht Grund genug? Ist das Abitur der Klasse gefährdet, wenn mal eine Stunde ausfällt? Rufen Sie Ihren Dezernenten an, und geben Sie mir dann den Hörer«, sagte Lehnartz forsch.

Sandmann blickte irritiert um sich.

»Warten Sie! Mein Koordinator Dehart«, sagte er nur, stand auf und wies seine Sekretärin im Vorzimmer an, Dehart zu ihnen zu holen.

Die Kriminalbeamten schauten dem kleinen Mann entgegen, der sich entsprechend seiner Führungsrolle zwar leger, aber korrekt gekleidet hatte. Sein stumpfes Gesicht mit einer angeschwollenen Lippe wirkte seltsam fahrig. »Herr Dehart, die Herren sind von der Kriminalpolizei. Sie wünschen, die Schüler und Schülerinnen der dreizehnten Klasse zu sprechen, und auch Warringa, den Klassenlehrer. Kümmern Sie sich bitte darum. Soweit ich weiß, ist das Zimmer des Personalrates unbesetzt«, sagte Dr. Sandmann.

Studiendirektor Dehart schritt den Polizeibeamten voraus. Seitlich lagen die Klassentüren. Schüler spritzten davon, als sie den Lehrer bemerkten. Erst am Ende eines langen Flures steckte Dehart den Schlüssel ins Schloß und hielt mit einer Geste, als wollte er die Kriminalbeamten bewirten, die Tür auf.

»Warten Sie hier, ich werde den Kollegen Warringa zu Ihnen bitten«, sagte er mit einem höflichen Lächeln.

Um einen runden Tisch gruppierten sich mehrere Stühle. Auf einem kleinen Schreibtisch stand eine Schreibmaschine. An den Wänden hingen gerahmte Kalenderblätter antiker Städte.

Lehnartz blickte sich um. »Ich bin lange nicht mehr in einer Schule gewesen.«

»Schlechte Erinnerungen, Chef?« fragte Sperber grinsend.

»Es gab auch nette Lehrer. Aber solche wie dieser ausgetrocknete Doktor Sandmann und dieser arrogante Dehart haben mir die Schule verleidet.«

»Es geht in unseren Recherchen nicht um Lehrer, Chef, sondern um den Tod einer Schülerin dieser Anstalt«, sagte Sperber spöttisch.

Jemand klopfte an die Tür.

»Herein«, rief Lehnartz.

Oberstudienrat Warringa betrat das kleine Zimmer. Er wirkte sympathisch, doch der Tod dieser Dagmar von den

Höfen schien ihn sehr mitgenommen zu haben. Der Lehrer, ein Kleiderschrank, der bestimmt mehr als zwei Zentner auf die Waage brachte, schaute die Kriminalbeamten unsicher an, so als hätten sie ihn als Angeklagten zu sich gebeten.

Der Stuhl knarrte leicht unter seinem Gewicht.

Lehnartz holte Zigaretten aus seiner Tasche. Der Lehrer nahm eine an und hielt selbst sein Feuerzeug hin.

»Es ist sicherlich nicht einfach, einen Tag nach dem Mord an Ihrer Schülerin mit der Klasse Unterricht zu veranstalten«, sagte Lehnartz.

Der Lehrer rauchte nervös und stöhnte auf: »Es ist furchtbar! Sie war so begabt.«

Die Kriminalbeamten sahen, daß der Lehrer erschöpft war.

»War Dagmar schwierig zu führen, gab es Liebschaften in der Klasse? Hatte sie in der Schule Feinde?« reihte Lehnartz die Fragen aneinander.

Der Lehrer kämpfte mit sich. Sein Blick war auf eines der Kalenderblätter gerichtet, als studierte er die Marmorruinen von Pergamon und könnte dort Antworten finden. Dann schaute er die Beamten müde an.

»Dagmar sah sehr gut aus, sie war ehrgeizig und eine Schülerin, die sich gern in den Mittelpunkt stellte. Sie lechzte nach Bewunderung und Anerkennung. Ich mußte sie gelegentlich etwas bremsen, da sie mit ihrem Einfühlungsvermögen in literarische Texte einer türkischen Schülerin unterlegen war.« Warringa drückte die Zigarette im Aschenbecher aus.

Die Beamten horchten auf.

»Diese angedeutete Konkurrenz, könnte sie auch zu Feindschaften geführt haben?« fragte Lehnartz.

Der Lehrer sah sie erstaunt an.

»Sie meinen, ob sie in Haß umgeschlagen ist und Sevda der Dagmar die Kehle durchgeschnitten haben könnte?«

Lehnartz nickte nur und betrachtete Warringa, der seinen Blick erneut auf das Kalenderblatt von Pergamon heftete.

Durch sein Gesicht lief ein leichtes Zittern. Er strich sich mit den Händen über den Haarkranz und schwieg.

»Herr Warringa, erste Thesen sind nie endgültig. Doch Sie können uns helfen, die richtigen Schlüsse zu ziehen«, sagte Sperber behutsam.

Der Lehrer antwortete nicht. So, als hätte er nicht zugehört, fragte er plötzlich: »Mit welcher Waffe brachte der Mörder das Mädchen um?«

»Es war ein Brotmesser, das ziemlich abgeschliffen und nur noch daumenbreit war«, antwortete Lehnartz.

»Haben Ihre Zeitungshinweise schon Ergebnisse gebracht?« fragte der Lehrer.

»Nein, es gibt keine Zeugen, die den Mörder gesehen haben«, antwortete Sperber.

So, als atme der Lehrer auf, sagte er ein wenig erleichtert: »Sevda, die Türkin, ist an den Rollstuhl gefesselt. Sie hat eine feine Seele, Herr Kommissar, wenn Sie verstehen, was ich damit sagen will. Sevda Yildizlar kann leiden wie Kafka. Wenn sie das Opfer gewesen wäre, hätte ich auf Dagmar von den Höfen getippt.«

So, als hätte ihr Gespräch dem Lehrer zu neuen Kräften verholfen, blickte er um sich.

»Die Situation Ihrer Klasse kann uns also außer der Rivalität zwischen der türkischen Schülerin und dem Opfer nicht weiterhelfen?« fragte Sperber.

Oberstudienrat Warringa erhob sich.

»Nein, wenn Sie gestatten, dann möchte ich zurück zu meinen Schülern.«

»Nehmen Sie uns mit. Ihr Chef, Doktor Sandmann, hat uns den Besuch erlaubt, allerdings mit Bedenken«, sagte Lehnartz.

Warringa schien sich zu ekeln, aber er sagte nichts und schritt wie ein tapsiger Bär den Beamten voraus.

Warringa stellte die Kommissare seiner Klasse vor. Er selbst lehnte sich an das Fenster und blickte auf die Dächer der kleinen Häuser, die vor den hohen Bäumen des Kirchplatzes lagen.

Er vernahm die Fragen der Polizeibeamten, hörte die

Antworten seiner Schülerinnen und Schüler, die zu keinen Ergebnissen führten.

Dagmar von den Höfen hatte in einer Welt gelebt, zu der sie ihren Mitschülerinnen und Mitschülern keinen Zutritt gelassen hatte. Selbst wenn sie gelegentlich während der Freistunden mit ihnen das Stadtcafé aufgesucht hatte, konnte sie sich vom Schulstoff nicht lösen. Warringa wußte, daß die Beamten ihre Zeit vergeudeten.

Würden sie bald zu ihm kommen? Das war logisch und zu befürchten. Doch bis dahin mußte er noch einiges richtigstellen.

Warringa wandte sich ab vom Fenster, als die Kriminalbeamten sich verabschiedeten. Er bemühte sich, den Unterricht hinter sich zu bringen.

Ein aufgebriester Wind trieb schwere, tiefhängende grauschwarze Regenwolken über den Deich. Aus dem seitlichen Wassergraben stieg ein Fischreiher auf und kämpfte mit weiten Flügelschlägen gegen den Wind an.

Lehnartz steuerte den Wagen dem Hof entgegen. Die hohen Bäume, die das Dach des Bauernhofes überragten, bogen sich in einer Bö. Als er auf dem Hof parkte, sah er, wie der Verkäufer des Textilhauses aus der Eingangstür trat.

»Die übliche Trauerkollektion zur Auswahl«, sagte Sperber. Sie stiegen aus. Der Hund kläffte wie verrückt.

Lehnartz blickte hinüber. »Der Köter wird den Mörder gesehen haben. Seinen Geruch hat er gespeichert, doch er kann uns keinen Tip geben«, sagte er.

Von den Höfen erschien in der Tür. Der Landwirt war um Jahre gealtert. Schweigend reichte er den Beamten die Hand. Er führte sie in das kleine Büro. Auf dem Schreibtisch lagen die Schachteln und Tüten des Textilhauses.

»Wir müssen die Nerven behalten und uns in unser Schicksal fügen. Meine Frau ist Gott sei Dank vor Erschöpfung eingeschlafen«, sagte von den Höfen.

»Dagmar muß einem Bekannten die Tür geöffnet haben. Deshalb möchten wir uns gerne in ihrem Zimmer umschauen«, sagte der Kommissar.

»Kommen Sie, ich begleite Sie nach oben«, antwortete der Landwirt. Die Tür zum Wohnzimmer war verschlossen. An der Klinke hing ein Strauß Tulpen. Die Treppenstufen knarrten.

Dagmars Reich lag in der zweiten Etage.

Die Eltern hatten tief in die Tasche gegriffen, denn Dagmar besaß nicht nur ein eigenes Bad, sondern auch ein Schlafzimmer und ein großes Studier- und Wohnzimmer.

»Sehen Sie sich um«, sagte der Landwirt und stieg wieder nach unten.

Sie begannen ihre Suche im Wohnbereich. Die Poster an den Wänden wie üblich, Popsänger. Die Lektüre in Bettnähe, Kafka. Der Kleiderschrank gab nichts her, was hätte Aufmerksamkeit hervorrufen können. Das kombinierte Wohn- und Studierzimmer verriet mehr über den Charakter des Mädchens. Ein eigenes Fernsehgerät, eine Plattensammlung mit entsprechenden Hifi-Türmen zeugten vom Wohlstand des Elternhauses.

Die Bücherborde mit Literatur der Kindheit bis hin zu den gängigen Bestsellern hinterließen den Eindruck, daß das Mädchen viel und gerne las. Ein Schachspiel wirkte dekorativ auf einem Regalbrett. Lehnartz, der nur gelegentlich mit seiner Frau Schach spielte, blickte auf das Schachbrett. Die Figuren standen in der Eröffnungsposition. Ihn störte etwas an der Aufstellung. Ein Feld war unbesetzt.

»Chef, sie besitzt kaum Briefe, keine aufregenden Fotoalben, auch kein Tagebuch oder Poesiealbum mit Anschriften von Freunden«, sagte Sperber unlustig und verschloß die Schubladen unterhalb der Bücherborde.

»Gehen wir, Sperber«, sagte Lehnartz unzufrieden. Der Landwirt telefonierte in dem kleinen Büro. Seinem Nicken entnahmen sie, daß er keine Frage hatte.

Sie gingen zum Auto und fuhren zum Kreiskrankenhaus.

Der Portier schaute auf ihre Polizeimarken.

»Ich lasse Herrn Doktor van Neesen rufen«, sagte er kurz angebunden. Sie saßen auf den Klappstühlen im Vorraum. Ein unangenehmer Geruch, es war wohl das Putzmittel, stieg ihnen in die Nase. Wie Gespenster schlichen ältere Menschen in ihren Bademänteln über den Gang.

Van Neesen kam von oben über eine Treppe zu ihnen.

Er war noch im Dienst, wie seine weiße Berufskleidung verriet.

»Meine Herren, mein Bericht wartet auf die Reinschrift. Doch zu Ihrer Schnellinformation: Dagmar von den Höfen hat unmittelbar vor ihrem Tode, darunter verstehe ich maximal sechzig Minuten, Tee getrunken, vom Klaben gegessen und, wie ihr Speisebrei und die Blutanalyse aussagen, einige Zigaretten geraucht. Das Mädchen war keine Jungfrau mehr, sondern alles läßt darauf schließen, daß sie einen fast regelmäßigen Verkehr mit Männern unterhielt. Doch an dem schrecklichen Nachmittag hatte sie mit keinem Mann geschlafen. Ein Sexualverbrechen können Sie deshalb ausschließen.«

Lehnartz bedankte sich. Sie verabschiedeten sich von dem Arzt.

»Es ist seltsam, ich hatte auch vorher nicht an ein Sexualverbrechen gedacht«, sagte Lehnartz.

»Das stimmt, Chef, diese reagieren sich meist wie irrsinnig ab und töten dann das Opfer nicht so brutal«, meinte Sperber.

»Mord ist Mord. Alle sind sie brutal. Nur für Juristen gibt es da feine Nuancen«, sagte Lehnartz.

Sie stiegen in ihren Wagen und fuhren im Berufsverkehr in die Innenstadt.

»Trinken wir einen Kaffee?« fragte Lehnartz seinen Assistenten.

»Der kann uns sicher nicht schaden«, erwiderte Sperber grinsend.

Kommissar Lehnartz sah die Morgenpost durch. Ihm fiel das alte vergilbte Kuvert auf, das den Poststempel des Hauptpostamtes trug.

»Kein Absender«, sagte er und öffnete neugierig den Umschlag. Überrascht schaute er auf die steil gesetzten Buchstaben.

»Hör zu, Sperber.« Der Kommissar las: »Meine Herren, als Rentner und Witwer habe ich viel Zeit und Muße und lebe ohne Blick auf die Uhr. Zu meinen Lebensgewohnheiten gehört es seit eh und je, abends einen Dämmerschoppen einzunehmen, der mir hilft, mit den Grübeleien des Alters fertig zu werden. Doch nun mein Beitrag: Vor wenigen Stunden bin ich zurückgekommen. Ich habe meine Schwester besucht. Sie wohnt in Dortmund und ist siebzig Jahre geworden. Bei der Durchsicht der Zeitungen fand ich den Bericht über den Mord an der Abiturientin Dagmar von den Höfen. Das Verbrechen hat mich mehr als erschüttert, da ich das hübsche Fräulein an zwei Abenden vor dem Mord im Ostfriesischen Krug beobachtet habe. Wenn meine Eindrücke für Sie wichtig sein sollten, dann besuchen Sie mich. Meine Adresse: Jesko von Patten, Seniorenheim, App. 37 A.«

Lehnartz legte den Brief auf den Schreibtisch.

»Endlich kommt der Schlitten in Fahrt«, sagte Sperber.

Lehnartz nahm den zweiten Umschlag, der das Dienstsiegel ihrer Behörde trug.

»Nun die amtliche Seite des Falles«, sagte er. Er überflog die Schreibmaschinenseiten, hob den Kopf, nickte und begann laut zu zitieren.

»Fingerabdrücke befinden sich nicht nur auf dem Messergriff. Opfer und Unbekannter hinterließen ebenfalls an den Teilen des Teegeschirrs, im Küchenbereich und auch an der Türklinke ihre Abdrücke«

»Und sie gehören zu keiner bisher bekannten Person?« fragte Sperber.

»Hier, lies selbst«, sagte der Kommissar und reichte dem Assistenten das Schreiben. »Verlor der Mörder, als friedlicher Teegast von Dagmar selbst eingeladen, vielleicht die Beherrschung? Hatte sie ihn irgendwie zur Tat gereizt?«

Sperber nickte. »In diese Richtung führt die Suche, da ein Sexualmord ausgeschlossen werden kann.«

»Nun, fürs erste ein Anfang. Der Mörder hat in Panik den Tatort verlassen, weil die Türkin Yildizlar ihm in die

Quere kam. Eine Chance für uns, den zu finden, dem nicht die Zeit blieb, seine Fingerabdrücke zu verwischen«, stellte der Kommissar optimistisch fest.

»Suchen wir den Rentner auf, Chef. Dem Text des Briefes entnehme ich, daß er kein verkalkter Schwätzer ist.«

Der Kommissar schaute auf die Uhr.

»Um diese Tageszeit vertreiben sich die wohlverdienten Pensionäre mit Zeitunglesen und einem Rest in der Kaffeetasse die Langeweile. Also nichts wie hin.«

In einem parkähnlichen Anwesen mit gepflegten Vorgärten, Rasenflächen und kleinen Blumenbeeten befanden sich die Gebäude des Seniorenheimes.

Das Wetter war freundlich. In der Frühsommersonne saßen einige ältere Frauen auf weißen Bänken.

Die Dame in der Rezeption telefonierte, wies ihnen danach den Weg zum Speisesaal, da Herr von Patten sich nicht in seinem Apartment aufhielt.

Eine Schwester führte sie an den Tisch. Der alte Herr legte die Zeitung beiseite und musterte die Besucher mit listigen Augen.

»Ich dachte mir, daß meine Beobachtungen für Sie wichtig sein könnten, Herr Kommissar. Ich bin noch nicht senil. Ich wollte meinen Töchtern nicht zur Last fallen, und mein Ruhestandsgeld reicht aus, mir mein tägliches Bierchen in den renommierten Kneipen unserer kleinen Stadt gönnen zu können«, sagte er und wartete auf die Resonanz.

»Ich bin Kommissar Lehnartz, Herr von Patten, und das ist mein Assistent Sperber. Leider haben wir bisher keine Hinweise erhalten. Vielleicht gelingt es Ihnen, uns in dem Fall voranzubringen«, sagte Lehnartz.

»Herr Kommissar, vor einigen Jahren hatte ich ein eigenes Büro mit Sekretärin bei einer hiesigen Firma mit Weltruf. Ich stehe deshalb auf Tradition«, sagte er, stand auf und schritt stolz und aufrecht davon. Seine Kleidung war korrekt und vornehm. Er lächelte, als er zurückkehrte und sich zu seinen Besuchern setzte.

»Meine Herren, ich werde Ihnen jetzt meine Geschichte vortragen«, sagte er. Er wies zur Tür hin und fuhr fort:

»Die Schwester wird uns einen Tee servieren. Vielleicht kann ich bis dahin einige Bemerkungen vorausschicken.«

Der Kommissar nickte und beobachtete den würdigen Herrn.

»Im Alter werden Alltäglichkeiten zu aufregenden Ereignissen«, begann von Patten. »So trieb mich am Abend eine ungeheure Neugierde an, als ich im Ostfriesischen Krug saß und ein hübsches junges Mädchen beobachtete, das mit einem mir Unbekannten Schach spielte. Doch der Abend im Krug gehörte einem Stammtisch. Es waren Herren vom Gymnasium, wie ich den Gesprächen entnahm. Sie feierten eine Beförderung. Ein Oberstudienrat aus ihren Reihen war wohl befördert worden und spendierte die Runden. Die Herren waren lustig und witzig. Ich fand Gefallen an dem hübschen Mädchen und wunderte mich, daß sie den Sichtkontakt mit dem frischen Studiendirektor aufnahm und begann, während sie siegreich mit den Figuren spielte, mit diesem Mann zu flirten. Der Lehrer, so um die Vierzig, modisch gekleidet, mit welligem Haar und einer etwas angeschwollenen Lippe, signalisierte der jungen Frau etwas, verschwand dann durch die Hintertür. Ich hörte, daß das Schachspiel mit ihrer Schachmattandrohung für sie siegreich zu Ende ging, und sah zu, wie auch sie sich der Tür näherte, die zu den Toiletten führte. Ich wartete einige Minuten, spürte dann ebenfalls einen Blasendruck und verließ das Lokal. Jemand schritt durch den abgedunkelten Flur der Tür, die zum Parkplatz führt, hastig entgegen. Während ich meinen Strahl gegen die Fliesen hielt, hörte ich das Rumpeln der Kugeln von der Kegelbahn. Ich drehte mich um, die Klokabinen waren leer. Neugierig schritt ich in den Flur. Die Tür zum Saal war angelehnt. Ich schob sie einen Spalt auf und wurde unfreiwillig Zeuge, wie der kleine Studiendirektor die hübsche, junge Frau mit heruntergelassenen Hosen bearbeitete.«

Die Schwester erschien und servierte den Tee. Echt mit Stövchen, Sahne und Kluntjetopf im Muster der ostfriesischen Rose.

Der alte Herr schwieg, bediente sich und grinste, als hätte er einen Witz erzählt.

»Sicherlich steht es uns nicht zu, hier nach moralischen Grundsätzen zu suchen, Herr von Patten. Dennoch finde auch ich das Verhalten der Dagmar befremdend«, sagte Lehnartz.

Sie tranken Tee. Der Alte grinste.

»Ich will nicht von unserer Zeit reden. Aber, Herr Kommissar, die Geschichte ist noch nicht zu Ende. Einem Zufall folgend, suchte ich am nächsten Abend wieder den Krug auf. Zu meiner Überraschung spielte die schöne junge Frau mit einem anderen Partner Schach am selben Tisch. Am Stammtisch saßen an diesem Abend Norder Honoratioren, die ich nur zum Teil kannte. Um es kurz zu machen, ein kräftiger Herr im Blazer, den sie mit Kapitän anredeten, begann mit der Schönheit einen Flirt. Nun war ich auf dem Posten, als sich das Spiel vom Vorabend zu wiederholen schien. Ich folgte beiden zur Toilette. Doch dort ließ ich als einziger Besucher mein Wasser ab. Die Kegelbahn war nicht gebucht. Ich öffnete die Tür und wurde Zeuge, wie dieser Kapitän es mit dem Mädchen trieb. Nun, am Morgen des nächsten Tages fuhr ich zu meiner Schwester«, beendete von Patten seinen Vortrag. Er blickte um sich, schaute dann die Kriminalbeamten stolz an.

»Ihre Aussage hat uns sehr geholfen, Herr von Patten«, sagte Sperber. »Sind Sie auch bereit, uns Ihre Beobachtungen zu Protokoll zu geben?«

»Ich stehe zu Ihren Diensten, selbst für eine Gegenüberstellung«, antwortete der Alte.

Die Beamten verabschiedeten sich von dem rüstigen Mann und fuhren zur Dienststelle.

Sperber holte die Schreibmaschine hervor und stellte sie auf den Tisch.

»Ich fertige ein Kurzprotokoll an«, sagte er.

»Und die Fingerabdrücke des Unbekannten?« gab Lehnartz zu bedenken.

»Ich setze auf den Stammtisch der Lehrer oder der

Honoratioren, was man darunter auch immer verstehen mag«, antwortete der Assistent.

Lehnartz grinste breit. »Jedenfalls gehören wir weder der einen noch der anderen Gruppe an.«

»Dann gilt es festzustellen, ob von Patten tatsächlich Dagmar beobachtet hat«, sagte Sperber.

»Der Kellner vom Ostfriesischen Krug wird uns da weiterhelfen«, meinte Lehnartz.

»Ein hoffnungsvoller Start, Chef. Ich ...« Das Telefon unterbrach Sperber.

Lehnartz nahm ab.

»Kripo Norden, Kommissar Lehnartz«, meldete er sich. Sein Gesicht verfinsterte sich langsam. Er schaute Sperber an. »Sie rufen aus dem Büro der Forstverwaltung an? Wir sind schon unterwegs. Ich benachrichtige einen Arzt und einen Bestattungsunternehmer.« Er legte den Hörer auf. »Ein zweiter Fall, Sperber«, sagte er gepreßt. »Das Schicksal meint es nicht gut mit unserer Kleinstadt. Wir haben die Ludgeri-Kirche renovieren lassen und der historischen Orgel zu ihrem alten Klang verholfen. Nun, nach dem Mord an der hübschen Dagmar fand ein Spaziergänger im Lütetsburger Forst eine Leiche.«

Der Kommissar beugte sich vor und nahm den Telefonhörer wieder ab.

4

Abseits von den üblichen Wanderwegen, mehr mitten im Wald, hing an einem Ast der Tote. Doch nicht die verquollenen Augen, auch nicht das fast abgefallene Fleisch, das an den Knöcheln unter der hochgezogenen Hose sichtbar wurde, erschütterte die Beamten, sondern, daß dieser Mann kein Einheimischer, sondern ein Schwarzer war. Kein Windhauch vertrieb den süßlichen Verwesungsgeruch. Die Luft stand, und die Schwüle schien auf das

Gewitter zu warten, das sich mit schwarzen, drohenden Wolken ankündigte.

Dr. van Neesen rümpfte die Nase.

»An den wage ich mich nicht heran. Den müssen sie so, wie sie ihn vom Ast nehmen, in das gerichtsmedizinische Institut nach Göttingen verfrachten«, sagte er, als besäße er keine Nerven.

»Auf den ersten Blick spricht alles dafür, daß der Mann sich erhängt hat«, sagte Sperber.

Auch Lehnartz, der den Strick betrachtete, dessen verflochtene Linien Verwitterungen zeigten, nickte und suchte den Boden ab. Ihm kam es seltsam vor, daß er kein Gepäckstück fand, nichts. Nicht einmal eine Plastiktüte! So, als hätte der Mann sich mit einem gekauften Stück Seil hierher begeben, um sich zielbewußt an einem abgelegenen Ort an einen Ast zu hängen, damit man ihn nicht so schnell fand.

Sperber trug Gummihandschuhe. Vorsichtig, als könnte er den Toten wecken, durchsuchte er die Hosen- und Jackentaschen.

»Nichts«, sagte er enttäuscht und bleich.

»Für unseren Bericht haben wir uns ihn lange genug angeschaut. Nehmen Sie den Mann vom Ast. Schaffen Sie ihn nach Göttingen!« ordnete der Kommissar an.

»Und wer bezahlt mir das?« fragte der junge Bestattungsunternehmer.

»Wir. Für ihn kratzen wir unsere Etatreste zusammen«, antwortete Lehnartz.

Der Fotograf schoß seine letzten Bilder aus der Froschperspektive und schritt davon.

Lehnartz sah zu, wie die Feuerwehrleute die Sargschale anhoben und das Opfer darin verschwand. Der Brandmeister schnitt das Seil durch. Der süßliche Verwesungsgeruch strich aus dem Sarg zu ihm hin, als die Männer die angeweste Leiche des Selbstmörders davontrugen. Er gesellte sich zu Sperber, der den Boden gewissenhaft absuchte. Sie fanden nichts. Nicht einmal ein Taschentuch, keine letzte Zigarettenkippe des Opfers.

Ob der Tote, der Jeans und eine Jacke aus Stoff trug, irgendwo in ihrer Stadt Spuren seines Lebens hinterlassen hatte, das würden sie bald erfahren.

Erste Blitze zuckten vom Himmel. Der Donner rollte aus.

»Gehen wir, Chef«, sagte Sperber. »Opfer haben wir genug. Ich möchte nicht auch noch vom Blitz erschlagen werden.«

Sie hasteten zu ihrem Wagen.

Kommissar Lehnartz legte den Hörer auf die Gabel. Er hatte das LKA benachrichtigt.

Sperber befand sich auf dem Weg zur Presse, um die Suchmeldung aufzugeben.

Das Geheimnis des Schwarzen wird uns weniger Mühe kosten, dachte der Kommissar. Irgendwo hat der Selbstmörder übernachtet, eine Fahrkarte gekauft oder eine Mahlzeit zu sich genommen. Sicherlich war es seltsam, daß bei ihnen keine Vermißtenmeldung eingegangen war.

Mehr Probleme lieferte ihnen der Mord an Dagmar von den Höfen. Lehnartz blickte müde auf die Schreibtischplatte. Es war ruhig im Dienstzimmer, auch draußen hatte der Autoverkehr bereits nachgelassen. Sein Assistent blieb lange aus. Es war bereits zwanzig Uhr. Noch hatten sie keinen Feierabend. Er freute sich auf das Bier, das auf Spesenrechnung ging und den Streß mildern konnte.

Sperber betrat das Zimmer. Er behielt seine flotte Lederjacke an und legte das Kuvert auf den Schreibtisch.

»Die Bilder, Chef. Zum Kotzen scharf«, sagte er.

Lehnartz entnahm sie der offenen Versandtasche. Im DIN-A4-Format und in Farbe beherrschte der mit geneigtem Kopf am Seil hängende Schwarze gruselig das aufkeimende Grün des Waldes. Von allen Seiten, selbst aus der Froschperspektive, hatte Manshold sein Objekt abgelichtet.

Lehnartz schüttelte sich.

»Wenn der zufällige Wanderer sich für seine Notdurft

eine andere Stelle ausgesucht hätte, wäre in wenigen Wochen nur sein Gerippe übriggeblieben«, meinte Sperber.

Der Kommissar legte die Bilder ab.

»Ich setze auf die Wissenschaft«, sagte er. »Die in Göttingen werden ihm auf die Schliche kommen.« Er stand auf und griff nach seiner Jacke. »Vergessen wir ihn für heute. Wir wollen dem Hinweis des rüstigen Pensionärs den nötigen Ernst und Durst widmen.«

In der Gaststube des Ostfriesischen Krugs war kaum Betrieb.

»Gemütlich«, meinte Sperber und wies auf das alte Seegemälde, das ihnen gegenüber an der getäfelten Wand hing.

»Ich war lange nicht mehr hier. Es hat sich nichts verändert«, sagte Lehnartz.

Der Kellner näherte sich ihnen.

Lehnartz bestellte zwei Bier und folgte dem Kellner zum Tresen.

»Ich warte auf Sie an der Rezeption, Herr Deichner«, sagte er. »Ich muß mit Ihnen reden.«

Der Kellner bestellte die Biere, füllte einen Bon aus und verließ das Lokal.

Lehnartz stand vor der vereinsamten Rezeption. Er hielt seine Polizeimarke in der Hand.

»Kripo, Kommissar Lehnartz. Herr Deichner, schauen Sie sich das Foto an.«

Deichner blickte nervös auf das Bild.

»Befand sich das Mädchen an den Abenden des dreizehnten und des vierzehnten Mai so um diese Zeit drüben im Lokal?« fragte Lehnartz.

Deichner sah den Kommissar besorgt an.

»Ja, sie spielte abends oft mit wechselnden Partnern Schach, machte keine hohe Zeche, meist trank sie Kaffee«, sagte er.

»Und Sie lesen keine Zeitung?« fragte Lehnartz böse.

Er beobachtete, wie in das Gesicht des Kellners eine leichte Röte stieg.

»Nein, Herr Kommissar. Wenn ich nachts nach Hause komme, dann falle ich müde in mein Bett. Meine Frau arbeitet als Krankenschwester. Sie verläßt unser Haus sehr früh, und ich habe die Kinder zu versorgen. Wir wohnen einsam draußen im Westermarsch. Ich muß doch die Schulden bezahlen, von der Pleite in Dortmund«, sagte der Kellner.

»Davon weiß ich nichts, und das geht mich auch nichts an. Haben Sie irgend etwas Besonderes an dem Mädchen entdeckt, wenn sie hier Schach spielte?« fragte Lehnartz.

»Nein, nur, daß ihre Partner meist ältere Männer waren und«, Deichner kicherte, »und Homos.«

»Danke«, sagte der Kommissar und schritt nachdenklich zur Gaststube zurück.

Sperber sah ihn forschend an.

»War sie es?« fragte er.

Lehnartz nickte.

Der Kellner brachte ihnen die Pils.

»Prost«, sagte Lehnartz. Er ergriff das Tulpenglas und trank genüßlich.

Auch Sperber hatte Durst.

»Wer war denn nun der Mörder?« fragte er.

»Irgendeiner, vielleicht einer vom Honoratiorenstammtisch oder ein Lehrer, wer weiß«, murmelte der Kommissar. Er erhob sich, suchte die Toiletten auf und öffnete danach die Türen zur Kegelbahn und zum Saal. Doch an diesem Abend lagen beide Räume im friedlichen Dunkel.

»Noch ein Bier auf unsere Spesenrechnung?« fragte Sperber, als Lehnartz zurückkam.

Der Kommissar nickte. »Dieser Rentner ist kein Spinner. Wir müssen uns Gedanken darüber machen, wie wir ohne Aufsehen an die Fingerabdrücke der Herren gelangen können.«

»Ich schlage vor, damit am Gymnasium zu beginnen«, sagte Sperber. »Von Patten sprach von einem kleinen Lehrer, der befördert worden war. Der Leiter der Schule kann eine Dienstbesprechung einberufen. Wir nehmen ihn in die Zange.«

Der dürre Sandmann reagierte unfreundlich auf den Besuch der Kriminalbeamten. Er legte die Tageszeitung beiseite und wies auf die Sitzecke in seinem Oberstudiendirektorbüro. Seine verkniffenen Gesichtszüge und die huschenden Augen hinter der Intellektuellenbrille ließen erkennen, daß er es nicht dulden wollte, seine Anstalt ins Gerede kommen zu lassen. Der vertrocknete Paragraphenmensch begriff nicht, daß hier eine Tragödie aufgeklärt werden mußte. Von oben herab, als wären die Kripobeamten ohne Bildung, sagte er: »Sie wollen doch nicht schon wieder Unruhe in unsere Schule tragen?«

Lehnartz war sauer. »Herr Direktor, nicht jeder, der lateinische Verben konjugieren kann, ist damit auch schon ein Mensch mit irdischer Vollkommenheit!« erwiderte er giftig.

Sandmann wurde böse.

»An meinem Gymnasium gibt es kaum Unterrichtsausfälle, und die wenigen Schüler, die für Ihre Recherchen wichtig sein könnten, haben auch ein Zuhause.«

»Wir sind nicht wegen einer Lappalie hier, Herr Doktor Sandmann«, sagte Sperber hart, »sondern um einen Mord aufzuklären, den Mord an einem Mädchen, das nach der schriftlichen Abiturprüfung bestialisch umgebracht wurde.«

Der Schulleiter griff nach seiner Brille, putzte die Gläser, setzte sie wieder auf und blickte die Beamten ironisch an.

»Meine Herren! Wir leben hier nicht in der Provinz. Dank meiner Position blicke ich über Großheide und Rechtsupweg hinaus und nehme Anteil am Geschehen in der Bundesrepublik. Doch auch Ihnen müßte es bekannt sein, daß die Schule nicht verantwortlich gemacht werden kann, wenn Kinder beim Surfen ertrinken, sich Rauschgift in die Adern drücken, oder, wie in Ihrem Fall, sich den Mörder zum Tee einladen.«

Diese arrogante Sau, dachte Lehnartz. Laut sagte er: »Unser Auftrag besteht darin, den Mörder Ihrer Schülerin zu überführen. Und nun sage ich es Ihnen schonungslos ins Gesicht: Die Spur führt mitten hinein in Ihre heilige Anstalt!«

Dr. Sandmann wurde unsicher. Er strich über sein eng anliegendes graues Haar. Seine Augen schwirrten zur Decke, und so, als hätte er dort eine Lösung gefunden, sagte er: »Niemand verwehrt Ihnen, Fragen zu stellen.«

»Gut«, sagte Lehnartz. »Unsere Fragen betreffen nicht Sie, sondern richten sich an Ihre Lehrerschaft. Nach dem Stand unserer Ermittlungen können Sie Ihre Kolleginnen außer Betracht lassen bei der Bitte, eine Dienstbesprechung oder Lehrerkonferenz einzuberufen.«

Dr. Sandmann blickte mit starrer Miene auf den Schreibtisch. Seine schlanken Finger ordneten Schreibutensilien.

»Unter diesen Umständen bin ich bereit, das Kollegium zu einer Sonderveranstaltung zusammenzurufen.«

»Das wird sich nicht vermeiden lassen«, sagte Sperber. »Paßt es Ihnen, wenn wir uns übermorgen gegen fünfzehn Uhr in Ihrem Lehrerzimmer einfinden?«

Dr. Sandmann nickte. Er wirkte blutleerer denn je.

»Gut, Herr Direktor, bis dann«, sagte Lehnartz und erhob sich.

Sandmann ließ die Beamten ziehen. Lange saß er noch vor seinem Schreibtisch und ängstigte sich, einen Fehler begangen zu haben. Er studierte seine Konferenzordnung, suchte nach Paragraphen und dachte weniger an die menschliche Tragödie im Vorfeld seiner Schule als an den Leitenden Oberschuldirektor.

Sevda Yildizlar beobachtete mehr denn je ihren Lieblingslehrer Warringa, der sich redlich abmühte, ihnen die Bedeutung Kafkas für die jüngere deutsche Literatur klarzumachen. Dieses aufbereitete Wissen sollten sie im mündlichen Abitur mit eigenen Worten nur wiedergeben können, mehr erwartete er nicht.

»Der Dichter hat äußerst leidenschaftlich und eigenwillig mit dem Stempel seiner Genialität die Existenz des

Menschen in Frage gestellt, indem er ihn in die Einsamkeit, vielleicht in die Sinnlosigkeit verwiesen hat. Ja, sogar ihm ein Dasein ohne Ausweg vorgedacht hat. Gott ließ er in dieser Situation ohne Antwort«, dozierte Warringa. Er wirkte unausgeschlafen.

Sevda fühlte mit ihm und glaubte zu wissen, weshalb er litt. Sie hob die Hand, um ihm beizustehen, ihm zu helfen.

»Sevda?« fragte Warringa mit müden Augen.

»Kafka verlor selbst seine beruhigende Autorität als Erzähler: Er fand sich umherirrend in Angst und Sehnsucht, Schuld und Ratlosigkeit. Der Mensch bleibt für ihn stets in einer Fremde als ein Opfer des Unenträtselbaren«, sagte Sevda. Die Schülerin bemühte sich um Klarheit und half sich und der Klasse, in einfachen Worten den Unterricht an den Lesetext zurückzuführen.

Warringa schwitzte. Er dachte an die plötzlich einberufene Konferenz. Er mißtraute Sandmann und fürchtete, der falsch ausgelegte Kuß Sevdas könnte zu einem Tagesordnungspunkt werden, zwar verschleiert, aber deutlich genug, ihn, den Unbeugsamen und Unbequemen, zu treffen.

Er fühlte ein leises Zittern, als er auf den leeren Platz blickte, auf dem sonst Dagmar von den Höfen saß und sich mit Argumenten eingeschaltet hatte, um Sevda nicht allein das Feld zu überlassen.

Morgen würde sie beerdigt werden.

Sollte er sich krank melden? Dem Unterricht und der Konferenz fernbleiben? Doch das lehnte er als Persönlichkeit ab.

Bisher war er immer seinen Widersachern Auge in Auge entgegengetreten, und daran sollte sich nichts ändern.

Warringa beobachtete, wie Sevda ihre Schultasche auf dem Rollstuhl verstaute. Sie verließ diesmal den Unterricht sofort nach dem Klingelzeichen.

Luzifer unterrichtete in den nächsten zwei Stunden die Klasse. Es war gefährlich für die junge Türkin, seinen Unterricht zu schwänzen. Doch er brachte nicht die Kraft auf, Sevda zurückzuhalten. Müde ging er dem Lehrerzimmer entgegen, in dem er sich isoliert fühlte.

Dagmar von den Höfen wurde in Hage beerdigt.

Studiendirektor Dehart hatte hilfreich mit entsprechendem Wind und Wirbel einen Bus bestellt, der zu Lasten des Schuletats ging. So, als unternähmen die geschockten Schülerinnen und Schüler und die Handvoll Lehrer einen Ausflug, hatte Dehart sich neben den Fahrer plaziert und dirigierte den alten Mann durch den Verkehr, als hätte der keine Augen. Hinter ihm stand der Rollstuhl. Die Mitschüler hatten Sevda auf einen Sitz bugsiert, auf dem sie schweigsam saß und hin und wieder einen Blick auf ihren Lieblingslehrer Warringa warf.

Vor ihr auf der freien Sitzbank lag der Kranz mit der Klassenschleife. Sie wunderte sich darüber, daß Warringa zusätzlich noch einen Blumenstrauß in den Händen hielt, während er völlig abwesend, nur wie ein Schatten seiner selbst, im Bussitz hockte.

»Da hat es auch einen Toten gegeben«, sagte der Busfahrer mit seiner rauchigen Stimme, als sie den Lütetsburger Wald passierten.

Dehart gab keine Antwort.

Sie näherten sich dem Friedhofsgelände. Überall parkten bereits Autos.

»Ich lasse Sie hier vor dem Friedhof aussteigen und parke auf dem Hotelparkplatz«, sagte der Fahrer.

Der Bus hielt, die Schülerinnen und Schüler stiegen aus, einige halfen Sevda.

Das Wetter brachte eine leichte Kühle, doch ein Blick nach oben ließ die Hoffnung zu, daß die Sonne sich bald durchsetzen würde.

Warringa ließ seine Schülerinnen und Schüler ohne Anweisungen ziehen und mied seine Kollegen. Er schlich wie ein alter Mann durch das Friedhofstor.

Sevda rollte ihren Krankenstuhl in seine Nähe, schaute ihn aufmunternd an, doch dann tauchte sie unter in den Strom der schwarzgekleideten Menschen, die der kleinen Kapelle entgegenschritten.

Hinter sich vernahm Warringa die Stimmen der Kollegen.

»Luzifer« beherrschte auch hier das Geschehen. Doch er sprach nicht von Trauer, nein, es ging um ein Tennismatch!

Warringa, dem schwere Gedanken zu schaffen machten, blieb stehen. Er bückte sich und band sein Schuhband fester.

Nun waren sie vor ihm, seine von Dr. Sandmann bewunderten Streiter an der pädagogischen Front, die nicht einmal im Angesicht eines brutalen Todes einer ihrer begabtesten Schülerinnen genügend Einfühlungsvermögen aufzubringen in der Lage waren.

Sehr viele waren gekommen, um Abschied von Dagmar zu nehmen. Ein Meer von schwarzgekleideten Trauergästen.

In der Pforte der Friedhofskapelle stand ein alter Mann, der seine Trauermiene wie ein Schauspieler verkaufte. Er verteilte im schwarzen Gewand Gedenkzettel.

Warringa ging an der Kapelle vorbei. Ihm stand nicht nach Trauergesang und ausgesuchten Worten, nach Elterntränen und Schülerschluchzen.

Tief in Gedanken schritt er an vergessenen Gräbern vorbei. In seinen Händen hielt er die Blumen. Er wartete hinter einem verblaßten Grabstein, rauchte und fühlte sich ausgeschlossen und einsam.

5

Die Tische im abgewohnten Lehrerzimmer bildeten ein großes Viereck. Oberstudiendirektor Dr. Sandmann hatte seine Direktoren um sich versammelt.

Es ging witzig zu in einigen Ecken. Spott rief Gelächter hervor, doch die Spötter waren sicher, daß ihre bissigen Bemerkungen nicht bis zu Oberstudiendirektor Sandmann durchdringen konnten.

Durch die Lehrerschaft ging ein Raunen, als der Regierungs-Oberschuldirektor hastig neben Hero Dehart Platz nahm.

Dieser Besuch sagte ihnen, daß es um mehr ging als um ausgehängte Klotüren, überbesetzte Damentoiletten und Fehlstunden der Schüler. Erst recht stieg die Erwartung an, als zwei ihnen unbekannte, lässig gekleidete Herren erschienen. So, als hätten die Stühle seitlich für sie parat gestanden, nahmen sie Platz.

Sandmann erhob sich, räusperte sich und sprach in das Geraune: »Liebe Kolleginnen und Kollegen. Unser Beruf fordert von uns eine äußerst konsequente Selbstdisziplin. Das schriftliche Abitur liegt hinter uns, einige Kollegen sind mit den Korrekturen zusätzlich sehr belastet. Ich weiß, daß im Gegensatz zur Volksmeinung uns die Nachmittage nie selbst gehören, sondern von Ihnen allen zur Vor- und Nachbereitung der Lehrtätigkeit genutzt werden.«

Das hatten die Lehrer selten vernommen. Sie klopften begeistert auf den Tisch.

Sandmann fuhr fort: »Heute mußte ich Sie in die Schule bitten, weil mich die anwesenden Kriminalbeamten dazu zwangen. Ich kenne das Anliegen der Ermittlungsbeamten nicht und habe deshalb unseren Leitenden Regierungs-Oberschuldirektor dazugebeten.«

In den leichten Beifall mischten sich Buhrufe.

Der Oberschuldirektor erhob sich. Er war der Mann, der die Lehrproben abnahm und vor dem selbst Sandmann zitterte.

Das Kollegium schwieg neugierig. Alle warteten auf die Sensation.

Oberstudienrat Warringa war am Ende. Er hatte sich in die Schule geschleppt. Ihn belasteten mehr Probleme, als dieser weinerlichen Kollegenschaft zuzumuten waren. Da saßen sie, einige Doppelgehaltsempfänger, und träumten von den Ferienzielen. Da schwatzten die aus reichen Elternhäusern von Mercedes-Modellen.

Seine Ehe war kaputt, seine Finanzen waren in Unordnung.

Er hörte die Stimme des höchsten Bosses.

»Sie können sicher sein, liebe Kolleginnen und Kollegen, wenn hier Kriminalbeamte ihren Pflichten nachgehen müssen, daß wir von der Bezirksregierung uns unserer Fürsorgepflicht bewußt sind. Selbstverständlich müssen wir uns dann distanzieren, wenn, was ich für unmöglich halte, jemand von Ihnen tatsächlich sein hohes Amt mißbraucht haben sollte.«

Warringa zitterte. Er dachte an den ihm aufgezwungenen Kuß seiner türkischen Schülerin Sevda. Doch er registrierte eisig und fröstelnd, daß die da vorn schon weiter waren!

Er sah, wie sich der fremde Mann erhob und das Wort nahm.

»Mein Name ist Lehnartz, ich bin Kriminalkommissar, und das dort ist mein Kollege Sperber. Unsere Anwesenheit erklärt sich damit, daß die Abiturientin Dagmar von den Höfen einen schrecklichen Tod fand. Seltsamerweise hatte sie ihren Mörder, von dem wir wenig wissen, zum Tee eingeladen. Aber Zeugen verdanken wir einige wichtige Aussagen. So soll die Schülerin eine leidenschaftliche Schachspielerin gewesen und oft in einem Norder Restaurantbetrieb ihrem Hobby mit wechselnden Partnern nachgegangen sein. Kurz vor ihrem Tod hat ihr letzter Schachpartner seine Fingerabdrücke auf den Figuren hinterlassen. Wie ein Zeuge glaubhaft mitteilte, hatte Dagmar ihn mit Herr Lehrer tituliert. Unsere Frage deshalb, ob jemand des Kollegiums der Schachpartner des Opfers war.«

Sperber beobachtete den kleinen Studiendirektor. Er sah, wie sich um seine dicke Lippe Züge der Entspannung legten.

Lehnartz schaute in die ratlosen Gesichter der Lehrerschaft. »Sie müssen sich nicht wie Schüler melden, meine Damen und Herren«, sagte er. »Suchen Sie uns in der Dienststelle auf, wenn Sie Auskünfte geben können.«

Sperber sah, wie sich der kleine Direktor zu Wort meldete.

»Chef«, flüsterte er und wies auf den frisch Beförderten, wie er annahm.

Der sportliche Typ mit dem welligen Haar erhob sich. »Liebe Kolleginnen und Kollegen. Wir alle fühlen uns noch zu sehr geschockt vom Verbrechen an unserer Schülerin Dagmar von den Höfen. Schachspielen ist mit Sicherheit keine Sünde. Meine Frau und ich sind seit vielen Jahren begeisterte Schachspieler. Es muß ja auch nicht heißen, daß der Kollege, der mit ihr eine Partie Schach gespielt hat, ihr Mörder war. Ich möchte Sie nur bitten, falls Sie Probleme haben, sich vertrauensvoll an uns, die Schulleitung, zu wenden.«

Die Lehrerschaft rückte die Stühle zurecht. Gemurmel und Gelächter erfüllten den Raum.

Lehnartz erhob sich. »Ich danke Ihnen, Herr Dehart. Doch Ihre Appelle sind uns zu dürftig. Uns wäre es lieb, wenn der anwesende Oberschulrat uns seine Zustimmung geben würde, die Damen aus ihrer Pflicht zu entlassen und von den Herren Fingerabdrücke abnehmen zu dürfen. Das ist keine sonderlich zeitraubende Angelegenheit. Wir sind vorbereitet, haben Stempelkissen dabei und die Lehrerliste parat.«

Der Oberschulrat, so gefordert, stand auf. »Ich glaube, daß es allen recht ist, wenn wir der Polizei helfen. Ich danke den Damen für ihr Pflichtbewußtsein.«

Sperber schob einen Tisch zurecht, legte das Stempelkissen aus und griff in die Kartei.

»Herr Doktor Sandmann, Sie und Ihre Führungskräfte zuerst«, sagte Lehnartz.

Der Leiter der Schule drückte mißmutig seinen Zeigefinger auf das Stempelkissen, seine Untergebenen folgten vorbildhaft. Es dauerte in der Tat nicht lange, bis Sperber in dem leeren Lehrerzimmer seine Utensilien einpacken konnte.

»Wenn der Täter nun zum Stammtisch der Honoratioren gehört, dann haben wir eine Niete gezogen«, sagte der Assistent.

»So oder so, Sperber. Wir marschieren konsequent weiter«, sagte Lehnartz.

Sie verließen die Schule und fuhren zur Dienststelle.

Die Herren am Stammtisch waren guter Dinge. Der Kellner brachte schwitzend das Tablett an den Tisch. Pilsgläser trugen weiße Schaumkronen, und der Corvit war eisgekühlt.

Die Kriminalbeamten beobachteten die Zecher von einem Seitentisch. Lehnartz sah, wie Enno Dyker, der Vorsitzende des kaufmännischen Vereins, sie waren bekannt miteinander, ihm zublinzelte und danach das Interesse seiner Stammtischbrüder auf sich zog und mit lauter Stimme fragte: »Warum haben die Ostfriesen immer eine gefüllte und eine leere Corvitflasche in ihrem Kühlschrank?«

Dyker erhielt keine Antwort.

»Nun, wenn er Besuch hat und einer darunter ist, der keinen Corvit mag«, sagte er.

Seine Stammtischbrüder lachten, doch Dyker klopfte an sein Glas.

»Liebe Freunde, irgendwie liegt uns allen daran, Norden schöner, freundlicher und umsatzattraktiver zu gestalten. Doch der Mord an der Abiturientin paßt nicht in unsere Werbebroschüre. Fräulein von den Höfen soll sich hier gelegentlich zum Schachspielen eingefunden haben. Die Kriminalpolizei fand auf den Schachfiguren Fingerabdrücke, die ihren Verdacht erregten. Aus verständlichen Gründen ist sie an unseren Fingerabdrücken interessiert. Ich hoffe, daß Sie sich ihrem Anliegen nicht in den Weg stellen werden.«

»Wenn die Bullen sie nicht zum Alkoholtest weiterleiten!« rief ein volleibiger Kaufmann. Gelächter kam auf.

Ein anderer frotzelte: »Ich habe den ganzen Tag Geld gezählt, ich muß meinen Daumen erst duschen.«

Enno Dyker winkte die Kriminalbeamten an den Stammtisch.

»Beginnen Sie, Lehnartz«, sagte er grinsend.

Sperber legte das Stempelkissen aus, während Lehnartz die Namen der Anwesenden notierte.

Als ein gutgebauter, kräftiger fünfzigjähriger Mann an der Reihe war, blickte Lehnartz kurz auf den Blazer und schrieb den Namen auf.

»Eilert Siefken, Eigner mehrerer Fischkutter, ohne Schachkenntnisse, dafür Schönwetterspezialist«, sagte der Mann.

Seine Freunde lachten.

Die Männer hielten die Veranstaltung für eine willkommene Unterbrechung ihres Alltags. Morgen konnten sie damit ihren Kunden imponieren.

Nicht einmal eine Viertelstunde hatten die Beamten gebraucht. Sie setzten sich an ihren Tisch. Der Kellner brachte ihnen frische Biere, die auf Kosten des Stammtisches gingen.

Die Kripobeamten hielten die Gläser hoch, prosteten sich zu und sahen dem Stammtischtreiben zu.

Die Männer hatten den Mord an Dagmar bereits wieder vergessen.

Sevda verließ im Rollstuhl die Hebevorrichtung des Transporters der AWO. Entschlossen griff sie in die Räder und fuhr dem Katasteramt entgegen. Sie hatte den Brief ihrer Cousine im AWO-Bus noch einmal gelesen. Ihre Cousine gehörte als Spielleiterin einer Bauchtanzgruppe aus Anatolien an, die in Begleitung einiger Musiker im Rahmen eines Kulturabkommens in westdeutschen Theatern auftrat. Durch einen Vermittlungsfehler der Agentur war auch die Sielbar in den Tourneeplan aufgenommen worden. Es hatte Ärger gegeben. Die Mädchen hatten es abgelehnt, die anwesenden Gäste zu bedienen und hüllenlos aufzutreten. Der aufgebrachte Geschäftsführer hatte daraufhin auf Vertragserfüllung bestanden und mit der Agentur telefoniert. Der Irrtum wurde aufgeklärt. Der Geschäftsführer hatte einen der Eigner gebeten, mit der Spielleiterin ein persönliches Gespräch zu führen, wenigstens für wenige Auftritte zu bleiben, bis eine Ersatzmannschaft angeworben werden könnte. Auf Drängen der Mädchen hatte Sevdas Cousine mit ihrer Truppe im Tourneebus die Sielbar verlassen. Sie waren nach Bonn zur türkischen Botschaft gefahren, um sich dort Rat zu holen.

Bisher hatte sich Sevda für den in der Nachbarschaft von Norden ansässigen Luxusnachtclub noch nie interessiert. Sevda sprühte vor Unternehmungsgeist. An diesem Morgen schwänzte sie den Unterricht.

Ihre Cousine hatte ihr etwas anvertraut, das wichtiger war als zwei Stunden Geschichte bei dem ungerechten Luzifer.

Der Pförtner trat ihr entgegen.

»Ich möchte in das Amtsregister einsehen«, sagte sie höflich.

Der Mann schob sie in den Aufzug und drückte den Knopf.

»Zimmer dreihundertvier, mein Fräulein«, sagte er.

Sevda, geübt, Türen selbständig zu öffnen und zu schließen, verwirrte den älteren Mann, der sich über den Tresen beugte. Hinter ihm waren die Regale mit Akten gefüllt. Die Luft in den Räumen war trocken.

»Mein Fräulein?« sagte er und putzte seine Brille.

»Ich habe ein berechtigtes Interesse an der Einsicht in das Register für Kapitalgesellschaften«, sagte Sevda forsch.

Der Beamte setzte die Brille auf, schaute Sevda nichtssagend an.

»Und welche Gesellschaft meinen Sie?« fragte er dienstlich.

»Die Sielbar GmbH sucht eine Buchhalterin. Ich erhielt die Stelle. Doch bevor ich mich endgültig entscheide, möchte ich mich orientieren«, sagte Sevda und lächelte freundlich.

»Das ist Ihr gutes Recht. Warten Sie.« Der Mann studierte eine Liste, ging dann an ein Regal, zog einen Pendelordner heraus und verließ das Zimmer. Sekunden später kehrte er mit einer Fotokopie zurück.

»Die Gebühr beträgt zwei Mark fünfzig«, sagte er trocken.

Sevda zahlte, legte die Kopie auf ihren Schoß und rollte sich durch die Tür, die der Beamte ihr höflich geöffnet hatte.

Vor dem Katasteramt hielt sie unter den Bäumen am

Fräuleinshof kurz an und betrachtete das Dokument. Sie las die Namen der Kapitalgeber und folgte dem weiteren Text.

Die Sielbar GmbH ist berechtigt, gastronomische Betriebe zu führen. Das Haftkapital ist gemäß der Satzung auf 50 000 DM festgelegt. Geschäftsführer ist der Kaufmann Enno Schneider.

Sevda atmete zufrieden auf. Das ist der Anfang, sagte sie sich und lenkte ihren Rollstuhl in Richtung Osterstraße.

Es war noch früh am Morgen. Nur wenige Käufer suchten die Geschäfte auf. Die Schülerinnen und Schüler hatten die Straßen bereits verlassen.

In der Kreidestraße befand sich die Detektei. Zwei arbeitslose Lehrer versuchten sich hier in einem Job, von dem sie wußten, daß er in Oldenburg und Bremen recht erfreuliche Renditen brachte.

Sevda legte einen Hundertmarkschein mit der Kopie auf den Tresen, ließ den jungen Mann erst gar nicht in einen blumigen Werbegalopp verfallen, sondern sagte: »Versuchen Sie, möglichst viel Privates über die Anteilseigner dieser Gesellschaft zu erfahren.«

Der etwa dreißigjährige Mann grinste.

»Wir werden es Ihnen mitteilen. Ich betrachte den Schein als Ausgleich für unsere Spesen.«

»Ich gebe Ihnen einen zweiten für die Ergebnisse. Mehr ist nicht drin«, erwiderte Sevda lächelnd.

»Das ist in Ordnung. Schauen Sie am Wochenende vorbei«, sagte der Mann.

Sevda verließ die Detektei.

6

Es waren nicht der herabklatschende Regen und die wechselnden Sturmböen, die die Beamten dazu veranlaßten, einen Wagen zu nehmen, denn zum Fabricius-Gymnasium waren es nur wenige hundert Meter.

Es war ihre Vorsorge, den mutmaßlichen Mörder nicht unnötigerweise der Öffentlichkeit zu präsentieren.

Der Fahrer blieb im Bully, während zwei Kollegen der Schutzpolizei die Kriminalbeamten begleiteten.

Sie nahmen den Zugang über den Innenhof. Die weiten Pausenhallen waren unbelebt. Hinter den Klassentüren wurde gelernt und gelehrt.

Die Schulsekretärin, für ihre hilfsbereite und freundliche Art oft gelobt, starrte ungläubig auf die Polizeimannschaft, deren Gesichter nicht so wirkten, als hätte ein Lehrer falsch geparkt.

»Ist Direktor Doktor Sandmann anwesend?« fragte Lehnartz ohne die übliche Begrüßung.

»Ja. Wen darf ich melden?« fragte die Sekretärin mit großen Augen und entschuldigte sich sogleich mit einem Lächeln, als sie an die Tür ihres Chefs klopfte. Sie öffnete sie einen Spalt.

»Herr Direktor, Besuch, Herren von der Polizei.«

Sandmann empfing sie. In seinem bleichen Gesicht war weder Überraschung noch Abneigung zu entdecken.

»Meine Herren, setzen Sie sich«, sagte er und wies auf die Sessel vor dem niedrigen Tisch.

»Herr Direktor Sandmann, der Amtsrichter mußte sich den wissenschaftlich fundierten Ergebnissen unserer Spurensuche beugen und hat einen Haftbefehl für einen Lehrer Ihrer Schule ausgestellt«, sagte Lehnartz ernst. »Dieser steht im Verdacht, Ihre Schülerin Dagmar von den Höfen ermordet zu haben.«

Dr. Sandmann erregte sich nicht. Er blieb gelassen. Seine kleinen Augen im spitzen Gesicht blitzten gefährlich.

»Sie sprechen von Oberstudienrat Warringa, Herr Kommissar?«

Sperber blickte seinen Chef überrascht an. Er mochte diesen in Menschengestalt auftretenden Paragraphenhengst nicht.

»Es überrascht uns, daß Sie auf Anhieb ein schwarzes Schaf aus Ihrer Herde herauszufinden in der Lage sind«, sagte er und bemühte sich um ein Lächeln.

Sandmann lächelte nicht zurück. Für ihn war das Gespräch zu ernst.

»Meine Herren, erst vor wenigen Tagen mußte ich ihn zurechtweisen. Er, dem eine verantwortungsvolle Lehrtätigkeit zufällt, hat eine Schülerin in der Klasse, in der Pause versteht sich, geküßt! Sein moralischer Lebenswandel bot mir öfter, als es mir recht gewesen ist, Anlaß zur Kritik. Sie verstehen?«

Die Beamten verstanden nicht, doch das war auch nicht wichtig, denn die Katze war aus dem Sack. Ihre Aufgabe bestand darin, diesen Lehrer festzunehmen. Die Richter sprachen das letzte Wort, nicht sie und auch nicht Doktor Sandmann.

»Ich schlage vor, Sie holen Herrn Warringa aus seinem Unterricht zu uns«, sagte Lehnartz. »Hier kann er unter Zeugen eine erste Stellungnahme abgeben oder sich uns anvertrauen.«

Sandmann erhob sich.

»Ich lasse ihn holen«, sagte er entschlossen. Er ging zur Tür.

»Frau Martens, Studiendirektor Dehart soll sofort zu mir kommen. Es gibt keinen Grund für eine zeitliche Verzögerung. Er ist auf seinem Zimmer.«

Lehnartz blickte seinen Assistenten an.

»Ist dieser Studiendirektor nicht erst vor kurzem befördert worden?« fragte Sperber.

»Ja«, erwiderte Dr. Sandmann.

Lehnartz und Sperber wechselten einen kurzen Blick. War dieser Mann es vielleicht gewesen, der sich mit Dagmar von den Höfen im Saal des Ostfriesischen Krugs vergnügt hatte?

Der kleine Studiendirektor erschien mit einem breiten Lächeln. Er hatte sich der Mode angepaßt, trug eine breit geschnittene Karohose. Aus seinem Pullover mit V-Ausschnitt lugte der Hemdkragen in angepaßtem Ton, und selbst das Krokodil der Tennisspieler fehlte nicht.

»Die Herren Kriminalbeamten kennen Sie bereits. Die Uniform der weiteren Herren erübrigt eine Vorstellung.

Dehart, holen Sie bitte Herrn Oberstudienrat Warringa aus dem Unterricht. Wir wünschen mit ihm ein Gespräch. Übernehmen Sie am heutigen Tag seine Vertretung. Ich werde mich später in einer Direktorenstunde weiter äußern«, sagte Dr. Sandmann.

Fast hätte der Zwerg mit der dicken Lippe seine Schuhe zusammengeknallt, doch bevor er das Allerheiligste der Schule verließ, fragte er noch süffisant: »Ist er der Mörder?«

Niemand antwortete.

Lehnartz stieg es sauer hoch. Sperber schaute verlegen auf den Boden. Er begann daran zu zweifeln, daß die Lehrer einen Traumjob hatten.

Wie würde der Oberstudienrat hier auftreten? fragte sich der Kommissar. Ein gestandener Mann, der aus ihnen unerklärlichen Gründen zum Mörder geworden war. Welche Motive hatten ihn soweit bringen können? War er wirklich der Mörder? Dafür sprachen seine am Tatort hinterlassenen Fingerabdrücke.

Doch Warringa erschien nicht als reuiger Sünder. Seine Augen wirkten nicht wie die eines Mörders, im Gegenteil, sie verrieten Kampfbereitschaft.

Der Lehrer trug eine Manchesterhose, ein Sommerhemd und darüber eine verfilzte Strickjacke nach Norwegerart.

Stolz, als hätte man ihm Unrecht getan, sagte er: »Sie haben mich rufen lassen, Herr Sandmann.«

Seine Augen huschten über die Polizeimannschaft.

Sandmann sah den Mann nicht an. Er schaute zur Decke.

»Nicht ich, Herr Kollege, sondern die Kriminalpolizei«, sagte er ohne Rührung.

Lehnartz stand auf. Er reichte dem Mann die Hand und sagte: »Wir kennen uns. Wir haben den Auftrag, sie festzunehmen, weil Sie unter dem Verdacht stehen, die Abiturientin Dagmar von den Höfen ermordet zu haben. Hier ist der Haftbefehl. Ich muß hinzufügen, daß alles, was Sie jetzt zu dieser Anschuldigung sagen, gegen Sie verwendet werden kann.«

Die Beamten der Einsatzbereitschaft standen auf und hielten dem Mann die Handschellen entgegen.

»Lassen Sie das!« fauchte Warringa. »Ich verlasse aufrecht diese Bildungsanstalt, in der ein falscher Geist weht!«

»Ich bitte Sie, uns keine Scherereien zu machen, wenn wir auf Ihren Wunsch eingehen«, sagte Sperber.

Hilfsbereit neigte Studiendirektor Dehart sich vor.

»Nun sagen Sie doch etwas, Herr Kollege! Verlassen Sie nicht so die Schule, wir sind doch auch noch da!«

Warringa wurde bleich. Seine Augen suchten seinen Vorgesetzten. Für Sekunden sah er Direktor Sandmann an. So, als stiege eine tiefe Verachtung in ihm auf, sagte er mit fester Stimme: »Lassen Sie von meinen Schülern Wassermann lesen, der Fall Mauritius.« Er drehte sich um.

Schweigend, mit verhärmtem Gesicht begleitete der schwere Mann die Polizeibeamten zum abgestellten Bully.

Die Einwohner der Kleinstadt Norden waren geschockt.

Der Mörder, ein Oberstudienrat des ehrwürdigen Fabricius-Gymnasiums! Die Gerüchte überschlugen sich, fanden phantasiereiche Weitererzähler, die dem Lehrer noch zusätzlich verbotenen Sex mit einer türkischen Schülerin anhängten.

Die Neugierde der Kripobeamten galt dem Bungalow des Lehrers. Der Amtsrichter hatte ihnen einen Durchsuchungsbefehl ausgestellt. Sie fanden Fotos von Klassenfahrten und von Schulfeten, die den Lehrer in der Nähe der Schülerin Dagmar zeigten, die allerdings nicht belastend wirkten. Ihre Hoffnung, an Hinweise zu gelangen, die zum Motiv des sinnlosen Mordes führen konnten, zerplatzte wie eine Seifenblase.

Eine Handvoll Presseleute stürzte sich auf die Kriminalbeamten, als sie den Bungalow verließen. Sie schossen ihre Bilder und bestürmten sie mit Fragen.

»Kein Kommentar!« rief der Kommissar und eilte zum abgestellten Dienstwagen.

Sperber folgte ihm.

»Mein Gott, wenn man dieser Meute in die Hände fällt, ist es fast unmöglich, das Gesagte zu kontrollieren«, stöhnte Lehnartz und fuhr los. »Verdammt, ich hatte mehr erwartet.«

»Dagmar hatte einen lockeren Lebenswandel, Chef«, sagte Sperber. »Man kann nie wissen.«

»Die tödliche Teestunde als eine private Fortsetzung einer Schüler-Lehrer-Beziehung?« fragte Lehnartz.

»Vielleicht ein Eifersuchtsdrama. Der gestandene Lehrer liebte das Mädchen, das von vielen begehrt wurde. Er war enttäuscht, weil sie ihn hatte abblitzen lassen«, folgerte Sperber.

»Ein gewagtes Motiv für einen Mann in besten Jahren«, sagte Lehnartz nachdenklich.

»Er hatte einiges zu bieten. Seine Stellung, sein sicheres Einkommen, einen großzügigen Bungalow, in dem er sich einsam fühlen mußte«, warf Sperber ein.

»Es gibt Gerüchte, die aus einer anderen Ecke kommen«, sagte Lehnartz.

»Und?« fragte Sperber.

»Warringa ist verheiratet und hat eine Tochter. Seine Frau verließ ihn und schloß sich einer Gruppe Lesbierinnen an, und seine Tochter ist ausgewandert. Er soll zum Frauenhasser geworden sein«, berichtete Lehnartz.

Sperber lachte. »Dr. Sandmann warf ihm vor, die kleine Türkin geküßt zu haben. Wollte er sich damit bereits im Vorfeld aus der Schußlinie bringen?«

»Wohl kaum. Fest steht, daß er der Gast war, den sich die Schülerin zum Tee eingeladen hat«, sagte Lehnartz.

»Chef, Dagmar hatte am Morgen ihres Todestages noch bei dem mutmaßlichen Mörder Unterricht, da liegt es nahe, daß das Mädchen zur Aufklärung wichtige Briefe, Bilder oder Bemerkungen in ihren Schulsachen aufbewahrt haben kann«, sagte Sperber.

Sie fuhren zurück zur Dienststelle.

Noch im Mantel setzte Lehnartz sich an seinen Schreibtisch und rief den Vater des Opfers an.

Sperber wartete geduldig.

Lehnartz legte den Hörer auf.

»Fahren wir los, der Landwirt hat nichts dagegen, daß wir ihn noch einmal aufsuchen.«

Es regnete nicht mehr. Eine leichte Dämmerung zog vom Deich her über die weiten Weiden. Die Luft hatte sich erwärmt. Im leichten Dunst lag das Gehöft wie eine Burg vor ihnen, friedlich und anheimelnd.

Der Hund im Zwinger knurrte, als wäre er zu müde, erneut mit seinen Pfoten gegen die Gitter zu springen.

Müde wirkte auch der Landwirt. Er führte sie in seinen kleinen Büroraum. Auf dem Schreibtisch stand die Corvitflasche.

»Meine Frau ist zu ihrer Schwester gefahren, sie mußte einfach einmal raus«, sagte von den Höfen und holte zwei frische Schnapsgläser aus einer Anrichte.

Er sah die Beamten an.

»Ich weiß, Sie müssen noch fahren, aber einen müssen Sie mit mir trinken!« Er griff zur Flasche und goß die Gläser voll, stellte die Flasche ab und zog zwei Stühle in die Nähe des Schreibtisches.

Die Beamten setzten sich. Der Landwirt hob sein Glas.

»Möge dieser verdammte Pauker nicht nur zeitlebens in Kerkern, sondern danach in der Hölle schmachten«, sagte er und stürzte den Schnaps in sich hinein. Sein Gesicht glühte und zeigte an, daß das nicht sein erstes Gläschen war.

Lehnartz schluckte ebenfalls den Schnaps und setzte das Glas ab.

»Ich kann Sie verstehen, doch dieser Lehrer ist so lange unschuldig, bis ihm die Richter die Tat nachweisen.«

Der Landwirt blickte ihn zornig an, langte wieder zur Flasche und goß nach.

»Sie gehören wohl auch zu den Verfechtern der weichen Welle?«

»Es darf kein Zweifel an seiner Tat offenbleiben«, sagte Sperber, doch von den Höfen hörte nicht hin. Er schluckte den Corvit.

Lehnartz stand auf.

»Herr von den Höfen, wir möchten uns noch einmal in

Dagmars Zimmer umsehen«, sagte er, bemüht, den Mann nicht zu reizen.

»Gehen Sie. Sie kennen den Weg«, antwortete der Landwirt brummig.

Die Beamten ließen den Mann allein und stiegen die Treppe hoch.

Die Tür stand offen. Lehnartz fand den Lichtschalter. Sie öffneten den Schrank, suchten nach weiteren Ablagemöglichkeiten und fanden schließlich die Schultasche in einem kleinen Abstellschränkchen auf dem Flur, über dem ein Frisierspiegel hing.

»Chef, es nimmt viel Zeit in Anspruch, die Tasche zu durchsuchen, nehmen wir sie mit«, schlug Sperber vor.

»Warum nicht? Von den Höfen wird nichts dagegen haben«, antwortete der Kommissar.

Der Landwirt hatte nichts dagegen. Im Gegenteil, er lallte und war dafür, daß sie voranmachen sollten.

Diesem Wunsch gingen sie trotz der vorgerückten Stunde gern nach.

Im Dienstzimmer schalteten sie das Licht an. Die Turmuhr von St. Ludgeri schlug zehnmal.

Lehnartz packte die Schultasche auf den Schreibtisch und entleerte sie systematisch.

»Ursprünge der neueren Geschichte«, las er vom Buch. Es folgten: »Kafka, ein Deuter, beinahe vergessen«, »Gentechnik, eine Herausforderung«; einen Plastikordner mit den typischen Schreibeinlagen, unterteilt nach Fächern durch abgestufte Pappseiten, legte er zuletzt auf den Schreibtisch.

Er öffnete den Ordner und begann die Seiten durchzublättern.

Mathematische Kurven, Integralzeichen, dann in sauberer Schrift verfaßte Aufsätze und Zeichnungen. Es folgten Lateinübersetzungen und das Thema Kafka. Seitenweise Kafka, doch dann stutzte Lehnartz. Er stieß auf Briefe, die da nicht hineingehörten.

»Sperber, hör zu, ich lese vor. Liebe Dagmar, Du bist mein, hast Du mir gesagt. Ich beginne, daran zu zweifeln! Alle Versuche, Dich zu treffen, schlagen fehl. Ich bin um Euren Hof gerannt, doch Dich sah ich nie!«

Es folgte ein weiterer Brief.

»Liebe Dagmar, Du machst das Abitur, da ist auch mir klar, daß Du viel zu lernen hast. Doch immer noch warte ich auf ein Zeichen von Dir! Besuche die Disco Coopersound am Freitag!«

Lehnartz blätterte.

»Liebe Dagmar, nun werde ich Dich auf Schritt und Tritt verfolgen! Du fehlst mir mehr denn je!«

»Die Briefe tragen keine Unterschrift, sie enthalten Rechtschreibfehler. Sie hat sie so der Reihe nach eingeheftet. Das gleiche Schulpapier aus einem Block herausgerissen«, sagte Lehnartz.

»Warringa kann nie der Schreiber gewesen sein«, sagte Sperber.

»Nein, und Dagmar erwähnt ihn nirgendwo, nicht eine Zeile, die ein Verhältnis mit ihm verraten könnte«, stellte Lehnartz fest und packte die Tasche samt Inhalt in den Eisenschrank. »Kinderkram, er wird uns keinen Deut weiterbringen.«

»Überstunden für die Katz«, stöhnte Sperber, als sie das Zimmer verließen.

Sevda zwängte den Rollstuhl durch die vollen Gänge. Sie hatte ein Ziel. So, als hätte sie es äußerst eilig, bediente sie die Antriebsringe des Krankengefährtes und verließ die Schule.

Der Himmel war bedeckt. Ein kühler Wind trieb von See her in die Stadt. Er spielte mit ihren langen, dunklen Haaren.

Die Gehwege der Osterstraße und des Neuen Weges waren voller Menschen, die zum Teil als Urlauber herumbummelten oder mit dem Blick auf die Uhr umherhasteten.

Höflich machten die Passanten ihr Platz und blickten mitleidig hinter dem schönen Mädchen her.

Vor der Rechtsanwaltspraxis Dirks und Dörfler hielt sie an. Die Treppenstufen bildeten ein Hindernis. Sevda sah sich hilfesuchend um. Zwei beherzte Passanten bemerkten ihr Anliegen und trugen sie in den Korridor der Praxis.

Eine Angestellte erkannte das Mädchen wieder, denn die Anwälte hatten nach ihrem folgenschweren Verkehrsunfall ihre Rechte vertreten. Sie mußte nicht lange warten, bis der alte Anwalt Dirks sich hinter ihren Rollstuhl stellte und sie in sein Büro schob. Der Anwalt setzte sich hinter seinen antiken Schreibtisch, langte zur Pfeife und forderte das Mädchen mit freundlichen Blicken auf, den Anlaß ihres Besuchs zu nennen. Er beobachtete, wie das hübsche, vom Schicksal hart getroffene Mädchen verlegen mit den Bügeln seiner Schultasche spielte. Doch dann begann sie zu reden.

»Herr Rechtsanwalt, mein Besuch hat nichts mit meinem leidigen Verkehrsunfall zu tun.« Sie beobachtete, wie der alte Mann seine Sitzhaltung ein wenig änderte und den Kopf anhob.

»Sie suchen dennoch meinen Rat?« fragte Dirks und bemühte sich, seine Neugierde zu verbergen.

»Ja, Herr Rechtsanwalt, wenn ich das Abitur gemacht habe, fahre ich zurück in die Türkei. Doch vorher möchte ich dazu beitragen, daß einem Lehrer, den ich sehr schätze, Recht widerfährt«, sagte Sevda.

Der Rechtsanwalt paffte seine Pfeife. Nachdenklich sagte er: »Fräulein, Recht und Unrecht, das wird sich in Ihrem Heimatland nicht anders verhalten, sind oft nur Standortfragen und nicht Dinge, die der reine Verstand entscheidet. Doch ich werde Ihnen mit Rat und Tat beistehen, ohne ein Honorar zu fordern. Allerdings sehe ich keinen Zusammenhang. Der des Mordes verdächtigte Oberstudienrat wird einen Kollegen zu Rate gezogen haben«, sagte Dirks und schaute Sevda mit verkniffenen Augen an.

Der Anwalt hatte ein schlankes, faltiges Gesicht. Sein Haar war grau. Die jahrelange juristische Arbeit in der

Kleinstadt und sein politisches Engagement hatten ihm zu hohem Ansehen verholfen.

»Herr Dirks, es verhält sich sonderbar. Von einer Detektei erhielt ich einen Tip. Einer meiner Lehrer vom Gymnasium erscheint in Abständen in der Sielbar, um dort mit den engagierten Mädchen zu schlafen. Er ist verheiratet, hat Kinder, die bereits zur Schule gehen. Seine Frau ist wohlhabend und kümmert sich in Jeans und Schlabberkleidern liebevoll um Asylanten und sogenannte Asoziale, die in den Blocks an der Donnerwiese leben.«

Dirks lehnte sich zurück in den Sessel. Er schlug seine Pfeife aus, langte nach einer anderen und antwortete vorsichtig: »Ich weiß von einigen Besuchen bei Freunden in Ihrem Lande, daß die eheliche Treue dort äußerst ernst genommen wird, obwohl nicht immer von Liebeshochzeiten die Rede sein kann. Aber hier bei uns haben sich nach amerikanischen Vorbildern die Ansichten gelockert. Es steht Ihnen nicht an, wenn Sie bei uns die Schule besuchen, das moralische Verhalten Ihrer Lehrer zu kritisieren.«

»Ich verstehe, Herr Dirks. Sie möchten mich einschüchtern oder besänftigen. Hören Sie sich mein Anliegen an. Die Sielbar firmiert als GmbH, als Geschäftsführer ist ein Herr Schneider ausgewiesen. Mich interessiert es, wer die Kapitalgeber sind«, sagte sie.

Dirks schaute Sevda ungläubig an. Ihm war es rätselhaft, warum eine an den Rollstuhl gefesselte Türkin hier recherchierte wie Beamte der Kripo.

»Vermuten Sie einen Bekannten im Management der Bar?« fragte er spontan.

»Nein, sondern einen Lehrer, der mich nicht mag und den ich nicht mag«, antwortete Sevda. Ihre sanften Augen drückten den Ernst ihres Anliegens aus.

Dirks beschäftigte sich mit seiner Pfeife. Er schwieg nachdenklich. Erst nach Sekunden sagte er: »Fräulein Yildizlar, selbst wenn er dort sein Geld in Anteilen angelegt hat, kann ich ihn nach deutschem Recht nicht belangen.«

Sevda strich sich durch das Haar. Sie dachte an ihre eingeschüchterte Mutter. Nie hätte sie es geduldet, daß sich ihre Tochter einzumischen begann in Dinge, die doch nur die Deutschen angingen. Mutig sagte Sevda: »Aber ein Lehrer, der es dort geschäftlich an Moral fehlen läßt, hat meinem Lieblingslehrer aus Unkenntnis türkischer Gebräuche sehr geschadet. So muß ich nun fragen, was verwerflicher war oder ist. Ich habe meinem Lehrer, der meine Entwicklung sehr gefördert hat, aus Dankbarkeit einen Kuß gegeben. Zufällig schaute der andere Lehrer dabei durch die Klassenzimmertür und verpfiff ihn beim Direktor.«

Der Rechtsanwalt schaute nur zum Teil durch.

»Nun, das ist doch Sache Ihres Lehrers. Wenn man ihm Schwierigkeiten macht, kann er sich doch selbst verteidigen«, sagte Dirks.

»Herr Anwalt, Sie kennen Doktor Sandmann nicht und auch nicht den Luzifer«, sagte Sevda leise.

Dirks lehnte sich vor. Er hielt die Pfeife von sich.

»Ich spreche von Oberstudienrat Warringa«, fuhr Sevda fort. »Wie Sie wissen, steht er unter dem Verdacht, meine Mitschülerin Dagmar von den Höfen ermordet zu haben.«

»Ich bin Jurist und darf mich nicht einmischen«, sagte Dirks. Er legte die Pfeife ab.

»Herr Warringa ist ein hervorragender Lehrer. Er hat Dagmar gemocht. Ich habe keine Beweise, aber ich bin sicher, daß er Dagmar nicht umgebracht hat«, sagte Sevda und blickte den Anwalt traurig an.

»Der Amtsrichter unterschreibt nur dann einen Haftbefehl, wenn die ihm von der Untersuchungsbehörde vorgelegten Indizien solch eine schwerwiegende Anklage rechtfertigen«, sagte Dirks.

»Herr Anwalt, ich halte es für unfair, daß Lehrer Dehart in seinen Klassen und auch außerhalb der Schule Herrn Warringa als Frauenhasser darstellt. Natürlich nicht wörtlich, versteckt, versteht sich. Das ist Herr Warringa nicht!«

»Nach einem so schrecklichen Verbrechen treibt das Geschwätz seltene Blüten«, sagte Dirks und schlug die Asche der Pfeife am Rand des Aschenbechers aus.

»Auch ich bin ins Gerede gekommen. Damit muß ich

leben«, sagte Sevda aufgeregt und fuhr fort: »Ich bin zu Ihnen gekommen, weil ich von Ihnen erfahren möchte, ob der Studiendirektor Dehart Miteigentümer der Sielbar ist.«

Der Anwalt wunderte sich darüber, daß diese Frage noch nie ein Bürger der Kleinstadt gestellt hatte.

Er blickte das Fräulein ernst an.

Sevda schlug beschämt die Augen nieder. Sie fühlte, daß der Anwalt sie durchschaut hatte.

»Um das zu erfahren, benötigen Sie nicht meinen kostenlosen Rat. Das Handelsregister steht Ihnen offen«, sagte Dirks und lächelte wohlwollend.

Sevda blickte auf. »Es gibt so viele Widersprüche, Herr Dirks, und ich weiß nicht weiter«, sagte sie, während ihr das Blut ins Gesicht schoß.

»Es geht also um mehr als um den falsch ausgelegten Lehrerkuß?« fragte der Anwalt.

Sevda nickte ernst und kämpfte mit den Tränen.

»Gut, Fräulein, Sie werden von mir hören«, sagte Dirks, selbst hellhörig geworden.

Mit einer Büroangestellten half er Sevda zurück auf den Bürgersteig.

Äußerst nachdenklich suchte Dirks sein Büro auf.

7

Als Sperber am Morgen das Dienstzimmer betrat, saß Lehnartz bereits am Schreibtisch. Er legte seine Tasche ab und hängte seine Jacke an den Haken.

»Chef, nachts kommen einem die besten Gedanken. Diese Dagmar war zum Träumen schön«, sagte er und lächelte.

»Das haben vor uns mehrere gewußt«, sagte Lehnartz spöttisch.

»Aber nur einer hinterließ Fingerabdrücke, vernascht

haben sie mehrere.« Sperber setzte sich hinter seinen Schreibtisch.

»Der Intelligenteste von ihnen, so scheint es, hätte uns mit einigen Tempotaschentüchern und ein Paar Handschuhen an der Nase herumführen können«, antwortete Lehnartz und legte die Akte auf den Tisch.

»Vergessen wir die Türkin nicht, Chef«, warf Sperber ein.

»Richtig, Sperber. Frau Yildizlar wollte Dagmar die Leviten lesen. Sie kam dem Mörder in die Quere.«

»Und die verängstigte Frau hat vielleicht eine Beobachtung gemacht, die sie uns aus Furcht vor den deutschen Behörden verschweigt«, antwortete Sperber.

Ein Kollege brachte einen Brief.

»Der Posteingang«, sagte er nur.

Lehnartz riß das Kuvert auf. Es trug keinen Absender.

»Schreibmaschine«, sagte er und las laut. »Sehr geehrte Herren von der Polizei, Sie suchen in den Zeitungen nach Zeugen, die einen Mann bemerkt haben, der von schwarzer Hautfarbe war und sich im Forst erhängt hat. Wenn es welche gibt, die diesen Mann gesehen haben, sich aber nicht melden, dann liegt das daran, daß sie wollten, daß der Mann ein Geheimnis mit in seinen Tod nahm. Ich möchte nicht, daß er als Opfer nur in der Statistik erscheint. Ich selbst weiß nichts über diesen dunkelhäutigen Herrn, nur vermute ich einen möglichen Zusammenhang. In der Sielbar genossen einige angesehene Herren unserer Stadt schwarzen Sex. Das liegt bereits einige Zeit zurück. Die Mädchen wechseln die Bars wie Filme die Kinos. Jemand, der glaubt, daß Warringa kein Mörder ist.«

Der Kommissar hob das Kuvert an und besah sich den Poststempel.

»Norden«, sagte er.

»Ein Fan des Oberstudienrates«, stellte Sperber fest.

»Ja, dabei meldet er Zweifel an. Diese anonyme Person glaubt nicht an den Selbstmord des Schwarzen und hält Warringa für unschuldig«, sagte Lehnartz.

»Und belastet irgendwelche Barbesucher. Das scheint

mir nicht so einfach aus der Luft gegriffen«, antwortete Sperber.

»Möglich, der Brief hat seinen Stellenwert. Doch besuchen wir noch einmal die Türkin. Vielleicht verschweigt sie uns etwas«, sagte Lehnartz.

»Einverstanden, um diese Zeit ist ihre Tochter in der Schule«, sagte der Assistent.

»Sperber, halten Sie sich den nächsten Abend frei. Wir müssen der Sielbar einen Besuch abstatten.«

Frau Yildizlar öffnete die Tür. Sie zitterte und ängstigte sich, als sie die Beamten in das ansprechend möblierte Wohnzimmer führte.

»Meine Herren, Sie sich setzen. Bei uns zu Hause und auch hier in Ostfriesland, wenn Besuch kommt, gibt es Çay, Sie sagen Tee. Soll ich machen für Sie?« fragte sie und näherte sich einer kleinen Küche. Alles blinkte vor Sauberkeit.

»Gern«, sagte Lehnartz. Der Kommissar schaute auf die Bilder an der Wand. Sie zeigten Moscheen und das Berg massiv von Bursa.

»Dürfen wir rauchen?« fragte Sperber.

»Natürlich, da steht Aschenbecher auf Anrichte. Mein Mann auch ist Raucher!« rief sie aus der Küche.

Die Beamten schwiegen und rauchten. Erst als die Türkin, sie hatte sich inzwischen ein Kopftuch umgebunden, den Tee servierte, fragte Lehnartz: »Frau Yildizlar, Sie haben das tote Mädchen gesehen. Ihnen fiel nichts Besonderes auf?«

Die Frau zuckte mit den Schultern.

»Ich war in Entsetzen und hatte viel Angst«, sagte sie und schaute auf den Tisch.

»Stand vor dem Haus vielleicht ein Fahrrad oder ein Moped, oder parkte ein Wagen in der Nähe des Hofes?« fragte Lehnartz.

Frau Yildizlar schwieg. Ihr stiegen Tränen in die Augen.

»Ich habe Angst um meine Tochter, wenn ich sage«, antwortete sie verzweifelt.

»Wir sind von der Polizei und werden Sie beschützen«, beruhigte Sperber die Frau.

»Frau Yildizlar, nach deutschem Recht sind Sie verpflichtet, uns alles mitzuteilen, was zur Aufklärung des Mordes beiträgt«, sagte Lehnartz.

»Herr Kommissar, Sie kennen Hof von Landwirt? Ein Weg führt vorbei und geht nach Theener, anderer führt um Scheune und geht nach Ostermarsch. Auf ihm sah ich Person mit Fahrrad fuhr weg«, sagte sie und wischte sich die Tränen ab.

»War es ein junger oder ein älterer Mann?« fragte der Kommissar.

»Das konnte ich nicht sehen. War schon weit weg, und Person fuhr schnell«, antwortete sie.

Die Beamten bedienten sich und tranken den Tee.

»Sie werden bald wieder in die Türkei zurückgehen?« fragte Lehnartz freundlich.

»Ja, wenige Monate. Meine Tochter wäre gerne noch hier. Es ist ihre Heimat geworden in Deutschland, doch Arbeit wird knapp, und mein Mann und ich älter. Wenn Tochter Abitur, wir können gehen, denn sie kann in Istanbul studieren«, antwortete sie.

Die Beamten erhoben sich, verabschiedeten sich von der Frau und stiegen in ihren Dienstwagen.

»Hat die Türkin Warringa gesehen?« fragte Sperber.

»Oder sogar einen anderen? Fragen über Fragen«, murmelte Lehnartz.

Von weitem sahen sie bereits die Lichtreklame.

Sie entpuppte sich als ein Sektglas. Mit erleuchteten Fenstern und großzügiger Parkplatzausstrahlung beherrschte die Sielbar die Nacht, die das platte Land rundum in Dunkelheit ließ. Auf dem Parkplatz standen einige teure Wagen. Sie trugen fremde Zulassungskennzeichen. Lehnartz parkte das neutral lackierte Dienstfahrzeug und näherte sich mit Sperber der Bar.

Während der vielen Jahre ihrer Tätigkeit in Norden

hatte es nie Anlässe gegeben, hier mit polizeilicher Neugierde herumzuschnüffeln.

Eine Region, die sich dem Fremdenverkehr verschrieben hatte, mußte solche Einrichtungen in ihr Angebot aufnehmen.

Die Beamten, die heute ihre Getränke auf die Spesenrechnung setzen konnten, waren überrascht, als ein Mann im Smoking mit gepflegten Umgangsformen sie in der Diele begrüßte und nach ihren Tischwünschen fragte.

Alles war gediegen und vom Feinsten. Die kleine Diele lag im Licht dezenter Leuchten. Weiche Teppiche bedeckten den Steinboden.

Hinter einem Eichenholztresen stand ein Mann, auf den rotes Licht aus Strahlern fiel. Spiegelstreifen und Flaschenbatterien auf Kristallregalen zauberten eine Atmosphäre, die zum Verweilen einlud.

Der Mixer mit Fliege und weißem Hemd bediente Paare, die in eleganter Kleidung auf hohen Barhockern saßen. Musik für ältere Jahrgänge lief leise vom Band. Kristallüster spendeten regenbogenfarbenes Licht.

Lehnartz, nicht verwöhnt von seiner Bierpinte in Hage, dem Stammlokal seiner Mannschaft, verbarg seine Überraschung. Auch sein Assistent hatte anderes erwartet.

Sie setzten sich an einen Tisch.

Der Geschäftsführer, wie der Kommissar annahm, legte ihnen die Getränkekarte mit einer Verbeugung vor und verschwand, als ginge ihn das weitere Geschäft nichts an.

Lehnartz studierte die Karte. Weinnamen, die er nie gelesen hatte, mit Preisen, für die er im Supermarkt hätte Kartons abtransportieren können, entlockten ihm ein Schmunzeln.

Bier gab es nicht, auch keinen Schnaps, erst recht keine Cola oder Bluna. Die Sektseite brachte nur wenig in deutscher Sprache. Französisch beherrschte das Sortiment, und die Preise begannen bei knapp unter fünfzig Mark und kletterten in die Höhe.

Lehnartz reichte Sperber die Karte an.

»Ich glaube, wir entscheiden uns für den Sekt, der den

Namen des Eisernen Kanzlers trägt, denn ich vermute, daß der Prüfer unserer Spesenrechnung in der Bezirksregierung ein Konservativer ist«, sagte er leise.

Sperber überflog die Seiten.

»Es gibt keine Sonderangebote, Chef.«

Lehnartz zeigte auf den Samtvorhang, der vor einer kleinen Bühne hing.

»Von dort kommen die scharfen und süßen Sachen.«

Sperber grinste. »Nein, von dort«, flüsterte er und machte eine Kopfbewegung. Eine schöne Frau näherte sich ihrem Tisch. Sie war nicht barbusig, trug auch keine Strapse, zeigte kaum Bein, sondern sie stand fest auf eleganten Stöckelschuhen, ließ nur einen kleinen Einblick in ihren Ausschnitt und verriet mit ihrer gebräunten Haut unter einem eleganten Abendkleid, daß Auspacken mehr Freude bereitet als plumpe Beschenkung.

»Die Herren haben sich entschieden?« fragte sie mit süßer Stimme.

»Wir denken, daß der Eiserne Kanzler uns besser bekommt als Champagner, den Pariser Maler sich unter ihre Farben mischen«, sagte Lehnartz, als wäre er ein Weltenbummler.

»Die Wahl ist gut«, flötete die Schönheit, die ihr langes blondes Haar für Sekunden Lehnartz um die Ohren wehen ließ.

»Paris ist bekannt für Pinselkünste«, scherzte sie.

»Und der Eiserne Kanzler für Sitte und Strenge«, sagte Sperber.

»Auch Kanzler haben Schwächen«, hauchte sie und schritt davon.

Überrascht schauten sie zu, wie immer mehr Gäste das Lokal füllten. Es waren nicht nur Besucher, die verschämt um sich blickten, nein im Gegenteil, Herrschaften, die Statussymbole wie teuren Schmuck und elegante Kleidung sichtbar werden ließen.

Die hübsche Blondine mit einem entzückenden Schmollmund wie Claudia Schiffer servierte den Sekt. Dabei hielt sie ihre Schenkel gespielt gespreizt und gestattete den Beamten einen Blick durch den Kleiderschlitz auf ihre aufregend langen Beine.

»In Paris kann er nicht besser munden«, sagte sie und verließ den Tisch.

Nur hin und wieder sahen sie den Geschäftsführer, an den sie ihre Fragen richten wollten. Doch noch war es zu früh.

Die Blonde blieb nicht allein. Immer mehr Schönheiten in eleganten Kleidern bedienten die Gäste.

Das Tonband brachte weiterhin altbekannte Weisen.

Lehnartz und Sperber fühlten sich wie Fremdkörper in der Sielbar. Doch auch sie stimmten mit ein in das »Oh«, als sich schließlich der Vorhang hob und alle Bedienungsmädchen sich charmant lächelnd in einer Reihe auf der kleinen Bühne verneigten.

Der Geschäftsführer hatte Geschmack und die Mädchen etwas zu bieten. Ihre Bewegungen wirkten synchron, als sie begannen, sich auszuziehen. Wäsche flog in das Publikum, die Stimmung knisterte. Schließlich standen die Schönen nackt auf der Bühne. Riesiger Applaus ertönte, dann senkte sich der Vorhang.

»O weia«, stöhnte Lehnartz. Er beobachtete, wie die Gäste gierig die Gläser leerten, als hätten sie in einer Wüste lange schmachten müssen.

Minuten später mischten sich die Mädchen mit ihren gutgewachsenen Körpern und oben ohne unter das Publikum und notierten die Getränkewünsche der Herrschaften.

»Versuchen wir es, Chef«, schlug Sperber vor.

Sie erhoben sich und gingen zum Tresen.

»Wir wollen zum Geschäftsführer, welche Tür, welche Richtung?« fragte Sperber den Mixer.

Der Mann, der alle Hände voll zu tun hatte, die Gläser zu füllen, blinzelte sie nur kurz an.

»Der Chef wünscht keine unangemeldeten Besucher«, sagte er.

»Gut, dann melden Sie uns an«, forderte Lehnartz und beobachtete, wie sie plötzlich das Interesse der Thekengäste fanden.

Der Barkeeper geriet ins Schleudern. Schließlich sagte er: »Drüben geht es zum Ausgang, seitlich der Tür befindet sich sein Büro.«

Lehnartz ging hinüber und klopfte an. Die Tür wurde von dem Mann, der sie im Smoking empfangen hatte, geöffnet. Er mußte sich umgezogen haben. In Jeans und Rollkragenpullover schaute er sie fragend an.

»Meine Herren?«

Lehnartz verzichtete auf den Griff nach seiner Polizeimarke.

»Sie sind der Geschäftsführer?« fragte er.

Der Mann nickte verwirrt. »Ja, mein Name ist Schneider! Haben Sie Reklamationen vorzutragen?«

»Nur ein paar Fragen. Sie betreffen die Geschichte Ihres Hauses«, sagte Lehnartz.

»Nehmen Sie Platz«, forderte Schneider sie auf. Unsicher nahm er hinter seinem Schreibtisch Platz. Akten lagen vor ihm. »Ich habe Sie nicht recht verstanden. Tragen Sie bitte Ihr Anliegen vor.« Neugierig blickte er die Beamten an.

»Das ist sehr einfach. Wir möchten von Ihnen erfahren, wie lange es her ist, daß hier schwarze Mädchen auftraten und bedienten«, sagte Lehnartz.

Der blasse Mann mit dem falschen Pastorengesicht blickte sich irritiert um.

»Unser Unternehmen ist kommerziell! Für unsere künstlerische Gestaltung der Abendprogramme benötigen wir Abwechslung. Wir sind dem Top-Managerring Bremen angeschlossen und liefern unserem anspruchsvollen Publikum die Neuheiten im Showgeschäft.«

»Herr Schneider, wann gastierten hier schwarze Damen, die das versahen, was heute abend die Blondinen boten?« fragte Lehnartz hart.

»Nun, in zwei Wochen erwarten wir eine japanische Truppe, doch warten Sie, die afrikanischen Mädchen gastierten bei uns im April«, sagte er gequält.

»Und sie erfuhren höchste Zustimmung aus dem Kreise Ihrer Gäste?« fragte Sperber.

»Warum horchen Sie mich aus?« fragte Schneider mit bösem Unterton.

Lehnartz überhörte die Frage. »Es gab keinen Schwarzen, oder sagen wir, keinen dunkelhäutigen Mann, der etwa fünfunddreißig bis vierzig Jahre alt war und bei Ihnen auftauchte, sei es als Gast oder Gesprächspartner?«

Schneider bemühte sich um Selbstbeherrschung.

»Nein«, antwortete er ernst.

»Sie haben auch nichts beizutragen zu dem rätselhaften Tod eines dunkelhäutigen Mannes, den man im Lütetsburger Forst gefunden hat und der verstorben sein muß, als dunkelhäutige Mädchen für Ihren Umsatz sorgten?« fragte Sperber bissig.

Schneider hatte sich in der Gewalt.

»Unser Haus sorgt für gute angemessene Unterhaltung. Unser Publikum gehört zur besseren Gesellschaft! Schwarze Gäste haben wir noch nie angetroffen. Seeleute vergnügen sich in Emden in zwielichtigen Bars.«

»Danke«, sagte Lehnartz. Sie ließen den Mann allein, der sie lächelnd zur Tür begleitete.

Sie bezahlten bei dem enttäuschten Mädchen die Rechnung, das selbst beim Kassieren die Register ihrer Verführungskünste zog.

Lehnartz parkte den Wagen neben dem Gehweg vor dem Komfortbungalow.

Die Sonne schien heiß vom Himmel. In ihrem grellen Licht entfalteten die Blumen des Vorgartens ihre volle Farbenpracht.

»Wie ein Foto des Kalenders der Bausparkasse«, sagte Sperber, als sie ausstiegen.

Ein älterer Mann im Garten winkte ihnen zu, als sei er stolz auf seinen Job.

Entschlossen näherten sie sich der kunstvoll gezimmerten Eingangstür. Auf einem gebrannten Tontäfelchen stand »Britta und Hero Dehart mit Abbo und Jesko«.

»Aushängeschild einer glücklichen Familie«, sagte Sperber und grinste.

Lehnartz betätigte den Klingelknopf. Der vornehme Gongton drang zu ihnen nach draußen.

»Moment!« rief der Hausherr. Die Tür wurde geöffnet. Der Studiendirektor in modisch geschnittener Hose und Krokodilpullover blickte seine Besucher irritiert an.

»Sie kommen wegen Warringa?« fragte er ohne Begrüßung und ließ die Beamten eintreten.

»Ja, Herr Dehart. Wir werden sicherlich stören, doch auch wir sind Beamte, die ihren Dienst ernst nehmen«, sagte Lehnartz.

»Treten Sie näher, ich habe schon etwas Zeit. Ich übe mit meinen Söhnen am Computer. Ein teures Spielzeug. Sie müssen sich hineinleben in die neue Welt«, sagte Dehart als mitfühlender Vater.

»Die Welt ist schnellebig«, bemerkte Sperber.

Die Diele enthielt neben echten Teppichen dekorative Kunst.

»Meine Frau ist in den Blocks. Sie betreut – unentgeltlich, versteht sich – die sozial schwachen Kinder.« Der Lehrer führte sie in sein Wohnzimmer, das erlesen eingerichtet war. Dehart deutete auf die Sesselgruppe am Kamin.

»Mein ältester kann uns Tee bereiten«, sagte er und verschwand. Auf dem kleinen Tisch stand ein geschnitzter Elefant.

»Ein Jäger«, sagte Lehnartz und blickte auf das Geweih, das an der Kaminwand angebracht war.

»Vielleicht ein Großwildjäger«, antwortete Sperber und zeigte auf den aus mattem, rotbraunem Holz geschnitzten Elefanten.

Lehnartz griff zur Zigarettenschachtel.

»Und Schürzenjäger«, sagte er. »Rauchen wir eine«, fuhr er fort, als wäre er enttäuscht.

»Stimmt etwas nicht?« fragte Sperber leise, als er ihm Feuer reichte.

»Sperber, da drüben«, flüsterte Lehnartz und zeigte auf ein Foto über einem antiken Schrank.

Sperber folgte dem Blick.

Unpassend zwischen alten Stichen der Stadt Norden hing hinter Glas ein Gruppenfoto des Kollegiums der Schule. Sperber grinste.

»Vielleicht kommt Sandmann öfter zu Besuch.«

Der Studiendirektor erschien mit einem wohlwollenden Lächeln.

»Mein Sohn bereitet den Tee zu«, sagte er. »Kinder müssen früh genug lernen, selbständig zu werden.«

»Immer der Lehrer, selbst zu Hause?« fragte Lehnartz lächelnd.

»Herr Kommissar, eine Familie ist eine Schicksalsgemeinschaft. Da muß jeder für den anderen da sein«, antwortete Dehart stolz. Er saß wie eine halbe Portion im Sessel und versuchte, Größe auszustrahlen, die er nicht besaß.

»Dieses Denken versuchen Sie und Ihr Chef, Doktor Sandmann, auch in Ihr Kollegium hineinzutragen?« fragte Sperber und zeigte auf das Foto.

»Im Beruf muß man aufgehen, das wissen Sie sicher selbst, meine Herren. Pflichten werden zu Hobbys! Ich sage immer, der Mensch braucht eine innere Erfüllung«, dozierte der Zwerg und ordnete sein welliges Haar.

»Und Ihr Kollege Warringa dachte da anders?« fragte Lehnartz.

»Wissen Sie, in der freien Wirtschaft schafft sich das Management die Mannschaft. Im Beamtentum müssen wir auch Fußkranke mitschleppen. Sie verstehen!«

»Und dieser Oberstudienrat war nicht nur schwergewichtig, sondern auch fußkrank?« fragte Sperber, als fände er Gefallen an diesen witzigen Äußerungen.

»Eine kaputte Type. Ich habe nichts gegen Ökos, Grüne oder Linke. Unsere Schule hat Aufgaben, die, an alle Beteiligten verteilt, höchste Anpassung an Lehr- und Lernziele, aber auch an moralische Qualitäten verlangt«, sagte Dehart und erhob sich. »Mal sehen, was der Tee macht.« Er eilte aus dem Wohnzimmer.

»Ein Kämpfer für die fehlende Moral«, sagte Sperber leise und grinste.

»In wenigen Minuten wird er uns in seine Kirche aufnehmen wollen«, antwortete Lehnartz mit einem unterdrückten Lächeln.

Die Tür schwang auf. Der kleine Lehrer trug ein Tablett mit Geschirr ins Zimmer. Gekonnt verteilte er die Gedecke, verschwand wieder, trug Stövchen, Teekanne, Kluntje und Sahnetopf herein. Wortlos bediente er die Besucher, schenkte den Tee ein und setzte sich wieder in den Sessel, der für ihn zu groß geraten war. Er hielt die Tasse an seinen Mund.

Die Kriminalbeamten folgten seinem Beispiel und tranken den Tee.

»Sie mögen Warringa nicht?« fragte Lehnartz den Lehrer.

Dehart schaute ihn ernst an. »Ich nehme an, daß Sie sich über den Mörder bereits ein Bild verschafft haben. Über seine Ehe werde ich kein Wort verlieren, da mir die private Sphäre des Kollegen gleichgültig ist. Nur seine Großzügigkeit im Dienst muß ich als Mitglied der Schulleitung registrieren.«

»Genau das ist es, was wir von Ihnen erfahren möchten«, sagte Sperber.

»Gut, ich gebe Ihnen ein Beispiel«, sagte Dehart. »In seinem Leistungskurs befindet sich eine hübsche türkische Schülerin. Das Mädchen hatte einen Autounfall und ist an den Rollstuhl gefesselt. Ich überraschte beide, als sie sich küßten.« Deharts Blicke huschten über die Kriminalbeamten, als warte er auf deren Empörung.

»Hat er?« fragte Sperber überrascht.

Lehnartz hatte es satt, diesen Scheinheiligen noch weiterhin ernst zu nehmen.

»Herr Studiendirektor, Sie und Ihr Direktor Sandmann scheinen sich, was die Moral anbelangt, in den Grundsätzen einig zu sein. Nur wundert es mich, daß Sie persönlich nicht den Mut aufgebracht haben, den Weg zu uns zu finden, da Sie doch kurz vor ihrem Tod Dagmar von den Höfen, die Ihre Schülerin war, im leeren Saal des Ostfriesischen Kruges gevögelt haben, vulgär ausgedrückt.«

Studiendirektor Dehart sackte zusammen. Sein Gesicht wurde bleich. Seine Augen verloren den Glanz. Er wollte antworten, doch ihm saß ein Kloß im Hals, und seine dicke Lippe bewegte sich, ohne daß seinem Mund ein Ton entfuhr. Verlegen legte er seine Hände auf den Schnitzelelefanten.

»Ich sah ein Fahrrad in Ihrer Garage. Es lehnt an der Wand neben Ihrem Mercedes. Sie haben nicht zufällig am Mordtag eine Radtour unternommen?« fragte der Kommissar.

»Ich radle so gut wie nie. Es ist das Rad meiner Frau«, sagte Dehart.

Sie verließen den geschockten Lehrer. Der Gärtner schnitt mit der Schere Blumen ab. Sicherlich ein Willkommensgruß für die gnädige Frau, die sich so opferbereit für vernachlässigte Kinder einsetzt, dachte Lehnartz.

»Hier wohnt der zweite Beischläfer«, sagte Sperber und wies auf das spitzwinklige Backsteinhaus.

Lehnartz parkte den Wagen, warf einen Blick auf das Anwesen des Fischers.

»Der Kapitän legt weniger Wert auf Repräsentation«, sagte er und stieg aus.

Der Vorgarten war ungepflegt, und die Haustür entstammte der Massenfertigung für sparsame Bauherren.

Lehnartz drückte den Klingelknopf. Eine grauhaarige Alte öffnete mit mürrischem Gesicht die Tür.

»Wir brauchen keine Versicherung«, schnatterte sie los und wollte die Tür zustoßen.

»Kripo Norden, meine Dame«, sagte der Kommissar forsch.

Die Alte schielte belustigt auf die Polizeimarke.

»Ach so, Sie sind hinter diesen Typen her, die uns wenigstens zweimal in der Woche belästigen«, sagte sie.

»Gnädige Frau, uns liegt an einem Gespräch mit Kapitän Siefken«, sagte Lehnartz.

Die Alte griff in die Schürze.

»Dann müssen Sie zum Hafen fahren. Er befindet sich auf einem seiner Kutter.«

»Und die gnädige Frau?« fragte Lehnartz.

Die Alte lächelte verschmitzt.

»Die gibt es nicht, es sei denn, Sie wollen zu mir, ich bin die Mutter.«

»Dann entschuldigen Sie uns«, sagte Sperber.

Die Beamten gingen zum Wagen zurück und stiegen ein.

»Ein Hengst ohne bürgerliche Fesseln«, sagte Sperber, als sie losfuhren.

Am Kai waren die Fischkutter zu Pulks vertäut. Auf dem mit Zementplatten gepflasterten Gelände lagen die Fangnetze ausgebreitet. Männer in Troyern flickten sie und bereiteten sich auf den nächsten Fang vor.

Fischer Eilert Siefken machte auch in Jeans und Troyer eine gute Figur. Ohne jede Voreingenommenheit begrüßte er die Kriminalbeamten, begleitete sie an Bord der ›Anita‹ und führte sie in das Ruderhaus des Schiffes. Er ließ die Beamten erst gar nicht zu Wort kommen, sondern griff in den Kühlschrank der Kombüse und servierte in kleinen Gläsern eisgekühlten Corvit.

So, als freute er sich, alte Bekannte zu treffen, prostete er ihnen zu und schluckte den Schnaps.

Lehnartz setzte das leere Glas auf den Tisch.

»Herr Siefken, wir sind nicht zufällig hier vorbeigekommen.«

»Ich weiß, Sie werden erfahren haben, daß ich es mit der Dirn, die ja nun tot ist, auf der Kegelbahn im Ostfriesischen Krug gehabt habe. Selbstverständlich war ich nicht von Sinnen und habe bemerkt, das jemand seine Nase zwischen die Tür gesteckt hat«, sagte er lächelnd.

»Wir suchen den Mörder des Mädchens«, sagte Sperber ärgerlich.

»Den haben Sie doch bereits. Aber wenn Sie Zweifel haben, ich kann Ihnen auch keinen Tip geben. Es hat auch keinen Sinn, mich zu verdächtigen«, sagte Siefken überheblich.

Er goß die Gläser voll.

»Meine Herren, prost!«

Sie tranken auch den zweiten Schnaps.

Plötzlich neigte sich der Fischer vor.

»Warten Sie, wenn Ihnen ein Mörder nicht reicht! Es mag bereits einige Wochen her sein. In meiner Großzügigkeit hatte ich, weil Dagmar Geburtstag hatte, etwas Kleingeld übrig und ihr ein Armband gekauft. Um nicht ins Gerede zu kommen, schließlich bin ich schon fünfzig, ließ ich ›D. v. d. H. v. Anita‹ eingravieren. Ich schenkte es ihr an einem Wochenende, doch als wir ablegten, es war bereits dunkel, sah ich einen jungen Mann, der aufgeregt mit seinem Fahrrad angedroschen kam. ›Der ist wie wild hinter mir her‹, hat Dagmar gesagt. ›Soll ich wieder anlegen und ihn an Bord holen?‹ habe ich sie gefragt. Aber die Dirn wollte nicht.«

»Und wie sah der Junge aus?« fragte Sperber.

»Was weiß ich? Lange Haare, schlank.«

»Und am Nachmittag des fünfzehnten Mai waren Sie zu Hause?« fragte Lehnartz.

»Nein, ich war in Dornum. Dort lag die Tina zum Verkauf. Ich bin also wahrscheinlich vor dem Mord und nach dem Mord mit meinem Mercedes im Abstand weniger Kilometer an Dagmar vorbeigefahren«, sagte er ernst.

»Und Besuche in der Sielbar? Schwarze Mädchen? Sie als Junggeselle?« fragte Sperber.

Der Kapitän lächelte.

»Warum, ich bin fünfzig! Dagmar gab mir viel. Es gibt genügend Mädchen mit Seeromantik.«

»Das war eine Menge Seemannsgarn«, bemerkte Lehnartz. Der Kapitän geleitete sie aus dem Steuerhaus.

»Dann stricken Sie mal tüchtig, zwei links, eine rechts und eine fallen lassen«, antwortete er zum Abschied und sah den Beamten belustigt nach, als sie sein Schiff verließen.

»Ein Playboy, Chef. So wie er gewohnt ist, aus dem Vollen zu fischen, so nimmt er, was ihm vor die Flinte kommt«, sagte Sperber, der spürte, daß der Fischer sie auf den Arm genommen hatte.

Lehnartz fuhr los. »Aber das Armband. Wo ist es? Trug die tote Dirn es?« fragte er nachdenklich.

8

Gleichmäßig trieb Sevda den Rollstuhl voran. Ihr Vater hatte ihr versprochen, einen batteriebetriebenen Rollstuhl zu kaufen, bevor sie nach Hause, nach Istanbul fahren würden.

Nach Hause, dachte Sevda traurig. Hier, im grünen und flachen Ostfriesland war ihr Zuhause, doch hier hatte sie keine Zukunft. Sie war auf die Mutter und den Vater angewiesen, wenn sie noch studieren wollte. Sie fühlte die aufkommende Müdigkeit in ihren Armmuskeln. Immer mußte sie an ihren Lieblingslehrer Warringa denken. Sie glaubte nicht an seine Schuld. Ein Mann, der so feinfühlig in die Gedankenwelt großer Dichter eindringen konnte, der seinen Schülern sein Wissen so überzeugend vermitteln konnte, brachte kein Mädchen um, das ihm der Staat und die Eltern anvertraut hatten. Das stand für sie fest.

Sevda hatte begriffen, daß ihr heller Verstand nun, wo der Blick auf ihre Beine Mitleid und keine Bewunderung erregen würde, zu ihrer Waffe werden mußte.

Vom Rollstuhl sah die Welt anders aus. Die Augenhöhe befand sich tiefer, der Blick richtete sich von unten nach oben.

Aber auch die Straße, die sie befuhr, war ihr näher gerückt.

Trotz ihres Kummers fand sie Gefallen an den wildwachsenden Blumen, hörte sie das Zwitschern der Vögel, und selbst die Wasserratte, die das Tief überquerte, das parallel zu dem Versorgungsweg lief, rief keine Abscheu in ihr hervor.

Die Kühe auf den Weiden sahen größer aus als früher. Niemand begegnete ihr auf der Fahrt zu der Häuserzeile, die den Namen Junkersrott trug.

Hin und wieder fesselten weite blühende Rapsfelder mit sattem Gelb ihren Blick.

Der Deich bildete eine grüne Kante hinter den kleinen, roten Backsteinhäusern.

In Istanbul würde sie diese herbe Landschaft vermissen. Sie lächelte, denn sie befand sich auf dem Weg zu einer Familie, die hier wehmütig an das Gewimmel der Neunmillionen-Stadt am Bosporus zurückdachte.

Erleichtert bemerkte sie, daß das Auto vor dem Haus stand. Ihren Rollstuhl führte sie daran vorbei. Mit der Hand klopfte sie an die Haustür, da sie den Klingelknopf nicht erreichen konnte.

Der schnauzbärtige Oberstudienrat de Wall öffnete die Tür und begrüßte Sevda herzlich.

»Mutti, wir haben netten Besuch bekommen«, rief er in das Haus und half Sevda in den Flur.

Die de Walls hatten zehn Jahre in Istanbul, im Stadtteil Beyoglu, an der deutschen Schule unterrichtet, und sie waren die einzige deutsche Familie, die die Yildizlars in all den Jahren eingeladen hatten. Frau Hilda de Wall kümmerte sich um Sevda, während ihr Mann für Tee sorgte.

Das Gespräch fand schnell zu dem Mord, der sich in ihrer unmittelbaren Nachbarschaft abgespielt hatte.

Sevda wollte nicht nur hier bei Freunden ihre Kümmernisse abbauen, nein, sie suchte Mithilfe. Sie hatte ihre eigene Theorie vom dramatischen Geschehen im Bauernhaus, auf das sie vom Fenster aus schauen konnten.

Nach dem Tee verließ Herr de Wall sein Haus und suchte den Nachbarn auf, der als Feuerwehrchef, Vorsitzender des Boßelvereins und Aufsichtsrat der Spar- und Darlehnskasse mehr als irgend jemand sonst die Einwohner der kleinen Gemeinde kannte.

Feuerwehrchef Mees näherte sich der Gaststätte ›Deich Kiek‹. Die Fenster des großen Restaurants waren dunkel. Nur der kleine Nebenraum mit dem Tresen warf Licht in die Dämmerung. An der Mauer lehnten ein paar Fahrräder, und ein Moped war aufgebockt.

Mutter Triene, wie die Wirtin liebevoll genannt wurde, stand hinter dem Tresen. Sie rauchte eine Zigarette, und vor ihr stand ein Glas mit Corvit.

Der kleine Kneipenraum enthielt zwei Tische mit jeweils einer Eckbank.

An einem der Tische spielten junge Leute Skat, der andere war verwaist.

Mees kannte sie alle. Er grüßte und setzte sich auf einen Barhocker, ein Bestandteil der wenigen Neuheiten, die die Wirtin seit dem Tod ihres Mannes eingeführt hatte.

»Wie immer, Alwin?« fragte Triene.

Mees nickte müde und legte seine Prinz-Heinrich-Mütze ab.

Die jungen Leute tranken Bier.

Triene hielt ein Glas unter den Zapfhahn.

»Ein Geschäft für die Stromkosten«, stöhnte sie.

Mees sah, wie der Schaumrand anstieg.

»Bald kommen die Urlauber, Mutter Triene. Bei der Arbeitslosigkeit hier gehen die Mannsleute nicht mehr so oft in die Kneipe.«

»Bis auf die da«, sagte die Wirtin und wies auf den Tisch.

»Richtig, bring uns noch eine Runde, Claas muß die Hosen runterlassen! Nimm seinen Deckel«, rief der langhaarige junge Mann und mischte die Karten.

»Ihr habt wirklich schlechte Karten«, sagte Mees zu den jungen Leuten.

»Hier drinnen nicht, aber draußen«, sagte einer der Spieler.

»Es soll ja bald besser werden«, erwiderte Mees und nahm sein Bier an. Mutter Triene goß ihm einen Corvit ein.

»Was haben die mit meinem Vater gemacht? Die Rente rausgeschoben, bis er tot war. Besser wird es immer für die Besseren«, antwortete ein anderer Spieler.

»Gib den Jungen einen auf meinen Deckel, Mutter Triene«, sagte Mees.

»Du stellst ja auch keinen ein, Brandmeister«, empörte sich der langhaarige Tomko.

»Zur Zeit baut ja niemand. Ich habe noch keinen Auftrag in Sicht. Aber wenn sich die Lage bessert, kannst du bei mir anfangen.«

»Chef, das ist abgemacht. Mein BGJ-Bau schaffe ich. Bin froh, wenn ich diese Laberbrüder von Lehrern nicht mehr sehe. Die hauen dich um mit ihrer Gemeinschaftskunde.«

Mees hob sein Glas.

»Zum Wohl«, sagte er und trank es leer. Danach langte er zum Schnaps und goß ihn in sich hinein. Er stellte das leere Glas ab und fragte: »Habt ihr etwas Neues gehört über den Mord an der Dirn?«

»Der Fall sitzt ja nun fest zwischen den Aktendeckeln der Bullen«, sagte Tomko Boever, so als freute er sich.

»Zeiten sind das, Alwin. Da schickste deine Kinder auf das Gymnasium, und dort erzählt denen einer was von edler Humanität und bringt sie um«, stöhnte die Wirtin und goß sich noch einen Corvit in das Glas. Sie hielt die Flasche in der Luft an. »Alwin, du auch noch einen Lütten?«

Mees nickte. »So darfst du nicht reden, Mutter Triene. Die Richter müssen ihm den Mord erst nachweisen.«

»Die Kiste ist doch klar. Überall hinterließ dieser intellektuelle Fettwanst seine Fingerabdrücke«, rief Tomko Boever vom Spieltisch.

Mees hörte, wie sie die Punkte zählten. Er wandte sich an Tomko Boever.

»War ja auch für dich ein schwerer Schlag. Wenn ich da an unser Frühlingsfest denke. Im Zelt habt ihr tüchtig herumgeknutscht. Du mochtest Dagmar ja wohl«, sagte er und lächelte mitfühlend.

Der junge Mann blickte Mees sehr ernst an.

»Chef, an dem Ofen konnte man nicht heiß werden«, sagte der Junge gepreßt. »Da wärmten sich andere die Finger dran. Gut so, sonst müßte ich jetzt Schwarz tragen.« Er nahm die gemischten Karten auf und gab aus.

Mees schaute auf die vergrößerten Fotos aus alten Zeiten, die hinter Glas die Wand bedeckten. Männer schleppten einen hochbeladenen Torfkahn an Treidelleinen durch das Tief. Die Umrisse der alten Gaststätte im früheren Zustand, in der Mutter Triene geboren worden war, bildeten den Hintergrund. Mees schob sein leeres Bierglas zum Auffüllen über den Tresen.

Hafenmeister de Vries schimpfte über den in ihrer Region vernachlässigten Autobahnbau und schöpfte aus der Verwirklichung des Ems-Dollart-Hafenprojektes rosige Zukunftshoffnung für Emden.

Vom Fenster seines Amtssitzes aus blickten die Kriminalbeamten auf ein riesiges Luxuspassagierschiff, das am Heck die Flagge von Polen zeigte.

»Unsere Werft wurde zur Reparaturwerkstatt. Neubauten sind nicht in Sicht«, sagte de Vries.

Lehnartz trug ihr Anliegen vor.

»Ein Frachter mit afrikanischen Seeleuten, so etwa Ende April, Anfang Mai«, sagte er.

Der bärtige Mann holte Listen. Er setzte sich an den Schreibtisch. Die Beamten sahen, wie sein Zeigefinger entlang fremder Schiffsnamen glitt.

»So wenige sind es aber nicht, die Emden anliefen«, bemerkte Sperber.

Der Hafenmeister lächelte.

»Gott sei Dank spüren wir eine leichte Aufwärtsentwicklung.«

Sein Finger geriet ins Stocken.

»Hier, die Matu Manara, Heimathafen Mombasa.«

Lehnartz blickte auf.

»Herr de Vries, könnte ein Seemann den Landgang genutzt haben, um sich abzusetzen?« fragte er.

De Vries lehnte sich in seinen Bürosessel zurück, den er herumschwenken ließ. Er schüttelte den Kopf. »Normalerweise müßte der Kapitän des Schiffes eine Vermißtenanzeige aufgeben.«

»Sie meinen, der Kapitän könnte sich entschlossen haben, die Anker zu lichten, um hinderliche Befragungen und Liegezeiten zu vermeiden?« fragte Sperber.

»Wer weiß? Das Schiff legte vorher in Amsterdam an. Fragen Sie die Holländer, ob bei ihnen ein Seemann in die Maschen fiel«, sagte de Vries.

»Und unsere Behörden?« fragte Lehnartz.

»Sie sind international dafür bekannt, die Exaktesten zu sein«, antwortete der Hafenmeister überheblich.

Die Beamten bedankten sich und verließen das Büro.

»Der Schwarze kann ja nicht vom Himmel herabgefallen sein«, sagte Lehnartz, als er in den Wagen stieg.

»Und wenn er von Holland über Neuschanz eingereist ist?« fragte Sperber.

»Zumindest ist er nicht aufgefallen, denn das LKA hat die Grenzstelle schon befragt«, antwortete Lehnartz.

Sie fuhren zurück nach Norden.

»Ich habe hier eine Telefonnotiz, Herr Kommissar«, sagte der diensttuende Beamte und reichte Lehnartz ein Blatt. »Ein Kaufmann aus Emden gab eine Meldung durch im Mordfall Dagmar von den Höfen.«

»Wir kommen gerade von Emden«, sagte Lehnartz und suchte mit Sperber das Dienstzimmer auf.

Der Kommissar nahm am Schreibtisch Platz und las. »Jobus Goodehuisen, Inhaber des Juweliergeschäftes in Emden, Zwischen den beiden Sielen, hat beim Verarbeiten eines angekauften und veränderten Goldschmuckstückes eine Gravur entdeckt, die eine Beziehung zum Mordfall haben könnte.«

»Seltsam«, sagte Sperber.

Lehnartz griff zum Telefonhörer.

»Chef, bei dem Leerlauf momentan schlage ich vor, wir fahren hin«, sagte Sperber.

»Gut«, antwortete der Kommissar. Er legte den Telefonhörer wieder auf und erhob sich.

Sie hatten sich nicht viel zu erzählen. Die Fahrt nach Emden wirkte auf beide ermüdend.

Sie parkten auf dem Platz vor dem Rathausdelft und suchten die Fußgängerzone auf. Jobus Goodehuisen zeigte in zwei großen Schaufenstern sein Angebot, das auch sehr betuchte Bürger ansprach.

Seine Verkäuferin führte die Beamten zu dem schlanken, vierzigjährigen Geschäftsmann, der in seinem eleganten Anzug wie ein Mann von Welt wirkte.

Ohne den üblichen Tee anzubieten, kam er direkt zur Sache.

Er legte Goldbruchstücke auf einen Samtuntergrund und zeigte auf Buchstaben, die so klein waren, daß sie kaum auffielen.

Goodehuisen nahm ein Vergrößerungsglas und hielt es über die Schrift.

»Das war ein Schmuckstück, das jemand gewaltsam zusammengepreßt hat. Hier, lesen Sie«, sagte er.

Lehnartz blickte auf die Gravur:

D. v. d. H. v. Anita.

»Meine Skepsis scheint sich gelohnt zu haben«, sagte der Juwelier zufrieden.

»Kennen Sie den Kunden, der das Gold verkauft hat?« fragte Sperber.

»Meine Angestellte hat den Namen der Person aufgeschrieben, die als Lieferantin in Frage kommt«, antwortete Goodehuisen.

Er öffnete einen Ordner und schrieb den Namen auf einen Zettel:

Doris von der Heide, 2980 Norden, Speekerwieke 28

»Danke«, sagte Lehnartz. Sie verabschiedeten sich von dem Juwelier.

Menschen strömten durch die Fußgängerzone. Die Sonne beschien das Rathaus und spiegelte sich auf dem Wasser des Delfts. Das dort verankerte Feuerschiff erhöhte die Postkartenromantik.

»Chef, mich wundert es, daß kein eifersüchtiger Freund der schönen Dagmar das Goldarmband zu Geld gemacht hat, sondern eine Frau«, sagte Sperber, als sie losfuhren.

»Vielleicht gelingt es uns, diese Doris von der Heide ausfindig zu machen«, antwortete der Kommissar und lenkte den Wagen durch den aufkommenden Berufsverkehr.

»Vielleicht wissen die Eltern Dagmars etwas über den Verbleib des Schmuckes«, sagte der Assistent.

»Wir werden den Fischer fragen, bei welchem Händler er es gekauft hat. Dieser kann uns dann eine Skizze oder Zeichnung anfertigen«, antwortete der Kommissar.

Die Beamten parkten ihren Passat auf dem bewachsenen Rand des Tiefs. Sie schritten an dem Mercedes vorbei, der einsam auf der kleinen Brücke stand, die sich über den Wassergraben spannte.

Die Kühe standen sich Maul an Maul unter einem Wellblechdach gegenüber. Das Summen einer Melkmaschine drang den Beamten entgegen.

Die Luft war frisch und roch nach Blütenstaub und Salz.

Der Landwirt bediente den Motor unter dem kleinen Schutzdach. Er unterbrach seine Arbeit nicht, nickte ihnen nur zu und wies auf die vielen Kannen.

Eine Art Sackkarre stand bereit.

»Nur eine einzige Frage«, sagte Lehnartz und wartete Sekunden.

»Von Ihrer Frau haben wir bereits die Antwort.«

»Und?« fragte von den Höfen mit rotem Trinkergesicht.

»Trug Ihre Tochter ein Goldarmband, das wir von einem Zeichner nach den Aussagen des Verkäufers rekonstruieren ließen?« fragte Lehnartz, und Sperber hielt das Bild ihm entgegen.

Von den Höfen schaute auf die Zeichnung.

»Nie haben wir erfahren, wer ihr dieses Ding geschenkt hat«, sagte er und blickte über die weiten Weiden, als wollte er nicht erinnert werden an das, was so schmerzhaft in sein Leben eingegriffen hatte.

»Herr von den Höfen, trug Dagmar es am Tag, als sie ermordet wurde?«

Nur für Sekunden schaute von den Höfen den Kommissar an. Danach richtete er seinen Blick auf den Deich, hinter dem der Leuchtturm von Norderney begann, seinen Lichtstrahl zu senden.

»Ich glaube, sie trug es immer«, sagte er mürrisch und deutete an, daß er in Ruhe gelassen werden wollte.

Grußlos schritten die Beamten davon. Was hätten sie sagen sollen? Einen schönen Abend? Alles Gute?

»Wir können davon ausgehen, daß Dagmar das Armband trug, als der Mörder ihr die Kehle durchgeschnitten hat«, sagte Sperber auf dem Weg zum Auto.

»Noch nicht«, sagte Lehnartz ernst. »Mädchen wechseln ihren Schmuck häufig. Dagmar kann ihn verloren haben. Beim Schulbaden liegengelassen haben, was weiß ich. Nur der Mörder weiß, ob sie es trug, und dieser heißt nach bisherigen Recherchen Oberstudienrat Warringa.«

Kommissar Huismann, der die angereisten Kollegen aus Ostfriesland in die Altstadt Bremens begleitete, wußte zu berichten, daß die Mango-Bar nach einem anfänglichen Start als Bordell durch den Besitzerwechsel an Seriosität gewonnen und die Sittenpolizei seitdem keine Beanstandungen angemeldet hatte. Im Gegenteil, das Etablissement, eine GmbH mit einem Geschäftsführer, hatte es fertiggebracht, gerade die soliden Bürgerschichten als Kunden zu gewinnen.

Auch an diesem Abend saß ein akkurat gekleidetes Publikum, meistens Frauen und Männer, dem Mittelalter entwachsen, um die Tische. Die Einrichtung glich der der Sielbar.

»Einverstanden«, sagte Huismann, als sie bei der Dame im langen Kleid den Sekt der Kanzlermarke bestellten. Aber kein langes Blondhaar lag über dem freien Rücken der Bedienung. Schwarze Haut lag frei, unterhalb des drapierten Oberteils des Kleides. Kraushaar, dunkle Augen mit weißen Augäpfeln erhöhten den afrikanischen Charme der jungen Frau, die den Sekt brachte, einschenkte und wieder ging.

»Sie gastierten im süddeutschen Raum, danach in der Düsseldorfer Gegend«, sagte Huismann. Er grinste Sperber an. »Ziehen Sie den Reißverschluß Ihrer Hose fest an. In wenigen Minuten wird hier die Luft vor Sex knistern.«

Und er hatte nicht übertrieben. Die schummrige Beleuchtung sank um eine Stufe. Die Gäste waren auf Vorrat bedient und stierten auf den welligen Vorhang, der sich vor der kleinen Bühne hob, begleitet von einem erwartungsvollen »Oh«.

Die Mädchen tanzten anmutig, begannen sich zu entkleiden und standen dann nackt auf der Bühne.

Schwarzes Afrika, mit dunkler Haut und krausem Schamhaar. Die Mädchen zeigten junge knusprige Brüste, die für die gutbetuchten Bürger Bremens wippten und hüpften.

Ein Augenschmaus für die Betrachter.

Der Beifall folgte spontan. Er galt vielleicht der Natur, die diese Geschöpfe hatte gedeihen lassen. Die Blicke der Gäste blieben stierig, bis der Vorhang auch den letzten Rest schwarzer Haut verdeckte.

»Und gleich kommen sie zum Anfassen«, sagte Lehnartz lächelnd.

»Das ist kein Grund, prüde bürgerliche Maßstäbe anzulegen«, sagte Huismann.

Sperber sah fasziniert zu, als die Mädchen, oben ohne, mit der Bedienungsarbeit begannen.

»Das ist alles amüsant, Huismann«, sagte Lehnartz. »Die GmbH besitzt die Konzession, und es ist nicht verboten, abends mit einer Schwarzen für Geld ins Bett zu steigen. Aber wir sind angereist, weil ein Schwarzer sich vor unserer Haustür erhängt hat, ohne sich vor seinem Ableben über irgend etwas beschwert zu haben. Nicht einmal seinen Paß hinterließ er. Er gab uns auch keine Hinweise, wo wir sein Gepäck finden könnten. Nein, nicht einmal ein Hinweis auf Angehörige, die im Diesseits auf ihn warten, während er es vorzog, ins Jenseits abzutauchen.« Lehnartz trank den Sekt, der in seinem Magen ein Sodbrennen verursachte.

Er hätte lieber ein Bier getrunken und Stammtischgespräche geführt, als hier auf schwarze Titten zu blicken.

»Stellen wir dem Manager ein paar Fragen«, sagte Huismann.

»Von dem werden wir nur nichtssagende Antworten erhalten«, erwiderte Sperber.

»Und? Was wollen Sie sonst tun?« fragte der Bremer Kollege verärgert.

»Wir müssen uns eine dieser schwarzen Perlen an den Tisch holen, oder sollen wir erst im Bett ein Gespräch mit ihnen führen?« fragte Lehnartz ironisch.

Huismann war ein Mann der Tat. Er machte auf sich aufmerksam.

Ein hübsches Mädchen reagierte.

»Noch eine Flasche und ein weiteres Glas«, sagte er und lehnte genießerisch seinen Kopf gegen die festen Brüste des Mädchens.

»Oh«, entfuhr es ihr fröhlich. Sie witterte ein Geschäft. Sie kam zurück, strahlte die Beamten an und setzte sich zu ihnen auf den freien Stuhl.

Die Unterhaltung wurde lustig, als die Beamten ihre Englischkenntnisse zusammenkratzten. Der Charme des schwarzen Mädchens war überwältigend, und ihre nackten Brüste tanzten, wenn sie lachte.

Lehnartz kam spontan eine Idee. Sie waren nach Bremen gefahren, weil sie in Erfahrung bringen wollten, ob es Beziehungen zwischen dem Farbigen, dessen Leiche sie im Lütetsburger Forst gefunden hatten, und den Mädchen der kenianischen Tanzgruppe gab.

Die Truppe hatte im April in der Sielbar in der Nachbarschaft der Stadt Norden gastiert.

Lehnartz legte sich einen Satz zurecht, denn ihm ging es um mehr als Sex.

»Wo ist der Mann geblieben, der euch im Frühling aufgesucht hat, der Landsmann, Sie verstehen?« fragte er auf englisch und lächelte.

In das Gesicht des Mädchens fiel ein Schatten.

»Der Bruder einer Freundin hat uns besucht, nur kurz. Er war böse, weil wir auf dieser Tournee sind. Er ist um die halbe Welt gefahren, um uns zu treffen. Doch wir sind hier freiwillig im Geschäft, werden nicht gezwungen. Zuhause lebt meine Familie von dem Geld, was ich verdiene. Du hast keine Chance in der Armut«, sagte sie, den Tränen nahe, in fließendem Englisch.

»Sahen Sie ihn wieder?« fragte Lehnartz und mühte sich, gelassen zu wirken.

»Nein, er war sehr böse mit uns! Er ist ein Patriot, haßt die Weißen und kämpft mit seiner Zeitung im Untergrund. Er mußte sein Schiff erreichen«, sagte sie.

Huismann pfiff durch die Zähne. Er griff zur Sektflasche und goß die Gläser voll. Auch Lehnartz sah den Mann, der sich im weinroten Smoking hinter der Bar zu schaffen machte und sie beobachtete.

»Wenn Sie mit mir schlafen wollen, eine Nacht mit allen Wünschen, ich mache das, aber ich bekomme fünfzig Mark Provision. Sie müssen bezahlen fünfhundert Mark«, sagte das schwarze Mädchen naiv, denn sie waren in ihrem Umkreis die jüngsten Besucher der Mango-Bar an diesem Abend.

»Schreiben Sie mir den Namen des Bruders der Freundin auf«, sagte Lehnartz, schob ihr einen Kugelschreiber zu und riß ein Blatt aus seinem Notizbuch.

Das Mädchen schrieb mit ungelenken Buchstaben.

Sie hatten den Geschäftsführer aus den Augen verloren. Eine hübsche Schwarze erschien an ihrem Tisch. Sie forderte ihre Landsmännin in einer fremden Sprache auf, mit ihr zu kommen.

Die kleine Schwarze verbeugte sich und verließ ihren Tisch.

»Der Kerl riecht Lunte«, stellte Huismann fest.

Sie tranken den Rest des Sektes und riefen nach der Bedienung. Das Mädchen, das ungeübt Bollana Tatatuppa geschrieben hatte, kam nicht zurück. Ein anderes Mädchen kassierte, lächelte höflich und ließ die Herren mit ernstem Blick ziehen.

»Ich glaube, wir kennen jetzt den Toten«, sagte Lehnartz, als sie auf dem dunklen Parkplatz in ihren Wagen stiegen.

»Sie sind ein Schlitzohr«, sagte Sperber und freute sich.

»Gute Arbeit«, lobte Huismann.

»Das Lob gebührt einem anonymen Briefschreiber, der nicht glaubt, daß Oberstudienrat Warringa ein Mörder ist«, sagte der Kommissar nachdenklich.

Sperber hatte ein Fax sowohl an das LKA als auch an das BKA übermittelt.

»Nun wissen wir es! Der afrikanische Journalist Bollana Tatatuppa, der als Seemann in Amsterdam oder in Emden die Matu Manara verlassen hat, um Recherchen für einen anklagenden Artikel durchzuführen, hat sich danach im Forst erhängt«, sagte er.

»Wie sein fast verwester Leichnam, so stinkt die Geschichte zum Himmel!« schimpfte Lehnartz.

»Den hat jemand aufgeknüpft«, meinte Sperber.

Das Telefon klingelte. Der Kommissar nahm den Hörer ab und meldete sich.

»Ach, Herr Notar, das finde ich nett von Ihnen. Und wieso dachten Sie gerade an mich?« fragte der Kommissar und lachte.

Er nickte Sperber zu.

»Plaudern unter weißen Segeln? Mit Bikinis oder ohne?« fragte Lehnartz. »Eine Männergesellschaft? – Nur Sie, ich und Sperber? – Gut, er steht vor mir.« Lehnartz blickte auf. »Sperber, Rechtsanwalt Dirks fragt, ob wir Lust hätten, ihn am Freitag abend auf einen Törn nach Helgoland zu begleiten. Ihm fehlen zwei tüchtige Mitsegler.«

»Geht klar«, antwortete der Assistent.

»Herr Dirks, wir freuen uns.« Der Kommissar legte den Hörer auf die Gabel. »Ein amüsantes, sportliches Wochenende, Sperber. Frische Seeluft gratis.«

»Der alte Fuchs hegt Hintergedanken«, spottete Sperber.

»Uns soll das nur recht sein. Doch auch ein Feuerwehrchef hat Alarm geschlagen. Es ist der Bauunternehmer Alwin Mees aus Junkersrott. Er erwartet uns im Mövennest in Nessmersiel.

Er will unbedingt einen Kaffee spendieren.« Der Kommissar erhob sich.

»An diesem Wochenende sind alle so nett zu uns«, frotzelte Sperber.

Das sonnige Wetter hatte angehalten.

Die Straße führte am Deich entlang, auf dem eine Herde Schafe hungrig über Gänseblümchen, Dotterblumen und Löwenzahn herfiel.

Über die weiten grünen Wiesen zogen Traktoren mit Schnittmaschinen und sorgten für die erste Heuernte. In den Wagen stieg der Geruch von Waldmeister.

Sie durchfuhren Ostermarsch, passierten Junkersrott, und nach weiteren vier Kilometern bogen sie in Nessmersiel ab.

Außerhalb des Dorfes hinterließ der Ferienhausbau erste Spuren.

Der Ort selbst bestand aus wenigen Häuserzeilen.

Vor dem Hotel Fährhaus standen Autos früher Feriengäste. Die Straße stieg an auf den ersten Deich, in dem sich früher das Sieltor befunden hatte, führte durch saftige Weiden und zog sich ausgebaut zum neuen Deich hin. Von dort sahen die Beamten das weite Wattenmeer und die Insel Baltrum, die sich jetzt bei Flut mit ihren roten Backsteinhäusern in der Nordsee spiegelte.

Lehnartz parkte den Wagen vor dem hohen Zementsockel, auf dem das Möwennest erbaut war. Wie ein langer Finger zog sich die steinbefestigte Verlängerung des Sockels bis in die See.

Sie sahen die Fähre, die der Insel entgegenfuhr.

Über eine Wendeltreppe gelangten sie in die Cafèstube,

die rundum durch Glasfenster einen herrlichen Blick zuließ.

In einer Ecke saß ein Mann im Troyer. Er blickte sie erwartungsvoll an. Sein Haar war grau, sein Gesicht freundlich. Er war knapp unter sechzig, und alles deutete daraufhin, daß er hier im Küstenbereich fest verwurzelt war.

»Herr Mees?« fragte Lehnartz. Der Mann nickte und zeigte auf die freien Plätze an seinem Tisch. Die Beamten nahmen Platz. Am Tresen stand eine Frau, die gelangweilt vor sich hin döste.

»Kaffee?« fragte Mees. Sie nickten.

»Rena, zwei Kännchen Kaffee für die Herren!« rief Mees.

Der Feuerwehrchef aus Junkersrott kam gleich zur Sache.

»Ich bin mit von den Höfen mehr als befreundet. Im Ort kennt jeder jeden. Der Mord an der Dirn hat uns alle geschockt. Selbst die Fremden, die zu uns gezogen sind, fühlen sich bei uns echt wie zu Hause. In meiner Nachbarschaft wohnt zum Beispiel ein Lehrerehepaar, das lange in Istanbul an der Deutschen Schule unterrichtet hat.«

Rena brachte den Kaffee. Sie hatte reichlich Milch und Zucker beigefügt und zog sich wieder zurück.

Alwin Mees fuhr fort. »Nun ja, wir haben die Türken noch nicht eingeladen, sie gehören ja auch nicht direkt zu unserem Einzugsgebiet. Aber die de Walls, das Lehrerehepaar, kannte da keine Schranken. Sie besitzt das Vertrauen der Familie.«

»Sie sprechen jetzt von den Yildizlars«, sagte der Kommissar und blickte nach draußen. Die ersten Strandkörbe standen bereits auf dem Sand, und wenige Alte nutzten sie. Vermummt gegen den Seewind blickten sie in die Weite.

»Sie wissen, daß die Tochter gelähmt ist. Die de Walls sind ohne Kinder und haben diese Sevda sehr gefördert. Sie besuchte mit Dagmar die gleiche Klasse.«

Auch Sperber schwieg, stellte keine Fragen und ließ den

Mann erzählen, der bisher nur um den heißen Brei herumzureden schien.

»Sevda war sehr bedrückt. Sie hatte etwas auf dem Herzen und suchte die de Walls auf. Sie hatte nach der Schule, einige Tage vor dem schrecklichen Mord, ein Erlebnis. Während sie auf den Fahrer des AWO-Wagens wartete, hatte sie ihren Rollstuhl vor dem Fabricius-Gymnasium an den Gehweg geschoben und hörte – durch die geparkten Pkw verdeckt – der Unterhaltung zwischen einem jungen Mann und Dagmar zu. Er machte der Dagmar Vorwürfe, daß sie ihn links liegen ließ. Meldete Liebesansprüche an, die das Mädchen recht zynisch abblockte. Sie soll gesagt haben, nur weil ich dein Schnibbelchen einige Male geduldet habe, willst du aus deinem asozialen Zuhause aussteigen und dich als Grüner auf unserem Hof wichtig machen. Hau ab, suche dir aus deiner Idiotenschule eine und laß mich endlich in Frieden! Der junge Mann soll darauf wütend geäußert haben: Das wirst du bereuen!«

Der Unternehmer schwieg. Er sah die Kriminalbeamten mit seinen listigen Augen an.

Lehnartz trank den Kaffee, griff zur Zigarette.

»Eine ernst zu nehmende Drohung, Herr Mees«, sagte er und ließ Sperber das Wort.

»Und ich nehme an, Sie kennen diesen jungen Mann?«

»So verhält es sich. Er ist in meiner Feuerwehr. Außerdem bin ich auch erster Vorsitzender des Boßelvereins Goode Flüch. Er spielt in unserer ersten Mannschaft«, sagte Mees und begann erst jetzt, sich mit dem kalt gewordenen Kaffee zu beschäftigen.

»Trauen Sie diesem jungen Mann die Tat zu?« fragte Lehnartz.

»Das ist schwer zu sagen. Bei unserem Frühlingsfest im Zelt hat er sich sehr um Dagmar bemüht und ziemlich heftig mit dem Mädchen herumgeknutscht«, antwortete Mees.

»Was ist das für ein Junge?« fragte Sperber.

»Er heißt Tomko Boever«, sagte Mees. »Sein Vater ist verstorben. Er hatte große Pläne für seinen Sohn geschmiedet. Aber auf dem Gymnasium ist Tomko gescheitert, dann hat er auf dem Fährschiff gearbeitet, aber nach einem handfesten Krach mit einem Vorgesetzten den Job verloren. Zur Zeit besucht er das Berufsgrundschuljahr Bau und möchte Maurer werden.«

»Und finanziell?« fragte Sperber.

»Äußerst mies. Seine Mutter hilft in der Saison im Fährhaus aus, denn die schmale Rente reicht nicht vorne und nicht hinten. Tomko mag auf Kartenspielen und Bier nicht verzichten.«

Der Feuerwehrchef, Vereinsvorsitzender und Bauunternehmer kramte in seiner Wetterjacke, die über seiner Stuhllehne hing, herum und fand, was er suchte. Er legte mehrere Fotos auf den Tisch.

In Uniform standen die Männer, wie Soldaten nach Größe geordnet, in einer Reihe.

Mees legte seinen dicken Zeigefinger unterhalb eines Kopfes an.

»Der da ist es, der mit dem langen Haar«, sagte er. Er besaß weitere Fotos, die den harmlos scheinenden jungen Mann beim Boßeln oder in geselliger Runde zeigten.

»Der Junge weiß nichts von dem Verdacht, den Sie hegen?« fragte Lehnartz.

»Nein«, antwortete Mees.

»Hat er eine Freundin hier in Ihrer Gemeinde, ein Mädchen, das Doris von der Heide heißen kann oder auch ähnlich?« fragte Sperber.

Mees schüttelte den Kopf.

»Ich habe Tomko Boever nicht beobachtet. Er lebt so unter uns wie die anderen Jungen«, sagte er.

»Wir werden diese Mitteilungen selbstverständlich vertraulich behandeln«, sagte der Kommissar und dachte bereits an die notwendigen Recherchen.

Die Kripobeamten parkten vor dem gepflegten spitzwinkeligen Haus auf der Dr. Beruting-Straße.

Es roch nach frischem Gras. Ein Rasenmäher dröhnte in der Stille des Nachmittags.

Schon die Pflege der Beete ließ auf die Korrektheit des Hauseigentümers schließen.

Der Lehrer, schlank, mit nervösen Gesichtszügen, stellte den Rasenmäher ab. Sein Gesicht verfinsterte sich. Er lebte zurückgezogen und empfing sonst nur Leute, die sich angemeldet hatten.

»Müllena, Oberstudienrat«, sagte er nervös.

»Herr Müllena, wir sind von der Kriminalpolizei. Ist das Ihr Schüler?« fragte Lehnartz und hielt ihm ein Foto entgegen.

»Ja«, sagte Müllena.

»Es ist unverantwortlich, was man Berufsschullehrern heute alles aufbürdet«, protestierte seine Frau, die sich von einem Beetrand erhob.

»Na, bei uns sind die Vorgesetzten auch nicht gerade zimperlich«, sagte Sperber und lächelte freundlich.

Der Kommissar zog die Briefe hervor und zeigte sie dem Lehrer.

»Sie kennen die Schrift Ihres Schülers?« fragte er. »Ihr Urteil soll kein graphologisches Gutachten ersetzen, sondern nur eine von uns konstruierte Möglichkeit bestätigen. Es wäre zwecklos, Zeit in eine Recherche zu investieren, die sich offensichtlich schon im Ansatz als falsch erweist.«

»Eberhard, du hast doch die Klassenarbeiten auf deinem Schreibtisch«, half die Ehefrau weiter.

Der Lehrer blickte an sich hinab. So konnte er nicht sein Haus betreten. Und Kriminalbeamte ohne Notwendigkeit in sein Haus lassen, behagte ihm offenbar nicht. Hilfesuchend sah er seine Frau an.

»Ich hole sie«, sagte sie spontan.

Sie standen im Schein der Nachmittagssonne. Müllena nahm die Arbeit in Empfang.

»Es war ein Aufsatz mit dem Thema: Die Familie, wie stehe ich zu ihr? Was gibt sie mir? Meine Kritik!« sagte er.

Die Beamten nahmen das Blatt aus seiner Hand und schauten auf die Buchstaben, auf das, was sich oberhalb und unterhalb der Hauptlinien krümmte, bog oder steil auslief.

»Danke«, sagte der Kommissar. »Wir können uns jetzt ein Bild machen.« Er steckte die Briefe des Schülers ein.

»Aber nicht mein Mann«, sagte die Ehefrau.

»Es ist nicht so wichtig, Frau Müllena«, sagte Sperber. »Ein Flugblatt, Sie wissen, wie sie tausendfach auf Schulhöfen verteilt werden.«

»Ein schönes Wochenende«, wünschte Lehnartz und verließ mit seinem Assistenten den gepflegten Rasen.

»Ich möchte kein Pauker an der Berufsschule sein«, sagte Sperber, als sie in das Auto stiegen.

»Die Briefe aus Dagmars Schultasche hat dieser Tomko Boever geschrieben«, antwortete der Kommissar.

Sie hatten Feierabend und freuten sich auf den Segeltörn. Sie waren gespannt auf das, was den alten Fuchs Dirks dazu bewogen hatte, sie einzuladen.

9

Das Wetter war ideal. Ein frischer Wind fiel in den Norddeicher Hafen. Die Sonne ging rot unter, und der Himmel zeigte keine Wolken.

Fischkutter liefen aus zum Fang.

Die Kripobeamten betraten die Frauke, verstauten ihr Gepäck und packten mit an.

Der alte Dirks bediente schweigend den Außenbordmotor, während sie die Leinen einzogen, die Segel aus den Persenningen lösten und aufzogen.

Erst als sie die Kaimauern der Fahrrinne verlassen hatten, überließen sie die Frauke dem Wind.

Sie segelten um Norderney und hatten alle Hände voll zu tun, das Schiff über die befahrenste Schiffahrtsstraße der Welt auf dem Kurs zu halten.

Dirks hatte reichlich für Bier und Corvit gesorgt, doch sie genossen die Getränke in kleinen Mengen, denn die aufkommende Dunkelheit erforderte ihre ganze Aufmerksamkeit.

Gesprochen wurde wenig, und wenn, dann nur über Belangloses.

Dirks teilte am späten Abend die Wachen ein, so daß jeder sich für ein paar Stunden in seiner Koje ausruhen konnte.

Als am Morgen die Felsen der Insel Helgoland in Sicht kamen, die Sonne die Besatzung leicht aufwärmte, begann Sperber in der Kombüse ein einfaches Frühstück vorzubereiten.

Der Wind trieb die Frauke durch ein leicht kabbeliges Wasser der Insel entgegen. Fernab zogen Frachter und Tanker vorbei, als sie am Heck eine Schnitte aßen und der heiße Tee die Müdigkeit verscheuchte.

Erst jetzt begann Rechtsanwalt Dirks locker zu plaudern. Er sprach über den Prozeß, den er für die Türkin Sevda Yildizlar geführt hatte. Erwähnte Schwierigkeiten, die einem Außenstehenden unverständlich erscheinen mußten. Tricks juristischer Wahrheitsfindung.

Während die lange Anna, ein hochragender roter Felsen, aus dem Blau heranwuchs, schilderte der Anwalt, wie die redliche, naive Sevda erneut gegen Ungerechtigkeiten zu kämpfen sich entschlossen hatte.

»Sie hält ihren Lieblingslehrer für unschuldig«, schloß er.

»Herr Dirks, fest steht, daß Warringa seine Fingerabdrücke wie Visitenkarten am Tatort hinterlassen hat. Ob er der letzte war, der Dagmar von den Höfen lebend sah? Wer weiß? Als die Mutter Sevdas – soweit müssen wir ihr Glauben schenken – das Haus betrat, war der Mord bereits geschehen. Zur Zeit interessiert uns zusätzlich ein junger Mann, der Dagmar wohl verehrt hat, bei ihr aber nur gelegentlich zum Zuge kam. Das ist nicht sonderlich aufregend, da wir einen Zeugen haben, der beobachtet hat, daß Dagmar sich recht locker mit einem Lehrer und einem ledigen Fischer eingelassen hat«, sagte Lehnartz.

Der Anwalt lüftete kurz seine Prinz-Heinrich-Mütze.

Die Frauke machte im kabbeligen Wasser Fahrt.

»Von einem Fischer weiß ich nichts«, sagte der Anwalt. »Über einen Lehrer erfuhr ich allerdings mehr. Er ist ein kleiner Mann mit riesigem Ehrgeiz. Er hat in eine sehr wohlhabende Familie eingeheiratet. Doch das sprechen wir hier nicht in ein Protokoll, sondern in den Wind.«

»Sie meinen Studiendirektor Dehart«, sagte Sperber.

»Möglicherweise. Diese niedliche Sevda muß Radarstrahlen an ihrem Rollstuhl haben«, antwortete der Anwalt.

Der Wind ließ die Zigaretten schnell verglühen.

Die Beamten schwiegen.

Der Anwalt fuhr fort. »Das Fräulein trug Fragen an mich heran, die sonst nur gewiefte Kollegen formulieren können. Eigentlich hätten Sie diese Fragen stellen müssen!«

»Nicht so geheimnisvoll, schießen Sie los, Herr Dirks«, sagte der Kommissar.

Der Anwalt korrigierte den Kurs. Die Segel erschlafften für Sekunden, knallten dann und füllten sich wieder mit Wind.

Dirks' Blick lag voraus. Er peilte die Insel an, als wolle er sein Geschwätz vergessen. Doch schließlich wandte er den Beamten sein Gesicht zu. Er grinste.

»Sie haben doch einige amüsante Stunden auf dem Barhocker verbracht.«

Lehnartz und Sperber sahen sich an. Was wußte der alte Fuchs?

»Erst vorgestern besuchten wir die Mango-Bar in Bremen. Wir erhielten Hinweise von einem dunkelhäutigen Mädchen«, sagte der Kommissar ernst. »Es ist anzunehmen, daß der Tote aus dem Forst ein afrikanischer Journalist war, der die tugendlose Erwerbstätigkeit seiner schwarzen Schwester als eine Art Vergiftung durch westliche Einflußnahme ankreiden wollte.«

»Und der Mann hängte sich auf, weil er so entrüstet war?« fragte Dirks.

Lehnartz blickte nachdenklich über den Bug der Frauke auf die Insel. Er sah die Hafenschuppen, die auf dem Wasser vor den Felsen zu schwimmen schienen.

»Nach dem Gespräch mit der Tänzerin schließe ich ebenfalls aus, daß der Mann sich erhängt hat. Es ist anzunehmen, daß dieser Kämpfer für afrikanische Rückbesinnung regelrecht aufgeknüpft wurde. Mit anderen Worten, der afrikanische Journalist wurde ermordet«, sagte Lehnartz.

»Das ist auch Ihre Meinung?« wandte sich Sperber an den Anwalt.

Dirks hatte seinen Blick auf Helgoland gerichtet. In seinem faltigen Gesicht nistete ein Lächeln. Ohne die Kripobeamten anzuschauen, sagte er: »Dann wissen Sie jetzt, warum ich Sie zu dieser Seereise eingeladen habe. Die Sache ist so heiß, daß wir sie keinem Staatsanwalt so präsentieren können.«

Lehnartz war sehr nachdenklich geworden. Gab es eine Verbindung der Fälle, die sie einzeln verfolgten?

»Jetzt benötige ich Klarheit, Herr Dirks«, sagte er. »Dagmar von den Höfen ist ein Opfer. Der Schwarze möglicherweise ein zweites.«

Dirks nickte langsam. »Sie sprachen von der Bar in Bremen, Lehnartz. Vorher besuchten Sie die Sielbar bei uns. Die Bar hat eine Vorgeschichte. Sie hieß damals auch anders. Der Inhaber, ein jovialer Wirt, lockte seine Gäste aus der Stadt damit an, daß einige junge, schöne Mädchen die Gäste unterhielten, sie zum Sekttrunk animierten. Doch mehr war nicht. Es gab keine Hinterräume, in die sich die Mädchen mit den Gästen zurückzogen. Und als einige Gäste dies forderten, verkaufte der Wirt und zog nach Norderney. Nach der Devise ›Geld liegt auf der Straße und stinkt nicht‹ entstand mit dem Kapital zweier angesehener Bürger unserer Stadt das neue Management. Ein Mann, geschult im Düsseldorfer Altstadtleben, wußte Rat. Er avancierte zum Geschäftsführer, und der Erfolg blieb nicht aus. Nun will ich die Katze aus dem Sack lassen. Eigner der GmbH sind ein Arzt und ein Studiendirektor, deren Inkognito ich als Jurist nicht lüften darf, soweit nicht die Logik das Rätsel bereits löst.«

Die Frauke lief forsch im Wind. Die Plätscherwellen drangen an das Ohr des Kommissars.

»Und Bremen?« fragte Lehnartz.

»Nicht nur. Oldenburg, Wilhelmshaven, Cloppenburg. Das Geschäft floriert. Die Herren sind Millionäre«, antwortete Dirks.

»Und der Journalist Tatatuppa wußte zuviel, als er an die Pforte der Sielbar anklopfte«, sagte Sperber ernst.

»Das ist Ihr Geschäft«, sagte der Anwalt.

Sie schwiegen.

Lehnartz kletterte zum Bug.

Sie mußten gegen den Wind kreuzen, um die Einfahrt entlang der Felsen anzusteuern.

Die Frauke glitt dem Yachthafen der Insel entgegen.

Helgoland lag verträumt im frühen Sonnenlicht.

Die Beamten suchten in Emden das Juweliergeschäft auf.

»Herr Goodehuisen ist nicht im Haus«, flötete die hübsche Verkäuferin.

»Das schadet nichts«, antwortete Lehnartz und legte seinen Dienstausweis vor. »Wir wissen von Ihrem Chef, daß Sie oder eine Ihrer Kolleginnen einer jungen Frau Gold abgekauft haben. Sie nannte sich Doris von der Heide.«

»Ja, das war ich«, sagte sie.

Lehnartz wies auf den Begleiter, der wie ein Künstler aussah.

»Kommissar Hinrichs wird Ihnen wie ein Zauberer Gesichter vorführen, bis Sie darin eine Ähnlichkeit mit der Goldverkäuferin entdecken«, sagte er.

»Einen Moment bitte, Herr Jensen aus der Werkstatt war ebenfalls anwesend. Ich hole ihn«, antwortete das selbstbewußte Fräulein und schritt davon.

Der junge Mann trug einen weißen Kittel. Er beschrieb die junge Frau kurz, und Kommissar Hinrichs begann sein Steckspiel.

»So etwa?« fragte er und hatte auf Anhieb den Grundtyp herausgefunden.

»Die Kinnpartie war anders«, stellte die Verkäuferin fest.

Hinrichs näherte sich mit dem Umblättern der Variationskarten ihrer Zustimmung. Schließlich, nach einer Korrektur der Nasenpartie und des Haares, fand er die Bestätigung der beiden Zeugen.

»So hat sie ausgesehen«, sagte der gelernte Goldschmied, und auch die Verkäuferin nickte bewundernd.

Kommissar Hinrichs nahm seinen Zeichenblock hervor und begann mit einem Stift die Konturen zu übertragen.

Sie fuhren zurück zum Revier. Im Dienstzimmer fertigten sie Kopien an und schickten das Phantombild der Doris von der Heide, mit entsprechendem Text versehen, an die Zeitungen, die im hiesigen Raum Leser fanden.

»Mehr ist nicht drin«, sagte Sperber zufrieden. Doch Lehnartz fand eine Notiz auf seinem Schreibtisch.

Rechtsanwalt Dirks hatte während ihrer Abwesenheit mehrmals versucht, sie zu erreichen.

Der Kommissar wählte die Telefonnummer des Anwalts.

»Kripo Norden, Ihr Vorschotmann, Herr Dirks«, meldete er sich und hörte zu.

»Mein lieber Sherlock Holmes, Sie waren selbst Zeuge an Bord meiner Frauke und konnten beobachten, daß ich mit meinen Jahren nur noch als Schönwettersegler tauge. Einem echten Sturm bin ich nicht mehr gewachsen. Hinzu kommt, daß ich geschwätzig werde.«

Lehnartz lächelte. »Na, nun übertreiben Sie aber, Herr Dirks. Sie reißen heute noch Bäume aus, vor denen die Jungen blaß werden.«

»Herr Lehnartz, ich will weder Bäume ausreißen noch mich herausfordernden Stürmen stellen. Ich möchte mein Kapital in Sicherheit bringen. Meine Frauke steht zum Verkauf. Ich kann dieses Schiff nur mit Verlust verkaufen. Bei der Wirtschaftslage ist die Summe für Normalverbraucher unerschwinglich. Nun hat ein Interessent angebissen, der bar bezahlen will.«

Sperber versuchte, dem Gespräch zu folgen. Er griff zum Zusatzhörer.

»Sie machen mich neugierig, Herr Dirks«, sagte Lehnartz. »War es vielleicht dieser anonyme Arzt, von der Sielbar-Kette?«

»Nein, es war einer dieser smarten Kredithaie, die verschuldeten Leuten dennoch Geld anbieten, wenn Bankiers den Kopf schütteln.«

»Dann gratuliere ich«, sagte Lehnartz und fand nicht den Zusammenhang.

»Herr Kommissar, ich wollte Ihren Rat, doch nun ist der Vertrag schon unter Dach und Fach. Der Mann brachte mir eine Bankgarantie über die Kaufsumme.«

Lehnartz hörte, wie der alte Jurist kicherte.

»Meinen herzlichen Glückwunsch«, sagte er.

»Einen Moment, Lehnartz. Der unbedeutende Kredit- und Vermögensberater trat als Strohmann auf. Wer hinter ihm steht, konnte ich leider nicht in Erfahrung bringen. Ich muß die Frauke in Bremerhaven dem neuen Eigner übergeben. Dieser ist aber erst seit wenigen Wochen Mitglied des dortigen Yachtclubs. Es soll sich um einen höheren Beamten aus Berum handeln.«

Lehnartz stutzte. »Sie denken doch nicht etwa an den ehrgeizigen Studiendirektor Dehart?«

»Das herauszufinden ist nicht die Aufgabe eines Juristen, der sich zurückzieht«, antwortete Dirks.

»Danke«, sagte Lehnartz und legte auf. Er schaute seinen Assistenten an. »Sperber, vielleicht bereitet sich der Lieblingsdirektor des Schulleiters auf eine Weltreise vor?«

Sperber lachte. »So entstehen Gerüchte, Chef. In Berum wohnen viele reiche Pensionäre aus dem Ruhrgebiet.«

»Auch von Norddeich kann man eine Weltreise starten. Warum Bremerhaven? Die Lehrer haben bald große Ferien«, sagte Lehnartz nachdenklich.

»Vielleicht wohnen dort die Mitsegler des wohlhabenden Beamten«, sagte Sperber. »Dehart käme nicht einmal in die Karibik in den sechs Wochen, erst recht nicht nach Afrika.«

»Afrika«, sagte Lehnartz nachdenklich und sah überrascht auf.

Sperber schüttelte den Kopf. »Bleiben wir doch auf dem

Teppich, Chef. Dehart hat Frau und Kinder. Der kleine liebeshungrige Mann spielt doch wohl nicht Blindekuh mit seiner Angetrauten.«

Ein Fernschreiben des Landeskriminalamtes unterbrach ihr Gespräch. Lehnartz nahm es aus der Hand der Schreibdame, die es ihm wortlos zwischen Tür und Angel reichte. Er las laut: »Betrifft Ihr Fernschreiben: Identifizierung des Opfers gesichert. Nach Auskünften der Botschaft Kenias recherchierte der Journalist Bollana Tatatuppa ohne Erlaubnis der kenianischen Regierung für die Nairobi News nach dem Verbleib einer Baletttruppe aus seinem Land. Sein letzter Aufenthalt war Amsterdam. Seine Zielangabe betraf den norddeutschen Raum. Die Ergebnisse des Gerichtsmedizinischen Institutes Göttingen bestätigen, daß das Opfer im Forst bei Norden nicht Selbstmord begangen hat. Kriminaldirektor Bracke sucht Sie in Sondermission auf.«

Der Kommissar sah seinen Assistenten hoffnungsvoll an.

»Hoher Besuch, Sperber. Er kommt nicht ungelegen.«

»Und was ist mit der hübschen Dagmar?« fragte Sperber. »Wollen Sie sich mit Warringa als Täter zufrieden geben?«

Die Suchmeldungen in den Zeitungen blieben ohne Erfolg. Der kenianische Journalist, den ein Wanderer am Strick im Lütetsburger Forst vor den Toren der Stadt Norden entdeckt hatte, erregte immer noch die Gemüter. Die Spekulationen blühten. Doch die Kripo schwieg.

Gerüchten zufolge hatte der schwarze Journalist auf Norderney die Spielbank besucht und dort die letzten Dollars verspielt. Angeblich hätten Fischer ihn völlig betrunken mit nach Norddeich gebracht.

Lehnartz und Sperber gingen diesen Meldungen nach, doch ohne Erfolg. Den Afrikaner hatte niemand gesehen.

Doch aus einer anderen Ecke wehte ein frischer Wind. Das Mädchen, das sich Doris von der Heide genannt und als Wohnort eine in Norden nicht existierende Straße angegeben hatte, war für viele Leser keine Unbekannte. Die Durchsicht der meist anonymen Mitteilungen führte zu dem Ergebnis, daß die junge Frau eine häufige Besucherin der Disco Coopersound war, die an der trostlosen langen Straße in Norddeich parallel zum Deich das Geschäft mit der Jugend machte. Der Ruf der Disco war gut. Bis auf vergessene Rauschgiftdelikte einiger Besucher vor Jahren hatte die Polizei das Haus nicht mehr aufsuchen müssen.

Ob Doris von der Heide Zeitung las, das wußten die Beamten nicht, denn so eingekreist, hätte sie den Weg selbst zu ihnen finden müssen. Sicherlich konnte das Mädchen, das nach Aussagen der Zeugen ein hübsches Gesicht und auch eine passable Figur hatte, auf Reisen sein. Sonderbar war auch, daß keine Verwandten den Griff zum Telefon getan hatten.

Die Lichtreklame der Disco war bereits eingeschaltet. Über den Deich fiel die erste Dunkelheit. Der Parkplatz war fast besetzt.

Jugendliche, die meisten in Jeans, lärmten vor der Eingangstür, während in der Disco die Lichtreflexe aus bunten Scheinwerfern Illusionen zauberten.

Der Kommissar, Sperber und zwei begleitende Schutzbeamte in Zivil hatten eine Pause erwischt.

Die auf jung getrimmte Wirtin wußte beim Blick auf die Herren Bescheid. Ohne Aufforderung griff sie zum Bierhahn und stellte Gläser bereit.

»Harte Sachen nehmen Sie ja im Dienst nicht«, sagte sie. »Ich gebe ein Bier aus.« Sie ließ den schaumigen Strahl in die Gläser laufen. »Ich habe die Zeitung gelesen. Eben war sie noch hier. Drüben an Tisch sechzehn. Ich nehme an, sie tanzt gerade oder ist mal rausgegangen.«

Der Discjockey kam aus einem Nebenraum.

»Es kann weitergehen«, sagte er wie ein Star.

Und es ging weiter. Bei Lärm und Licht tobten sich die Jugendlichen aus.

Die Beamten tranken in Ruhe ihr Bier und stierten in die bewegte Masse.

»Diese da, die mit dem Schwarzen!« sagte die Wirtin plötzlich.

Sperber schaute überrascht seinen Chef an.

»Was ist das für ein Mann?« fragte der Kommissar die Wirtin.

»Ein Asylant. Er wohnt im Haus Bethesda, dem Heim der Kirche, und ist so etwas wie ein Liebling der Frauen. Dem gehen alle auf den Leim.« Die Wirtin grinste verständnisvoll.

»Ein Traumpaar«, stellte Sperber ironisch fest.

Sie schwiegen und warteten auf die Pause. Die Zeit reichte für ein zweites Bier, doch dann löste sich der Menschenklumpen auf.

Die Beamten ließen das hübsche Pärchen nicht aus den Augen. Sie wurden Zeuge, als der schlanke Schwarze sich zu der niedlichen Blondine hinabneigte und sie küßte.

Die Augen der Verliebten verloren ihren Glanz, als sie angesprochen wurden. Mit ernsten Gesichtern blickten sie auf die Polizeimarke.

»Wir setzen uns nur kurz zu Ihnen, um kein Aufsehen zu erregen«, sagte Lehnartz.

»Zeigen Sie uns bitte Ihre Pässe«, forderte Sperber die jungen Leute auf.

Der Afrikaner griff nervös in seine Sommerjacke.

»Ist Paß gleich«, sagte er und hatte recht, denn die Aufenthaltsgenehmigung bestätigte, daß Holoe Frateria aus Kenia als anerkannter Asylant in der Bundesrepublik lebte. Hinter dem Plastikfensterchen steckte ein Schreiben, das kundtat, daß der eben Genannte zur Vervollkommnung seiner Sprachkenntnisse und in Ermangelung einer Beschäftigung im Haus Bethesda wohnte.

Lehnartz nahm den Paß der jungen Frau in Empfang und las: »Dorothea van der Hünen, geb. am neunundzwanzigsten Januar neunzehnhundertneunundsechzig in Vevlinghoven, Beruf Studentin.«

»Wir interessieren uns für Sie«, sagte Sperber.

»Ich weiß. Die Zeichnung in der Zeitung gefiel mir«, scherzte sie selbstsicher.

»Und warum sind Sie nicht zu uns gekommen?« fragte Sperber.

»Weil ich nichts von Ihnen will«, antwortete sie schnippisch.

»Fräulein, Sie stehen unter dem Verdacht, einem Juwelier in Emden ein umgestaltetes Schmuckstück aus Gold verkauft zu haben«, sagte Lehnartz.

Das lebenslustige Fräulein schien sich zu amüsieren.

»Das streite ich ja nicht ab«, plapperte sie und sah ihren Freund an, der zunehmend an Selbstsicherheit gewann.

»Und warum nannten Sie sich Doris von der Heide?« fragte Lehnartz.

»Genau, um das zu verhindern, was nun doch eingetreten ist«, erwiderte sie. »Ich habe diesem Typ von Anfang an nicht getraut. Doch für mich war das ein gutes Geschäft.«

»Wem kauften Sie das Gold ab?« fragte Sperber.

»Einem Discobesucher, den ich hier gelegentlich gesehen habe«, sagte sie, als gäbe es keine Probleme.

Lehnartz nahm die Feuerwehrbilder des Brandmeisters von Junkersrott aus seiner Jackentasche. »Suchen Sie ihn heraus, falls er zur Mannschaft gehört«, sagte er.

Die hübsche Blondine lachte. »Der da«, sagte sie auf Anhieb.

»Und Sie wußten nicht, daß der Goldklumpen vorher ein Armband war?« fragte Sperber.

»War es eines?« fragte sie und lächelte.

»Ja, und es trug die Gravur: D. v. d. H. v. Anita«, sagte der Kommissar.

»Seltsam«, antwortete das Mädchen.

»Kommen Sie morgen bitte zu uns, wir benötigen Ihre Aussagen für ein Protokoll«, sagte Lehnartz.

»Ja, gern«, antwortete die Blondine und zeigte an, daß sie dem kenianischen Freund den Abend widmen wollte.

Die Beamten verließen die Disco.

Die harte Musik drang wie gefiltert nach draußen.

»Zufall oder nicht«, murmelte Lehnartz. »Der Junge kommt aus Kenia. Er ist ein Landsmann des Toten aus dem Forst.«

»Wir sollten mehr über ihn in Erfahrung bringen«, sagte Sperber, als sie in den Wagen stiegen.

»Das Dumme ist nur, daß unsere Presse überempfindlich reagiert, wenn es um Asylanten geht«, sagte Lehnartz. »Schalten wir lieber den Staatsanwalt ein.«

Sie fuhren los.

Staatsanwalt Dr. Ordner war verärgert über den späten Besuch der Polizeibeamten. Mürrisch führte er sie in sein unaufgeräumtes Arbeitszimmer. Die Stühle reichten nicht aus, und er unterließ es, für weitere Sitzgelegenheit zu sorgen.

Der Kommissar berichtete über die Entdeckung des Kenianers in der Disco. Erst als Sperber auf den zu erwartenden Besuch des hohen Beamten vom LKA hinwies, beugte sich Dr. Ordner den Argumenten. Er nahm im Flur seine Wildlederjacke vom Haken und stieg zu den Beamten in den Dienstwagen.

Sie fuhren zur Schillerstraße. Es dämmerte bereits, als sie das Haus des Amtsrichters betraten. Doktor Hieber war von dem Besuch nicht angetan. Er begann bereits im Hausflur, die Argumente des Kommissars zu zerpflücken. In dem schweigenden Staatsanwalt erkannte er einen Mitstreiter. Erst als Lehnartz ihn bat, das LKA anzurufen und Kriminaldirektor Bracke unter ›äußerst dringend‹ zu verlangen, erstarb sein Widerstand.

»Der Junge ist intelligent. Er wird unseren Besuch in der Disco und die Personenkontrolle richtig deuten«, sagte Sperber sauer.

Doktor Hieber blickte sich fragend um. »Meine Herren, Sie scheinen sich nicht darüber im klaren zu sein, daß ich als Richter nicht Hals über Kopf Durchsuchungsbefehle oder gar Haftbefehle ausstellen darf.«

»Herr Doktor Hieber, morgen reist Kriminaldirektor

Bracke an. Sein Interesse gilt dem toten Journalisten der Nairobi News, der im Lütetsburger Forst erhängt wurde, als eine Tanzgruppe aus Kenia in der Sielbar gastierte. Zufällig lebt hier im Haus Bethesda ein junger Asylant aus Kenia im Dunstkreis einer kriminellen Szene.«

»Begleiten Sie mich zum Amtsgericht, Herr Doktor Ordner«, sagte der Richter widerwillig. »Die Herren können hier auf uns warten.«

10

Die Heimleiterin empfing die Herren nicht gerade freundlich. Sie hatte das Haus fest im Griff und befürchtete Ungemach. Ihre Augen zuckten beim Lesen des Dokuments.

»Ich habe einen Schlüssel, Sie müssen nicht erst die Tür beschädigen«, sagte sie böse.

Sie verließ das kleine Büro und führte die Besucher an schwatzenden Vietnamesen vorbei, die in Sesseln saßen und sich in ihrer Heimatsprache unterhielten.

Das Zimmer lag am Ende des langen Flures. Die Luft roch nach Reinigungsmitteln. Frau Gronewold öffnete die Tür.

»Der junge Mann hat uns noch nie einen Anlaß zu Ärger gegeben«, sagte sie schnippisch und ging hochaufgerichtet davon.

Ihre Schritte hallten durch den Flur.

In das Zimmer fiel das grelle Licht einer Neonröhre von der Decke. Die Beamten blickten sich überrascht um.

»Da fehlt es an nichts«, sagte Sperber überrascht.

»Dieser Wohlstand stimmt bedenklich«, kommentierte der Staatsanwalt.

Da stand das Farbfernsehgerät auf dem Videorecorder. Es türmten sich die einzelnen Geräte einer teuren Stereoanlage, und riesige Boxen standen an der Wand. Selbst ein Computer befand sich auf einem Chefschreibtisch.

Diese Zusammenballung von Statussymbolen verfehlte nicht die Wirkung auf die Untersuchungsbeamten, die in der Umgebung des Asylanten Holoe Frateria zwar nicht ein karges Zimmer, doch erst recht kein teures Mobiliar und technischen Luxus erwartet hatten.

»Der Junge kann jeden Augenblick erscheinen«, sagte Lehnartz mit einem Blick auf die Uhr.

Schweigend begannen sie mit der Durchsuchung.

Videofilme, eine beträchtliche Plattensammlung üblicher amerikanischer Hit-Titel, Computerspiele füllten die Schreibtischschubladen. Aber auch teure Kleidung hing ordentlich auf Bügeln, Wäsche lag gefaltet auf den Borden. Doch dann brachte ein in Leder gebundenes Fotoalbum Licht in das Liebesleben des gutaussehenden Schwarzen.

Holoe Frateria hatte seine Geliebten, in Farbe versteht sich, selbst abgelichtet. Er hatte offensichtlich eine Vorliebe für blonde Schönheiten. Die Bilder nackter, gutgewachsener Mädchen hatte er in Klarsichthüllen gesteckt.

Es fehlte auch Dagmar von den Höfen nicht. In einer Serie hatte sie vor der Kamera posiert. Junge, knusprige Brüste, blondes Schamhaar zwischen gespreizten Schenkeln. So hatte Dagmar hinterlassen, was ihre Liebhaber an ihr geschätzt hatten.

Die Beamten schmunzelten genüßlich. Ihr Nachtleben fiel bescheidener aus.

»Die Korrespondenz des jungen Mannes ist recht spärlich«, stellte Sperber fest und schob einige Briefe uninteressiert zurück.

Lehnartz schaute auf die Poster an der Wand. Polizisten in weißen Tropenuniformen schlugen mit Gummiknüppeln auf schwarze Frauen ein, die an exotisch-bunten Marktständen vorbeiflüchteten.

Auf dem anderen Poster trugen schwarze Soldaten in scheckigen Tarnuniformen Maschinenpistolen, während kleine pausbäckige Kinder die Hände wie Gefangene hochhielten.

Der Kommissar schreckte auf, als Sperber rief: »Na so was!« und in eine Schublade griff.

Der Staatsanwalt nahm dem Assistenten die teure Fototasche aus Leder ab. Lehnartz sah zu, wie er sie öffnete. Der Fotoapparat war eine Hasselblad. Wertvolles Zusatzgerät ließ auf einen professionellen Gebrauch schließen.

»Vielleicht die Ausrüstung des vermißten Reporters«, sagte Lehnartz heiser.

»Das ist kein Spielzeug! Diese Ausrüstung geht in die Tausende«, sagte der Staatsanwalt.

Die Schnüffelarbeit war noch nicht beendet. Der Schrank barg keine weiteren Überraschungen.

Aber Sperber wurde noch einmal fündig. Am Kopf des Bettes befand sich eine schmale Schublade aus heller Birke, aus der der Assistent ein Sparbuch nahm. Verwirrt schüttelte er den Kopf.

»Das ist die Höhe«, sagte er und las den Kontostand vor: »Oldenburgische Landesbank, Wilhelmshaven. Guthaben: siebenundzwanzigtausend Mark.«

»Für einen Asylanten ein Vermögen«, sagte der Staatsanwalt nachdenklich.

Sie hörten Schritte und blickten erwartungsvoll zur Tür.

Ein Mädchen kicherte belustigt. Sie vernahmen, wie die Besucher den Schlüssel in das Türschloß steckten.

Lehnartz riß die Tür auf. Vor ihnen stand das Pärchen und brachte keinen Ton hervor.

Lehnartz gab den beiden Polizisten einen Wink. Sie legten die Handschellen um die Gelenke des Schwarzen, der vor Schreck erstarrte und keinen Widerstand leistete.

Dorothea van der Hünen weinte. Hilflos schaute sie zu, wie die Beamten ihren schönen schwarzen Freund abführten, und auch die Heimleiterin brach in Tränen aus, als Holoe Frateria nicht einmal einen Blick für sie übrig hatte.

Die zu Tode betrübte Dorothea van der Hünen, die das verklumpte Goldarmband als Doris von der Heide in Emden verkauft hatte, schlich sich aus dem Heim, nachdem sie den Beamten ihre Anschrift hinterlassen hatte. Sie wohnte in der Doornkaatlohne zur Untermiete und bediente in einer Pension Feriengäste.

Kriminaldirektor Bracke kam nicht allein. Er stellte seinen Begleiter als ein Mitglied der Bonner Vertretung Kenias vor.

Lehnartz ließ einen zusätzlichen Tisch in das Dienstzimmer schaffen und sorgte für entsprechende Sitzgelegenheiten.

Eine Angestellte servierte den Ostfriesentee stilecht mit Stövchen, Sahnetopf und Kluntjebecher im Porzellan mit der Rose.

Auf dem Schreibtisch lag die Fotoausrüstung, die sie im Schrank des Asylanten gefunden hatten.

»Herr Kriminaldirektor, kein Geschäft in Norden, Wittmund, Emden, Aurich oder Wilhelmshaven hat dieses Gerät an Holoe Frateria verkauft. Die meisten von ihnen führen die teure schwedische Hasselblad überhaupt nicht«, trug Lehnartz vor.

Der Kriminaldirektor schaute seinen Begleiter an.

»Herr Moubasone, das ist eine Ausrüstung für Professionelle«, sagte er.

»Ja, da gibt es keine Zweifel. Mein junger Landsmann gerät in einen schweren Verdacht. Ich darf den Richtern nicht vorgreifen. Aber ich glaube, Beweise zu haben, daß er sich das Recht auf Asyl unkorrekt erworben hat«, sagte der Botschaftsvertreter.

»Dafür spricht auch das Sparbuch der OLB. Er bezog etwa sechshundertfünfzig Mark Unterhaltsgeld«, sagte Sperber und schob das Sparbuch Moubasone zu.

Der nahm es in die Hand. Sein Gesicht verriet Abneigung.

»Gemessen an der Kaufkraft meines Landes ist Frateria ein wohlhabender Mann geworden«, sagte Moubasone.

»Strohmänner müssen sein Konto gefüttert haben«, sagte Kriminalrat Bracke.

»Das ist zu vermuten, obwohl wir uns über die Herkunft des Geldes bei der Bank noch nicht erkundigen konnten«, sagte der Kommissar.

»Und Sie haben weitere Spuren?« fragte Moubasone. Er sprach fließend Deutsch.

»Ja und nein«, erwiderte Lehnartz. »Wir besuchten in

Bremen die Mango-Bar. Dort traten Mädchen auf, die aus Ihrer Heimat stammen.«

»Oft werden sie mit Versprechungen, hier in Europa Arbeit zu finden, und mit Vorschußzahlungen für das Flugticket bei uns geködert und landen dann in Bordellen«, sagte der Afrikaner angewidert.

»Diese Ansicht vertrat wohl auch der tote Journalist und beabsichtigte, für die Nairobi News eine abschreckende Reportage zu schreiben«, entgegnete Kriminaldirektor Bracke.

»Ein Mädchen der Truppe bot uns den Beischlaf sowie einen Liebesservice an«, sagte Lehnartz kühl. »Naiv erzählte sie uns, daß ihr der Liebesdienst bei fünfhundert Mark Gage für die Nacht fünfzig Mark einbringt. Sie war damit äußerst zufrieden, da sie mit dem Geld zu Hause ihre hungernde Familie ernähren konnte.«

Das Gesicht des Kenianers verfinsterte sich. »Wir sind im Aufbau. Doch meine Landsleute stellen heute andere Ansprüche. Gerade die Frauen entnehmen ihre Vorbilder amerikanischen Filmen und europäischen Fernsehsendungen. Diese stimmen sie unzufrieden und wecken Bedürfnisse, die ihren Eltern noch unbekannt waren.«

»Können wir davon ausgehen, daß dieser Holoe Frateria eine tragende Rolle im Mordfall spielt und möglicherweise zu der Revuetruppe Beziehungen unterhalten haben kann?« fragte der Kriminaldirektor.

Die Kripobeamten nippten an den Teetassen.

Moubasone langte nach einer Zigarette. Auch Lehnartz und Sperber rauchten.

»Das Geld auf seinem Konto kann aus Zuwendungen stammen, die er möglicherweise als Honorar dafür erhielt, daß er die Mädchen für die Revuetruppe ins Land brachte, oder als«, Moubasone schluckte und blickte sich böse um, »Prämie für den Mord an dem recherchierenden Journalisten.«

Es war ruhig im Zimmer.

Die Konsequenz, die Moubasone gezogen hatte, war abenteuerlich.

Nach wenigen Sekunden fragte der Kriminaldirektor: »Herr Moubasone, arbeitete Tatatuppa hier in der Bundesrepublik als Journalist des Untergrundes?«

»Untergrund ist der falsche Ausdruck. Er war ein Patriot, ein konservativer Fanatiker. Wir benötigen die Investitionen der westlichen Staaten, möchten aber dennoch unsere uns überlieferte Lebensweise nicht opfern«, antwortete der Botschaftsvertreter.

»Und was stört Sie an den Hilfezuwendungen aus Europa?« fragte Sperber neugierig.

»Die damit verbundene unausgesprochene Forderung, uns der europäischen Lebensweise anzupassen«, antwortete Moubasone aggressiv, als klage er die Anwesenden an.

Lehnartz hatte keine Lust, hier über den Sinn oder Widersinn der Entwicklungshilfe zu diskutieren. Er hatte die Aussagen des schwarzen Mädchens im Ohr, das lieber in Deutschland auf den Strich ging, als in der Heimat den Versprechungen der Zauberer auf den Leim zu gehen.

»Herr Kriminaldirektor, der hier von uns verdächtigte Holoe Frateria scheint ein Frauenheld gewesen zu sein. Bei seinem Aussehen kein Wunder. Zu seinen abgelichteten nackten Schönheiten in einem Album gehört auch das Opfer Dagmar von den Höfen, das hier bestialisch umgebracht worden ist.«

»Vielleicht gibt es Zusammenhänge«, sagte Bracke ernst.

»Vielleicht hat das Mädchen etwas gewußt, was dem Mörder hätte gefährlich werden können«, sagte Moubasone und grinste.

»Die Konsequenz Ihrer Äußerung, Herr Moubasone, lautet: Ihr Landsmann Holoe Frateria ist ebenfalls verdächtig, Dagmar von den Höfen umgebracht zu haben«, sagte Lehnartz.

Moubasone lehnte sich zurück. Er lächelte.

»Noch wissen Sie und ich zu wenig«, sagte er.

»Überlassen wir ihn dem Richter«, sagte Sperber böse. »Lieber hätte ich ihn selbst verhört.« Er mochte diesen aalglatten Schwarzen nicht, der sehr von oben nach unten zu blicken gewohnt war.

Das rote Backsteinhaus lag friedlich unter dem Schatten einer Ulmengruppe. Der kleine Vorgarten verriet liebevolle Pflege, und die Platten zum Hauseingang waren saubergespritzt vom lästigen Unkraut.

Frau Boever öffnete den Kripobeamten die Tür und sah sie ängstlich an. Ihr Gesicht war verhärmt. Sie trug eine Gartenschürze, als wolle sie sich noch kurz vor dem Abend um ihre Gemüsepflanzen kümmern.

»Wir sind von der Polizei und möchten Ihren Sohn Tomko sprechen«, sagte Lehnartz und hielt ihr seine Marke hin.

Die Frau wurde blaß.

»Kommen Sie rein. Er ist in der Stube.«

Der kurze Flur wirkte ärmlich, war aber sauber. An der Garderobe hing eine Jeansjacke.

Im Wohnzimmer saß Tomko Boever am Tisch. Eine Flasche Bier ohne Glas, ein fast voller Aschenbecher, Drehtabak und die Blättchen befanden sich vor ihm. In den Händen hielt er eine Zeitung. Er hob den Kopf und schaute seine Mutter böse an, als verdanke er ihr die Störung.

»Die Herren sind von der Polizei«, sagte die Mutter ängstlich.

»Laß uns allein«, befahl der Sohn und wies auf die Stühle.

Lehnartz stellte sich vor. Er nickte zu Sperber und fügte hinzu: »Mein Assistent Sperber. – Herr Boever, wir benötigen Ihre Stellungnahme in einer etwas verworrenen Angelegenheit.«

Der junge Mann blickte die Beamten mit verkniffenen Augen an. Er erhob sich, ging zur Tür, öffnete sie und schimpfte.

»Moder, dat geit di nix an!«

Er setzte sich wieder an den Tisch. So, als spielten sie Skat, sagte er: »Ich höre!«

»Sie haben in der Disco Coopersound einer jungen Frau Gold verkauft. Die Käuferin hat Sie auf einem Foto wiedererkannt«, sagte der Kommissar.

Tomko Boever schaute unsicher auf den Tisch. So, als suche er nach einer Strategie, ließ er Sekunden verstreichen. Dann hob er den Kopf.

»Ist das verboten?« fragte er.

»Herr Boever, Sie leugnen also nicht«, sagte Lehnartz. »Wir hätten Sie nicht aufgesucht, wenn es sich dabei um Ihr Eigentum gehandelt hätte.«

»Und wer sagt Ihnen, daß es nicht mein Gold war?« fragte der Junge ironisch.

»Das ist unerheblich. Wir haben recherchiert und wissen es. Denn Sie haben das Armband der ermordeten Schülerin Dagmar von den Höfen zu einem Klumpen zusammengepreßt und dabei die Gravur übersehen, die Ihre Initialen trugen«, sagte Sperber ernst.

Mit der Selbstsicherheit des jungen Mannes war es vorbei. Er strich sich nervös durch das Haar, und seine Zunge leckte über seine trockenen Lippen.

»Sie halten mich für einen Dieb«, stellte er mit zuckenden Blicken fest.

»Nein, sondern für einen mutmaßlichen Mörder des Mädchens!« sagte der Kommissar.

Tomko Boever zuckte zusammen.

»Ich soll Dagmar ...« Er sprach nicht weiter. Mit zitternden Händen begann er sich eine Zigarette zu drehen.

Lehnartz griff nach seiner Zigarettenpackung und hielt sie dem jungen Mann entgegen.

Boever langte zu.

Sperber hielt ihm das Feuerzeug entgegen.

Auch die Beamten steckten sich eine Zigarette an.

»Warum sollte ich Dagmar?« fragte Boever stockend.

»Sie hatten ein Verhältnis mit Dagmar von den Höfen«, sagte Lehnartz. »Wir fanden Briefe bei ihr, die eindeutig Ihre Schrift tragen. Sie haben Dagmar bedroht, nachdem sie nichts mehr von Ihnen wissen wollte. Dagmar trug das Armband, als Sie sie umbrachten.«

Tomko Boever verschlug es die Stimme. Der Schweiß brach ihm aus.

»Sie waren mit dem Fahrrad zum Hof gefahren«, fuhr Sperber anstelle des Kommissars fort. »Dagmar hatte Besuch, ihr Lehrer Warringa trank mit ihr Tee. Sie warteten, bis dieser ging, zogen Handschuhe über und vollendeten ihr Werk der Eifersucht!«

Tomko Boever knickte zusammen. Die Zigarette rutschte ihm aus den Fingern. Er schluchzte.

Die Beamten ließen ihm Zeit, viel Zeit, und der schlanke, athletische Jungfeuerwehrmann und BGJ-Schüler begann langsam, sich in eine harte und nüchterne Wirklichkeit zurückzufinden.

Wie in Zeitlupe, als beginne eine neue Runde, richtete er sich auf. Sein Blick glich dem eines geschlagenen Boxers, der es noch einmal versuchen wollte.

»Ich liebte Dagmar, ja, sie hat mehrmals mit mir geschlafen, unten am Deich, spät abends, wenn wir allein waren in dieser beschissenen Welt. Doch mich, den arbeitslosen Jobsucher mit schlechter Schulbildung, dem nur das BGJ blieb, um zumindest Maurer zu werden, verhöhnte sie. Dagmar fand großzügige Freier, die ihr goldenen Schmuck für ihre Nummern gaben.«

»Und Sie haben sich gerächt?« fragte Sperber verständnisvoll.

»Nein!« brüllte der junge Mann, griff zur geöffneten Bierflasche, trank sie in einem Zug leer und stellte sie hart wieder ab. »Mir blieb nur das verhaßte Armband. Ja, ich wollte mich rächen. Aber sie war bereits tot! Ja, tot! Es war so schrecklich! Ich hatte Angst. Da war die Türkin im Haus!«

Immer wieder unterbrach Tomko Boever seinen Redefluß.

»Sie wollten also Dagmar umbringen, weil sie Ihre Liebe nicht erwiderte?« fragte Lehnartz mit der Stimmlage eines Beichtvaters.

»Nein, ich wollte sie haben!« schluchzte der junge Mann.

»Und das Armband?« fragte Sperber.

»Ich war wie von Sinnen! Sie lag im Blut, und ich entdeckte das Armband. Ich weiß nicht, warum ich es ihr vom Handgelenk nahm. Ich fand es unwürdig! Wie ein Makel blinkte es im Licht.«

»Herr Boever, Sie hätten doch zu uns kommen können«, sagte der Kommissar vorwurfsvoll.

»Hätten Sie mir geglaubt? Ich erfuhr dann, daß der Lehrer vorher bei Dagmar war. Also war er der Mörder. Was ging mich das noch an?« Tränen liefen über Tomko Boevers Wangen, und seine Blicke verrieten, daß er sich sehnlichst wünschte, die Beamten möchten ihm Glauben schenken.

»Und das Armband?« fragte Sperber erneut.

»Ich wollte es los sein! Aber nicht einfach wegwerfen. Nein, das Geld haben, was der Fischer für das Gold ausgegeben hatte«, sagte der junge Mann verzweifelt.

»Herr Boever, Ihre Geschichte trägt nicht dazu bei, Sie zu entlasten. Uns interessiert es, genauer zu erfahren, was es mit der Türkin auf sich hatte«, sagte der Kommissar streng.

»Ich hatte mein Fahrrad an die Scheunenwand gelehnt und bin durch den Kuhstall zur Milchküche gegangen. Als ich die Küchentür öffnete, sah ich, wie die Türkin in Panik das Wohnzimmer durch die Tür zum Korridor verließ. Ich entdeckte die tote Dagmar und war wie gelähmt. Ich nahm ihr das Armband ab. Verrückt muß ich gewesen sein. Dann bin ich durch den Stall nach draußen gestürzt. Ich habe mich benommen für Minuten an die Wand der Scheune gelehnt, wie einer, der den Verstand verloren hat. Und, Herr Kommissar, ich hatte ihn verloren. Dann hörte ich das Geräusch des Treckers. Ich nahm mein Fahrrad und bin auf und davon.«

Tomko Boever zitterte. Er wischte sich den Schweiß von der Stirn und fuhr fort: »Drüben in der Nähe der Bushaltestelle habe ich mich in das Gras des Tiefs geschmissen, wie irre habe ich meine Hose geöffnet und mir einen runtergeholt.«

Lehnartz vermutete, daß Tomko Boever diese Intimität von sich gab, um seine Unschuld zu dokumentieren und damit anzudeuten, daß er sich nicht im Vollbesitz seiner geistigen Kräfte befunden hatte. Konnten sie ihm Glauben schenken?

Sperber setzte noch einmal nach. »Ihre Selbstbefriedigung brachte Ihnen dann Klarheit?«

Der junge Mann kam zu sich. Als schämte er sich, sagte er stockend: »Obwohl Dagmar tot war, sah ich sie nackt in meiner Phantasie vor mir, und mir war, als schliefe ich mit ihr.«

»Herr Boever, Sie dürfen ab heute nicht unerlaubt Ihren Wohnort verlassen. Wir tragen einen Haftbefehl bei uns, doch Ihre Rechtfertigung klingt vorerst plausibel«, sagte der Kommissar.

Sie verließen das Haus und fuhren zur Dienststelle.

11

Kommissar Lehnartz war unzufrieden.

»Wo sollen wir ansetzen?« fragte er Sperber, der gelangweilt die Zeitung beiseite schob. »Warum überlassen wir nicht alles den Herren in Hannover?«

Die Tür wurde geöffnet. Sie hatten das Klopfzeichen überhört.

»Herr Kommissar, unten wartet Fräulein Yildizlar. Sie sitzt im Rollstuhl. Wir haben keinen Aufzug«, sagte der wachhabende Polizist.

»Um diese Zeit?« fragte Sperber.

»Wir kommen«, sagte Lehnartz nachdenklich und verließ das Zimmer mit seinem Assistenten.

Sevda strahlte sie an. Ihr Rollstuhl stand neben der fast verdursteten Palme. Seitlich hingen die Tafeln mit den Hinweisschildern an der Wand.

»Herr Kommissar, ich muß Ihnen etwas mitteilen«,

sagte das Mädchen nervös. Ihre Hände spielten mit den Rädern ihres Gefährtes.

»Einen Augenblick, Fräulein Sevda«, sagte Sperber. Er sah sich um und öffnete eine Tür. Das Kopierzimmer war leer.

»Unsere Büros befinden sich oben«, sagte Lehnartz entschuldigend. Er ging zum Rollstuhl und schob das Mädchen in das kleine Zimmer, in dem nur ein alter Stuhl, ein verschrammter Tisch und die Kopiergeräte standen. Es roch nach dem Sprit des Kopierers.

Lehnartz setzte sich auf den Stuhl. Sperber lehnte sich an den Tisch und schaute die Türkin erwartungsvoll an.

»Wir sind ganz Ohr, Fräulein Yildizlar«, sagte der Kommissar und lächelte.

Sevda begann zu berichten. »Ich schwänze den Unterricht. Wir hätten die ersten beiden Stunden Geschichte bei Herrn Dehart gehabt. Sie wissen, unser Termin für das mündliche Abitur nähert sich rapide. Aber Herr Dehart kam nicht. Direktor Sandmann vertrat ihn. Er teilte uns mit, daß wir die Themen aus Kapitel zwanzig des Geschichtsbuches untereinander diskutieren sollten, da Herr Dehart an einer Lehrerfortbildungsveranstaltung in Wolfenbüttel teilzunehmen habe.«

»Seien Sie nicht böse, Fräulein Yildizlar«, sagte Lehnartz, »doch warum behelligen Sie uns mit solchen Lappalien?«

Die junge Türkin wurde ernst.

»Studiendirektor Dehart spielt falsch, Herr Kommissar. Ich habe ihn beobachtet. Hinter der Hecke der verwaisten Grundstücke habe ich gesessen. Luzifer hat gestern nachmittag seinen Wagen gepackt. Er hat Segelkleidung, Decken, Kisten und Plastiktüten in sein Auto geladen.«

»Das ist nicht strafbar«, sagte Sperber enttäuscht.

»Und wo kann man segeln, wenn man in Wolfenbüttel ist und sich weiterbilden soll?« fragte Sevda ironisch.

»Reagieren Sie nicht ein wenig hysterisch, Fräulein Yildizlar?« fragte Lehnartz.

Sevda blickte verschämt zu Boden. Mit ihren Händen ordnete sie ihr langes schwarzes Haar.

Der Kommissar erhob sich. Auch Sperber deutete an, daß andere Aufgaben auf sie warteten.

»Herr Kommissar, das ist noch nicht alles«, sagte Sevda leise. »Herr Doktor Akner hatte mir einen Termin gegeben für eine Spritze. Und nun ist er plötzlich ebenfalls verreist. Es ist unangenehm, einem fremden Arzt die Krankheitsgeschichte vorzutragen.«

»Sie haben Ihre Spritze bekommen?« fragte Sperber.

Das Mädchen nickte.

Lehnartz schaute auf seine Armbanduhr.

Sevda konnte zur dritten Unterrichtsstunde wieder in der Schule sein.

»Sperber, wie wäre es mit einem kleinen Ausflug nach Berum?« fragte der Kommissar, als sie die Treppe hochstiegen.

»Sie wollen die gehörnte Gattin des kleinen Studiendirektors kennenlernen?« fragte der Assistent.

Der Kommissar nickte.

Die hübsche Wohngegend in Berum lag an diesem Morgen unter einer bleiernen Wolkendecke. Die Temperaturen waren, wie das an der Küste häufig der Fall war, stark gefallen. Die Blumen im Vorgarten wirkten farblos.

In der Garageneinfahrt stand ein Scirocco, der als Zweitwagen nicht nur auf die Betuchtheit der Besitzerin schließen ließ, sondern andeutete, daß Frau Dehart eine sportliche Frau sein mußte. Doch die Dame, die ihnen die Haustür öffnete, wirkte eher plump und war nachlässig gekleidet.

»Guten Tag, Frau Dehart«, sagte der Kommissar. »Mein Name ist Lehnartz, und das ist mein Assistent Sperber. Wir sind von der Kripo und hätten gerne Ihren Mann gesprochen.«

Frau Dehart hatte ein nettes Gesicht, das von einer Brille entstellt wurde, die ihre Augen größer erscheinen ließ. Ihre Schultern waren schmal, die Hüften breit. Sie trug Jeans, die ihr unmöglich standen. Das Haar hing ihr über die Schultern und wirkte ungepflegt.

»Treten Sie ein. Mein Mann ist leider nicht zu Hause, aber Sie haben mich neugierig gemacht«, sagte sie und hielt die Tür weit geöffnet.

»Gern«, sagte der Kommissar.

Sie führte sie in das Wohnzimmer. »Ich bereite einen Tee zu«, sagte sie und verließ das Zimmer. Kurz danach brachte sie das Teegeschirr.

»Meine Herren, wenn Sie Raucher sind«, sagte sie, langte nach dem Schnitzelelefanten und zog aus dem Bauch eine Schublade, der sie eine Packung Marlboro entnahm.

»Ein gutes Versteck«, sagte Sperber.

»Mein Mann kennt es leider. Er brachte mir diese hübsche Handarbeit von einem Jagdausflug mit«, sagte Frau Dehart lächelnd.

»Ihr Mann ist Jäger?« fragte der Kommissar und wies auf das Hirschgeweih am Kamin.

»Das ist aber eine afrikanische Arbeit«, sagte Sperber.

Britta Dehart nickte.

»Mein Mann hat bei seiner letzten Safari ein Rhinozeros geschossen. Den präparierten Kopf schenke ich ihm zu Weihnachten«, sagte sie stolz.

Sie ging wieder in die Küche. Kurz danach servierte sie den Tee. Wie ein kleines Mädchen setzte sie sich mit angezogenen Beinen in den Sessel und steckte sich eine Zigarette an. Sie spielte mit einer Schachfigur, die sie in den Händen hin und her schob. Es war ein klobiger weißer Turm, wie Lehnartz bemerkte. Dann legte sie los. Berichtete von ihrer Arbeit in den Blocks. Ihr Engagement bei der Asylantenbetreuung, so hob sie hervor, gebe ihr erst die nötige Selbstbestätigung. Ihre Kinder, nun groß genug, konnten mit anfassen im tristen Haushalt.

Die Beamten hörten geduldig und gelangweilt zu. Schließlich unterbrach der Kommissar ihre Selbstdarstellung.

»Frau Dehart, Sie führen eine glückliche Ehe?« fragte er.

»Mein Mann ist in seinem Beruf sehr erfolgreich. Ich finde meinen Ausgleich in der Arbeit mit den Kindern unterprivilegierter Schichten und den unbeliebten Asylanten«, antwortete sie mit einem mädchenhaften Blick.

»Unser Besuch wundert Sie nicht?« fragte Sperber mit einem Schuß Ironie in der Stimme.

Sie langte zum Tee.

»Wieso? Gut, Hajo hat das tote Mädchen unterrichtet. Er ist Studiendirektor und mit Verwaltungskram mehr als überlastet. Doktor Sandmann versteht es, Aufgaben zu verteilen.«

»Und wo können wir den Herrn Gemahl selbst befragen?« warf Sperber ein.

»Er ist in Wolfenbüttel«, sagte Britta Dehart. »Das Thema einer Lehrerfortbildungsveranstaltung hat es ihm angetan. Er hat zwar in Kürze das Abitur abzunehmen, aber das Thema ›Europa, Entwicklungsgelder und gewachsene Volkstraditionen der afrikanischen Völker‹ interessiert ihn sehr.« Sie lockerte ihre Kleinmädchenhaltung, um den Tee nachzufüllen.

»Ich verstehe. Die Reisen. Haben Sie ihn schon einmal begleitet?« fragte der Kommissar.

»Ich? Um Gottes willen! Die Hitze und Unbequemlichkeiten«, sagte sie.

»Und am Wochenende will Ihr Mann segeln?« fragte Sperber.

Die großen Augen hinter der Brille flackerten.

»Wer sagt das?« fragte die Frau, die nach Selbstdarstellung lechzte. Schließlich hatte nur ihr kleiner Mann es zu Ansehen in der Kleinstadt gebracht, während ihr Geld ihr nur das verschwiegene Lächeln smarter Bankangestellter eingebracht hatte.

»Wir dachten uns das nur so, denn der Wetterfunk verspricht für das Wochenende hervorragende Bedingungen«, sagte Lehnartz.

»Wir können uns zwar ein Boot leisten, meine Herren, aber ich bin strikt dagegen. Die Eintönigkeit an Bord stinkt mir. Die Kinder haben keinen Auslauf. Die Enge.

Nein, das streßt alle. Eine hübsche Wohnung in Spanien in einem nicht überlaufenen Fischerdorf reizt mich da mehr.«

»Sie kannten Dagmar von den Höfen?« fragte Lehnartz.

Britta Dehart bemühte sich, die Teetassen zu füllen. So, als langweilte sie sich, blickte sie um sich.

»Nein«, sagte sie, strich sich über das wellige Haar und machte es sich wieder im Sessel bequem.

»Ihr Mann lebt recht großzügig. Sicherlich kann er es sich erlauben, seine Schüler zu sich einzuladen oder sie an Martini, wie es in dieser Gegend üblich ist, gastfreundlich zu bewirten«, sagte Sperber.

»O ja, wenn Laternenfest ist, dann ist bei uns etwas los. Die Schüler meines Mannes kann ich nicht mit einem Schokoriegel abwimmeln. Die wollen Bier und Bewirtung«, sagte sie begeistert.

»Und Dagmar von den Höfen war im November auch dabei?« fragte der Kommissar.

Frau Dehart lehnte den Kopf an die Seite des Ohrensessels und spielte mit ihrem Haar. »Viele kamen, viele gingen«, sagte sie. »Ich war an dem Abend die Serviererin meines Mannes.«

Sperber nahm eine Fotografie der Toten aus seiner Tasche.

»Frau Dehart, diese Schönheit ist es«, sagte er und reichte ihr das Bild.

Uninteressiert warf sie einen Blick auf das Bild.

»Sie fiel mir nicht auf«, sagte sie schnippisch.

»Das Mädchen wurde am fünfzehnten Mai nachmittags ermordet. Waren Sie da zu Hause oder bei Ihren vernachlässigten Kindern in den Wohnblocks?« fragte der Kommissar.

»Was soll das? Kochte ich Rotkohl an diesem Tag oder Weißkohl? Gab es Bohnen oder Erbsen? Speck oder Bratwürste?« schimpfte sie mit rot angelaufenem Gesicht.

»Der Tag war sonnig«, sagte Sperber. »Viele unternahmen eine Fahrradtour. Vielleicht fuhren auch Sie mit dem Fahrrad in das hübsche Vorland.«

Britta Dehart rümpfte die Nase. »Wer sagte Ihnen, daß ich an diesem Tag mit dem Rad unterwegs gewesen sei?«

»Für uns als Kripobeamte sind die meisten Zeugenaussagen sehr ungenau. Trägt ein davonradelnder Mann einen schwarzen Dufflecoat, dann meinen Zeugen, den Pfarrer erkannt zu haben«, sagte der Kommissar und lächelte.

»Bei gutem Wetter fahre ich gern Rad«, erwiderte Britta Dehart gepreßt. »Ich muß auf meine Linie achten. Es mag sein, daß ich unterwegs war, als der Kollege meines Mannes das Mädchen umgebracht hat.« Sie erhob sich aus dem Sessel und stellte sich herausfordernd in die Tür.

»Vielen Dank für den Tee, Frau Dehart«, sagte Lehnartz höflich. »Grüßen Sie Ihren Gatten von uns.«

Sie nahm die Brille ab. Ihr Gesicht wirkte erschöpft. Sie ergriff den Stoffrand des T-Shirts und reinigte damit die Gläser.

»Das werde ich, denn wir telefonieren heute abend miteinander«, sagte sie freundlich und begleitete die Beamten zur Haustür.

Lehnartz wartete, bis sie im Wagen saßen. Dann sagte er: »Vorher werden wir selbst mit ihm reden, Sperber.«

Am Spätnachmittag parkten sie ihr Dienstfahrzeug vor dem Lehrerfortbildungsheim in Wolfenbüttel.

Sie entdeckten einen Mercedes-Kombi mit dem Kennzeichen des Landkreises Aurich. Der Laderaum war angefüllt. Eine Plane verbarg den Inhalt.

»Gehen wir«, sagte Lehnartz.

Die Heimleiterin saß vor ihrem Schreibtisch und blickte überrascht auf die Polizeimarke.

So, als handele es sich bei dem Kripobesuch in dem von ihr hervorragend geführten Heim um ein Versehen, denn Kommissare sah sie höchstens einmal in Tatortsendungen, fragte sie: »Verkehrsunfall?«

»Nun, indirekt«, antwortete Lehnartz.

Die gesetzte Dame trug einen weißen Kittel. Ihr Haar war leicht blond getönt und vertuschte ihr Alter.

»Wir möchten Studiendirektor Dehart sprechen«, sagte Sperber.

»Welcher Lehrgang? Musik oder Geschichte?« fragte die Heimleiterin und langte nach den Listen.

»Geschichte«, antwortete Lehnartz und blickte durch die Glasscheibe des Büros. Alles wirkte gediegen und vornehm.

»Ja, er ist anwesend, der Lehrgang tagt im B-Trakt. Professor Pieper leitet den Kurs«, sagte sie.

»Wir wollen nicht stören. Wann schließt dieser Professor sein Seminar?« fragte Sperber.

»Um achtzehn Uhr dreißig gibt es Abendbrot«, sagte sie, erhob sich und schritt den Beamten voran. »Folgen Sie mir!«

Nur wenige Meter entfernt lag der Speiseraum. In dem kleinen Saal standen lange Tische, und durch große Fenster fiel das Licht. Auf einer kleinen Bühne tickte eine alte Uhr.

»Suchen Sie sich drüben einen Platz. Ich besorge Ihnen ein Kännchen Kaffee. Dann fällt Ihnen das Warten nicht so schwer«, sagte sie und ging an der Bühne vorbei in die Küche.

Wenige Minuten später servierte ein Mädchen ihnen den Kaffee und setzte ihnen einen Streifen Butterkuchen vor.

»Lehrer müßte man sein«, scherzte Sperber.

»Mein Gott, nur das nicht! Die leiden alle unter permanentem Frust«, sagte Lehnartz.

Im Saal erschien das Personal und begann damit, die Tische für das Abendbrot zu decken.

»Die Ruhe vor dem Sturm«, stellte Lehnartz fest und schob den Kuchenteller beiseite. Er langte zur Zigarette.

Plaudernd und lachend strömten die Lehrerinnen und Lehrer in den Speisesaal und belagerten die Tische.

Geschirr klimperte. Stühle wurden gerückt.

Zumeist in Jeans, lässigen Sommerhemden und Turnschuhen fieberten sie dem freien Abend entgegen.

Dehart fand spät zu seinen Kollegen. Temperamentvoll gestikulierend redete der kleine Direktor auf seinen Begleiter ein.

»Das muß der Professor sein«, sagte Sperber und betrachtete den glatzköpfigen Intellektuellen, der sich nervös durch seine Nickelbrille umschaute.

Der Studiendirektor ging mit kleinen Schritten neben dem Kursleiter her, bemüht, mit dem Professor speisen zu können.

»Ihm erzählt er bestimmt nichts von seiner Nummer mit der Dagmar«, sagte Sperber angewidert.

»Gönnen wir ihm die Mahlzeit«, lächelte Lehnartz.

Schließlich verließen die Lehrer den Speisesaal. Durch die großen, bis zum Boden reichenden Fenster fiel das Licht der untergehenden Sonne. Mädchen schoben Geschirrwagen und räumten die Tische ab.

Dehart besaß Sitzfleisch. Die Bedienung brachte Bier an den Dozenten-Tisch. Die beiden waren die letzten Gäste.

Schließlich erhob sich der Professor. Der kleine Dehart entdeckte die Besucher. Er ließ den Professor in den Abend gehen.

Das Gesicht des Studiendirektors strahlte vor Optimismus, als er sich ihnen grüßend näherte.

»Sie hier?« fragte er ironisch.

»Herr Dehart, Sie werden es kaum glauben, aber wir interessieren uns für das konservative Leben in Schwarzafrika«, sagte Lehnartz.

Dehart setzte sich zu ihnen. »Man muß einfach mal raus. Der Schule den Rücken zuwenden. Neue Impulse aufnehmen. Der Stoff der Lehrbücher hinkt nämlich meistens hinterher.«

»Und Afrika hat es Ihnen angetan?« fragte Sperber.

»Meine Herren, ich bereite junge Leute auf die Zukunft vor. Wir sind eine Exportnation. Die Märkte müssen früh genug bearbeitet werden, damit unsere Maschinen nicht zum Stillstand kommen«, sagte er belehrend und strich mit beiden Händen durch sein gewelltes Haar.

»Herr Dehart, Sie sorgen sich ja auch kräftig um den Devisenausgleich. Denn schwarze Mädchen tingeln durch Ihre Barkette und schicken harte D-Mark nach Kenia«, sagte Lehnartz im freundlichen Ton.

Dehart gelang es, umzuschalten.

Zwar bildeten sich kurz einige Sorgenfalten in seinem Gesicht, doch dann hatte er sich wieder in der Gewalt.

»Sie sprechen von unserem Geschäftsführer, der in eigener Verantwortung unser Kapital betreut. Das geht mich nichts an. Der Mann kommt aus der Branche, verdient gut, und wir interessieren uns nur für die Rendite des investierten Kapitals!«

»Ihr Kompagnon, so recherchierten wir, ist ein Arzt. Er macht zur Zeit Urlaub, während sein Kapital anwächst?« fragte der Kommissar.

»In Urlaub fahren auch andere Ärzte«, warf Dehart ein.

»Und Sie empfinden keine Skrupel, wenn dort schwarze Mädchen nach Tanzvorstellungen für wenig Geld afrikanischen Sex verkaufen?« fragte Sperber mürrisch.

Dehart spielte den Empörten. »Wenn Sie ein Sparkonto anlegen, fragen Sie dann die Bank danach, was sie mit dem Geld macht?«

»Herr Studiendirektor, Sie verkaufen keine Zahnpasta. Sie stehen vor Klassen und sollen heranwachsenden Menschen ein Beispiel geben. Sie empörten sich, weil ein Kollege eine türkische Schülerin geküßt hat! Ihr Kapital vermehrt sich durch Prostitution!«

»Das sehen Sie falsch. Doch begleiten Sie mich bitte auf mein Zimmer. Wir können dort in Ruhe und bei einem Bier das Gespräch fortsetzen.«

Er strahlte in alle Richtungen, als er die Kripobeamten am Büro vorbei direkt in den Flur führte, in dem die Zimmer mit der Nummer eins bis zehn lagen.

»Einen Augenblick. Ich hole ein paar Flaschen Bier«, sagte er und verschwand über eine seitliche Treppe in den Keller.

Mit einem Korb voller Flaschen kehrte er zurück, als wollte er die Kripobeamten zu einem Besäufnis animieren.

Sein Zimmer trug die Nummer sechs. Es war mit einer komfortablen Sitzecke, Schlafnische, separatem Klo und Duschbad wie eine Ferienwohnung eingerichtet.

»Eine Dozentenwohnung«, sagte Dehart stolz und wies auf die Sessel.

Ein Druck von Corinth erinnerte den Kommissar an die »Neuen Wilden« der Malerei.

Dehart hatte Öffner und auch Biergläser schnell zur Hand.

Während das Bier in die Gläser blubberte, sagte Lehnartz.

»Ihre Kapitalbeteiligung an der Barkette ist nicht der Anlaß unseres Besuchs. Uns bereitet ein Schwarzer aus Kenia Probleme, der im Bethesda-Heim als Asylant lebte und mit Ihrer Schülerin einen engen Kontakt gepflegt haben muß. Schließlich fanden wir in seinem Album Nacktfotos der Dagmar von den Höfen. Sie selbst haben sich ja ebenfalls nicht als Kostverächter erwiesen.«

Dehart grinste. Seine Lippe wuchs an. So, als gäbe es nichts, was ihn erschüttern könnte, antwortete er gelassen: »Das bestätigt mir, daß die Schülerin heiß auf alles war, was einen Pimmel trug, und auch ich, alkoholisiert, ein Opfer ihrer Gelüste wurde.«

»Das würden wir Ihnen gerne abkaufen. Aber es ereigneten sich noch weitere mysteriöse Vorgänge«, antwortete Sperber ernst.

Dehart hob sein Glas.

»Prost«, sagte er.

Sie tranken. Das Pils war gut. Doch nicht zum Biertrinken saßen sie im renommierten Lehrerfortbildungsheim.

»Wie Sie wissen, haben wir einen Mann aus Afrika an einem Ast im Lütetsburger Forst gefunden«, sagte Lehnartz. »Alles deutet darauf hin, daß das Opfer ein Reporter war, der sich die verkappte Prostitution seiner Landsmänninnen als Thema für seine Untergrundzeitung erkoren hatte. Und diese Mädchen tingelten in Ihrer Sielbar, als er sterben mußte.«

Erst jetzt hatte Dehart Sendepause. Er schaute um sich. Verlegen wackelte er mit seinen kurzen Beinen, die in Freizeitjeans steckten. Schließlich sagte er: »Das ist ja ein entsetzlicher Zufall.«

»Oder Mord auf Bestellung, Herr Anteilseigner«, antwortete Lehnartz schroff.

Dehart griff in den Korb und füllte Bier nach. Sekunden später fragte er empört: »Und was hat das mit mir zu schaffen?«

»Vorerst nichts. Doch sollten Sie oder Ihre Firma einem gewissen Holoe Frateria eine Killerprämie überwiesen haben, dann suchen Sie nach Argumenten für den Untersuchungsrichter«, sagte der Kommissar.

Sperber setzte noch eins drauf. »Übrigens, wir haben Ihre Gattin aufgesucht. Keine Sorge, Ihren Seitensprung mit der nun toten Schülerin haben wir ihr vorenthalten. Sie teilte uns mit, daß Sie Ihren Wunsch nach einem Segelboot nicht teilt, sondern in Spanien eine Ferienwohnung zu kaufen beabsichtigt.«

Der Studiendirektor rang nach Luft. Er saß im Sessel wie ein Kaufmann, der seinen Bankrott erfahren hat und dennoch Sicherheiten vortäuscht. Vorsichtig tastete er sich voran. »Mein Traum war immer ein Segelboot. Doch das muß nicht sein. Die Familie soll nicht zu kurz kommen. Meine Frau scheut das Wasser.«

»Ihrer Frau sind soziale Leistungen offensichtlich wichtiger als Statussymbole«, sagte Sperber.

Lehnartz beendete die Unterhaltung, indem er zu Sperber sagte: »Wir müssen los. Für dreihundertachtzig Kilometer Autobahn war die Unterhaltung ein mageres Ergebnis.«

»Dabei hatten wir gehofft, Sie könnten uns weiterhelfen, den Mord an dem schwarzen Journalisten aufzuklären«, sagte Sperber.

»Das tut mir schrecklich leid, meine Herren«, sagte Studiendirektor Dehart. »Rendite ist eine Sache für sich, doch Mord eine andere. Ich setze meine ganze Kraft für den Schuldienst ein. Selbst die Annehmlichkeiten eines gepflegten Familienlebens ordne ich der Weiterbildung für meinen Schulalltag unter.«

Lehnartz stand auf.

»Die Steuergelder für Ihre Weiterbildung mögen

gerechtfertigt sein, während wir mit schlechtem Gewissen nach Ostfriesland zurückfahren. Heute ist Montag, wann endet das Seminar?« fragte Sperber.

»Am Freitag nach dem Mittagessen«, antwortete Dehart und begleitete die Beamten zur Tür.

Aus dem Keller drangen ihnen kehlig vorgetragene Liedertexte entgegen. Die Lehrer hatten begonnen, ihren Schulalltag zu vergessen.

12

Die Kriminalbeamten verließen das Gebäude der Zeitung. Sperber hatte das Archivfoto, das den stadtbekannten Arzt im Tennisdreß nach errungener Stadtmeisterschaft in Siegerpose zeigte, eingesteckt.

Es regnete, und ein Sturm raste über die Küstenlandschaft. Es waren nur wenige Schritte bis zum Parkplatz. Sie stiegen in den Passat und wischten sich die Nässe aus den Gesichtern.

»Doktor Akner, zur Zeit auf Urlaub, vermutlich in Begleitung seiner Geliebten. Ehe kaputt. Inhaber einiger Wohnhäuser. Anteilseigner und Mitinvestor einer Barkette«, trug Sperber vor, während der Kommissar den Wagen steuerte.

»Er hat zwei Töchter, für die er sein Geld anlegt. Sie werden später nicht wissen, daß afrikanische Mädchen sich verkaufen mußten, um Vatis Reichtum zu mehren«, sagte Lehnartz angewidert.

Sie fuhren nach Berum. In Hage war die Straße, wie so oft, verstopft.

»Akner erhebt allerdings nicht den moralischen Anspruch wie sein Freund Dehart, dieser kleine Hochkömmling«, sagte Sperber mißmutig.

»Mir hängt dieser beschissene Fall zum Hals raus«, knurrte Lehnartz.

»Es gelingt uns einfach nicht, das Ende des Fadens zu finden.«

Sturm schleuderte Regen gegen den Wagen. Der Berumer Wald stemmte sich gegen die orkanartigen Böen.

Lehnartz parkte den Wagen auf der Einfahrt des Bungalows. Er sah, daß der weiße Scirocco in der Garage stand.

Sie verließen den Wagen und suchten Schutz unter dem kleinen Vordach.

Lehnartz drückte die Klingel.

Frau Dehart öffnete ihnen die Tür. Sie trug einen langen Bademantel, der ihr ein frauliches Aussehen verlieh.

»Nicht so stürmisch«, sagte sie freundlich und ließ ihre Hand über den Frotteestoff gleiten.

»Gnädige Frau, wir fassen uns kurz. Wir benötigen eine Fotografie Ihres Mannes«, sagte Lehnartz.

»Früher, in jungen Jahren, trug ich selbst im Bademantel eines mit mir herum. Hat er Ihnen, ich meine Hero, so gut gefallen?« scherzte sie.

»Ich glaube, er ist mehr ein Frauentyp«, konterte Sperber lächelnd.

»Und wenn ich von ihm kein Bild besitze?« fragte Frau Dehart, während ihre Hände mit dem weiten Kragen des Bademantels spielten.

»Das wäre weiter nicht schlimm. Der Amtsrichter hat es uns erlaubt, in diesem Fall selbst in den Urlaubsalben nach einer Aufnahme zu suchen«, sagte Lehnartz.

»O Gott«, sagte Britta Dehart. »Warten Sie hier. Ich werde nachschauen.«

Sie eilte mit kleinen Schritten davon.

Die Beamten sahen sich an und grinsten.

Wenig später war Britta Dehart zurück und reichte Lehnartz ein Foto im Postkartenformat, das den Herrn Gemahl mit smartem Lächeln zeigte.

»Er soll Ihnen selbst die Widmung schreiben«, sagte sie, ohne ihre gute Laune abzulegen.

»Danke, vielleicht gefällt es einer Kollegin«, spottete Sperber.

»Und darf ich erfahren, was Sie damit anfangen wollen?« fragte sie mit Schmollmund.

»Einen Irrtum ausräumen. Ein hoher Beamter aus Berum kaufte eine teure Yacht. Es wird unmöglich Ihr Mann gewesen sein«, sagte der Kommissar.

»Waidmannsheil, meine Herren«, sagte sie. Sie blieb lächelnd in der offenen Tür stehen und sah zu, wie die Beamten in den Regen schritten.

Der Sturm ließ nicht nach. Auf der Fahrt nach Wilhelmshaven drosselten sie öfter die Geschwindigkeit, da die Fahrbahn überspült war.

Auf dem Parkplatz vor dem Stadttheater warteten sie vergeblich auf eine Wetterbesserung. Schließlich verließen sie den Wagen und hasteten dem Eingang der Oldenburgischen Landesbank entgegen.

Der Filialleiter empfing sie, ließ ihnen die durchnäßten Mäntel abnehmen und führte sie in sein Büro.

»Ein Sauwetter! Ich bestelle einen Kaffee«, sagte er und verließ das Zimmer.

Sekunden später erschien er bereits mit einer Frau Marek.

»Wenn Sie unserer Leiterin des Schalterdienstes die Fotos vorlegen wollen«, sagte er höflich.

Sperber legte die Bilder des Arztes, des Lehrers und des Asylanten auf den kleinen Tisch.

Fräulein Marek beugte sich über die Aufnahmen.

»Die Männer sah ich nie. Die Schwarzen sind schwer auseinanderzuhalten«, sagte sie und blickte unsicher auf.

»Es handelt sich um den Mord an der Schülerin«, sagte Sperber und legte eine Abbildung der hübschen Dagmar von den Höfen dazu.

»Dieses Mädchen wurde bei uns brutal ermordet«, sagte Lehnartz.

Fräulein Marek nahm das Foto in die Hand. »Sie hat bei mir am Schalter zwanzigtausend Mark eingezahlt. Es war nicht die Höhe der Summe, die mich verwirrt hat, sondern ein seltener Zufall. Das Paar war mir im Café Heinze, dort verbrachte ich meine Mittagspause, bereits aufgefallen.

Ein schönes Paar. Eine Schwedin und ein Afrikaner, habe ich gedacht. Am Nachmittag erschien das Mädchen hier mit dem Sparbuch und zahlte ein, während der dunkelhäutige junge Mann sich in der Halle aufhielt und Devisenkurse zu studieren schien.«

»Frau Marek, das ist doch sicher außergewöhnlich, wenn eine junge Frau einen so hohen Betrag einzahlt«, sagte Sperber.

Die Bankangestellte schüttelte den Kopf. »Das geschieht öfter, als Sie glauben. Handwerker erscheinen mit schwarzem Geld, wenn die Steuerprüfung unangemeldet kommt. Außerdem bieten wir im Pumpwerk ein großstädtisches Show-Programm, deshalb fand ich es auch nicht verdächtig. Bei Auszahlungen sind wir da schon genauer«, sagte sie.

»Den alten Kontostand kennen Sie nicht mehr?« fragte Lehnartz.

»Nein, wir haben fünf Schalter«, antwortete die Bankangestellte.

»Danke, Frau Marek. Wir sehen uns noch einmal wegen des Protokolls«, sagte der Kommissar.

Die Sekretärin brachte den Kaffee. Er tat den Beamten gut. Die Nässe saß noch in ihren Kleidern.

»Wir können auf ein Gespräch mit den übrigen Angestellten verzichten, die den Schalterdienst mitversehen«, sagte Sperber.

Staatsanwalt Dr. Ordner verstand die Welt nicht mehr. Wie ein Tiger im Käfig schritt er in dem kleinen Dienstzimmer auf und ab. Hin und wieder blieb er am Fenster stehen und schaute auf die Baumkronen, die sich im Sturm bewegten.

»Das ist doch verrückt, meine Herren. Dieser Studiendirektor trieb es mit Dagmar. Sie wird umgebracht. Der schwarze Holoe Frateria besitzt die Fotoausrüstung des ermordeten Journalisten. Bei dem Asylanten fanden sich auch Pornobilder der Dagmar von den Höfen ...«

Lehnartz unterbrach ihn. »Nacktfotos!« verbesserte er und stierte zur Wand.

»In Untersuchungshaft sitzt ein Lehrer, der eine türkische Schülerin küßte und seine Fingerabdrücke am Tatort hinterließ. Die Mutter der türkischen Schülerin suchte ein Gespräch mit Dagmar von den Höfen, die sie ermordet vorfand, und vertrieb den Mörder. Der Schüler Tomko Boever stößt Drohungen aus und gibt zu, ebenfalls am Tatort gewesen zu sein. Er versilbert das goldene Armband eines großzügigen Freiers, das am Arm der Toten hing. Nun zur Krönung des Durcheinanders. War es das Opfer, das großzügig Geld auf ein Sparkonto in fünfstelliger Höhe eingezahlt hat, das dem schwarzen Asylanten gehört hatte?«

»Was sagt Kriminaldirektor Bracke dazu?« fragte Sperber.

»Er hatte die passende Antwort. Nämlich: Herr Moubasone von der Bonner Vertretung Kenias wurde nach Hause beordert! Es bleibt unser Fall«, stöhnte der geplagte Staatsanwalt.

»Wir werden die Morde schon aufklären«, sagte Lehnartz mit Entschlossenheit. »Der Asylant spielt eine Schlüsselrolle. Wir müssen mit Nachdruck am Ball bleiben.«

Der Staatsanwalt lachte mitleidig. »Auch Holoe Frateria befindet sich bereits in Nairobi. Ein Blitzantrag auf Auslieferung der Regierung Kenias wurde von Bonner Stellen sofort erfüllt.«

»Scheiße!« stöhnte Sperber.

Lehnartz erhob sich und bediente die Kaffeemaschine. »Und wir spielen Blindekuh«, murmelte er.

»Nicht unbedingt, Lehnartz. Der Journalist Tatatuppa war kein Zwerg. Um ihn aufzuknüpfen, brauchte selbst der schlanke Holoe Frateria einige hilfreiche Fäuste«, stellte der Staatsanwalt fest.

»Und diese suchen wir hier im verschwiegenen Ostfriesland«, warf Sperber belustigt ein.

»Den afrikanischen Teil der Tragödie löst dann das Auswärtige Amt«, erwiderte Lehnartz und setzte Tassen auf den Tisch.

»Falls dieser Asylant politische Motive hatte, wie das den Anschein hat, woher stammte dann das Geld, das Dagmar von den Höfen auf sein Konto eingezahlt hat?« fragte Sperber und wußte, daß sie keine Antwort darauf finden würden.

»Eine Denkpause«, sagte der Staatsanwalt und steckte sich eine Zigarette an.

Er reagierte böse, als ein Beamter anklopfte und den Besuch der jungen Türkin ankündigte.

»Die hat uns gerade noch gefehlt«, stöhnte er.

»Wir verdanken ihr wichtige Informationen, Herr Doktor Ordner«, sagte Lehnartz. »Ich gehe nach unten und spreche mit ihr.« Er verließ das Zimmer.

Sevda Yildizlar saß traurig und geknickt in ihrem Rollstuhl. Das hübsche, dunkle Gesicht wirkte eingefallen, selbst ihr prachtvolles Haar sah ungepflegt aus.

Sie erwiderte die Begrüßung des Kommissars mit einem müden Nicken und hielt ihm einen Briefumschlag entgegen. Tränen rannen ihr in das Gesicht.

Lehnartz las die ihm bekannte Adresse. Er schaute auf den Poststempel. Berlin, stellte er überrascht fest. Er drehte das Kuvert um und blickte auf die ungeübt gesetzten Druckbuchstaben, die den Absender verrieten. »Freies Kenia, Aktion Sommerwind.«

Der Kommissar war äußerst überrascht. Er entnahm dem Umschlag ein Schreiben, das mit den gleichen ungelenken Buchstaben geschrieben war. Er hatte Mühe, die Wörter so zusammenzustellen, daß sie einen Sinn ergaben.

Er hörte, wie Sevda schluchzte, als er las.

»Türkin, wenn dir dein Leben und das von Mutter und Vater lieb ist, dann halte dich draußen. Mutter nicht gesehen Fahrrad, Mädchen tot, das alles! Sonst killen Kommando Sommerwind.«

»Herr Kommissar, Mutter ist verzweifelt«, sagte Sevda verängstigt. »Was sollen wir tun? Vater arbeitet auf Montage in Neuss.«

»Vorerst nichts«, sagte Lehnartz entschlossen. »Ich werde zu Ihrem Schutz Beamte beauftragen, die Sie bewachen. Niemand wird sich Ihnen unbemerkt nähern können. Warten Sie hier!«

Sevda mußte nicht auf den Bus der AWO warten, der sie abholen sollte.

Polizeibeamte trugen sie in einen Bully. Sie fuhren Sevda nach Hause und übernahmen den Schutz der Familie vor der ärmlichen Kate in Halbemond.

»Frau Yildizlar muß Ihnen etwas verschwiegen haben«, folgerte der Staatsanwalt und hielt den Brief in der Hand.

»Wir werden die Frau dennoch nicht aufsuchen. Wir würden nur ihre Angst verstärken«, sagte Lehnartz.

»Aber wir blasen zur Attacke!« sagte der Staatsanwalt und langte zum Telefonhörer. »Ich rufe in Bonn an. Geben Sie ein Fax an das LKA und BKA durch.«

Die Kriminalbeamten verließen das Dienstzimmer und suchten das Schreibzimmer auf.

Schon wenige Minuten später bediente die Schreibdame das Faxgerät und übermittelte die Texte.

Als Lehnartz und Sperber das Dienstzimmer betraten, spielte Staatsanwalt Dr. Ordner mit seiner Brille und schaute sie mit verkniffenen Augen an. So, als stünde er vor einer schwerwiegenden Entscheidung, lag sein Gesicht in Falten.

»In Berlin ist diese Aktionsgruppe noch nie in Erscheinung getreten. In Bonn bin ich bis in die Ministerialebene vorgestoßen. Doch je höher die Tiere, um so blasser die Auskunft. Etwas stimmt da nicht. In wenigen Minuten wird ein zuständiger Beamter uns anrufen«, sagte er und trank gierig den kalten Kaffee.

Aus den wenigen Minuten wurden Stunden. Geduldig hockten sie vor den Schreibtischen und diskutierten. Lehnartz hatte zum zweitenmal die Kaffeemaschine betätigt.

Immer, wenn das Telefon klingelte, fuhren sie nervös zusammen.

Doch die erwarteten Nachrichten aus Bonn brachte

schließlich ein Fräulein aus dem Schreibzimmer. Sie waren ihnen per Fax übermittelt worden. Dr. Ordner las.

»Herr Moubasone wurde nach Nairobi zurückgerufen und dort unter Arrest gestellt, weil er wie der Journalist Tatatuppa einer verbotenen Partei angehört. Der Asylant Holoe Frateria betätigte sich als Geheimagent der Kenianischen Polizei und hatte die Aufgabe, Studenten seines Landes an den Universitäten und Fachhochschulen im Raum Weser-Ems nach Gesinnungstreue zu beschnüffeln. Weitere Informationen sind nicht möglich, da die Regierungsstelle in Nairobi eine Befragung ihres Agenten ablehnt. 207/25-Bonn AA. gez. Schuster.«

Lehnartz stieß es bitter hoch. »Ein schwarzer Agentenkrimi im grünen Ostfriesland«, schimpfte er.

»Und, wie mir scheint, haben einige Bürger unserer Kleinstadt munter mitgemischt«, stellte Sperber ironisch fest.

»Gehen wir davon aus, daß die Morddrohung an die Familie Yildizlar echt ist, dann könnte angenommen werden, dieser Holoe Frateria habe Dagmar ermordet, weil sie zuviel von seinen Machenschaften erfahren hatte und Landsleute aus Kenia annahmen, der Mörder sei auf seiner Flucht erkannt worden«, sagte der Staatsanwalt.

Es dunkelte bereits. Regen klatschte gegen die Scheiben ihres Büros.

Lehnartz fühlte die Wut in sich aufsteigen. Dieses Wischiwaschi aus Bonn half ihnen nicht weiter. Waren die Stellen bemüht, diesen Frateria in Ruhe zu lassen, weil andere Vorkommnisse einen Ausgleich boten?

»Wir dürfen es unter keinen Umständen zulassen, daß die diplomatischen Verwicklungen unsere Ermittlungen stoppen oder es dem Mörder gelingt, sich in der Gunst der Stunde ungestraft davonzuschleichen«, sagte der Kommissar gepreßt. »Angenommen, diese Terroristenbande gäbe es nicht. In diesem Fall sitzt ein gerissener Mörder in unserem Umfeld und wähnt sich in Sicherheit.«

»Meine Herren, mir reicht es. Ich bin auf die Stellungnahme des LKA und BKA gespannt. Erst danach werden wir entscheiden können, wie wir weiter vorgehen werden«, sagte Dr. Ordner müde.

Er stand auf, setzte die Prinz-Heinrich-Mütze auf sein angegrautes Haar und wünschte den Kriminalbeamten einen schönen Abend.

»Der grübelt noch die halbe Nacht vor sich hin«, sagte Sperber, als die Tür ins Schloß gefallen war.

Lehnartz verließ ebenfalls seinen Schreibtisch und griff zum Wettermantel.

»Machen wir auch Feierabend, Sperber.«

Der Assistent zog die Regenjacke über. »Am besten vergessen wir erst einmal alles und fangen morgen neu an, Chef«, sagte er und löschte das Licht.

»Komm, Sperber, ich gebe ein Bier aus.«

Sie gingen die wenigen Meter zu Fuß zum Backhaus, einem zünftigen Altstadtlokal. Mißmutig schaute Lehnartz sich um. Die Tische waren voll besetzt mit jungen Leuten, die sich laut unterhielten.

Der schnauzbärtige Wirt füllte, ohne aufzusehen, die Gläser. Die Gemütlichkeit der Pinte wirkte verführerisch, und die ausgelassene Stimmung steckte an.

Lehnartz führte seinen Assistenten zum Tresen. Altes Trödlergut zierte die umlagerte Theke und verriet den Humor des Mannes, über den man in der Stadt mit Hochachtung sprach.

»Gerd, zwei Pils!« rief Sperber.

Der Wirt schaute kurz auf.

»Feiert die Kripo?« fragte er nur.

»Mir scheint es, daß wir die einzigen Gäste mit ernsten Gedanken sind«, sagte Lehnartz.

Der Wirt reichte ihnen die Tulpengläser an.

»Herr Kommissar, ich bin wie Sie im Dienst. Die gehen auf meine Rechnung«, sagte der Wirt und widmete sich wieder seiner Zapfanlage.

Die Beamten prosteten sich zu.

Lehnartz trank das Bier in einem Zug leer.

»Bis morgen, Sperber«, sagte er und stellte das Glas ab.

Sperber winkte ihm zu, als er das Lokal verließ.

Lehnartz ging zu seinem Wagen. Er setzte sich hinter das Steuer und zögerte, den Zündschlüssel zu bedienen. Er dachte an den Brief. Hatte ein Vertrauter Holoe Frateras unter dem Absender »Freies Kenia, Aktion Sommerwind« den Brief verfaßt und in Berlin in den Briefkasten geworfen?

Der Regen prasselte gegen die Windschutzscheibe. Welchen Nutzen hätte der Kenianer daraus ziehen können? Oder wohnte im Heim irgendein Asylant, der sie ablenken wollte? Fragen über Fragen. Lehnartz entschloß sich spontan, nach Norddeich zu fahren.

Im Haus Bethesda lebten auch Erwachsene mit ihren Kindern. Vietnamesen feierten. Einige Herren aus Pakistan spielten friedlich Schach.

Die Heimmutter saß noch sorgenvoll in ihrem Büro und beschäftigte sich mit Etatproblemen. Die Spendenbereitschaft sank mit dem Ansteigen der Arbeitslosenzahlen.

Angewidert verzog sie ihr Gesicht, als sie den Kommissar erkannte. So, als müßte sie Lehnartz strafen, weil er und seine Kollegen ihr den lieben Holoe Frateria gestohlen hatten.

Frau Gronewold erhob sich vom Schreibtisch, nahm eine kampfbereite Stellung ein und sagte erbost: »Sie wollen doch nicht schon wieder einen?«

Lehnartz winkte ab.

»Frau Gronewold, Herr Frateria ist wohlauf. Er ist zu Hause in Nairobi.«

Die Heimleiterin atmete auf.

Lehnartz fuhr fort: »Ich benötige eine Auskunft in einer unwichtigen Angelegenheit. Wir haben eine Anfrage auf dem Schreibtisch und schauen nicht durch. Da ist eine vietnamesische Mutter, Tante, Tochter oder ein Sohn, mein Gott, die fremden Namen, es kann auch ein Pakistani gewesen sein, von hier nach Berlin gefahren. Können Sie uns vielleicht weiterhelfen?«

Die Heimleiterin schaute durch. Hilfreich holte sie einen Ordner aus dem Regal und begann zu blättern.

»Nur eine Vietnamesin, ein junges Mädchen, sie hieß Hu Hop Trees, sie erhielt dort eine Stelle«, sagte Frau Gronewold.

»Wann reiste sie ab?« fragte Lehnartz.

»Das ist schon eine Weile her. Vor vierzehn Tagen«, antwortete die Heimleiterin.

»Danke, Frau Gronewold. Einen schönen Abend.«

Tief in Gedanken verließ der Kommissar das Heim Bethesda.

Morgen würden sie weitersehen.

Schulbusse rollten auf den Markt. Schüler und Angestellte hasteten über abgerissenes Astwerk und abgefallene Blätter, die der Sturm hinterlassen hatte.

Eine Dunstglocke hing über Norden. Der Wind hatte sich ausgetobt.

Lehnartz schaute dem blauen Ford Transit nach, der den Schriftzug der AWO trug. Er konnte nicht erkennen, ob Sevda in dem Kleinbus saß.

Er betrat das Dienstgebäude. Sperber unterhielt sich bereits mit Staatsanwalt Dr. Ordner. Beide waren guter Dinge.

Die Wetterbesserung, dachte Lehnartz und hängte seine Lederjacke an den Haken.

»Nur leere Worte, Lehnartz. Die Herren vom LKA und BKA wissen weniger als wir, dennoch gilt es, zwischen den Zeilen zu lesen«, sagte Dr. Ordner und wies auf ein Fernschreiben, das auf dem Schreibtisch lag.

»Dann wird es eine kurze Konferenz«, sagte Lehnartz spöttisch.

»Ja, aber aus anderen Gründen. Ich habe mit Rechtsanwalt Dirks bis spät in die Nacht Skat gedroschen. Doch setzen Sie sich zuerst einmal zu uns.«

Lehnartz nahm vor dem Schreibtisch Platz. »Und Dirks zog eine Trumpfkarte aus dem Ärmel«, sagte er bissig.

Dr. Ordner schaute belustigt auf. »Das könnte man so beschreiben. Unter der Respektierung des Bankgeheimnisses kam ihm dennoch zu Ohren, daß immense Kapitalbeträge von einer hiesigen Bank auf Konten der Im- und Exportbank nach Hamburg geflossen sind. Nun bilde ich mir ein, die Kontoinhaber zu kennen.« Dr. Ordner lächelte verschmitzt.

»Sie machen mich neugierig, Herr Staatsanwalt«, sagte Lehnartz. »Entstammen diese Gelder etwa den blühenden Umsätzen der Bars aus dem nordwestdeutschen Raum?«

Dr. Ordner nickte. »Es gibt einige Meinungsverschiedenheiten zwischen Bonn und dem BKA. Ein Mann unserer Botschaft in Nairobi, er heißt Hubertus Fischer, meint dazu, daß Sie und Herr Sperber für Klarheit sorgen könnten. Um neunzehn Uhr geht Ihre Maschine nach Nairobi. Sie sind in den frühen Morgenstunden dort. Herr Fischer wird Sie in Empfang nehmen.«

Lehnartz verschlug es den Atem. »Wissen Sie mehr, Herr Staatsanwalt?« fragte er.

»Hinterher wissen wir alle mehr, Chef«, sagte Sperber, dem die abenteuerliche Tour nach der Nase war.

»Ich kann Ihnen keine Badeferien buchen, auch keine Teilnahme an einer Safari genehmigen. Der Auftrag wird Sie genügend stressen«, sagte der Staatsanwalt.

»Und das alles steht im Zusammenhang mit dem Tod an dem Journalisten und dem schnellen Verschwinden des Agenten Holoe Frateria?« fragte der Kommissar.

»Wenden Sie sich an Fischer, Lehnartz, er ist unser Agent«, sagte Dr. Ordner. Er langte in seinen Diplomatenkoffer. »Die Reisegenehmigungen liegen vor. Die Tickets sind geordert. Ihre Versorgung in Kenia übernimmt die Deutsche Botschaft. Sie fliegen ab Bremen nach Frankfurt um fünfzehn Uhr. Bereiten Sie sich auf die Reise vor. Nehmen Sie das gesamte Material des Falls mit.« Der Staatsanwalt händigte ihm und Sperber die dienstlichen Anweisungen aus. Danach verließ er grinsend das Dienstzimmer der Kripo.

13

Sie hatten sich alles anders vorgestellt. Selbst der kräftige Fischer im geöffneten Khakihemd und in Jeans entsprach nicht ihren Vorstellungen. Ihn begleitete ein dunkelhäutiger Mann, der sich John Smith nannte. Die Unterhaltung lief in Englisch, während Fischer übersetzte.

Nairobi war eine Großstadt wie Frankfurt, nur mit anderen Farben. Breite Straßen führten durch das aufgelockerte Zentrum. Menschen, die ihre Dienste versahen, Straßenbahnen, grüne Doppeldeckerbusse und Großstadtverkehr. Nur die Menschen waren dunkelhäutig, und man drehte sich hier nach Weißen um.

Es war kein Mercedes oder VW, hinter dessen Steuer der Fahrer wartete, sondern ein Daihatsu Charade.

Auch in der Dienststelle herrschte reger Publikumsverkehr, und schließlich glich selbst das kleine Büro dem eigenen in Ostfriesland.

Fischer und Smith kamen schnell zur Sache. Beim Kaffee legten die Gastgeber Zeichnungen eines Bauprojektes vor ihnen aus, das in Mombasa für Arbeit und Devisen sorgen sollte.

Dagegen hatte selbst Smith nichts einzuwenden. Nur hatten hier in Bankkreisen und bei Nationalisten Berichte einer Untergrundzeitung die Bauherren schwer belastet. Die Gesellschafter, so trug John Smith vom Department Fremdenpolizei vor, ein Schweizer mit Namen Klaus Züngli und ein Deutscher Fabrikant mit Namen Rodger von Ostendorf hätten kenianische Mädchen aus unterprivilegierten Schichten mit gefälschten Papieren und falschen Versprechungen nach Deutschland fliegen lassen, wo sie in Bordellen gefangengehalten würden.

Fischer saß schweigend in dem Ledersessel und hörte zu, als trüge sein kenianischer Kollege Alltäglichkeiten vor.

»Die Namen sagen uns nichts«, sagte Lehnartz anschließend und suchte nach einem Durchblick. Schließlich hatten sie den afrikanischen Kontinent nicht aus purer Abenteuerlust aufgesucht.

Eine Klimaanlage erzeugte einen kühlen Hauch, obwohl es nicht heiß, erst recht nicht schwül war.

»Love Visiters«, fuhr John Smith fort und sagte in Englisch, was Fischer erst übersetzen mußte.

»Meine Herren, Smith und seine Regierungsstellen befürchten nicht zu Unrecht weitere Nachahmungen dieser Unternehmer, die Geld mit schwarzem Sex in Europa machen und es dann gewinnbringend hier in Kenia wieder anlegen. Diese betroffenen Mädchen schicken D-Mark in das Land, und ihre Angehörigen treten hier mit Manieren auf, die man sonst nur von den höherstehenden Schichten gewohnt ist. Viele junge Mädchen sind bereit, dem Beispiel zu folgen, denn Frauen in Kenia spielen nur eine untergeordnete Rolle. Der Mann beherrscht sie und besitzt mehrere. Er zeugt auch Kinder mit ihnen, dennoch kennen diese Frauen keine Eifersucht. Diejenigen, die Söhne gebären, übernehmen die Führungsrollen, und unfruchtbare Frauen werden zu Bediensteten der Großfamilie.«

Fischer rauchte und ließ Smith das Wort. Der dunkelhäutige Mann schaute mit seinen fanatischen Augen um sich. So, als hielte er vor einer Schar von Studenten einen Vortrag, ereiferte er sich. Danach übersetzte Fischer im gelassenen, ruhigen Tonfall.

»Ich fasse mich kurz. Was die Herren Kenias befürchten, ist unsere Logik, mit der wir die Situation angehen. Einerseits bewundern die Mädchen die Treue europäischer Frauen, andererseits stört sie deren Geheimnistuerei um den Geschlechtsverkehr, in dem sie nichts anderes sehen als die Befriedigung eines Bedürfnisses wie Hunger und Durst. Daher ist es schwer, den Europäern – und in diesem Fall den reichen Investoren – Verleitung zur Prostitution vorzuwerfen. Deshalb wünschen sie Klarheit über die Erbauer des neuen Feriencamps in Mombasa.«

Fischer gab das Gespräch wieder ab.

Smith redete weiter mit seinem offenkundigen Fanatismus. Schließlich übersetzte Fischer wieder.

»Er sagt, daß im letzten Jahr achthunderttausend Touristen sein Land besucht hätten, davon seien neunzigtausend aus der Bundesrepublik angereist. Nun müsse die Regierung der sexuellen Freiheit ihrer Frauen entgegentreten, ohne europäische Maßstäbe anzulegen. Einige Arbeiter bestreikten aus diesen Gründen das neue Projekt, was sie eigentlich bejahen, weil es ihnen Wohlstand bringt.«

»Herr Fischer, ich frage Sie und Mister Smith nun nach den Gründen, weshalb Sie uns zu sich gebeten haben«, sagte Lehnartz irritiert.

Der Botschaftsangestellte besprach sich mit Smith.

»Nun, der kenianischen Polizei ist vorgeworfen worden, daß die beiden Unternehmer die Mädchen schmählich ausnutzen und nicht wieder ausreisen lassen, wenn sie zurück nach Kenia wollten. Die Regierung will mehr über diesen Mister Züngli und Mister von Ostendorf wissen«, sagte Fischer.

»Diese sind uns unbekannt«, antwortete Lehnartz. Er holte Fotos hervor und legte sie auf den Tisch. Smith griff begierig nach den Bildern. Er hatte eine eigene Sammlung und verglich die Aufnahmen lange.

»Yes, that they are«, sagte er, und zur Überraschung der deutschen Beamten hielt er das Foto des Arztes Dr. Akner und die Aufnahme des lächelnden Studiendirektors in der Hand.

»Es muß sich um einen Irrtum handeln«, sagte Sperber ungläubig.

Fischer grinste. »Damit Sie uns das bestätigen, haben wir Sie zu uns eingeladen.«

»Ihr Züngli praktiziert bei uns in Norden als Arzt, und Ihr von Ostendorf ist Lehrer an unserem Gymnasium«, sagte der Kommissar.

Fischer nickte. »Ich bin informiert. Beide betreiben eine Barkette, die an eine Agentur angeschlossen ist, die Tänzerinnengruppen vermittelt. Die Mädchen aus Kenia traten auch bei ihnen auf.«

John Smith hörte interessiert zu. Dann redete er auf

Fischer ein. Auch der Botschaftsangehörige wurde ernster. Er übersetzte.

»Der Journalist Tatatuppa betätigte sich als Regimegegner und hatte hier einige Anhänger. Diese werfen der kenianischen Regierung vor, sie habe ihn in Deutschland durch einen Agenten umbringen lassen. Nun wünschen Smith und seine Vorgesetzten einen klaren Bericht über die wirklichen Vorgänge.«

Lehnartz spürte zum ersten Mal eine Hitze. Er sah Sperber an. Sie hatten mitgedacht und konnten davon ausgehen, daß außer dem Agenten Studiendirektor Dehart und auch Dr. Akner bei der Ermordung des Journalisten die Finger im Spiel haben mußten.

»Wir sind mit unseren Recherchen noch nicht am Ende«, sagte Lehnartz, »doch sagen Sie Ihrem afrikanischen Kollegen, daß wir sicher sind, daß die Herren, die das Urlaubscamp erbauen lassen, irgendwie in den Mord an diesem Regimegegner Tatatuppa verwickelt sind.«

Mr. Smith zeigte sich zufrieden.

Ein dunkelhäutiges Mädchen erschien mit einem Stenoblock und schrieb mit, was man ihr diktierte.

»Wir gehen zu einem kleinen Imbiß in die Stadt. Hinterher unterschreiben Sie die Protokolle«, sagte Fischer und erhob sich.

Die Kriminalbeamten hatten aus Bremen angerufen und ihre Ankunft mitgeteilt.

Mit der gewohnten Pünktlichkeit betraten Lehnartz und Sperber ihr Dienstzimmer.

Dr. Ordner vergaß vor Spannung die Begrüßung.

»Und?« fragte er nur und reichte den Beamten die Hand.

»Eine ganze Menge«, sagte Lehnartz und grinste Sperber an.

»Schießen Sie los«, forderte der Staatsanwalt sie ungeduldig auf.

»Die Gelder, die von der hiesigen Bank an die Import-

Export-Bank gingen, fließen nach Kenia. Dort entsteht ein Feriencamp in Mombasa, das Golden-Sand-Beach-Projekt. Erbauer sind ein Schweizer mit dem Namen Klaus Züngli und ein Deutscher, der sich von Ostendorf nennt. Der kenianischen Regierung war von einer Untergrundzeitung, vermutlich war es die des bei uns ermordeten Journalisten, massiv vorgeworfen worden, daß die Bauherrn kenianische Mädchen für den deutschen Sex-Markt mißbrauchten. Um es kurz zu machen, die Investoren des Projekts sind unser Arzt für Allgemeinmedizin Dr. Akner und Studiendirektor Dehart vom Fabricius-Gymnasium.«

»Dachte ich es mir doch!« rief Dr. Ordner enthusiastisch aus.

»Die Sache hat einen Haken, Herr Staatsanwalt«, sagte Sperber. »Mister Smith, der kenianische Kollege von Fischer, wünschte von uns die Bestätigung, daß seine Regierung den Journalisten Tatatuppa nicht in Deutschland umbringen ließ, wobei sie die Mittäterrolle des Agenten Holoe Frateria ziemlich abschwächte.«

»Das sehe ich eher umgekehrt«, sagte Dr. Ordner ernst.

»Die Wahrheit wird sein, daß die kenianische Regierung ihren Agenten Frateria auf den Journalisten und Regimekritiker angesetzt hat. Tatatuppa wurde zum Freiwild erklärt«, sagte Lehnartz.

»Smith wird unsere Protokolle vor Botschaftsangehörigen und Fernsehkameras verlesen, dabei lassen er und seine Regierung eine Befragung ihres Agenten nicht zu«, warf Sperber ein.

»Unsere Bonner Stellen hatten schnell begriffen, daß es gefährlich war, Holoe Frateria in den Händen deutscher Richter zu lassen«, sagte der Staatsanwalt.

Lehnartz nickte. »Inwieweit Dagmar von den Höfen in den Zusammenhang hineingeraten war, das läßt sich nur noch schwer feststellen. Ohne Zweifel gab es eine Achse Frateria, Dagmar und Dehart.«

»Meine Version ist: Dagmar war auch mit dem Asylanten eng befreundet«, sagte Dr. Ordner. »So übernahm sie die Aufgabe, das Geld aus dunklen Kanälen für den

Freund einzuzahlen. Daß ihr Lehrer dabei eine Rolle spielte, halte ich durchaus für möglich.«

»Herr Staatsanwalt, dann steht der Festnahme der beiden Herren nichts mehr im Weg«, sagte Sperber.

Staatsanwalt Dr. Ordner schaute auf die Uhr. »Meine Herren, ich gönne Ihnen drei Stunden Pause. Machen Sie sich frisch, während ich den Untersuchungsrichter aufsuchen werde.«

»Heute ist Freitag«, sagte Sperber.

»Dehart müßte um diese Zeit bereits wieder zu Hause sein«, sagte Lehnartz, »denn das Weiterbildungsseminar über afrikanische Entwicklungshilfe endete heute nach dem Mittagessen, wie wir bei unserem Besuch in Wolfenbüttel erfahren konnten.«

Feriengäste bummelten über die schmucke Bungalowallee, die direkt in den breiten Mischwald führte. Nach einem schwülen Tag strich ein leichter Wind von der Küste in den Abend.

Die Polizisten, die ihren Passat vor dem Bungalow abstellten, trugen Uniformen und ernste Gesichter.

Sie schritten an dem Scirocco vorbei und klingelten. Die Frau, die ihnen die Tür öffnete, schrie bereits auf beim Anblick der Uniformen. Wenige Sekunden später erfuhr sie schluchzend und heulend den Grund des unerwarteten Besuchs.

Im Bereich der Raststätte Huntetal war ein Mercedes-Kombi von der Fahrbahn abgekommen und ausgebrannt. Augenzeugen gab es nicht. Erst die Flammen hatten andere Verkehrsteilnehmer zu Hilfe gerufen.

Das Opfer war Studiendirektor Dehart, der von Wolfenbüttel sich auf der Heimreise befunden hatte.

Mehr gab es nicht mitzuteilen, und das Leid der Ehefrau und die Tränen der Söhne schützten die Beamten vor häßlichen Fragen.

Doch Fragen hatten die Kriminalbeamten, die mit dem Staatsanwalt nachdenklich vor dem Schreibtisch saßen.

Der Zufall oder das Schicksal hatte einen der Mörder des schwarzen Untergrund-Journalisten selbst gerichtet.

Den ausgestellten Haftbefehl konnten sie ablegen. Auch den zweiten Haftbefehl konnten sie nicht ausführen, da Dr. Akner, der von seiner Frau und seinen Kindern getrennt lebte, mit unbekanntem Urlaubsziel verreist war und schon seit vierzehn Tagen seine Praxis geschlossen hielt. Seine Sprechstundenhilfe befand sich ebenfalls im Urlaub.

»Wir haben das unsererseits Erforderliche getan«, sagte Dr. Ordner enttäuscht. »Der Mord an dem dunkelhäutigen Journalisten gilt als aufgeklärt. Bemühen wir uns um eine Suchmeldung nach Doktor Akner.«

Lehnartz spielte mit der Zigarettenpackung. Er fühlte sich sauübel. Der lange Flug, der Streß, aus einem kleinen japanischen Auto möglichst viel von einem fremden Kontinent aufzusaugen, die schnelle Erledigung des Auftrags mit umgehendem Rückflugtermin, und nun blieb selbst der Erfolg aus.

An den schwarzen Mörder kamen sie nicht heran, den hatte die kenianische Regierung in Sicherheit gebracht. Doch wer war es, der Dagmar von den Höfen nach der Teestunde umgebracht hatte? Der Fischer, der zum Zeitpunkt des Geschehens nach Dornum unterwegs war, um seine Krabbenflotte zu vergrößern? Oder etwa der BGJ-Schüler Boever, der Dagmar seine Liebe aufzwingen wollte? Sollte Oberstudienrat Warringa, dessen Frau sich lesbischen Kolleginnenkreisen angeschlossen hatte, in einem Wahnanfall seinem Haß auf Frauen erlegen gewesen sein? Oder existierte in der Tat eine Terroristenvereinigung ›Freies Kenia, Aktion Sommerwind‹?

»Das ist doch zum Kotzen«, murmelte Lehnartz.

»Wir haben die afrikanische Tragödie voll im Griff«, sagte Sperber und deutete an, daß er seinen Optimismus noch nicht verloren hatte.

»Wir können die Akten schließen, wenn wir davon ausgehen, daß der Agent Holoe Frateria seinen Auftrag als beendet ansah und sich zum Rückzug nach Kenia entschlossen hatte«, sagte Dr. Ordner. »Die letzten Spuren, die er hinterließ, führten zu Dagmar von den Höfen. Er brachte sie um und suchte sich, was ihm schnell gelang, in der Disco eine neue Schöne. Er hatte nur das Pech, daß Boever, der BGJ-Schüler, dieser neuen Flamme das zerklumpte Armband angeboten hat.«

»In der Stadt ist die Stimmung umgeschlagen«, sagte Lehnartz. »Die meisten Leute, auch die Kollegen vom Gymnasium, treten plötzlich für die Freilassung Warringas ein. Doktor Sandmann, der Schulleiter, befindet sich mit einem Magengeschwür in ärztlicher Behandlung, obwohl unsere Ergebnisse nicht durchsickern konnten.«

»Die Einstellung unserer Recherchen läge sicherlich im Interesse des Auswärtigen Amtes«, sagte Sperber. »Ich könnte mir vorstellen, wenn die Presse die Brisanz des Falls herauskitzeln würde, daß es für uns keinen Grund zum Lachen gäbe. So gesehen, könnte ich der Schließung der Akten zustimmen.«

»Aber Ihnen bleiben Zweifel, Lehnartz?« fragte der Staatsanwalt.

»So ist es. Ich verdanke sie einerseits Sevda, andererseits einem seltenen Zufall«, antwortete er.

»Werden Sie bitte präziser!« forderte Dr. Ordner ihn auf.

»Sevda machte mich darauf aufmerksam, daß ich gesund sei und deshalb nicht bemerken würde, wenn Ärzte verreisen«, sagte Lehnartz. »Zusätzlich fällt mir ein, daß man von der Gruppe Sommerwind noch nie vorher gehört hat. Es könnte durchaus möglich sein, daß sich jemand in unseren Fall einmischte, der ein Interesse daran hat, uns in die Irre zu führen.«

»Dehart ist tot, Lehnartz. Was erwarten Sie, wenn wir uns jetzt den Brief der Aktion ernsthaft vornehmen und ihm eine zentrale Rolle beimessen?«

Lehnartz zuckte mit den Schultern.

»Chef, Sevda sprach von Segelutensilien, die Dehart in den Mercedes-Kombi gepackt hat«, warf Sperber ein.

»Sie vergessen, Sperber, daß seine Britta ihm den Wunsch nach einer hochseetüchtigen Yacht verwehrt hat.«

Der Staatsanwalt zwirbelte verlegen sein angegrautes Haar. Er war knapp über fünfzig und trainierte sich an den Sandsäcken des Boxclubs Norden fit. »Segeln ist eine Leidenschaft«, sagte er nachdenklich. »Aber ich weiß nicht, was das mit Deharts anderen Geschäften zu tun haben soll.«

»Nun, Dehart ist tot. Ein schwerer Schlag für seine Familie. Seiner Britta bleibt das Engagement bei den Unterprivilegierten«, sagte Lehnartz bissig.

»Chef, das ist unfair«, antwortete Sperber vorwurfsvoll.

»Das mag sein, aber dennoch sollten wir ihr nicht zuviel Zeitvorsprung geben, bevor wir mit unserem Durchsuchungsbefehl bei ihr auftauchen«, sagte Lehnartz und erhob sich.

Frau Dehart war mit den Nerven am Ende. Sie hielt die Haustür offen, während sie weinte.

Ihre Söhne blickten nur kurz mit ängstlichen Augen in den Flur.

Britta Dehart hatte ihren Mann geliebt, ihm ein Leben in Luxus geboten. Er hatte sich nicht um Zinserhöhungen sorgen müssen wie die meisten Kollegen. Ihr Haus war bezahlt, als sie eingezogen waren.

Nun war er tot, verunglückt auf einer Dienstfahrt!

Britta Dehart bedankte sich bei den Kriminalbeamten und beim Staatsanwalt für das Mitgefühl und wollte die Tür schließen. Doch die Herren drängten in den Flur.

Sie führte sie tränenreich in ihr Arbeitszimmer. Es war ein kleiner Raum, in dem sie die Akten ihrer Sozialarbeit verwahrte. An den Wänden hingen anklagende Kopien der Zeichnungen von Käthe Kollwitz. Auf einer Anrichte befanden sich ein Teegeschirr mit der ostfriesischen Rose und ein Schachbrett mit grob geschnitzten Figuren, dahinter stand im Lederrahmen das bunte Familienfoto.

»Mein Zimmer«, sagte sie, als wolle sie andeuten, daß ihrem Mann ein eigenes Arbeitszimmer zur Verfügung stand.

Lehnartz schaute sich um. Er blickte auf das Schachbrett. Ihn störte die Unordnung der Figuren auf dem Spiel.

Die Frau begann erneut zu heulen. »Ich bringe mich um«, flüsterte sie verzweifelt.

»Das werden Sie nicht tun. Sie werden mit Ihren Kindern die Situation meistern müssen«, sagte Sperber ernst.

»Es tut mir leid, gnädige Frau, aber unser Dienstgeschäft zwingt uns dazu, einen Blick in das Zimmer Ihres Mannes zu werfen«, sagte der Staatsanwalt.

»Sie werden nichts finden, selbst wenn Sie sein Arbeitszimmer auf den Kopf stellen«, schluchzte sie. Dann sackte sie zusammen.

»Sollen wir einen Arzt holen?« fragte der Kommissar besorgt.

Sie antwortete nicht. Sie lag mit dem Kopf auf dem Tisch. So, als bereite es ihr Schwierigkeiten, hob sie den schmalen Oberkörper an. Ohne Brille wirkte ihr kleines Gesicht hübsch. »Nein, es geht mir schon besser«, hauchte sie. Sie begann, ihr strubbeliges Haar zu ordnen und blickte Sperber dabei an. »Im Bad, im Schränkchen, befinden sich meine Tabletten. Holen Sie mir diese bitte, und bringen Sie ein Glas Wasser mit.« Ihre Stimme verlor an Kraft.

Sperber fand sich schnell zurecht. Er brachte ihr das Röhrchen und ein Wasserglas.

»Wo befindet sich das Arbeitszimmer Ihres Mannes?« fragte der Staatsanwalt.

»Oben, das zweite Zimmer links«, sagte sie mit matter Stimme.

Die Beamten stiegen die Treppe hoch. Selbst auf dem Flur lagen echte Perserteppiche.

Sie öffneten die Tür und blieben überrascht stehen. Nur die Fenster unterbrachen die Bücherregale.

»Echt Eiche«, sagte Sperber in die Stille.

»Da müßte selbst der Schulleiter vor Neid erblassen«, antwortete Lehnartz.

»Der kleine Studiendirektor saß im goldenen Käfig«, stellte Dr. Ordner fest.

»Und das paßte ihm nicht. Der Vogel wollte mehr, er wollte schöne Mädchen vögeln, alle, auch schwarze«, sagte Sperber und näherte sich dem Schreibtisch.

Keine Tür war verschlossen. Die Schubladen und Fächer enthielten nichts, was den Pädagogen belasten konnte.

Die Beamten kamen sich schäbig vor, in den Akten eines Mannes zu wühlen, der sich zwar mit Schuld beladen hatte, aber als Opfer eines Verkehrsunfalls ums Leben gekommen war.

Sie räumten die Aktenordner aus den Regalen. Blätterten Rechnungen, Belege und schulische Unterlagen durch.

Gerade seine beruflichen Pflichten schien der Mann sehr ernst genommen zu haben, denn seitenweise füllten Notizen, Protokolle und dienstliche Korrespondenz die Ordner.

Im kleinen Nebenzimmer enthielt ein Eichenschrank seine Jagdwaffen. Fotoalben mit Szenen einer Safari und Bilder hiesiger Kleinjägerei füllten den Schrank.

Als sie den Bereich des Verunglückten verließen, fanden sie Frau Dehart schlafend vor. Ihre Arme lagen auf dem Tisch, das Medikamentenröllchen stand neben ihrer Brille. Im Nebenzimmer spielten die Söhne am Computer.

Verschlafen blickte sie auf.

»Ich möchte mich umbringen«, hauchte sie unter Tränen.

»Denken Sie an Ihre Kinder«, sagte der Staatsanwalt ernst.

»Hier kann ich nicht mehr leben. In dieser Stadt. Das Getratsche!«

»Gnädige Frau, uns ist bekannt geworden, daß Sie nicht gerade von der Pension Ihres Mannes leben können. Schmieden Sie Pläne für Ihre Zukunft und für die Ihrer Kinder!« sagte Lehnartz mitfühlend.

Sie verließen das Haus, das der Studiendirektor und seine Frau einst unter hohem Aufwand hatten bauen lassen, ohne daß das junge Paar hätte Schulden machen müssen.

»Schließen wir die Akten und warten wir auf die Rückkehr des Arztes«, sagte der Staatsanwalt, als sie in den

Wagen stiegen. »Vielleicht können wir dann die letzten Geheimnisse lüften.«

Es roch nach Grillwürstchen. Kleine Rauchwölkchen stiegen in der Nachbarschaft in den blauen Abendhimmel.

Sie fuhren zurück zur Dienststelle. Gesprochen wurde kaum.

Lehnartz beschäftigte sich in Gedanken mit einem Beleg, den er in einem der Ordner gesehen hatte.

Es war eine Banküberweisung gewesen. Er schrieb seine Bedenken seinem körperlichen Erschöpfungszustand zu und schwieg.

Eine angenehme Abendstimmung lag über der Stadt. Der Himmel dunkelte sich ein, und über den breit angelegten Marktplatz bummelten noch Touristen.

Die Pinten hatten ihre Lichtreklamen eingeschaltet.

»Erstellen wir noch ein Protokoll und unterrichten die wartenden Dienststellen«, sagte Dr. Ordner, als sie ausstiegen.

Lehnartz blieb stehen. Er hatte seitlich der Eingangstür durch das helle Gestänge des Geländers, das das Licht der Außenleuchten reflektierte, einen Rollstuhl erkannt. Erst als Sperber und der Staatsanwalt im Gebäude verschwanden, näherte er sich dem Krankengefährt.

»Sevda«, sagte er überrascht.

»Herr Kommissar, drüben wartet das sechssitzige Taxi von Hein Sylvester«, sagte sie und wies in die Dunkelheit.

»Sevda, seien Sie bitte nicht böse, aber mir steht nicht der Sinn nach Konversation«, sagte Lehnartz, bemüht, seinen Unmut zu unterdrücken. »Noch vor wenigen Stunden war ich in Afrika.« Sein Magen war in Unordnung, seine Glieder zitterten. Noch lag ein Papierkrieg vor ihnen.

»Herr Kommissar, ich habe wirklich gesehen, wie Luzifer Segel, Gummizeug und Plastikkanister eingeladen hat«, sagte sie entschlossen, als gäbe es an diesem Abend nichts Wichtigeres.

»Ja, Sevda, das haben wir nicht vergessen«, sagte Lehnartz müde. »Doch nun ist er tot. Er hatte einen Autounfall.«

Die Türkin hörte ihm gar nicht zu. »Herr Kommissar, das Segelboot von Herrn Dirks«, sagte sie bockig und rollte davon.

Der Kommissar sah ihr nach. Er beobachtete, wie sie dem Großraumtaxi des Hein Sylvester entgegenfuhr.

Nachdenklich betrat er das Polizeihaus und suchte das Dienstzimmer auf.

»Können wir unsere Pflichten nicht auf morgen verschieben, Dr. Ordner?« fragte er.

Dr. Ordner saß bereits neben der Schreibmaschine. Sperber hatte die Schutzhülle von der Olympia genommen. Sie schauten ihn fragend an.

»Das waren für Sie verteufelt anstrengende Tage, Lehnartz. Ich verstehe, Nairobi hin und zurück. Sie sind fertig.«

Lehnartz schüttelte den Kopf. »Im Gegenteil. Wenn Sperber uns einen Kaffee kocht, werde ich für den Rest der Nacht noch durchhalten. Lieber wäre mir jedoch, Sie würden meiner Einladung folgen. Ich möchte dort einen ausgeben, wo wir damit begannen, in einem Fall zu recherchieren, der internationale Ausmaße annahm, nämlich in der Sielbar.«

»Sie wollen eine Flasche vom Eisernen Kanzler spendieren und sich beim Anblick der Tänzerinnen regenerieren, Chef? Toll! Ich bin mit von der Partie«, sagte Sperber begeistert.

Der Staatsanwalt blickte die beiden verlegen an.

»In den Akten habe ich von dem Treiben gelesen. Aber life?« fragte er und grinste.

14

Die Sielbar erstrahlte in Festbeleuchtung. Die Saison hatte begonnen, und das, was man in Dortmund oder Duisburg nicht ungeniert erleben durfte, bot hier das clevere Unternehmen in einer gediegenen Atmosphäre.

Ein schwergewichtiger Mann, der seinen Kopf etwas gebeugt hielt, dessen schwarzer Anzug nicht zu seinem verlebten Gesicht paßte, dessen Augen scharf wie ein Radargerät fragende Blicke um sich warfen, verbeugte sich höflich. Er schritt ihnen voraus und fand einen kleinen Tisch für sie.

Die Damen, die bedienten, waren an diesem Abend schlitzäugig und von kleinem Wuchs. Mit kleinen Schritten hüpften sie um die Tische und notierten reichlich.

»Nicht Kenia, sondern Nippon«, sagte Lehnartz und bestellte zwei Flaschen vom Eisernen Kanzler. Lehnartz zahlte bei der barbusigen, niedlichen japanischen Puppe, die ihm gerade bis zu seinen Ellbogen reichte.

»Ich verstehe nicht, was das Ganze soll?« fragte Dr. Ordner, der die schwüle Atmosphäre spürte und an seine Frau dachte, die ihm die Hölle heiß machen würde, wenn sie davon erfuhr.

Lehnartz verstand es, den Staatsanwalt zu beruhigen, bis die Truppe auf der kleinen Bühne hüllenlos zeigte, was Japan außer Autos noch zu bieten hatte.

Mitten in den Beifall sagte der Kommissar: »Nun suchen wir den neuen Geschäftsführer auf. Er kennt uns nicht, und wir ihn auch nicht.«

Die Beamten kannten den Weg an dem Bartresen vorbei. Der neue, plumpe Mann hatte die Krawatte gelöst und das weiße Hemd geöffnet. Er blickte sie fragend an.

»Herr …« setzte Lehnartz an.

»Fanter, Egon Fanter. Ich komme aus Hamburg und bin der neue Geschäftsführer. Auch ich muß mich erst einleben«, sagte er mit einer leichten Verbeugung.

»Das wird Ihnen nicht schwerfallen, Herr Fanter. Hat Herr Schneider Urlaub?« fragte der Kommissar freundlich.

»Das kann ich Ihnen nicht sagen«, antwortete Fanter, bemüht, glaubwürdig zu erscheinen. »Meine Versetzung hierher kam selbst für mich überraschend. Seine Sachen befinden sich noch in seiner Wohnung. Ich bewohne ein Gästezimmer.«

»Grüßen Sie ihn, falls er seine Sachen abholt.«

Lehnartz zahlte bei der barbusigen, niedlichen japanischen Puppe, die ihm gerade bis zu seinen Ellenbogen reichte.

Sie verließen die Bar.

»Übernehmen Sie das Steuer, Dr. Ordner. Mir fallen fast die Augen zu«, sagte Lehnartz und stieg von der Beifahrerseite ein. Sperber machte es sich auf der Rückbank bequem.

Der Staatsanwalt fuhr los.

»Wie spät ist es?« fragte er.

»Ein Uhr zwanzig«, antwortete Sperber.

»Dann können wir, Pinkel- und Kaffeepausen eingerechnet, gut gegen neun Uhr in Bremerhaven sein«, stellte der Kommissar fest.

»Und gegen siebzehn Uhr in Paris!« scherzte Sperber, der seinen Chef nicht ernst nahm.

»Und ich schlage vor, daß wir alle um zwei Uhr im Bett liegen und vergessen, was uns der Tag beschert hat«, sagte der Staatsanwalt ernst.

»Oder auch nicht. Ich werde vom Japan-Import träumen«, ulkte Sperber.

»Meine Herren, ich muß Sie eines Besseren belehren«, sagte Lehnartz. »Wir werden zuerst nach Berum fahren und uns vergewissern, daß die Witwe Britta Dehart keinen Unfug angestellt hat. Dort müssen wir uns dann erneut beraten.«

»Chef, das halte ich für übertrieben fürsorglich«, meinte Sperber.

»So dumm finde ich den Vorschlag nicht«, warf Dr. Ordner ein und entschied sich für die Abzweigung nach Upgant-Schott, als sie die Kreuzung erreichten.

»Herr Staatsanwalt, ein Bruder von Frau Dehart ist doch Leitender Bauregierungsdirektor in der Bezirksregierung?« fragte Lehnartz so nebenbei.

»Ja, sie hat einflußreiche Verwandte«, antwortete Dr. Ordner.

Sie schwiegen.

Das Dienstfahrzeug glitt über die ruhigen Straßen. Selbst im Waldhotel brannte kein Licht mehr. In Berum waren die Straßenlaternen ausgeschaltet. Der Bungalow des verunglückten Lehrers wirkte verschlafen vor den rauschenden Bäumen des Berumer Waldes. Dr. Ordner parkte den Wagen. Sie gingen zum Haus. Alles wirkte friedlich und ruhig.

»Chef, es sieht nicht so aus, als hätte sie Selbstmord begangen«, flüsterte Sperber.

Lehnartz sah, daß die Garagentür verschlossen war. Er schritt um die Garage und warf durch das matte Fenster einen Blick nach innen. Sie war leer.

»Sie ist weggefahren«, sagte er.

»Das dachte ich mir. Sie ist zu ihrem Bruder. Eine verständliche Reaktion«, antwortete Dr. Ordner.

»Nun aber ab, der Mutti entgegen«, sagte Sperber, als sie zum Auto gingen.

»Ich bin wieder fit. Geben Sie mir die Schlüssel, Herr Staatsanwalt«, sagte der Kommissar.

Sie stiegen in den Wagen. Lehnartz fuhr los. Als sie auf die Großheider Straße stießen, fragte Lehnartz: »Sind Sie bereit, mich nach Bremerhaven zu begleiten?«

Er hörte, wie der Staatsanwalt fluchte. »Was ist eigentlich in Sie gefahren, Lehnartz?«

Sperber begriff. »Chef, Sie denken an die Yacht von Dirks?« fragte er und gähnte.

»Der Fall hat mich so ausgelaugt, daß ich dringend den Rat eines Arztes benötige. Und dieser Doktor Akner, so vermute ich, praktiziert zur Zeit in Bremerhaven«, sagte der Kommissar gelassen.

»Herr Kommissar, Sie sind des Teufels«, antwortete Dr. Ordner zustimmend.

Im Yachthafen von Bremerhaven waren alle Schiffe bis an die Toppen beflaggt. Autos standen vor dem Clubhaus.

Der Staatsanwalt schaute auf seine Armbanduhr. »Um

diese Zeit steht meine Frau auf. Sie wird überrascht auf das unbenutzte Bett blicken«, sagte er und atmete tief durch.

Die Seeluft erfrischte sie nach einer durchrauchten Nacht.

»Im Seglerheim gibt es bereits Frühstück«, sagte Sperber und wies auf die Kreidetafel, die vor der geöffneten Glastür stand. Das Café lag auf einem tidesicheren Betonklotz.

»Sollen wir uns nicht vorher an den Hafenmeister wenden?« fragte Dr. Ordner.

»Unser Dienstherr hat uns in den letzten Tagen viel zugemutet. Nach knackigen Mädchen bin ich heiß auf knackige Brötchen«, sagte Lehnartz.

»Kommen Sie, meine Herren«, forderte der Staatsanwalt sie auf.

Sie stiegen die Wendeltreppe hoch. Breite Rundumfenster erlaubten einen Blick in die weite grüne Deichlandschaft und auf das Hafengelände.

Lehnartz blieb wie angewurzelt stehen. Er hielt den Staatsanwalt am Jackenzipfel fest. Wortlos wies er auf einen kleinen Tisch.

Britta Dehart saß vor einem geleerten Frühstücksteller, hielt ein Glas Orangensaft in der Hand und blickte wie gelöst und glücklich durch das Fenster auf die vertäuten Yachten.

»Das darf doch nicht wahr sein«, flüsterte Sperber.

Lehnartz zog blitzschnell ein Resümee ihrer bisher durchgeführten Ermittlungen. Sie befanden sich in Bremerhaven, um den Mord an dem schwarzen Journalisten aufzuklären. Der Oberstudienrat galt als der mutmaßliche Mörder der Schülerin. Er hatte zwar seine Unschuld beteuert, doch das war eine Angelegenheit der Juristen. Sie hatten den Fischer in Verdacht gehabt, den BGJ-Schüler Tomko Boever, selbst der schwarze Asylant hatte zu den Liebhabern des ermordeten Mädchens gehört.

Hatten sie etwas übersehen? Britta Dehart war an den Weiden des Kibitzweges entlanggeradelt, während Dagmars Eltern mit der Heuernte beschäftigt waren. Er erinnerte sich an Dagmars Schachbrett. Er dachte an das ominöse Schreiben der Gruppe ›Kommando Sommerwind‹ und an die Mordwaffe, ein Relikt der Hitlerjugend, wie Dr. van Neesen festgestellt hatte. Ihm fielen die Worte des alten Prokuristen von Patten ein.

Was suchte Britta Dehart hier in Bremerhaven in einem Café mit dem Blick auf hochseetüchtige Segelyachten? Ihr Mann war tödlich verunglückt!

Lehnartz glaubte, auf die vielen Fragen eine Antwort gefunden zu haben.

»Ein Schiff wird kommen«, sagte Lehnartz und schritt Britta Dehart entgegen.

Sperber und der Staatsanwalt folgten ihm. Sie sahen zu, wie der Kommissar ungefragt an ihrem Tisch Platz nahm.

Die Witwe setzte das Glas ab. Kein Wort einer Begrüßung kam ihr über die Lippen. Ihr Blick tastete die unerwünschten Besucher ab.

Einen Moment wirkte sie wie erstarrt, doch dann rutschte sie auf dem Stuhl hin und her, legte die Brille ab und strich sich durch das von einem Gummiring gehaltene lange Haar.

»Gnädige Frau, vom Columbus-Kai sind schon viele Europäer zu einem neuen Leben aufgebrochen. Sie wollen doch nicht unser schönes Ostfriesland verlassen?« fragte der Kommissar.

Sperber und der Staatsanwalt setzten sich an den Tisch.

Dr. Ordner lächelte verlegen. »Frau Dehart, wir rieten Ihnen zu einer örtlichen Veränderung, aber …«

Britta Dehart richtete sich auf, straffte die vollen Brüste und lächelte wie ein kleines Mädchen.

»Mein Bruder und meine Schwägerin kümmern sich um meine geschockten Kinder. Mein Mann wünschte sich immer eine Seebestattung.« Sie begann zu schluchzen.

Lehnartz beobachtete, wie ihre Augen flackerten.

»Er ist in seinem Auto verbrannt«, fuhr sie fort, »und ich bemühe mich, hier ein Unternehmen zu finden, das seine Überreste irgendwo zwischen den ostfriesischen Inseln versenkt.« Sie griff nach einem Taschentuch und begann zu weinen.

Der Ober, der sich genähert hatte, zog sich zurück.

»Gnädige Frau, wir sind nicht zufällig hier« sagte Lehnartz. »Ihr Mann möge seine letzte Ruhe finden, wie er sich diese gewünscht hat. Allerdings muß ich Ihnen noch ein paar Fragen stellen.«

Britta Dehart schneuzte sich die Nase frei und schaute traurig drein.

»Ihr Mann galt am Fabricius-Gymnasium als ein Vertreter moralischer Grundwerte. Dennoch ist uns ein Seitensprung bekanntgeworden, der Ihnen weiteren Schmerz bereiten muß. Er hat nämlich einige Tage, bevor die schöne Dagmar ermordet wurde, mit dieser geschlafen«, sagte Lehnartz.

Britta Dehart hielt das Taschentuch vor ihre Augen. So, als würde sie unnötig gequält, heulte sie drauflos.

»Ich habe ihn geliebt! Nun ist er tot«, hauchte sie schließlich.

Doch Lehnartz fuhr erbarmungslos fort: »Sie sind am Abend, als Ihr Mann mit einigen Kollegen seine Beförderung feierte, zum Ostfriesischen Krug gefahren, um hinter ihm herzuspionieren.«

»Warum sollte ich?« fragte sie empört.

»Vielleicht wollten Sie sich überzeugen, daß er die Kollegen nicht in die Sielbar einlud«, sagte Lehnartz.

Sie lachte ironisch.

»Hero hatte genügend Taschengeld. Er konnte feiern, wo er wollte!«

»Sie haben vom Parkplatz den Seiteneingang des Restaurants betreten. Ihr Mißtrauen war berechtigt. Sie haben gesehen, wie Ihr Mann Sie mit Dagmar betrog«, sagte Lehnartz.

»Das ist der blanke Unsinn«, sagte Frau Dehart schrill.

»Das ist er eben nicht! Wir haben einen Zeugen, der Ihren Mann rein zufällig beobachtete und Sie gesehen hat, als Sie den Ostfriesischen Krug hastig durch den schwach beleuchteten Flur zum Parkplatz verließen!«

»Das kann auch jemand anders gewesen sein!« antwortete Britta Dehart herausfordernd.

»Sie waren es!« behauptete Lehnartz.

»Ich habe Hero geliebt. Nun ist er tot! Ich hätte ihm den Seitensprung verziehen«, schluchzte sie.

»Aber das haben Sie nicht. Sie waren krank vor Eifersucht und haben zwei Tage mit sich gerungen und sind dann an dem besagten sonnigen Nachmittag auf Ihr Fahrrad gestiegen, um Abstand von Ihrem Kummer zu finden. Sie radelten an den Weiden des Kibitzweges entlang und sahen, daß die Eltern der Dagmar mit dem Traktor und der Schnittmaschine die Heuernte vorbereiteten. Ihnen kam spontan die Idee, sich mit dem Mädchen auszusprechen. Sie wollten Dagmar die Leviten lesen. Sie waren beherrscht von Ihrer Eifersucht! Sie radelten zum Hof der von den Höfen. Dort entdeckten Sie ein Fahrrad, das an der Wand lehnte. Sie gingen vorsichtig zu Werke und stellten Ihr Rad hinter den Bäumen ab. Der kläffende Hund befand sich im Zwinger. Sie betraten unbemerkt das Haus und suchten das kleine Büro auf. Sie beobachteten den Kollegen Ihres Mannes, der dabei war, sich nach einer Teestunde von Dagmar zu verabschieden. Als Warringa gut gelaunt seine Schülerin verlassen hatte, vergaßen Sie, daß Sie mit dem Mädchen nur reden wollten! Sie betraten das Wohnzimmer. Sie sahen rot! Voller Haß schalteten Sie schnell! Die Mordwaffe, das scharfgeschliffene Messer, das auf dem Küchenschrank zum Greifen nahe lag, würde nie auf eine weibliche Täterin schließen lassen. Frauen töten anders. Nicht so direkt und brutal! Sie zogen den Rand Ihres Blusenärmels oder den Ihrer Jeansjacke über Ihre Hand, griffen nach dem Messer und schnitten der wehrlosen und zu Tode erschrockenen Dagmar die Kehle durch!«

Britta Dehart beugte den Oberkörper vor und legte den Kopf auf ihre Hände. Sie weinte für einige Sekunden laut drauflos. Dann hob sie den Kopf an und zischte: »Das sind infame Lügen! Warringa hat Dagmar getötet!«

»Frau Dehart, Ihr infamer Plan geht nicht auf! Warringa ist unschuldig«, sagte Lehnartz.

Britta Dehart schüttelte heftig den Kopf.

»Er war es! Auch er war geil auf dieses Luder! Mein Bruder ist Rechtsanwalt. Er wird es Ihnen geben!«

Der Kommissar blieb gelassen. Er ließ der Frau Zeit, sich zu besinnen.

Sperber und der Staatsanwalt hatten geschwiegen. Überrascht hörten sie zu, als Lehnartz sich erneut an die weinende Frau wandte.

»Frau Dehart, die Stadt schätzt Ihre Sozialarbeit. Selbstlos halfen Sie, Elend zu mildern. Doch die Vietnamesin Hu Hop Trees, der Sie einen Job in Berlin verschafft haben, eine Ihrer Schützlinge, warf für Sie in Berlin den Brief in den Postkasten, der den Absender Freies Kenia, Aktion Sommerwind trug.«

Britta Dehart gab nicht auf. »Das ergibt doch keinen Sinn!« sagte sie ironisch.

»Frau Dehart, Sie wußten, daß Ihr Mann in den Mord an dem kenianischen Journalisten verwickelt war! Sie wollten uns ablenken! Denn es gab noch jemanden, der an dem schicksalsträchtigen Nachmittag mit der schönen Dagmar sprechen wollte. Es war Frau Yildizlar. Sie haben sie gesehen und sich hinter den Bäumen versteckt, als sie das Haus betrat. Sie sind auf Ihr Fahrrad gestiegen und haben das Hofgelände eilig hinter sich gelassen. Die Türkin war in Panik geraten, als sie die ermordete Schülerin entdeckt hatte. Sie hat Sie davonradeln sehen, doch Sie waren bereits zu weit entfernt. Sie konnte uns deshalb keine nähere Beschreibung liefern. Sie konnten sich also sicher fühlen. Was sollte Ihnen noch passieren? Warringa oder die Frau Yildizlar! Niemand würde Sie belasten. Ein perfekter Mord.«

Frau Dehart weinte.

»Herr Staatsanwalt, ich bitte Sie, die Handtasche Frau Deharts an sich zu nehmen«, forderte Lehnartz den Staatsanwalt auf.

Britta Dehart hielt die kleine, modische Lederumhängetasche verkrampft in ihren Händen.

»Bitte, lassen Sie das!« sagte Dr. Ordner ernst.

Sie löste ihre Hände. Dr. Ordner nahm die Tasche an sich. Er öffnete sie und entnahm ihr einen Reisepaß. Er schlug ihn auf und las laut: »Gundula von Ostendorf.« Er legte den Paß auf den Tisch.

Die Tasche enthielt Geld in Scheinen und Münzen, einen Kamm, einen Handspiegel, Kosmetika für den schnellen Gebrauch und zwei Schachfiguren. Es waren eine schwarze Dame und ein klobiger weißer Turm, der Lehnartz nicht unbekannt vorkam.

Dr. Ordner schaute Lehnartz fragend an und hob irritiert die Schultern.

Frau Dehart weinte immer noch. Lehnartz wußte nicht, was in ihrem Kopf vorging. Schließlich gab sie sich einen Ruck. »Was soll dieser Zirkus?« fragte sie und fügte hinzu: »Ich muß mit meinem Bruder telefonieren.«

»Bitte, das steht Ihnen frei«, sagte der Staatsanwalt.

Britta Dehart erhob sich nicht. Sie hielt ihre Hände vors Gesicht wie ein Kind, das Verstecken spielt.

»Sie haben Dagmar ermordet!« sagte Lehnartz leise. »Sie haben sich an ihr gerächt, weil Sie Ihnen Leid zugefügt hatte. Sie haben Dagmars Zimmer betreten und im Rausch Ihres vermeintlichen Sieges über die Jugend und Schönheit des Opfers nach einer Trophäe gesucht! Sie spielen Schach, und auch Dagmar von den Höfen war, wie Sie wußten, eine leidenschaftliche Schachspielerin! Sie nahmen die schwarze Dame von ihrem Schachbrett. Der weiße Turm gehört zu Ihrem Spiel, das Sie in Ihrem Arbeitszimmer aufbewahren!«

Sperber und der Staatsanwalt hatten geschwiegen. Lange konnte Frau Dehart ihr Versteckspiel nicht mehr durchhalten.

Britta Dehart blickte sich nervös um, als suchte sie nach einem Fluchtweg. Sie bemühte sich danach um Haltung. Sie war am Ende. So, als hätte sie vergessen, daß sie mit Kriminalbeamten und einem Staatsanwalt an einem Tisch saß, schlug ihre Stimme um, und als suche sie das Verständnis der Zuhörer, begann sie leise zu reden.

»Ich habe Hero in einer Studentenkneipe in Hamburg beim Schachspielen kennengelernt. Ich war für Hero die schwarze Dame.« Sie lächelte verträumt.

»Und der Turm?« fragte Lehnartz.

»Hero war mein Turm. Er gab mir Halt, den ich damals sehr benötigte«, sagte sie vergessen.

»Und der Turm galt Ihnen als ein Symbol für Treue und Geborgenheit und die schwarze Dame als Talisman oder Maskottchen für einen glücklichen Neuanfang?« fragte Dr. Ordner.

Britta Dehart nickte und wischte sich die Tränen aus den Augen.

»Und mit dem Turm haben Sie die schwarze Dame vom Brett gefegt?« fragte Lehnartz.

Britta Dehart blickte den Kommissar erschrocken an.

»Nein!« schrie sie schrill und begann erneut draufloszuheulen.

»Und warum sind Sie hierher nach Bremerhaven zum Yachthafen gefahren?« fragte der Staatsanwalt.

»Das habe ich Ihnen bereits gesagt«, schluchzte sie. »Ich suche nach einem Seebestatter für Hero.«

»Und dazu benötigen sie einen Paß auf den Namen Gundula von Ostendorf?« fragte Dr. Ordner.

Frau Dehart blickte hilflos auf.

»Sie beabsichtigen zu fliehen!« sagte Lehnartz vorwurfsvoll. »Sie wollen nach Kenia! Dort hat Ihr verunglückter Mann Ihr Kapital zinsbringend investiert! Doktor Akner hilft Ihnen, damit Sie den Mord an der Schülerin nicht zu sühnen brauchen.«

Frau Dehart gab keine Antwort. Sie heulte ohne Pause. Sie reagierte nicht auf weitere Vorwürfe und an sie gerichtete Fragen.

Der Staatsanwalt erhob sich. Er schritt zur Telefonzelle, die sich neben der Toilette befand, und benachrichtigte den Amtsrichter. Danach rief er das Polizeirevier Bremerhaven an und bat die Beamten um Amtshilfe.

Britta Dehart kämpfte mit den Tränen. Sie sah verbissen aus.

»Warum sind Sie hierhergefahren zum Yachthafen, nachdem wir Sie aufgesucht hatten?« fragte Lehnartz.

»Ich kann hinfahren, wohin ich will. Hier suche ich nach

einem Seebestatter«, erwiderte sie schluchzend. Immer wieder wurde sie von Tränenausbrüchen geschüttelt. Schließlich gab sie den Kampf auf, legte Ihre Hände vor das Gesicht und reagierte nicht mehr auf die weiteren Fragen.

Als die herbeigerufenen Polizeibeamten das Café betraten, hatte Britta Dehart nicht einmal mehr die Kraft, den Vorschlag des Kommissars auszuführen, ihren erwähnten Bruder um Rechtsbeistand zu bitten. Dr. Ordner beauftragte die Polizeibeamten mit der Festnahme der mutmaßlichen Mörderin.

15

»Wir sollten uns nach der Aufregung ein gutes Frühstück gönnen«, schlug Lehnartz vor, nachdem Britta Dehart abgeführt worden war.

»Hier?« fragte Sperber, der beobachtete, wie Segler in ihren Sommerjacken neugierig die Tür öffneten und sie verwundert anschauten.

»Das ist angebracht, denn ich vermute, daß sich auch Doktor Akner hier in unserer Nachbarschaft aufhält«, sagte der Kommissar und bat den Ober an den Tisch.

Sie bestellten sich das Frühstück II der Karte, das Ei und Aufschnitt enthielt.

Der Ober erzählte ihnen, daß es in der Nacht hier hoch hergegangen war, denn ein Clubmitglied hatte nach einer dreijährigen Weltumseglung in seinem Heimathafen angelegt und war würdig empfangen worden.

Der Kommissar gab seinen Begleitern Rätsel auf. Erfrischt genoß er sein Frühstück und strahlte, als hätte er selbst die Welt umsegelt.

»Herr Staatsanwalt, das Fest wurde Frau Britta Dehart zum Verhängnis. Ihre Versuche, ihren Vertrauten hier telefonisch zu erreichen, mußten im Trubel einfach scheitern.

Verzweifelt unternahm sie die Fahrt hierher, um sich Klarheit zu verschaffen«, sagte Lehnartz.

»Ehrlich gesagt, Lehnartz, heute morgen schaue ich nicht ganz durch«, sagte Dr. Ordner.

»Sperber, Sie suchen gleich den Hafenmeister auf und bitten ihn zu uns«, sagte der Kommissar.

Der Assistent verließ das Café.

»Sie nehmen an, Frau Dehart hätte in ihrer Verzweiflung den Kompagnon ihres verunglückten Mannes, Doktor Akner, hier treffen wollen?« fragte der Staatsanwalt.

»Ja, doch warten Sie, da kommt Sperber mit dem Hafenmeister«, sagte Lehnartz.

Das Gesicht des Mannes wirkte verkatert. Mißtrauisch trat er näher.

»Eine Tasse Kaffee?« fragte Lehnartz.

»Der wird meine Geister wecken«, antwortete der Mann und setzte sich zu den Beamten an den Tisch.

»Herr Ober, eine Tasse Kaffee für Herrn ...« rief Lehnartz dem Ober zu.

»Jennsen ist mein Name, Herr Kommissar«, sagte der Hafenmeister. »Sie müssen entschuldigen, aber in der Nacht war hier der Teufel los. Bis in den frühen Morgen flossen der Klare und das Bier.«

»Wir haben es schon erfahren, Herr Jennsen. Wir sind in einem anderen Fall am Ball. Vor einiger Zeit wurde eine Yacht von Norddeich hierher überführt. Das Schiff hieß Frauke. Uns interessiert, was aus der Yacht geworden ist.«

Der Ober brachte den Kaffee. Der Hafenmeister öffnete mit seinen dicken Fingern ungeschickt das kleine Milchschälchen, warf den Zucker in die Tasse und rührte den Kaffee, als müßte er lange überlegen. Er trug einen dicken Stricktroyer und hatte seine Seglermütze nicht vom grauen Haar genommen. Dann hob er den Kopf.

»Sie meinen die Mombasa?« fragte er.

»Sie hieß Frauke«, sagte Sperber.

Der Hafenmeister nickte. »Ja, ein schönes Schiff. Dr. Züngli, der Mitsegler und der Eigner haben sie in Mombasa umgetauft. Ein seetüchtiger Pott, besser ausgerüstet als der Kahn des Weltumseglers«, sagte Jennsen begeistert.

»Ist sie ausgelaufen?« fragte Lehnartz.

Es war still am Tisch. Gebannt schauten die Beamten den alten Mann an.

»Nein, die Crew hat gestern tüchtig mitgefeiert. Ich habe die Männer mit dem Weltumsegler bekanntgemacht. Der konnte ihnen Tips geben, aber nur vor Mitternacht«, antwortete Jennsen und grinste.

»Und die Männer befinden sich auf ihrem Schiff?« fragte Dr. Ordner.

»Sie waren unter den letzten, die das Fest verließen«, antwortete der Hafenmeister und trank seinen Kaffee.

»Und wo liegt die Yacht?« fragte Sperber.

»Sie trägt die Liegeplatznummer hundertfünfunddreißig am Steg L.«

»Danke«, sagte der Kommissar.

Jennsen trank den Kaffee aus und verließ das Café.

»Es tut mir schrecklich leid, aber wir benötigen erneut die Amtshilfe der Kollegen«, sagte Lehnartz.

»Sie gehen also davon aus, daß Doktor Akner sich mit irgendeinem Freund hier auf der ehemaligen Yacht Frauke aufhält, um in Kürze den Törn nach Kenia zu starten?« fragte Dr. Ordner.

Lehnartz grinste. »Herr Staatsanwalt, wir sind vor Überraschungen nicht sicher. Deshalb wäre es gut, wenn uns einige Kollegen der Schutzpolizei begleiten könnten.«

»Chef, was sollen diese Hintergedanken?« fragte Sperber verärgert.

»Mein lieber Sperber, im Bungalow des kleinen Superpädagogen entdeckte ich rein zufällig ein Überweisungsformular. Die hohe Summe gab mir zu denken und auch der Empfänger.«

»Und Sie finden hier eine Beziehung vom Bankbeleg zum Geschehen?« fragte Dr. Ordner und erhob sich.

»Ja, das Geld ging an einen Herrn Schneider, den Geschäftsführer der Sielbar«, sagte der Kommissar.

»Und nun nehmen Sie an, Frau Dehart könnte mit Doktor Akner und dem Geschäftsführer ein gemeinsames Ding gedreht haben?« fragte Sperber überrascht.

»Auch das ist denkbar«, antwortete Lehnartz verschmitzt.

»Also auch noch andere Versionen sind erlaubt?« fragte der Staatsanwalt. »Bevor ich telefoniere, Lehnartz, benötige ich Klarheit.«

»Die besitzen wir erst nach der Festnahme des Seglerteams der Mombasa, Herr Doktor Ordner«, antwortete Lehnartz und ließ sich vom Ober die Rechnung geben.

Der Staatsanwalt ging zum Telefon.

»Chef, hat Britta Dehart vielleicht in Schneider den besseren Partner entdeckt?« fragte der Assistent.

»Wir werden sehen«, antwortete Lehnartz ernst.

Sie warteten vor dem Clubhaus und schauten über den Yachthafen. Die Stege waren deutlich gekennzeichnet. Die einzelnen Liegeplätze trugen Nummern, die Stege Buchstaben.

Lehnartz war die Ruhe in Person. Er hatte den Streß der Afrikareise, des Barbesuchs und der Nachtfahrt abgelegt. Seine Kraft schöpfte er aus der Hoffnung, dort drüben auf einem der leicht schaukelnden Schiffe einen Mann zu finden, der auf seinem egoistischen Weg nach oben vielen Menschen Unglück gebracht hatte.

Die Polizeibeamten parkten ihren Bully vor dem Zementblock des Cafés. Nach einer kurzen Beschreibung schritt die geballte Polizeitruppe über die schwankenden Planken der Stege. Segler sind Gemütsmenschen, die wenig erschüttern kann, und so blieben die Blicke der vielen Bootsbesitzer gelassen, als die Mannschaft sich dem Liegeplatz Nr. 135 näherte.

Lehnartz ließ es sich nicht nehmen, als erster die ihm bekannte ehemalige Frauke zu betreten. Jede Stufe nach unten war ihm vertraut. Er wußte, wo die Segler ihre Kojen hatten. Mit schlafwandlerischer Sicherheit fand er seinen Weg.

Dann stand er vor den Kojen, in denen die Segler ihren Rausch ausschliefen.

»Meine Herren, wachen Sie auf!« sagte er mit harter Stimme.

Nur Doktor Akner dachte für Sekunden an Gegenwehr, doch die sich nähernden Stimmen der Polizeimannschaft drangen bedrohlich in die Kajüte.

Studiendirektor Dehart stierte bleich mit weit geöffneten Augen auf den Kommissar.

»Herr von Ostendorf«, sagte Lehnartz spöttisch, »Ihre Reise ist beendet, noch bevor sie angefangen hat. Packen Sie einige Utensilien in eine Ihrer vielen Reisetaschen und bereiten Sie sich auf eine Untersuchungshaft vor.«

Lehnartz hörte die Schritte und wußte, daß sich hinter ihm die Kollegen versammelten. Er sah nicht ihre überraschten Blicke, sondern hörte den Aufschrei einer Frau und drehte sich um.

Nackt stand die Sprechstundenhilfe des Arztes im schmalen Flur und suchte verzweifelt nach einem Fluchtweg.

Lehnartz sah, wie der Staatsanwalt hilfreich in der seitlichen Koje herumsuchte und der Dame einen Pyjama zuwarf.

»Das Spiel ist aus!« sagte er mit seiner autoritären Stimme.

»Der ermordete Barchef Enno Schneider kann nun unter seinem Namen sein christliches Begräbnis finden«, sagte der Kommissar.

Dehart verließ die Koje. Er wirkte kleiner als in der Schule. Er strich sich fahrig durch die wirren Haare. Sein Gesicht war verkatert, die aufgeworfenen Lippen waren blaß. Er trug ein T-Shirt und eine bunte Bermudabadehose.

»Herr Dehart, der kenianische Journalist Tatatuppa hat in Ihrer Sielbar recherchiert, um über die afrikanischen Mädchen in Zeitungen zu berichten. Doch so weit durften Sie es nicht kommen lassen. Das hätte Sie und Doktor Akner bloßgestellt. Sie hätten in Schande den Dienst am Fabricius-Gymnasium quittieren müssen! Der Mann stand Ihnen im Weg!«

Dr. Akner, auch er war nur dürftig bekleidet, lachte zynisch.

»Wir betreiben keinen Puff! Die Mädchen werden für die Auftritte gut bezahlt! Diese Vorwürfe sind absurd!«

»Herr Doktor Akner, spielen Sie nicht den Naiven!« sagte Lehnartz heftig. »Der Journalist sah das anders. Sie setzten auf den Asylanten und Agenten Holoe Frateria, der für die kenianische Regierung als Devisenbeschaffer und Ihnen als Berater für Ihre Kapitalanlagen in Mombasa hilfreich zur Seite gestanden hatte. Frateria befürchtete, von dem oppositionellen Journalisten entlarvt zu werden. Er lockte seinen ahnungslosen Landsmann in den Lütetsburger Forst. Er und Ihr Geschäftsführer Schneider brachten den Journalisten um!«

Dr. Akner lachte, als hätte der Kommissar einen Witz erzählt.

»Ich habe diesen Frateria noch nie im Leben gesehen«, sagte er.

»Und warum halten Sie Ihre Praxis geschlossen?« fragte der Staatsanwalt.

»Weil ich Urlaub mache«, antwortete der Arzt.

»Herr Dehart, wir fanden in Ihren Unterlagen einen Zahlungsbeleg über einen hohen Geldbetrag. Empfänger war Ihr Geschäftsführer Schneider«, sagte Lehnartz.

»Was Sie gefunden haben, das war der Beleg über die Summe seiner Jahresumsatzprämie!« zischte Dehart böse.

»Sie zahlten auch an den Asylanten und kenianischen Agenten Frateria eine erkleckliche Summe. War das auch eine Umsatzprämie?« fragte der Kommissar.

»Ich kenne keinen Mann, der sich so nennt«, antwortete Dehart.

»Der junge Kenianer zahlte die Killerprämie auf sein Bankkonto ein! Die kenianische Regierung kaufte auf diplomatischem Weg ihren Agenten zurück. Bei ihm fanden wir die teure Kamera des ermordeten Journalisten«, sagte Lehnartz kalt.

Dehart schaute den Kommissar ironisch an. »Und was geht mich das an?« fragte er.

»Herr Studiendirektor, fragen Sie den Amtsrichter und erklären Sie ihm, weshalb Sie an Ihren Geschäftsführer fünfundzwanzigtausend Mark überwiesen haben. Ich will Ihnen den Grund nennen. Der Mann erpreßte Sie! Ihm war die Mordprämie zu gering! Er wollte mehr!«

»Ich bin Pädagoge. Wie so viele andere Bürger habe ich mein Kapital gewinnbringend angelegt. Das ist keine Schande«, erwiderte Dehart gepreßt.

»Wir sind nicht vom Finanzamt. Ihre Zinsen interessieren uns nicht. Es geht um mehr. Sie haben Killer für einen Mord angeheuert. Dann haben Sie selbst Ihren Geschäftsführer ermordet. Sie hatten eine Auseinandersetzung mit ihm. Sie haben einen Autounfall vorgetäuscht und die Leiche Schneiders in Ihrem Wagen verbrennen lassen!«

Dehart legte seine Hand auf die abgeschrägte Kojenwand, als suche er nach Halt, dabei blickte er den Kommissar wie ein Kranker an.

»Ich hatte einen Autounfall. Mein Geschäftsführer befand sich mit mir im Wagen. Ich wurde aus dem Wagen geschleudert und lag ohnmächtig auf der Böschung des Grabens, während mein Wagen Feuer fing und ausbrannte. Ich trug einen Schock davon und habe mich meinem Freund und Hausarzt Dr. Akner anvertraut, der hier in Bremerhaven Urlaub machte. Ich benötigte seinen medizinischen Rat. Fordern Sie den Polizeibericht an.«

Lehnartz lächelte geringschätzig. Er beobachtete, wie der Arzt in seine Jeans stieg. Der Gang war eng. Der Arzt war schlank und hatte eine sportliche Figur. Er blickte gereizt um sich.

»Herr Dehart ist mein Patient. Außerdem begehen Sie Hausfriedensbruch«, sagte er wütend.

»Herr Doktor Akner, Sie haben sich unter dem Namen Züngli unseren Nachforschungen entziehen wollen. Wir sind nicht hier, um Sonntagsreden zu halten. Machen Sie sich startklar«, sagte der Kommissar ernst.

»Sie haben nicht das Recht, mein Schiff zu betreten!« zischte Dehart. »Der Bruder meiner Frau ist Anwalt. Ich werde ihn um Rechtsbeistand bitten.«

Der Staatsanwalt lachte. »Bei dem hat sich Ihre Frau bereits vormerken lassen«, sagte er.

Dehart blickte den Staatsanwalt fragend an. »Meine Frau?«

Die Bemerkung hatte Dehart die Sprache verschlagen.

»Sie war hier«, sagte Dr. Ordner. »Wir haben sie bereits festnehmen lassen. Ihr Kollege Warringa war nicht der Mörder der Schülerin Dagmar von den Höfen. Ihre Frau Britta hat Dagmar aus Eifersucht und Haß brutal getötet.«

Sperber stand bereit, einzugreifen, falls Dehart nach durchzechter Nacht auf dumme Gedanken kommen sollte.

»Verdammte Scheiße!« schrie Dehart außer sich.

»Herr Studiendirektor, wo bleibt Ihre gute Erziehung?« Lehnartz trat dicht an Dehart heran. »Ich gebe Ihnen allerdings recht. Ihr großangelegtes Betrugsmanöver geht nicht auf. Ihre Söhne können nicht einmal Ihre hohe Lebensversicherung kassieren und müssen ohne Vater und Mutter mit Hilfe Ihrer Verwandten ihren Weg suchen.«

»Packen Sie das Notwendigste in eine Tasche!« befahl der Staatsanwalt. »Sie müssen uns zum Untersuchungsrichter begleiten.«

»Das gilt auch für Sie, Herr Doktor Akner«, sagte Lehnartz und bat die Kollegen der Schutzpolizei, sich der Herren anzunehmen.

16

Die letzten Zweifel verblaßten, als die Kripobeamten nach der Abführung des Yachteigners und des Komplizen hohe Devisenvorräte und die auf Züngli und von Ostendorf ausgestellten Reisepässe fanden.

Für die ebenfalls festgenommene Sprechstundenhilfe Insa Kleen befand sich ein Schweizer Paß auf den Namen Justi Odermatt an Bord.

Dennoch blieben Fragen, die erst im Nachhinein beantwortet werden konnten. Die gerichtsmedizinische Untersuchung der bis zur Unkenntnis verbrannten Leiche des Geschäftsführers Schneider hatte ergeben, daß das Opfer vor dem vorgetäuschten Autounfall – der Mercedes-Kombi war von der Straße abgekommen, gegen einen Brückenpfeiler geprallt und in Brand geraten – vergiftetes Bier zu sich genommen hatte. Die Untersuchung des ausgebrannten Wagens ließ den Verdacht zu, daß jemand vorsätzlich Brandstiftung begangen hatte.

Britta Dehart hatte die Kontakte zu ihrem Mann nicht abbrechen lassen und war nach Bremerhaven gefahren, um dort ihren Mann zu treffen und den vorbereiteten Paß entgegenzunehmen. Sie hatte nicht damit rechnen können, daß die Kriminalbeamten sie in Bremerhaven im Café beim Frühstück kurz vor ihrer Heimfahrt antreffen würden.

Sie hatte in der Tat beabsichtigt, die Asche des Unfallopfers vor der ostfriesischen Küste von einem Seebestatter in der Nordsee versenken zu lassen.

In ihrem Haus fand die Kripo ein Flugticket der Lufthansa nach Nairobi, datiert auf einen späteren Termin. Auf ihrem Schachbrett fehlte der weiße Turm. Er hatte ihr kein Glück gebracht.

Britta Dehart hatte Dagmar von den Höfen ermordet. Ihr Mann hatte morden lassen. Er hatte ihr Kapital schwarz in Kenia angelegt. Auch sein Kumpel Dr. Akner hatte in Kenia investiert.

Von den Kollegen der Steuerfahndung in Oldenburg erfuhren sie, daß Dr. Akner einen großen Teil seines Vermögens bei einer Abschreibungsgesellschaft verloren hatte.

Dr. Akner, der sich von seiner Frau getrennt hatte und mit der um Jahre jüngeren Sprechstundenhilfe zusammenlebte, hatte zusätzlich mit den Scheidungsansprüchen seiner Frau zu rechnen. Seine Verstrickungen in den Mord an dem recherchierenden kenianischen Journalisten hatten ihn zum schnellen Handeln angetrieben. Für ihn galt es:

Alles oder Nichts. Er beabsichtigte – wie auch sein Gesprächspartner und Freund –, vom in Kenia angelegten Schwarzgeld sorgenfrei zu leben.

Oberstudienrat Warringa wurde sofort aus der Untersuchungshaft entlassen. Er nahm seinen Unterricht am Fabricius-Gymnasium unmittelbar wieder auf und führte die mündlichen Abiturprüfungen durch.

Seine Dreizehn C hatte ihm, wie sonst nur bei Neueinzügen in Ostfriesland üblich, einen Bogen gemacht. Der Kranz aus Tannengrün und bunten Papierblumen hing über der Eingangstür seines Bungalows, als er nach seiner Untersuchungshaft sein Haus betrat.

Dr. Sandmann hatte die nun verwaiste Direktorenstelle des in Haft sitzenden Dehart für Warringa durch die Bezirksregierung Weser/Ems im Schulverwaltungsblatt neu ausschreiben lassen.

Warringa buchte im Reisebüro eine Flugreise nach Australien, um in den Sommerferien seine Tochter und ihren Freund beim Aufbau ihrer Existenz zu unterstützen.

ENDE

DIE TOTE
VOM NORDSTRAND

1

Willy Achtendorf verließ den Speisesaal. Er war enttäuscht. Nur Zasimet, das türkische Mädchen, das sie bedient hatte, war der einzige Lichtblick in dieser steifen, gutbürgerlichen Umgebung gewesen.

Norderney enthielt ihm die Farben, die der Reiseprospekt versprochen hatte, vor. Er hatte sich den Beginn seiner Kur anders vorgestellt. Auf seinem Zimmer kam er sich verlassen vor. Nachdem er ein Bier getrunken hatte, begab er sich zu dem einfachen Holzschrank. Er entschied sich für den warmen Wettermantel und verließ unzufrieden das Haus Theresenhöhe. Die Aufenthaltsräume waren leer. Auch die Leiterin, Frau Fortema, saß nicht in ihrem Büro, als er das Sanatorium verließ.

Nieselregen setzte ein.

Achtendorf zog den Mantelkragen hoch, schritt im Licht bunter Neonreklamen an vornehmen Hotels und Pensionen vorbei und näherte sich dem Geschäftsviertel. Die Moltkestraße lag seitlich von ihm. Einige Bäume spiegelten im Regen das Licht der Straßenleuchten. Er entdeckte eine Telefonzelle. Er konnte zu Hause anrufen.

Sie war besetzt.

Vor dem Fenster einer Buchhandlung blieb er stehen.

Plötzlich vernahm er ein lautes Bersten. Glas zersplitterte. Erschrocken drehte er sich um und hastete in die Knyphausenstraße. Er suchte Schutz hinter einem Baum und beobachtete zwei Männer, die dabei waren, in aller Eile das Schaufenster eines Juwelierladens auszuräumen.

»Halt! Bleiben Sie stehen!« rief er und verließ die Dunkelheit seines Versteckes.

Die Räuber trugen Jeans und Lederjacken. Um ihre unteren Gesichtspartien hatten sie Tücher gebunden.

Für Sekunden stierten sie in seine Richtung. Während der eine sich um die Beute kümmerte, zog der andere eine Pistole.

Achtendorf erkannte die Gefahr und ließ sich auf den

Boden fallen. Er sah das Aufblitzen des Mündungsfeuers. Das Geschoß zischte an ihm vorbei.

Die Ganoven flüchteten über die Beenke Straße in die Goetheallee.

Achtendorf sprang auf und folgte ihnen. Außer Atem beobachtete er, wie sie in einen Wagen stiegen und mit quietschenden Reifen losfuhren.

Es gelang ihm nicht, das Autokennzeichen zu entziffern. Niemand außer ihm schien den Vorfall bemerkt zu haben. Er ging zurück zur Telefonzelle, die immer noch besetzt war.

»Hängen Sie ein! Hier wurde ein Einbruch begangen!« schrie er.

Achtendorf benachrichtigte die Polizei und wartete geduldig vor dem Juweliergeschäft.

Mit dem Auftauchen des Blaulichtes erschienen auch die ersten Neugierigen. Achtendorf lieferte den Beamten einen druckreifen Zeugenbericht und verließ mit angegriffenen Nerven den Schauplatz.

»Scheiße«, brummte er. Hastig kehrte er ins Sanatorium zurück. Ihm war alles zuwider.

Die schwachen Flurleuchten brannten. Niemand begegnete ihm.

Nur die Gräfin von Akazienhain starrte im Fernsehzimmer auf die Mattscheibe.

Sie nahm keine Notiz von ihm. Vor ihr stand ein geleerter Cognacschwenker.

Achtendorf ging in die Küche, er notierte seine Zimmernummer auf die Liste, entnahm dem Kühlschrank eine Flasche Bier, griff nach einem Glas und setzte sich zu der Gräfin.

Ohne den Blick vom Fernseher zu nehmen, sagte sie:

»Heilung unter Hypnose! Der Patient berichtet aus einem früheren Leben!«

Achtendorf hörte ihre Worte, doch sie glitten an ihm ab. Er suchte kein Gespräch; im Moment war er einfach froh darüber, daß jemand in seiner Nähe war. Er trank sein Bier und stierte vor sich hin.

Die Sendung hatte wohl das Ende erreicht. Gräfin von Akazienhain drückte die Taste der Fernbedienung. Wie ein junges Mädchen frohlockte sie:

»Herr Achtendorf, oft habe ich das Gefühl, schon einmal gelebt zu haben. Der Professor hat es bestätigt!«

»Gräfin, das Gebiet ist für mich neu. Vor wenigen Minuten hätte ich beinahe mein Leben verloren! Einfach peng und aus!« sagte er zynisch.

Die Gräfin erhob sich und drückte den Lichtschalter der kleinen Wandleuchte.

»Sie sind ja ganz durchnäßt und voller Schmutz!« rief sie entsetzt.

»Gräfin, die Kugel eines Gangsters hat mich nur knapp verfehlt«, sagte er und holte tief Luft.

»Herr Achtendorf, kommen Sie mit auf mein Zimmer. Ich muß Ihnen den Mantel wieder herrichten«, antwortete die Gräfin.

Er fühlte, wie ihre Hand behutsam über sein kurzgeschnittenes Haar glitt. »Danke für Ihr Mitgefühl, Gräfin«, sagte er, lächelte höflich und ging zum Aufzug.

»Guten Morgen Herr Stadtdirektor«, rief ihm die Dame zu, als er den Frühstücksraum betrat. Sie sah wie eine aufgetakelte Schauspielerin aus. Er setzte sich zu den alten Damen an den Tisch. Er hatte keine andere Wahl. Man hatte ihm diesen Platz zugewiesen. Er langte nach einem Brötchen.

Zasimet brachte ihm den Kaffee. Sie sah süß aus.

»Das war sehr mutig von Ihnen«, sagte Frau von Windbach.

»Tot hätte er hier sitzen können«, stöhnte Gräfin von Akazienhain auf.

»Diese Verbrecher! Das gab es zu unserer Zeit nicht!« schimpfte Frau Dr. von Keppler und betrachtete Achtendorf wie einen Helden.

»Gräfin, Sie haben geplaudert«, stellte Achtendorf mit einem bösen Unterton fest. Er beobachtete, wie Harry

Kühnast Frau Hansky an ihren Tisch schob, dann seinen Platz an einem anderen Tisch einnahm. Mit eisigem Gesicht saß die Witwe in ihrem Rollstuhl und begann mit eckigen Bewegungen ein Brötchen zu teilen.

Achtendorf beugte sich vor.

»Ist Herr Kühnast der Diener von Frau Hansky?« fragte er leise.

»Sie müssen sich schon lange kennen«, flüsterte die Gräfin.

Frau von Windbach hüstelte. Sie hielt ihre Hand vor den Mund und flüsterte:

»Harry Kühnast ist ein geschickter Vermögensberater! Sein Spezialgebiet sind Häuser und Eigentumswohnungen.«

»Das Wetter fängt sich«, sagte Achtendorf locker und kümmerte sich um den Rest seines Frühstücks.

»Herr Achtendorf, im Kurpark beginnen sich die Stiefmütterchen zu entfalten. Der Springbrunnen ist in Betrieb«, sagte Frau von Windbach fröhlich.

»Waren Sie schon beim Professor?« fragte die Gräfin erwartungsvoll.

»Nein, meine Kur beginnt erst in wenigen Minuten, wenn ich ihm medizinische Rätsel aufgebe«, scherzte Achtendorf und erhob sich.

»Er ist ein wundervoller Mensch!« schwärmte Frau Dr. von Keppler.

»Meine Damen, Sie entschuldigen mich!« sagte Achtendorf und verließ den Speiseraum.

Professor Doktor Juskow entpuppte sich als ein Mann, der Energie ausstrahlte. Seine Gesichtszüge verrieten Bildung, sein weißer Kittel spannte sich straff über seinem Bauch, und seine Augen schienen die Patienten zu durchleuchten.

Ohne Achtendorf zu Wort kommen zu lassen, diktierte er bereits seinen Befund in den Stenoblock seiner Helferin.

Achtendorf sah zu, wie die untersetzte Schwester Christine die Seiten füllte.

»Herr Achtendorf, oft bestimmen Rückstände aus früheren Leben unser diesseitiges Wohlbefinden. Deshalb schlage ich Ihnen eine Reinkarnationstherapie unter Hypnose vor«, sagte Professor Juskow mit überzeugter Stimme.

Achtendorf zuckte leicht. Ihm fiel die Gräfin ein.

»Sie glauben doch wohl nicht im Ernst, daß ich schon einmal gelebt habe?« fragte er verwirrt.

»Herr Achtendorf, Sie scheinen zu den wenigen Unwissenden zu zählen. Gut! Zur Wiederherstellung Ihrer Gesundheit bediene ich mich deshalb eines traditionellen Kurplanes. Unsere jod-, brom- und salzhaltige Luft wird die aufbauenden Anwendungen unterstützen.«

Professor Juskow schaute ihn an, als hätte er es mit einem Sonderling zu tun. Er setzte sich an seinen Schreibtisch, malte Kreuzchen in einen Computerbogen und reichte ihm diesen hinüber.

»Erholen Sie sich gut«, sagte er lächelnd.

Bis zum Kurhaus war es nicht weit. Achtendorf legte der Gesundheits-Hostess, die mit antrainiertem Lächeln für Norderney warb, den Bogen vor.

Sie strahlte ihn an, als wäre er ein Auserwählter, während die Juskow-Kreuzchen einem Computer Rechenoperationen abverlangten.

»Die Rechnung stellen wir Ihnen zu«, hauchte sie, reichte ihm ein postkartengroßes Briefchen und zeigte auf einen grauhaarigen Mann in Weiß, der sich seiner annahm.

Sie schritten über einen langen Flur an vielen Türen vorbei.

Der Bademeister schickte ihn in eine Kabine. Achtendorf zog sich aus und lag Sekunden später bereits wie eine Mumie verpackt in heißem Schlick.

Er konnte durch ein Fenster in den Kurpark blicken. Die Sonne schien auf die blauen Stiefmütterchen, von denen die seltsame Gräfin so geschwärmt hatte.

Eine verrückte Gesellschaft, in die ich da geraten bin, dachte er.

Achtendorf fiel in einen leichten Schlaf, aus dem ihn der Mann in Weiß weckte.

Die Kur hatte begonnen!

Er ließ sich aus dem verschwitzten Laken schälen und in einer gefliesten Ecke vom Bademeister abspritzen. Danach zog Achtendorf sich an und schlenderte zur Wandelhalle.

Die Kurkapelle spielte vor halbvollen Rängen. Achtendorf setzte sich auf eine seitlich stehende Bank und studierte die Besucher.

Er sah seine Tischnachbarinnen, die entzückt den Klängen der Musik lauschten.

Vorne in der ersten Reihe entdeckte er Harry Kühnast. Er saß aufrecht. Neben ihm stand der Rollstuhl. Frau Hansky hielt seine Hand. Beide genossen die Faust-Ouvertüre.

Erschrocken fuhr Achtendorf zusammen, als er eine schwere Hand auf seiner Schulter fühlte.

Überrascht schaute er in das mit Schminke eingekleisterte Gesicht der aufgetakelten »Schauspielerin«.

»Herr Stadtdirektor, erwische ich Sie dabei, wie Sie die Hausgäste beobachten?« fragte sie. Ihre Augen waren weit geöffnet und ihr Blick durchdringend.

»Mögen Sie keine Musik, Frau Wellmann?« fragte Achtendorf.

»Musik schon, aber nicht die spießigen Kurkolleginnen. Mein Name lautet übrigens Wallmann, Alice Wallmann. Schauen Sie sich das Damenkränzchen an. Ihre Leistung für die Gesellschaft hat darin bestanden, ihre Körper denen feilzubieten, die Geld und das Sagen hatten. Sie sind eingebildet, haben studiert und waren doch nur Wohlstandsprostituierte. Nun warten sie hier auf eine Gelegenheit, ihre alten Beine noch einmal für junge Männer spreizen zu können!«

Achtendorf war entsetzt.

»Aber Frau Wallmann, ich nehme an, daß solche Leute viel Geld in die Boutiquen tragen, und, wenn ich mich recht erinnere, leben Sie doch von gutgehenden Boutiquen«, sagte er.

»Herr Stadtdirektor, wie lange hatten Sie Audienz beim Professor?« fragte sie ironisch. Sie trug einen cremefarbenen Hosenanzug. Ihr blondes Haar machte sie jünger. Achtendorf erhob sich und schritt neben ihr her in Richtung Ausgang.

»Der Professor leistet etwas, und ich bezahle«, sagte Achtendorf.

»Die blaublütigen Weiber stehlen ihm die Zeit«, sagte sie giftig.

»Vielleicht unternehmen sie mit ihm Reisen in frühere Leben!« antwortete Achtendorf ironisch.

»Sie werden bald anders denken, Herr Achtendorf«, seufzte sie.

»Was gibt es denn heute zu Mittag?« fragte Achtendorf, als sie draußen die wärmenden Strahlen der Sonne spürten.

»Putenschnitzel mit Schwarzwurzeln«, stöhnte Frau Wallmann und schwieg, während sie durch den Kurpark dem Sanatorium entgegenschlenderten.

2

Frau Fortema, die Sanatoriumsleiterin, war nicht in ihrem Büro. Achtendorf öffnete eine Tür, die in die Institutsbibliothek führte. Er vermutete, daß dahinter weitere Gästezimmer und die Privaträume der Leiterin lagen. Plötzlich blieb er überrascht stehen und horchte.

»Es ist unverzeihlich für einen erwachsenen Sohn, seine Mutter so lange in Sorge zu lassen! Erst recht, wenn sie an den Rollstuhl gefesselt ist.«

Achtendorf dachte: Das muß Harry Kühnast sein.

»Sie aufgeblasener Wichtigtuer! Noch fahren Sie nur Mutters Rollstuhl, bald ihren Rolls-Royce!«

Das war der Sohn der reichen Witwe. Achtendorf hatte ihn gestern kurz gesehen.

Eine Tür schlug mit Wucht zu. Das weinerliche Schluchzen von Frau Hansky drang an seine Ohren.

Hastig verließ er die Bibliothek. Es war nicht sonderlich wichtig, was er Frau Fortema fragen wollte.

Er machte sich auf den Weg zum Strand.

Der Blick auf die blaue Nordsee, die weißen Schaumkronen der ausrollenden Wellen und die entfernt liegenden Dünen schenkten ihm das Gefühl, Urlaub zu haben.

Gutgelaunt schnitt er über den feuchten Sand dem Strandcafé Cornelius entgegen, das nach Angaben des Prospektes vierzig Minuten entfernt lag. Dort wollte er in Ruhe einen Kaffee trinken und seine untereinander zerstrittenen Mitkurenden vergessen.

Als Achtendorf das Café eine gute Stunde später verließ, frischte der Wind auf. Der Himmel zog sich bedrohlich mit Wolken zu. Er entschied sich für eine schnellere Gangart. Dennoch gelang es ihm nicht, das Sanatorium trocken zu erreichen. Seine wiedergewonnene gute Laune war dahin.

Beim Betreten des Hauses entdeckte er einen BMW mit Schweizer Kennzeichen.

In der leeren Empfangshalle stand ein Mann, der sich ihm vorstellte.

»Dr. Zürmatt aus Zürich«, sagte er höflich.

Er trug eine saloppe Lederjacke, Rollkragenpullover und eine sportliche Cordhose. Sein bärtiges Gesicht wirkte sympathisch. Eine Hornbrille verlieh ihm einen intellektuellen Zug.

Achtendorf sah Frau Fortema, die sich ihnen über den Gang näherte.

»Da kommt die Chefin«, sagte Achtendorf und schritt an die Zeitungsablage. Er suchte nach einer Illustrierten, die ihm die Zeit bis zum Abendessen vertreiben konnte. Direkt neben ihm befand sich die hauseigene Telefonzelle.

Die harte Stimme von Frau Wallmann drang durch die Holztür zu ihm herüber.

»Nein! Mehr wissen Sie nicht? Das kann doch ein Zufall sein! Vielleicht kurt er nur ein Zipperlein aus!«

Ihr Hamburger Dialekt war ein Genuß. Sie öffnete die Tür, präsentierte ihm ein sorgenvolles Gesicht und brauste an ihm vorbei.

Achtendorf ging zum Aufzug.

Frau Hansky saß im Rollstuhl am kleinen Tisch im Fernsehraum und ließ sich von Harry Kühnast mit Kuchen verwöhnen.

Das Pärchen übersah ihn. Achtendorf suchte sein Zimmer auf. Er hängte den nassen Mantel an die Heizung und vertiefte sich mit Unbehagen in einen Artikel über Homosexualität und AIDS.

Gegen achtzehn Uhr begab sich Achtendorf in den Speisesaal. Die Gäste hatten bereits mit der Vorspeise begonnen. Sie bestand aus geräucherten Forellenfilets mit Meerrettichsoße. Aus Angst vor Gräten wagten es die Speisenden nicht, von ihren Tellern aufzusehen.

Achtendorf stellte fest, daß der junge Hansky neben seiner Mutter saß. Ein Pflaster zierte seinen Zeigefinger.

»Da sind Sie ja endlich«, sagte Gräfin von Akazienhain, während Frau von Windbach von ihm zu wissen wünschte, wo ihn der Regen überrascht hatte.

Die Damen wirkten in ihrer neuen Garderobe jugendlich. Selbst den Schmuck hatten sie ausgewechselt.

Die Hamburgerin begrüßte ihn mit einem geflöteten »Hallo«!

Achtendorf drehte sich vorsichtig um und sah, wie der schöne Harry Kühnast lustlos mit dem Messer seinen Fisch bearbeitete.

Selbst die süddeutschen Postbeamtinnen, die ihn umgaben, verzichteten auf ihr übliches Kichern.

Es war wohl der unerwartet eingetretene Dauerregen, der auf allen Gemütern lastete.

Vor den übrigen Gästen, durch die kleine Trennmauer abgeschirmt, aß Dr. Zürmatt alleine an einem Tisch und wandte Achtendorf den Rücken zu.

Eine wohltuende Ruhe, dachte Achtendorf.

Als Zasimet eine Aufschnittplatte servierte, lächelte Achtendorf die Türkin freundlich an.

»Für mich nicht, vielleicht finden die Damen Gefallen an einer Zusatzration. Ich wünsche einen wunderschönen Abend!«

Achtendorf stand auf, verließ den Speisesaal, ging zum Aufzug und suchte sein Zimmer auf.

Er setzte sich in den Sessel und vertiefte sich in die Illustrierte. Danach schaltete er das Fernsehgerät ein, um sich den angepriesenen Wildwestfilm anzuschauen.

Während John Wayne in einer kakteenbewachsenen Wüste für Ordnung und Gerechtigkeit sorgte, schlief er ein.

Als das Zimmertelefon ihn aus dem Schlaf riß, benötigte er Sekunden, um sich in der ungewohnten Umgebung zurechtzufinden. Dann stürzte er ans Telefon. »Achtendorf«, meldete er sich verschlafen.

»Fortema, Herr Achtendorf, kommen Sie bitte schnell in mein Büro!« Ihre Stimme klang verzweifelt.

»Sofort«, antwortete er und verließ grübelnd sein Zimmer.

Er nahm den Aufzug.

Sowohl das Fernsehzimmer als auch das Sesselzimmer waren leer.

Im Büro saß Frau Fortema an ihrem Schreibtisch. Ihr Gesicht wirkte eingefallen. Sie zitterte.

»Was ist los?« fragte er.

»Herr Kühnast meldet sich nicht! Frau Hansky bat mich, ihn telefonisch zu ihr zu bitten. Ihr Sohn ist ausgegangen«, sagte sie mit gequälter Stimme.

»Vielleicht tanzt er mit den Damen im Dünenstübchen«, antwortete Achtendorf.

»Nein, ich war an seiner Zimmertür! Der Schlüssel steckt von innen!«

Frau Fortema begann zu heulen.

»Bleiben Sie hier, ich schaue nach«, ordnete Achtendorf an.

»Zimmer dreizehn, es liegt gegenüber dem Aufzug«, hauchte sie erschöpft.

Achtendorf hastete die Treppen hoch. Er klopfte feste gegen die Tür. Vergebens. Kühnast antwortete nicht.

Achtendorf betrat den Aufzug, er fuhr nach unten. Er hastete am Büro vorbei zur Haustür. Der Regen peitschte sein Gesicht, als er die Stufen hinuntereilte. Er lief ums Haus. Der Rasen war naß und matschig. Achtendorf blickte auf die Fassade. Einige Fenster waren hell erleuchtet. Hohe Kiefern standen dicht an der Hauswand.

Er blieb stehen und überlegte kurz, dann sah er, daß ein Fenster geöffnet war. Kein Licht fiel aus ihm nach draußen. Wenn er richtig gerechnet hatte, mußte das Harrys Zimmer sein.

Als sich seine Augen an die Dunkelheit gewöhnt hatten, sah er, wie die Vorhänge vom Wind getrieben hin und her flatterten.

Achtendorf ging näher heran. Um Spuren auszumachen, war es zu dunkel.

Es konnte nicht schwierig sein, von den Zweigen einer hochgewachsenen Kiefer aus in das Zimmer zu gelangen, das im ersten Stockwerk lag.

Für Sekunden starrte er auf sein Ziel. Dann gab er sich einen Ruck und ergriff einen starken Ast. Er hangelte sich nach oben. Fast mühelos gelang es ihm, einen Fuß auf dem Fenstersims zu plazieren. Mit dem anderen Fuß stieß er sich ab und stand dann aufrecht auf der Fensterbank.

Kein Ton drang aus dem Zimmer.

Er vernahm nur das Plätschern des Dauerregens. Vorsichtig stieg er in das Zimmer und tastete sich seitlich an der Wand entlang. »Herr Kühnast«, rief er.

Er horchte in die Dunkelheit. Sein Atem ging schnell. Zentimeter für Zentimeter kämpfte er sich vor, bemüht, nichts umzustoßen.

Hätte ich jetzt mein Feuerzeug bei mir, dachte er verzweifelt und verharrte für weitere Sekunden. Dabei rief er sich die Anordnung seines Zimmers ins Gedächtnis.

In etwa eineinhalb Metern Entfernung von der Ecke mußte eine Wandleuchte angebracht sein. Er lehnte seinen Rücken gegen die Wand und tastete sich vorsichtig in der Dunkelheit voran. Seine Hand berührte einen Lampenschirm. Er fand den Schaltknopf und drückte ihn. Das Licht blendete ihn nur kurz.

Achtendorf spürte den Schweiß, der ihm in die Augen

lief. Unfähig zu reagieren, stierte er einige Sekunden auf das Bett, auf dem der nackte Körper von Harry Kühnast lag.

Blut war in Mengen ausgeströmt und hatte eine Lache gebildet.

Ein Messergriff saß in Harrys Brust.

Achtendorf wagte sich einige Schritte vor.

Er sah, daß die Handgelenke des Opfers mit einem Ledergürtel zusammengeschnallt waren, während die geöffneten Hände um seinen Penis lagen.

Kühnast lag wie aufgebahrt auf dem weißen Laken. Sein Fuß zeigte ebenfalls eine Blutspur, doch es schien nur ein Kratzer zu sein. Vielleicht ein Streifschuß, dachte Achtendorf und glaubte, Pulvergase zu riechen.

Achtendorf löste sich aus seiner Versteinerung. Er bedeckte mit seinem Pulloverrand seine Hand und schaltete die Hauptleuchte ein.

Das Zimmer war nicht in Unordnung. Die Wäsche des Opfers lag ordentlich auf dem Stuhl. Hose, Hemd und Jackett hingen auf einem Bügel am Holzschrank, so als hätte Harry sich selbst entkleidet. Daneben stand das Fernsehgerät, es strahlte noch Wärme aus.

Achtendorf näherte sich dem Opfer und beugte sich über den Toten. Unterhalb der stark behaarten Brust hatte der Mörder mit Lippenstift »Love Harry« geschrieben, in cremigen, rundgesetzten Buchstaben.

Achtendorf ging zur Tür.

Das ist nicht mein Fall, beruhigte er sich, bedeckte wieder seine Hand und drehte den im Schloß steckenden Schlüssel um.

Er hastete durch den halbdunklen Flur zum Büro.

Die Leiterin des Hauses saß vor der Telefonanlage. Ihre Augen waren verheult.

»Frau Fortema, behalten Sie die Nerven! Geben Sie mir die Belegungsliste«, forderte Achtendorf sie auf.

Wie eine Traumwandlerin schritt sie an den Aktenschrank und reichte Achtendorf mit zitternden Händen einen Schnellhefter.

»Danke. Bleiben Sie im Büro! Ich will feststellen, wer im Hause ist!« sagte Achtendorf und eilte davon.

Beide Aufenthaltsräume waren leer, auch in der Bibliothek befand sich niemand. Im Zimmer Nummer eins wohnte die gelähmte Frau Hansky.

Er klopfte an.

»Ja, Harry bist du es?« vernahm Achtendorf ihre ängstliche Stimme.

»Nein, Verzeihung! Telefon für Herrn Kühnast, ich dachte, er wäre bei Ihnen«, antwortete Achtendorf.

Er glaubte zu vernehmen, wie sie schluchzte.

Achtendorf klopfte an die nächste Tür. Niemand antwortete. Er eilte zurück, nahm den Fahrstuhl und fuhr nach unten.

Auch im Kellergeschoß antwortete niemand. Er fuhr wieder nach oben. Die Nummer vierzehn. Er blickte auf die Liste. Frau von Windbach. Er klopfte an. Keine Antwort. Er drückte die Klinke. Die Tür war verschlossen. Er ging weiter. Die Nummer fünfzehn, Frau Dr. von Keppler.

Auch hier war die Tür verriegelt.

Hinter der Tür mit der Nummer sechzehn hörte er Stimmen.

Achtendorf klopfte an.

»Herein«, drang es ihm entgegen. Er öffnete die Tür und blieb wie angewurzelt stehen.

Das Zimmer strotzte vor Luxus. Es glich mehr einer Suite. Um einen runden Eichentisch saßen die Damen in langen, wallenden Kleidern. Auf einem dreiarmigen Kerzenleuchter flackerten Kerzen und warfen ihr spärliches Licht auf gefüllte Sektkelche.

»Das ist aber reizend von Ihnen, Herr Achtendorf! Sie wollen gratulieren!« sagte Frau Dr. von Keppler und sah ihn freundlich an. Sie wirkte im Kerzenlicht viel jugendlicher. Auf ihrer Brust glitzerten die Steine ihres Schmucks. Sie erhob sich.

»Trinken Sie ein Glas Sekt auf die Gräfin«, forderte sie ihn auf. Achtendorf sah, wie Frau von Windbach ein Glas füllte.

Auch sie trug ein besticktes langes Kleid. In ihrem grauen Haar saß eine glitzernde Spange. Die Gräfin füllte ihren Sessel mit königlicher Würde. Ihr mit Schmuck besetzter gewölbter Oberkörper glich der Milchstraße an frostklaren Abenden.

Achtendorf kämpfte mit seinen wirren Gedanken, langte nach dem Sektglas, trank aus, ohne auf das Altweibergeschwätz zu warten und reichte es Frau von Windbach zurück.

»Ich gratuliere. Kenne aber nicht den Anlaß!« stieß er hervor.

»Herr Achtendorf, heute vor fünfzig Jahren hat Graf Adolf-Karl-Wilhelm von Akazienhain die Gräfin geheiratet!« verkündete Frau Dr. von Keppler mit vom Alkohol gerötetem Gesicht.

»Ich bin eine geborene von Trotterbach«, sagte die Gräfin stolz.

»Die Fahne hisse ich später«, brummte Achtendorf und verließ das Jubelzimmer.

Er klopfte an die Tür von Nummer siebzehn. Keine Reaktion. Gleiches bei Nummer achtzehn. Die beiden Postdamen waren wohl noch beim Tanzen.

Auch die vorlaute Boutiqueninhaberin aus Hamburg war noch nicht zurückgekommen.

Achtendorf hastete von Zimmer zu Zimmer. Vergeblich. Er kehrte ins Büro zurück. Frau Fortema sah ihn erwartungsvoll an.

»Nichts«, sagte Achtendorf. »Rufen Sie die Polizei an!«

Frau Fortema griff zum Telefon und wählte.

Achtendorf nahm ihr den Hörer aus der Hand.

»Hier Kriminalrat Achtendorf, Sanatorium Theresenhöhe. Wir haben einen Mord zu melden! Kommen Sie, und vermeiden Sie jedes Aufsehen!« Er legte den Hörer auf die Gabel. Frau Fortema starrte ihn an.

»Nichts verraten! Für Sie bleibe ich der Stadtdirektor von Bad Harzburg«, sagte er und klopfte der verdutzten Frau beruhigend auf die Schulter.

3

Achtendorf wartete vor der Eingangstür. Der Regen platschte auf die Steinstufen. Über den Platz näherten sich die Polizeifahrzeuge. Er schritt zwei Beamten entgegen, die auf ihn zukamen.

»Mein Name ist Achtendorf, ich bin Kriminalrat, ein kurender Kollege aus Bad Harzburg«, sagte er.

Sie eilten die Stufen hoch, während Beamte einen Sarg aus dem Bully holten.

»Warten Sie damit noch einige Minuten! Ich rufe Sie!« sagte der schlankere der beiden Männer, der einen langen Popelinmantel trug. Er wandte sich an Achtendorf, nahm seine Prinz-Heinrich-Mütze vom Kopf und schlug den Regen ab.

»Meyers, Kommissar, mein Assistent Herr Kluin. Wir bilden sozusagen die Mordkommission.«

Sie betraten den Korridor.

»Frau Fortema! Sie ist die Sanatoriumsleiterin«, informierte Achtendorf und stellte den Polizisten die immer noch leicht zitternde Frau vor.

»Frau Fortema, schicken Sie den Arzt und den Fotografen zu uns, sobald sie eintreffen!« forderte Kommissar Meyers. »Sie sind benachrichtigt worden.«

»Ich führe Sie zum Opfer«, sagte Achtendorf und brachte die Herren zum Tatort. Er öffnete die Tür und ließ die Kollegen eintreten.

»Mein Gott, den hat der Mörder aber appetitlich hergerichtet. Der schöne Mann hat wohl vergessen, sich zu verteidigen!« sagte Meyers ironisch und schritt schnüffelnd durch das Zimmer.

»In seinen Händen hält er die falsche Waffe«, bemerkte Kluin pietätlos.

»Wie jede Waffe ist auch diese ungeladen wertlos!« scherzte Meyers und betrachtete das Opfer,

»Der Mann heißt Harry Kühnast! Angeblich ist er Vermögensberater und befreundet mit einer reichen Witwe, die an den Rollstuhl gefesselt ist. Auch sie kurt hier im Hause«, sagte Achtendorf sachlich.

»Love Harry«, las Kluin.

»Eine große Liebe? Oder eine enttäuschte Liebe?« fragte Meyers, als spräche er zu sich selbst. Er suchte den Boden ab.

»Ein Einschußloch! Der Mörder hatte eine Pistole und sich dennoch für das Messer entschieden«, sagte er. Sein Assistent begann mit der Spurensicherung.

»Kühnast hat sich selbst entkleidet! Der Mann legte Wert auf Ordnung! Vielleicht hat ihn auch der Mörder dazu gezwungen, sich auszuziehen. Zumindest könnte das den Streifschuß erklären!« stellte Achtendorf fest.

Der Fotograf betrat das Zimmer. Er war schlank und wirkte ungepflegt. Mit geöffnetem Mantel hantierte er beidhändig an seinem Fotoapparat herum.

»Ein Bild für Playgirl oder für die Inselzeitung?« fragte er und grinste. Während er die Bilder schoß, begann Meyers mit der groben Untersuchung des Schrankes.

»Teure Klamotten! Er hat sie in erstklassigen Geschäften erworben«, sagte er. In der Anzugjacke steckten ein gefülltes Portemonnaie und eine Brieftasche. »Reisepaß, KFZ-Brief, mehrere blaue und einige kleinere Scheine«, zählte Meyers auf.

Achtendorf zog die Schreibtischschublade heraus.

»Hier, Herr Kommissar, eine Mappe«, sagte er.

Meyers öffnete sie. Er studierte die Aktenseiten.

»Ich bin kein Jurist, aber das sieht mir nach Vertragsentwürfen aus. Treten Sie näher, Herr Kriminalrat. Lesen Sie!« forderte Meyers den Kollegen auf.

Kluin rief: »Ich habe das Geschoß gefunden. Es hat den Teppichboden durchschlagen und sich in den Estrich gebohrt.« Er kam zu Meyers und Achtendorf hinüber.

»Da witterte die Hansky wohl eine hohe Verzinsung. Zweihundertfünfzigtausend D-Mark Beteiligung an der Immobilienfirma Harry Kühnast«, stellte Achtendorf fest.

»Und nun ist er tot«, meinte Kluin.

Professor Knabe betrat das Zimmer.

»Den ganzen Abend hatte ich ein Scheißblatt! Als mir dann die Buben und Asse nur so in die Hand fielen, mußte ich dem Ruf der Ordnungshüter folgen! Ist er der Anlaß?« fragte der Professor, öffnete seine Tasche, schlüpfte in einen Kittel und streifte sich Gummihandschuhe über seine breiten behaarten Hände. Ohne ein weiteres Wort zu verlieren, begann er, Harry Kühnast zu untersuchen. Er entfernte das Messer aus der Brust des Toten und reichte es Kluin. Mit Wattetupfern reinigte er die Wunde, horchte den toten Harry ab und öffnete den Ledergürtel, dessen Schnalle die Form eines Hufeisens hatte. Kühnast wurde in sitzende Stellung verfrachtet. Seine Arme baumelten über die Schultern des Professors. Knabe schüttelte ihn ab und wälzte das Opfer so, als besäße es keine Knochen mehr, in die Bauchlage. Der Mediziner atmete auf und stellte sich neben das Bett.

»Die Fußverletzung wurde durch einen Streifschuß verursacht, der wenig körperlichen Schaden anrichtete, ihn wohl aber seelisch geschockt haben muß. Todesursache ist ein gezielter Messerstich, mitten ins Herz. Das Blut ist nur leicht verkrustet. Die Leichenstarre ist noch nicht eingetreten. Die üblichen Ungenauigkeiten mit einberechnet, dürfte sich die Tat so gegen einundzwanzig Uhr ereignet haben! Ein kurzer Blick auf seinen Penis läßt darauf schließen, daß es das Opfer kurz nach einem Beischlaf erwischt hat. Schicken Sie mir die Leiche ins Krankenhaus. Meinen Bericht werde ich, wie Ihnen bekannt sein dürfte, mit höchster Sorgfalt verfassen.«

»Danke, ich wünsche Ihnen noch ein gutes Blatt«, sagte Meyers grinsend, während Knabe sich den Kittel auszog und seine Tasche ordnete.

»Mein lieber Sherlock Holmes, das Blatt hat sich gewendet. Die Skatbrüder haben eine Pinte aufgesucht. Wenn ich nach Hause komme, hat meine Frau bereits reinen Tisch gemacht, und ich muß betteln, wenn ich noch einen Schluck Bier bekommen möchte!« antwortete der Professor und verließ zusammen mit dem Fotografen das Zimmer. Die Beamten hörten noch, wie der Fotograf sagte:

»Herr Professor, kommen Sie mit zu mir, da gibt es zu jeder Tageszeit Bier.«

Kluin ging noch einmal alles durch, um sicherzugehen, daß er nichts übersehen hatte. Dann verließ er das Zimmer, um die Kollegen zu bitten, den Sarg zu bringen.

Die Beamten stellten den Metallsarg neben das Bett und legten den Toten in die Halbschale.

»Fahrt ihn zum Krankenhaus«, ordnete Meyers an. Ein Windstoß blähte die Vorhänge am Fenster auf und lies die Polizisten frösteln.

»Der Schlüssel steckte von innen. Ich bin durch das Fenster eingestiegen«, sagte Achtendorf.

Meyers trat an das Fenster. Immer noch prasselte der Regen vom schwarzen Himmel.

»Sie haben wohl die Kiefer als Leiter benutzt?« fragte Meyers.

»So ist es! Der Schuß ist wohl niemandem aufgefallen, denn zum Zeitpunkt des Mordes lief im Fernsehen ein Wildwestfilm mit John Wayne«, sagte Achtendorf.

»War das Fernsehgerät denn ausgeschaltet?« fragte Meyers.

»Ja, ich erinnere mich, daß es noch warm war«, antwortete Achtendorf.

»Nun denn, gehen wir nach unten! Die Hausgäste werden wohl mittlerweile eingetrudelt sein«, sagte Meyers.

Kluin packte seine Tasche und versiegelte das Zimmer.

Frau Fortema stand am Rande eines Nervenzusammenbruchs. Sie hatte die anwesenden Hausgäste in den Speisesaal gebeten, nur »furchtbar« und ›schrecklich« vor sich hin gemurmelt und keinerlei Einzelheiten verraten.

Mittlerweile waren auch die beiden Postdamen und Frau Wallmann zurückgekehrt. Unter den Versammelten entdeckte Achtendorf auch den Sohn von Frau Hansky. Sie alle blickten auf, als die Polizisten den Saal betraten.

»Liebe Hausbewohner! Vor wenigen Stunden hat sich hier im Sanatorium ein tragischer Zwischenfall ereignet. Harry Kühnast ist in seinem Zimmer ermordet worden«, erklärte Achtendorf.

Alle hielten starr vor Schrecken für einen Moment die Luft an. Frau Hansky kämpfte um ihre Selbstbeherrschung und legte ihren Kopf auf die Lehne des Rollstuhles. Ihr Sohn erhob sich und stellte sich neben sie, als wollte er der Mutter beistehen. Die Gräfin weinte, während Frau von Windbach mit ernstem Gesicht nervös mit ihrer Goldkette spielte und den plumpen Anhänger, wie eine Wahrsagerin ihr Pendel, schwingen ließ.

Frau Dr. von Keppler hielt ihre von Glitzersteinen eingefaßte Brille weit von sich und stierte wie abwesend auf die reiche Witwe Hansky.

Die jungen Postbeamtinnen waren aufgesprungen und umringten Frau Wallmann, als könnte diese sie trösten.

»Darf ich Ihnen Kommissar Meyers und Assistent Kluin vorstellen? Die beiden Herren führen die Untersuchung durch.«

Meyers sah freundlich aus. Sein Haar war blond, und er wirkte jugendlich.

»Mein Kollege und ich werden Sie einzeln in das Fernsehzimmer bitten. Vielleicht können Sie uns mit Ihren Aussagen erste Anhaltspunkte liefern. Wir haben Herrn Achtendorf dazugebeten. Er fand den Toten und ist Ihnen allen bekannt.«

Er verließ mit Kluin den Speisesaal.

»Frau Hansky, kommen Sie bitte gleich mit uns«, sagte Achtendorf und bemühte sich, aufmunternd zu klingen.

Die Witwe straffte ihren Oberkörper. Ihr Gesicht war starr wie eine Maske. Der junge Hansky legte die Hände um die Griffe des Rollstuhls.

»Das übernehme ich für Sie«, sagte Achtendorf.

Der Sohn sah ihn feindselig an, setzte sich aber wieder hin.

Achtendorf schob Frau Hansky in das Fernsehzimmer, stellte den Rollstuhl so, daß das Licht der Wandlampe auf ihr Gesicht fiel.

»Wie ich erfahren habe, haben Sie Herrn Kühnast sprechen wollen. Benötigten Sie seine Hilfe?« begann Meyers das Gespräch.

»Ja, mein Sohn war nicht anwesend. Als Harry, Verzeihung, als Herr Kühnast zum vereinbarten Zeitpunkt nicht bei mir erschien, telefonierte ich mit Frau Fortema«, antwortete sie und bemühte sich, gefaßt zu erscheinen.

»Hatte die geplante Zusammenkunft privaten oder geschäftlichen Charakter?« fragte Meyers.

Frau Hansky starrte ihn an. Sie war schließlich eine Dame!

»Finden Sie nicht, daß Ihre Frage zu weit geht?« fragte sie arrogant.

»Gnädige Frau! Hier im Hause wurde ein Mann ermordet. Die Aufklärung eines Verbrechens darf nicht an Floskeln der Höflichkeit scheitern«, erklärte Meyers vorwurfsvoll.

Frau Hansky kämpfte mit den Tränen. Sie schluckte kurz.

»Herr Kommissar, ich habe nichts zu verbergen. Mein Mann kam bei einem Autounfall ums Leben, während ich überleben durfte. Meine steifen Beine behielt ich als Andenken. Ich lernte Herrn Kühnast in Badenweiler kennen. Seitdem ist – war er ein hilfreicher Freund, der selbstlos seine Geschäfte ruhen ließ, wenn er mir beistehen konnte«, antwortete sie wie auswendig gelernt.

»Wir fanden in seiner Schreibtischschublade juristische Unterlagen, die auch Sie betreffen«, sagte Meyers.

»Ist es verboten, das von meinem Mann ererbte Vermögen geschäftlich zu nutzen? Ich bin es gewöhnt, kaufmännische Transaktionen abzuwägen und bei entsprechenden Gewinnerwartungen zuzugreifen.«

»Frau Hansky, wann sahen Sie Herrn Kühnast zum letzten Male?« fragte Kluin.

»Nach dem Abendessen. Er nahm mich mit auf sein Zimmer. Dort haben wir uns die Tagesschau angesehen. Im Zweiten gab es einen Western. Harry wollte ihn sehen. Ich blieb eine Weile, doch mir gefiel der Film nicht.«

Ihre Augen bewegten sich unruhig.

»Brachte Herr Kühnast Sie zu Ihrem Zimmer zurück?« fragte Meyers.

Über das Gesicht der Witwe huschte ein leichtes Zucken. Sie hielt ihre Hände verschlungen auf ihrem Schoß.

»Nein! Olaf, mein Sohn, kam zufällig vorbei. Er fuhr mich zum Aufzug und brachte mich auf mein Zimmer.«

»Hatte Ihr Sohn einen besonderen Grund, Sie bei Harry Kühnast abzuholen?« fragte Kommissar Meyers.

»Ich sagte doch bereits, daß er zufällig vorbeikam. Er wollte sich umziehen und auf ein Bier ausgehen«, antwortete sie schnippisch.

»Frau Hansky, Sie erhoffen sich auf Norderney eine Besserung Ihres Gesundheitszustandes. Haben Sie dieses Sanatorium früher schon einmal besucht?« fragte Meyers.

»Professor Juskow wurde mir von Harry empfohlen. Er sei eine Kapazität, meinte er. Deshalb besuchte ich dieses Haus.« Sie bemühte sich zu zeigen, daß sie es satt hatte, pausenlos Fragen über sich ergehen zu lassen.

»Und Herr Kühnast?« fragte Meyers.

»Geht Sie das etwas an, wenn ich mit einem Bekannten ein Sanatorium aufsuche?« fragte sie hochnäsig.

Die Frau besitzt einen starken Willen, dachte Meyers.

»Frau Hansky, Ihre Bekanntschaften interessieren uns ansonsten nicht. Da aber Herr Kühnast hier im Hause das Opfer eines Mordanschlages wurde, sollten Sie uns mit klaren Antworten die Aufklärungsarbeit erleichtern. Gerade Ihnen muß doch sehr viel daran gelegen sein, daß der Täter überführt wird«, sagte Meyers verärgert.

»Herr Kühnast hat Sie demnach hierher begleitet, weil er Ihnen die Kur empfohlen hatte?« fragte Kluin.

»Wir haben uns auf Norderney eine Wohnung gekauft. Sie ist aber noch nicht bezugsfertig«, antwortete sie und begann leise zu schluchzen.

»Herr Kühnast arbeitete selbständig als Unternehmens- bzw. Vermögensberater, wie wir in Erfahrung bringen konnten. Wo befindet sich der Sitz seiner Firma?« fragte Meyers geduldig, als hätte er die ganze Nacht Zeit.

»Früher in Badenweiler im Schwarzwald. Er hat sein Geschäft dort aufgelöst und es nach Norderney verlegt.

Sein Büro befindet sich jetzt in unserer gemeinsamen Wohnung«, entgegnete sie zögernd.

»Sie sagten eben, die Wohnung sei noch nicht fertig?« warf Kluin ein.

»Wir haben uns dort bereits eingerichtet, das heißt, sind …« Sie schluckte, »waren dabei. Aber der Aufzug mußte noch fertiggestellt werden.«

»Geben Sie uns bitte die genaue Anschrift«, forderte Meyers sie auf.

Tränen kullerten ihr aus den Augen.

»Dr.-Treck-Straße neun a«, hauchte sie.

»Frau Hansky, besaß Herr Kühnast Feinde? War er in letzter Zeit auffällig besorgt? Machte er irgendwelche Andeutungen, die auf eine Bedrohung schließen ließen?« fragte Meyers.

»Nein«, Frau Hansky heulte und fischte in ihrer Handtasche nach einem Taschentuch. »Harry war so ein lebenslustiger, feinfühliger Mann«, schluchzte sie.

Achtendorf verstand den Wink, den Meyers ihm gab. Er erhob sich.

»Frau Hansky, ich fahre Sie zu Ihrem Zimmer«, sagte er, erneut bemüht, beruhigend zu wirken.

»Nicht nötig, Herr Achtendorf. Befragen Sie meinen Sohn! Er kann mich dann mitnehmen«, forderte sie mit zurückgekehrter Energie.

»Gnädige Frau, Ihr Sohn ist erwachsen. Wir wünschen nicht, daß Sie anwesend sind, wenn wir ihn befragen«, sagte Meyers, so höflich es ihm möglich war.

Frau Hansky straffte den Rücken und ließ sich erhobenen Hauptes von Achtendorf zu ihrem Zimmer fahren.

»Die Tür ist nicht verschlossen!« sagte sie herrisch.

Achtendorf warf einen Blick nach innen. Der Raum glich einem Luxusappartement.

»Danke«, sagte die Witwe knapp, als Achtendorf die Tür ins Schloß zog und sich auf den Rückweg machte.

Die Kollegen hatten auf ihn gewartet.

»Dann soll Sohn Olaf der nächste sein«, ordnete Meyers an.

Achtendorf betrat den Speisesaal. Die Atmosphäre knisterte vor Spannung.

»Herr Hansky Junior bitte«, sagte er höflich.

»Tatortspiele live, Herr Stadtdirektor von Bad Harzburg?« fragte Olaf spöttisch.

»Ja, die Sendung läuft«, erwiderte Achtendorf und begleitete den jungen Mann in das Fernsehzimmer.

»Nehmen Sie Platz, Herr Hansky. Herr Kühnast war für Sie kein Unbekannter. Ihre Mutter gab zu verstehen, daß er in schweren Zeiten ein Freund der Familie war«, sagte Meyers und beobachtete Olaf, der mit seiner Protesthaltung ausdrückte, daß er nicht irgendwer war.

»Wenn Sie unbedingt meine Meinung dazu hören wollen. Harry war mehr Mutters Freund. Sie hatte es schwer, mit ihrer Einsamkeit fertig zu werden. Harry war es, der ihr neuen Lebensmut schenkte. Außerdem verstand er mehr von Krankenpflege als manche ausgebildete Schwester. Harry hat ihr dazu verholfen, daß sie selbständig, ohne Rollstuhl, bereits wieder einige Schritte in der Wohnung machen konnte. Allerdings mußte Harry dabei immer in ihrer Nähe sein. Sein Tod trifft sie um so härter.«

»Herr Hansky, wo hielten Sie sich heute abend auf?« fragte Achtendorf.

Olaf lachte ironisch.

»Herr Stadtdirektor, sind Sie schon zum Mitglied der Mordkommission avanciert?« fragte er gehässig.

Meyers konterte:

»Herr Achtendorf ist Beamter, und er fand den Toten. Ich will die Frage aber gerne selbst stellen. Wo hielten Sie sich heute abend auf, Herr Hansky?«

»Nun, Herr Kommissar, Sie müssen nicht sofort wie ein Ostfriese reagieren! Zuerst wollte ich in den Konzertsaal. Ich ging davon aus, daß das Marinecorps der Bundeswehr junge Leute anlocken würde. Aber weit gefehlt. Alte Weiber, tatterig auf den Beinen, ihre Gesichter bemalt wie Zirkusclowns. Fraßen die jungen Soldaten mit ihren Blicken glattweg von der Bühne. Mit Pelzkäppchen und dem WauWau auf dem Arm! Da bin ich ab durch die Mitte! In der

Spielbank wollte ich einige Flöhe riskieren! Auch dort, Pelzjäckchen und Siebenundvierzig-elf! Danach trieb es mich zum Calypso! Dort langweilten mich die Typen von den Heimen. Sie strotzen vor Geilheit, und hübsche Mädchen waren Mangelware«, antwortete Hansky. Sein weiches Gesicht wirkte angewidert.

»Und von dort sind Sie dann hierher zum Sanatorium gegangen?« fragte Meyers geduldig.

»Herr Kommissar! Der Scheißregen. Ich war durchnäßt und wollte mich umziehen. Mutter war nicht auf ihrem Zimmer. Sie befand sich bei Harry. Sie übte dort, ihre abgestorbenen Beine wieder zu bewegen. Ich habe sie nach unten gefahren«, antwortete Olaf Hansky mit ironischem Unterton.

»Danke, Herr Hansky«, sagte Meyers und blickte dem jungen Mann nach, der grußlos das Fernsehzimmer verließ.

»Alter geht vor Schönheit! Herr Kommissar, meine reizende Tischgesellschaft wird uns nur wenig Arbeit machen«, sagte Achtendorf und holte das »Kränzchen« herein. Die Damen nahmen auf der Couch Platz. Sie trugen ihre Festtagskleider und hatten auch den Schmuck nicht abgelegt. Gesprächsbereit, ja fast fieberhaft vor Eifer, endlich gehört zu werden, irrten ihre Blicke von Meyers zu Kluin.

»Meine Damen, Sie sind sozusagen die Zimmernachbarinnen des Toten. Haben Sie etwas Auffälliges gesehen oder einen Schuß gehört?« fragte Meyers.

Die Gräfin beugte sich vor. Ihre mit Ringen geschmückten Finger zitterten leicht, als sie am teuren Stoff ihres Kleides zupfte.

»Herr Kommissar, mein Körper wird alt. Aber meine Augen und Ohren sind jung geblieben. Wir haben nichts gehört oder gesehen. Ich hatte die Damen zu mir gebeten. Ich bewohne das Zimmer 16. Es liegt am Ende des Flures. Mein verstorbener Gemahl, Graf Adolf-Karl-Wilhelm von Akazienhain, hat mich vor fünfzig Jahren in Bad Wiessee zum Traualtar geführt. Tausende waren gekommen! War das eine Feier!«

Sie blickte kurz zur Decke.

»Zum Gedenken an meinen unvergeßlichen Gemahl – er war ein schöner Mann – haben wir uns auf meinem Zimmer zusammengefunden.«

Meyers nickte. Er blieb die Ruhe in Person, zeigte keinerlei Anzeichen von Erschöpfung.

»Meine Damen, Sie kannten das Opfer. Fiel ihnen irgend etwas an ihm auf?« fragte er.

»Der junge Mann war doch stets um das Wohlergehen der Witwe Hansky besorgt«, antwortete Frau Dr. von Keppler mit scheuem Blick, als würde sie von Eifersucht gequält.

»Ist Ihnen der schöne Harry Kühnast schon früher irgendwo begegnet? Vielleicht in einem anderen Kurort?« fragte Achtendorf.

Als hätten sie sich abgesprochen, senkten die Damen ihre Köpfe und blickten auf den Tisch. Für Sekunden schwiegen sie.

»Herr Stadtdirektor, es ist schon möglich, daß ich Herrn Kühnast vor Jahren in irgendeinem Sanatorium gesehen habe. Zu der Zeit lebte mein Gemahl noch«, sagte die Gräfin.

»Begleitete er da schon Frau Hansky?« fragte Meyers.

»Nein, diese Dame nicht! Frau Hansky habe ich erst hier kennengelernt.«

»Frau von Windbach, sind auch Sie Herrn Kühnast vorher schon irgendwo begegnet?« fragte Achtendorf nach.

»Herr Stadtdirektor, das kann sein. Unser Klima erfordert es, häufig zu kuren! Ich weiß es nicht«, sagte sie.

Die Damen verließen würdig und mit kleinen Schritten das Zimmer. Sie hinterließen eine Duftwolke, die an die Frühlingsblumen erinnerte, die draußen im Regen zu ertrinken drohten.

»Bitten Sie Frau Wallmann zu uns«, schlug Meyers vor.

Die Hamburgerin kam Achtendorf schon entgegen. Ihren Freundinnen rief sie über die Schulter zu:

»Wenn der Spuk vorbei ist, trinken wir noch ein Bier.«

Die verängstigten Schönen wirkten bleich und verheult.

»Herr Stadtdirektor, das finde ich lieb von Ihnen, daß Sie sich wie ein Betriebsratsmitglied für uns aufopfern«, sagte sie, ohne ihr geschminktes und gepudertes Gesicht zu verziehen.

»Frau Wallmann, nehmen Sie bitte Platz«, sagte Achtendorf.

»Sie sind über die Vorgänge informiert, die unsere Anwesenheit hier erfordern. Sie bewohnen das Zimmer Nummer neunzehn. Es liegt direkt gegenüber dem Tatort. Wann haben Sie Herrn Kühnast zuletzt gesehen?« fragte Meyers.

Frau Wallmann, vom Scheitel bis zur Sohle das Bild einer emanzipierten Frau, trug einen eleganten Nadelstreifenanzug. Aus dem Revers lugte ein gebundener Schlips. Um den Hals trug sie eine blinkende Kette, an der ein massives Goldkrokodil hing. Ihr strohblond gefärbtes Haar vertuschte ihr Alter. Die listigen blauen Augen im kantigen Gesicht überspielten ihre innere Unruhe. Gelassen antwortete sie:

»Ich sah Harry beim Abendessen. Er ist, Verzeihung, er war ein hervorragender Tänzer und liebte die Abwechslung von seinem Job als Vermögensberater. Andererseits war er ein sozial engagierter Mann, der sich der Pflege der kranken Witwe Hansky verschrieben hatte. Leider haben sich hier im Sanatorium zwei Gruppen von Patienten gebildet. Die Vornehmen mit Pseudobildung und Abitur, und die anderen. Harry saß zwischen zwei Stühlen. Mit uns ging er gerne tanzen, während die anderen seine Gesellschaft suchten. Heute abend haben wir ca. fünfzehn Minuten auf ihn gewartet. Aber Harry ist nicht gekommen. Wir haben die Dünenstuben aufgesucht. Kühnast haben wir nicht mehr gesehen. Ich bin dann mit den beiden Hübschen von der Post gegen zweiundzwanzig Uhr dreißig hierher gekommen.« Sie hatte in unverfälscht hamburgischem Dialekt gesprochen.

»Haben Sie Herrn Kühnast hier im Sanatorium kennengelernt?« fragte Kluin, der sich eine Zigarette ansteckte. Bis jetzt hatte noch niemand geraucht.

Frau Wallmann hielt ihre Hand vorgestreckt. »Herr Kommissar, auch mit dem Rauchen haben wir hier so unsere Probleme. In den meisten Räumen ist es nämlich nicht gestattet. Geben Sie mir eine!«

Sie nahm sich eine Zigarette, ließ sich Feuer geben und paffte gierig. »Meine Herren, ich habe mich hochgearbeitet. Vom einfachen Angestelltenverhältnis bis hin zur Selbständigkeit! Als ich fünfundsechzig Jahre alt wurde, begann ich zu begreifen, daß es Zeit wurde, etwas für mich selbst zu tun! Seitdem gehöre ich zu den Frühjahrsgästen der Sanatorien. Harry Kühnast muß sich schon früher als ich etwas Ähnliches gedacht haben, denn gelegentlich habe ich ihn hier oder an anderen Orten zufällig getroffen, ohne daß wir näheren Kontakt pflegten.«

»Frau Wallmann, Ihnen und Ihren Freundinnen gegenüber hat er keine Bemerkungen gemacht, die nun nach seinem Tode von Wichtigkeit sein könnten?« fragte Meyers.

Die Frau, deren Alter wohl nur ihr Paß verraten konnte, saß vor ihnen wie eine Filmdiva.

»Keine einzige. Sonst noch Fragen, meine Herren?« Sie sah alle der Reihe nach an, drückte die Zigarette aus und ging zurück zum Speisesaal.

Über den Flur näherte sich Dr. Zürmatt. Er blickte überrascht um sich.

»Scheußlich dieser Regen«, sagte er zu Achtendorf und wollte zum Aufzug gehen.

»Ach, Herr Dr. Zürmatt, Sie sind heute angereist, und schon haben Sie Verdruß«, sagte Achtendorf.

»Ich verstehe Sie nicht«, antwortete der Schweizer und öffnete seinen Mantel.

»Die Herren sind von der Kriminalpolizei! Ein Gast ist ermordet worden«, sagte Achtendorf. Dr. Zürmatt nahm den schwarzen Schlapphut von seinem Kopf.

»Sie kennen das Opfer nicht, oder sagt Ihnen der Name Harry Kühnast etwas?«

»Nein, nichts.«

»Wo waren Sie heute abend?«

»Im Ratskeller. Ich traf dort zufällig einen Lehrer, der

mir viel über die Insel erzählen konnte. Es war ein sehr erholsamer Abend, aber jetzt bin ich sehr müde«, meinte Dr. Zürmatt.

»Wir wünschen Ihnen eine gute Nacht und eine erfolgreiche Kur«, sagte Meyers.

Dr. Zürmatt drückte die Taste des Aufzuges und fuhr nach oben.

Achtendorf holte die beiden jungen Frauen in das Untersuchungszimmer. Sie hatten sich für den Tanzabend hübsch angezogen und wirkten äußerst attraktiv. Doch die Trauer um ihren Tanzpartner hatte deutliche Spuren in ihren Gesichtern hinterlassen.

»Sie sind Frau Gisela Frontek, sind unverheiratet, und Sie, meine Dame, sind Erika Hobala, ebenfalls ledig. Sie wohnen beide in Lörrach?« fragte Meyers, der die Belegungsliste zu Hilfe nahm. Die beiden Damen nickten traurig.

»Sie kannten Herrn Kühnast näher?« fragte der Kommissar weiter.

»Wir haben ihn hier kennengelernt. Er begleitete uns sehr oft zum Tanzen in das Dünenstübchen«, antwortete Fräulein Frontek.

»Sprach er gelegentlich über sich, seine Art zu leben oder seine Verhältnisse?«

»Kaum. Er war nicht nur ein guter Tänzer, sondern auch ein richtiger Spaßvogel«, erklärte Fräulein Hobala.

»Meine Kollegin meint, er konnte toll Witze erzählen«, fügte Fräulein Frontek hinzu.

»Hat sich Herr Kühnast vielleicht im Tanzlokal Feinde geschaffen?« fragte Assistent Kluin.

Die Damen schauten ihn empört an. »Harry war äußerst beliebt. Er duzte den Wirt und auch den Musiker«, antwortete Gisela Frontek.

»Meine Damen, Sie sehen gut aus und sind noch jung. Hat sich Ihnen Herr Kühnast, wenn es fröhlich zuging, schon einmal … ›genähert‹? Sie wissen, was ich meine?« fragte Meyers.

In die Gesichter der Frauen stieg eine leichte Röte.

»Nein Herr Kommissar, es blieb alles im Rahmen des Schicklichen«, antwortete Erika Hobala.

»Meine Damen, Sie können gehen. Ich danke Ihnen für Ihre Bereitschaft, uns zu helfen«, sagte Meyers lächelnd.

Die meisten der anderen Kurgäste kannten nicht einmal den Namen des Opfers. Meyers erhob sich, als sie die vollständige Belegungsliste des Sanatoriums durchgegangen waren.

»Sprechen wir noch kurz mit Frau Fortema«, schlug er vor.

Die Chefin des Sanatoriums saß in ihrem Büro. Noch immer standen ihr Tränen in den Augen.

»Frau Fortema, wir haben das Zimmer des Opfers versiegelt. Stellen Sie mir doch bitte eine Liste mit den Heimatanschriften Ihrer Gäste auf. Das hat Zeit bis morgen. Herr Achtendorf steht Ihnen als erfahrener Kripobeamter bei, falls es Probleme geben sollte«, sagte Meyers.

Frau Fortema schaute ihn betroffen an.

»Ich lege allerdings Wert darauf, daß die Kurgäste nicht erfahren, daß ich bei der Polizei bin, Frau Fortema«, sagte Achtendorf und lachte jovial.

»Herr Kriminalrat, begleiten Sie uns bitte zum Polizeihaus«, bat Meyers seinen Kollegen.

Achtendorf holte den Mantel aus seinem Zimmer.

4

Der Regen klatschte auf das Autodach. Meyers lenkte den Wagen von der Kaiserstraße in die Moltkestraße. Nur ein paar Taxen waren noch unterwegs. Sie erreichten das Polizeihaus.

Wie eine vergessene Lichtreklame saß das Polizeischild auf der nassen Kalksteinfassade des Gebäudes. Auf dem Rasen des Parkes standen Pfützen, über die die Scheinwerfer huschten. Im Hotel gegenüber brannte noch das Licht der Außenreklame. Sie schritten am Tresen der wachhabenden Polizeibeamten vorbei. Der lange Flur lag im Halbdunkel.

Meyers führte sie über eine Treppe in sein kleines Büro. Kluin besorgte einen dritten Stuhl.

»Herr Kriminalrat, ziehen wir Bilanz. Mehr können wir heute nicht mehr unternehmen. Sie wohnen unter den Gästen, und ich vermute, daß wir unter diesen unseren Mörder zu suchen haben«, sagte Meyers.

»Ich werde Augen und Ohren offenhalten«, antwortete Achtendorf.

Kluin begann den Inhalt der Diensttasche versandfertig zu machen, um sie zum Labor zu schicken. Er betrachtete sich das Messer.

»Ein seltenes Tatwerkzeug! Der Hirschhorngriff ist echt. Die Schneide lang, und dennoch besitzt es nicht die Form eines Kampfdolches.« Er drehte die Waffe hin und her. Das Plastik der Schutztüte knisterte in seinen Händen.

Meyers nahm eine Lupe.

»Hier steht eingraviert: ›Sheffield-made in England‹«, sagte er.

»Vielleicht handelt es sich um ein antikes Stück«, folgerte Kriminalrat Achtendorf.

»Wir werden es untersuchen lassen«, antwortete Kluin.

»Herr Kriminalrat, Sie sind über die Kiefer vor dem Fenster in Kühnasts Zimmer geklettert. Kann man diese Art, sich Zutritt zu verschaffen, als kritisch und äußerst gewagt bezeichnen?« fragte Meyers.

»Nein, das Zimmer liegt im ersten Stock, nicht sehr hoch über dem Garten. Dennoch kann der Mörder auch durch die Tür gekommen sein«, antwortete Achtendorf. »Mal sehen, welche Spuren Sie außer meinen noch vor dem Fenster finden.«

»Kluin, ziehen Sie uns einen Becher Kaffee«, forderte Meyers seinen Assistenten auf.

Kluin verließ das Zimmer.

»Wenn wir noch etwas Geduld aufbringen, können wir hier frühstücken«, scherzte Achtendorf.

»Mir ist es schon lieber, Sie beschmieren Ihre Brötchenhälften in der Nachbarschaft des Mörders. Ein Schluck Kaffee ist momentan auch das Einzige, was ich Ihnen anbieten kann«, antwortete Meyers höflich.

Kluin brachte drei Pappbecher. Meyers spendierte Zigaretten.

»Harry war nackt!« stellte Achtendorf fest. »Nach den lockeren Aussagen des Doktors zu schließen, wird er mit einer Frau geschlafen haben. Der Mörder betritt das Zimmer, nachdem diese es verlassen hat. Er bedroht Harry. Kühnast will sich zur Wehr setzen. Der Mörder warnt ihn mit einem Streifschuß. Im Fernsehen läuft der Wildwestfilm. Niemandem fällt ein Schuß auf. Die meisten Zimmer sind zum Zeitpunkt des Mordes verlassen. Der Mörder zwingt Harry mit vorgehaltener Pistole, sich auf das Bett zu legen. Er fesselt ihn, greift nach dem Messer und stößt es Harry in die Brust. Dann legt er ihm die gefesselten Hände um den Penis und hinterläßt mit einem Lippenstift seine Racheaufschrift! Ihm bleibt genügend Zeit, die Flucht über die Kiefer nach unten anzutreten. So könnte es gewesen sein.«

Achtendorf probierte den Kaffee. Sicher gab es im Café Cornelius besseren, aber die dunkle Brühe half mit, die Müdigkeit fernzuhalten und den beißenden Geschmack der vielen Zigaretten zu mildern.

»Die Aufbahrung des Toten spricht für einen Rachemord. Schwer zu sagen, ob hier eine Täterin oder ein Täter am Werk war. Ein professioneller Killer hätte sich gewiß anders verhalten«, folgerte Achtendorf.

Kluin, der bis jetzt geschwiegen hatte, meldete sich zu Wort:

»Dieser Lippenstiftgruß auf Harrys Bauch weist auf eine Frau hin!«

»Es wurde geschossen, und Frauen schießen nicht gerne mit Pistolen! Andererseits: Warum hat der Mörder – oder die Mörderin – ein Messer benutzt. Ein gezielter Schuß hätte es auch getan?« überlegte Achtendorf.

»Herr Kriminalrat, ich danke Ihnen. Wir haben ein paar

Spuren. Morgen besorge ich mir vom Amtsrichter einen Durchsuchungsbefehl. Vielleicht verhilft uns eine Besichtigung des Firmensitzes der Harry Kühnast GmbH und Co. zu weiteren Einsichten. Gegen zehn Uhr holen wir uns die Anschriftenliste der Gäste ab. Vielleicht verspüren Sie dann Lust, uns zu begleiten«, sagte der Kommissar und warf seinen leeren Pappbecher in den Papierkorb.

»Der Termin paßt mir, ich habe da keine Anwendungen. Meine einzige Aufgabe als kurender Gast von Professor Juskow besteht darin, vor dem Frühstück meinen Urin in ein Fläschchen zu füllen und ihn der Schwester anzuvertrauen«, antwortete Achtendorf grinsend.

»Sagen Sie ihr, daß Sie heute den Kaffee des Automaten im Polizeihaus getrunken haben, bevor der Professor zu falschen Schlüssen kommt!« spottete Kluin gehässig.

»Ich fahre Sie zum Sanatorium«, sagte Meyers.

5

Achtendorf wachte auf. Er langte neben sich, um seine Frau zu wecken und begriff, daß er nicht wie gewohnt in seinem Ehebett schlief. Er warf das Bettzeug von sich, stand auf, rieb sich die Augen und zog entschlossen die Vorhänge zurück.

Die Nordsee lag unter einem grau-schwarzen Himmel und führte schaumgekrönte Wellen gegen die Insel.

Ein Wetter, um sich unter die Bettdecke zu verkriechen, dachte er.

Auf dem Flur vor seinem Zimmer brummte bereits der Staubsauger.

Achtendorf verzichtete auf das Duschbad, rasierte sich elektrisch, legte die Zahnbürste unbenutzt zur Seite.

Er blickte auf seine Uhr. Es war neun Uhr dreißig. Um zehn Uhr wollten seine Norderneyer Kollegen die Liste abholen. Vorher mußte er an seinen Kuraufenthalt denken.

Der Urin! O Gott, daß Pisse so wichtig sein konnte! Er nahm das kleine Fläschchen, füllte es gezielt und langte nach einem Papiertuch. Dann verließ er das Zimmer und nahm den Aufzug.

Verlegen reichte er Schwester Christine das eingewickelte Fläschchen.

Er betrat den Speisesaal und schaute sich überrascht um. Nur sein Gedeck stand noch auf dem Tisch.

Zasimet brachte den Kaffee.

»Haben meine Tischgenossinnen bereits gefrühstückt?« fragte er.

»Herr Achtendorf! Heute ist ein schlimmer Tag. Nur Sie sind gekommen. Den übrigen Hausgästen habe ich das Frühstück auf das Zimmer bringen müssen«, antwortete sie mit wehleidiger Stimme.

»Ein gesunder Frühsport«, flachste Achtendorf.

»Meine Beine und Füße schmerzen vom vielen Laufen«, sagte Zasimet lächelnd.

»Solange es nicht dein kleines Herz ist, meine Schöne«, scherzte Achtendorf.

Das Frühstück schmeckte ihm hervorragend. Die Butterration war größer ausgefallen, als er es erwartet hatte.

»Herr Kriminalrat aus Bad Harzburg, sind Sie bereit, an einem Ausflug zur unfertigen Wohnung Kühnast/Hansky teilzunehmen?« fragte Meyers lächelnd und setzte sich neben Achtendorf an den Tisch.

Achtendorf schob den Frühstücksteller von sich. Er fühlte sich ausgeruht und satt.

»Um elf Uhr müßte ich im Kurhaus Wassertreten gehen«, sagte er.

»Herr Kriminalrat, bei dem Wetter bieten wir Ihnen diesen Luxus gratis«, antwortete Meyers.

»Ich hole meinen Mantel«, sagte Achtendorf.

»Wir warten im Wagen vor dem Haus«, rief Meyers hinter ihm her.

Die Dr.-Treck-Straße erwies sich als ein Aushängeschild freier Architektur. Eine Reihe hübscher Bungalows, alle mit Dünen- und oft mit Meeresblick, endete vor einem dreigeschossigen Haus, dessen elegante Linienführung und aufwendige Bauweise der vornehmen Wohnstraße keinen Abbruch tat.

Im handgeschmiedeten Klingelkasten saßen die Namen der Bewohner.

»Harry Kühnast, Vermögensberater«, las Meyers.

Achtendorf spürte das Salz auf seinen Lippen und vernahm das Rauschen der Wellen, die sich hinter einer Düne ausliefen. Er folgte Meyers und Kluin ins Haus.

Eine Empfangshalle mit Ringsum-Glasfenstern endete vor einer Pförtnerloge, die unbesetzt war. Alles war neu, und die Luft roch noch nach Mörtel und Farbe.

An einer Seite befand sich ein Aufzug.

Das blanke Aluminium der Türen spiegelte das Marmor-Muster des Fußbodens. Sie mußten ziemlich lange warten.

Endlich öffnete sich die Tür mit dem wohlbekannten Surren.

Sie betraten den Fahrstuhl. Meyers drückte die Drei, und die Aufzugstüren schlossen sich wieder. In der dritten Etage gelangten sie auf einen kleinen Korridor.

»Na bitte«, kommentierte Kluin. »Der Aufzug funktioniert doch. Hat der schöne Harry der reichen Rollstuhlfahrerin etwas verschwiegen?« fragte Kluin.

»Vielleicht haben wir eine Jungfernfahrt unternommen«, meinte Achtendorf.

Durch die Seitenfenster konnten sie in die Dünen bis zum Leuchtturm sehen. Dunkle Wolken stauten sich am Horizont. Es sah wieder nach Regen aus.

Auf einer Tür vor ihnen prangte ein Schild in Großbuchstaben, »Harry Kühnast, Vermögensberatungs- und Hausverwaltungs GmbH und Co«.

Meyers besaß die Schlüssel. Er öffnete die Tür, und sie betraten einen mit Holz getäfelten Flur. Auf einer Tür prangte das Schildchen »Privat«, auf einer anderen stand »Büro«.

»Beginnen wir unseren Besuch bei der jungen Firma«, schlug Kluin vor und feixte, als Meyers den passenden

Schlüssel suchte: »Chef, geben Sie her. Das Schloß ist noch jungfräulich! Es kann nur der blankeste Schlüssel sein.« Er behielt recht.

Sie betraten ein neu eingerichtetes Büro. In massiven Holzregalen stapelten sich ordentlich Aktenordner. Ein seitlicher Marmortisch beherrschte mit drei schweren Polstersesseln den Raum. Eine kleine Schreibecke mit Telefonanlage war so eingerichtet, daß das Licht des großen Fensterelementes auf den eleganten Schreibtisch fiel.

»Alles vom Feinsten«, meinte Kluin und setzte sich in einen Sessel.

»Und hier ist noch genügend Platz für eine Rollstuhlfahrerin«, fügte er hinzu.

Erst jetzt bemerkten sie, daß in der Tat die Einrichtung dem Zustand der kranken Frau Hansky angepaßt war.

Meyers schritt an die Regalwand. Er zog einen Ordner heraus und öffnete ihn. Neugierig blätterte er die Unterlagen durch. Es waren Belege über Hausverwaltungen, Mieteinnahmen, Mietkosten und Reparaturrechnungen. Die Objekte befanden sich in der ganzen Bundesrepublik. Ort der Vertragsabschlüsse war Badenweiler.

Achtendorf begab sich zum Schreibtisch. Sie besaßen keinen Schlüssel, um ihn zu öffnen. Auch er nahm sich deshalb einen Ordner vor. Wortlos studierte er die Belege, die alle älteren Datums waren.

Erst Kluin, der sich mit einem Ordner zu ihnen setzte, war es, der ihnen erste Anhaltspunkte lieferte:

»Harry hat nur ältere alleinstehende Damen betreut und das seit Jahren. Hier zum Beispiel ist es eine Emma Pommeke, geborene Daesch. Sie ist geboren am 17.1.1903. Das Objekt: Vierfamilienhaus in Bremen, Peter-Duse-Straße vierzehn. Mieteinnahmen zweitausendfünfhundertachtzig Mark monatlich. Gaststätte Torfbrück in Fischerhude, Oberstraße neunundzwanzig, Mieteinnahmen zweitausendsechshundert Mark monatlich.«

Meyers und Achtendorf wurden hellhörig.

»Wie geht es weiter?« fragte Meyers.

»Vererbt an Herrn Harry Kühnast, Badenweiler. Testament Nummer 11102/84, Notar Dr. Dürstheim, Bremen, Senatsweg fünfzehn.«

»Vielleicht hat Harry alten Damen die letzten Jahre ihres Lebens versüßt?« fragte Meyers überrascht.

»Das verstößt nicht gegen das Gesetz«, warf Achtendorf nachdenklich ein.

»Es ist eine Frage des Geschmackes«, meinte Kluin.

Als sie sich die angrenzenden Privaträume ansahen, mußten sie feststellen, daß zwar die Küche komplett eingerichtet war und auch die Stores bereits angebracht waren, die Möbel für das Schlafzimmer allerdings noch fehlten.

»Deshalb wohnte er also im Sanatorium«, meinte Kluin. »Kühnast konnte seine heilende Therapie bei der reichen Witwe in diesem Gemach noch nicht anwenden.«

Wenig später verließen sie die Wohnung. Draußen hatte der Regen wieder mit unverminderter Heftigkeit eingesetzt.

»Herr Achtendorf, wir werden uns die Akten ansehen müssen, bevor wir zu einem endgültigen Urteil kommen können«, meinte Meyers. »Wir fahren Sie zurück zum Sanatorium und melden uns bei Ihnen, wenn sich etwas Neues ergeben sollte.«

6

Das Wetter nahm dem Staatsbad Norderney den Glanz und Willy Achtendorf die Stimmung.

Er trug seinen Trenchcoat hoch zugeknöpft. Auf seinem Kopf saß die Prinz-Heinrich-Mütze, die er sich hier gekauft hatte. Sie leistete selbst dem heulenden Wind Widerstand, der in die Wilhelmstraße einfiel. In seiner Sporttasche trug er die Badesachen, denn der Professor hatte ihm Bewegungsbäder im Solebad des Kurmittelhauses verschrieben.

Achtendorf hastete an den eleganten Geschäften vorbei, während der Wind mit seinen Mantelschößen spielte. Ein Schauer aus Hagel und Schneegemisch trieb ihn unter den Schutz eines Geschäftseinganges.

Lustlos betrachtete er die Auslagen, die sich an ein betuchtes Publikum richteten. Meissner Porzellan, Ölgemälde verstorbener Maler und Antiquitäten trugen Preisschildchen mit vierstelligen Zahlen. Auf grünem Samt war ein altes Tafelbesteck ausgebreitet. Achtendorf stutzte.

Diese Kostbarkeit weckte seine Neugierde. Er betrat den Laden. Eine alte Dame, mehr als vollschlank, und wie alle älteren Frauen hier auf Norderney, auf jung geschminkt und frisiert, hörte ihr Stichwort, und schon begann sie ihren Vortrag:

»Es handelt sich um wertvolle Stücke aus dem Tafelsilber von Castle Woodyforth. Eigentlich gehören diese altenglischen Raritäten in ein Museum. Sie gelangten über den deutschen Adel zu mir. Ich verkaufe kein Stück einzeln. Das Besteck kostet dreitausendachthundert Mark.«

Achtendorf langte nach einem Messer und hielt es gegen das Licht.

»Sheffield-made in England«, las er. »Wer hat Ihnen diese Prachtstücke verkauft?«

»Es ist schon eine Weile her. Ein Herr, der den Nachlaß einer verstorbenen Adligen aufgelöst hat«, antwortete sie.

»Ich bin kein Fachmann, bin aber der Meinung, daß Ihr Preis nicht zu hoch ist«, sagte Achtendorf und legte das Messer wieder zurück.

»Aber fehlt da nicht das Tranchiermesser für Wildgerichte?« fragte Achtendorf.

Die Dame schaute ihn überrascht an.

»Sie haben recht. Es wurde mir nicht angeboten«, sagte sie und begann das Besteck einzuräumen.

»Ich kann mich noch nicht entschließen«, sagte Achtendorf und verließ das Geschäft.

Der Regen hatte nachgelassen. Er ging schnellen Schrittes zum Kurmittelhaus.

Das Kurorchester spielte gerade die Ouvertüre »Die

heimliche Ehe« von Cimarosa. Er blieb stehen und schaute sich um. Er entdeckte Frau Wallmann. Sie saß in einem roten Sessel im vorderen Drittel der Reihen, bekleidet mit einem aufreizenden Safarikleid und kecker Panzermütze. In ihrer Gesellschaft befand sich eine der beiden Damen von der Post. Dann entdeckte er Dr. Zürmatt, der etwas abseits saß. Er hielt verträumt die Hand von Fräulein Hobala. Sie hatte ihren Kopf an seine Schulter gelehnt. So schnell geht das, dachte Achtendorf und betrat die Nebenhalle, die zum Solebad führte. Er folgte der Anweisung des Personals, zog sich aus, duschte und betrat das Bad.

Das Becken war größer, als er es sich vorgestellt hatte. Die Wassertemperatur betrug dreißig Grad. Achtendorf strampelte im Solewasser wie ein kleiner Junge. Erneut fand er Gefallen an seiner Kur.

Wenn die Alten sich über ihre Krankheiten unterhielten oder nur von Kalorien sprachen, hörte er einfach weg. Er legte seine Hände um die Haltebalken und sah überrascht, wie das Damenkränzchen plaudernd die Badehalle betrat. Die Damen hängten ihre bunten Bademäntel an die Haken und stiegen ins Wasser. Ihre Körper mochten verwelkt sein, aber ihr Elan war ungebrochen. Sie schwammen ein paar Bahnen, ohne Achtendorf zu bemerken. Danach näherten sie sich den Massagedüsen. Doch dem kurenden Kriminalrat stand eine weitere Überraschung bevor.

Hansky Junior schob den Rollstuhl seiner Mutter in die Halle. Frau Hansky trug einen zweiteiligen Badeanzug, der ihre gute Figur unterstrich.

Olaf ließ das Gefährt langsam ins Wasser gleiten. So als habe Frau Hansky ihre Krankheit in den Griff bekommen, erhob sie sich, langte nach den Haltebalken und machte strahlend einige Schritte. Eine Krankengymnastin stieg zu ihr ins Becken.

Achtendorf schlich sich aus dem Solebad. Er suchte den Ruheraum auf, legte sich auf eine der Relaxliegen und schaute durch das Fenster in den weiten Park, in dem das Grün auf Sonne wartete.

Er dachte an den toten Harry. War er ein Nachlaßjäger gewesen? Ein Mann, der sich alten liebeshungrigen Damen aus Geldgier hingegeben hatte? Und war hier vielleicht das Motiv für seinen gewaltsamen Tod zu finden?

Achtendorf dachte lange nach, und schließlich fiel er in einen leichten Schlaf.

7

Als Kriminalrat Achtendorf den Speisesaal betrat, aßen die Gäste bereits. Es gab Hawaii-Toast und eine Aufschnittplatte. Die Stimmung war nicht sonderlich bedrückt, über Harry wurde nicht gesprochen. Es war, als wollten alle ihre innere Unruhe mit äußerer Gelassenheit überspielen.

Frau Hansky saß neben ihrem Sohn. Ihr Gesicht wirkte entspannt und ausgeglichen. Ihr kleiner Sieg über ihre gelähmten Beine schien den Schmerz ihres Verlustes zu mildern.

Nur Dr. Zürmatt war nicht anwesend. Für ihn war auch nicht gedeckt. Achtendorfs Tischnachbarinnen benahmen sich wie kleine alberne Schulmädchen, denn die Gräfin hatte telefonisch für sich und ihre Busenfreundinnen Reitstunden im Schimmelhof für den morgigen Tag angemeldet.

»Gräfin, ich verstehe nichts von Pferden. Meine wenigen Kenntnisse habe ich den Wildwestfilmen entnommen. Diese Tiere können unberechenbar sein! Denken Sie an Ihr Testament, wenn Sie sich einem jungen, wilden Hengst anvertrauen«, frotzelte Achtendorf.

»Junger Mann«, entgegnete Frau von Windbach empört, »so kann nur einer reden, der nie die Sonnenseiten des Lebens kennengelernt hat. Wir sind mit Pferden groß geworden!« sagte sie empört.

Nun saß Achtendorf in der Patsche. Pferderennen, Gestüte und Turniere, das war ein Thema! Die Damen schwelgten in Erinnerungen. Seine Rettung erschien in der Gestalt von Frau Fortema.

»Herr Achtendorf, Besuch wartet auf Sie in meinem Büro«, sagte sie und rang sich ein Lächeln ab.

Achtendorf verließ erleichtert den Speisesaal.

Kommissar Meyers und Assistent Kluin kamen ihm entgegen.

»Haben Sie Neuigkeiten im Fall Kühnast?« fragte Achtendorf.

»Wir müssen den jungen Hansky verhaften. Sie erinnern sich an den Einbruch im Juweliergeschäft? Er steht im Verdacht, einer der beiden Täter gewesen zu sein«, flüsterte ihm der Kommissar zu.

Achtendorf war überrascht. Er hatte die Räuber gesehen. Auszuschließen war die Beteiligung des jungen Hansky nicht.

Ihm fiel ein, daß Olaf ein Pflaster an seiner Hand getragen hatte.

Meyers und Kluin waren nicht allein. Ein Beamter der Schutzpolizei wartete geduldig hinter ihnen.

»Haben Sie einen Haftbefehl?« fragte Achtendorf.

»Ja, wir haben Frau Fortema bereits unterrichtet. Sie wünscht natürlich so wenig Aufsehen wie möglich«, sagte Meyers.

»Ich hole den Jungen«, sagte Achtendorf. Das wird ein Getratsche, dachte er, als er den Speisesaal betrat.

Er näherte sich dem Tisch, deutete eine Verbeugung an. Frau Hansky sah ihn an. In ihrem Blick lag eisige Kälte.

»Herr Hansky Junior, draußen warten ein paar Herren auf Sie!« sagte er, bemüht, freundlich zu wirken.

Olaf Hansky lächelte gequält, erhob sich, stieß Achtendorf unerwartet heftig zur Seite und verließ blitzartig den Speisesaal. Kurz darauf hörten sie ein lautes Gepolter von draußen. Er war den Polizeibeamten in die Arme gelaufen.

Wild protestierend, wurde er von Kluin und den Polizisten abgeführt.

Achtendorf begleitete Kommissar Meyers durch die Bibliothek zum letzten Zimmer auf dem Gang. Der junge

Hansky bewohnte, wie seine Mutter, ein luxuriöses Zimmer. Er hatte nicht aufgeräumt. Ein Haufen Illustrierte und Zeitungen lag auf dem Fernsehgerät. Auf dem Schreibtisch stapelten sich Reisekataloge für höhere Ansprüche. Ein Antrag auf Mitgliedschaft im hiesigen Golfclub trug die Unterschrift der Mutter. Im Schrank hingen Anzüge bester Qualität neben Klamotten im Stile des Gammellooks.

Auf dem Schrankboden stand eine Umhängetasche. Meyers hob sie auf. Sie war schwer. Er öffnete sie und reichte sie Achtendorf.

»Der Beweis«, sagte er nur. Die Tasche war gefüllt mit Schmuck und teuren Uhren der Spitzenklasse.

»Das hatte der Bengel doch nicht nötig«, stöhnte Achtendorf.

»Er ist eben aus der Art geschlagen«, antwortete Meyers.

»Wollen Sie die Mutter sprechen?« fragte Achtendorf.

»Das ist überflüssig! Olaf Hansky ist ein erwachsener Mann und seine Mutter eine geschlagene Frau.«

Sie verließen das Zimmer.

»Schrecklich! Und das alles in meinem renommierten Haus«, stöhnte Frau Fortema. Sie war den Tränen nahe.

»Verraten Sie nichts! Ich ziehe mich zurück«, sagte Achtendorf.

»Und wenn die Gäste nach Ihnen fragen?« schluchzte sie.

»Sagen Sie ihnen, ich sei außer Haus! Ach, was ich noch wissen möchte, ist Dr. Zürmatt bereits abgereist?«

»Nein, er wohnt noch hier. Er frühstückt auf seinem Zimmer. Er wird auch nicht am Mittag- und Abendessen teilnehmen, da der Professor ihm eine Abmagerungskur empfohlen hat«, sagte sie.

»Danke! Gute Nacht«, entgegnete Achtendorf und suchte sein Zimmer auf.

8

Achtendorf schlief bis neun Uhr.

Als er aus dem Fenster schaute, trug das Meer aufgepeitschte Schaumköpfe. Ein heftiger Wind trieb weiße Wolken vor sich her. Es regnete nicht mehr. Immerhin etwas, dachte er.

Im Speisesaal hatte Zasimet das Geschirr seiner Tischnachbarinnen bereits abgeräumt.

»Guten Morgen, Herr Stadtdirektor. Besitzt die Kripo erste Spuren?« fragte Frau Wallmann und grinste.

Er stellte ihr eine Gegenfrage: »Gnädige Frau, Sie haben sich doch ebenfalls Gedanken über den Mord an Harry gemacht. Glauben Sie, daß einer unserer Hausgäste als Täter in Frage kommt?«

Frau Wallmann stutzte. »Ich bin nur eine überarbeitete Geschäftsfrau. Aber so schlecht wie Sie wage ich nicht über meine Mitmenschen zu denken.« Sie erhob sich und verließ mit einiger Entrüstung den Speisesaal.

Achtendorf frühstückte ausgiebig. Später holte er seinen Mantel und schlenderte zum Kurhaus.

Die Gärtner hatten alle Weichen für den Frühling gestellt. Springbrunnen plätscherten, und die Wege waren ausgebessert.

Hin und wieder stach die Sonne durch die Wolken.

Achtendorf betrat das Kurmittelhaus und ließ sich vom Personal zum Anwendungszimmer begleiten. Er zog sich aus. Der Angestellte bugsierte ihn auf die Schlickpackung.

»Der arme Harry«, meinte der Bademeister.

»Kannten Sie Herrn Kühnast?« fragte Achtendorf. Der Bademeister wickelte ihn in die weißen Tücher und lachte. »Mein Herr, seit dreißig Jahren bediene ich hier die Herrschaften im Kurmittelhaus. Harry war ein Liebling der alten Damen. Da muß ich Ihnen eine Geschichte erzählen. Eine blaublütige von und zu, eine Stammkundin, ließ sich nur im Beisein von Harry behandeln. Nicht ich, sondern der Kühnast mußte sie aus- und einwickeln.«

Der Bademeister klopfte ihm jovial auf die Schulter und wünschte einen angenehmen Schlaf. Doch Achtendorf blieb wach. Der Kriminalrat schaute in den Kurpark, während der Schlick seine Körpertemperatur hochtrieb.

Fräulein Hobala schob die Hansky im Rollstuhl am Fenster vorbei. Das Gesicht der Witwe lag in ernsten Falten. Nun hatte sie überhaupt niemanden mehr. Kühnast war tot, und ihr Sohn saß in Untersuchungshaft. Sie war allein.

Die Minuten strichen zähflüssig wie Schlick dahin. Endlich erlöste ihn der Bademeister aus seinen verschwitzten Tüchern und beendete schweigend die Behandlung.

Achtendorf zog sich an und spazierte zur Wandelhalle, um den Klängen des Kurorchesters zu lauschen.

Unter den Besuchern erkannte er Dr. Zürmatt, der seinen schwarzen Schlapphut zwischen die Knie gezwängt hatte und sich mit zerzausten Haaren hinter einer Zeitung verschanzte.

Plötzlich legte Kommissar Meyers ihm die Hand auf seine Schulter.

»Herr Kriminalrat! Wir haben Sie gesucht. Kommen Sie mit!« sagte er.

Kluin saß in einer Nische. Auf dem Tisch lag die Diensttasche. Achtendorf setzte sich neben den Kriminalbeamten.

»Sie machen mich neugierig«, sagte Achtendorf.

»Wir haben Nachforschungen über die Sanatoriumsgäste eingeholt«, sagte Meyers.

Kluin öffnete die Tasche und holte Unterlagen hervor. Er begann seinen Vortrag.

»Da ist zuerst einmal festzustellen, daß die alternde Hamburgerin, Frau Wallmann, in Wirklichkeit Erna Kinkel heißt. Sie ist in der Tat eine reiche Frau. Sie besitzt in Paris eine Eigentumswohnung.«

»Sie sieht aus wie eine alternde Schauspielerin, doch sie behauptet immer, von einer gutgehenden Boutique zu leben«, erklärte Achtendorf.

»Nach den Angaben unserer Hamburger Kollegen stieg sie als simple Liebesdienerin zur Leiterin eines modernen

Eroscenters auf. Danach hat sie sich zur Ruhe gesetzt und besitzt jetzt Anteile von mehreren Etablissements!« dozierte Kluin.

Achtendorf ließ seinen Blick durch die Wandelhalle schweifen. Das Kurkonzert war gut besucht.

»Aus diesem Milieu könnte sich auch Kühnast befreit haben. Vielleicht stieg er vom Zuhälter zum Herzensbrecher alter, reicher Damen auf«, schlug er vor.

Das Orchester spielte einen Wiener Walzer.

»Sie meinen, Harry machte sein Vermögen mit dem Hobel?« fragte Kluin belustigend.

»Mein Bademeister erzählte mir eine Story, die ebenfalls darauf schließen läßt. Harry Kühnast ist auf Norderney inoffiziell eine bekannte Größe gewesen.«

»Nun, ich fahre fort«, sagte Kluin. »Die beiden Damen von der Post kann man abhaken. Aber Frau Hansky hat uns einiges verschwiegen. Ihr Mann leitete seine Firma von Bad Badenweiler aus. Er hatte sich dort nach einem Herzinfarkt einen Bungalow gekauft, um in der Nähe seines Arztes wohnen zu können. Für seinen Reichtum hatte er mit Leberschäden und Zucker bezahlen müssen. Frau Hansky war vor der Ehe eine begehrte Stewardeß gewesen und fand sich mit der Einsamkeit nicht zurecht. Der Autounfall hat die Staatsanwaltschaft beschäftigt. Allerdings konnten das Geschwätz einer Boulevardzeitung und die Verdachtsmomente eines leitenden Angestellten der Firma widerlegt werden. Man erzählte sich, Hansky hätte sich und seine Frau in den Tod fahren wollen.«

Achtendorf stöhnte. »Das bringt mich um meinen Kurerfolg.«

»Informationen über Dr. Zürmatt stehen noch aus. Das eidgenössische Kriminalamt Zürich hat noch nicht geantwortet«, stellte Kluin fest.

»Mein Gott, Sie glauben doch nicht im Ernst, daß Dr. Zürmatt aus der Schweiz angereist kommt, sich zu Harry schleicht, ihn mit einer Frau überrascht, die Pistole zieht, dann ein Tranchiermesser ergreift und ihn ermordet?« fragte Achtendorf erstaunt.

»Wir halten es mit der ostfriesischen Gründlichkeit. Selbst Frau Fortema können wir nicht auslassen. Sie spielt zwar die schwache Frau, aber es ist nicht auszuschließen, daß Harry Kühnast ihr als Lockvogel diente und alte Weiber in ihr Haus brachte. Wenn es um Gewinne geht, fällt manch ein sanftes Lid über ein wachsames Auge.«

»Haben Sie auch Auskünfte über meine Tischnachbarinnen eingeholt?« fragte Achtendorf interessiert.

»Die Gräfin ist echt. Frau Doktor von Keppler heißt eigentlich Elvira von Norf. Sie trägt den angeborenen Adelstitel. Frau von Windbachs Angaben stimmen. Sie können also beruhigt am Tisch der Damen speisen, ohne fürchten zu müssen, umgebracht zu werden«, sagte Kluin.

»Auch die übrigen Gäste geben uns keine Rätsel mehr auf«, sagte Meyers. Kluin verschloß seine Diensttasche und erhob sich.

Das Kurorchester setzte mit der Cardasfürstin Pfeffer in die Herzen der Kurgäste, die sich Marika Rökk als Vorbild im Kampf gegen das Altern erkoren hatten. Vom Solebad erwarteten sie Wunder. Die Griffe der Masseure taten ihnen gut. Mit den Krankenkassen kämpften sie um jede Mark, während sie versuchten, große Vermögen in eine Ewigkeit zu retten.

Sie verließen das Kurhaus.

Die Sonne kämpfte sich erfolgreich durch die weißen Wolken. Auf der Terrasse des Hohenzollern Hofes saßen erste Gäste im Freien.

»Gut, daß Harry sein ›Handwerk‹ damals noch nicht auf Norderney ausgeübt hat«, sagte Kluin und zeigte auf eine Bronzeplatte. Gegossene Buchstaben verkündeten dort, daß Königin Luise als Kind, als Frau und im hohen Alter im Hause logiert hatte.

»Nun, auch sein ›Handwerk‹ hat Tradition. Es wird damals gewiß einen ›Harry‹ gegeben haben«, sagte Achtendorf grinsend.

Sie betraten die Winterstraße. Achtendorf blieb vor der renommierten Kunsthandlung in dieser Straße stehen.

»Hier, schauen Sie! Für nur dreitausendachthundert

Mark können Sie ein Schnäppchen machen. Etwas für den Hochzeitstag.« Er wies auf das Schaufenster im Vorraum des Geschäftes. »Es handelt sich um das Besteck der Lady von Woodyforth«, fuhr Achtendorf fort.

Meyers blickte ihn überrascht an. »Messer, Gabeln und Löffel mit echten Hirschhorngriffen!« stellte er fest.

»Ich kenne mich in Tischsitten schlecht aus. Erst recht, wenn es um Wild geht«, antwortete Achtendorf.

»Sie meinen, da fehlt das Tranchiermesser«, stellte Kluin fest.

»Vielleicht weiß die Madame mehr. Ein Herr hat ihr die antiken Kostbarkeiten aus dem Nachlaß des Deutschen Adels verkauft«, erklärte Achtendorf.

Die mädchenhaft gekleidete vollbusige Geschäftsfrau schaute überrascht auf, als sie die Polizeimarke gezeigt bekam. Sie erkannte Harry auf einem Foto wieder, das Meyers ihr hinhielt. Gesprächig beantwortete sie die Fragen.

»So einfach ist das«, sagte Achtendorf, als sie wieder draußen waren.

Die Straßen waren jetzt belebt. Sie wirkten bei Sonnenschein bunt und freundlich.

»Trinken wir eine Tasse Kaffee«, schlug Meyers vor. Sie schritten über den Kaiserplatz und betraten ein Café. Von dort blickten sie auf ein Denkmal, auf dem der Kaiseradler thronte, als bewachte er die in Vergessenheit geratene Gedenktafel, die man unter seinen Krallen angebracht hatte.

An den Tischen erfreuten sich alte Frauen am Illustrierten-Klatsch.

Nicht unerhebliche Werte aus Gold und Silber baumelten an ihren welken Hälsen. Typen wie Harry hätten ihre Freude an ihnen gehabt.

»Es ist anzunehmen, daß die Waffe, die Harrys Karriere so unfein gestoppt hat, aus einer seiner Hausratsauflösungen stammt«, sagte Meyers.

»Wir müssen uns seine Akten vornehmen. Vielleicht finden wir ein Testament, in dem das Besteck aus Castle Woodyforth Erwähnung findet«, schlug Kluin vor.

»Wir wissen noch viel zu wenig über Harrys Vorleben«, meinte Achtendorf. »Sie sollten noch weitere Auskünfte über ihn einholen.«

Während sie Kaffee tranken, gingen sie den Fall noch einmal in allen Einzelheiten durch. Achtendorf verabschiedete sich kurz darauf. Um dreizehn Uhr wurde im Sanatorium das Mittagessen serviert.

9

Zasimet trug mit gesenktem Blick die Vorsuppe auf.

Die Gäste saßen mit ernsten Gesichtern an den Tischen. Es war, als schwebte die Seele des toten Harry Kühnast im Speisesaal. Auch Frau Fortema wirkte niedergeschlagen, als sie damit begann, den frischen Stangenspargel zu servieren.

Achtendorf genoß das teure Essen. Er schaute sich hin und wieder um, beobachtete Frau Hansky, die mit gesenktem Kopf auf den Teller schaute.

Wie eine vorgezogene Trauerfeier, dachte Achtendorf. Selbst die Hamburgerin verzichtete auf ihre bissigen Bemerkungen.

»Schlimm, der Junior ein Krimineller«, flüsterte Gräfin von Akazienhain, ohne Achtendorf anzuschauen.

»Herr Achtendorf, vielleicht war er auch der Mörder«, hauchte Frau von Windbach, neigte sich nach vorne und bugsierte ein daumendickes Spargelstück in ihren Mund. Die Damen trugen, als hätten sie sich abgesprochen, schwarze Blusen und Röcke und nur zartgliedrigen Schmuck.

Frau Wallmann, die bürgerlich Erna Kinkel hieß, verzichtete auf ihren Nachtisch. Mit gesenktem Blick schritt sie an

Achtendorf und seinen Damen vorbei, stellte sich hinter den Rollstuhl und fuhr Frau Hansky aus dem Speisesaal.

So, als hätte der Mord an Harry die bisherigen sozialen Schranken gesprengt, fanden sich alle im Sesselzimmer ein, holten noch Sitzgelegenheiten aus dem Fernsehzimmer und rauchten Zigaretten.

Achtendorf fand einen freien Platz neben den Postbediensteten.

»Wollen Sie Ihre Damen nicht zum Schimmelhof begleiten?« fragte Fräulein Hobala, als suchte sie nach einem Weg, die triste Stimmung aufzuheitern.

»Dort gibt es noch freie Stuten«, flachste Fräulein Frontzek.

»Davon gibt es auf Norderney genügend«, antwortete Achtendorf bissig.

Frau Wallmann stand an der Tür und hüstelte. Sie trug einen dunklen Hosenanzug und betonte mit einer bunten Krawatte ihre Rolle als Emanze.

»Herr Stadtdirektor, wie wäre es mit uns beiden? Ein Kännchen Kaffee im Café Cornelius?« fragte sie und verbeugte sich in einer ironischen Geste.

»Wenn Sie dort gegen sechzehn Uhr auf mich warten? Das Wetter ist gut, aber ich habe noch eine Unterwasser-Druckstrahl-Massage auf dem Laufzettel«, sagte Achtendorf.

»Das ist ein Wort, Herr Stadtdirektor. Ich bin zu schlecht auf meinen Beinen. Den Weg am Strand entlang schaffe ich nur einmal. Ich werde ein Taxi nehmen.«

»Gut, ich muß mich verabschieden«, sagte Achtendorf.

Gräfin von Akazienhain schaute Achtendorf mit errötendem Gesicht an. »Herr Achtendorf, wenn Sie Kaffeehausliebhaber sind, wir hätten da noch einen Geheimtip«, sagte sie.

»Gerne, ich werde zusehen, daß ich noch vor Harrys Beerdigung Zeit finden kann«, antwortete er.

Die Gesichter der Anwesenden wurden ernst. Achtendorf ging nach oben, packte seine Badetasche und verließ das Sanatorium.

10

Norderney zeigte sich von seiner schönsten Seite. Die Sonne schien vom blauen Himmel, spiegelte sich im Wasser und verwöhnte die Dünen mit hellem Licht.

Selbst das Café Cornelius, ein moderner Zweckbau, wirkte bei Sonnenschein mit seinen großen Fensterelementen einladend.

Achtendorf entdeckte Frau Wallmann, die ihm zuwinkte, als er sich dem Gebäude näherte.

Der Raum war groß, aber dennoch gemütlich. Zu dieser Tageszeit suchten etliche Spaziergänger hier Ruhe und Entspannung. Achtendorf setzte sich zu Frau Wallmann an den kleinen Tisch.

Auf ihrem blonden Haar saß eine rote Baskenmütze, wie sie die Panzerführer der Bundeswehr tragen. Ihr Hosenanzug glich einer Fallschirmjäger-Montur. Selbst die Stiefel fehlten nicht.

Ein junges Mädchen fragte ihn, ob er, wie die Dame, das Gedeck wünsche.

»Ein Kännchen Kaffee, Pistazientorte und ein märchenhafter Seeblick für fünf Mark und fünfzig«, erklärte ihm Frau Wallmann.

Achtendorf nickte.

»Haben Sie sich von Professor Juskow in ihre früheren Leben führen lassen?« fragte Frau Wallmann und lächelte.

»Das Thema interessiert mich nicht. Vor mir liegen diesseitige Fragezeichen. Warum sollte ich nach weiteren suchen?« meinte Achtendorf, der sich darüber wunderte, daß auch die bodenständige Frau Wallmann, die ihr Vermögen mit ihrem Körper und der Ware Liebe gemacht hatte, sich wie die Gräfin scheinbar angeregt auf dem Spielplatz der Grenzwissenschaften tummelte.

»Herr Stadtdirektor! Ich besitze nachweislich vier Leben vor dem jetzigen. Auf dem Gebiet der Reinkarnation sind Sie also unbelastet. Aber was halten Sie von Vorahnungen?« fragte sie und schaute ihn durchdringend an.

Die Serviererin brachte den Kuchen und die Kaffeekännchen.

Frau Wallmann zog ein kompaktes Goldkästchen aus ihrer Jacke und ließ es aufspringen. Achtendorf entnahm dem Luxusetui eine Zigarette.

»Frau Wallmann, mir sind solche Erlebnisse fremd. Träume vom Lottoglück hatte ich schon. Sie blieben aber unerfüllt«, antwortete er.

Sie rauchten und bedienten sich mit Kaffee. Als sie die Kippen in den Aschenbecher drückten, begann Frau Wallmann mit der Kuchengabel das Tortenstück zu zerlegen. Mit ernsten Blicken führte sie Happen um Happen in ihren Mund.

»Herr Achtendorf, spielen Sie nicht den Naiven«, sagte sie. Die schwermütige Melodie von Dr. Schiwago drang an sein Ohr. Die Frau ihm gegenüber war sicher zwanzig Jahre älter als er. Rannte sie sinnlos ihrer Jugend hinterher? Hatte ihr Prostituierten-Leben sie ausgelaugt? Waren ihr die Jahre zwischen Bettbesuchen und Drinks zerronnen?

Achtendorf goß sich Kaffee nach und aß schweigsam seinen Kuchen.

Plötzlich schaute Frau Wallmann ihn an.

»Herr Achtendorf, ich habe Angst!« sagte sie. Achtendorf bemerkte die Ernsthaftigkeit, die in ihrer Stimme lag. Er schob den Teller von sich.

»Vor was?« fragte er.

»Herr Stadtdirektor, Harry ist tot, der junge Hansky sitzt hinter Gittern. Nun bleiben mir nur noch Sie«, sagte sie und lächelte gequält.

Aus den Lautsprecherboxen tönte »Rote Rosen, rote Lippen, roter Wein ...«, ein Schlager der frühen sechziger Jahre. Frau Wallmann horchte auf. »Ach, damals lernte ich Harry kennen«, sagte sie. In ihr Gesicht zog ein friedliches Lächeln.

»Das liegt lange zurück. Sang das nicht Rudi Schurricke?« fragte Achtendorf.

So, als hätte sie geträumt, fragte sie: »Wovon reden Sie? Ich war gerade in Gedanken.«

»Vielleicht in einem früheren Leben«, scherzte Achtendorf.

»Paradiese existieren nur in Träumen«, bemerkte sie und stierte vor sich hin. Wieder in Gedanken versunken, aß sie den Rest ihres Kuchens. Nach einer Weile winkte sie die Bedienung an den Tisch.

»Ich zahle«, sagte Achtendorf, als sie ihre Geldbörse aus der Brusttasche ihrer Jacke zog.

»Lassen Sie das! Vielleicht ist das die letzte Zeche meines Lebens! Und so bürgerlich! Pistazientorte mit Kaffee!« Sie reichte dem Mädchen einen Zwanzigmarkschein und verzichtete auf das Wechselgeld. Sie lachte aus vollem Halse und neigte sich nach vorne.

»Herr Stadtdirektor, leihen Sie mir Ihren Arm! Das Wetter ist so schön! Führen Sie mich am Meer entlang in die Stadt.«

Sie verließen das Café.

Wie ein glückliches Pärchen wanderten sie mit bedächtigen Schatten durch den aufgelockerten Sand des Strandes. Oft blieben sie stehen und sahen auf das Meer hinaus. Die Sonne schuf glitzernde Lichtreflexe, die ihnen die Augen blendeten. Im Sturzflug fischten sich Möwen kleine Seetiere aus den zurückfließenden Wellen.

»Sie schweigen, Herr Stadtdirektor? Das ist gut so. An Ihrem Arm beginne ich mich auf ein weiteres Leben vorzubereiten«, sagte sie und kuschelte sich wie eine Geliebte an ihn. Achtendorf gab keine Antwort. Er fühlte sich zum Meer hingezogen. Den weiten Blick auf den sich roteinfärbenden Horizont empfand er wie eine Offenbarung.

Am Januskopf verließen sie den Sand. Über die Kniphauser Straße gelangten sie in die Roonstraße.

»Bitte seien Sie so freundlich und begleiten Sie mich für wenige Minuten in die Kirche«, bat Frau Wallmann mit flehender Stimme.

Auch ich werde meinem Alter nicht davonlaufen können, dachte Achtendorf, also tun wir ihr den Gefallen.

Geduldig führte er Frau Wallmann durch das Portal der Kirche. Sie segnete sich, ohne seinen Arm freizugeben.

Dann zog sie ihn langsam in die Nähe der brennenden Kerzen. Für Sekunden schaute sie auf den Altar, der in buntes Licht getaucht lag, das durch die Bleiverglasung fiel. Erst jetzt löste sie sich von seinem Arm, öffnete ihr Portemonnaie, schob Geldscheine in einen Opferstock, langte nach einer Kerze, deren Docht sie an einer anderen entflammte, und steckte sie in eine Halterung. Sie schloß für eine Weile die Augen, ganz so, als bete sie. Danach hakte sie sich wieder bei Achtendorf ein.

»Begleiten Sie mich zum Sanatorium«, sagte sie und lächelte verschmitzt.

Achtendorf fühlte die Festigkeit ihres Griffes.

»Herr Kriminalrat, ich danke Ihnen, daß sie soviel Geduld aufbringen! An Ihre Seite gehört eine schöne junge Frau!« sagte sie freundlich.

Achtendorf stutzte.

Er schritt mit ihr langsam durch die Moltke-Straße und bemerkte die neugierigen Blicke der Menschen, die ihnen begegneten.

»Woher wissen Sie?« fragte er nach einer Weile.

Frau Wallmann lachte.

»Ich habe auch meine Informationskanäle! Außerdem, als Stadtdirektor hätten Sie mir nie Ihren Arm gereicht.«

Achtendorf schwieg. Warum sollte er sich jetzt neugierig stellen und nach ihrer Informationsquelle fragen? Seine Kollegen hatten den Fall aufzuklären, nicht er.

Erst kurz vor dem Sanatorium löste sich Frau Wallmann von seinem Arm. Sie blieb stehen, blickte sich um und gab ihm einen mütterlichen Kuß auf die Wange.

»Herr Kriminalrat, das ist mein Dankeschön! Nun essen wir getrennt, und hinterher schlafen wir getrennt. Doch werfen Sie bitte heute nacht einen Blick in den Korridor und auf meine Zimmertür. Sie wissen, ich bewohne das Zimmer hinter dem Aufzug, direkt gegenüber dem Zimmer von Harry.«

Ohne eine Antwort abzuwarten, schritt sie vor ihm her und betrat das Sanatorium. Achtendorf folgte ihr nachdenklich.

11

Frau Fortema reichte Achtendorf einen Zettel, den er ungelesen einsteckte. Er blickte hinter Alice Wallmann her, die zum Aufzug ging.

Die adeligen Damen saßen bereits in den Sesseln und warteten auf den Gong, der bald das Abendessen ankündigen würde.

Achtendorf benutzte die Treppe, um zu seinem Zimmer zu gelangen. Als er aufschloß, bemerkte er ein Couvert, das jemand unter den Türschlitz geschoben haben mußte.

Er bückte sich und hob den Brief auf. Der Umschlag enthielt einen gefalteten Papierbogen. Er war mit Zeitungsschnitzeln beklebt.

Achtendorf setzte sich in den Sessel und betrachtete das Sammelsurium aus Buchstaben verschiedener Zeitungsdruckzeilen. Der Text faszinierte ihn.

»Harry war mit einer Frau auf seinem Zimmer. Eine Kletterin mit langen Haaren hat sich in einem Jogginganzug vom Garten her Zugang zu seinem Zimmer verschafft und das Liebespaar überrascht. Die Mörderin trug einen Rucksack!«

Achtendorf las den Text mehrmals. Er ging in Gedanken die Hausbewohner durch. Niemand der kurenden Damen trug das Haar lang. Auch suchte er vergebens nach einem passenden Motiv. Sollte diese Nachricht nicht einem krankhaften Hirn entsprungen sein, dann gab es immerhin eine Zeugin oder einen Zeugen. Aber warum suchte diese Person den anonymen Weg?

Frau Wallmann hatte angedeutet, daß sie Angst hatte. Sollte die sonst so vorlaute Hamburgerin, die eine anrüchige Vergangenheit verbarg, sich mit dem schönen Harry vergnügt haben, als der Mörder mit vorgehaltener Waffe erschienen war?

Achtendorf steckte den Brief ein.

Er holte den Zettel hervor, den Frau Fortema ihm überreicht hatte.

»Wenn Sie Zeit haben, besuchen Sie uns gegen neunzehn Uhr im Theaterstübchen! Meyers.«

Nun, Zeit hatte Achtendorf, aber auch eine Menge Fragen! Der Gong läutete das Abendessen ein. Er legte das nasse Badezeug auf die Heizung und verließ sein Zimmer.

Die Stimmung der Gäste hatte sich gebessert. Er schritt an seinen Tisch, begrüßte die Damen und nahm Platz. Frau von Windbach befreite elegant mit Messer und Gabel den Inhalt einer Teewurst aus der Pelle, während die künstlichen Zähne der Gräfin beim Radieschenzerbeißen klapperten. Es war Frau Dr. von Keppler, die fragte:

»Herr Achtendorf, hielten Atmosphäre, Kaffee und Kuchen, was Frau Wallmann Ihnen versprochen hatte?«

Die Blicke seiner Tischnachbarinnen fingen ihn ein wie Scheinwerfer.

»Ein wahrer Geheimtip, dieses Café, meine Damen«, sagte er und schaute sich um.

Frau Wallmann schien das Essen herunterzuwürgen. Plötzlich verließ sie ihren Platz und schritt wortlos aus dem Speisesaal.

Nach dem Essen kümmerte sich Zasimet um Frau Hansky. Achtendorf begleitete die Damen der Post und seine Tischnachbarinnen in das Sesselzimmer.

»Herr Achtendorf, Sie kapseln sich nicht nur von den reizenden Schönen ab, sondern auch von uns verblühten Alten«, bemerkte die Gräfin.

»Zur Zeit vertreten Sie im Hause das Mittelalter«, warf Frau von Windbach ein.

»Und nun müssen wir allein und unbeschützt tanzen gehen«, stellte Erika Hobala fest.

»Ich kann weder tanzen, noch liegt mir etwas an Musik«, antwortete Achtendorf.

»Das können wir ändern, begleiten Sie uns zum Konzertsaal. Da treten heute die ›Westfälischen Nachtigallen‹ auf! Eine Revue der Jugend, der Schönheit, der Träume und der Vielfalt«, schwärmte ihm Frau Dr. von Keppler vor.

»Meine Damen! Ich wünsche Ihnen einen schönen

Abend! Ich habe einen Termin mit Freunden. Vielleicht verhelfen mir die Schlickpackungen zu meinem alten Unternehmungsgeist zurück«, sagte Achtendorf und ging zum Aufzug.

Er holte seinen Mantel und verließ das Haus durch den Kellerausgang.

Die Straßen waren voller Leben. Überall schlenderten Menschen, tankten die frische Luft und genossen die nur vom Meeresrauschen durchbrochene Stille. In den Theaterstuben befanden sich dagegen nur wenige Gäste. Kommissar Meyers und Assistent Kluin saßen an einem Fenstertisch. Er setzte sich zu ihnen und bestellte bei der Bedienung ein Bier. Er hörte Meyers zu, der ihm den neuesten Stand ihrer Recherchen vortrug.

»Es gibt in der Tat eine Spur, die in das Milieu der Erna Kinkel führt. Harry Kühnast, der hier als reicher Mann einen gewaltsamen Tod fand, sich als Vermögensberater alter betuchter Damen betätigte, hinterließ in jungen Jahren im Hamburger Polizeipräsidium einige Aktenrückstände. Nach einer gescheiterten Schullaufbahn am Gerhart-Hauptmann-Gymnasium in Hamburg-Rahlstedt begann er bei der Post eine Ausbildung zum Jungpostboten. Nach der Abschlußprüfung ist er in den Zustelldienst eingewiesen worden. Nach anfänglich gutem Laufbahnstart muß Harry der reinste Bummelant geworden sein. Überprüfungen ergaben, daß Kühnast sich in seinem Zustellbezirk St. Pauli als tüchtiger standfester Liebhaber junger vernachlässigter Frauen betätigt hatte. Die Post trennte sich von ihm. Doch Harry hatte inzwischen begriffen, wo es mehr für ihn zu verdienen gab. Der Kripo Hamburg fiel er erst wieder auf, als er als Zuhälter Opfer eines Konkurrenten wurde, Harry war nicht der Mann, der Fäuste oder Schußwaffen im Kampf um Marktanteile einsetzte. Sein Charme und die liebevolle Betreuung seiner Mädchen verunsicherten seine Kollegen. Mit einem falschen Ausweis schleusten sie eine Minderjährige in seine Truppe, der sich Harry mit seiner Vitalität besonders widmete. Die Sache ging hoch. Harry mußte hinter Gitter. So in die Enge getrieben, räumte er ganz das Feld und fand eine neue Nische. Er spezialisierte sich auf alte Frauen, die großzügig seine Jugend vernaschten. Kühnast wurde mit seiner Kundschaft älter und verlegte sein Betätigungsfeld in die feinen Bäder. Über Badenweiler gelangte er dann nach Norderney.«

Achtendorf prostete seinen Kollegen zu. »Eine legale Tour«, sagte er und trank sein Glas leer. Er bestellte bei der Bedienung drei Bier.

»Heute vormittag erreichte uns ein Fernschreiben des eidgenössischen Kriminalamtes Zürich. Dr. Lugi Zürmatt, Ihr Kur-Kollege, Herr Kriminalrat, befindet sich als Regisseur mit der Theatertruppe ›Der rote Karren‹ auf einer Deutschlandtournee. Aus technischen Gründen mußte nach einer Aufführung in Münster eine Unterbrechung in Kauf genommen werden.«

Die junge Wirtin brachte das bestellte Bier und suchte wieder den Tresen auf.

»Dann nutzt Dr. Zürmatt die Zwischenzeit für eine Kur«, stellte Achtendorf fest.

»Prost«, sagte Meyers. Er strahlte Optimismus aus und war stolz auf die Ergebnisse ihrer Recherchen, obwohl Harrys Tod weiterhin mit vielen Fragezeichen versehen war.

Als sie die Gläser absetzten, legte Achtendorf den Schnipselbrief auf den Tisch.

»Eine Verarschung oder ein heißer Tip«, sagte er.

»Die Nachricht steckte Ihnen ein Hausgast zu?« fragte Meyers und reichte den Brief an Kluin weiter.

»Der Inhalt entbehrt nicht der Logik«, stellte Meyers fest.

»Aber es gibt keine sportliche, langhaarige Dame im Sanatorium, die eine Kiefer zum Einstieg in das Zimmer benutzt haben kann. Außerdem vermuteten wir bisher, daß der Täter – oder die Täterin – durch die Tür ins Zimmer kam und die Kiefer nur zum Abstieg benutzte.«

»Aber die Dame, die Harry mit seiner Männlichkeit bestiegen haben könnte, müßte doch zu den Kurgästen zählen«, stellte Meyers fest.

»Es fällt mir schwer, dabei an meine Tischnachbarinnen zu denken. Frau Hansky, die Rollstuhlfahrerin, könnte ich mir schon als seine Bettgenossin vorstellen. Allerdings als eine Dame von Welt und mit Reichtum gesegnet, läßt sie sich wohl nicht so einfach nach einem Beischlaf in den Rollstuhl packen, um den nackten Geliebten zu verlassen. Ich kann mir nicht vorstellen, daß sie erpreßbar ist«, stellte Achtendorf fest.

»Außerdem hat der junge Olaf Hansky seine Mutter abgeholt. Und da lebte Kühnast noch«, gab Kluin zu bedenken.

»Und die hübschen Damen von der Post?« fragte Meyers.

»Die haben ein Alibi«, sagte Achtendorf.

»Vielleicht wollte sich nur jemand wichtig machen«, meinte Kluin.

»Herr Kommissar, legen Sie die Klebearbeit zu den Akten. Ich werde weiterhin im Sanatorium die Augen offenhalten«, sagte Achtendorf. Er verabschiedete sich, um das Sanatorium aufzusuchen.

Sein Rendezvous mit Alice Wallmann hatte er absichtlich verschwiegen. Dafür war Zeit bis morgen. Und morgen konnte er ihr vielleicht mit Fragen näher kommen und erfahren, vor was sie wirklich Angst hatte.

12

Achtendorf schritt zügig aus. Die Luft war glasklar, die Straßen leer. Auf dem Promenadenplatz näherte er sich der Brandungsmauer und lauschte für Sekunden dem Brausen der Nordsee. Der Mond sorgte für genügend Licht. Die Nacht war sternenklar.

Plötzlich fiel ihm Frau Wallmann ein. Er hatte ihr versprochen, hin und wieder einen Blick in den Flur zu werfen. Er schaute auf seine Armbanduhr. Es war dreiundzwanzig Uhr und zehn Minuten. Entschlossen eilte er dem Sanatorium entgegen.

Das Büro war unbesetzt, die beiden Aufenthaltsräume leer. Nur das kleine Seitenlämpchen im Fernsehzimmer brannte noch.

Achtendorf betrat die Küche und entnahm dem Kühlschrank ein paar Flaschen Bier. Er trug sie auf sein Zimmer, entledigte sich seines Mantels und suchte den Flur auf, auf dem Frau Wallmanns Zimmer lag. Die Deckenlampe brannte noch. An Harrys Tür klebte die Siegelmarke der Polizei.

Er blickte sich um. Es war still. Entschlossen näherte er sich der Tür, hinter der Frau Wallmann schlief.

»Ist alles klar?« rief er mit gedämpfter Stimme. Er horchte, doch er bekam keine Antwort. Ein zweiter Versuch blieb ebenfalls ohne Ergebnis. Vorsichtig drückte er die Klinke nach unten. Die Tür ließ sich öffnen. Er betrat das Zimmer.

Eine Stehlampe auf dem Schreibtisch warf einen schwachen Lichtkegel, der das Zimmer in Schummerlicht tauchte.

»Frau Wallmann«, rief er und wagte sich weiter vor.

Sein Atem stockte. Das Zimmer war leer. Achtendorf schaute sich hastig um. Auf dem Bett lag die Tagesdecke. Sie war akkurat gefaltet, so wie das Personal sie morgens ausgebreitet hatte.

Achtendorf entdeckte einen leeren Kleiderbügel. Nirgendwo sah er ihr rotes Barett.

Hastig eilte er zum Bad. Er öffnete vorsichtig die Tür. Am Haken hingen Handtücher und ihr Bademantel. Verwirrt näherte er sich dem Schrank. Die Tür war unverschlossen. Alice Wallmann liebte ausgefallene Kleidung. Achtendorf griff in die Fülle aus Flanell, Cord, Leder und Wolle. Er stellte fest, daß die Fallschirmjägermontur, die sie am Nachmittag getragen hatte, nicht da war. Der Kriminalrat suchte nach einer weiteren Bestätigung seines Verdachtes und wühlte sich durch den Berg von Schuhen und Stiefeln, die den Schrankboden füllten.

Entsetzt wurde ihm bewußt, daß Alice Wallmann nach dem Abendessen das Sanatorium verlassen haben mußte und noch nicht zurückgekommen war. Er schaute auf seine Uhr. Dreiundzwanzig Uhr fünfunddreißig. Warum hat sie ihr Zimmer nicht verschlossen, wenn sie noch einen Spaziergang machen wollte. Die Wallmann war alt. Ihr konnte etwas zugestoßen sein. Er dachte an ihre Äußerungen am Nachmittag im Café Cornelius.

Achtendorf startete erneut eine flüchtige Durchsuchung des Zimmers. Erst jetzt bemerkte er die Cognacflasche und den Schwenker auf dem Schreibtisch. Ein Aschenbecher enthielt einige Kippen. Diese Gegenstände standen außerhalb des Lichtkegels.

Sollte er Frau Fortema benachrichtigen? Oder Meyers um Hilfe und Rat bitten? Das war absurd! Alice Wallmann konnte doch wohl den Weg zum Sanatorium allein zurückfinden. Es sei denn ...

Achtendorf näherte sich der Tür. Der Schlüssel steckte von innen. Entschlossen verließ er das Zimmer und betrat den Flur.

Er suchte sein Zimmer auf, griff sich ein Blatt Papier und schrieb mit einem Filzstift in großen Buchstaben: Liebe Frau Wallmann, Ihr Zimmerschlüssel befindet sich in guten Händen! Ihr Stadtdirektor von Nummer 31! – Dann riß er einen Klebestreifen von der Rolle und ging bedächtig zurück, bemühte sich, jedes fremdartige Geräusch zu registrieren. Er klebte den Zettel auf die Tür mit der Nummer 16 und verschloß das Zimmer.

Mit unguten Gefühlen ging er zurück in seine Unterkunft und setzte sich in den Sessel.

Er wollte einfach warten und dasein, wenn und falls Alice Wallmann zum Sanatorium zurückfand.

Achtendorf trank Bier und rauchte Zigaretten. Er döste vor sich hin. Vergeblich wartete er auf die erlösenden Klopfzeichen an seiner Tür. Das letzte Mal, als er auf seine Armbanduhr schaute, war es zwei Uhr und dreißig Minuten.

Danach schlief er im Sessel ein.

Achtendorf erwachte aus einem bösen Traum. Er rieb sich die Nackenmuskeln, die ihn furchtbar schmerzten. Verwirrt schaute er um sich und sah den Schlüssel vor sich liegen. Wie elektrisiert sprang er auf. Die Wallmann, dachte er entsetzt. Es war zwecklos, zu ihrem Zimmer zu gehen.

Der brummende Ton des Staubsaugers kündigte an, daß er dabei war, die Frühstückszeit zu verpassen.

Nachdenklich blickte er auf die leeren Bierflaschen und den gefüllten Aschenbecher und spürte einen beißenden faden Geschmack auf seiner Zunge. Sein Kopf schmerzte.

Alice Wallmann war nicht nach Hause gekommen.

Scheiße, dachte er, nun mußte er handeln. Er konnte sich nicht einfach an den Frühstückstisch setzen.

Achtendorf ließ sich von dem bedrohlichen Surren des Staubsaugers nicht irritieren. Er zog sich aus. So unbekleidet kam er sich sündig vor. Seine Gedanken schweiften in die Vergangenheit des ermordeten Kühnast und der verschwundenen ehemaligen Liebesdame.

Er duschte heiß und wechselte die Wäsche. Er entschied sich für seine Cordhose, wählte ein frisches Oberhemd und zog seine Lederjacke über.

Danach langte er nach dem Schlüssel und verließ sein Zimmer.

Als er den Speisesaal betrat, stellte er fest, daß alle Gäste bereits gefrühstückt hatten. An seinem Platz stand eine Thermoskanne mit Kaffee. Auf einem Teller lagen zwei Brötchen mit den Minischälchen, die Wurst und Marmelade enthielten. Er legte den Schlüssel unter seine Serviette und langte hungrig nach den Brötchen. Sie waren noch knusprig. Der heiße Kaffee möbelte ihn auf. Der fade Geschmack auf seiner Zunge verflog.

Niemand kann einfach verschwinden, dachte er.

Zasimet erschien an der Tür und blickte in den Speisesaal. Sie lächelte entschuldigend.

»Schicke die Chefin zu mir! Sage, es sei dringend!« rief er dem Mädchen zu.

Frau Fortema erschien mit hochrotem Kopf.

»Herr Achtendorf, Sie haben die Zeit nicht eingehalten. Ich hoffe, Sie wollen sich nicht auch noch beschweren«, sagte sie bissig.

»Im Gegenteil, Frau Fortema. Schauen Sie an mir vorbei auf den Tisch der Hamburgerin«, sagte er.

»Ihre Verspätung ist mir unverständlich! Ich habe sie eben wecken wollen!« sagte sie empört.

»Und hat sie geantwortet?« fragte Achtendorf.

»Nein, sie hat den Hörer nicht abgenommen«, sagte Frau Fortema. Sie stand aufrecht am Tisch, als wäre sie die Hausordnung persönlich.

»Frau Fortema, hier ist der Schlüssel zu Frau Wallmanns Zimmer. Ich habe ihn gestern nacht an mich genommen, da ihr Zimmer leer war. Die Dame ist bis jetzt nicht wieder aufgetaucht«, sagte er.

Frau Fortema wurde bleich. Sie setzte sich auf den Stuhl, den sonst die Gräfin von Akazienhain mit ihrem Übergewicht ausfüllte.

»Was soll das heißen?« fragte sie verwirrt.

»Im Klartext gesprochen, Frau Fortema, Alice Wallmann wird vermißt«, antwortete Achtendorf.

Die Chefin des Sanatoriums sah ihn ungläubig an.

»Frau Fortema, ich begleitete die Hamburgerin gestern vom Café Cornelius hierher. Wir hatten uns bei Kaffee und Kuchen unterhalten. Sie verhielt sich recht merkwürdig und hatte Angst. Ich versprach ihr, in der Nacht nach ihr zu schauen. Das tat ich! Aber sie ist wohl gestern abend ausgeflogen und nicht zurückgekommen«, sagte Achtendorf.

»Mein Gott!« stöhnte Frau Fortema.

»Kommen Sie mit, ich rufe die Kripo an«, schlug Achtendorf vor.

Sie folgte dem Kriminalrat, während sie nervös an ihrer Schürze fingerte.

Achtendorf wählte die Nummer der Polizei und ließ sich mit Meyers verbinden. Guter Rat war teuer. Der Kommissar notierte sich Alter, Aussehen und Kleidung und alle restlichen Daten, die Achtendorf liefern konnte.

»Wir werden nach ihr suchen lassen, Herr Kriminalrat«, sagte Meyers. »Ich hole Sie ab, wir können uns dann ebenfalls nützlich machen.« Meyers legte auf.

»Erst die Sache mit Harry und dann das! Mein Haus kommt in Verruf«, stöhnte Frau Fortema.

»Warten Sie doch erst einmal ab«, sagte Achtendorf und verschwieg seine Befürchtungen. »Halten Sie das Telefon im Auge, falls jemand anruft.«

Vor der Eingangstür des Sanatoriums wartete er auf Meyers. Nach wenigen Minuten parkte der Kommissar den Polizeiwagen vor dem Haus. Achtendorf stieg ein und begrüßte Kluin, der auf dem Rücksitz hockte.

»Herr Kriminalrat, ich habe das Terrain oberhalb des Café Cornelius und der ›Weißen Düne‹ für uns vorgesehen, während die Kollegen der Schutzpolizei am Januskopf die Suche aufnehmen. Sollten keine Erfolgsmeldungen eingehen, wird uns die freiwillige Feuerwehr unterstützen«, sagte Meyers und fuhr los.

Achtendorf blickte während der Fahrt auf die vorüberziehenden Pensionen, dann auf die weite Dünenlandschaft. Sie war ihm vertraut geworden wie die Straßen von Bad Harzburg. Das Wetter war freundlich und frühlingshaft.

Meyers parkte den Wagen. Sie schritten am Restaurant »Weiße Düne« entlang und kamen zum Strand. Er lag weiß und unberührt im Sonnenlicht vor ihnen. Die Nordsee warf das Wasser der Ebbe im Rückzug schaumig und weiß auf den Sand. Wo sich im Sommer Tausende in Strandzelten sonnten und ihre Plätze in Kleingärtnermanier mit Sandburgen eingrenzten, herrschte jetzt die Einsamkeit. Einzelne Spaziergänger verloren sich in der Weite. Möwen belebten kreischend die idyllische Szenerie.

Hier nach der vermißten Alice Wallmann zu suchen, das schien dem Kriminalrat wie eine billige Ausrede für einen morgendlichen Ausflug.

Kluin flachste, machte Witze, doch Achtendorf besaß an diesem Vormittag keinen Sinn für Humor. Er war wirklich besorgt. Die Sache gestaltete sich nicht so einfach wie gedacht. Der weite Strand nahm kein Ende. Die Dünen seitlich setzten ihnen zusätzliche Rätsel, denn überall konnten sich Spuren verstecken.

Buhnen unterbrachen die weite Sicht, und was aus der Ferne oft wie eine Menschengestalt aussah, entpuppte sich aus der Nähe als klobig vermauerte Felssteine, die als Wellenbrecher dienten.

Doch plötzlich verdoppelte Meyers sein Tempo. Achtendorf blieb stehen. Ihm verschlug es den Atem. Das ablaufende Wasser der Tide umspülte einen Balken, an dem zur Badesaison das Motorboot der DLRG-Schwimmer befestigt wurde. Er erkannte die Umrisse einer menschlichen Gestalt und fiel ebenfalls in einen hastenden Lauf.

Kluin war der Schnellste von ihnen. Er erreichte als erster den Pfahl, der vor der weiten Nordsee stand.

Frau Alice Wallmann hing mit angebundenen Händen an dem Pfahl. Die Flut hatte sie überrollt. Sie war stehend ertrunken und zeigte alle Merkmale einer Wasserleiche. Vergeblich suchte Achtendorf nach ihrem Barett. Ihr Körper war aufgedunsen. Ihr blondes Haar verschmutzt.

»Verdammt«, stöhnte Achtendorf, als er sah, daß in ihrem Rücken ein Messer steckte.

»Horngriff, wahrscheinlich made in Sheffield«, sagte Meyers.

»Das stellt einiges auf den Kopf«, stellte Kluin nüchtern fest.

Alice Wallmann war leicht in die Knie gesunken. Sie hing halb seitlich in den Riemen, die sie an den Pfahl banden. »Als wäre sie das Opfer eines Krieges«, sagte Meyers und blickte von ihrer Fallschirmjägermontur auf die Stiefel, aus denen das Wasser schwappte.

»Ich hole Professor Knabe, den Fotografen, und komme mit den Kollegen der Einsatztruppe hierher zurück«, rief Kluin im Davonlaufen.

»Mir ist es rätselhaft, wie die Wallmann hierher gekommen ist. Kommissar, sie sprach von Vorahnungen! Sie hatte mich gebeten, ein Auge auf ihr Zimmer zu werfen.

Und nun hat sie hier ihr Schicksal ereilt! Ich nehme an, Harrys Mörder hat erneut zugeschlagen«, sagte Achtendorf. Ihm war zum Kotzen elend.

»Warum folgte sie dem Mörder hierher?« fragte Meyers.

»Frau Wallmann muß großes Vertrauen zu ihm oder ihr gehabt haben, daß sie sich bis hier draußen gewagt hat. Als ich sie gestern nachmittag verließ, bangte sie um ihr Leben«, sagte Achtendorf.

»Ein Opfer mehr! Und weitere Rätsel«, stöhnte Meyers.

»Und ein zweites Messer«, stellte Achtendorf fest.

Sie warteten geduldig, rauchten Zigaretten und hatten sich nicht viel zu sagen. Nach einer Weile schauten sie irritiert dem Punkt entgegen, der sich ihnen knatternd näherte.

»Ein verrückter Typ«, sagte Meyers, als er den Fotografen Jonny von Emden erkannte, der seinen Roller über den nassen Sand donnern ließ. Weite Mantelschöße flatterten hinter ihm im Wind.

»Sein Beitrag zum Umweltschutz«, bemerkte Meyers.

Der Mann stellte seine Vespa ab, langte nach seiner Kamera und sagte nur grinsend: »Moin.« Er umschlich den Pfahl, schoß die Fotos, als bereite seine Aufgabe ihm Vergnügen, drückte pausenlos den Auslöser.

Seine Hosenränder und Schuhe waren durchnäßt, als er sich schließlich zu ihnen stellte.

»Herr Kommissar, starb die Tante für die Erhaltung des Wattenmeeres einen Greenpeace-Tod?« fragte er ironisch.

Sein Atem stank nach Alkohol. Er war unrasiert und ungekämmt.

»Jonny, wenn du auch nur ein Bild entfremdest, dann hast du einen Prozeß am Hals«, sagte Meyers ohne nennenswerten Nachdruck.

»Mein Herr, Jesus hing am Kreuze für die Sünden der Menschen. Diese Maria Magdalena starb wohl für die Sünden der Umweltzerstörung«, versuchte es der Fotograf erneut, diesmal bei Achtendorf.

»Machen Sie keine Witze! Die Dame tat mehr für ihre Umwelt als Sie mit Ihrer Kamera«, protestierte Achtendorf und wandte sich ab.

Ohne sich beleidigt zu zeigen, verließ Jonny von Emden den Tatort. Er stieg auf seinen Roller und knatterte davon.

Zwei Bullys der Polizei rasten über den nassen Sand und hinterließen tiefe Spuren. Ihre Räder kamen in den großen Pfützen zum Stehen, die das ablaufende Wasser zurückgelassen hatte. Möwen kreisten über der Unglücksstelle, als beobachteten sie das traurige Bergungsgeschäft. Die Sonne warf grell ihr volles Frühjahrslicht auf die Szene. Es war Mittagszeit. Sie hatte ihren Höchststand erreicht. Neugierige Wanderer hielten sich entfernt auf, ohne sich zu nähern.

Professor Knabe, in der üblichen Uniform mit offenem grünlichen Kittel, schritt an den geteerten Pfahl und löste die Schlingen des durchnäßten Bademantelgürtels, mit dem man die Frau angebunden hatte.

Alice Wallmann kippte zur Seite. Ihr Körper landete auf den Knien des Arztes, ihr Kopf hing nach unten.

»Das war stümperhafte Arbeit«, schimpfte der Arzt und zog das Messer aus dem Rücken. Der elegante kämpferische Hosenanzug war übersät mit Salz und ausgebleichten Blutflecken.

»Die Arme hat nach dem Messerstich noch gelebt! Das Mordwerkzeug hat das Herz verfehlt! Nicht wie bei Harry Kühnast«, sagte Professor Knabe.

»Ist sie ertrunken?« fragte Meyers.

»Ja, verblutet und ertrunken. Ein elender Tod!« antwortete der Arzt. Kluin nahm das Messer in Empfang.

»Made in Sheffield«, sagte er trocken. Achtendorf bückte sich und betrachtete das Gesicht der Frau, die sich gestern noch seinem Arm anvertraut hatte. Das Wasser hatte die Schminke zum Teil aufgelöst. Die Todesbleiche kam hinzu. Er spürte die Kälte, die das verlebte Gesicht mit den starren, toten Augen ausstrahlte. Die Frau tat ihm sehr leid. Er sah zu, wie ihr Leichnam in den Sarg gelegt wurde. Nun hat sie ohne Adelstitel ein Leben beendet, das ihrer Ansicht nach nicht ihr erstes war und nicht ihr letztes sein wird, dachte Achtendorf und schaute auf die weite Nordsee, die das Licht der Sonne zurückwarf und mit blauen Farben spielte. Das Rätsel ihrer Seele konnte nur Gott kennen, das Rätsel ihres Todes zu lösen, das war die Aufgabe der Polizei.

»Sicher wird eine Autopsie Ergebnisse bringen. Doch angesichts der offenkundigen Umstände erscheint sie mir nur als eine notwendige Pflichtaufgabe. Der Mörder hat sie kurz vor der Tide hierher begleitet, sie dann an den Pfahl festgebunden. Dazu hat er den festen Eisenhaken benutzt, der den Rettungsschwimmern zum Anlegen ihres Bootes dient. Der Frotteegürtel war stark genug, selbst ihr Körpergewicht auszuhalten. Der alten Dame blieb keine Chance, der Flut zu entrinnen. Es ist möglich, daß der Stoß mit dem Messer sie verbluten ließ und sie ihren Wassertod nicht mehr wahrnahm«, sagte Professor Knabe.

Achtendorf hielt sich zurück. Er sah, wie Meyers und Kluin den Professor zum Bully begleiteten. Das ist nicht mein Fall, dachte er.

Die Beamten hatten die eingesargte Alice Wallmann in den zweiten Bully geschoben und fuhren davon. Professor Knabe stieg in den anderen Wagen und verließ ebenfalls den Tatort. Sie alle hinterließen tiefe Spuren im Sand.

Nur der Mörder hatte keine hinterlassen.

Die Kollegen gesellten sich wieder zu ihm. Gemeinsam kehrten sie dem Stück Strand den Rücken, auf dem der eingerammte, geteerte und wetterfeste Pfahl auf das Wasser der Flut zu warten schien. Als Hilfstütze der DLRG dazu gedacht, Menschen vor dem Wassertod zu schützen, hatte Alice Wallmann, die vorlaute Hamburgerin, die vorgegeben hatte, Boutiquen zu besitzen, an ihn gefesselt ihr Leben ausgehaucht.

»Der Mörder scheint sich seiner Sache ziemlich sicher zu sein!« sagte Meyers.

Sie schritten am Wasser entlang durch den nassen Sand, der sich unter ihren Schritten leicht verformte.

»Der Mörder wechselte für seinen zweiten Schlag den Schauplatz«, sagte Achtendorf.

»Sie vermuten, daß er zu den Kurgästen des Sanatoriums gehört?« fragte Meyers.

»Alice Wallmann hatte Angst! Sie nannte mich Kriminalrat. Es war ihr bekannt, daß ich nicht der Stadtdirektor von Bad Harzburg war, wie sie mich in ihrer Ironie immer tituliert hat. Woher wußte sie das? Und weiß es auch der Mörder? Sie hat ein Geheimnis mit in den Tod genommen«, antwortete Achtendorf.

»Sie vermuten also, daß der Mörder erfahren hat, daß Alice Wallmann sich Ihnen anvertrauen wollte?« fragte Meyers.

»So ist es. Die Wallmann muß ihrem Mörder Vertrauen geschenkt haben, denn trotz ihrer Vorahnungen und Ängste folgte sie ihm irgendwann nach dem Abendessen an den Strand«, antwortete Achtendorf.

»Warum benutzte er einen Bademantelgürtel, um sein Opfer anzubinden? Warum hat er nicht einen Strick genommen?« fragte Kluin dazwischen.

»Lippenstift bei Kühnast und jetzt ein Bademantel. Nun, beides könnte man als Symbole sündiger Schlafzimmer deuten«, mutmaßte Achtendorf.

Sie verließen die Dünen und erreichten den Parkplatz hinter dem Restaurant. »Herr Kriminalrat, Ihnen fällt die Aufgabe zu, die Hausgäste des Sanatoriums zu informieren. Ich werde Professor Juskow telefonisch bitten, Ihnen beizustehen«, meinte Meyers, als sie in den Wagen stiegen und losfuhren.

13

Die Gäste hielten sich im Fernseh- und im Sesselzimmer auf und warteten auf den Gong, der das Essen ankündigen würde. Das Damenkränzchen winkte Achtendorf zu, als er das Ordinationszimmer des Professors aufsuchte.

»Der Kommissar hat mich angerufen. Bringen wir es hinter uns«, sagte Juskow enttäuscht und müde.

Der Gong ertönte. Sie betraten den Flur. Die Hausgäste strömten in den Speisesaal.

»Kommen Sie«, sagte Juskow und gab sich einen Ruck. Zasimet trug Geschirr aus der Küche. Ihr Gesicht wirkte blaß und traurig. Sie stellten sich vor die kleine Anrichte. Achtendorf sah, daß bis auf Dr. Zürmatt alle anwesend waren. Zasimet hatte auch für Frau Wallmann gedeckt.

»Liebe Mitkurende, die Kriminalpolizei hat mich beauftragt, Sie über einen tragischen Vorfall zu informieren, der sich gestern nach dem Abendessen ereignet hat. Unsere geschätzte Kurfreundin, Frau Wallmann, hat gestern nacht am Strand in der Nähe des Café Cornelius ihr Leben lassen müssen. Sie wurde ermordet!«

Achtendorf kam nicht weiter. Die Damen schrien auf. Einige weinten.

Nachdem sie sich von der schockierenden Nachricht erholt hatten, fügte Achtendorf hinzu:

»Für die Aufklärungsarbeit ist es wichtig zu wissen, ob Frau Wallmann nach dem Abendessen allein oder in Begleitung das Sanatorium verlassen hat. Wenn jemand der Anwesenden eine diesbezügliche Aussage machen kann, dann möge er sich an die Kripo wenden! Ich bitte Sie, sich für eine Schweigeminute zu erheben!«

Alle wirkten wie unschuldige Lämmer und schauten betreten auf den Boden. Frau Hansky hielt ihre Hände vor das Gesicht. Ihre Krankheit gestattete es ihr nicht, den Rollstuhl zu verlassen. Als alle wieder auf ihren Plätzen saßen, machte sich der Lehrer zum Sprachrohr einiger Entschlossener und wandte sich an Juskow.

»Ich reise ab! Sie sind mir eine Entschädigung schuldig! Ein Mörderhaus!« rief er erbost.

Frau Fortema betrat den Speisesaal. Sie zitterte am ganzen Leib und heulte. Professor Juskow ergriff das Wort:

»Meine Damen und Herren, von Abreisen kann keine Rede sein! Es ist sicher eine Zumutung, zu einer Gruppe von Gästen zu zählen, von denen hintereinander zwei ermordet wurden. Allerdings fällt auf uns Hinterbliebene, obwohl unschuldig, der schreckliche Verdacht, der oder die Mörderin zu sein!«

Achtendorf beobachtete seine Tischnachbarinnen. Sie wirkten müde und enttäuscht. Sie schwiegen. Frau Hansky saß aufrecht im Rollstuhl. Ihr Gesicht verriet Unmut. In den Augen der Postdamen saß die Angst.

Achtendorf ergriff das Wort:

»Nach meinen Berufserfahrungen sind wir hier im Sanatorium so sicher wie in Abrahams Schoß! Es wird keinen dritten Mord geben! Meine Kollegen Meyers und Kluin, von der Norderneyer Kripo, treffen für Ihre Sicherheit Vorkehrungen.« Er hielt kurz inne. »Harry Kühnast wird morgen hier auf dem Friedhof beigesetzt. Ich lasse einen Teller rundgeben, für eine Kranzspende.«

Sie ergaben sich in ihr Schicksal und ordneten sich der Autorität des Professors und der Achtendorfs unter.

Juskow legte einen Fünfzigmarkschein auf den Teller.

»Liebe Patienten, wir wollen Kriminalrat Achtendorf und seinen Norderneyer Kollegen die weitere Arbeit nicht erschweren. Ich werde die Heilung unter Tiefenhypnose während dieser Zeit nicht anwenden«, sagte er.

Zasimet trug das Essen auf. Selbst Frau Fortema griff nach einem Tablett. Der Duft eines gelungenen Bratens zog in den Speisesaal. Niemandem war der Appetit vergangen. Selbst der Nachtisch blieb nicht stehen.

»Herr Achtendorf, Sie sind Kriminalbeamter! Sie falscher Stadtdirektor«, sagte die Gräfin schmollend.

»Bleibt es beim Termin, Café Marienhöhe?« fragte Frau von Windbach und leerte ihr Puddingschälchen.

»Selbstverständlich«, antwortete Achtendorf.

Frau Fortema nahm den Geldteller in Empfang.

»Ich werde mich um einen schönen Kranz bemühen«, sagte sie ernst und verließ den Speisesaal.

Nach der Mittagspause rief Achtendorf Kommissar Meyers an.

»Der Sturm ist überstanden! Die Anwesenden fügen sich in die Notwendigkeit, die Kur im Hause fortsetzen zu müssen«, sagte er.

»Herr Kriminalrat, es spricht alles dafür, daß auch das zweite Messer zum Silberschatz gehört hat, den Harry Kühnast verkauft hat. In seinen Akten haben wir ein Testament gefunden, mit dem eine Elisa von Trotterbach dem Vermögensberater Tafelsilber, Schmuck und einen verfallenen Hof in Hamburg hinterlassen hat«, sagte Meyers.

»Soll ich zu Ihnen in Ihr Büro kommen?« fragte Achtendorf.

»Vielleicht erfahre ich noch einiges. Treffen wir uns heute abend um neunzehn Uhr wieder in den Theaterstuben«, schlug Meyers vor.

»Das ist mir recht, tschüs!« Achtendorf legte den Hörer auf die Gabel. Er holte seinen Mantel und spazierte zum Strand. Am Januskopf sah er die beiden Damen der Post, die den Rollstuhl mit Frau Hansky über die befestigte Kurpromenade schoben.

Er schreckte vor der Vorstellung zurück, eine der Damen könnte sich im Bett Harrys herumgekuschelt haben, bevor sein Mörder mit vorgehaltener Pistole das Schäferstündchen beendete. Der Schnipselbrief sprach von einer Täterin! Diese Version paßte eher zu der abenteuerlichen Karriere des Frauenhelden.

Harry hatte das geerbte Tafelsilber in Geld umgesetzt, und ein Tranchiermesser des Besteckes landete, als Mordwerkzeug, in seinem Rücken. Ein weiteres half, das Leben einer Prostituierten zu beenden, die es zu höchstem Wohlstand gebracht hatte.

Doch wer hatte diese Sammlerstücke besessen? Hatte Harry sie zurückbehalten oder gar verschenkt?

Achtendorf schaute auf das Meer. Unermüdlich rollte sich die Brandung aus. Möwen segelten im leichten Wind und schrien vor Vergnügen.

Eine schöne Welt, wenn die Sonne ihre Kraft spendete. Ihr Licht fiel großzügig auf die Nordsee, den Strand und die Dünen. Und seine Aufgabe, und die der Polizei, war es, Licht in die mysteriösen Morde zu bringen.

Harry hatte kein Bett gescheut, wenn die Belohnung nur fett genug ausgefallen war. Dafür sprachen die dicken Akten im Büro der Vermögensberatungs GmbH und Co.

Plötzlich stutzte der Kommissar. Ein Gedanke schoß ihm durch den Kopf. Er bückte sich, hob eine Muschel auf, sie war leer. Er warf sie in die Wellen.

»Trotterbach«, flüsterte er leise vor sich hin. Natürlich. Die Gräfin hatte diesen Namen erwähnt! Ja, sie selbst war eine geborene von Trotterbach! War sie eine Verwandte der alten Erblasserin, die Kühnast wegen seiner jungen Manneskraft großzügig in ihrem Testament bedacht hatte? Hatte das Damenkränzchen am besagten Abend einen gelungenen Racheakt mit Sekt in Kristallkelchen gefeiert? Vielleicht hatten die Damen das Schnipselwerk gebastelt, um die Kripo abzulenken! Oder konnte er einer von ihnen sogar die Kletterpartie zutrauen? Hatte die Gräfin von ihrer Verwandten bloß zwei Messer geerbt, weil ein junger Hengst sich den Rest des wertvollen Bestecks unter den Nagel gerissen hatte?

Achtendorf machte sich entschlossen auf den Weg. An der nächsten Bühne wollte er wenden. So in Gedanken versunken, stutzte er, als er Dr. Zürmatt erkannte, der auf den Steinen der Bühne saß und die Züricher Zeitung las, die sich leicht im Wind bewegte.

Ein seltsamer Kauz, dachte er und trat seinen Rückweg an. Ihm lag nichts an einem Gespräch mit dem Mann, der sich dem Theater verschrieben hatte und der sicher auch keinen Traumjob besaß.

Achtendorf näherte sich dem Café Marienhöhe, das auf einer mit Gras bewachsenen festen Düne thronte. Der Rundbau bot aus allen Fenstern einen herrlichen Meeresblick, der die Spitze der Insel Juist mit einbezog und bis zur Schiffahrtsstraße reichte.

Das Damenkränzchen plauderte angeregt. Ihre Gesprächspalette reichte vom Illustriertenklatsch bis hin zu Denver, Dallas und Schwarzwaldklinik. Der Kaffee war gut, und auch das Stück Kuchen, das Achtendorf sich auf Anraten der Damen bestellt hatte, schmeckte hervorragend und verriet Tradition.

Doch schließlich wechselten die Damen das Thema. In ihre Gesichter zogen Sorgenfalten.

Nein, sie hätten keine Angst vor weiteren Gewalttaten. Im Gegenteil, sie kochten über vor Eifer, dem Kriminalrat klarzumachen, daß die Mörderin nicht zu den Hausgästen gehören konnte.

Achtendorf hörte geduldig zu. Nach einer Pause fragte er unvermittelt:

»Meine Damen, sie sprechen dauernd von einer Mörderin. Sollten wir nicht davon ausgehen, daß ein Mann die Tat vollbracht hat?«

Die Damen blickten ihn überrascht an.

»Das will uns die Täterin nur weismachen, um die Polizei abzulenken«, sagte die Gräfin überzeugt. Ihre Freundinnen nickten.

»Sind Sie sich darüber im klaren, daß der Weg über die Kiefer doch ein beachtliches Hindernis für eine Frau darstellt?« sagte Achtendorf.

»Eine halbwegs sportlich trainierte Frau schafft das spielend«, sagte Frau von Windbach.

»Meine Damen, auch auf Sie treffen diese Merkmale zu«, sagte Achtendorf spöttisch.

»Wollen Sie uns etwa verdächtigen?« fragte Frau Dr. von Keppler empört.

»Mein Konzept geht von einem *Mörder* aus, der zu den kurenden Gästen Beziehungen unterhalten haben muß«, antwortete Achtendorf. Er schaute auf das Meer und entdeckte ein Schiff, das fern am Horizont vorbeiglitt. Er wußte, daß seine Äußerungen nichts Weiteres darstellten als Vermutungen.

»Herr Kriminalrat, Harry Kühnast war ein charmanter Mann. Es wird Ihnen nicht entgangen sein, daß die Witwe Hansky mit ihm ein Verhältnis unterhielt. Sie müßten die reiche Dame einmal im Solebad erleben. Sie ist eine attraktive Schönheit«, trug Frau von Windbach vor.

»Und was schließen Sie daraus?« fragte Achtendorf.

»Nun, daß der schöne Harry von einer eifersüchtigen Verehrerin ermordet wurde«, sagte sie überzeugt.

»Und unsere unterhaltsame Hamburgerin? Womit hat sie den Mörder herausgefordert?« fragte der Kriminalrat.

»Es ist zu uns durchgedrungen, daß Harry eine Dame im Bett hatte, als die Mörderin ihn aufsuchte! Das könnte Frau Wallmann gewesen sein, da die lahme Frau Hansky sexuell vielleicht zurückhaltender reagierte! Denken Sie dabei auch an die gemeinsamen Tanzabende von Kühnast und Wallmann!« folgerte die Gräfin stolz, als hätte sie den Fall gelöst.

»Ja, und weiter«, forderte Achtendorf die Damen auf.

»Nun, die Mörderin hatte Angst. Frau Wallmann hatte sie gesehen, bevor sie ihr schreckliches Handwerk ausgeübt hat. Vielleicht war sie maskiert!« sagte Frau Dr. von Keppler. »Auf jeden Fall war die Wallmann eine lästige Zeugin.«

»Nicht schlecht!« antwortete Achtendorf, der sich darüber wunderte, wie viele Einzelheiten in den Sanatoriumsklatsch gelangt waren. Er trank seinen Kaffee aus, langte nach dem Portemonnaie und sagte: »Frau Wallmann muß ihren Mörder in ihr Zimmer gelassen haben. Glauben Sie, sie wäre so einfach der Mörderin von Harry zum Strand gefolgt? Vorausgesetzt natürlich, sie hätte den Mörder gekannt.« Er winkte die Bedienung an den Tisch.

»Herr Kriminalrat, Sie sind selbstverständlich unser Gast! Wir bleiben noch ein Weilchen hier«, sagte die Gräfin.

»Danke! Wir sehen uns beim Abendbrot«, sagte Achtendorf und verließ das Café.

Er lächelte und verharrte für Sekunden vor einem Straßenschild, auf dem »Damenpfad« geschrieben stand. Er überquerte die Straße. Gemächlich bummelte er an den gepflegten Geschäften der Jann-Berghaus-Straße entlang, gelangte an der Post vorbei in die Knyphausen Straße und stand danach rein zufällig vor dem Polizeihaus. Entschlossen schnitt er am Tresen des Wachhabenden vorbei.

»Ich besuche Kommissar Meyers«, sagte er.

Meyers saß vor seinem Schreibtisch. Ein Aktenordner lag geöffnet auf der Tischplatte.

»Herr Kriminalrat, gut daß Sie kommen! Vor einer halben Stunde habe ich versucht, Sie im Sanatorium telefonisch zu erreichen«, sagte er und schob den Ordner von sich.

»Gibt es etwas Neues?« fragte Achtendorf.

»Das auch! Leider kann ich den Termin heute um neunzehn Uhr nicht einhalten. Kluin fehlt mir. Er hatte einen Unfall! Ein Mopedfahrer hat ihn angefahren. Mein Terminkalender ist völlig durcheinandergeraten. Wie wäre es, wenn ich meine Arbeit unterbreche und mit Ihnen das Denkmalcafé aufsuche?« fragte er.

Achtendorf schaute auf die Uhr.

»Gut, ich bin einverstanden. Ich verzichte auf mein Abendessen. Das tut auch meiner Figur gut, denn ich habe mit meinen Tischnachbarinnen bereits Torte gegessen«, antwortete Achtendorf.

Das Café lag nur wenige Gehminuten entfernt. Es war um diese Zeit schwach besucht. Nur einige Fensterplätze waren besetzt. Sie suchten den fensterlosen Anbau auf und setzten sich in rote Plüschsessel an einen Tisch. Meyers bestellte zwei Kännchen Kaffee.

»Kluin ist nur schwer zu ersetzen. Ich habe meinen Chef in Norden gebeten, mir den Fall allein zu überlassen, und ihm von Ihrer Beratertätigkeit erzählt. Er kennt Sie von der Ausbildung her«, sagte Meyers.

»Ist es Lehnartz?« fragte Achtendorf lächelnd. Meyers nickte. Das Mädchen brachte den Kaffee. Sie bedienten sich. Meyers langte nach einer Zigarette.

»Herr Kriminalrat, was Lehnartz mit dazu bewogen hat, hier auf Norderney keine der üblichen Kommissionen zu bilden, ist eine heiße Spur. Ich berichtete Ihnen bereits am Telefon, daß Elisa von Trotterbach – sie starb mit achtundsiebzig Jahren hier auf Norderney – Kühnast das Tafelsilber und ein Grundstück mit einem alten Hof bei Hamburg vererbt hat. Unsere Hamburger Kollegen gingen der Sache nach. Der alte Hof ist mittlerweile abgerissen worden. Man hat dort ein feudales Eroscenter errichtet, mit allen Bequemlichkeiten, wie sich die Kollegen ironisch ausdrückten. Kleine Appartements mit Spezialeinrichtungen, und je nach den Wünschen der Kundschaft bietet die Hausleitung Südseezauber, Mittelmeerpalmen, Barockstuck und mittelalterliche Folterkeller an.« Meyers lächelte Achtendorf verschmitzt an.

»Da reicht unsere Phantasie nicht aus. Wir sind eben Provinzler«, antwortete Achtendorf.

»Auch dieses Gewerbe sucht nach Innovationen, denn Umsatz ist das Gebot der Zeit«, sagte Meyers.

»Ich hätte eher an ein Altenheim gedacht, mit Pflegepersonal aus der Schule Harry Kühnast«, sagte Achtendorf.

»Herr Kriminalrat, nun dürfen Sie raten. Den Art-Direktor des Eroscenters kennen Sie. Na, wer ist es?« fragte Meyers listig.

»Selbstverständlich Herr Kühnast«, vermutete Achtendorf.

»Weit gefehlt, es war Frau Wallmann, die nun eine Lücke im Management des Hauses hinterläßt«, entgegnete Meyers.

Der Kriminalrat steckte sich nachdenklich eine Zigarette an.

»Eine Verbindung zwischen Wallmann und Kühnast liegt auf der Hand. Doch das Ausmaß ihrer Verbundenheit überrascht mich«, stellte Achtendorf fest.

»Herr Kriminalrat, das ist noch nicht alles! Nach dem Hamburger Modell gibt es im Pariser Stadtteil Enghien les Bains eine im Bau befindliche Anlage. Die Pariser Bank hat nach dem Bekanntwerden des Mordes ihre Kredite vorsichtshalber einfrieren lassen«, berichtete Meyers.

»Ob Frau Hansky bekannt war, auf wen sie sich da eingelassen hatte?« fragte Achtendorf.

»Harry Kühnast und Erna Kinkel, wie sie bürgerlich hieß, arbeiteten nach Aussagen der Kripo Hamburg schon früher einmal zusammen. In ihren besten Jahren ging sie für Harry auf den Strich.«

»Und nun sind beide tot! Der Mörder fesselte Harrys sündige Hände mit einem Ledergürtel und legte sie um seinen Penis. Und Alice Wallmann band er mit einem Frotteegürtel an den Pfahl und überließ sie den Fluten. Für beide Opfer sah er antike Messer vor, die zur Erbmasse der Elisa von Trotterbach gehört haben. Einerseits öffnet sich uns eine Spur, die uns die Motive für die Verbrechen in einer bewiesenen Zusammenarbeit zwischen Kühnast und Kinkel vermuten läßt, andererseits ist die Gräfin von Akazienhain eine geborene von Trotterbach, die sich – zufällig oder, auch nicht – im gleichen Sanatorium mit recht couragierten Freundinnen aufhält«, sagte Achtendorf.

»Zu dem Vermögen der mutmaßlichen Verwandten gehörte nicht nur das Tafelsilber der Lady Woodyforth. Stellen Sie sich den Wert des Hamburger Grundstückes vor, Herr Kriminalrat, auf dem Alice Wallmann ein Eroscenter mit luxuriösen Appartements erbauen ließ, das Platz bietet für Parkplätze, Speiserestaurant, Schwimmhalle, Gästezimmer und Sauna.«

»Kühnast war der Nachlaßjäger und Alice Wallmann die Nutznießerin«, überlegte Achtendorf laut.

»Überlegen wir einmal weiter, Herr Kriminalrat. Die Gräfin von Akazienhain verschafft sich den Zutritt zu Harrys Zimmer. Sie erledigt ihn und verläßt über die Kiefer das Zimmer. Kurz vorher hat eine Dame mit Kühnast geschlafen. Die Wallmann bekommt Angst. Sie weiß nicht, wer Harry umgebracht hat. Zu der Gräfin hat sie Vertrauen. Eine der Adligen, oder das ganze Damenkränzchen gemeinsam, lockt Alice Wallmann an den Strand. Der zweite Mord wird begangen.«

»Eine Theorie, die mir zusagt. Allerdings muß ich an dieser Stelle ein paar Einwände anmelden. Meine blaublütigen Tischnachbarinnen, die schier vor Lebenslust strotzen, haben mir ihre eigenen Vorstellungen über den Mordablauf klargelegt. Sie versuchten mir verständlich zu machen, daß in beiden Fällen kein Mörder, sondern eine Mörderin am Werke war. Sie selbst fühlten sich durchaus in der Lage, die schwierige Kletterpartie zum Fenster Harrys bewältigen zu können. Damit haben sie praktisch unseren Verdacht freiwillig auf sich gelenkt«, erzählte Achtendorf.

»Um uns zu täuschen, Herr Kriminalrat. Selbst wenn wir uns die Mühe machen würden, nach einem Alibi zu fragen. Wetten, daß wir sie nicht in Verlegenheit bringen könnten?« fragte Meyers.

»Ich bin überzeugt, daß alle Hausbewohner ein sicheres Alibi besitzen. Nur selten suchen die Kurgäste zur späten Stunde den Strand auf. Sie scheuen Dunkelheit und Einsamkeit. Die LVA-Heime schließen um zweiundzwanzig Uhr die Türen. Gehen Sie ruhig auf Zeugensuche! Es wird keine Zeugen geben! Da bin ich mir sicher. Was mich irritiert, Herr Kommissar, das ist die geschickt eingefädelte Belastung der Frau Hansky. Die Damen von und zu waren der Meinung, daß die reiche Witwe Harry ihrer Krankheit wegen den Sex verweigerte und Alice Wallmann sich im Bett des schönen Vermögensberaters befunden haben könnte, als eine eifersüchtige Mörderin sie des Zimmers verwies, Kühnast tötete und aus Angst vor Entlarvung dann ein zweites Mal zugeschlagen hat. Mich würde es daher schon interessieren, was die Kollegen in den privaten Räumen der Eroscenterbesitzerin gefunden haben«, sagte Achtendorf.

»Nur private Kontoführungen. Kein Hinweis auf eine Verbindung mit Kühnast. Sie leitete das Unternehmen über einen Stab von aufgestiegenen Nutten von Paris aus. Sie sorgte für Mädchen aller Hautfarben und bestimmte die finanziellen Richtlinien«, sagte Meyers.

»Frau Hansky hat immerhin eine beträchtliche Summe in Harrys Firma gesteckt. Sie kommt selbstverständlich nicht als Fassadenkletterin in Frage. Aber, da sie ausgesagt hat, daß sie kurz vor dem Mord noch bei Harry war und ihn verließ, weil er sich den Western ansehen wollte, und ihr Sohn Olaf sie zufällig abgeholt hat, bleibt meines Erachtens wenig Spielraum für eine Mörderin, die nicht im Hause kurte«, sagte Achtendorf.

»Herr Kriminalrat, lassen wir der Witwe Hansky Zeit, sich hier ohne Harry gesund zu kuren. Die Insel lebt schließlich von Gästen, die sich wohl fühlen sollen. Wir müssen uns die Eigentumswohnung der Wallmann in

Paris anschauen. Die französischen Kollegen haben das Appartement für uns versiegelt. Sie warten auf unseren Besuch«, sagte Meyers und beobachtete Achtendorf belustigt.

»Ich soll Sie nach Paris begleiten?« fragte Achtendorf überrascht.

»Kluin trägt einen Gipsverband. Lehnartz hat bereits mit Ihrer Behörde alles geregelt. Sie genießen einen Sonderurlaub und dürfen ein paar Tage länger auf unserer Familieninsel bleiben«, sagte Meyers.

»Kommissar, Sie sind ein Schlitzohr! Ihnen zuliebe fahre ich mit. Morgen wird Harry zu Grabe getragen. Ihm möchte ich den Abschiedsbesuch nicht schuldig bleiben.«

»Dieses Schauspiel will ich mir ebenfalls nicht entgehen lassen. Damit die Tränen der Damen Sie nicht alleine zu Tode rühren, hole ich Sie im Sanatorium ab«, sagte Meyers.

14

Harry Kühnast ging nicht ohne Freunde. Trauergäste füllten die Bänke der kleinen Friedhofskapelle. Einige Bankdirektoren und Unternehmer waren extra aus Hamburg angereist. Manche Gäste fielen besonders auf: verlebte Gesichter, die die Luft von St. Pauli zu atmen gewohnt waren. Die Trauerfeier verriet die Regie eines geschickten Organisators.

Blumen und Kränze mit Schleifen lagen im Überfluß um den Sarg. Der Pastor erwähnte einige ereignisreiche Episoden aus dem Leben des Opfers. Er ließ Harry aufsteigen zum Unternehmer, der es mit Fleiß und Geschick zu Wohlstand und Ansehen gebracht hatte. Auch Harrys hilfreiche Art, Kranken, Alten und Bedürftigen gegenüber, fand die wohltuende Anerkennung des Pastors. Seine Worte hinterließen Tränen in welken Frauengesichtern, während die gestandenen Männer starr geradeaus blickten.

Die Sonne strahlte, als sich schließlich der Trauerzug zu formieren begann. Die Männer, die die Sarggriffe trugen, setzten kleine Schritte. Unmittelbar hinter dem Pastor schritten Damen in schwarzen Pelzmänteln, die betroffen zu Boden schauten.

Frau Hansky saß im Rollstuhl. Sie trug ein schwarzes Kostüm mit teurem Pelzbesatz. Auf ihrem Kopf thronte ein kesser Hut, von dem ein Schleier über ihr Gesicht fiel. Ein Mann mit abgedunkelter Brille im englischen Trenchcoat schob das Krankengefährt.

Im Frühlingshimmel segelten ein paar Möwen und schrien in den Wind. Etliche Meter entfernt, im Schatten von Lebensbäumen, standen die beiden Damen der Post, ohne äußerliche Anteilnahme zu zeigen. Sie nickten den Beamten zu, die sich in ihre Nähe gesellten.

Erst als der Sarg in die Gruft gesenkt wurde und der Pastor die letzten Worte an Harry und seinen Gott richtete, kam mehr Bewegung in den Menschenklumpen.

Frau Hansky warf mit starrem Blick gelbe Fresien in die Grube.

Das Damenkränzchen, in schwarzen Flanellkostümen, ließ blaue Iris auf den Sarg fallen.

»Der neue Firmensitz hat ihm einen Platz auf dem Inselfriedhof eingebracht«, sagte Meyers, als sie die Beerdigung verließen.

»Vielleicht wollte die Konkurrenz selbst den toten Harry nicht mehr auf St. Pauli dulden«, sagte Achtendorf.

Sie erreichten den Dienstwagen.

»Herr Kriminalrat, soll ich Sie zum Riffhof fahren, dort ist die Teetafel für die Trauergäste gedeckt?« fragte Meyers.

»Ich kann Butterkuchen nicht ausstehen. Erst recht nicht, wenn ich an Typen wie Harry denken muß. Aber nach der vorherrschenden Meinung im Sanatorium hat Kühnast sowieso nur irgendeines seiner vielen Leben hier beendet«, antwortete Achtendorf.

»Wir sind zu alt, unser Kollege kann er in einem neuen Leben nicht werden«, scherzte Meyers.

»Herr Kommissar, fahren Sie mich zur weißen Düne. Ich will am Strand entlang zurücklaufen. Bei Sonnenschein, mit dem Blick auf den Sand und das weite Meer, fühle ich mich Gott näher als hier auf dem Friedhof«, sagte Achtendorf lächelnd.

Sie stiegen in den Wagen. Meyers fuhr über die Jann-Berghaus-Straße und bog dann in die Richthofenstraße ein, die quer durch die Dünen führte. Achtendorf schaute verträumt in die schöne Landschaft.

»Herr Kriminalrat, morgen früh um sieben Uhr holt uns ein Wagen ab. Wir werden in Norddeich Anschluß haben. Unsere Maschine fliegt um dreizehn Uhr von Bremen nach Paris. Unser Hotel kenne ich nicht! Aber Lehnartz wird uns schon nicht in eine billige Vorstadtkaserne verfrachten«, meinte Meyers.

Vom Karl-Riegerweg hatten sie freien Blick über die grünen Wiesen. Meyers fuhr den Kriminalrat bis zum Parkplatz des Restaurants.

»Viel Spaß!« rief er, während Achtendorf seine Wanderung antrat.

15

Achtendorf klopfte seinem jüngeren Kollegen anerkennend auf die Schulter, als sie die Metrostation Anvers verließen und sich mit leichtem Gepäck unter die Menschen mischten.

Sofort hatte sie der Zauber von Montmartre ergriffen. Das vorgebuchte Hotel »Rouge Aubert« lag in der Nähe der Avenue de Clichy in einer kleinen Seitengasse. Der Mann an der Rezeption sprach deutsch. Das war kein Zufall! »Commissaire Jacques Nevatier wird Sie um achtzehn Uhr in der Hotelbar aufsuchen«, informierte er die beiden Beamten. »Sie haben Zimmer Nr. 18, meine Herren, hier ist der Schlüssel. Aber nehmen Sie doch bitte vorher in unserer Cafeteria noch eine Kleinigkeit zu sich.«

Ein Boy kam und trug ihre Taschen davon, während ein Kellner ihnen einige Schritte voran den Weg wies.

Unter einem Baldachin standen Tische im Freien. Er wies ihnen Plätze zu, sie setzten sich und genossen mit den Augen das Pariser Leben.

»Meyers, wenn ich hier vier Wochen kuren könnte, dann käme ich echt erholt nach Hause«, sagte Achtendorf.

»Oder total kaputt«, grinste Meyers, der sah, wie der Kriminalrat hinter einigen jungen Frauen herblickte, die in flotten Kleidchen Figürliches zeigten.

Achtendorf lachte.

»Ihr habt auf Norderney ein Reizklima, doch umgeben mich dort nur alte Damen. Hier verhält sich das anders!«

Der Ober brachte ihnen Croissants und stellte Kaffeetassen vor ihnen ab. »Es kostet Sie nichts. Es ist ein Willkommensgruß von Commissaire Nevatier«, sagte er. Während sie die Croissants aßen und den Milchkaffee genossen, erholten sie sich mit dem Blick auf das bunte Treiben. Die Gehwege waren voller Menschen, und immer wieder hupten sich Taxis durch das Gewühl auf den Straßen. Kleine Läden, Obsthändler, Schlachter, Bäcker und Konditoren fanden Kunden, die schnell entschlossen kauften.

»Langsam müssen wir an Harry und Erna denken, Herr Kriminalrat«, sagte Meyers mit einem Blick auf die Uhr.

Sie verließen die Caféterrasse und suchten ihr Zimmer auf. Es war sauber und gut ausgestattet. Toilette und Dusche befanden sich in einem kleinen Nebenraum. Aus dem Fenster konnten sie auf die Straßen mit den Geschäften und Cafés blicken.

Die Hotelbar entpuppte sich als ein gemütliches Bistro, in dem kleine Ledersessel um kleine Tische standen. Die Fenster lagen abseits der Straße und eröffneten den Blick auf einen gefliesten Innenhof, der einen Springbrunnen einschloß.

Leichte Musik drang zu ihnen. Einige ältere Männer

saßen vor einem Tisch, tranken Rotwein und spielten Karten. In der Ecke am Fenster saß ein Mann, der sie neugierig musterte. Er erhob sich und kam ihnen entgegen.

Sein Haar war schwarz, sein Gesicht gebräunt. Ein mächtiger Schnauzbart zierte seine Oberlippe. Er trug einen leichten blauen Sommeranzug.

»Ich bin Commissaire Nevatier. Sie sind die deutschen Kollegen«, sagte er und reichte ihnen die Hand zum Gruß.

»Mein Name ist Achtendorf, mein Kollege heißt Meyers«, stellte sich der Kriminalrat vor.

Nevatier führte sie zu seinem Tisch.

»Meine Herren, trinken Sie mit mir ein Glas Wein. Er ist nicht stark und ohne Frostschutzmittel«, schlug er lächelnd vor. Ein Ober erschien. Nevatier bestellte den Wein.

»Nun, es ist auch bei uns nicht alles so, wie es sein müßte«, sagte er und fuhr fort: »Gestern abend fanden wir draußen in einem Park die Leiche eines jungen Mädchens.«

»Herr Kommissar, unser Opfer starb in der deutschen Provinz und war schon hochbetagt«, sagte Achtendorf.

»Ich weiß Bescheid. Die Madame war eine Nachtfalterin. Sie wollte den Luxus und verkaufte dafür die Sünde. Sie hat schöne Französinnen für Hamburg engagiert und blonde Mädchen nach Paris gebracht.«

»Vielleicht gelingt es uns mit Ihrer Hilfe, das Geheimnis ihres Todes zu lüften«, sagte Meyers.

Der Ober stellte eine große Karaffe und drei Gläser auf den Tisch und ging wieder. Commissaire Nevatier füllte die Gläser.

»Trinken wir auf unseren erhofften Erfolg«, sagte er. Sie stießen an und genossen den vorzüglichen Wein.

»Meine Herren. Montmartre ist nicht mehr als eine Kulisse. Dieser Stadtteil lockt Liebeshungrige aus der ganzen Welt an. Noch immer schenken Mädchen hier Pläsier und verdienen Geld. Doch das schnelle Abenteuer in einem Stundenhotel nach einigen Drinks, das gehört der Vergangenheit an. Die Kunden haben höhere Ansprüche. Sie wollen verwöhnt werden und meiden dieses Pflaster! Madame Wallmann gehörte zu den Pionieren jener modernen Etablissements, die Sie in Ihrem Land schlichtweg mit ›Puff‹ bezeichnen«, sagte der französische Kollege.

»In Hamburg saß sie im Management eines solchen Eroscenters«, sagte Achtendorf.

»Leider hat die Madame in einem falschen Kurort Erholung gesucht, denn jemand hat sie auf Norderney umgebracht, um sich für etwas zu rächen, von dem wir noch nichts wissen!« fügte Meyers hinzu.

Sie folgten dem Beispiel Nevatiers und tranken einige Schlucke Wein. Wie ein Dozent fuhr der Franzose fort:

»Alice Wallmann wirkte auch hier nicht unumstritten. Sie vernichtete viele kleine Arbeitsplätze. Aber wohlverdienende Ärzte, Rechtsanwälte und andere Geldgeber interessieren sich nun einmal nur für fette Verzinsungen. In Enghien les Bains, das man gut über eine Schnellstraße erreichen kann, entsteht ihr neues Center. Es ist eine Zusammenballung von Stationen, die keine Abart sexueller Gelüste unbefriedigt läßt. Ein Millionen-Objekt, eine Herausforderung an die Innenarchitekten. Abrechnungen per Computer, Ärzte überprüfen die Besucher, die Mädchen und die Jünglinge nach Aids-Infektionen. Und nun stockt das Unternehmen, nachdem die Managerin auf Norderney den Tod gefunden hat.«

»Und was sagt Ihre Regierung dazu?« fragte Achtendorf entgeistert.

Jacques Nevatier schmunzelte.

»Es gibt keine Untersuchungskommission! Ich kann bei einer erfolgreichen Aufklärung ohne Pressetamtam eine Beförderung erreichen. Denn sehen Sie! Paris war immer die Lasterhölle Europas. Die Stadt der Liebe! Und nun, wo moderne Seuchen auch uns bürgerliche Normaltypen bedrohen und das Laster einzudämmen drohen, fand Madam Wallmann einen Weg, die Bevölkerung zu schützen!« stellte der Beamte sachlich fest.

»Das ist mir unvorstellbar! Ich habe Frau Wallmann im Sanatorium kennengelernt. Sie nahm ganz bürgerlich im einfachen Speisesaal ihr Essen ein. Abends schloß sie sich jungen Mädchen zum Tanz an«, sagte Achtendorf irritiert.

»Und nun will man ihr einen Nobelpreis für seuchenfreien Sex verleihen«, stöhnte Meyers.

Nevatier lachte. »Post mortem! Nach ihrem Tode«, sagte er schmunzelnd.

»Sie besitzt hier in Paris eine Eigentumswohnung«, stellte Achtendorf fest.

»Ja, nicht weit von hier in einer Nebengasse der Rue du Faubourg«, antwortete Nevatier. Er füllte die Gläser und prostete ihnen zu.

»Aber die Moral«, stöhnte Achtendorf, der glücklich verheiratet war.

Nevatier lächelte gnädig. »Herr Kollege, viele suchen die Moral mit dem Blick auf den Papst und sind glücklich. Andere suchen sie in Manifesten autoritärer Regierungen. Viele legen sie einfach ab. Sie lassen sie im Reisegepäck, in den Schließfächern der Bahnhöfe oder der Flughäfen.«

Meyers hatte ihn verstanden. »Die Madame hat eine große Marktlücke entdeckt! Sie belohnte sich selbst mit einer prachtvollen Eigentumswohnung hier mitten in Paris«, sagte er.

Kommissar Nevatier lachte erneut belustigt auf. »Ja, ihre Wohnung liegt in einem ruhigen, romantischen Stadtteil. Sie lebt in der Nachbarschaft vornehmer Adressen! Aber viel Luxus hat sie sich nicht gegönnt.«

»Vielleicht bieten uns ihre Aufzeichnungen Hinweise, denen wir bei unserer Arbeit nachgehen können«, sagte Achtendorf.

»Ich habe den Wohnungsschlüssel in der Tasche. Ebenfalls besitze ich einen Durchsuchungsbefehl. Dennoch können wir unsere Arbeit heute abend nicht durchführen, denn der Hausmeister und auch mein Kollege müssen anwesend sein. Ich habe sie für morgen vormittag um neun Uhr bestellt. Uns bleibt genügend Zeit, ein wenig zu plaudern. Ich führe Sie nachher auf Kosten unserer Behörde in ein gutes Speiserestaurant. Wir wollen uns einen schönen Abend machen«, freute sich Jacques Nevatier.

»Wenn das so ist«, lachte Achtendorf. Sie hoben die Gläser und prosteten sich zu.

16

Die Beamten frühstückten im Bistro. Sie bestellten Croissants und Milchkaffee. Gegen neun Uhr gesellte sich Commissaire Nevatier zu ihnen. »Paris wirkt auf seine Besucher morgens nüchterner als in der Nacht«, sagte er zur Begrüßung.

»Monsieur Nevatier, wir sind bereit! Führen Sie uns zur Wohnung der Erbauerin neuer Liebestempel!« sagte Achtendorf.

Auf dem Montmartre pulsierte auch am Morgen das Leben. Menschenströme zwängten sich durch die engen Gassen. Händler hatten ihre Stände aufgebaut. Es roch nach Kaffee und frischen Broten. Die Metrostationen sogen Menschenmassen auf.

Die Rue du Faubourg war vollgestopft mit Bussen, Taxis und PKWs. Das Hupkonzert der Autofahrer untermalte das Verkehrschaos. Nevatier führte sie in eine Gasse, in der Blumenkübel vor hochgezogenen Häuserfronten standen. Teure Automobile parkten an den leeren Bürgersteigen. Ein Mann lehnte an der geschmiedeten Eingangstür eines Hauses. Er winkte ihnen zu.

»Mein Kollege René Parkuse«, sagte Nevatier und stellte ihm die deutschen Beamten vor.

Er drückte den Klingelknopf. Kurz darauf öffnete ein grauhaariger kräftiger Mann die Tür. Er trug eine ausgebeulte, schwere Tasche.

»Oui, Monsieur le Commissaire. Bon jour! Gehen wir!«

Eine elegante Marmortreppe führte hoch zur ersten Etage. Vor der zweiten Tür blieb Nevatier stehen.

»Madame Alice Wallmann«, sagte er und zeigte auf das Messingschild. Die klobige Eichentür verriet handwerkliche Qualität.

Jacques Nevatier entfernte das Siegel, zog einen Schlüssel aus seiner Jacke und öffnete die Tür. Sie betraten eine kleine Vordiele. Ein dicker Teppichboden dämpfte ihre Schritte.

Der Hausmeister öffnete ihnen eine Seitentür.

»Bad, WC«, sagte er. Die Tür vor ihnen trug eine Bleiverglasung. Sie zeigte den Eiffelturm in bunten Farben. Dahinter lag das Wohnzimmer. Eine Couchecke mit einem Marmorrundtisch, Polstermöbeln und einem Eßtisch mit groben Stühlen vor der breiten Glaswand. Der Blick nach draußen fiel auf alte Häuserfronten, die rötlich im Sonnenlicht glänzten.

Seitlich schoben sich hohe Bäume eines Parkes mit erstem Grün in das Bild.

»Eine Oase in einer Weltstadt«, sagte Achtendorf begeistert.

»Madame Wallmann konnte es sich leisten, in der Nachbarschaft von Filmkünstlern und Bankbossen zu wohnen«, sagte Nevatier.

Er schritt voran, öffnete eine Seitentür.

»Die Küche«, stellte er vor. Sie war nicht besonders groß.

Auch ein kleines Schlafzimmer, mit einem französischen Bett und einem Kleiderschrank, bot nichts Besonderes.

»Schauen Sie sich nach Belieben um«, sagte Parkuse auf französisch.

Für Kunst schien Alice Wallmann keinen Sinn gehabt zu haben. Die Wände schmückten Großfotos Hamburger Stadtszenen, die sie rahmenlos hatte aufziehen lassen. Weder das Schlafzimmer noch die Küche enthielten Bemerkenswertes. Wenn hier überhaupt eine Spur auszumachen war, dann konnte nur der rustikale Schreibtisch, der an einer der Seitenwände stand, zu ihr führen.

Auf ihm befand sich ein gerahmtes Foto, auf dem sie sich überzeugen konnten, wie schön Alice Wallmann einst gewesen war.

Jacques Nevatier besprach sich mit dem Hausmeister. Der graue Mann öffnete seine Tasche, suchte nach Werkzeug und begann, wie ein Einbrecher die Schlösser der Schubladen zu knacken. Danach trat er ehrfurchtsvoll zurück, steckte sich eine Zigarette zwischen die Lippen und schaute zu.

Jacques Nevatier zog die Schubladen einzeln hervor. Zwar verrieten Bankauszüge, daß Madame Wallmann über Geld verfügen konnte, doch kein Centime und kein Schmuckstück traten zu Tage.

Schnellhefter mit Belegen, Rechnungen von Einkäufen, Steuerquittungen und der übliche persönliche Kram verrieten nichts, was Kriminalbeamte hätte interessieren können. Erst in der letzten Schublade stießen sie auf ein Fotoalbum in einem Leineneinband, wie er vor Jahren modern gewesen war.

Schwarz-weiß-Bilder zeigten die schon reifere Frau Wallmann, die damals noch Erna Kinkel geheißen hatte, an der Seite eines jungen kräftigen Mannes vor den Schwänen der Hamburger Binnenalster und vor den Käfigen der Raubtiere in Hagenbecks Zoo. Es war Harry, der mit sauberem Haarschnitt und weitgeschnittenem Sommeranzug wie ein Primaner wirkte. Ein vergilbtes Bild zeigte Kühnast in züchtiger Badehose am Ostseestrand.

Eine Widmung in runder Schrift lautete:

»Für Erna.«

Die Beamten sahen sich an und lächelten, als Fotos von Erna Kinkel auftauchten, die sie in Petticoatröcken mit schmalziger Haarlocke zeigten.

Ein verblaßter Schnellhefter mit Aufklebeherzchen führte unumwunden in die naive Seelenwelt der Erna Kinkel. Zerknittert vom häufigen Umblättern, lagen Briefe und Gedichte, die Harrys Handschrift trugen, unter der Ablageklammer.

Der Kriminalrat las sich ein, blätterte weiter und stoppte die Suche.

»Das hier ist typisch!« sagte er und las vor:

Wenn Du Deinen Körper verschenkst,
dann weiß ich, daß Du dennoch an mich denkst!
Deine Liebe gehört nur mir!
Erna, Dein Harry dankt Dir dafür!

Niemand der Anwesenden lachte. Diese naiven Sätze verrieten, wie sehr Harry das kindliche Gemüt der Nutte an sich gefesselt hatte, während Erna Kinkel für ihn auf den Strich gegangen war.

»Harry war ein Schwein«, sagte Jacques Nevatier in die Stille, als berühre das Leben der Großen im Bordellgeschäft sein tiefstes Innere.

Doch die Schublade barg noch ein Dokument. Es war jüngeren Datums und verriet einen Zusammenhang mit den Papieren vergessener Jahre. Ein frisch angelegter Aktendeckel enthielt das Schreiben, das Achtendorf ebenfalls vorlas:

Sehr geehrte Frau Wallmann,

es tut uns leid, Ihnen folgenden Bericht liefern zu müssen. Harry Kühnast hat seinen Wohnsitz in Badenweiler – Ihre Kontaktadresse – aufgegeben und ist nach Norderney gezogen. Seine Firma hat er im Handelsregister Freiburg löschen lassen und unter dem Namen eines Kommanditisten im Handelsregister Norden neu eintragen lassen.

Mitinhaberin und damit Teilhaberin wurde die Kauffrau Sofia Hansky, über die zu recherchieren uns kein Auftrag vorliegt. Beide haben gemeinsam eine Eigentumswohnung auf Norderney gekauft. Die Anschrift: Dr.-Treck-Straße 9a. Grundbucheintragung A/451 Blatt 171 Parzelle 28.

Mit freundlichen Grüßen
Detektei Lupus GmbH
Unterschrift

Achtendorf machte eine Pause und fuhr dann fort:

»Die Rechnung liegt bei. Diese Auskunft kostete Madame Alice Wallmann fünfzehntausend Mark.«

»Und sie brach ihr das Herz!« sagte Meyers.

Sie schauten sich schweigend an.

»Nun haben Sie die Lösung Ihres Geheimnisses«, meinte Jacques Nevatier.

»Sicher nicht! Aber immerhin Hinweise. Ob wir dem Mörder allerdings näher gekommen sind, ist fraglich«, meinte Meyers. Parkuse wandte sich an seinen Kollegen Nevatier. »Ist es nicht seltsam«, fragte er, »sie baut in Enghien les Bains einen Liebespalast in der Größenordnung des Centre Pompidou, und es befinden sich keine Bauzeichnungen, keine Verträge, keine Abrechnungen in ihrer Wohnung?«

Der Hausmeister grinste. Er zeigte gegen die Decke.

»Madame hat das Appartement von einem Maler gekauft. Er besaß auf dem Dach noch ein Atelier!« sagte er auf französisch.

»Führen Sie uns hin«, ordnete Nevatier an.

Sie folgten dem Hausmeister zum Aufzug. Saubere Marmorwände und entsprechende Seitenleuchten verrieten den Luxus des Hauses.

Sie betraten den Aufzug. Die Nummer sechs war Endstation. Eine Überdachung führte zu einem eckigen Flachdachbau. Rund um die Dachfläche zog sich eine hüfthohe Mauer.

Der Hausmeister besaß keinen Schlüssel für die stabile Tür. Er langte nach dem Werkzeug aus seiner Handwerkertasche und öffnete sie gewaltsam.

Sie traten ein.

Der Raum war nichts anderes als ein viereckiges Zimmer. Die Hälfte der Wände bestand aus Mauern, die andere aus Glas. Bis auf eine Sofaecke mit Tisch und Sesseln lief eine Arbeitsplatte mit eingebauten Schubladen rund um das Zimmer. Eine Schreibmaschine, ein Fotokopiergerät und eine Rechenmaschine verliehen ihm Bürocharakter, den der Blick auf Paris allerdings wieder aufhob.

»Das wird wohl ihr eigentliches Reich gewesen sein«, stellte Nevatier fest, und er und sein Kollege begannen sich in die Fülle der Ordner einzulesen, die sich massenhaft unter den Türen der Arbeitsplatte befanden.

Achtendorf schaute verträumt auf das von der Frühlingssonne angestrahlte Paris. Sein Blick reichte bis zum Eiffelturm. Auch Meyers war tief beeindruckt von dem, was sich seinen Augen bot.

Das Durchstöbern der Aktenordner war nicht ihre Angelegenheit, und sie warteten auf die Hinweise, die sie nach Ostfriesland mitnehmen konnten.

Sie sahen, daß Nevatier und Parkuse sich mit Bauzeichnungen, Handwerkeraufträgen, Bankabrechnungen und Architektenkorrespondenz beschäftigten.

Doch nach einiger Zeit fanden sie in Bergen von Originalen und Kopien eine grob in Schweinsleder gebundene Mappe.

Nevatier rief die Kollegen zu sich.

»Es dauert Wochen, bis wir das Material gesichtet haben. Es scheint mir auch nicht wichtig, wenn ich an Ihren Auftrag denke. Doch hier habe ich etwas in den Händen, das Sie interessieren könnte«, sagte er und führte sie an den Tisch. Sie setzten sich auf die Couch, während der Kommissar die Mappe aufschlug.

Die Beamten blickten auf Stempel und Siegel.

»Das Testament der Alice Wallmann«, sagte Nevatier ernst.

»Das ist ja interessant«, antwortete Achtendorf.

»Gut ich übersetze und gebe wieder, worin der letzte Wille der Alice Wallmann bestand«, sagte Jacques Nevatier.

»Die Madame hat eine Stiftung gegründet, die ihr Werk weiterführen wird! Ihr persönliches Eigentum, sie meint das, was nicht in der Stiftung für den Bau des Eroscenters aufgeführt wird, wie etwa diese Wohnung, soll an Harry Kühnast gehen!« Die Beamten blickten sich überrascht an.

»Aber Harry Kühnast starb vor ihr! Sie mußte mit ihrem Tod früher gerechnet haben!« sagte Achtendorf.

Nevatier hob die Schultern, griff nach den Spitzen seines Schnurrbartes und fuhr fort: »Auf dem Friedhof von Enghien les Bains hat sie eine Grabstätte gekauft und eine Urnenbestattung durch die Firma Mortiem, ein französisches Bestattungsunternehmen, bereits bezahlt. Auch einen Grabstein hat Alice Wallmann sich bereits ausgesucht und die Inschrift bestimmt. Wenn es Sie interessiert, übersetze ich sie!«

»Sicher, denn es ist doch recht seltsam, daß sie mit dem Herzen zwar an Hamburg hing, sich allerdings Paris als letzte Ruhestätte aussuchte«, warf Meyers ein.

»In Einsamkeit schlafe ich hier, weil ich weiß,
daß alle, die vorgaben mich zu lieben,
diese Stätte nie aufsuchen werden!
Alice Wallmann, geb. am 19. 11. 1910 in Rahlstedt, Hamburg«.

»Sie war eine alte Frau und hatte entsprechend Vorsorge getroffen! Dennoch finde ich ihr Schicksal ergreifend«, sagte Achtendorf.

»Wir werden das Juristische erledigen. Die Stiftung wird für ihre Beerdigung aufkommen müssen«, sagte Jacques Nevatier.

»Mit ihrem Eroscenter in Enghien les Bains hat sie, so scheint mir, keinen Mörder herausgefordert, der sich von Paris aus den Weg nach Ostfriesland gemacht haben könnte«, stellte Achtendorf fest.

»Davon werden Sie wohl ausgehen können«, sagte Nevatier. »Wann fliegen sie zurück?«

»Um fünfzehn Uhr ab Orly«, antwortete Meyers.

Parkuse versiegelte die Tür, als sie das ehemalige Maleratelier verließen.

»Das Bauwerk wird im Sinne der Madame fertiggestellt werden, dafür sorgt die Stiftung«, sagte Nevatier, als sie in den Aufzug stiegen. »Ich besorge einen Dienstwagen. Er soll uns zum Liebestempel der Alice Wallmann bringen. Von dort fahren wir zum Hotel, und danach begleiten wir Sie zum Flughafen Orly«, schlug er vor.

Die deutschen Kollegen stimmten zu.

Das Restaurant empfing die Beamten mit mattem Licht. Nur wenige Gäste befanden sich auf der Spätfähre nach Norderney.

»Ich fühle mich ausgelaugt. Außer Spesen, nichts gewesen, Herr Kriminalrat«, sagte Meyers und setzte sich an einen Fenstertisch.

»Spesen und Strapazen, Herr Kommissar. Allerdings gewinnen Reisen erst dann an Wert, wenn man sie hinter sich gebracht hat«, antwortete Achtendorf und rief der Bedienung zu, die verschlafen vor dem Tresen stand:

»Zwei Corvit und zwei Bier!«

Sie vernahmen, wie die Schrauben der Frisia III zu mahlen begannen und danach in einen vibrierenden Dauerton fielen. Draußen lag alles in Dunkelheit, und die Fenster spiegelten das Licht der wenigen Decklampen. Die Bedienung setzte die Getränke auf den Tisch und kassierte sofort.

»Prost, Herr Kommissar!« sagte Achtendorf. Sie tranken den kühlen Corvit in einem Zuge. »Ich gehe die Sache allerdings etwas positiver an. Es gibt doch einige Ansätze! Besorgen Sie Fotos der Mordwaffen in Originalgröße!«

»Wollen Sie diese in Ihr Kuralbum kleben?« fragte Meyers bissig.

»Herr Kommissar, wir werden sehen!« antwortete Achtendorf. Sie tranken das Bier.

Meyers bestellte zwei weitere Corvit. Er tat ihnen gut. Auch der Kommissar blickte nicht mehr so enttäuscht in den nächsten Tag, als sie endlich Norderney erreichten.

Ein Beamter der Schutzpolizei holte sie ab. Achtendorf verließ vor dem Sanatorium den Wagen.

»Es ist zwar nicht mein Zuhause, aber sicher erwarten mich auch hier liebe Menschen«, sagte er spöttisch.

»Vielleicht auch der Mörder«, antwortete Meyers.

Achtendorf sah dem Wagen nach, blickte auf die vornehme Fassade des Sanatoriums und schritt der Eingangstür entgegen. Er stieg die Stufen hoch, öffnete mit seinem Schlüssel die Tür.

Das Büro war, wie immer, unbesetzt.

Er schritt durch das Sesselzimmer. Die Gräfin saß im Fernsehzimmer auf der Couch und starrte wie gebannt auf den flimmernden Bildschirm. Mein Gott, hat sie wieder eine dieser Reinkarnationssendungen erwischt, dachte der Kriminalrat, ging in die Küche, entnahm dem Kühlschrank eine Flasche Bier, langte nach einem Glas und dem Öffner und setzte sich zu ihr.

Während er sein Bier trank und Zigaretten rauchte, schenkte die Gräfin ihm keine Beachtung. Soweit er das Geschehen auf dem Bildschirm richtig erfaßte, wand sich dort ein Mann in Krämpfen und stotterte Worte, die ein Tonband aufzeichnete.

Plötzlich stöhnte die Gräfin auf.

»Frau von Akazienhain, Sie denken an die Morde! Wollen Sie sich von etwas befreien?« fragte er ironisch.

»Ach, haben Sie mich erschreckt!« stotterte sie verwirrt. Sie betätigte die Fernbedienung. Der Bildschirm erlosch.

»Herr Kriminalrat! Überwältigend echt!« sagte sie.

»Gräfin, finden Sie zurück! Gibt es etwas Neues?« fragte Achtendorf.

»Eine ganze Menge! Frau Hansky hat sich von einem Chauffeur ihrer Firma abholen lassen. Stellen Sie sich vor, sie ist unter dem Beifall des Professors mit Krücken ohne Rollstuhl zu ihrem Rolls-Royce gegangen!« Die Gräfin schaute ihn listig an.

»Das ist erfreulich! Die Witwe besitzt Energie!« antwortete Achtendorf.

»Die Damen aus Lörrach sind abgereist! Es war so trist im Sanatorium, nachdem auch Sie nicht mehr anwesend waren«, sagte sie und suchte Trost in seinem Blick.

»Dann sind Sie und Ihre Freundinnen die letzten Gäste«, stellte Achtendorf fest.

»Abgesehen von den Lehrern, die nie richtig zu uns gezählt haben, und Herrn Zürmatt. Er hat sich für die Vollpension entschieden. Ein gebildeter Herr, der für uns eine Bereicherung darstellt«, antwortete sie.

»Gräfin, ich freue mich auf das Frühstück im vertrauten Kreis«, sagte Achtendorf und reichte ihr die Hand.

»Gute Nacht, Herr Kriminalrat«, hauchte sie.

Achtendorf ging zum Aufzug. Er hatte nur den einen Wunsch, sich auszuschlafen.

17

Kriminalrat Achtendorf zog die Vorhänge auf. Keine Wolke zeigte sich. Der Himmel vereinigte sich nahtlos mit der Nordsee am Horizont.

Ein herrlicher Tag, stellte Achtendorf fest. Er rasierte sich, duschte, zog sich an und verließ sein Zimmer. Im Speisesaal saß nur Dr. Zürmatt. Er hatte den Platz der abgereisten Frau Hansky eingenommen und aß mit ernstem Gesicht ein Brötchen. Die Damen mußten bereits gefrühstückt haben, denn ihr Geschirr war abgeräumt. Der Kriminalrat setzte sich an den verwaisten Tisch.

»Ein Tag, der so sonnig beginnt, vervielfacht die Wirkung der Anwendungen«, wandte sich Achtendorf freundlich an den einzigen anwesenden Gast.

Dr. Zürmatt blickte auf.

Er lächelte höflich.

»Das schöne Wetter kommt reichlich spät! Mir bleibt nicht mehr viel Zeit. Bald muß ich wieder in die Tretmühle«, antwortete er.

Grußlos brachte Zasimet Achtendorf den Kaffee und verließ danach den Speisesaal.

»Sind Sie Beamter wie ich?« fragte der Kriminalrat.

»Wenn Sie damit auf die Unkündbarkeit anspielen, dann wünschte ich mir, ich wäre es. Was die Bezahlung anbelangt, da kennt mein Beruf ähnliche Schranken wie der Ihre. Ich bin Regisseur und mit dem ›Roten Karren‹, einer Truppe neurotischer Schauspieler, auf einer Tournee. Aus technischen Gründen mußten wir pausieren«, entgegnete Dr. Zürmatt und schob sich hastig Brötchenreste in den Mund.

»Gastieren Sie auch auf der Insel?« fragte Kriminalrat Achtendorf, während er sich hungrig über das Frühstück hermachte.

»Vielleicht ein andermal«, antwortete der Regisseur und blickte Achtendorf mißmutig an, als hätte der Kriminalbeamte die Bedeutung seiner Kulturarbeit angekratzt.

»Ich wünsche Ihnen einen schönen Tag, Herr Kriminalrat«, sagte Zürmatt und verließ den Speisesaal.

Den haben die schrecklichen Ereignisse überhaupt nicht berührt, und der Tratsch hat ihn wohl nicht erreicht. Dabei hat dieser Bühnenmensch der schönen Erika Hobala aus Lörrach ganz schön das Lockenköpfchen verdreht. Ein seltsamer Kauz, dachte Achtendorf.

Frau Fortema betrat den Speisesaal. Ihr Gesicht wirkte besorgt.

»Herr Kriminalrat, Sie werden doch nicht ebenfalls abreisen wollen?« fragte sie ernst und begann, das Geschirr des Regisseurs abzuräumen.

»Nein! Mir gefällt es gut unter Ihrem Dach!« antwortete Achtendorf.

»Das alles schmerzt mich sehr«, stöhnte sie auf.

»Frau Fortema, sollte es uns gelingen, die Morde aufzuklären, dann können Sie den Mörder regreßpflichtig machen«, beschwichtigte Achtendorf die Sanatoriumsleiterin und schaute hinter ihr her, als sie den Raum wieder verlies. Auch sie konnte mit dem schönen Harry etwas gehabt haben, dachte er und frühstückte in Ruhe zu Ende.

Als er den Speisesaal verließ, vermißte er Schwester Christine. An der Praxistür kündigte ein Schild an, daß der Professor am heutigen Tage aus persönlichen Gründen keine Sprechstunden durchführen würde.

Achtendorf war entschlossen, das schöne Wetter zu nutzen und verließ das Sanatorium.

Die Luft war klar und würzig. Er bummelte über die Emsstraße, bog von dort in den Birkenweg und genoß den Blick auf die vom zarten Strandhafer bewachsenen Dünen. Zu ihm drang das Rauschen des Meeres, und er vernahm die Schreie der Möwen.

Eine Bank auf der höchsten Sanderhebung lud ihn zum Verweilen ein. Sein Blick reichte weit über die Dünentäler bis hinüber zu den Bungalows.

Plötzlich überraschten ihn Hufschläge galoppierender Pferde. Er sah die Reiter, die übermütig die Tiere antrieben, die mit großen Sprüngen die Dünen hochhetzten. ›Diese blaublütigen Weiber‹, dachte er. Dabei gehörten auch sie zu dem kleinen Kreis der mutmaßlichen Täter. Sie hatten sich im Zimmer der Frau von Akazienhain aufgehalten, als Harry mit einem Messer aus der historischen Besteck-sammlung einer von Trotterbach hingestreckt worden war.

Der Kriminalrat erhob sich. Er dachte an Erna Kinkel. Das Strichmädchen aus Hamburg hatte es auf ihre Art zu Ansehen und Wohlstand gebracht. Als Alice Wallmann hatte sie in Paris einen modernen Zweckbau errichten lassen, der angesehenen Bürgern das erfüllte, was sie scheinheilig öffentlich verdammten. Auch sie hatte von Kundinnen und Kunden gelebt, die wie das Damenkränzchen auf der Sonnenseite des Lebens zu Hause waren.

Kriminalrat Achtendorf suchte den Strand auf. Er schritt an den sich auslaufenden Wellen entlang, schaute hin und wieder auf das weite Meer und spürte den Salzgehalt auf seinen Lippen.

Er dachte an den fähigen Kommissar Meyers, der unberührt von der Kritik der hiesigen Zeitungen konsequent seine Arbeit leistete. Dabei stand für ihn der Erfolg noch in weiter Ferne. Selbst die Kurverwaltung geriet wohl langsam in Hysterie, denn das Vermietungsgewerbe forderte eine schnelle Aufklärung der Morde, weil es den Rückgang von Buchungen für die sich nähernde Saison befürchtete.

Ein verständlicher Wunsch! Nur übersahen sowohl die Presse als auch die Zimmervermittler, daß nicht die Polizei sich am Gesetz vergangen hatte, sondern ein Verbrecher, der raffiniert nach einem ausgetüfftelten Plan zwei kurende Gäste des Sanatoriums Theresenhöhe umgebracht hatte. Irgendwo lag der entscheidende Hinweis versteckt. Und den galt es zu finden.

In Gedanken versunken, schritt er dem Sanatorium entgegen.

18

Das Haus war ohne Leben. Achtendorf begab sich in den Speisesaal.

Er setzte sich zu den adeligen Damen, begrüßte sie freundlich und winkte dem Regisseur zu.

Frau Fortema hatte selbst gekocht. Das Ergebnis bestand aus einer hervorragenden Suppe, einem zarten Steak mit entsprechenden Beilagen.

Die Gräfin lachte belustigt, als Achtendorf sie an den halsbrecherischen Ausritt erinnerte.

»Herr Kriminalrat, Reiter und Pferd werden zu einer Einheit, wobei der Geist des Menschen dominierend bleibt«, sagte sie.

»Das Tier nimmt die Hürden, die wir ihm setzen«, sagte Frau von Windbach stolz.

»Meine Damen, ich bewundere Ihre Vitalität! Ihnen würde ich auch den Mut und die Geschicklichkeit zutrauen, an einem verregneten, dunklen Abend den Weg über eine stichelige Kiefer vom Fenstersims eines Zimmers zum Rasen hinab zu finden«, sagte Achtendorf und lächelte provozierend.

Entrüstet schoben die Damen gleichzeitig ihre Nachtischschälchen von sich. Ihre Köpfe fuhren hoch, und ihre Gesichter strafften sich mit Falten. Ein drolliges Bild, dachte Achtendorf, blieb aber ernst.

Die Gräfin war es, die als erste die Sprache wiederfand: »Das ist unerhört! Sie nehmen doch wohl nicht an, jemand von uns hätte Harry Kühnast aus dem Wege geräumt?«

»Gnädige Frau, sicher stand Harry Kühnast jemandem im Wege! Ich habe Ihnen bereits im Café Marienhöhe meine Theorie offengelegt. Der Mörder ist keine Person, die zum Beispiel im Dünenhof oder in einem der Heime der Landesversicherungsanstalt wohnte und unser Sanatorium mit Mordabsichten betreten hat«, sagte Achtendorf höflich.

Frau von Windbach schob nervös mit den Fingern ihrer

rechten Hand einen glitzernden Diamantring an der Linken auf und ab.

»Ich finde Ihre Vorstellungen absurd! Ihrem Lächeln entnehme ich, daß Sie sich einen Spaß daraus machen, uns in Aufregung zu versetzen«, fauchte sie.

»Und wenn ich ernsthaft Sie, die Gräfin und Frau Dr. von Keppler als mögliche Täterinnen in mein Konzept einbeziehe?« fragte Achtendorf im freundlichen Ton.

Frau Dr. Keppler drückte mit Daumen und Zeigefinger ihre schwergliedrige Goldkette, als wollte sie diese zum Schmelzen bringen. Ihre Augen verrieten eine tiefe Entrüstung.

»Unterlassen Sie bitte solche Anschuldigungen! Wir sind es gewohnt, Rechtsanwälten unsere Sorgen anzuvertrauen, wenn Beleidigungen aus bürgerlichen Ecken uns unverdient den Alltag vermiesen! Suchen Sie Ihre Mörder nicht in unserem Kreis!« zischte sie.

»Wir demonstrieren hier im Hause Haltung, wie unsere Erziehung das uns abverlangt!« sagte Frau von Windbach empört.

»Das hat Frau Wallmann nicht anders gehandhabt. Auch sie wurde ermordet«, antwortete Achtendorf und wußte, daß er die angeborene Ehre der Damen angekratzt hatte. Doch es ging hier schließlich nicht um den Ausgang einer Bridgepartie. Er dämpfte seine Stimme. Er wollte die eingebildeten Alten herausfordern, ja mehr noch, ihre angeborene Arroganz treffen.

»Für mich steht fest, daß der Mörder von Frau Wallmann und von Harry Kühnast weder abgereist ist noch sich irgendwo auf der Insel in einem anderen Haus versteckt hielt. Ich gehe davon aus, daß diese Person noch im Hause der Frau Fortema wohnt!«

»Sie geben mir Rätsel auf. Planen Sie uns in eine Komödie ein, oder wollen Sie mit den wenigen noch im Hause verbliebenen Gästen ein Drama nach einem imaginären Drehbuch aufführen?« fragte die Gräfin und lächelte ihn von oben herab an.

Dr. Zürmatt, der bisher geschwiegen hatte, ließ sich von

Zasimet den Nachtisch bringen. Er war Zeuge der Unterhaltung geworden und mischte sich jetzt ein. »Gnädige Frau, das haben Sie treffsicher gesagt. Ich bin vom Fach. Als Dramaturg stelle ich fest, daß Herr Kriminalrat Achtendorf nur noch wenige Akteure für den letzten Auftritt einsetzen kann. Mir scheint, er hat seinen Text an der Wirklichkeit vorbei geschrieben und überrascht sein Publikum hinterher wie ein Zauberer, der den Mörder aus seinem Zylinder zieht.« Dr. Zürmatt präsentierte ihnen ein ironisches und mitleidiges Lächeln. Achtendorf war verärgert über die egozentrische Einmischung des Bühnenfachmannes.

»Herr Dr. Zürmatt, Sie sind Theaterregisseur und bemühen sich, von Schauspielern Wirklichkeiten darstellen zu lassen, die phantasiereiche Schreiber erfunden haben. Ich bin Kriminalbeamter, der hinter Vorgänge schauen muß, die das Leben geschrieben hat. Dabei habe ich erfahren, daß Verbrecher oft angeborene Schauspielerfähigkeiten besitzen, die die Leistungen Ihrer ausgebildeten Darsteller bei weitem übertreffen!« warf er erbost ein.

Dr. Zürmatt lächelte verzeihend.

»Auf Ihrer Bühne, Herr Kriminalrat, geht es um die Existenz echten Lebens, bei uns um Gagen zum Überleben! Aber Sie gestatten mir, daß ich dennoch die Partei der Damen ergreife.«

Das Damenkränzchen klatschte Beifall. Auf den Tod der Frau Wallmann waren sie nicht eingegangen. Die Bordellbesitzerin hätte mit Sicherheit keine Vorbehalte gezeigt, wenn eine der Damen sie aus ihrem Zimmer gelockt hätte.

Zasimet erschien und trug Geschirr davon.

»Daraus schließe ich, daß auch Sie der Meinung sind, daß sowohl Harry als auch Alice Wallmann von einem Mörder hingestreckt wurden, der nicht zu den Patienten des Professors gehört?« fragte Achtendorf den Regisseur kleinlaut.

»Herr Kriminalrat, wo bleibt Ihre Logik? Professor Juskow lebt nicht nur von den Hauspatienten. Er betreut auch Betten im Krankenhaus«, antwortete der Regisseur ironisch.

Achtendorf ließ die geringschätzigen Blicke der Damen an sich abgleiten.

»Das war es dann, Herr Kriminalrat«, sagte die Gräfin und gab ihren Freundinnen das Zeichen zum Aufbruch. Die Damen erhoben sich und verließen mit erhobenen Häuptern den Speisesaal.

»Viel Glück bei der Jagd nach dem Täter, der Täterin, den Tätern oder Täterinnen«, sagte Dr. Zürmatt und verließ ebenfalls den Speisesaal.

Frau Fortema erschien. Sie trug noch die weiße Küchenschürze.

»Herr Kriminalrat, ich habe Werbeanzeigen aufgegeben. Die Verbrechen bringen mich an den Rand des Ruins«, stöhnte sie.

»Und mich um den Kurerfolg«, antwortete der Kriminalrat.

»Herr Achtendorf, stimmt es, daß Sie annehmen, der Mörder oder die Mörderin befänden sich noch unter meinem Dach?« fragte sie mit sorgenvollem Gesicht.

»Was meinen Sie denn?« fragte der Kriminalrat lächelnd.

Die Leiterin rieb sich verlegen die Hände an ihrer Schürze.

»Nein, das kann nicht stimmen«, sagte sie und begann zu schluchzen.

»Frau Fortema, grau ist alle Theorie. Der Professor hat mir aufgetragen, den Mittagsschlaf einzuhalten«, sagte Achtendorf und ließ sie stehen, um sein Zimmer aufzusuchen.

19

Am Nachmittag waren die Geschäftsstraßen vollgestopft mit Menschen, die Ruhebänke alle besetzt. Achtendorf stieg in ein Taxi und ließ sich zur »Weißen Düne« fahren. Dort betrat er mit dem Blick auf das weite Meer den

Strand. Eine leichte Brise wehte ihm frische Luft entgegen. Er schritt kräftig aus. Die Sonne schien ihm in das Gesicht, und die Möwen segelten im Wind. Erst als er den Pfahl entdeckte, an dem Alice Wallmann ihr Leben ausgehaucht hatte, entschwand seine Sorglosigkeit. Er blieb stehen und beobachtete, wie das Wasser der Flut sich an dem geteerten Pfahl brach. Achtendorf vertraute dem Wind ein kleines Gebet an und dachte an ihren gemeinsamen Besuch in der Kirche. Sie hatte eine Kerze angezündet. War sie wirklich so gläubig gewesen? Hatte sie sich der Mutter Gottes anvertraut? Tief in Gedanken versunken, ging er weiter.

Am Januskopf verließ er den Strand. Von dort war es nicht weit bis zur Knyphausenstraße. Sein Ziel war das Polizeihaus.

Er suchte das Dienstzimmer Meyers auf.

»Nehmen Sie Platz, Herr Achtendorf«, sagte der Kommissar und wies auf einen Stuhl. Dabei strahlte er, als wäre es ihm gelungen, die beiden Morde aufzuklären.

»Herr Kommissar, meine Grübeleien machen mich zum Strandläufer, und dabei verliere ich an Gewicht«, sagte Achtendorf.

»Dann wird Professor Juskow mit Ihnen sehr zufrieden sein«, scherzte Meyers.

»Doch ich nehme seelischen Schaden. Selbst die wenigen Gäste des Sanatoriums beginne ich zu vergraulen«, antwortete Achtendorf.

Meyers nahm eine Akte in die Hand, verließ den Schreibtisch, stellte sich an das Fenster und warf einen zufälligen Blick auf den Onno-Fisser-Platz.

»Herr Kriminalrat, schauen Sie sich diese Idylle an«, sagte er und grinste.

Achtendorf stand auf und blickte nach unten.

»Das darf nicht wahr sein«, stöhnte er. Auf einer Bank saßen die adeligen Damen und hielten ihre Gesichter in die Sonnenstrahlen.

»Herr Kriminalrat, Sie verdächtigen das Damenkränzchen. Sie sind die letzten Gäste im Sanatorium.«

»Nein, dieser Regisseur kurt ebenfalls noch. Er hat mir

heute beim Essen die Schau gestohlen, als ich mit den blaublütigen Damen begann, Klartext zu sprechen«, antwortete Achtendorf.

»Hier, lesen Sie! Der junge Hansky ist verhört worden«, sagte Meyers und reichte dem Kriminalrat die Akte.

Achtendorf las die Aktenseiten, dann reichte er Meyers den Schnellhefter wieder zurück.

»Der junge Hansky muß über das Vorleben des Geliebten seiner Mutter Informationen besessen haben!« stellte Achtendorf fest.

»Das Protokoll verhärtet meinen Verdacht gegen ihn. Olaf Hansky antwortete wie auswendig gelernt«, sagte Meyers nachdenklich.

»Aber wer ermordete Alice Wallmann? Zum Zeitpunkt des zweiten Verbrechens saß der Junior bereits hinter Gittern«, stellte Achtendorf fest.

»Vielleicht hatte er einen Komplizen. Eine Person, die nicht im Sanatorium kurte«, sagte Meyers.

»Frau Hansky hatte es sehr eilig, Norderney zu verlassen! Bemerkenswert erscheint mir ihre Energie. Sie erlitt keinen Rückfall. Im Gegenteil, sie hat das Sanatorium nur mit Krücken verlassen und den Weg zu ihrem Rolls-Royce ohne fremde Hilfe zurückgelegt«, erwähnte Achtendorf.

»Und sie scheint das Interesse an der zusammen mit Harry geführten Firma und der neuen Wohnung verloren zu haben. Warten wir ab, wie sie sich in Zukunft verhält«, sagte Meyers.

»Sehr gut, Herr Kommissar, dann wollen wir mal die tatkräftigen und unternehmungslustigen Damen ein wenig in das Scheinwerferlicht rücken.«

Meyers blickte durch das Fenster. Er lachte.

»Sehen Sie! So, als hätten sie gelauscht, verlassen sie wie Geschwister die Bank. Erhobenen Hauptes. Wie Würdenträgerinnen schreiten sie davon«, kommentierte er.

»Haben Sie die Fotos der Mordwaffen anfertigen lassen?« fragte Achtendorf.

»Sie befinden sich in meiner Tasche. Ich beabsichtige, sie den wackeren Damen bei einer Tasse Kaffee zu präsentieren. Sie sind dazu herzlich eingeladen«, antwortete Meyers und lachte verschmitzt.

»Und wo soll das Rendezvous stattfinden?« fragte Achtendorf.

»Ich habe an das Denkmal-Café gedacht. Die fensterlose Plüschstube ist dem Gehabe der Damen ganz angepaßt. Ich habe sie für uns ab neunzehn Uhr reservieren lassen«, antwortete Meyers.

»Sie schlagen aber eine forsche Gangart ein, Herr Kommissar«, staunte Achtendorf.

»Nun, die Damen werden in einigen Minuten meine höfliche Einladung aus der Hand Frau Fortemas erhalten! Um Sie vor neugierigen Fragen zu schützen, liegt der Rezeption des Sanatoriums bereits Ihre förmliche Abmeldung vom Abendessen vor«, sagte Meyers. Er blickte Achtendorf an, als müßte er sich entschuldigen. Er war in seinen Vorbereitungen vielleicht etwas zu weit gegangen. »Ich gebe zu, das Programm läuft ein wenig eigenmächtig ab. Zur Überbrückung der Zeit bis zum Treffen mit den Vertreterinnen des kurenden Adels kann ich Ihnen alternative Vorschläge unterbreiten.«

»Herr Kommissar, wenn Sie an ein Essen denken, dann vergessen Sie Ihre gutgemeinte Vorsorge. Andererseits habe ich meinen Bedarf an Möwengeschrei, Meeresrauschen und Sandtreten für heute gedeckt. Was bleibt danach noch auf der Vorschlagsliste?« fragte Achtendorf ironisch.

»Ehrlich gesagt, nicht viel! Heute ist mein Saunatag. Ich kann Sie als Gast einladen. Kosten entstehen Ihnen keine«, meinte Meyers.

»Nicht schlecht! Wir haben ein gemeinsames Hobby, wie ich erfahre. Wenn ich mich nicht im Kreise nackter Mädchen zeigen muß, bin ich mit von der Party«, sagte Achtendorf.

»Dann gehen wir«, schlug Meyers vor.

»Stammt der Tip von Lehnartz?« fragte Achtendorf.

Meyers nickte. »Von siebzehn bis zwanzig Uhr haben die Mitglieder des TUS Norderney bis zum Beginn der Saison im Sporthotel freien Eintritt. Handtücher und Laken bekommen wir gegen eine geringe Gebühr.«

Sie verließen das Polizeihaus und machten sich auf den Weg zum Sporthotel.

»Das war eine fabelhafte Idee. Wie schnell man doch in der Sauna seinen Ärger und Mißmut loswerden kann«, sagte Achtendorf, als sie das Sporthotel verließen.

Es war bereits dunkel. Straßenleuchten und Reklametransparente warfen ihr Licht auf die wenigen Passanten. Vom Strand her wehte ein frischer Wind salzhaltige Luft in die Stadt. Auf das Steindenkmal vor dem Café fielen die Strahlen der Scheinwerfer, die seitlich an der Stella-Maris-Kirche angebracht waren. Hinter den Scheiben des Cafés saßen ältere Menschen und suchten vor aufgeschlagenen Illustrierten Kurzweil.

Der Wirt begrüßte die Kriminalbeamten und entfernte das zur Absperrung eingehakte Plüschseil.

Sie setzten sich an einen Tisch, um auf die Damen zu warten, die so erfolgreich unter der Regie Professor Juskows kurten.

Die Gräfin war es, die als erste ihren Kopf mit ondolierten Silberhaaren über die Brüstung steckte und laut zu ihren Freundinnen sprach:

»Hier sind wir richtig!«

Meyers erhob sich.

»Hier sind Sie auch willkommen«, sagte er zur Begrüßung. Er verließ seinen Platz und half den Damen aus ihren teuren Mänteln.

Er begleitete sie die wenigen Stufen hoch und wies auf den Kriminalrat, der seinen Tischnachbarinnen freundlich entgegenblickte. Achtendorf sah, daß die Damen festliche Röcke trugen und auch mit der Auswahl der Schmuckstücke aus ihren Schatullen großzügig verfahren waren.

»Meine Gnädigsten, Sie sind unsere Gäste. Wünschen Sie nach altem ostfriesischen Brauch Kuchen und Tee? Oder bevorzugen Sie Kaffee? Der Wirt führt ein süffiges

Bier und kann auch mit Sekt aufwarten. Sollten Ihnen Bedenken kommen, so reicht er Ihnen auch das kurgemäße Wässerchen«, sagte Meyers freundlich.

»Herr Kommissar, Ihre Einladung ist uns auf den Magen geschlagen. Aus diesem Grunde ließen wir die Pastetchen von Zasimet unberührt abtragen. Wir sind keine Teenager mehr«, sagte die Gräfin höflich.

»Ein Stückchen Obsttorte mit Schlagsahne könnte uns für den Verlust entschädigen«, meinte Frau von Windbach.

Der Kommissar bemühte sich um die Gäste, als säßen knusprige Strandschönheiten am Tisch.

»Tee mit Kluntjen und Sahne, oder möchten Sie lieber Kaffee?« fragte er mit seinem charmanten Lächeln.

»Kaffee«, entschied Frau Dr. Keppler für ihre Freundinnen mit.

Meyers gab die Bestellung an den Wirt weiter und wünschte auch für sich und Achtendorf Kaffee, trotz des großen Saunadurstes. Die Blicke der Damen ruhten neugierig auf Meyers. Sie lasen ihm die Worte von den Lippen ab.

»Meine Damen, ich bin froh darüber, daß Sie unserer Einladung gefolgt sind. Lassen Sie mich ein Kompliment hinzufügen. Die Kur, auch wenn sie noch nicht zu Ende ist, hat Ihnen gutgetan, denn ich muß ehrlich gestehen, würde ich nicht Ihr Alter kennen, ich hätte Sie wesentlich jünger eingeschätzt. Und wie mir Herr Achtendorf berichtete, reiten Sie auch noch recht flott zu Pferde durch unsere herrliche Dünenlandschaft«, sagte Meyers und schaute erwartungsvoll zur kleinen Treppe. Er wollte das Gespräch hinhalten, bis Kaffee und Kuchen die Atmosphäre auflockerten.

»Herr Kommissar, an Eitelkeit hat es uns nie gefehlt! Wir danken Ihnen und nehmen Ihre Bewunderung mit Freude entgegen«, sagte Frau Dr. von Keppler höflich.

»Es ist allerdings anzunehmen, daß Ihre Einladung Ihrer beruflichen Neugierde entspringt«, warf die Gräfin ein und lächelte gewinnend.

»Meine Damen, es scheint, als hätte Harry Kühnast das schlechte Wetter mitgenommen. Wir genießen einen herrlichen Vorfrühling«, sagte Achtendorf.

»Unsere Jahre sind gezählt, Herr Kriminalrat. Sie verstehen, daß wir sie nicht in Trübsal zerrinnen lassen wollen«, antwortete Frau von Windbach und lächelte wie ein kleines Mädchen.

»Meine Damen, Sie trauen sich noch einiges zu! Ich fürchtete um Ihr Leben, als Sie halsbrecherisch durch die Dünen galoppierten«, sagte Achtendorf.

»Pferde bedeuten für uns dasselbe wie Ihnen Ihr Schreibtisch«, konterte Frau Dr. von Keppler ungeduldig.

Der Wirt servierte den Kuchen. Er beeilte sich und brachte die Kaffeekännchen sofort hinterher. Die Damen begannen heißhungrig ihre Gabeln in die Tortenstücke zu graben. Die Kriminalbeamten schauten belustigt zu und tranken Kaffee. Nach einer Weile fragte Meyers gelassen:

»Meine Damen, verdanken wir Ihnen den aus zurechtgeschnittenen Zeitungszeilen erstellten Brief mit dem Hinweis, eine langhaarige Dame, die einen Rucksack trug, hätte über die Kiefer den Zugang zu Harrys Zimmer gesucht?«

Die Gräfin hob den Kopf und schaute ihre Freundinnen an. Frau von Windbach lächelte und ließ ihre Gabel im letzten Drittel der Torte stecken.

»So ist es! Aber erwarten Sie von uns keinen exakten Zeugenbericht. Ich hatte die Toilette aufgesucht und durch das kleine Fensterchen geblickt. Ich glaubte das gesehen zu haben, was wir Herrn Achtendorf mitgeteilt haben, und zwar anonym, weil wir Angst hatten. Da ich allerdings weiß, daß ich parapsychologisch begabt bin, kann ich nicht mit Sicherheit sagen, ob es sich um wirkliche Vorgänge gehandelt hat. Dennoch habe ich meinen Freundinnen davon berichtet«, sagte sie und begann den Rest des Kuchens zu verspeisen.

»Es war dann meine Idee, unser Wissen nicht für uns zu behalten«, sagte Frau Dr. von Keppler.

Das Damenkränzchen strahlte, als hätte es dazu beigetragen, die Fälle zu lösen.

»Eine reizende Hilfe! Aber auch wir hatten Visionen! Gnädige Frau, Sie sind eine geborene von Trotterbach?«

wandte sich Meyers an die Gräfin. Die Gnädige von Akazienhain bemühte sich irritiert um den letzten Bissen. Ihre empörten Blicke warfen Fragen auf.

»Gibt es Nebenlinien Ihres Geschlechtes, die Ihnen unbekannt geblieben sein können?« fragte Achtendorf.

»Was der Gothaer Kalender dokumentiert, das ist für mich die Wahrheit! Vielleicht hat jemand einen falschen Namen benutzt? Es existieren auch falsche Geldscheine!« antwortete sie empört.

»Nun, dann müssen wir direkter werden, gnädige Frau. Kennen Sie eine Verwandte, die sich Elisa von Trotterbach genannt hat?« fragte Achtendorf.

Die Gräfin antwortete verärgert: »Es gab ein schwarzes Schaf in meiner väterlichen Linie. Eine ledige Cousine soll sich exzentrisch weit von den Vorstellungen der Familie entfernt haben. Sie wurde sehr verachtet.« Gräfin von Akazienhain schaute die Beamten mißmutig an.

»Gnädige Frau, dann wird es Sie nicht sonderlich überraschen, wenn Sie erfahren, daß diese Cousine im hohen Alter in Harry Kühnast verliebt gewesen war, ja mit ihm zusammengelebt hat«, sagte Achtendorf.

So, als hätte diese Aussage ihr Leben bedroht, begann die Gräfin zu zittern. Ihre Augen wurden starr. Sie röchelte und rang nach Luft, als würde sie an etwas ersticken.

Frau von Windbach und Frau Dr. von Keppler sprangen auf und begannen, sich wie gelernte Krankenschwestern mit gezielten Griffen um die Leidgeprüfte zu kümmern, um sie für das Diesseits zu erhalten. Die Kriminalbeamten blieben gelassen und beobachteten das Schauspiel, ohne die Nerven zu verlieren.

Der Wirt schaute kurz in das Plüschzimmer und erschien mit einem Cognac. Die Gräfin trank ihn hastig. Ihr Anfall verging, und in ihr Gesicht stieg eine leichte Röte.

Ihre empörten Blicke fanden bei den Beamten keine Resonanz.

Frau von Windbach und Frau von Keppler setzten sich aufgeregt wieder auf ihre Plätze. Die vielen Goldreifen und die teuren Kettchen pendelten sich aus. Auch die

Empörung fiel von der Gräfin ab und wich angesichts der unnachgiebigen Haltung der Kriminalbeamten einer aufkeimenden Sanftmut.

Kommissar Meyers hielt den Augenblick für gekommen, sich um weitere Klarheiten zu bemühen. Er zog die in Originalgröße fotografierten Bilder der Mordwaffen aus seiner Tasche.

»Gräfin, schauen Sie sich die Fotos an! Handelt es sich um Messer, die aus dem antiken Tafelsilber der Lady Woodyforth stammen, das zum Vermögen Ihrer Cousine gehört hat?« fragte Meyers. Erneut rang die Gräfin von Akazienhain um ihre Fassung.

Frau von Windbach entsetzte sich: »Ihre brutalen Methoden nehmen lebensbedrohende Formen an!«

Während die Gräfin, ohne ein Wort zu äußern, mit starrem Blick die Fotos anschaute, antwortete Achtendorf:

»Das sehen Sie falsch! Die Polizei bedroht kein Leben, sondern hilft es schützen. Wir können bei unserer Aufgabe, Verbrechen aufzuklären, nicht vor gesellschaftlichen Schranken haltmachen.«

Die Gräfin stieg aus einer Traumwelt zurück. »Um den Verbleib des antiken Tafelsilbers hat es in meiner Familie einigen Wirbel gegeben. Wie kommen diese Stücke in Ihren Besitz?« fragte sie irritiert.

»Gnädige Frau, es handelt sich um die Mordwaffen! Ich weiß jetzt nicht, ob das eine oder das andere Messer in Harry Kühnasts Brust oder im Rücken der Alice Wallmann saß!« sagte Achtendorf mit harter Stimme.

Die Gräfin zitterte. Unruhig schaute sie um sich.

»Das ist ja entsetzlich!« zischte Frau von Windbach.

»Meinen Mantel!« rief die Gräfin und begann zu schluchzen.

Frau Dr. von Keppler sprang auf. Sie besorgte den Mantel und reichte ihn der verwirrt um sich stierenden Gräfin. Die Damen waren wie aus dem Häuschen. Es dauerte eine Weile, bis sie alle in die richtigen Ärmel gefunden hatten.

»Danke für den schönen Abend«, schrie Frau Dr. von Keppler, als sie fluchtartig das Café verließen.

»Mir scheint, wir haben die Damen sehr geschockt!« sagte Meyers und lachte.

»Mir ist ebenfalls zum Lachen zumute, doch falls diese stelzigen Hochwohlgeborenen nichts mit den Morden zu schaffen haben, stehen wir schlecht da«, sagte Achtendorf ernst.

»Vielleicht öffnet die Gräfin auf ihrem Zimmer eine Flasche Sekt, und die Damen stoßen auf ihren Erfolg an, weil sie glauben, uns hereingelegt zu haben.«

»Weil es gar keine langhaarige Fassadenkletterin gab?« fragte Achtendorf.

»Die Verwendung der Messer weisen in eine Richtung, in der noch Abstammung, Reichtum und Ansehen ehrbare Akzente setzen. Mußten die Opfer sterben, weil sich rachsüchtige und sich entwürdigt fühlende Verwandte um ihr Erbe betrogen fühlten? Oder meldete ein verwöhnter Nichtsnutz seine Rechte an einem Handelsimperium an, das in Gefahr lief, von Harry beherrscht zu werden? Herr Kriminalrat, ein Schmierentheater.«

»Dem stimme ich zu, und zur Abrundung der Ironie trug ein echter Regisseur mir ganz ähnliche Gedanken vor«, antwortete Achtendorf.

»Selbst die Sanatoriumsbesitzerin ließe sich in die Handlung einstricken. In der Zeit der Kostendämpfungsgesetze für das Gesundheitswesen standen viele Häuser leer. Schleppte der charmante Harry Frau Fortema liebeshungrige Alte in das Sanatorium?« fragte Meyers.

»Ich glaube nicht an Akteure, die außerhalb des Sanatoriums, also fern unserer Bühne, waren«, sagte Achtendorf überzeugt.

»Bis jetzt sitzt nur einer hinter Gittern. Olaf Hansky hat den Einbruch gestanden. Sein Kumpel, ein Krimineller mit vielen Vorstrafen, um Jahre älter und homosexuell, kann sich nicht zu Harry hochgeschlichen haben. Er hat ein hieb- und stichfestes Alibi«, trug Meyers vor.

»Trinken wir noch ein Glas Bier! Unser Puzzle zeigt noch zu wenig Anlegekanten«, sagte Achtendorf und rief den Wirt.

20

Frau Fortema hatte den Kriminalrat mit höflichen Floskeln an den nun freien Tisch der Alice Wallmann umquartiert. Auch sie ging ihm gegenüber auf Distanz, weil sie den Verdacht nicht loswerden konnte, er hätte ihr die Kriminalbeamten auf den Hals geschickt, die sie einem ernsthaften Verhör unterzogen hatten.

Dr. Zürmatt war, ohne Abschied zu nehmen, abgereist. Niemand verübelte diesem gestreßten Regisseur die kleine Unhöflichkeit. Er mußte mit seinen nur zum Teil regenerierten Kräften haushalten, denn von seiner Theatertruppe wurde selbst in Provinzstädten hochstehende Kunst erwartet.

Professor Juskow und seine junge Krankenschwester gaben sich alle Mühe, die trübe Stimmung im Sanatorium zu beleben. Die medizinische Betreuung war optimal, und die Rundumversorgung ließ nichts zu wünschen übrig.

Das Wetter hatte sich eingetrübt. Achtendorf hatte das Gefühl, als läge über Norderney die Melancholie der unaufgeklärten Morde.

Zwischen seinen Kurterminen suchte er häufig den Strand auf. Er hatte Gefallen daran gefunden, den abwechslungsreichen Wolkenhimmel zu beobachten, dem Donnern der Wellen zuzuhören und den Möwen zuzuschauen, wenn sie sich respektlos in Greifhöhe in den Wind hingen.

Im Café Marienhöhe kannte man inzwischen den stillen Besucher, der sich bescheiden an ein Fenster setzte und bei einer Tasse Kaffee auf das Meer und den Zipfel der Insel Juist schaute.

An diesem Nachmittag nahm der Kriminalrat den Blick von der Nordsee und schlug die Weser-Ems-Zeitung auf. Vom politischen Teil reichten ihm die Schlagzeilen. Er las den Sportteil und schlug dann das Feuilleton auf. Die Würdigung amerikanischer Literatur fand auch in diesem Blatt im Übermaße Raum. Fast hätte er im unteren Teil unter der Überschrift ›Kulturnotizen‹ einen kleinen Beitrag übersehen, der die Leistungen der Schweizer Theatertruppe »Der rote Karren« würdigte. Der Regisseur Dr. Zürmatt hatte in Osnabrück mit seinem Stück »Paradiesblumen« ein begeistertes Publikum gefunden. Die Zeitung hob auch die Leistungen der Schauspieler hervor und kündigte an, daß Dr. Zürmatt mit seinem Tourneetheater im »Neuen Theater« in Emden gastieren werde.

Achtendorf legte die Zeitung beiseite. Er steckte sich eine Zigarette an und schaute auf das Meer. Der Regen hatte noch nicht aufgehört. Weißgraue Wolken stiegen am Horizont auf und kündigten eine Wetterbesserung an, doch noch widerstand das Sturmtief dem aufgebristen Wind.

Spontan kam ihm die Idee, seinen Kuraufenthalt mit einem Theaterbesuch zu bereichern. Uneingestanden litt er unter Einsamkeit. Er erhob sich und ging zum Gästetelefon. Vielleicht hatte Meyers am Freitag frei und konnte ihn begleiten. Er wählte die Nummer der Polizei und ließ sich mit Meyers verbinden.

»Mit dem größten Vergnügen, Herr Kriminalrat! Kunst aus erster Hand interessiert auch mich. Wir leben schließlich in der Provinz, da sind solche Genüsse selten«, stimmte Meyers spontan zu.

»Sehr schön. Ich besorge sofort zwei Theaterkarten«, schlug Achtendorf vor.

»Überlassen Sie das mir. Außerdem kenne ich ein gutes Hotel. Um diese Jahreszeit gibt es in der See- und Hafenstadt genügend freie Betten«, antwortete Meyers.

Achtendorf freute sich und ging zurück an seinen Tisch. Er studierte die Zeitung, bis der Regen aufgehört hatte. Als er gegen achtzehn Uhr das Sanatorium betrat, hatte sich das Blatt für Frau Fortema gewendet.

Neue Gäste waren angereist und füllten mit erwartungsvollen Blicken die Plätze der Abgereisten. Frau Fortema schlich mit hochrotem Kopf durch den Speisesaal. Als habe sie ihn erwartet, nahm sie ihn beim Arm.

»Herr Kriminalrat, ich hoffe, daß nichts durchsickert!

Übrigens holt Sie morgen ein Freund gegen achtzehn Uhr mit dem Wagen ab. Der Herr nannte keinen Namen am Telefon«, sagte sie flüsternd und schob ihn freundlich wie einen alten Bekannten an seinen Tisch.

»Herr Achtendorf ist Verwaltungsangestellter, genauer, Stadtdirektor. Darf ich vorstellen, Frau von Erftal und Frau Studiendirektorin von Nußdorf«, sagte sie mit einem verbindlichen Lächeln.

Achtendorf spürte, wie seine Drüsen Schweiß absonderten. »Angenehm«, sagte er und dachte entsetzt: ›Wie gehabt‹. Er blickte auf den protzig zur Schau gestellten Schmuck, fand in den alten Gesichtern die ihm vertraute Arroganz.

»Kuren Sie schon länger?« fragte Frau von Erftal.

»Fast zu lange«, antwortete Achtendorf mit einem höflichen Lächeln und machte sich über die Pastete her. Er sah das Bayerisch-Grün der Lodenjäckchen, bemerkte die kleinen Moosröschen auf den Blusenkragen.

»Reiten Sie?« fragte er die Damen. Ihre faltigen Gesichter wurden ernst.

»In unserem Alter?« empörte sich Frau von Erftal.

»Entschuldigen Sie die Frage, aber ich kenne ältere Kolleginnen von Ihnen, die galoppieren hier wie junge Mädchen durch die Dünen«, sagte er und blickte auf das Damenkränzchen, das ihn nicht beachtete.

Er war zu weit gegangen, das spürte er. Er mußte seine Kur hier unter alten Menschen endlich zu Ende führen.

Er schob den Teller von sich und gab Zasimet einen Wink, daß er weder Tee noch die obligatorische Aufschnittplatte wünschte.

»Sind Sie auch wegen des Professors hier?« fragte er einlenkend.

Die Damen strahlten ihn an, als hätte er von Gott gesprochen.

»Ja, das ist der Fall, Herr Stadtdirektor«, hauchte die alte Lehrerin.

»Gute Nacht«, sagte Achtendorf und verließ den Speisesaal.

21

Wie angekündigt, holte Meyers den Kriminalrat mit dem Wagen vom Sanatorium ab.

Die Frisia lag bereits mit herabgelassener Ladeluke am Kai. Ein Matrose winkte sie in eine Parklücke. Sie gingen zum Restaurantdeck, bestellten Kaffee und setzten sich an einen Fenstertisch. Der Blick nach draußen war noch versperrt von der Kaimauer.

Achtendorf war gespannt zu erfahren, ob Meyers Neuigkeiten mit sich brachte, denn er hatte ihn mehrere Tage nicht gesehen.

»Herr Kriminalrat, von einer Wende können wir noch nicht reden. Allerdings ergaben unsere Recherchen, daß das Vermögen der Elvira von Trotterbach, bis auf Harrys Erbe, an die Gräfin von Akazienhain gegangen ist. Diese Tatsache verhärtet den gegen sie gerichteten Verdacht. Doch noch sensationeller belegen Zeugenaussagen, daß auch Frau Dr. von Keppler in Bad Badenweiler, allerdings nur für einen Kuraufenthalt, die Busenfreundin Kühnasts gewesen ist. Die Kollegen in Freiburg sind dabei, an Hand der Unterlagen des Kuramtes und der Versicherungskassen das nicht lieblose Leben der Damen zu erforschen, die wohl vor Jahren noch das Bad im Schwarzwald bevorzugten.«

Die Frisia legte mit mahlenden Maschinen ab. Schon nach wenigen Minuten kämpfte sie sich gegen den Wind und schnitt schaukelnd die Schaumkronen der Wellen.

»Dann haben möglicherweise Frau Dr. von Keppler und Frau von Windbach keine Vermögenswerte außer Liebeskummer zu beklagen gehabt«, sagte Achtendorf.

»Das kann auch zum Teil auf Frau Fortema zutreffen. So hat unsere erst jetzt begonnene Buchprüfung bereits das Ergebnis gebracht, daß Harry Kühnasts Kuraufenthalt nicht auf der Einnahmenseite ihrer Konten erschienen ist«, erklärte Meyers.

Achtendorf schaute nachdenklich in die sich auftürmenden grauschwarzen Wolkenmassen.

Harry Kühnast hatte sein Handwerk verstanden, dachte er angewidert. Er trank ein paar Schlucke Kaffee.

»Die Wallmann sah sich wohl selbst als eine Art Florence Nightingale des ausgehenden zwanzigsten Jahrhunderts. Man muß sich die Dimensionen vorstellen! AIDS ist die Seuche, die die ganze Welt erzittern läßt. Die Madame besaß bereits ein sicheres Programm, ihr Gewerbe zu erhalten und womöglich zu neuen Rekorden zu führen, und Harry, der kleingeistige Witwentröster, schielte nach bürgerlichem Glück mit der Hansky!« sagte Achtendorf.

»Das bringt mich erneut auf Hansky Junior. Er war ein Tunichtgut! Allerdings war er bereits alt genug, um zu begreifen, daß die Verbindung seiner Mutter mit dem Casanova der Greisinnen das Vermögen seines verstorbenen Vaters gefährden konnte. Deshalb habe ich mich auch um sein Vorleben bemüht. Er wurde, so kann man aus den Untersuchungsergebnissen schließen, häufig Zeuge elterlicher Auseinandersetzungen. Er störte das lockere Leben seiner Mutter, während sein beschäftigter Vater kaum Zeit für ihn fand. Der alte Hansky schockierte den Markt mit seiner Produktpalette. Von der Kosmetikserie ›Mexico Beige‹ bis hin zu ›Dentaklar‹ erkämpfte er sich hohe Marktanteile, während sein Sohn nach mehreren Bruchlandungen an verschiedenen Gymnasien und einer Gastrolle in einem teuren, angesehenen Internat immer noch kaum Leistungen zeigte. Dafür ist er aber häufig mit der Schulordnung in Konflikt geraten. Eine Lehre in einem befreundeten Betrieb brach er ab. Aufenthalte in Brüssel und Straßburg endeten mit einem Fiasko. Selbst die Mitgliedschaft in einem Motorradclub gelang ihm nicht, weil er sich nicht unterordnen konnte. Dabei bemühten sich selbst die Manager der Betriebe, den Junior und einzigen Erben auf Vordermann zu bringen«, trug Meyers vor.

Achtendorf schaute auf die grüngrauen Wellen, die der Wind hochgekämmt vor sich her trieb. Die Dünenausläufer der Insel Juist gerieten ins Bild. Die Frisia änderte mit Schaukelbewegungen ihren Kurs. Achtendorf wandte sich Meyers zu:

»Olaf Hansky hat noch einen Bruder. Nach den Aussagen der hochkarätigen Adelsvertreterinnen hat sich dieser von der Familie losgesagt.«

»Das ist mir neu«, antwortete Meyers.

»Setzen Sie die Freiburger Kollegen auf diese Spur an, Herr Kommissar«, schlug Achtendorf vor.

»Sie interessiert wohl mehr diese Hansky. Sie möchten wissen, ob die reiche Witwe heimlich in ihrer Prachtvilla gesundheitliche Fortschritte gemacht hat und womöglich ohne Krücken an Blumenbeeten entlangschlendern kann?« fragte Meyers und lächelte Achtendorf an.

»Ähnliches soll es schon gegeben haben«, antwortete Achtendorf. Die Frisia näherte sich Norddeich. Sie bezahlten den Kaffee und betraten das Deck.

»Hier in Ostfriesland bewegen sich die Stimmungen wie die Kurse an der Wertpapierbörse«, stellte Achtendorf beim Anblick der Küste fest.

»Sie meinen, trüben Tagen folgen strahlende, die in depressiven Stunden enden«, neckte Meyers.

Achtendorf nickte.

»Unser Reizklima«, lachte Meyers. Sie stiegen in den Wagen. Der Matrose signalisierte freie Fahrt. Meyers lenkte das Auto über die Mole. Im Fährhaus brannten bereits die Lichter. Fischkutter tanzten auf den forschen Wellen.

»Steht dort nicht mein Freund Lehnartz?« fragte Achtendorf überrascht.

Lehnartz trug eine kleine Reisetasche.

»Mein Chef hat zwei kleine Kinder. Er benötigt dringend Ablenkung. Seine Frau beurlaubte ihn für unseren Kulturausflug«, sagte Meyers und parkte den Wagen vor dem Hotel.

Lehnartz stieg zu ihnen ein.

»Hallo«, grüßte er und setzte sich auf die Rückbank. Während Meyers den Wagen über Norden und Georgsheil nach Emden steuerte, schwelgten die beiden Kriminalbeamten in gemeinsamen Erinnerungen an vergangene Jahre.

22

Die Vorstellung der Tournee-Truppe war restlos ausverkauft, Ein schrilles Läuten forderte die Gäste auf, Platz zu nehmen. Kriminalrat Lehnartz erstand ein Programmheft und folgte seinen Kollegen in die vorderen Ränge. Nach wenigen Minuten erloschen die Lichter.

Der Vorhang hob sich. Grelle Scheinwerfer rissen die Kulissen aus dem Dunkel. Eine lebhafte Truppe und eine hervorragende Regie schufen, selbst für Laien erkennbar, lebendiges modernes Theater. Ein spannendes Stück! Es stimmte einfach alles!

Das Publikum sparte nicht mit Beifall, als sich der Vorhang nach der Darstellung senkte. Immer wieder klatschte es die Schauspieler auf die Bühne, die sich höflich verneigten.

»Weltklasse«, stellte Lehnartz fest, als sie im Strom der Besucher dem Ausgang entgegenschritten.

Über den Parkplatz strich ein kühler Wind, der zwischen Berufsschule und Nordseehalle ohne Hindernisse, direkt von der See kommend, einfiel.

»Trinken wir noch ein gutgezapftes Bier?« fragte Meyers.

»Nicht nur eins«, lachte Lehnartz.

Durch die Stadtanlage, über den Wall, waren es nur wenige Minuten in die Innenstadt. Die ›Loggerei‹, in der früher die Kapitäne der Heringsfänger verkehrt hatten, empfing sie mit Erinnerungsromantik.

Ein Ober in weiten Seemannshosen und Troyer führte sie an einen geschrubbten Holztisch. Sie setzten sich auf die historischen Heringsfässer, die die Stühle ersetzten. Die Wände zierten naiv gemalte Bilder längst vergessener Fangschiffe. Über dem Tresen spannten sich Fischernetze. Die Beamten bestellten Bier und Matjes. Am Nachbartisch diskutierten Kaufleute über das Für und Wider des Dollart-Hafen-Projektes.

Der Ober brachte die Bestellung. Mit Heißhunger aßen

sie die öligen, gutgewürzten Heringe und prosteten sich zu.

»Ein herrlicher Abend. Herr Achtendorf, Ihnen verdanken wir die Idee«, sagte Meyers begeistert.

»Dr. Zürmatt war echt Spitze. Im Sanatorium hatte ich einen ganz anderen Eindruck von ihm gewonnen«, meinte Achtendorf.

Lehnartz schwieg. Er schaute wie abwesend auf den blanken Holztisch, während der Ober das Geschirr abräumte.

»Er ist nicht nur ein begnadeter Regisseur, sondern auch ein hervorragender Schauspieler. Er verkörperte perfekt die Rolle des Ingenieurs Dynamos«, stellte Meyers fest.

»Ich habe Kinder. Wenn mir diese Probleme als Vater auferlegt worden wären, ich weiß nicht, ob ich so kühl reagiert hätte«, erinnerte sich Achtendorf an Szenen der Aufführung.

»Dich hat die Theaterwelt wohl sehr beeindruckt. Sie ist aber nicht die Wirklichkeit!« warf Lehnartz ein und bestellte beim Ober eine Runde Bier.

»Der Mann versetzte sich perfekt in die Rolle eines Vaters«, schwärmte Achtendorf.

»Das trifft genau die Kernaufgabe eines guten Schauspielers«, sagte Meyers.

»Und unser Job! Müssen wir uns nicht auch in die Rolle des Täters versetzen und wie der leibhaftige Satan denken?« fragte Achtendorf.

Der Ober stellte die gefüllten Gläser auf den Tisch.

»Zum Wohle«, sagte er im Geschäftston. Lehnartz hielt ihm seinen Bierdeckel hin.

»Trinken wir auf den gelungenen Abend«, sagte er. Sie hoben die Gläser und prosteten sich zu. Dann fuhr er fort: »Ob es erforderlich wird, auch hier im vertrauten Kreis wie der Satan denken zu müssen, hängt davon ab, wie du die Rolle beurteilst, die Dr. Zürmatt im Sanatorium auf Norderney gespielt hat. Studier doch bitte einmal das Programmheft!« Er zog die kleine Schrift aus seiner Jackentasche und reichte sie seinen Kollegen, die sie irritiert lasen.

Verwirrt und betroffen stellte Achtendorf fest:

»Ach was, hiernach spielte ein Schauspieler mit Namen Hannes Reglow den Ingenieur Dynamos! Und Dr. Zürmatt ist ein ganz anderer.«

»Aber Reglow hat im Haus Theresenhöhe gekurt«, warf Meyers ein.

»Ja, das Foto des echten Regisseurs läßt keine Zweifel zu«, sagte Lehnartz. »Zürmatt ist ein ganz anderer.«

»Dann hat dieser Hannes Reglow unser Sanatoriumsdrama um eine kleine Gaunerkomödie bereichert?« fragte Meyers.

»Der Schauspieler reiste am Nachmittag an, Stunden später fanden wir Harry mit einem Messer in der Brust auf seinem Zimmer«, stellte Achtendorf fest.

»Vermuten Sie einen Zusammenhang?« fragte Meyers.

»Das ist schwer zu sagen. Auf jeden Fall können wir diese Hochstapelei eines gutdotierten Schauspielers nicht einfach außer acht lassen«, antwortete Lehnartz.

»Gründe für seine Kur gibt es sicher genügend. Jeden Abend zwei Stunden vor einem unbekannten Publikum topfit die Rolle abzuspulen, das wird Nerven kosten. Aber warum kurte er nicht als Hannes Reglow auf Norderney?« frage Achtendorf.

Lehnartz hob sein Glas: »Prost, das Bier geht auf die Spesenrechnung, weil wir bereits den Freizeitbereich verlassen haben«, sagte er.

»Nun gerät dieser Hannes Reglow ebenfalls in den Verdacht, Harry Kühnast und Alice Wallmann umgebracht zu haben«, sagte Meyers.

»Vorausgesetzt, wir finden Motive und können ihm nachweisen, daß er im Besitz der Messer aus der Sammlung der Lady Woodyforth gewesen ist«, meinte Lehnartz.

»Eine seltsame Vorstellung anzunehmen, daß der Schauspieler, der hier Triumphe feiert, die Unterbrechung der Tournee dazu benutzt hat, um sich unter dem Namen seines Regisseurs in einem mittelklassigen Kurheim einzunisten und zwei Menschen ins Jenseits zu befördern«, stellte Achtendorf nachdenklich fest.

»Hannes Reglow schläft heute abend in irgendeinem Hotel der Stadt. Wir könnten rausfinden, wo, und ihm dort einige Fragen stellen«, schlug Meyers vor.

»Wir wollen dem Schauspieler nicht unüberlegt die Freude über seine Glanzleistung trüben. Unser heutiges Beisammensein fassen wir lieber als einen kleinen Betriebsausflug auf«, sagte Lehnartz und winkte den Ober an den Tisch. »Füllen Sie die Gläser auf!« Jetzt vernahmen sie den Gesang eines Shanty-Chores, der mit kernigen Männerstimmen gemütsvolle Seeromantik aus den Stereoboxen zauberte.

Am Samstag morgen verließen die Beamten Emden. In Norddeich verabschiedete sich Achtendorf von seinen Kollegen und betrat die Fähre. Der Kommissar wollte mit Lehnartz die Post durchsehen und im Revier Norden den bisherigen Stand der Untersuchungsarbeiten besprechen.

Als die Frisia III Norderney erreichte, entschied Achtendorf sich dafür, das Sanatorium zu Fuß aufzusuchen. Er hatte viel geraucht, und der Weg durch die frische Luft konnte seinem Kurerfolg nur zugute kommen.

Pünktlich zum Mittagessen erreichte er das Sanatorium. Zasimet trug bereits das Essen aus. Seine neuen Tischnachbarinnen empfingen ihn mit Neugier.

»Sie waren verreist, Herr Achtendorf?« fragte Frau von Erftal und spießte einen Rosenkohl auf die Gabel.

»Das sieht der Professor aber gar nicht gern!« sagte die Studiendirektorin vorwurfsvoll, während sie ihn strafend ansah und ein Häppchen von der Zunge in Madeira abschnitt.

»Meine Damen, ich habe Zeit und Geld für meine Bildung geopfert. Ich habe das Festland aufgesucht, um einer Theateraufführung beizuwohnen!« sagte er lächelnd.

»Oh, Herr Achtendorf, ich liebe das Theater! Hoffentlich wurden Sie nicht das Opfer dieser jungen Publikumsbeschimpfer«, sagte die Studiendirektorin gerührt.

»Ich sah ein handfestes Stück«, antwortete Achtendorf und bemühte sich, einen Bissen zwischen die Zähne zu bekommen.

»Herr Achtendorf, das nenne ich einen Zufall! Ich bin Germanistin und habe Dramaturgie studiert. Seien Sie so nett und nehmen Sie meine Einladung zu einem Kaffee an. Mich reizt es, Ihre Eindrücke kennenzulernen«, schlug die Lehrerin mit mädchenhafter Stimme vor. Ihre Augen strahlten vor Sympathie.

»Wenn diese Plauderei nicht meinen Kurplan durcheinanderbringt, sehr gerne«, antwortete Achtendorf, bemüht, glaubhaft zu klingen.

»Ist Ihnen sechzehn Uhr im Café Marienhöhe recht?« fragte die Studiendirektorin. Achtendorf nickte. Alles wie gehabt, dachte er und fühlte die bösen Blicke der früheren Tischnachbarinnen in seinem Rücken.

23

Lehnartz betrat in Begleitung von Meyers das Dienstzimmer. Er fand Post vor. Noch im Mantel öffnete er den Umschlag und las überrascht den Bericht der Kollegen aus Freiburg.

Ein Dr. Rittersporn, Generaldirektor der Hansky GmbH & Co. KG., der seine fristlose Kündigung nur wenige Tage nach der Ermordung Kühnasts und Alice Wallmanns erhalten hatte, selbstverständlich mit der Zusage einer saftigen Abfindung, hatte, zermürbt vom Gefühl der Schmach und des Unrechtes, der Kriminalpolizei die Kopie eines Dokumentes einer Detektei zugestellt, die Licht in die kriminellen Machenschaften der Prostituierten Wallmann und des Testamentenjägers Kühnast brachte.

Für ihn und Meyers enthielt der Bericht der Kollegen wenig Neuigkeiten. Im Gegenteil, er brachte noch nicht einmal einen Hinweis auf das in Enghien les Bains entstehende AIDS-sichere Eroscenter.

Die Sensation lieferte allerdings der Termin der Auskunft. Bereits vor den Morden hatte der gestandene Manager die Verbindung Kühnast – Wallmann auffliegen lassen, die ihnen selbst erst später nach mühevollen Recherchen bekannt geworden war.

Lehnartz stellte sich ans Fenster und schaute nachdenklich in die Kronen der Bäume, die den Marktplatz umsäumten. Sie zeigten ihr erstes zartes Grün.

»Rache ist süß«, sagte er, »doch welches Pulverfaß sollte die von Dr. Rittersporn gelegte Lunte zur Explosion bringen? Beeinflußte dieser Mann die Verbrechen auf Norderney?«

Meyers hatte auf einem Stuhl Platz genommen, der neben dem Schreibtisch stand. Er steckte sich eine Zigarette an. »Dr. Rittersporn scheint dem Handelsimperium keinen nachweisbaren Schaden zugefügt zu haben. Es waren möglicherweise keine Umsatzeinbußen und schwindsüchtige Bilanzen, die ihn den Direktorposten gekostet haben. Können intime Familieneinblicke ihm die Kündigung eingebracht haben?« stellte Meyers die Gegenfrage. Lehnartz verharrte am Fenster. In sein Blickfeld fielen die bunten Marktstände, an denen Besucher friedlich vorbeiströmten.

»Wir stehen vor einem noch komplizierten Verwirrspiel. Diesen Dr. Rittersporn stelle ich mir als eine gestandene Persönlichkeit aus westdeutschen Managerkreisen vor. Er hielt die Zügel der Hansky GmbH und Co. KG. fest in den Händen, nachdem der Senior verunglückt war. Dann hat ihn die Hansky gefeuert. Er hatte vorgesorgt und rächte sich mit der Preisgabe seiner Recherchen über Alice Wallmann und Harry Kühnast.«

»Im Sanatorium kuren drei adelige Damen, deren Verbindung zu Harry Kühnast ebenfalls zunehmend denkbar wird. Die Mordwerkzeuge gehörten zur Erbmasse der Elisa von Trotterbach, die einerseits die Cousine der Gräfin von Akazienhain, andererseits die Geliebte des viel jüngeren Harry Kühnast war«, stellte Meyers fest. Er drückte die Zigarette aus und fuhr fort: »Diese Personen nehmen verdächtige Randpositionen ein, die wir nicht aus den Augen verlieren dürfen.«

»Frau Fortema kann ebenfalls mit Harry Kühnast

gemeinsame Sache gemacht haben. Dann haben wir noch Olaf Hansky, der Kühnast haßte, und schließlich den Schauspieler Hannes Reglow, der sich hier auf Norderney als Regisseur Dr. Zürmatt ausgab und eine Kur antrat«, bemerkte Lehnartz. Er verließ den Fensterplatz. »Ich empfinde es als angenehm, daß das Haus am Samstag leer ist. Ich braue uns einen Kaffee.« Lehnartz bediente die Kaffeemaschine.

»Achtendorf wohnt unter dem Dach der Frau Fortema, die gnädigen Frauen speisen in seiner Nachbarschaft. Olaf Hansky sitzt hinter Gittern. Der Schauspieler Hannes Reglow gastiert heute in Oldenburg. Kühnast und Wallmann liegen unter der Erde. An wen wollen wir uns wenden?« fragte er.

»Chef, wenn Sie mich so fragen, bleiben für mich nur zwei Personen im Spiel. Dabei handelt es sich – Ladies first – um Frau Hansky, Sofia Hansky, und um den gefeuerten Manager, der fast hellseherische Fähigkeiten besessen haben muß«, antwortete Meyers.

Lehnartz schwieg. Er setzte Tassen auf den kleinen Anstelltisch, entnahm dem Kühlschrank Milch, sorgte für Löffel und Zucker und goß die Tassen voll.

»Selbst unvorbereitet hätte ich genügend Fragen parat, diesen Dr. Rittersporn in die Nähe des Rouges seiner ›Mexiko-Beige-Kosmetik‹ zu bringen«, meinte er.

»Und wenn wir der Rollstuhlfahrerin die Vorfahrt ließen?« fragte Meyers ironisch.

»Dann gelangen wir zu einem komfortablen Bungalow. Unsere Augen würden entzückt sein vom Bunt der Frühlingsblumen, und ein Gärtner würde einen scharfen Wachhund zügeln müssen, während die gnädige Frau Hansky mit ihren Rechtsanwälten telefonieren würde. Nein, Meyers, Dr. Rittersporn, der gedemütigte Manager, wird die Welt so wenig verstehen wie wir. Bemühen Sie sich um seine Adresse. Bereiten Sie unsere Reise vor! Ich denke, wir besuchen ihn am Montag«, sagte Lehnartz entschlossen.

»Soll ich ein Hotel in Freiburg oder in Badenweiler buchen?« fragte Meyers.

Lehnartz lächelte.

»Wir wollen keine Verbrüderung mit unseren Kollegen feiern. Unser Ziel ist die Wohnung des geprellten Managers des Handelsimperiums Hansky«, antwortete er.

24

Es war sechzehn Uhr, als sie den Intercity in Freiburg verließen und in einen Nahverkehrszug umstiegen. Das Wetter war gut. Wie die Seiten eines Reiseprospektes zog die Schwarzwaldlandschaft an den Fenstern des Zuges vorbei. Der kleine Bahnhof von Tannenau glich einem Modell auf einer Spielzeugeisenbahn.

Sie nahmen ein Taxi zum Traubenhof, dort hatten sie ein Zimmer bestellt. Das Hotel, ein rustikales Haus mit großer Rezeption und Boy, versprach ein angenehmes Wohnen.

Lehnartz telefonierte vom Tresen aus.

»Hier Dr. Rittersporn«, vernahm er durch den Hörer.

»Kriminalrat Lehnartz. Unser Amt hat den Besuch angekündigt«, sagte er in die Muschel.

»Sie blockieren unnötig meine Leitung, Herr Kriminalrat. Vermeiden wir es doch, umständlich zu werden. In zehn Minuten holt Sie jemand ab, wenn Sie mir noch schnell sagen, von wo aus Sie anrufen«, sagte der Manager.

»Hotel Traubenhof«, antwortete Lehnartz und bekam keine Antwort mehr, denn sein Teilnehmer hatte bereits aufgelegt.

Der Boy begleitete sie zum Zimmer. Es war sauber und nicht ohne Luxus. Sie ordneten ihr Gepäck ein und begaben sich unmittelbar darauf wieder nach unten.

»Holt er uns ab?« fragte Meyers.

»Ich nehme an, sein Gärtner«, grinste Lehnartz.

Sie standen vor der Rezeption und warteten. Ein Mann in Gummistiefeln, Jeans und buntem Hemd erkundigte sich nach ihnen und führte sie grußlos zu dem geparkten

Mercedes. Sie stiegen ein. Der Fahrer fuhr sie, ohne ein Wort zu verlieren, durch die malerischen Dorfstraßen zum Anwesen seines Chefs.

Dr. Rittersporn wohnte am Hang eines bewaldeten Hügels. Die weiße Villa blickte in das Tal hinab. Die Sonne ging nach einem schönen Frühlingstag hinter dem großen Belschen unter.

Ihr Chauffeur führte sie durch eine gepflegte Anlage. Blumen blühten in Beeten. Der Strahl eines Springbrunnens fiel plätschernd auf weiße Kieselsteine. Sie schritten einer mit Ornamenten geschmückten Haustür entgegen, die sich kurz vor ihnen öffnete. Ein Mann erschien. Er verkörperte eine Mischung aus einem Politiker und einem Dirigenten. In seiner Hand hielt er einen mit Silber beschlagenen Gehstock.

»Sie wollen zu mir. Gut! Ich beginne langsam den Besuch von Kriminalbeamten zu schätzen«, sagte er mürrisch und ging den Beamten voraus.

Der Weg in sein Büro war kurz. Der Raum war eine Kombination von kühler Sachlichkeit und ausgewählter Kunst.

Dr. Rittersporn hinkte nicht, benutzte dennoch den silbernen Gehstock als Stützhilfe. Er wies auf die Ledersessel, die einen Glastisch umstanden. Ihr Chauffeur wartete im Türrahmen.

»Was darf ich den Herren anbieten?« fragte der Manager, der im süddeutschen Trachtenanzug vor ihnen stand.

»Kaffee wäre uns recht. Wir haben eine weite Reise hinter uns«, antwortete Lehnartz. Rittersporns Angestellter entfernte sich.

Der circa sechzigjährige Manager nahm lächelnd in einem Sessel Platz.

»Herr Lehnartz und Herr Meyer, schön, daß Sie der Spur gefolgt sind. Irgendwie und irgendwann kann man als angesehener Staatsbürger nicht mehr tatenlos zusehen. Da hilft nur eins, zu reden, und das habe ich getan, nachdem man mir die Verantwortung über ein sich ständig expandierendes Wirtschaftsunternehmen genommen hat, ohne Dank, obwohl sich gerade jetzt die Investitionen in mein ›Mexiko-Beige-Projekt‹ auf dem amerikanischen Markt vielfach auszuwirken beginnen und unsere Kosmetikserie selbst Frankreich erobert. Ich muß sagen, der Flirt mit der Kriminalpolizei gefällt mir immer mehr«, sagte Dr. Rittersporn und grinste hinterhältig.

»Soweit wir orientiert sind, begann dieser schon etwas früher«, antwortete Lehnartz und lächelte freundlich zurück.

»Das kann ich nicht bestätigen. Es handelte sich mehr um eine Kontaktsuche! Doch da Ihre Recherchen mit den meinigen parallel zu laufen scheinen, gestatten Sie mir einige Fragen. Ich suchte zwar den Kontakt, doch weshalb reisen Sie extra aus Ostfriesland an, und suchen mich, einen im Ruhestand lebenden ehemaligen Direktor, auf? Lassen Sie mich noch hinzufügen, daß hier, wo Sie sitzen, mich einst Redakteure des Spiegels besucht haben. Damals stieg ich mit Dentaklar in einen völlig übersättigten Markt ein und wurde Umsatzsieger!«

»Herr Dr. Rittersporn, von wirtschaftlichen Dingen verstehen wir zu wenig, ohne Ihre unternehmerischen Leistungen schmälern zu wollen. Was uns zu Ihnen führt, mag allenfalls intuitiven Ursprung haben«, sagte Lehnartz.

»Kreativität in der Produktion, Intuition beim Blick auf Märkte, das war stets meine Devise. Herstellen können wir alles, aber die Erzeugnisse an den Mann zu bringen, das ist die Kunst des 20. Jahrhunderts«, antwortete Dr. Rittersporn stolz.

»Herr Dr. Rittersporn, Sie ließen der Kripo in Freiburg einen Bericht der Detektei Interlux zukommen, der uns als ermittelnde Beamte äußerst überrascht hat. Es sind weder die observierten Personen noch die Ergebnisse der Recherchen, sondern es ist das Datum Ihres Auftrages, das uns stutzig macht. Nicht lange danach erlagen sowohl Herr Kühnast als auch Frau Wallmann den Anschlägen eines feigen Mörders«, sagte Lehnartz.

In das faltige Gesicht des Mannes zog ein hochnäsiges Lächeln.

»Meine Herren, der geschulte Blick für Zahlen und Zusammenhänge entfachte in mir ein Mißtrauen. Solange die Eignerin unserer Firma in Kurorten und Heilbädern Zerstreuung suchte, gelang es mir mit meiner Strategie, ihren Reichtum zu mehren. Als Frau Hansky aber plötzlich Kapital abzog, das in dunkle Kanäle zu versickern drohte, klingelte es bei mir Alarm! Als verantwortlicher Direktor eines Konzerns mit Weltgeltung konnte ich nicht zustimmen, da die Eignerin beispielsweise in den Immobilienmarkt einsteigen wollte.«

Der Angestellte servierte gekonnt, aber immer noch schweigend, den Kaffee. Er hatte sich nicht umgezogen, und seine Gummistiefel wirkten im luxuriösen Büro unpassend.

»Herr Dr. Rittersporn, Sie haben die Beteiligung der Frau Hansky an der Vermögensberaterfirma Kühnast nicht unterbinden können«, stellte Meyers fest.

Dr. Rittersporn nippte am Kaffee. Er gab sich ganz wie ein großer Adeliger, der proletarischen Besuch duldete und sich bemühte, ein lockeres Gespräch zu führen.

»Meine Herren, ich muß Sie mit wenigen Worten in die Vorgeschichte unserer Firma einführen. Mein Freund, Gunter Hansky, besaß das Kapital und ich die Ideen! Unsere Erfolge gestatteten ihm ein Playboyleben im begrenzten Rahmen, und sein Reichtum brach die Vorbehalte jeder jungen hübschen Frau, wenn er zur Sache kommen wollte. Schließlich war es eine Stewardeß, die es verstanden hat, ihn an sich zu binden. Zwei Kinder bestätigten die guten Absichten beider. Leider verunglückte Gunter tödlich, und ich steuerte die Firma danach in eigener Regie und verschaffte ihr Weltgeltung. Und nun, nach weiteren erfolgreichen Expansionen, griff die hübsche Fratze in das bewährte Management ein, ohne jegliche Kenntnisse, verliebt in einen Schickimicki-Typen aus der Unterwelt«, sagte er bitter.

Die Beamten tranken Kaffee. Sie hatten die Anspielung auf Harry Kühnast verstanden. Dr. Rittersporn bot ihnen teure Juganoff-Zigarren an, die sie höflich ablehnten. Daraufhin öffnete er eine Box mit Zigaretten. Diesmal griffen die beiden Polizisten zu.

»Herr Dr. Rittersporn, wie wir annehmen müssen, begann Harry Kühnast, Einfluß auf Ihre Firma zu nehmen! Frau Hansky schickte den bewährten Lotsen von Bord. Einfacher ausgedrückt: Sie feuerte Sie«, stellte Lehnartz fest.

Der Manager zog an seiner Wohlstandszigarre. Er hielt sie von sich und schaute den grauen Rauchwölkchen nach. »Sie folgern richtig«, antwortete er.

»Frau Hansky hat es verstanden, ihren Ruf als superreiche Witwe nicht durch Illustrierten-Klatsch besudeln zu lassen. Harry Kühnast besaß das Aussehen eines Mannes der Film- und Fernsehbranche, ohne daß er im Mittelpunkt des öffentlichen Interesses stand. Sohn Olaf Hansky, wohl mehr ein entartetes Söhnchen, begleitete Frau Hansky als vorgeschobener Anstandswauwau! Doch der Junior legte ererbten Unternehmergeist falsch aus und bediente sich in einem Juweliergeschäft als Räuber«, stellte Meyers fest.

Dr. Rittersporn griff zur Kaffeekanne und schenkte die Tassen voll. Es war eine Geste, mit der er den Kriminalbeamten seine Verbundenheit zeigen wollte.

»Es kränkte mich, mein Lebenswerk so bedroht zu sehen, keinen geeigneten Nachfolger zu wissen, der für die Gradlinigkeit einer bewährten Handelstradition garantierte. Ich habe keinen Sohn, und meine Tochter studiert Medizin!« stöhnte Dr. Rittersporn auf.

»Welche Konsequenzen zogen Sie aus diesem Dilemma?« fragte Lehnartz.

Der Manager beugte sich vor. Er schaute die Beamten an, als mischten sie sich in Dinge, die doch nur ihn etwas angingen.

»Mir schwebte vor, die Firma in eine Aktiengesellschaft umzuwandeln. Dabei sollten mir fünfundzwanzig Prozent des Kapitals zustehen und die Familie den Rest der Anteile erhalten«, sagte er.

»Und diese Lösung behagte der Eignerin nicht! Sie entließ Sie und behielt damit ihre hundert Prozent«, folgerte Meyers.

Dr. Rittersporn lächelte ironisch.

»Meine Abfindung wird entsprechend hoch ausfallen. Aber für die Stewardeß, die weder Bilanzen lesen kann noch den Einblick in die Märkte besitzt, bedeutet dieses Unterfangen einen Blindflug. Sie hat Gunter schnell vergessen und ist auf einen Mann hereingefallen, der auf Sankt Pauli seine Karriere begann und alte Weiber in den Tod vögelte«, empörte sich der Manager gehässig.

»Aber, Herr Dr. Rittersporn, Frau Hansky ist doch nicht alleine auf der Welt. Olaf sitzt hinter Gittern. Seine Qualitäten kenne ich nicht. Aber die hohe Chefin besitzt einen zweiten Sohn. Er müßte um die Dreißig sein. Kann man ihm nicht die Leitung der Firma anvertrauen?« fragte Lehnartz.

Dr. Rittersporn blickte die Beamten traurig an. So, als müßte er ihnen einen Schandfleck in der Geschichte des Handelsimperiums plausibel machen. »Holger Hansky hat sich sehr früh abgesetzt! Er kannte nur ein Ziel! Er wollte weg von zu Hause! Geld hat ihn nie interessiert! Nach mannigfachen Streitigkeiten ist er auf und davon.«

»Und was ist aus ihm geworden?« fragte Meyers.

Dr. Rittersporn zuckte die Achseln. »Ich weiß es nicht. Sein Name erschien weder in der Sendung XY-Ungelöst noch auf den Wahlplakaten der Grünen.«

»Aber, Herr Rittersporn, Ihre Strategie sah doch auch für ihn eine 25-prozentige Mitbeteiligung vor! Sie benötigten doch sein Einverständnis!« sagte Lehnartz fest.

Der Manager blickte verunsichert um sich.

»Meine Kontakte zu Holger Hansky waren seit vielen Jahren unterbrochen. Olaf konnte für ihn mitentscheiden«, antwortete er.

»Kühnast ist tot. Sohn Olaf disqualifizierte sich mit einem Einbruch. Holger Hansky gilt als verschollen! Wie soll es weitergehen mit dem Wachstum des Hauses Hansky?« fragte Meyers.

Dr. Rittersporn reckte sich, ergriff seine Silberkrücke

und hielt sie gegen das Abendlicht, das durch die Scheiben fiel.

»Diese Frage stellen Sie besser der ungekrönten Königin eines ertragreichen Konzerns. Ich bin Rentner und widme mich jetzt meinen Hobbys«, antwortete der Manager.

»Das sagten Sie bereits. Sie beginnen sich für kriminalistische Geschehen zu interessieren«, sagte Lehnartz ironisch.

»Haben Sie einen Tip für uns?« fragte Meyers.

»Ich sah übrigens Frau Hansky in Badenweiler! Niemand mußte sie schieben! Nur mit einem Gehstock bewehrt, betrat sie ein Café«, antwortete Dr. Rittersporn arrogant.

Lehnartz erhob sich.

»Herr Dr. Rittersporn, wir bedanken uns für den freundlichen Empfang«, sagte er.

Als hätte er darauf gewartet, betrat in diesem Augenblick ihr seltsamer Chauffeur das Zimmer.

»Es ist nett von Ihnen, daß Sie uns zum Hotel bringen lassen«, sagte Meyers und folgte dem Fahrer, der sie stumm zum Mercedes führte. Auch während der Fahrt zum Traubenhof blieb er schweigsam. Als die Beamten ausstiegen, sagte Lehnartz:

»Genießen wir den Abend im ersten Hause am Platze. Morgen früh suchen wir die Stewardeß auf, die nach Rittersporns Meinung im Begriff ist, einen Blindflug zu starten.

Badenweiler, umrahmt von hügeligen Wäldern und Weinbergen, lag im Schein der Frühlingssonne. Die Prachtvilla der Unternehmerin Sofia Hansky schmiegte sich an den Rand eines Talkessels. Ein asphaltierter Weg führte zu einem mächtigen Eisentor, vor dem das Taxi hielt.

»Warten Sie hier auf uns«, sagte Lehnartz zu dem Taxifahrer.

Abgerichtete Hunde stürmten ihnen entgegen und schlugen ihre Pranken gegen die Eisenstäbe. Ein Mann, er mochte um die Vierzig sein, näherte sich mit finsterem

Gesicht. Er trug die übliche Jeans und ein verschmutztes T-Shirt. Seine Arme zeigten maritime Tätowierungen.

»Schon wieder ein Gärtner-Typ«, stöhnte Meyers.

»Sie wollen die gnädige Frau sprechen?« fragte der kräftige Wärter.

»Melden Sie uns an, Kripo Norden-Norderney«, sagte Lehnartz.

Der Blick des Mannes wurde starr. Dann trat er an den Torpfeiler und sprach in das dort installierte Rufgerät. Die Beamten warteten geduldig, sahen zu, wie der Mann die schwerfälligen irischen Setter zu einem Käfig führte und danach lässig zurückkam. Er öffnete das Tor und wies auf die Haustür, die etwa 200 Meter entfernt vor ihnen lag. Die beiden Polizisten marschierten los.

Ein Dienstmädchen erschien und strahlte sie an. Es machte einen Knicks und hielt ihnen die Haustür offen. Sie vernahmen das Geräusch einer forsch aufgestoßenen Krücke. Dann stand Frau Sofia Hansky vor ihnen. Ihr Gesicht wirkte kalt und abstoßend. Ihr erzwungenes Lächeln kam nicht an.

»Meine Herren, ich bin es nicht gewohnt, meine Türglocke dem Zufall zu überlassen. Als verantwortliche Inhaberin eines nicht unbedeutenden Unternehmens werde ich bereits Wochen im voraus um einen Termin gebeten«, sagte sie streng.

Lehnartz trat einen Schritt vor. »Gnädige Frau, wir hätten uns die weite Reise sparen können, doch zur Zeit Ihres Kuraufenthaltes besaßen wir noch zu wenig Informationen.«

Frau Hanskys rechter Arm strammte sich in der Halterung ihrer Krücke, während sie sich mit ihrer linken Hand durch das struppige Haar fuhr. Trotz ihrer offensichtlichen Abneigung wirkte sie charmant.

»Folgen Sie mir in mein Besucherzimmer. Meine Zeit ist knapp bemessen. In einer halben Stunde holt mich mein Fahrer ab«, sagte sie und hinkte ihnen voraus. Eine enganliegende Hose unterstrich ihre gute Figur.

Der lange Flur schien kein Ende zu nehmen und das

Haus in zwei Hälften zu teilen. Türen unterbrachen beidseitig die Aneinanderreihung teuer erstandener Kunst und stillos hinter Glas aufgezogener Fotoerinnerungen. Lehnartz schaute sich neugierig um, verharrte hin und wieder unruhig für Sekunden vor einem Bild, während die Hansky ihre Krücke im Takt ihrer Schritte schlug.

Erst als ein Glasfenster den Blick über Sträucher in das Tal freigab, öffnete sie eine Tür und wies die Besucher in ein Zimmer. Vor einer breiten Glaswand standen Sessel um einen runden Tisch. Eine Wand des Zimmers war mit Holz getäfelt, während ein Kamin die gegenüberliegende Zimmerecke ausfüllte.

Frau Hansky zog die Tür hinter sich zu, wies auf die Sessel und nahm selbst Platz. Ihre Haltung blieb abweisend, ihr Blick starr und eiskalt, als sie fragte: »Darf ich erfahren, was Sie an meiner Person und meiner Art zu leben so neugierig macht?«

Meyers lächelte höflich. »Gnädige Frau, nicht Sie waren der Grund, warum wir Norderney verließen. Wir hatten in Ihrer Nachbarschaft zu tun.«

Ihre Haltung entspannte sich ein wenig.

»Unser Gepäck enthält mehr Fragezeichen als Wäsche. Der von Ihnen gefeuerte Manager, Dr. Rittersporn, Frau Hansky, wies Perspektiven auf, die die Neugierde eines jeden Kriminalbeamten reizen müssen«, sagte Lehnartz.

Sofia Hansky stierte den Kriminalrat an.

»Sie sprechen in Rätseln«, sagte sie.

»Gnädige Frau, uns irritiert einerseits seine Firmentreue und andererseits seine Feindschaft Ihnen gegenüber. Außerdem verwirrte uns ein Auftrag an eine Detektei, deren Bericht Harry Kühnast und auch Alice Wallmann in einem sehr schlechten Licht erscheinen läßt. Das Gutachten entlarvte, so darf ich wohl sagen, deren gemeinsame Machenschaften, die eindeutig gegen die guten Sitten verstoßen haben. Außerdem läßt das Datum der Auskunft den Schluß zu, daß Kühnast und Frau Wallmann zu diesem Zeitpunkt gerade Norderney und den Kurrummel mit Wonne genossen haben«, sagte Meyers.

Frau Hansky rang nach Worten. Sie blickte mit verkniffenen Augen auf die Sträucher im Obstgarten.

Schließlich sagte sie: »Hat dieser Nestbeschmutzer Ihnen auch mitgeteilt, daß er mich schon zu Lebzeiten meines Mannes in sein Bett ziehen wollte? Daß er glaubte, die Verkrüppelung meiner Beine böten ihm die Chance, mich und mein Vermögen zu heiraten? Hat er Ihnen verschwiegen, daß ich die Besserung meiner Bewegungsfähigkeit nur Harry Kühnast verdanke?« zischte sie giftig.

»Das hat er! Aber daß es um Vermögensanteile ging, die Kühnast sich unter den Nagel reißen wollte, hat er mit dem Dokument der Detektei zu belegen gewußt«, antwortete Lehnartz.

»Seine Absichten waren auch nicht besser!« stieß sie aus. Dabei blickte sie böse um sich und setzte ihre Krücke wütend auf dem Teppich auf.

»Dr. Rittersporn befand sich allerdings nicht auf Norderney! Ihn zu verdächtigen ist Unsinn«, sagte Lehnartz.

»Muß ich mir das eigentlich alles anhören?« fragte sie mit zusammengepreßten Lippen.

»Sie sollten in der Tat noch zuhören, weil ich Ihnen korrekterweise mitteilen muß, daß Dr. Rittersporn vorgibt, auch an die Rechte Ihrer Söhne gedacht zu haben«, sagte Lehnartz.

Meyers beobachtete, wie die Hände der Frau Hansky leicht zu zittern begannen und sie mit ihrer rechten Hand die Krücke nervös hin und her bewegte.

»Hat er mir vorgeworfen, daß ich die Schuld daran trage, daß Olaf kriminell geworden ist?« fragte sie kämpferisch mit vorgeneigtem Oberkörper.

»Nein, wir erfuhren von ihm, daß Sie noch einen zweiten Sohn haben«, konterte Meyers.

Frau Hansky erhob sich. So, als schickte sie einen Hund vor die Tür, sagte sie barsch: »Ich glaube, das reicht! Sollten Sie erneut das Bedürfnis verspüren, meinen Frieden zu stören, dann wenden Sie sich an meine Firma und bitten dort um einen Besuchstermin!« Sie begab sich zur Tür, öffnete sie und ließ die Beamten grußlos ziehen.

»Eine recht seltsame Art, nette Besucher zu empfangen«, stellte Meyers fest, als sie an dem tätowierten Mann vorbeischritten, der vor dem Hundekäfig stand.

Die Tiere kläfften, als hätte der Satan persönlich die Prachtvilla besucht. Sie stiegen in das wartende Taxi und fuhren los.

Das Taxi fuhr sie zum Bahnhof von Badenweiler. Mit einem Anschlußzug gelangten sie nach Freiburg. Dort stiegen sie um in den Intercity Senator. Sie verschanzten sich hinter Zeitungen, und nur hin und wieder fanden sie zu einem Gespräch. Zur Teezeit verließen sie ihr Abteil, um den Speisewagen aufzusuchen. Die Sonne schien und machte den Rhein mit seinen Burgen und Weinbergen zu einer heiteren Kulisse.

»Heute sind es die Prachtvillen und nicht mehr die Burgen und Schlösser, in die sich die Reichen zurückziehen, um sich von den Machtkämpfen um Umsätze und Marktanteile zu erholen«, sagte Meyers nicht ohne Ironie. Er dachte an ihren Besuch bei der Hansky und Dr. Rittersporn.

»Wir sind da in einen ernsthaften Streit zwischen Kapitalbesitz und Management im Hause Hansky geraten«, sagte Lehnartz.

Beim Ober bestellten sie Kaffee und Kuchen.

»Dr. Rittersporn hat sich ernsthaft bemüht, uns die Herrin des Handelsimperiums in die Arme zu treiben«, stellte Meyers fest.

»Und die gnädige Frau versuchte, etwas vor uns zu verbergen«, antwortete Lehnartz.

»Diese Frau ist zäh wie Leder! Sie fühlte sich sicher genug, uns abblitzen zu lassen! Es war stillos, wie sie uns hinausgeworfen hat«, meinte Meyers.

Der Ober brachte den Kaffee und den in Plastik verschweißten Trockenkuchen. Sie hatten großen Hunger, aßen den Kuchen und genossen die Romantik der Rheinlandschaft.

Bald wird sich das Panorama ändern, wenn der Intercity an Industrieschloten und Wohnsilos vorbeisaust, dachte Meyers und steckte sich eine Zigarette an.

»Olaf Hansky trat bereits als Straftäter in Erscheinung«, meinte Lehnartz. »Sollte auch ihr Sohn Holger sich auf ähnliche Weise ins Abseits manövriert haben?«

»Die Freiburger Kollegen könnten für uns dieser Frage nachgehen«, antwortete Meyers.

Als sie den Speisewagen verließen, näherte sich der Zug bereits Köln. Bis Münster suchten sie hin und wieder das Gespräch, tauschten ihre Gedanken aus, ohne sich um ein endgültiges Fazit ihrer Reise zu bemühen.

In Münster hatten sie einen kurzen Aufenthalt. Er reichte aus, um eine Wurst zu essen und in der hervorragend sortierten Bahnhofsbuchhandlung ein wenig Kurzweil zu finden. Danach stiegen sie in den D-Zug München-Norddeich-Mole um.

Es war alles andere als eine Erholungsreise. Während der Zug in der Dunkelheit über Lingen, Meppen, Papenburg, Leer und Emden Norden entgegendrosch, unterbrachen sie häufig ihre privaten Gespräche über Belangloses, um aus ihrer Reise Konsequenzen für ihre weitere Arbeit zu ziehen. Besonders auffällig fanden sie die plumpe Art Dr. Rittersporns, in der er fast kollegial angedeutet hatte, sich neuerdings dem Kriminalgeschäft zu widmen.

Kriminalrat Lehnartz verließ in Norden den Zug. Er kündigte Meyers seinen Besuch für den nächsten Tag an.

Meyers blieb im Abteil, denn er konnte von Norddeich-Mole noch die Spätfähre nach Norderney erreichen.

25

Lehnartz hängte seinen Mantel auf einen Bügel. Meyers rückte sich einen Stuhl zurecht und begann, die Akten für ihre Besprechung auszubreiten. Lehnartz zog eine Zeitung aus seiner Tasche.

»Lesen Sie mal die Theaterkritik im ›Ostfriesen-Kurier‹«,

sagte er und setzte sich auf den Stuhl. Meyers las den Artikel.

»Das Lob trifft diesen Hannes Reglow zu recht. Der Typ war echt Spitze!« Er gab Lehnartz die Zeitung zurück und fuhr fort: »Der Teufel mag wissen, was diesen Super-Mimen dazu bewogen haben kann, in der Rolle seines Regisseurs hier auf Norderney zu kuren!«

»Während der Überfahrt kam mir eine Schnapsidee«, sagte Lehnartz und strich sich mit beiden Händen über den Kopf, als hätte er Schmerzen, die er vertreiben wollte. »Ich spielte mit den Buchstaben des gefeierten Bühnenhelden.«

Meyers schaute ihn neugierig an. »Sie meinen, es ist ein Anagramm?« Er überlegte kurz und meinte dann verblüfft: »In der Tat, die Ähnlichkeit der Namen ist verblüffend, wenn man sie erst einmal entdeckt hat. ›Hannes‹ könnte dem Wort Hansky entnommen sein, und wenn Sie ›Reglow‹ rückwärts lesen, dann ergibt das fast den Namen Holger. Hansky könnte sich auf diese Art ein Pseudonym zugelegt haben.«

»Da gebe ich Ihnen recht. Machen wir uns diese Leseart doch einmal zunutze. Der angebliche Dr. Zürmatt, der, wie wir jetzt wissen, Hannes Reglow war, erschien am Nachmittag im Sanatorium. Wenige Stunden später geschah der Mord an Harry Kühnast. Während wir mit Achtendorf und Kluin die ersten Verhöre durchführten, trat er mit einem Alibi auf den Lippen fernab von jeder Verdächtigung auf. Er suchte sein Zimmer auf, um sich der Gemeinschaft zu entziehen. Im Sanatorium wohnte auch sein jüngerer Bruder Olaf, der Kühnast nicht ausstehen konnte. Die in den Vermögensberater verliebte Mutter befand sich ebenfalls unter dem gleichen Dach. Wir können ein Komplott der mutmaßlichen Brüder nicht ausschließen, die ihre Rechte an der Firma Hansky durch den kecken Zugriff des Schwindlers Harry Kühnast in Gefahr sahen«, resümierte Lehnartz.

»Dr. Rittersporn, der ebenfalls gierig auf den Konzern schielte, muß wohl die Lunte gelegt haben! Kopien der

Dokumente der Detektei, den Söhnen des verstorbenen Firmengründers heimlich zugesteckt, könnten auslösende Momente gewesen sein«, stellte Meyers sachlich fest.

»Es sind vorerst reine Vermutungen, wir werden weitersehen!« sagte Lehnartz.

Meyers setzte sich an den Schreibtisch. Er nahm den Deckel der Schreibmaschine ab, spannte eine Seite ein und sagte:

»Chef, die Wahrheit wird nicht lange auf sich warten lassen! Bringen wir den bürokratischen Teil unseres Ausflugs hinter uns.«

Lehnartz, der Vorgesetzte, half Meyers, die Protokollseiten zu füllen. Es war bereits elf Uhr dreißig, als Meyers die Schreibmaschine abstellte und Lehnartz die Aktenseiten unterschrieb. Ein Polizeibeamter erschien in der Tür.

»Die Post«, sagte er und reichte dem Kommissar eine Versandtasche. Meyers betrachtete unschlüssig den DIN A4 großen Umschlag. Er blickte auf die Anschrift.

»Kriminalpolizei Norderney«, las er.

Er suchte nach dem Absender.

»Hier steht PKR, und der Poststempel trägt den Namen der Stadt Lörrach!«

Er löste die verklebte Lasche und zog ein in Leinen gebundenes Büchlein hervor. Für Sekunden blickte er ungläubig auf die Sendung und reichte sie schließlich Lehnartz weiter.

»Lösen Sie das Rätsel für mich, Chef«, sagte er.

»Es handelt sich um ein Album«, antwortete Lehnartz ebenfalls überrascht, dabei begann er, die Seiten umzublättern.

»Ein Fotoalbum!« fuhr er fort.

Meyers trat zu ihm. Lehnartz schlug eine Seite auf.

»Das sind doch Harry und die Hansky«, sagte Lehnartz.

»Das ist seltsam. Da teilt uns jemand mit, daß Harry Kühnast und Sofia Hansky ein Verhältnis miteinander unterhielten«, sagte Meyers.

Lehnartz begann mit dem Studium der Bilder auf der ersten Seite. Sie gingen Foto für Foto durch. Immer wieder die gleiche Aussage. Das Pärchen, ineinander verschlungen, mal Händchen haltend, dann verliebt Auge in Auge blickend. Es gab keine anstößigen oder intimen Szenen. Doch plötzlich stutzte Lehnartz.

»Ich benötige eine Lupe«, sagte er aufgeregt.

Meyers ging zum Schreibtisch und besorgte ein Vergrößerungsglas. Lehnartz nahm es und richtete es auf das Foto.

»Das ist die Höhe!« stieß der Kriminalrat aus. Er zupfte Meyers in Position, hielt die Lupe und fragte:

»Meyers, was sehen Sie?«

»Sofia Hansky liegt glücklich in Harrys Armen! Das Zimmer ist luxuriös ausgestattet! Ach nein, da, an der Wand, das sind die Messer! Ein wirklich origineller Platz für englische Antiquitäten«, kommentierte Meyers nervös.

Lehnartz legte die Lupe ab.

»Meyers, das schickt uns jemand, dem daran liegt, daß die Morde aufgeklärt werden. Und er will anonym bleiben, denn unter PKR können wir uns keine bekannte Person vorstellen.«

»Der oder die Unbekannte hilft uns, einige Fragen zu beantworten. Die Mordwaffen befanden sich im Familienbesitz der Sofia Hansky. Sowohl sie als auch die Söhne, Olaf und Holger, können sie jederzeit vom Haken genommen haben«, stellte Meyers fest.

»Wobei Sie den Schauspieler Hannes Reglow der Familie bereits als Sohn Holger zuordnen«, meinte Lehnartz.

»So ist es. Das kann ich überprüfen lassen. Ich werde auch das Fotoalbum nach Fingerabdrücken untersuchen lassen«, schlug Meyers vor.

»Es wird vergebens sein, aber aus Lörrach kamen die beiden hübschen Mädchen von der Post«, antwortete Lehnartz.

»Und Zürmatt hatte schnell das Herz der Erika Hobala erobert«, erinnerte sich Meyers.

»Rufen Sie Achtendorf an! Bestellen Sie ihm, daß wir uns um vierzehn Uhr im Kurcafé treffen wollen. Wir nähern uns der Endrunde. Lassen Sie sich bestätigen, daß der ›Rote Karren‹ heute abend im Wilhelmshavener Stadttheater gastiert«, ordnete Lehnartz an.

Der Kriminalrat stand auf, nahm den Hörer des Telefons in die Hand und wählte die Nummer des Staatsanwaltes.

26

Achtendorf betrat das Café und begrüßte aufgeräumt die Kollegen Lehnartz und Meyers. Er trug eine Plastiktüte mit der Aufschrift »Insel-Mützen« wie ein Heiligtum unter dem Arm. »Herr Kriminalrat, nehmen Sie Platz! Sie sehen blendend aus. Die Kur zeigt die ersten Wirkungen«, frotzelte Meyers. Lehnartz grinste.

»Willy, Professor Juskow soll dir die Stunden gutschreiben, die wir dir unkollegial vermiesen.«

»Das hier erscheint mir wichtiger«, sagte Achtendorf und hielt Lehnartz die Plastiktüte hin.

»Was soll das?« fragte Lehnartz überrascht.

»Der Beweis!« sagte Achtendorf voller Stolz. Lehnartz ergriff die Tüte, schaute hinein und zog angewidert ein verschlungenes Haargewirr heraus.

»Die Perücke!« sagte Achtendorf. Lehnartz glättete über seiner Faust das ondolierte Frauenhaar, das in schwungvollen Wellen lang auslief. Meyers starrte auf die Perücke.

»Herr Kriminalrat, wem gehört der Skalp?« fragte er.

»Es ist verrückt. Gräfin von Akazienhain fühlte sich unbeobachtet und benahm sich recht verdächtig. Sie ließ im Fernsehzimmer das Gerät laufen, täuschte ihre Anwesenheit vor und schlich sich an den Müllcontainer. Ich hielt mich in der Küche auf, um ein Bier aus dem Kühlschrank zu holen und beobachtete sie. Und nun wissen wir es! Sie ist die Täterin. Sie trug die Perücke, als sie Harrys Zimmer verließ«, sagte Achtendorf stolz und wunderte sich, daß die Kollegen ihn betreten anschauten. Lehnartz bestellte Ostfriesentee.

Meyers wandte sich schonend an Achtendorf. »Seien Sie nicht böse, Herr Kollege, aber ich fürchte, Sie sind ein Opfer der Eitelkeit der Gräfin geworden. Dennoch würden wir gerne auf Ihre berufliche Erfahrung und Weitsicht zurückgreifen.«

»Wir haben etwas Besseres. Frau Hansky und ihre Söhne hatten Zugang zu den Messern«, sagte Lehnartz.

Die Bedienung servierte den Tee stilecht mit Kluntjes, Sahne und Stövchen. Achtendorf blickte auf die Flamme des Teelichtes.

»Olaf Hansky ist also in den Verdacht geraten, der mutmaßliche Mörder Harry Kühnasts zu sein. Aber wer brachte Alice Wallmann um?« fragte er.

»Hannes Reglow, der Schauspieler, trat als Dr. Zürmatt mit Intellektuellen-Brille, Schlapphut und Bart im Sanatorium auf. Er kann sich nicht auf die unwahrscheinlich hohe Zahl der Zufälle berufen. Seine Kur absolvierte er nicht nur als einfacher Hochstapler«, bemerkte Lehnartz.

»Wir nehmen an, daß Dr. Rittersporn, die Seele der Hansky-Betriebe, Kopien des Berichtes der Auskunftei, den wir auch Ihnen zukommen ließen, den Söhnen der Sofia Hansky geschickt hat«, erklärte Meyers.

»Ich habe Nachforschungen angestellt und erfahren, daß Hannes Reglow tatsächlich Holger Hansky ist. Daraufhin habe ich mit dem Staatsanwalt telefoniert und einen Haftbefehl ausstellen lassen. Wir haben die Absicht, ihn zu besuchen und zu erfahren, worin seine eigentliche Absicht bestanden hat, als er Kurgast des Sanatoriums Theresenhöhe wurde«, informierte Lehnartz seinen Freund.

Achtendorf spielte verlegen mit der Teetasse, die das Muster der ostfriesischen Rose trug.

»Damit ist mein Trumpf hinfällig«, sagte er nachdenklich.

»Willy, die adeligen Damen haben dich mehr als genug genervt! Ich hätte dir den kleinen Triumph gerne gegönnt«, sagte Lehnartz mitfühlend.

Achtendorf griff in seine Tasche und zog lächelnd einen

Lippenstift hervor. Er schraubte den Verschluß ab. »Die gleiche Farbe wie auf Harrys Bauch«, sagte er.

»Und er gehört der Gräfin?« fragte Meyers.

»Mit vielen Tricks gelang es mir, ihr Zimmer zu betreten. Ich nahm ihn an mich. Mir fiel auf, daß die Gräfin seit Harrys Tod für ihre Lippen ein dunkleres Rot benutzt«, sagte Achtendorf.

Lehnartz und Meyers lachten.

Achtendorf klopfte sich auf die Schenkel.

»Alter schützt vor Torheit nicht«, sagte er. »Ich habe mich wohl täuschen lassen.«

»Dann steht einer Fahrt nach Wilhelmshaven eigentlich nichts im Wege. Unser Schauspieler tritt heute abend dort in seiner Starrolle als Ingenieur Dynamos vor ein von der Landesbühne verwöhntes Publikum«, sagte Lehnartz.

»Wenn das so ist, dann wird es mir schwerfallen, das Vertrauen des Damenkränzchens zurückzugewinnen«, erwiderte Achtendorf.

»Willy, bei deinem Charme!« frotzelte Lehnartz.

»Wann fahren wir?« fragte Achtendorf.

»Wir nehmen die Fähre um 19 Uhr«, sagte Meyers.

Um zwanzig Uhr legte die Frisia III in Norddeich an. Fischkutter liefen mit strahlenden Positionslichtern aus. Im Fährhaus saßen Gäste hinter erleuchteten Fenstern. Meyers steuerte ihr Dienstfahrzeug auf den Parkplatz des Hotels. Ein Polizeibeamter erschien und überreichte ihnen den Haftbefehl für Hannes Reglow, den mutmaßlichen Mörder. Sie fuhren los.

Dunkelheit lag über den weiten Weiden, und Jever wirkte verschlafen, als sie die Stadt passierten. Sie unterhielten sich und rauchten Zigaretten. Selbst die breite Zugangsstraße in Wilhelmshaven wirkte tot. Die Olympia AG war für die Nachtschicht in helles Licht getaucht. Gespenstisch leuchtete das blaue Transparent mit der Aufschrift »Kripo« am Gebäude in der Peterstraße. Meyers hielt den Wagen an. Achtendorf schaute auf die Uhr. Es war einundzwanzig Uhr und fünfzehn Minuten.

Lehnartz verließ den Wagen, überquerte die Straße und betrat das Polizeigebäude.

Der Spätdienst war informiert. Zwei Beamte der Schutzpolizei folgten ihnen. Es war nicht weit bis zum Stadttheater.

Meyers parkte den Wagen vor der Stadtsparkasse. Der kleine Platz lag im Schein der hochstelzigen Straßenleuchten.

Das Foyer strahlte Ruhe aus. Die Kristalleuchter warfen nur mattes Licht. Spiegel klebten auf grünem Samt.

Schwatzend standen die Garderobenfrauen hinter ihren Tresen. Eine kleine Sektbar bereitete sich auf den Ansturm der Besucher vor.

Zwei Herren, sie trugen dunkle Anzüge, unterhielten sich vor einer Fensternische.

Kriminalrat Lehnartz näherte sich ihnen.

»Entschuldigen Sie bitte, ich suche Herrn Dr. Zürmatt«, sagte er höflich.

»Sind Sie von der Presse?« fragte einer der Herren im schweizerischen Dialekt, und Lehnartz wußte, daß er mit dem Regisseur sprach. Sein Vollbart und die Brille erinnerten ihn an den Schauspieler Reglow.

»Ich bin Dr. Zürmatt«, bestätigte der Herr.

»Kann ich Sie für einen Moment sprechen?« fragte Lehnartz.

Neugierig folgte der Schweizer dem Kriminalrat einige Schritte in die Mitte der Halle. Lehnartz hielt ihm die Polizeimarke hin.

»Ich bin Kriminalrat Lehnartz. Für uns ist es wichtig, Ihren Schauspieler Hannes Reglow nach der Vorstellung zu sprechen«, sagte er.

Auf dem intelligenten Gesicht des Regisseurs bildeten sich Falten.

»Stimmt etwas nicht?« fragte er nervös.

»Es handelt sich um eine Familienangelegenheit«, antwortete Lehnartz.

»Mir ist überhaupt nicht bekannt, daß Hannes Angehörige hat. Er gehört seit vielen Jahren unserem Ensemble an und steht nun vor einer großen Karriere«, sagte Dr. Zürmatt, als wollte er bereits jetzt etwas für den Ruf seines Schützlings unternehmen.

»Herr Doktor Zürmatt, wir möchten kein Aufsehen erregen. Es liegt nicht in unserem Interesse, die Presse auf den Plan zu rufen. Wir wären Ihnen dankbar, wenn Sie es arrangieren könnten, daß wir mit Herrn Reglow unbeobachtet ein Gespräch führen«, sagte Lehnartz.

»Ich verstehe, wir haben für unser Beisammensein nach der Vorstellung das Clubzimmer reservieren lassen! Ich werde Sie hinführen. Dort können Sie Hannes erwarten«, sagte er, schritt voraus und wunderte sich kurz über die Begleitung des Kriminalrates.

Sie verließen das Foyer. Tosender Beifall klang aus dem Theatersaal herüber. Sie gingen durch das fast leere Café ins Clubzimmer.

»Warten Sie hier. Die Bedienung wird sich gleich um Ihre Getränkewünsche kümmern«, meinte Zürmatt. Sein Mißmut wies darauf hin, daß er Schwierigkeiten erwartete.

Die Bedienung erschien. Sie bestellten Kaffee, den sie nur aus Langeweile, ohne echten Durst, zu sich nahmen.

»Wenn das hiesige Publikum so lange wie in Emden applaudiert, müssen wir uns in Geduld fassen«, sagte Lehnartz. Sie hörten, wie das Café nebenan sich langsam füllte. Die Vorstellung war demnach zu Ende, und gespannt erwartete man den Helden.

Als sich die Tür öffnete und Dr. Zürmatt mit Hannes Reglow das Clubzimmer betrat, drang der Beifall der Besucher aus dem Café zu ihnen herüber. Der Regisseur zog die Tür hinter sich ins Schloß. Der Schauspieler schaute Achtendorf verwirrt an. Seine Lippen zitterten, als er ungläubig fragte:

»Sie hier?« Seine Blicke huschten über die Anwesenden. Achtendorf erhob sich.

»Sie finden mich in Schwierigkeiten, denn ich weiß

nicht, unter welchem Namen ich Sie ansprechen darf«, sagte er.

Der Schauspieler antwortete nicht. Seine Hände verkrampften sich ineinander.

Er trug noch das Sakko und die Hose seiner dramatischen Bühnenrolle.

»Herr Doktor Zürmatt, aus gegebenem Anlaß sage ich besser Herr Regisseur, warten Sie doch bitte so lange im Café, bis wir Sie zu uns bitten«, sagte Lehnartz höflich. Dr. Zürmatt verließ verwirrt das Clubzimmer.

»Herr Reglow, nehmen Sie bitte Platz«, forderte Achtendorf den Schauspieler mit sachter Stimme auf und schob ihm einen Stuhl zu. Der Schauspieler setzte sich.

Sein Blick glich dem eines gejagten Tieres.

»Was wissen Sie«, fragte er hilflos.

»Vieles«, antwortete Achtendorf knapp.

»Hat meine Mutter ge…«. Er sprach nicht weiter und preßte seine Lippen aufeinander.

»Nein, das hat sie nicht! Im Gegenteil! Sie steht wohl hinter Ihnen! Aber nicht an Ihre Mutter haben wir Fragen zu richten. Von Ihnen erwarten wir eine Stellungnahme. Haben Sie Harry Kühnast und dessen ehemalige Komplizin Alice Wallmann ermordet?« fragte Achtendorf konsequent und hart.

Hannes Reglow, der Schauspieler, legte seine Hände vors Gesicht und begann zu schluchzen.

Im Clubzimmer lag ein eisiges Schweigen. Betroffen schauten die Beamten den Mann an, der hier als Held gefeiert wurde.

Nach Sekunden stöhnte Hannes Reglow: »Jetzt, nachdem ich den Durchbruch endlich geschafft habe!«

»Herr Reglow, Ihre Rolle als Ingenieur Dynamos war zweifellos eine Spitzenleistung der Theaterkunst«, sagte Achtendorf beruhigend.

Der Mime hielt seine Hände weiterhin vor dem Gesicht. Tränen begannen die Schminke aufzulösen.

»Meine Familie hatte mich ausgestoßen! Für sie war ich ein Schandfleck! In Lörrach habe ich bei der Müllabfuhr gearbeitet, um mir das Geld für die Schauspielschule zu verdienen. Gehungert habe ich und in abbruchreifen Buden auf bessere Zeiten gehofft!« Hannes Reglow nahm die Hände vom Gesicht. Er blickte starr vor sich auf den Boden.

»Und die besseren Zeiten kündeten sich an?« fragte Achtendorf. Reglow hob den Kopf. Seine Augen glühten vor Stolz. So, als erinnerte er sich an eine glückliche Zeit, sagte er lächelnd: »Ich habe meinen Weg gemacht! Meine Opfer waren nicht umsonst gewesen. Ich bekam die Rolle des Ingenieurs Dynamos in ›Paradiesblumen‹ und konnte zeigen, was in mir steckt.«

»Und auf der Woge des Erfolges erreichte Sie der Brief von Dr. Rittersporn mit der Kopie der Detektei ›Interlux‹«, sagte Achtendorf.

Hannes Reglow rieb nervös seine Hände über seine Schenkel. Er blickte gehetzt um sich:

»Das wissen Sie?« fragte er. Achtendorf nickte.

»Sie hatten Angst, Ihre Mutter könnte das väterliche Kapital aufs Spiel setzen! Doktor Rittersporn öffnete Ihnen die Augen, in welcher Gesellschaft sie verkehrte«, sagte Achtendorf.

Reglow begann sich zu sammeln. Er hob den Oberkörper an und so, als hätte er eine neue Rolle übernommen, antwortete er in lockerem Ton:

»Herr Achtendorf, als Schauspieler bin ich abergläubisch. Es gibt gute und böse Geister! Ich hatte es geschafft, ganz aus eigener Kraft. Mein Name erschien in den Zeitungen. Sehen Sie, wenn man berühmt ist, beginnt auch die Presse sich für einen zu interessieren. Sie kennen das. Irgendeine Boulevardpresse hätte in meinem Vorleben herumgeforscht und mein Pseudonym gelüftet. Ich fürchtete um meinen mühsam erworbenen guten Namen, wenn Mutter Opfer dieser Bordelldame und des Testamentjägers werden würde. Außerdem fürchtete ich, mein Erbe, mein Vermögen zu verlieren, mit dem ich fest gerechnet habe. Ich wollte mir ein eigenes Theater bauen, eine eigene Bühne, selbst Stücke inszenieren, nicht nur Rollen spielen.

Ich wollte ... Ich wollte so vieles. Und ich sah, wie alles in den Klauen dieser beiden Verbrecher zu landen drohte. Trotzdem, ich weiß nicht, ob ich Harry Kühnast tatsächlich getötet hätte oder ob ich ihn nur erschreckt und aus unserem Leben verjagt hätte. Aber als ich ihn dann mit meiner Mutter im Bett vorfand ...«

»Sie nutzten also die Unterbrechung der Tournee, um nach Norderney zu reisen?« unterbrach ihn Achtendorf.

Der Schauspieler lachte hochmütig. »Irrtum. Ich selbst sorgte für die Unterbrechung! Vor unserem Erfolg mit ›Paradiesblumen‹ war ich ein Niemand! Doch nun, als Star, konnte ich mir so gut wie alles leisten – auch vierzehn Tage Erholungsurlaub auf Norderney.«

»Sie suchten Entspannung! Zum einen verhalf die Kur Ihnen zu neuen Kräften, und zum anderen ... ?« fragte Achtendorf.

Es war ruhig im Clubzimmer des Theatercafés. Alle starrten gebannt auf den Mann, der, als befände er sich wieder auf der Bühne, sein Publikum zu faszinieren begann. Seine Augen zeigten einen irren Glanz, als hätte er Satan selbst gesehen.

»Weder mein nichtsnutziger Bruder Olaf noch meine sündige Mutter haben mich erkannt, als ich mich im Sanatorium einmietete. Ich besaß eine Gehilfin, nämlich meine Geliebte, Erika Hobala. Die Behörde genehmigte ihr eine Kur. Sie konnte alle Beteiligten beobachten! Doch vorher hatte ich nach vielen, vielen Jahren erstmals wieder die Villa meines Vaters besucht. Ein bitterer Gang! Ich mußte hungern, dort herrschte der Luxus, den ein Typ wie Harry Kühnast für sich zu nutzen begann!« deklamierte Hansky, als handelte es sich um einen Bühnentext.

Stolz blickte er um sich, als erwarte er Beifall.

»Herr Hansky, zu der Zeit lag es wohl noch nicht in Ihrer Absicht, in die heile Welt Ihrer Mutter einzugreifen?« fragte Achtendorf.

»Oh, ich glaube schon! Ich fand ein Album. Es war gefüllt mit Bildern meiner Mutter, die Harrys Hände hielt. Mein armer Vater hatte diese Frau geliebt! Als er feststellte, daß sie ihm nicht allein gehörte, wollte er sich mit ihr umbringen und uns als reiche Waisen hinterlassen! Mutter überlebte wie durch ein Wunder, nur um die Gespielin eines smarten Altweiberschänders zu werden!« sagte er giftig.

Kriminalrat Achtendorf setzte nach, denn dem gesprächigen Schauspieler war nicht bewußt, daß er dabei war, sich einem Geständnis zu nähern.

»Herr Hansky, Sie sind in Ihrer Verzweiflung zu Dr. Rittersporn gegangen. Sie fanden bei ihm nicht nur Trost, sondern auch Aufmunterung.«

»So war es. Er hat mir von seinem neuen Hobby erzählt, dem Detektivspielen, und zu welchen Ergebnissen er gekommen war. Wissen Sie, wie er sich selbst titulierte? Privat-Kommissar! Verzweifelt habe ich den ›großen Freund‹ unserer Firma verlassen und bin zurückgegangen in unsere Villa. Dort habe ich mich ausgeheult und neuen Mut gefaßt. An der Wand des Wohnzimmers entdeckte ich die Geschenke des falschen Hengstes. Die antiken Messer hingen dort wie Requisiten für einen Bühnenkampf. Ich hielt sie für Liebesgaben dieses Sexgangsters! Bisher hatte ich nur Rollen gespielt, die Autoren sich ausgedacht hatten. Warum sollte ich mir nicht einmal im Leben einen eigenen Text schreiben? Ich habe die Messer vom Haken genommen, denn sie gehörten nicht zu meinem und auch nicht zum Leben meines Vaters! Ich schwang mich auf zum Regisseur!«

»Sie verkleideten sich als Dr. Zürmatt und benutzten seinen Namen«, sagte Achtendorf.

»Ja, ich kannte das Sanatorium bereits, denn Erika hatte mir die Räumlichkeiten beschrieben. Das Wetter kam meinen Absichten entgegen. Ich setzte mir eine Frauenperücke auf, in meinem Rucksack befanden sich ein Messer und eine Pistole. Über die Kiefer gelangte ich auf das Fenstersims. Dort erwartete mich die Hölle! Meine Mutter, die, wie ich dachte, gelähmt und auf den Rollstuhl angewiesen war, tobte sich kess und keck in unwürdigen Posen mit dem Schwein auf dem Bett aus. Ihre Liebesakte waren abscheulich! Meinen Vater habe ich nie sonderlich geliebt! Doch was sich dort meinen Augen bot, das entwürdigte sein Ansehen! Hilflos kauerte ich hinter dem schützenden Vorhang auf dem Sims und wußte nicht, wen von beiden ich mehr hassen sollte. Als Kühnast und auch Mutter die Kräfte verließen, klopfte jemand an die Tür. Die beiden kleideten sich an, und Mutter fand sogar ohne Hilfe zurück in ihre Wäsche und ihr Kleid. Scheinbar wehleidig nahm sie ihren Platz im Rollstuhl ein. Kühnast legte die Hände auf die Griffe des Rollstuhles und öffnete die Tür. Mir blieb fast das Herz stehen, als ich nach Jahren zum erstenmal wieder meinen kleinen Bruder Olaf sah. Er war erwachsen geworden – zumindest, was sein Äußeres anging. Er nahm den Rollstuhl in Empfang und fuhr Mutter aus dem Zimmer. Ich beobachtete Harry Kühnast! Das Schwein richtete das Bett und schaltete danach, mit sich ganz zufrieden, den Fernseher an. In Texas räumte John Wayne auf. Hier wollte ich für Recht und Ordnung sorgen. Ich bin in das Zimmer gesprungen, habe das Fernsehgerät abgestellt und dem St.-Pauli-Bubi, der nach unserem Vermögen geiferte, die Pistole auf die Brust gesetzt. ›Hänge deinen Tarnanzug schön auf einen Bügel! Lege Hemdchen und Höschen artig auf den Stuhl!‹ habe ich befohlen. Er gehorchte mit vor Wut verkniffenem Gesicht. ›Anbetungswürdiger Adonis, lege dich auf das gemachte Bettchen‹, forderte ich ihn auf. Nackt stand er vor mir. ›Na, wird es bald!‹ habe ich gesagt, doch plötzlich ging er auf mich los. Ein Warnschuß, der seinen Fuß streifte, machte ihn gefügig. Bleich vor Angst kroch er auf das Laken. ›Lege deine Hände hübsch um deinen Hobel‹, habe ich ihn angeschnauzt, dann habe ich seine Handgelenke mit einem Gürtel verschnürt. Ich mußte an Vater denken. Eine tiefe Empörung ergriff mich. Ich holte das Messer aus meinem Rucksack und stach zu.«

Holger Hansky blickte sie der Reihe nach an. Wieder schien er auf Applaus zu warten.

»Herr Hansky, trotz des prasselnden Regens hinterließen Sie keine Spuren«, stellte Achtendorf fest. Der Schauspieler grinste stolz.

»Das Auflegelaken, auf dem er es mit Mutter getrieben hatte, hatte Kühnast vorher abgezogen und unter das Bett geschoben. Mir diente es als Scheuerlappen. Danach landete es im Container«, antwortete er.

»Dann nahmen Sie den Lippenstift Ihrer Mutter von der Spiegelablage und schrieben ›Love Harry‹ auf den Bauch des Opfers«, folgerte Achtendorf.

Der Schauspieler schaute den Kriminalrat irritiert an.

»Nein! Warum hätte ich das tun sollen? Ich habe keinen Lippenstift gesehen«, antwortete er.

Im Clubzimmer lag tiefes Schweigen. Niemand wagte, etwas zu sagen. Achtendorf dachte verwirrt an die Gräfin von Akazienhain, deren Lippenstift in seiner Jackentasche steckte. Hansky hatte ein glaubwürdiges Geständnis abgelegt. Warum sollte er jetzt lügen. Er hörte, wie Lehnartz eine Frage stellte:

»Herr Hansky, Ihr erster Mord entsprang Ihren enttäuschten Gefühlen. Das Opfer hatte Sie und – wie Sie glaubten – auch Ihren verstorbenen Vater zutiefst gedemütigt. Aber warum töteten Sie Frau Alice Wallmann, von der Sie wußten, daß diese in jungen Jahren als Erna Kinkel für Herrn Kühnast auf den Strich gegangen war?«

Der Schauspieler schaute Lehnartz irritiert an. Sein Blick wanderte zu Achtendorf. So, als wolle er seine Antwort besonders betonen, streckte er den Oberkörper vor.

»Ich bin zu meiner Mutter gegangen.« Er kicherte. »Die Rückkehr des ungeliebten Sohnes. Sie hörte sich ungerührt meine Vorwürfe an. Auch als ich ihr meine Tat gestanden hatte, blieb sie äußerst kühl. Ich habe ihr meine Zimmernummer mitgeteilt, ihr das zweite Messer auf den Schoß gelegt und ihr gesagt, daß ich meine Zimmertür nie abschließen würde. Es war eine Einladung. Aber wie Sie sehen, lebe ich noch! Dafür ist Alice Wallmann tot.«

»Wurden Sie zum Mordgehilfen Ihrer Mutter?« fragte Achtendorf.

»Nicht ich, sondern Mutter besaß die Waffe und den nötigen Haß! Außerdem glaubte sie, meine Kenntnisse über Kühnasts Vorleben würden dem Bordellmilieu der

Hamburgerin entstammen. Frau Wallmann hingegen hatte in Mutter nur eine Nebenbuhlerin gesehen, deshalb nahm sie an, daß Mutter nicht die Mörderin gewesen sein konnte. Die Bordellbesitzerin war fest davon überzeugt, daß die adeligen Damen Harrys Leben beendet hatten oder ihn hatten umbringen lassen. Eine Ironie des Schicksals! Nun verband tiefe Trauer die beiden Geliebten des Opfers. Mutter fiel es sehr leicht, die Hamburgerin zu einem späten Spaziergang zu bewegen. Ihr Mißtrauen gegen die Gräfin, Frau Dr. von Keppler und Frau von Windbach sorgte für genügend Gesprächsstoff, während Alice Wallmann Mutter im Rollstuhl über die abendliche Promenade am rauschenden Meer entlangfuhr. Für die Wallmann muß es ein Schock gewesen sein, als Mutter aus dem Rollstuhl sprang und die verblüffte alte Frau mit vorgehaltener Pistole dem Meer entgegengtrieb. Aus Angst um ihr Leben und völlig verwirrt, ließ sie sich willenlos an den Pfahl binden. Mutter gab ihr mit dem zweiten Messer den Gnadenstoß.«

»Herr Hansky, wir besitzen einen Haftbefehl. Es ist Ihnen überlassen, alles zu widerrufen, was Sie uns hier vorgetragen haben«, sagte Achtendorf.

Holger Hansky erhob sich. So, als beabsichtigte er, als Hannes Reglow vor der Bühne abzutreten, verbeugte er sich.

»Herr Hansky, uns verhalf belastendes Material, das uns ein gewisser PKR aus Lörrach zugestellt hat, Ihre Spur zu finden.«

Hansky lächelte mitleidig. »Können Sie sich immer noch nicht denken, wer das war? PKR! Hah, typisch. Es handelt sich um die Namensabkürzung des Siegers«, sagte er.

»Es gibt keinen Sieger in diesem Fall! Zwei Tote und zwei Mörder, das ist eine traurige Bilanz«, sagte Lehnartz wütend.

»Mit Bilanzen beschäftigt sich auch PKR! Wer soll den Konzern weiterführen? Mein Bruder Olaf sitzt im Gefängnis. Mutter und mich werden die Richter verurteilen. Sieger bleibt: Privat-Kommissar-Rittersporn, der dritte und bei weitem erfolgreichste Regisseur in diesem Drama!« antwortete Hansky und spuckte angewidert auf den Boden.

Achtendorf und Lehnartz nahmen den Schauspieler in die Mitte und führten ihn ab. Als sie das Café durchquerten, spendeten die Gäste Hannes Reglow spontanen Beifall. Dr. Zürmatt drückte seinem Schauspieler, mit Tränen in den Augen, die Hand.

Die Stadt schlief bereits. Das Gefängnis, von dem nicht einmal alle Bürger wissen, daß es existiert, lag in unmittelbarer Nähe hinter einigen alten Fassaden. Die Beamten blickten Hansky hinterher, als er aufrecht von den Kollegen der Schutzpolizei zu den Wärtern geführt wurde.

Lehnartz hatte im Hotel Heideloh Zimmer bestellt. Auch dorthin betrug die Fahrzeit nur wenige Minuten.

Die Hotelbar war von einigen Vertretern besucht. Die Beamten setzten sich an einen Tisch.

Die Morde waren aufgeklärt! Der Rest war Routine. Sie bestellten Bier und Corvit, prosteten sich zu und suchten nach Antworten auf offengebliebene Fragen.

Kriminalrat Achtendorf hielt den hochgeschraubten Lippenstift an das Licht, das aus einer bayerischen Lampe in Glockenform auf den Tisch fiel.

»Die Gräfin von Akazienhain benutzte ihn, um ›Love Harry‹ auf den Bauch des Opfers zu schreiben«, sagte er überzeugt. »Sie wird sich die Perücke übergezogen haben, um nachzusehen, was los war. Die adeligen Tanten hatten den Abstieg Holger Hanskys beobachtet. Es ist anzunehmen, daß sie vergeblich an Harrys Tür geklopft haben. Couragiert stieg die Gräfin in die Kiefer. Voller Freude über den Tod des Casanovas, der sie und ihre Freundinnen geprellt hatte, schrieb sie ihm den Abschiedsgruß auf den Körper, machte hinter sich sauber und verließ das Zimmer wieder über die Kiefer«, sagte Achtendorf.

»Das Labor wird uns die Bestätigung liefern müssen«, meinte Lehnartz.

»Dann feierte das Adelskränzchen mit Sekt und im Kerzenschimmer das Ableben des gehaßten Frauenhelden«, sagte Achtendorf überzeugt.

»Ob sie eine strafbare Handlung begangen haben, das soll der Amtsrichter feststellen. Ich jedenfalls zolle den blaublütigen Weibern meinen Respekt«, sagte Meyers und goß einen eiskalten Corvit in seinen Magen.

Achtendorf reckte sich, als wollte er alle üblen Gedanken von sich abstreifen. Er atmete tief durch und meinte:

»Ich zolle meine Hochachtung einem teuflischen Verbrecher, der als Drahtzieher im Hintergrund den Beteiligten ihre Rollen zugewiesen hat. Er ist in der Tat ein großer Regisseur! Ich bin mir meiner Sache sicher, daß Monsieur Jacques Nevatier und sein Kollege, René Parkuse, in den Unterlagen der Alice Wallmann einen Brief des Managers, Dr. Rittersporn, ausfindig machen werden, der die alte Dame von der Seine nach Norderney gelockt hat.«

Achtendorf griff nach dem kleinen Glas mit Corvit und sagte angewidert: »Einen Schluck auf den Satan im Schwabenanzug.«

Auch Lehnartz trank sein Glas leer.

»Der Manager des Konzerns Hansky GmbH und Co. KG kann einen großen Sieg verbuchen. Ob er allerdings die Herren des ›Spiegels‹ zu sich bitten wird, das scheint mir zweifelhaft«, sagte Lehnartz.

»Die Söhne des Firmengründers sitzen hinter Gittern. Morgen wird die attraktive und listenreiche Witwe festgenommen. Das Handelsimperium wird expandieren. Der Held kann sich brüsten, der Gerechtigkeit einen Dienst geleistet zu haben«, sagte Meyers.

»Nur Olaf Hansky geriet ohne seine Intrigen in kriminelle Verstrickungen«, meinte Achtendorf.

»Vielleicht auch nicht. Wir werden es nie beweisen können, aber vielleicht hat Doktor Rittersporn den Jungen in irgendeiner kritischen Phase mit Schulden sitzen lassen und damit zu seinen Diebstählen angestiftet«, sagte Lehnartz und bestellte eine Runde Bier.

»Wie sagte er doch sinngemäß?« meinte Meyers verächtlich. »Produzieren ist kein Problem, aber die Dinge an den Mann zu bringen, das ist die Kunst unserer Zeit.«

ENDE

MORD IM FISCHERHAFEN

1

Über die ostfriesische Küste trieb ein aufgebrister Seewind tiefhängende graue Wolken. Es war naßkalt an diesem Freitag nachmittag. Häßling steuerte seinen Wagen in Marienhafe über die Hein-Janssen-Straße. Nur einige wenige schlichte Bungalows und rotgeklinkerte Einfamilienhäuser säumten die Straße, die danach durch landwirtschaftlich genutztes Weideland führte, auf dem eine wäßrige Schneedecke lag.

Auf der Straße schmolz der Schneematsch. Häßling fuhr langsam. Am Ende der Hein-Janssen-Straße, kurz vor der Einmündung in die Störtebekerstraße, befand sich der häßliche Wohnblock. Pfützen bedeckten den Rasen vor dem Haus. Ein vergessener Container mit Bauschutt erinnerte an die aufgeschobenen Renovierungsarbeiten. Kinder in warmer Winterkleidung und mit Gummistiefeln an den Füßen warfen Steine in die Pfützen und bauten Brücken.

Häßling lenkte seinen Passat Variant an den Straßenrand. Er blickte durch das Autofenster auf die Fassade des Hauses. Gardinenfetzen hingen hinter den Scheiben. Einige Fenster waren mit Brettern vernagelt.

Häßling nahm seine Fototasche vom Nebensitz. Die Uhr im Armaturenbrett zeigte 16.05 Uhr an. Er stieg aus und schritt über die nassen Waschbetonplatten der Haustür entgegen. An der Hauswand lehnten ein paar alte Fahrräder. Einige Albaner kamen ihm entgegen und grüßten ihn höflich.

Der Hauseingang wirkte abgewohnt. Ein schmutziger Kinderwagen stand unter den Briefkästen, deren Metalltürchen herausgerissen waren. Um die Sauberkeit des Treppenhauses schien sich niemand zu kümmern. Es stank nach Kot und Urin.

Holger Häßling hatte das auch nicht anders erwartet. Er arbeitete seit einem halben Jahr für die Ostfriesen-Post und war es satt, Ostfriesland immer nur mit bunten Schönwetterfotos in harmonischen Berichten darzustellen.

Er beabsichtigte, mit einer großangelegten Reportage den Lesern die Armut der Unterprivilegierten und Asylanten vor Augen zu führen. Doch seine Bemühungen um eine gerechtere und wirksamere Sozialpolitik der Gemeinde waren nicht ohne Eigennutz. Der Weser-Kurier in Bremen, die Nord-West-Zeitung in Oldenburg und die Neue Osnabrücker Zeitung hatten einen überregionalen Ruf, und Häßling verfolgte ehrgeizige Ziele. Sein Traum war ein Job beim »Stern«, und er nutzte jede Gelegenheit, auf sich aufmerksam zu machen.

Häßling war klein von Gestalt. Er wirkte blaß und verklemmt. Er war hager und reagierte bissig, wenn er bei Pressekonferenzen übersehen wurde, denn Häßling war ein Mann von hohem Intellekt und konnte seine Zeilen überzeugend und stilistisch perfekt füllen. Häßling hatte recherchiert. Die Familie Componga besaß alle Voraussetzungen, um in der Ostfriesen-Post den Lesern vorgestellt zu werden.

Häßling schritt die Treppe hoch. Er fand das kleine Namensschild. Die Tür hatte kaum noch Farbe. Seitlich an der schmutzigen Putzwand befand sich die Klingel. Häßling wollte gerade den Klingelknopf bedienen, als er überrascht am Ende des Flurs die offene Klotür bemerkte. Er fühlte das aufsteigende Kribbeln in sich und schritt drauflos. Das Sitzbecken trug keine Brille. Es war wacklig, wie er bemerkte, als er mit dem Stiefel gegen das Becken stieß. Fetzen von alten Zeitungen lagen auf dem ausgetretenen Betonboden. Die Halteöse für den Einhängehaken fehlte.

Häßling bediente seine Kamera und schoß ein paar Bilder. Solche Fotos machten Eindruck auf die verwöhnten Leser. Er ging zurück zur Tür der Compongas und drückte den Klingelknopf.

Der Mann, der die Tür öffnete, mußte Componga sein. Er war um die Fünfzig. Sein Bauch schwabbelte über einer Trainingshose. Das Gesicht war aufgedunsen, das Haar grau.

»Sie wünschen?« fragte Componga mißtrauisch. Sein Atem roch nach Alkohol.

»Ich schreibe für die Ostfriesen-Post«, sagte Häßling. »Ich habe gehört, daß man Sie nach der Zwangsversteigerung Ihres Hauses hier eingewiesen hat.« Er lächelte gewinnend. Seine angenehme Stimme zeigte Wirkung.

Componga blickte den Besucher ernst an. »Das ist eine lange Zeit her«, sagte er, »um uns hat sich niemand gekümmert. Ich war in der Gewerkschaft und in der SPD.« Ein verärgerter Tonfall schwang in seiner Stimme mit.

»Für sozial Schwache ist die Presse zuständig, Herr Componga. Ich werde mich für Sie einsetzen. Dazu benötige ich einige Fotos für mein Magazin«, sagte Häßling.

»Kommen Sie mit.« Componga drehte sich um und führte Häßling durch den Korridor. An einem Haken hingen abgetragene Klamotten. Componga öffnete die Stubentür.

»Meine Frau«, sagte er und zeigte auf eine schlampige Endvierzigerin, deren angegrautes Haar ungepflegt wirkte. Ihr wuchtiger Oberkörper steckte in einem ausgeweiteten Wollpullover. Sie trug wie ihr Mann eine Trainingshose, in der sich ihr fülliger Leib und die breiten Schenkel abzeichneten.

Die Compongas wohnten auf engstem Raum in Armut. Das Mobiliar war abgewohnt, überall fehlte es an Pflege.

Der einzige Lichtblick für den Pressemann war die hübsche Tochter. Das Mädchen hatte langes dunkles Haar. Sie trug Jeans und einen selbstgestrickten Pullover. Ihr Gesicht war schön und ihr Körper schlank. Sie schaute den Reporter mißtrauisch an.

Ein kleiner Junge saß auf dem Pott und spielte ohne Interesse an dem Besucher mit den Seiten eines Quelle-Katalogs. Im Zimmer hing ein abgestandener Geruch.

»Ich finde Ihre Wohnungssituation unmöglich und möchte Ihnen helfen«, sagte Häßling mit seiner sympathisch klingenden Stimme.

»Ich koche einen Tee«, sagte Frau Componga.

»Danke, ich habe bereits Tee getrunken«, log Häßling beim Anblick der schmuddeligen Alten. Außerdem haßte er die stete Teetrinkerei in Ostfriesland. Schließlich kam er aus Hessen, wo man Kaffee trank.

Häßling legte einen Fünfzigmarkschein auf den Tisch. »Ich beginne mit der Familie«, sagte er, öffnete seine Fototasche und entnahm ihr die Kamera. Die Tochter sprang entsetzt auf, als sie bemerkte, daß der Reporter, den sie auf Anhieb nicht mochte, sie bereits fotografierte. Sie sah, wie ihr Vater den Geldschein an sich zog. »Lassen Sie das«, sagte sie, verließ das Zimmer, zog im Korridor ihren Anorak an und rannte davon.

»Helga hat sich nie gern fotografieren lassen«, sagte die Alte, als müsse sie das Verhalten ihrer Tochter entschuldigen.

Dem Bericht mit der fetten Überschrift »Armut im Lande der Dünen und Deiche« in der Ostfriesen-Post fehlte es nicht an Bissigkeit. Der Reporter griff in ironischem Ton die zuständigen Beamten der Gemeindeverwaltung an. Sein Beitrag irritierte die Leser. Auch ihnen war die Armut in ihrer Gemeinde nicht unbekannt geblieben. Sicherlich fühlten sie mit der Familie Componga, die sich in einer extremen Notlage befand. Das abgelichtete »Stille Örtchen« erinnerte an längst vergessene Zeiten. Erst recht erweckte das Foto mit dem kleinen Jungen auf dem Topf in der Notunterkunft die Herzen der Leser. Auch der hübschen Tochter wünschten sie eine bessere Zukunft.

Aber die Beamten der Gemeindeverwaltung hatten diese Schelte nicht verdient. Das Thema Wohnungsnot blieb aktueller denn je, weil der Zustrom von Aussiedlern und Asylanten nicht abbrach. Im Hotel »Altkant« wohnten zwölf Libanesen in überbelegten Zimmern. Im alten Pfarrhaus fristeten acht Afrikaner ein bescheidenes Dasein. Es waren meist junge Menschen, denen es an Betätigung in der gewonnenen Freiheit fehlte. Arbeitsplätze waren auch in Ostfriesland sehr knapp. Das VW-Werk in Emden hatte angekündigt, zweitausendfünfhundert Entlassungen vorzunehmen.

Ein weiterer Grund, der Häßlings Anliegen, für die Familie Componga eine Besserung ihrer Wohnsituation zu erreichen, im Wege stand, war die Mitschuld des Familienvaters an der mißlichen Lage.

Alkoholismus ist eine Krankheit. Componga war krank. Er trank und war deshalb nicht auf dem Arbeitsmarkt zu vermitteln.

Häßlings Bemühungen, den Compongas zu helfen, hatten für Helga Componga ernste Folgen. Sie war sehr labil und litt unter ihrer sozialen Herkunft. Sie besuchte in Marienhafe die Realschule. Sie schämte sich, eine Componga zu sein, und hatte es nie gewagt, Mitschülerinnen zu sich nach Hause einzuladen. Ihr kleiner Bruder blieb oft ohne Pflege, während die Eltern sich stritten.

Helga blickte auf ihr Foto in der Ostfriesen-Post, das der häßliche, blasse Reporter ohne ihre Zustimmung geschossen hatte. Sie fühlte sich abgestempelt zu einer asozialen Person.

Was hatte es auf sich mit der Pressefreiheit? fragte sie sich naiv. Lehrer Claussen hatte viel Zeit aufgewandt, ihnen die Pressefreiheit als tragende Kraft der Demokratie darzustellen. Und nun? Helga weinte. Sie zerriß die Seiten des Magazins, nahm ihren kleinen Bruder vom Topf und wischte ihm mit den Fetzen den Po sauber. »Bonno, du bist groß genug. Ab morgen mußt du die Toilette aufsuchen. Zieh dich an!« sagte sie böse. Bonno setzte sich auf den Boden und spielte mit den Plastikspielsachen.

Die Mutter mischte sich nicht ein. Sie saß am Tisch, trank Bier und sah im Fernsehen »Der Preis ist heiß«. Der Vater hatte sich auf den Weg zum Zigarettenautomaten begeben. Helga trug den Topf zur Toilette, leerte ihn und wusch ihn im Waschbecken sauber. Als sie das Wohnzimmer wieder betrat, sagte sie zur Mutter: »Ich gehe heute in die Disco.«

»Bringst du mich vorher noch ins Bett?« fragte Bonno und schob ein Plastikmüllauto über den ausgetretenen, speckigen Fußbodenbelag.

»Komm nicht so spät zurück, Helga, Vater mag das nicht«, sagte die Mutter und goß sich einen Klaren in das bereitgestellte Gläschen.

»Hilf mir lieber, ihn mir vom Leib zu halten«, stöhnte Helga und nahm Bonno an die Hand. »Bonno, komm mit. Ich lese dir noch eine Geschichte vor.«

2

Onno freute sich auf den Abend. Es war eine Scheißwoche gewesen, stellte er fest, während er einen Parkplatz für seinen Golf suchte. Er hatte sich etwas verspätet. Er schaute sich um, denn er wollte seinen Wagen nicht neben einem aufgemotzten Manta abstellen. Er fand eine Parklücke zwischen einem Mercedes und einem neuen Polo. Am Himmel leuchteten die Sterne. Es war Vollmond. Vor dem Eingang der Disco standen Jugendliche und rauchten. Onno hatte sich mit Helga Componga verabredet. Er betrat die Disco.

Er fand Helga. Sie stand am Rande der Tanzfläche. Er ging zu ihr.

»Hallo, mein Herz«, rief er und stutzte.

Helga schaute ihn verärgert an.

»Was ist mit dir?« fragte Onno überrascht. Er vermißte ihr Lächeln. Ihr Gesicht blieb ernst. Helga näherte sich ihm und lehnte sich an ihn.

»Gehen wir nach draußen«, sagte Onno. Er nahm Helga an die Hand und verließ mit ihr die Disco. Sie gingen schweigend an den abgestellten Autos entlang zu der kleinen Baumgruppe, die ihnen Schutz vor neugierigen Blicken bot.

Helga begann zu weinen und berichtete von dem häßlichen Artikel in der »Ostfriesen-Post«.

»Helga, das ist schnell vergessen«, sagte Onno. Er lockerte den Armverschluß seiner Jacke und trocknete ihr mit dem Pulloverrand die Tränen.

»Ich bin eine Asoziale. Meine Mitschülerinnen und die Lehrer haben den Bericht gelesen«, sagte sie und heulte.

Helga war seine erste große Liebe. Onno interessierte sich für keine andere mehr, seit er Helga kennengelernt hatte. Onno war groß und schlank.

Er sah gut aus, hatte eine sportliche Figur und war stolz auf seine Muskeln, denn er liebte das schweißtreibende Bodybuilding im Apollo-Studio.

Im Gegensatz zu Helga kam Onno aus einem »guten« Hause. Er hatte die Schule geschmissen, eine Zeitlang nichts gemacht und hatte nun einen Arbeitsplatz am Band bei VW in Emden. Er war nur wenige Jahre älter als Helga. Onno neigte sich zu Helga hinab, legte seine Arme um sie und küßte sie.

»Helga, du bist schön, ich liebe dich. Vergiß alles andere«, sagte Onno. Er küßte Helga lange und heiß.

»Ich brauche dich, Onno«, sagte Helga, »du mußt zu mir halten, was auch passiert!«

Onno öffnete ihren Anorak. Er schob seine Hand unter ihren Pullover und berührte ihre festen Brüste.

»Mir ist eisig kalt«, flüsterte Helga und griff nach seinem Arm.

»Komm, wir schmusen im Auto«, schlug Onno vor. »Danach fahren wir zu Max. Bei ihm kannst du deinen Kummer loswerden.«

Sie hielten sich an den Händen und schritten schweigend zum Parkplatz, ohne den Blick auf den Mond und die Sterne zu richten.

»Ist Max dein Freund?« fragte Helga, als sie zu Onno in den Golf stieg.

»Mehr als nur ein Freund«, sagte Onno.

»Mir ist lausig kalt«, sagte Helga.

»Die Heizung kommt gleich auf Touren«, sagte Onno. Er legte sich den Gurt um und startete den Motor. Auch Helga griff zum Gurt.

Onno fuhr über die Torfkanalstraße in Richtung Greetsiel. Kurz vor dem Fischerdorf in der Leybucht lenkte er den Wagen auf den Parkplatz, der direkt vor dem Deich zwischen Weiden lag.

Onno stellte den Motor ab. Der Parkplatz war leer. Er

schaltete die Scheinwerfer ab. Auf den Deich fiel fahles Mondlicht. Helga blickte auf die Sterne am Himmel. Im Wagen war es angenehm warm.

Sie legten die Gurte ab, und Helga neigte sich vor, als Onno die Lehne des Beifahrersitzes nach unten schraubte.

»Hier sind wir allein«, sagte Onno erregt und begann, Helga zu entkleiden.

Gußeiserne Straßenlaternen säumten den im alten Stil erneuerten Ortskern von Marienhafe. Ihr Licht fiel auf die Pflastersteine und roten Bodenplatten. Die Schaufenster waren beleuchtet. Nur wenige Menschen bummelten durch die Einkaufsstraße. Auf die rissige Backsteinfassade der Kirche mit dem Störtebekerturm bündelten sich die Strahlen der Scheinwerfer, die an der Friedhofsmauer installiert waren.

Onno fuhr den Wagen langsam über den Marktplatz und bog in die Bürgermeister-Focken-Straße ein.

Helga schaute wehmütig durch das Wagenfenster. Das friedliche Bild irritierte sie. Sie hatte das Gefühl, als müsse sie sich verstecken. Sie liebte Onno, und solange er in ihrer Nähe war, vergaß sie ihr kümmerliches Zuhause.

Onno fuhr in Richtung Osteel. Seitlich der Straße hatten anspruchsvolle Bungalows mit zum Teil üppigen Vorgärten die Äcker und Weiden verdrängt. Hinter großen Terrassenfenstern brannte Licht. Friedliches Licht. Helga dachte an das häßliche Loch, das ihr Zuhause war. Sie weinte. Dieser scheußliche Journalist, dachte sie. Er hatte sie in seinem Magazin als Tochter eines Asozialen abgestempelt und ein Foto von ihr veröffentlicht, und ihr Vater hatte das Judas-Honorar eingesteckt und in Schnaps umgesetzt.

»Hör auf zu flennen, Helga! Vergiß den Scheiß! Ich hoffe, Max ist zu Hause«, sagte Onno.

Die Straße führte an einigen Höfen entlang, von denen man nur die schattenhaften Umrisse sah. Kurz vor Osteel verließ Onno die Straße und lenkte den Wagen in einen mit

Zementplatten belegten landwirtschaftlichen Versorgungsweg.

»So einsam wohnt Max?« fragte Helga und beobachtete durch die Scheibe das Gelände, während die Scheinwerfer des Golfs über die Zementsteine huschten.

Doch dann tauchte das alte Bauernhaus vor ihnen aus der Dunkelheit auf. »Max ist Aussteiger«, sagte Onno. »Er züchtet Schafe und lebt bescheiden. Er hat sein Studium geschmissen. Ihn interessieren weder die Asylantenfrage noch die Bundesligaergebnisse, erst recht nicht die Beiträge in der Ostfriesen-Post.« Er steuerte seinen Wagen im kleinen Gang, denn der Winter hatte auf dem Plattenweg Frostschäden hinterlassen.

»Hat er eine Freundin?« fragte Helga.

»Sozusagen. Sie hat sich zusätzlich in Emden ein Zimmer genommen. Ihr Vater ist Arzt. Sie will in Emden an der Fachoberschule für Sozialwesen das Fachabitur machen.«

»Und ist sie heute bei ihm?«

»Ich denke schon.«

Sie näherten sich dem alten Bauernhof. Aus einem Fenster fiel Licht. Über dem seitlichen Tor brannte eine Lampe. Onno parkte den Wagen vor dem Tor. Sie stiegen aus. In die kalte klare Luft mischte sich der Dunggeruch. Dreck und Mist bedeckten die Waschbetonplatten. Von Reifen ausgewalzte Schafkötel lagen überall herum.

Ein Hund schlug an.

»Läuft der frei herum?« fragte Helga ängstlich.

»Pax tut keinem was. Er ist der ständige Begleiter von Max«, sagte Onno und schritt an die Tür. Er klopfte an.

Hier möchte ich auch nicht wohnen, dachte Helga.

Max öffnete die Tür. Helga hatte sich Max als einen kräftigen, über dreißigjährigen Mann vorgestellt. Doch der Aussteiger, der sie begrüßte, war schlank und knochig. Er trug auch keinen verwilderten Bart. Max mochte tatsächlich um die Dreißig sein. Seine Beine steckten in diesen modernen Leggings. Er trug dazu unpassend Wanderschuhe. Um seinen schmächtigen Oberkörper hing ein ausgebeulter Norwegerpullover. Sein Hund hob den Kopf, bellte zwei-, dreimal, wedelte mit der Rute und beschnüffelte die Besucher.

»Pax, das sind Freunde«, sagte Max und bat die Besucher, einzutreten. Der Hund senkte den Kopf und tapste ins Haus. »Nina ist da«, sagte Max zu Onno und schritt den Besuchern voran.

Der Korridor war weiß getüncht. Eine Neonröhre strahlte von der Decke. Seitlich lag Gerümpel auf dem Boden. Max führte sie zum Wohnzimmer. Er öffnete eine schlichte Holztür und zeigte nach innen.

Helga folgte eingeschüchtert. Pax verkroch sich in eine Ecke des Zimmers. Das Zimmer war gemütlich. Eine brennende Kerze fußte in einem Tonständer, der auf einem klotzigen Holztisch stand. Auf alten Sesseln und Stühlen lagen mollige Schaffelle. Ein Stereoturm stand auf dem Fußboden.

Helga beobachtete die junge Frau, die sich von einer Couch erhob und sich ihr näherte. Sie trug ebenfalls die modernen Leggings und darüber einen Minirock aus Jeansstoff. Ihr Haar hatte sie schreiend rot gefärbt. Auch ihr Oberkörper steckte in einem groben Norwegerpullover. Sie hatte ein schönes, herbes Gesicht.

»Ich bin Nina.«

Helga spürte die Selbstsicherheit, die diese Frau ausstrahlte.

»Sucht Euch einen Platz«, sagte Max. Zigarettenschachteln lagen herum. Der Aschenbecher war halb angefüllt mit Kippen.

Nina legte ihren Arm um Helgas Schulter. »Ein netter Besuch«, sagte sie.

»Ich bin Helga«, sagte Helga und bemühte sich um ein Lächeln.

»Onno, Bier, Schnaps oder einen Tee?« fragte Max.

Onno blickte Helga an. Sie nickte. Max verließ das Wohnzimmer. Onno sah, wie Helga sich mit Nina anzufreunden begann und sich verlegen auf die Couch zu Nina setzte. »Meine Helga hat Ärger«, sagte er und setzte sich in einen Sessel.

»Wohnst du noch zu Hause?« fragte Nina.

»Ja«, antwortete Helga.

»Na, das kenne ich. Da gibt es stets Ärger. Ich habe meine Erziehung und mein Leben in die eigenen Hände genommen, ohne Frust.« Nina fischte sich eine Zigarette aus der Packung und steckte sie an.

»Nun übertreibe nicht. Du besuchst wieder die Schule«, sagte Onno.

»Ich besuche die FOS, weil ich das will. Früher wollte das der Herr Papa. Ich will Sozialpädagogin werden und denen helfen, die so spießig kastriert wurden wie ich damals.« Nina blies den Rauch aus.

Helga schwieg. Ihr Zuhause war anders. Da gab es ernster zu nehmende Probleme.

»Ist dein Papa auch etwas Besseres?« fragte Nina und lächelte.

»Nein«, sagte Helga den Tränen nahe.

»Das ist auch kotzegal. Löse dich von zu Hause. Du mußt leben, Helga, nichts als leben und mitnehmen, was dir geboten wird«, sagte Nina überzeugt.

Helga dachte an ihren kleinen Bruder. Doch da war noch mehr, über das sie selbst mit Onno nicht sprechen konnte. Helga begann zu weinen.

Onno bemühte sich, Helga zu beschwichtigen. Er war froh, als Max den Tee brachte.

»Das Geschirr hat Max selbst hergestellt«, sagte Nina stolz, bemüht, Helga von ihrem Kummer abzulenken.

»Das finde ich toll«, sagte Helga und nahm ein Tempotuch von Onno entgegen. Sie trocknete ihre Tränen und riß sich zusammen. Sie schwiegen und tranken Tee, der Helga kräftiger als zu Hause schmeckte. Als Onno auf den Bericht in der Ostfriesen-Post zu sprechen kam, heulte Helga erneut los.

»Ich wohne im Block. Man hält mich für eine Asoziale«, schluchzte sie.

»Wir leben in einer miesen Zeit, Helga«, sagte Max und schob seine Tasse von sich.

»Dieser schräge Vogel gibt vor, helfen zu wollen, dabei

sackt er nur das Zeilengeld ein und macht sich auf anderer Leute Kosten einen Namen«, sagte Onno.

»Hol den Stoff aus dem Safe, Max«, forderte Nina Max auf. »Wir nehmen einen Joint und begeben uns auf einen Trip.«

Max erhob sich. Er schritt in die Ecke des Zimmers und lockerte ein Brett des Fußbodens.

»Nein, ich möchte das nicht«, wandte Helga ein, ohne ihrer Stimme Nachdruck zu verleihen.

»Helga, vergiß den Scheiß«, sagte Onno. »Hasch ist harmlos. Ich habe hier mit Nina und Max schon manchen Joint gehabt, wenn ich die Schnauze so richtig voll hatte.«

Nina lächelte Helga an. »Onno hat recht. Das Zeug ist harmlos. Mach mit, du fühlst dich danach wohl.«

»Sei kein Spielverderber. Du wirst schon sehen«, sagte Max.

Der anschwellende Piepton des Weckers riß Lehrer Claussen aus dem Schlaf. Er legte das Taschenbuch beiseite, bei dessen Lektüre er eingeschlafen war, und stand auf.

Er betrat das Badezimmer, hob den Deckel des WC-Beckens und urinierte. Als er die Spülung drückte, schaute er in den Spiegel. Sein Haar hatte die junge Friseuse seinem Wunsch entsprechend mit der Haarschneidemaschine auf zehn Millimeter gestutzt.

Claussen lächelte sein Spiegelbild an und ging zurück zum Wohnzimmer. Er war zweiundvierzig. Claussen war zufrieden mit seinem Leben. Schwierigkeiten hatte es vor Jahren genügend gegeben. Er ordnete die Überdecke der Couch, ging zum Arbeitszimmer und überzeugte sich, daß er die für die Konferenz notwendigen Unterlagen in die Tasche gesteckt hatte.

Er mochte die Zeugniskonferenzen nicht. Er schaute auf das Fenster, gegen das ein starker Wind die Schneeflocken wirbelte. Es war mollig warm im Zimmer, und er fühlte die innere Abneigung gegen die Kälte und Nässe, die ihn draußen erwartete. Den Tee servierte er heute traditionsgemäß im Lehrerzimmer, denn das gehörte zu den Obliegenheiten des Klassenlehrers.

Es gab Kolleginnen, die zu den Konferenzen Teekuchen mitbrachten. Er hatte nie etwas davon gegessen. Denn diese Frauen waren es, die ihn stets mit schiefem Blick betrachteten, wenn sie sich prahlerisch über ihre Kinder unterhielten, als sei es etwas Sündiges, Junggeselle zu sein. Mit ihrer oberflächlichen, von den Familienbelastungen geprägten Hektik, vermuteten sie, daß er, der keinen Nachwuchs heranzog, dem kein Streit über finanzielle Sorgen die Ruhe störte, ein paradiesisches Leben führte. Doch dem war nicht so. Er fühlte sich vom Leben betrogen. Er hatte sich Kinder gewünscht, um nicht »sinnlos« durch das Leben zu »stolpern«. Doch er hatte sich nach vielen Enttäuschungen mit seinem Schicksal versöhnt und in der pädagogischen Betreuung junger Menschen seine Erfüllung gefunden.

Claussen nahm seine Diensttasche, betrat die Garderobe und zog seine dicke Wetterjacke über. Er setzte die Baskenmütze auf sein kurzes, stoppeliges Haar, griff nach dem Schlüsselbund und verließ sein Haus. Als er die Auffahrt betrat, duckte er sich gegen den aufgebristen Schneesturm, lief zu seinem BMW, warf die Tasche auf den Rücksitz, schlug die Tür zu, startete den Wagen und fuhr los. Er schaute auf die Uhr. Ihm blieb genügend Zeit, den Tee zuzubereiten, bevor die Kollegen, die Elternvertreter und die Klassensprecher zur Halbjahresnotenkonferenz erschienen. In einer Woche gab es die Zeugnisse.

Claussen hatte das Lehrerzimmer, das von grellem Neonlicht erleuchtet wurde, und die glänzenden Plastikschränke nie sonderlich gemütlich empfunden. Doch beim Blick durch die breiten Fenster auf das nicht nachlassende Schneetreiben kam es ihm wie ein vertrauter und liebgewordener Ort seines Lebens vor. Seit mehr als fünfzehn Jahren saß er an einem der Tische, bemüht, während der Pausen den Streß abzubauen, mit den Kollegen zu plaudern und zu diskutieren.

Claussen brühte in der neben der Garderobe liegenden Küche Tee auf, füllte ihn in die Warmhaltekannen, verteilte das Geschirr, ein Sammelsurium von Tassen und Untertassen mehrerer Stilrichtungen, von der großmütterlichen Sammeltasse bis hin zu Tassen mit dem Ostfriesenmuster, auf die zu einem Rechteck zusammengeschobenen Tische. Stellte Kluntjebecher und Milchkännchen bereit.

Die Kollegen und Kolleginnen nickten ihm freundlich zu, als sie das Lehrerzimmer betraten. Sie frotzelten miteinander und waren recht aufgeräumt. Die Korrekturen der Klassenarbeiten lagen hinter ihnen, und sie hatten sich nach dem vielen Hickhack mit ihren Schülern auf die nun feststehenden Noten geeinigt. Die von der Elternpflegschaft gewählten zwei korpulenten Mütter, denen mehr an den Zensuren ihrer Kinder als an dem bürokratischen Verlauf der Konferenz lagen, nahmen unsicher Platz.

Claussen eröffnete die Konferenz. Die Teilnehmer griffen nach den Kannen und bedienten sich. Der heiße Tee sorgte für eine ausgeglichene Stimmung. Claussen hatte die Notenliste kopiert. Er reichte die Abzüge rund und füllte die Zeilen des vorbereiteten Protokolls aus. Er bat die Teilnehmer zu unterschreiben.

»Wir gehen die Leistungen der Schüler durch. Ich bitte Sie, wenn es um Problemfälle geht, um Ihre Stellungnahme«, sagte Claussen.

Die Klasse hatte sich soweit ganz gut behauptet, doch als er den Namen Helga Componga laut las, legte er eine Pause ein beim Anblick der sich aneinanderreihenden Fünfer. Es entspann sich eine Diskussion. Claussen hörte aufmerksam zu. Die Schülerin hatte nicht nur schlechte Arbeiten geschrieben, sondern häufig gefehlt und an den meisten Klausuren unentschuldigt nicht teilgenommen.

Claussen wandte sich an die beiden Klassenvertreterinnen. »Dagmar und Anja, wie verhält Helga sich der Klasse gegenüber?« fragte er.

Die Mädchen schauten sich an.

Dagmar entschied sich für eine Antwort, »Helga meidet uns«, sagte sie.

»Sie läßt keinen an sich rankommen«, sagte Anja.

»Gut, ich werde mit ihr reden«, sagte Claussen. »Was schlagen Sie vor?« Er blickte die Konferenzteilnehmer der Reihe nach an.

»Helga ist noch keine achtzehn«, sagte der Mathelehrer. »Ich schlage vor, daß Sie die Eltern per Brief mit der Bemerkung, daß der Realschulabschluß stark gefährdet ist, benachrichtigen. Wie üblich listen wir die Fächer auf, in denen sie eine Fünf hat.«

Claussen ließ die Konferenz abstimmen.

Die weiteren Schülerinnen boten keinen Anlaß zur Besorgnis, und Claussen konnte pünktlich seine Konferenz beenden. Claussen nickte den Elternvertreterinnen zu, die, wie er wußte, noch einmal gerne ein Lob aus seinem Munde erfahren hätten.

Die Kollegen und Kolleginnen verließen das Lehrerzimmer. »Dagmar und Anja, helft mir doch bitte, das Geschirr in die Küche zu bringen«, sagte Claussen zu den Klassenvertreterinnen. »Ich stelle es in die Spülmaschine. Nachher finden hier noch weitere Konferenzen statt.«

Die Mädchen räumten das Geschirr ab.

»Na, ihr habt der Konferenz doch einiges verschwiegen. Was ist mit Helga?« fragte Claussen nach einer Weile.

»Ihnen können wir es ja sagen«, antwortete Anja. »Sie hat zu Hause Probleme.«

»Wegen eines Freundes?« fragte Claussen.

»Schlimmer«, sagte Dagmar. »Ihr Vater war betrunken und hat im Dienst eine alte Frau überfahren. Die Baufirma hat ihn entlassen. Die Compongas mußten ihr Haus verkaufen und in den Block ziehen, wo die Asylanten wohnen.«

Claussen stellte das Geschirr in die Spülmaschine und schaltete sie ein. So, als quäle ihn das brummende Geräusch der Maschine, stand er vor den Schülerinnen und blickte sie verkniffen an. »Das ist eine schwere Belastung für die Familie«, sagte er ernst.

»Herr Claussen, Helgas Vater ist Trinker«, sagte Anja.

»Hat sie noch Geschwister?« fragte er nachdenklich.

»Ja, einen kleinen Bruder und einen älteren Bruder. Aber der ist nach einer Schlägerei mit dem Alten auf und davon. Er hatte nach dem BGJ-Metall bei Mercedes KFZ-Schlosser gelernt. Er war Fußballer. Sein Trainer hat ihn nach Süddeutschland vermittelt«, sagte Dagmar.

»Vielleicht können wir Helga helfen. Ich danke fürs Kommen und Gehen«, sagte Claussen und lächelte, als die Mädchen ihm die Hand reichten und das Lehrerzimmer verließen.

Claussen schaltete die elektrische Schreibmaschine ab, zog den frisch verfaßten Blauen Brief aus der Halterung und las ihn noch einmal kontrollierend durch. Dann unterschrieb er und steckte ihn in das vorbereitete Kuvert. Für Sekunden verharrte er am Schreibtisch. Er erinnerte sich an den Bericht in der Ostfriesen-Post.

»Es ist meine Pflicht, mich um das Wohlergehen meiner Schüler zu kümmern«, sprach er entschlossen vor sich hin.

Er verließ den Schreibtisch, betrat die Garderobe, schob den Brief in seine Wetterjacke, zog sie über, verließ sein Haus und stieg in seinen Wagen. Dicke schwarze Wolken trieben am Himmel. Die Straße war bedeckt mit fettem Schneematsch. Ein naßkalter Wind fegte ihm entgegen. Claussen fuhr los. Der Wohnblock lag in der Nähe der Störtebekerstraße, am Ortsrand von Marienhafe. Er parkte vor dem schmucklosen Klinkerbau. Junge Menschen standen in Gruppen zusammen. Es waren Asylanten.

Claussen verließ seinen Wagen und schritt an den Fremden, die sich in ihrer Landessprache unterhielten, vorbei zur Haustür. Er blickte auf den Klingelkasten und fand im kleinen Feld den Namen Behrend Componga. Er drückte den Klingelknopf. Das Türschloß knackte. Claussen schob die Tür auf und betrat das Treppenhaus. Die Leuchter an der Putzwand schienen düster, als hielte die Trägergesellschaft sie auf Sparflamme. Einige Kinder huschten wie Schatten durch das Treppenhaus. Auf der zweiten Etage entdeckte er das Namensschildchen der Compongas.

Er drückte den Klingelknopf. Sekunden später öffnete eine Frau die Tür. Sie mochte um die Vierzig sein. Ihr stumpfes Haar wirkte ungepflegt. Ihr Körper war füllig. Sie blickte ihn mit geröteten Augen an, als hätte sie geweint.

»Sie wünschen?« fragte sie.

»Mein Name ist Claussen. Ich bin der Klassenlehrer Ihrer Tochter. Ich habe einen Blauen Brief. Ich wollte ihn nicht mit der Post abschicken«, sagte Claussen und zog den Brief aus seiner Jacke, während der muffige Geruch ihm entgegenströmte.

Die Frau hielt die Tür offen. Claussen sah den beleibten Mann, der zu ihr trat. Sein Bauch quoll über die Jeans. Er trug Socken und sah ihn mit flackernden Augen an. Sein Haar war grau und wuchs ihm ungepflegt in den Nacken. Frau Componga nahm den Brief an.

»Ein Lehrer«, sagte der Mann und verzog sein Gesicht. »Hier bei uns ein Pauker. Ich dachte, ich hätte diese Scheißer vergessen, die mich gepeinigt haben, als ich jung war.«

»Mein Mann, er ist zur Zeit nicht gut drauf«, sagte Frau Componga entschuldigend.

»Ihre Tochter kommt der Schulpflicht nicht nach und bringt nicht die nötigen Leistungen, um den Realschulabschluß zu erlangen. Unsere Schule verschickt die Blauen Briefe per Post. Ich wollte nicht das Porto sparen, sondern mit Ihnen sprechen, um Helga zu helfen«, sagte Claussen und lächelte freundlich.

»Pauker, dein Vortrag gefällt mir. Du bist im Amt und bekommst Gehalt und die Ferien«, sagte Componga angewidert. Sein Trinkergesicht war rot angelaufen.

»Entschuldigen Sie, es geht nicht um mich, sondern um Ihre Tochter«, sagte Claussen ärgerlich und begann, seine Bemühungen zu bedauern.

»Hast du schon einmal eine Frau totgefahren, Pauker?« fragte der Mann gereizt.

Claussen störte nicht das vertraute Du. Auch nicht die versteckte Alibilüge des Trinkers. »Nein, doch ich meine, daß es genügend Anlaufstationen gibt, die Hilfe bieten, mit dem Problem leben zu können.«

»Du hast wahrscheinlich gebaut, und das Haus gehört dir. Ich hatte ein Haus ...« Componga rülpste.

»Behrend, hör auf damit«, schrie Frau Componga hysterisch.

Er schob seine Frau mit seinen kräftigen Armen beiseite.

»Pauker, hast du schon einmal die Schnauze voll gehabt?« fragte Componga mit lallender Stimme. Sein Gesicht glich einer Fratze.

»Schon öfter«, antwortete Claussen und trat einige Schritte zurück.

»Ich habe meinem Chef, dem gierigen Hund, ein paar Zähne gelockert, und wenn du nicht gleich diese Notunterkunft verläßt, wirst du für die Zeit deines Lebens vor deinen Klassen lispeln«, schrie Componga. »Halt dich da raus, Pauker! Helga ist meine Tochter, hörst du?«

Frau Componga fing an zu heulen. Claussen wandte sich ab. Er war entsetzt. Er hörte, wie die Tür ins Schloß fiel, und hastete nach unten.

Er verließ das Haus, stieg in seinen BMW und fuhr enttäuscht nach Hause.

Helga Componga schielte hin und wieder auf die Leuchtziffern ihrer Armbanduhr. Der Film, der so viele Kinobesucher anlockte, hatte Überlänge. Das großartige Panorama des »Wilden Westens«, das das Epos »Der mit dem Wolf tanzt« so recht nach dem Geschmack des Publikums auf der Leinwand entfaltete, entführte Helga nur zum Teil aus ihren Kümmernissen. Es tat ihr gut, als ihr Freund liebevoll ihre Wangen berührte und in ihr schulterlanges Haar griff. Helga war zum Weinen zumute. Sie dachte an ihr Zuhause. Sie haßte es, ständig in den Streit ihrer Eltern hineingezogen zu werden. Der Ruf, eine Tochter asozialer Eltern zu sein, belastete sie sehr.

»Feuerwasser« nannten die Indianer den Alkohol. Feuerwasser trank auch ihr Vater, und das Feuerwasser hatte ihn unberechenbar, brutal und rücksichtslos gemacht. Sie hatte ihn geliebt, doch nun begann sie ihn zu fürchten. Sie ekelte sich vor ihm und konnte das Verhalten ihrer Mutter kaum nachvollziehen, wenn sie ihm hündisch untergeben, mit den Spuren der Handgreiflichkeiten der Nacht, das Frühstück zubereitete. Auch sie gab das Geld, das das Sozialamt nur spärlich zahlte, für Alkohol, Naschwerk und Illustrierte aus, um ihren Kummer und ihre Enttäuschungen zu vergessen. Tammo, ihr Bruder, hatte die Konsequenzen gezogen. Doch auch er hatte sie enttäuscht.

Helga neigte sich vor und küßte ihren Freund auf die Wange, während er fasziniert auf die Leinwand blickte, wo eine donnernde Büffelherde durch ein weites Tal jagte. Sie liebte Onno und wollte mit ihm zusammenziehen, wenn sie achtzehn wurde. Der Film endete kurz vor Mitternacht. Onno nahm Helga an die Hand und verließ mit ihr im Strom der Besucher das Kino. Ein kühler Wind rief sie in die Wirklichkeit zurück. Onno führte Helga zum abgestellten Golf. Er drehte die Sitze nach hinten und begann mit Helga zu schmusen. Er entblößte Helgas Brüste und strich mit seinen warmen Händen begierig über ihre Schenkel. Er wünschte sich mehr als nur ihre Küsse. Helga griff nach seinen Händen und bedauerte, daß sie sich ihm nicht hingeben konnte, um zu genießen und zu vergessen oder den Traum der Prärie hier im abgedunkelten Golf auszuträumen. Sie dachte an die schon fast zur Gewohnheit gewordene Hölle, die sie erwartete, wenn sie allzu spät nach Hause kam. Sie widersetzte sich seiner Wollust.

»Onno, laß das! Mein Alter!« sagte sie bittend.

Onno gab enttäuscht nach. Ohne Murren richtete er sich her, drehte die Sitze zurück und fuhr los.

Vor dem Block standen Bewohner in der frischen Luft und rauchten. Helga verließ den Golf und eilte zur Haustür. Sie hastete die Treppen hoch, schloß die Wohnungstür auf und betrat das abgewohnte Wohnzimmer. Ihre Mutter kam ihr verheult entgegen. Ihr Vater saß am Tisch. Vor ihm stand die Flasche.

»Du hast uns deinen Pauker auf den Hals gehetzt«, empörte er sich. Seiner Stimme war anzuhören, daß er wieder getrunken hatte.

»Das hat sie nicht«, brüllte die Mutter zurück und stellte sich schützend vor Helga.

Er stierte sie an. Sein verwaschenes kariertes Hemd hing ihm über die Hose.

»In der Schule reden sie über mich!« rief sie und ließ sich von der Mutter in ihr Schlafzimmer bringen, in dem auch ihr kleiner Bruder schlief. Die Mutter strich Helga über das Haar und ging davon. Helga verschloß die Tür, setzte sich aufs Bett und heulte drauflos, während das Schluchzen ihrer Mutter in das Zimmer drang. Der Alte quälte sie wieder einmal, stellte sie fest. Sie sehnte sich nach einem Joint und nach Onno. Helga schlief sehr spät ein.

3

Frau Hanna Hayenna stand am Herd und hantierte mit den Kochtöpfen, als ihr Sohn die Küche betrat und sich an den gedeckten Tisch setzte. Onno schnupperte hungrig. »Grünkohl?« fragte er.

»Ja, die Grünkohlzeit nähert sich dem Ende. Ich esse mit Vater, wenn er vom Dienst kommt«, sagte sie und bediente Onno mit Speck, Kasseler und Pinkel und stellte die Schüsseln mit dampfendem Kohl und Kartoffeln ab. »Laß es dir gut schmecken«, sagte sie und setzte sich zu ihm an den Tisch.

Onno war bereits zweiundzwanzig und hatte ihr und ihrem Mann viele Probleme im Laufe der Jahre aufgebürdet. Seine Schulfaulheit hatte zum Verlassen des Gymnasiums geführt. Der Besuch einer teuren Internatsschule war ohne Erfolg geblieben. Seine gescheiterten Versuche, einen Beruf zu erlernen, hatten besonders ihrem Mann hart zugesetzt. Hajo Hayenna arbeitete beim Finanzamt in Emden als Steuerdirektor. Der korrekte Beamte hatte unter der Laschheit seines Sohnes sehr gelitten. Schließlich, nach vielen Enttäuschungen, hatten sie sich damit abgefunden, daß Onno sich gefangen und im VW-Werk in Emden eine Arbeit am Band bekommen hatte.

Hanna Hayenna war ihrem Gott dafür dankbar, daß Onno kein Bummelant geworden war, sondern ohne unnützes Fehlen seinen Arbeitsschichten exakt nachkam.

Dabei ging es nicht um das Geld. Hayenna war in Gehaltsstufe A 15, das reichte ihnen. Onno durfte seinen Lohn behalten, und sie schritten auch nicht ein, wenn er das Geld für das Tuning seines teuren Golfs ausgab.

Erst vor wenigen Tagen hatten die Hayennas entsetzt von einer mit ihnen befreundeten Familie erfahren, die wie sie nur einen Sohn großgezogen hatte, daß dieser in Hannover statt zu studieren an der Spritze hing und der äußerst gefährdeten Szene angehörte, für die es keine Rettung gab.

Frau Hayenna löste sich aus ihren Gedanken. »Es freut mich, daß es dir schmeckt«, sagte sie.

»Hervorragend, Mutter«, antwortete Onno und lud sich Grünkohl auf den Teller.

»Du bist sehr spät nach Hause gekommen. Vater konnte nicht einschlafen«, sagte sie vorwurfsvoll.

»Mein Leben bestimmen nicht die Akten des Finanzamtes, Mutter. Ich bin mittlerweile erwachsen.«

»Vater meint es nur gut mit dir.«

Onno sah gut aus. Er hatte, was selbst bei den Friesen nur noch selten vorkam, strohblondes Haar. Onno war schlank und athletisch. Die Ähnlichkeit mit seinem Vater konnte sie nur noch auf alten Fotos bestätigt finden. Auch Hajo, ihr Mann, hatte in jungen Jahren gut ausgesehen. Er war voller Pläne gewesen. Er hatte sich mit ihr in Wilhelmshaven am Geniusstrand in der Sonne geaalt. Sie hatten nach seinem Abitur überlegt, ob er Zahnarzt, Politiker oder Kunsterzieher werden sollte. Er hatte sich für das Studium der Wirtschaftswissenschaften entschieden.

Nach dem Examen hatte sie Hajo in die Beamtensicherung gedrängt, mit der Existenzangst, die ihr stets zu eigen gewesen war. Dabei hatte sie nicht ahnen können, wie sehr der Umgang mit Paragraphen und Zahlen Hajo verändern würde. Aus dem laschen und großzügigen Hajo war ein pingeliger Beamter geworden. Die Errichtung des Eigenheimes mit Krediten, und dann immer wieder Zahlen, Zinserhöhungen, Rückzahlungen und Bausparkassenleistungen.

»Mutter, ich habe eine Freundin«, sagte Onno. »Sie heißt Helga. Sie ist ein feiner Kerl. Ich lernte sie in der Disco kennen.«

Onno schob sich genußvoll eine Gabel voll Pinkel in den Mund.

»Und?« fragte Frau Hayenna skeptisch.

Onno pickte mit der Gabel nach einer Kartoffel. »Sie ist sehr schön und hat ein schreckliches Zuhause«, sagte er und blickte vor sich auf den Teller.

»Denk an Vater, Onno. Irgendwie muß sie zu uns und zu dir passen«, sagte die Mutter distanziert.

»Mutter, mein Zimmer oben, dein Bügelzimmer und die leere Kammer. Helga und ich könnten oben wohnen«, sagte Onno. Er blickte die Mutter fragend an.

»Wie stellst du dir das vor? Du kennst Vater! Irgendein fremdes Mädchen hier im Haus?« fragte sie entsetzt.

Onno schwieg. Nach einer Weile sagte er: »Helga hat Probleme. Ich muß ihr helfen.« Er erhob sich, schob den leeren Teller von sich. »Ich habe Fahrdienst, ich muß Jan und Hinni mitnehmen.«

»Gehst du da nicht zu weit?«

»Wenn ich nicht um halb zwei auf dem Parkplatz bin, kostet mich das heute abend eine halbe Stunde«, sagte Onno und verließ die Küche.

Frau Hayenna trug das Geschirr ab und hörte, wie Onno den Wagen anließ und zur Schicht fuhr. »Mein Gott, was wird Hajo dazu sagen«, sprach sie vor sich hin.

Am Morgen schwänzte Helga wie so oft die Schule. Sie suchte den Wochenmarkt auf, dort kaufte sie frische Scharben, das Stück für achtzig Pfennig, und einen preiswerten Salatkopf. Zu Hause säuberte sie die Fische, tauchte sie in

Eischaum, bestreute sie mit Mehl und briet sie in der Pfanne knusprig. Dazu kochte sie Kartoffeln ab und putzte Salat. Das Fett aus der Pfanne servierte sie als Soße.

Das gute Essen hinterließ bei den Eltern eine oberflächliche Harmonie. Vater und Mutter tranken hinterher genüßlich ein Gläschen gekühlten Corvit und gingen ohne das übliche Gezanke zum Schlafzimmer, um sich auszuruhen.

Als Helga den Tisch abdeckte, fiel die Sonne in das Zimmer. Bonno kuschelte sich an den Rand der Couch und schlief ein. Helga legte die übriggebliebenen Kartoffeln in die Pfanne, in der noch ein Hering lag.

»Für den Alten, am Abend«, sagte sie und steckte die Gräten in eine Plastiktüte.

Während sie spülte, schaute sie hin und wieder auf den kleinen Bruder, der friedlich schlief. Er sah niedlich aus mit seinen struppigen Locken. Er ist blaß, dachte Helga.

Nach dem Spülen weckte sie Bonno. »Wir gehen einkaufen«, sagte sie und langte nach dem Portemonnaie, das im Küchenschrank lag. Sie öffnete es. »Wir werden sehen«, sagte sie enttäuscht. Sie führte Bonno in den Waschraum an das Becken und wischte ihm den Mund sauber, kämmte sein Haar und zog ihn an. Sie nahm ihn an die Hand und verließ mit ihm die Wohnung.

Am Nachmittag deckte Helga den Tisch und bereitete den Tee zu. Die Eltern verließen das Schlafzimmer mißmutig und betraten die Wohnstube. Sie setzten sich in der abgetragenen Kleidung an den Tisch. In ihren Gesichtern lag die tief sitzende Unzufriedenheit.

Sie waren fertig mit sich und der Welt. Abgestumpft, fehlte ihnen die Kraft, sich aus dem Teufelskreis des Alkohols und der durch das Trinken verursachten Armut zu befreien. Sie waren so tief gesunken, daß ihnen an dem Schicksal ihrer Kinder nichts mehr lag.

Helga litt unter ihrer Rolle als Aschenbrödel der Familie. Doch da war noch mehr, was sie zu verdrängen versuchte. Sie nahm mit den Eltern den Tee ein.

Bonno aß ein paar Kekse. Dann sagte er: »Ich möchte draußen spielen.«

»Tu das«, sagte Helga und half Bonno beim Anziehen.

Als Bonno die Wohnung verlassen hatte, fragte der Vater: »Hast du eingekauft?«

»Ja«, sagte Helga. Sie holte die Plastiktüte und stellte sie auf den Tisch. Der Vater schaute in die Tüte. »Das ist eine Sauerei! Du hast nur eine Flasche gekauft? Die säuft die Alte mir weg!« schimpfte er. Seine Hände zitterten.

Helga stürzte heulend aus dem Wohnzimmer. Sie setzte sich in ihrem Zimmer auf die Bettkante und weinte. »Das halte ich nicht mehr lange durch«, schluchzte sie. Sie dachte an Onno, und der Gedanke, daß sie am Abend mit Onno zur Schaffarm nach Osteel zu Nina und Max fuhr, tröstete sie.

Die Tage waren länger geworden, die Luft roch bereits nach dem sich nähernden Frühling. Onno parkte den Wagen vor der Kate.

Onno und Helga betraten das Wohnzimmer. Die Kerze warf flackerndes Licht. Pax lag friedlich auf dem Boden. Nina und Max trugen die hautengen, poppigen Leggings und bunte, lange Hemden mit Fleckenmuster.

Auf dem Tisch standen eine Schüssel mit Schafskäse und ein Teller mit geschnittenem selbstgebackenem Vollkornbrot. Es war angenehm warm in der Wohnung. Helga gefiel die friedliche, harmonische Atmosphäre. Auch Onno war gut drauf. Nina schob eine CD in den Player. Helga kannte die Musik nicht. Sie klang feierlich und erhaben.

»Wir sprechen in der Schule über klassische Bildungsgüter. Die Musik ist von Beethoven«, sagte Nina.

»Ich finde die Musik schön. Ich habe sie zu Hause noch nie gehört«, sagte Helga verlegen.

»Aber Nina um so häufiger«, sagte Max. »Ihre Eltern stehen auf Kultur. Sie feiern ihre silberne Hochzeit. Nina soll eine Lobesrede vor hundert geladenen Gästen halten«, sagte Max.

»Vor hundert Spießern«, sagte Nina verächtlich.

»Miese Typen aus Wirtschaft, Verwaltung und Kultur«, fügte Max hinzu und grinste.

Auch Onno gab sich antibürgerlich. Er zog über das Beamtentum her. »Parasiten«, schimpfte er und hatte Lehrer, Polizisten, Postbeamte und erst recht die Faulenzer vom Finanzamt beim Wickel. Er vergaß bei seiner Globalverurteilung, daß sein Vater nicht ohne Vorleistungen in die Gehaltsstufe A 15 aufgestiegen war, nachdem er das Abitur abgelegt hatte und sich danach den Risiken und dem Streß eines Studiums unterzogen hatte. Seine Eltern waren für ihn die Prototypen einer »hirnrissigen« Gesellschaft. Max ging noch weiter. Er lehnte jede Art von Fremdbestimmung ab. Er hielt nichts von den Anpassungszwängen der Schulen und der Arbeitswelt. Er mimte den Grünen und stellte sich als Aussteiger auf den Wochenmärkten hinter den Verkaufsstand, um Naturschafskäse und chemiefreies Lammfleisch zu verkaufen.

Sie waren sich einig in ihrer Philosophie und aßen Brothäppchen mit Schafkäse. Für sie stand fest, daß die Welt mies war und einer Erneuerung bedurfte.

Schließlich öffnete Max bei herunterbrennender Kerze seinen unter Brettern versteckten »Tresor«. Er, Nina und Onno waren heiß auf einen Trip, der ihnen half, für eine Zeitlang alles zu vergessen, was sie bedrückte.

Onno zückte zur Verwunderung von Helga seine Brieftasche und entnahm ihr einen Hundertmarkschein, den er über den Tisch Max zuschob. »Man gönnt sich ja sonst nichts«, sagte er.

Helga schaute durch das Fenster nach draußen. Im matten Licht des abnehmenden Abendrots grasten die Schafe auf der Weide. Ein friedliches Bild. Sie erinnerte sich an ihre Kindheit, an die kleinen bunten Glanzbildchen mit Hirten und Schafen, die sie geschenkt bekommen hatte. Damals war sie selbst ein Schäfchen gewesen. Damals wohnte sie noch mit Mutter und Vater im eigenen Haus in Pewsum. Damals hatte ihr Vater sie an die Hand genommen und ihr das mit Rosen bestickte Kränzchen über das Haar gestülpt. Damals hatte Mutter schlank, hübsch und glücklich ausgesehen. Damals war Bonno noch nicht geboren. Damals war ihr Bruder Tammo auf sie zugekommen und hatte sie bewundernd auf die Stirn geküßt. Damals ...

Max nahm aus seinem Depot Einwegspritzen. Er legte in Silberpapier verpacktes Rauschgift auf den Tisch.

»Ich möchte nicht«, sagte Helga.

»Helga, vergiß deinen Schiß«, forderte Max sie auf.

»Keine Angst«, sagte Onno und half Max bei der Zubereitung der Lösung. Er und Max präparierten die Spritzen.

Helga ließ sich von Onno widerstandslos den Arm abbinden. Sie fühlte den Einstich der Nadel und lächelte entzückt. So als schwebe sie, fühlte sie sich überirdisch glücklich. Sie liebte Onno und fühlte seine Liebe. Sie war dankbar, daß Nina und Max mehr waren als nur flüchtige Bekannte. Sie boten ihr ein Zuhause. Sie fühlte sich wohler und freier als je zuvor in ihrem bisherigen Leben. Sie griff nach Onnos Hand und preßte sie gegen ihre linke Brust, um ihm anzudeuten, daß sie ihn für ewig in ihr Herz geschlossen hatte, und träumte sich weg in eine Welt von Farben und Musik.

Nach einem heftigen Streit am späten Abend mit ihrem Mann griff Frau Componga nach der Corvitflasche und zog sich heulend in das Schlafzimmer zurück. Sie stellte die Buddel vor dem Bett auf den Boden, entkleidete sich, zog ihr Nachthemd über und kroch ins Bett. Mit kleinen Schlucken aus der Flasche begann sie sich in den Schlaf zu trinken.

Niemand im Haus hörte ihr Schluchzen. In das Schlafzimmer drangen die Geräusche des laufenden Fernsehers. Ihr Mann wartete auf Helga.

Sie war nicht schuldlos an ihrer Lage. Sie hatte es an Mut fehlen lassen, einzuschreiten, als ihr Mann nach dem Unfall seinen täglichen Alkoholkonsum mehr, als es für alle gut war, gesteigert hatte. Zu schnell hatte sie aufgegeben und sich selbst mit dem Alkohol getröstet.

Sie machte sich Sorgen um Helga, die ihr so aufopferungsbereit die Erziehung des Nachkömmlings abnahm. Gott sei Dank hatte ihr Sohn Tammo sich früh genug auf und davon gemacht. Er hätte seinen Vater umgebracht, wenn er noch mit ihm die Wohnung hätte teilen müssen.

Früher war alles anders gewesen. Ja, früher …

Frau Componga leerte die Flasche und stellte sie auf den Boden. Sie fiel in einen tiefen Schlaf, in dem sie sich aus ihrer Wirklichkeit davonträumte. Sie vernahm nicht die Geräusche, die der Schlüssel hinterließ, den Helga ängstlich in das Schloß der Wohnungstür steckte und umdrehte. Sie hörte nicht die Vorwürfe ihres Mannes, die er Helga entgegenbrüllte. Helga schluchzte, rannte in ihr Schlafzimmer. Weder das Weinen der Tochter noch das Rauschen des Fernsehgerätes, in das Behrend gelegentlich hineinrülpste, unterbrachen ihren Rausch.

Helga zog sich hastig aus, schlüpfte ins Bett und zog das Bettzeug eng an sich, als suche sie nach Schutz.

Helga fuhr erschrocken aus dem Schlaf, als das abgehobene Bettzeug ihr die Wärme nahm. Sie fühlte entsetzt, daß jemand ihren Körper berührte, und sprang aus dem Bett. Sie drückte den Lichtschalter des Nachttischlämpchens, dessen Schirm zerbrochen war. Sie sah ihren Vater. Er lag nackt auf dem Laken und blickte sie lüstern an. Entsetzt fiel ihr Blick auf sein hochgerichtetes Glied, um das er seine rechte Hand gelegt hatte.

»Nur so …«, lallte er und blieb liegen. Er wirkte mit seinem dicken Bauch abstoßend und stank nach Alkohol.

»Du Sau!« schrie Helga.

Sie raffte ihre Kleidung zusammen und rannte in die Küche. Dort zog sie sich hastig an und betrat den Korridor. Sie schlüpfte in den gefütterten Anorak und verließ die Wohnung.

Draußen war es naßkalt. Der Himmel war bewölkt. Ein eisiger Nordwind strömte ihr entgegen. Sie schritt hastig über die Betonplatten des Weges den stelzigen Laternen entgegen. Sie dachte an Onno, während sie eilig an den Weiden entlanghastete und sich ängstigte.

Wohin? fragte sie sich und eilte dem Dorf entgegen. Die Straßenlaternen waren eingeschaltet. Die Tankstelle hatte geschlossen. Im Burghotel waren die Fenster erleuchtet. Die Eierreklame warf grünes Licht auf den Bürgersteig. Onnos Eltern wohnten nicht weit entfernt in einem komfortablen Bungalow.

Wie würden sie reagieren, wenn sie ihnen gestehen mußte, daß sie vom Block kam und vor der sexuellen Gier ihres leiblichen Vaters geflohen war, und das mitten in der Nacht.

Helga verwarf den Gedanken, sie aufzusuchen. Sie erreichte die Kirche. Sie blickte auf den Störtebekerturm. Soll ich? fragte sie sich, und ihr war klar, daß sie dort keine Wärme fand. Ihr fröstelte. Der Wind fiel scharf und kalt in die Straße ein. Helga erreichte die Telefonzelle. Sie dachte an Max und Nina. Sie suchte in den Taschen vergeblich nach den notwendigen Groschen.

Helga weinte. In ihrer Hoffnungslosigkeit dachte sie an ihren Lehrer. Claussen war ihr stets hilfreich und herzlich gegenübergetreten und hatte volles Verständnis für ihren Kummer. Er hatte ihr den Leserbrief gezeigt, den er empört an die Redaktion der Ostfriesen-Post geschickt hatte.

Helga sah sich um. Auf dem Markt vor der Bäckerei stand ein Taxi. Der Fahrer hatte sie beobachtet und trat ihr entgegen. »Wohin?« fragte er nur.

»Lehrer Claussen«, sagte sie erschöpft.

»Steigen Sie ein«, antwortete er und hielt ihr die Tür auf.

Es war warm im Mercedes. Der Fahrer setzte sich hinter das Steuer, kippte wortlos die Uhr und fuhr los.

4

Claussen schaltete nach den Nachrichten das Fernsehgerät ab. Er setzte sich an seinen Schreibtisch, beschäftigte sich mit den Klassenaufsätzen, die er schon am Nachmittag bei seiner ersten Durchsicht mit einem Bleistift vorzensiert hatte.

Nach einer Unterrichtsreihe über aktuelle Umweltprobleme hatte er für seine 9a das Thema »Die Umwelt und die Eigenwelt« für die zweistündige Klassenarbeit gewählt.

Er war zufrieden mit den Beiträgen der Schüler und Schülerinnen. Sie hatten begriffen, daß sie selbst mit ihrer individuellen Persönlichkeit Bestandteile der Umwelt waren.

Claussen schrieb mit dem Rotstift die Noten unter die Arbeiten. Danach packte er die Aufsätze in seine Schultasche. Er fuhr überrascht hoch, als er das Läuten der Hausklingel vernahm. Er blickte auf die Uhr. Es war fünf Minuten vor Mitternacht. Fragend hob er die Schultern. Er erhielt ganz selten Besuch.

Claussen verließ das Zimmer. Er schritt zur Haustür, drückte den Lichtschalter und öffnete die Tür. Er erschrak. Seine Schülerin Helga Componga stand im Licht der Hauslampe. Sie sah blaß aus. Ihr langes Haar hing zottelig über ihre Schultern.

»Herr Claussen, Sie müssen mir helfen!« bat das Mädchen aufgeregt.

Claussen bemerkte das Taxi. Der Fahrer stand neben der geöffneten Wagentür.

»Was bekommen Sie?« fragte Claussen ihn.

»Acht Mark.«

»Einen Moment«, sagte Claussen, eilte in das Haus und holte das Geld aus seiner Jacke. Claussen reichte dem Taxifahrer einen Zehnmarkschein an.

»Danke«, sagte der Fahrer, stieg in sein Taxi und fuhr davon.

Claussen musterte Helga verwirrt. »Was ist passiert?«

»Herr Claussen, wenn Sie mich wegschicken, dann lege ich mich auf die Schienen«, schluchzte Helga.

»Um Gottes willen«, antwortete Claussen und dachte an den Tod eines Schülers, der sich vor Jahren auf der Bahnstrecke Emden-Norddeich unter einen Zug geworfen hatte. »Komm mit rein«, sagte er gefaßt. Er hielt die Tür offen und blickte hinter Helga her. Sie trug Jeans und einen Anorak.

»Wenn du ablegen willst?« fragte der Lehrer und schritt Helga voraus in das Wohnzimmer.

Helga weinte noch, als sie das Wohnzimmer betrat.

»Setz dich dort in den Sessel. Ich mache uns zuerst einmal einen Tee«, sagte Claussen. Er betrat die Küche und setzte Wasser auf. Danach trug er das Geschirr in das Wohnzimmer und deckte den Tisch.

Helga weinte still vor sich hin.

»Du hast Probleme, die du mit mir besprechen möchtest«, sagte Claussen.

Helga nickte. Er ließ ihr Zeit, sich zu sammeln, und bereitete in der Küche den Tee zu. Danach setzte er sich auf die Couch und schenkte den Tee ein. Er griff zur Pfeife und stopfte sie, zündete den Tabak an und rauchte. Helga trank den heißen Tee. Sie schneuzte sich die Nase frei, trocknete ihre Tränen mit einem Tempotuch und schaute den Lehrer verlegen an. Ihr hübsches Gesicht wirkte leidend.

»Herr Claussen, ich weiß nicht ein noch aus. Sie sind der einzige, der mir noch beistehen kann. Ich hielt es zu Hause nicht mehr aus. Ich bin einfach auf und davon.« Helga kämpfte erneut mit den Tränen.

Claussen nickte und rauchte ruhig seine Pfeife.

»Mein Vater wollte mit mir schlafen. Er ist nackt zu mir in mein Bett gestiegen«, schluchzte Helga.

Claussen unterrichtete seit mehr als zwanzig Jahren Schülerinnen ihres Alters. Helgas Erlebnis stellte deshalb für ihn keinen sensationellen Einzelfall dar. »Ich kenne Mädchen, die standen vor dem gleichen Problem«, sagte er beruhigend und trank Tee. Er füllte Helgas Tasse nach.

»Herr Claussen, ich liebe Onno«, sagte sie, wischte sich die Tränen ab und fuhr fort: »Doch da ist noch mehr.« Helga schüttete ihre Seele aus. So als hätte sie Claussen zu ihrem Beichtvater auserkoren.

Ihr Bericht war erschütternd. Vater und Mutter verband nur noch die Gier nach dem Alkohol. Sie haßten sich und quälten sich. Die Mutter hatte ihrem Mann vertraut und nicht bemerkt, daß er Helga hin und wieder, wenn die Mutter außer Haus war, mißbraucht hatte. Helga litt unter ihrer Mitschuld, da sie den Vater hatte gewähren lassen, nachdem er ihr, als sie vierzehn war, zum erstenmal einen Orgasmus bereitet hatte. Helga hatte es geduldet, geschwiegen und genossen, wenn er zu ihr gekommen war, um mit ihr »Liebe zu machen«. Die Wende ihrer Gefühle war erst eingetreten, als sie Onno kennengelernt hatte, den sie innig liebte,

»Ich schäme mich so sehr. Onno wird mich nie verstehen«, schluchzte sie.

»Kann ich deinen Freund anrufen?« fragte Claussen.

»Onno arbeitet bei VW. Seine Eltern sind feine Leute. Der Vater ist Finanzdirektor oder so. Ich habe sie selbst noch nicht kennengelernt.«

Claussen dachte an den Abteilungsleiter des Finanzamtes in Emden. Nur ihn konnte sie gemeint haben.

»Onno hat Nachtschicht. Ich möchte auch nicht, daß Onno erfährt, was passiert ist«, sagte sie. Sie saß erschöpft und müde mit verweinten Augen Claussen gegenüber.

Claussen hob die Schultern. »In wenigen Stunden beginnt der neue Tag. Dann sehen wir weiter. Du kannst über Nacht hierbleiben. Du schläfst in meinem Schlafzimmer. Komm mit.«

Claussen erhob sich. Er führte Helga zum Schlafzimmer, zeigte ihr den Weg in das Bad und begab sich mit einer Wolldecke in das Wohnzimmer, wo er sich auf die Couch legte. Er fand nur wenig Schlaf.

Noch bevor der Wecker klingelte, fuhr Claussen aus dem Schlaf. Er stand auf, bereitete in der Küche den Frühstückstee zu, machte sich eine Schnitte, deckte den Tisch für Helga Componga, die noch schlief. Er schrieb auf einen Zettel: »Helga, warte hier, bis ich aus der Schule komme. Claussen.« Er nahm seine Schultasche und fuhr zum Dienst.

Claussen betrat um halb acht das Lehrerzimmer. Direktor Hülsebus saß bereits an einem Tisch und heftete Mitteilungen in die Umlaufmappe. Er schaute kurz auf. »Morgen, Herr Claussen, endlich werden die Tage wieder länger.«

»Herr Hülsebus, da ich mit Ihnen hier allein bin, will ich mir meine Sorgen von der Seele reden«, sagte Claussen.

»Sie haben Sorgen? Als Junggeselle! Haben Sie erst einmal Kinder und Enkelkinder, dann lernen Sie das Leben kennen«, sagte der Direktor aufgeräumt.

»Meine Sorgen sind dienstlicher Natur.«

»Gut, dann begleiten Sie mich in mein Dienstzimmer.«

Claussen folgte dem Schulleiter durch das Sekretariat. Er rang mit sich, ob er den richtigen Weg gewählt hatte. Als Hülsebus auf den Besucherstuhl vor seinem Schreibtisch wies, wußte Claussen, daß es zu spät war, jetzt einen Rückzieher zu machen.

»Ich hatte eine unruhige Nacht, Herr Hülsebus. Ich mußte notgedrungen einer Schülerin mein Bett überlassen und im Wohnzimmer auf meiner Couch schlafen. Ich bin als Pädagoge zum Mitwisser der Kümmernisse und Probleme einer selbstmordgefährdeten Schülerin geworden«, sagte Claussen schweren Herzens.

»Mensch, Claussen, seien Sie vorsichtig. Menschlichkeit zahlt sich nicht aus. Hinterher sind Sie der Dumme.« Hülsebus verzog das Gesicht.

»Eine Schülerin meiner 9a ist von ihrem Vater seit dem vierzehnten Lebensjahr sexuell mißbraucht worden. Sie hat ihn gewähren lassen, bis sie sich in einen jungen Mann verliebt hat. Ihre Mutter hat nach ihren Angaben nichts davon erfahren. Beide Elternteile sind Alkoholiker. Der Vater ist arbeitslos. Die Familie wohnt in dem Block.«

»Wenn Sie mir den Namen der Schülerin nennen und

das Mädchen zusätzlich häufig gefehlt hat, muß ich den Vorgang aktenkundig machen und das Jugendamt einschalten.«

»Wenn das Gericht gegen ihren Vater vorgeht, könnte die Schülerin erst recht auf die Idee kommen, sich durch Selbstmord allen Peinlichkeiten zu entziehen.«

»Herr Kollege, das war ein privates Gespräch. Reden Sie mit dem Mädchen. Beherzigen Sie meinen Rat. Halten Sie sich da raus.« Der Direktor stand auf und begleitete Claussen zur Tür.

Claussen ging zum Lehrerzimmer, holte das Klassenbuch aus dem Wandschrank und setzte sich an seinen Tisch. Das Lehrerzimmer füllte sich. Die Kollegen erschienen zum Dienst.

Nach dem Unterricht parkte Claussen den Wagen auf der Garagenauffahrt. Er schritt eilig der Haustür entgegen und öffnete sie.

»Helga!« rief er in den Korridor. Er horchte. Es war still im Haus.

Er betrat die Küche. Der Tisch war abgeräumt. Das Frühstücksgeschirr gespült. Auf dem Tisch lag ein Zettel. Claussen las: »Lieber Herr Claussen, ich danke Ihnen sehr. Ich habe Ihr Telefon benutzt. Helga.«

Claussen atmete erleichtert auf. »Ich drücke dir die Daumen«, sagte er zufrieden vor sich hin.

Er hatte Hunger. Er war ohne Brot zur Schule gefahren. Er schritt an den Kühlschrank und öffnete ihn.

Auf dem Aufschnitteller lag der Schinken. In der Becherschale befanden sich frische Eier. Im Türfach stand eine Flasche Milch. Mehl fand er im Küchenschrank.

Claussen holte die Pfanne und eine Rührschüssel aus dem Schrank und bereitete einen Eierteig zu. Er legte die Schinkenscheiben in die Pfanne, ließ sie kurz aufzischen und goß den Teig dazu.

Während der Schinken brutzelte, setzte er Teewasser auf. Claussen fühlte sich müde und abgespannt. Noch vor wenigen Minuten hätte er Freude darüber empfunden, daß Helga keine Dummheiten gemacht hatte. Doch nun überfielen ihn Zweifel. Wohin war sie gegangen? Hatte sie ihren Freund Onno aufgesucht?

Der Pfannkuchen nahm eine knusprige Bräunung an. Er stellte die Herdplatte ab und wartete einige Minuten, dann schob er den Pfannkuchen auf einen Teller und brühte sich den Tee auf.

Was geht mich das eigentlich an? fragte er sich, während er an dem Küchentisch hungrig das Essen verspeiste. Danach trank er Tee und rauchte eine Pfeife.

Von einer inneren Unruhe getrieben, holte er das Telefonbuch in die Küche. Er suchte die Telefonnummer des Finanzbeamten Hayenna heraus, klopfte die Asche der gerauchten Pfeife aus, ging zum Schreibtisch und wählte die Telefonnummer. Frau Hayenna meldete sich sofort, als hätte sie auf den Anruf gewartet.

»Guten Tag, Frau Hayenna. Mein Name ist Claussen, ich bin Lehrer an der Realschule. Frau Hayenna, ich mache mir Sorgen um meine Schülerin Helga Componga. Sie war oft mit Ihrem Sohn zusammen.«

Claussen vernahm, wie Frau Hayenna aufgeregt atmete und für Sekunden schwieg. »Herr Claussen, vielleicht haben mein Mann und ich Fehler gemacht. Unser Sohn hatte uns gebeten, diese Helga bei uns aufzunehmen. Wir kennen das Mädchen nicht. Sie kommt vom Block. Ihr Foto erschien in der Ostfriesen-Post. Mein Mann ist sehr konservativ, Onno hat uns bisher viel Kummer bereitet. Uns kam seine Absicht unausgegoren vor. Seitdem ist Onno nicht mehr nach Hause gekommen. Erst heute erreichte uns das Kündigungsschreiben vom VW-Werk. Wir sind verzweifelt. Onno ist unser einziges Kind.«

Claussen vernahm, wie sie weinte. »Helga hatte zu Hause Probleme«, sagte er. »Auch sie ist auf und davon. Ich gehe davon aus, daß sie sich gemeinsam irgendwo in einer Wohngemeinschaft einquartiert haben.«

»Ein schwacher Trost! Wir verstehen die Welt nicht mehr.« Die Frau schluchzte.

»Ich werde mich bemühen, Helga ausfindig zu machen. Wenn ich etwas erfahre, melde ich mich«, sagte Claussen.

»Danke«, antwortete Frau Hayenna. Sie legte den Hörer auf.

»Scheiße!« schimpfte Claussen. Nun hatte er auch noch die Familie Hayenna in seine Phantastereien einbezogen.

Claussen spülte das Geschirr und legte sich danach auf die Couch, bemüht, einzuschlafen.

Am Nachmittag fuhr Claussen nach Greetsiel.

Er schritt durch das Sieltor, blickte auf die vertäuten Fischkutter und betrat den Deich, der an der Fahrrinne entlangführte.

Die Wolken türmten sich, getrieben von einem aufgebristen, lauen Frühlingswind. Er hing seinen Gedanken nach. Componga hatte seine Tochter jahrelang zur Befriedigung seines Triebes mißbraucht, seine Frau gedemütigt. Und dieser verrückte Reporter hatte rücksichtslos bei der Abfassung seines Berichtes die Gefühle der im Trinkermilieu aufwachsenden Tochter mit der Veröffentlichung ihres Bildes verletzt. Seinen Leserbrief hatte er nicht beantwortet.

Claussen nahm sich vor, am Abend der Familie Componga einen Besuch abzustatten. Wenn es Ärger gab, wollte er den Staatsanwalt einschalten.

5

Tammo Componga stieg in den Mercedes, der vom Band rollte, und fuhr ihn auf den Prüfstand. Er gab Gas, legte die Gänge mit dem Blick auf die Prüfuhr ein, zündete die Scheinwerfer, testete die Bremsen und übergab den Wagen dem Fahrer, der ihn aus der Endmontagehalle fuhr.

Componga rief den Springer. »Ich muß zum Meister«, sagte er kurz angebunden. Er schritt durch die Halle zum Meisterbüro. Es war mehr ein viereckiger Glasverschlag, der die Sicht nach allen Seiten offen ließ. Tammo trat ein. Der Meister, ein gestandener Endfünfziger, blickte Tammo fragend an.

»Chef, nur ganz kurz. Ich benötige drei freie Tage«, sagte Componga.

»Tammo, du hast keinen Urlaubsantrag gestellt«, sagte der Meister und schob die Computerlisten beiseite, die auf seinem Arbeitstisch lagen.

»Chef, eine Angelegenheit, die keinen Aufschub duldet«, sagte Tammo.

»Ihr Ostfriesen seid zuverlässig, aber auch verdammt stur. Der VfB geht in ein Trainingscamp. Ist es das?« fragte der Meister. Er schaute Tammo freundlich an.

»Nein, noch spiele ich bei den Amateuren«, sagte Tammo.

»Aber mit guten Aussichten, in das Team der Profis aufzusteigen«, sagte der Meister, als sei er stolz auf seinen Mitarbeiter.

Tammo trat verlegen auf der Stelle.

»Chef, ich muß nach Hause. Mein Alter – ich war seit Jahren nicht mehr zu Hause ...«, sagte Tammo.

»Wann willst du fahren?« fragte der Meister.

»Morgen nach der Schicht«, sagte Tammo.

»Okay. Ich regle das mit dem Personalbüro. Ich nehme Hartmut aus der Endfertigung. Er soll dich vertreten.«

»Danke«, sagte Tammo und eilte zurück an seinen Arbeitsplatz.

Tammo stand seinen berühmten Profikollegen nicht nach. Wie diese liebte er eine rasante Fahrweise und drosch seinen Mercedes-Jahreswagen, wenn es ohne großes Risiko möglich war, auf der Überholspur der Autobahn Norddeutschland entgegen. Gegen neun Uhr abends erreichte er Norddeich. Voller Wiedersehensfreude fuhr er langsam über die Mole, parkte für eine halbe Stunde mit dem Blick auf Juist und Norderney vor der Mauer der Bahnstation Norddeich-Mole und suchte danach das Hotel Fährhaus auf. Er nahm ein Einzelzimmer mit Seeblick und trug sich als Monteur unter einem fremden Namen ein.

Max hatte von der Stadtverwaltung der Hansestadt Bremen die Konzession erhalten, auf dem historischen Markt im Schatten des Domes einen Stand zum Verkauf seiner Produkte zu führen. Die veterinäre Überprüfung seiner Fleischerzeugnisse hatte keine Veranlassung zur Beanstandung geliefert. Im Gegenteil, er durfte, wie von ihm werbewirksam angekündigt, weiterhin seine Ware als »Fleisch von Grasschafen, ohne chemische Futterzusätze« vertreiben. Der neue Absatzmarkt war lukrativ.

Max und Onno fanden innerhalb einer kurzen Zeit eine Stammkundschaft. Zusätzlich verhalf ihnen der Stand in Bremen, günstig Heroin einzukaufen. Sie konnten das kleine Depot mit sauberer Ware füllen.

Sie spritzten nicht regelmäßig, sondern meistens an den Wochenenden, wenn Nina nicht zur Schule mußte, und dann abends, wenn sie klassische Musik hörten. Pax bewegte sich dann mürrisch durch das Zimmer, bellte ungehört einige Male und legte sich danach in der Nähe von Max auf den Boden, während die Kerze flackernd herunterbrannte.

Gemessen an westlichen Ansprüchen wohnten die im Block untergebrachten Asylanten in recht bescheidenen Verhältnissen. Die kurdische Familie mit den kleinen Kindern fühlte sich dennoch glücklich, weil sie nur knapp mit dem Leben davongekommen war.

Anders empfanden es die Albaner. Die zwischen zwanzig bis dreißig Jahre alten Deserteure der albanischen Armee warteten auf ihre Anerkennungsverfahren. Sie hatten sich gemeinsam einen Fernseher gekauft, der fast rund um die Uhr lief. Ihre Wohnung bestand aus einem Waschraum, einem Wohnzimmer, zwei Kinderzimmern und dem Schlafzimmer und war mit acht Personen belegt. Sie saßen zusammengepfercht im Wohnzimmer vor dem Fernsehgerät und stierten auf die Bildröhre. Das ZDF übertrug das Fußballänderspiel der deutschen Nationalmannschaft gegen Wales. Ihre Sympathien galten Wales, das gegen das übergroße Deutschland spielte.

Nach dem Fußballspiel, das Wales verloren hatte, verließen sie das verräucherte Zimmer und begaben sich vor das Haus, um sich in der frischen Luft in Gesprächen abzureagieren.

In die Dunkelheit fiel das Licht der Straßenlaternen. Sie hörten Schritte und sahen einen Mann, auf den kurz das Licht fiel, bevor er sich eilig entfernte.

Die Albaner unterhielten sich, rauchten und frotzelten miteinander. Ihr Landsmann Giorgio Castalsha näherte sich dem Container, der Bauschutt enthielt, um in seinem Schatten Wasser abzulassen.

Seine Kameraden blickten überrascht auf, als sie seine Zurufe hörten. Er machte gestenreich im matten Licht, das aus einem Fenster fiel, auf sich aufmerksam.

Sie eilten zum Container und schauten entsetzt auf den Mann, der dort über der Eisenkante hing. Sein Oberkörper lag auf dem Bauschutt. Seine Beine baumelten vor der Containerwand. Sie kannten das Opfer. Sie blickten nach oben auf das Fenster im zweiten Stock, das offenstand.

Der Alte muß aus dem Fenster gestürzt sein. Für Sekunden schwiegen sie, doch dann diskutierten sie heftig miteinander. Sie hatten in der Armee gedient und gelernt zu handeln. Entschlossen hoben sie den Oberkörper des Opfers vorsichtig an, stützten seine Hüfte, legten ihre Arme um seine Beine und trugen den Alten in die Nähe des Lichtes und legten ihn auf den spärlich bewachsenen Rasen. Das Gesicht des Opfers war entstellt. Aus dem Mund floß blutiger Schleim.

»Im Haus gibt es kein Telefon«, sagte einer der Albaner. »Wir müssen die Polizei benachrichtigen und einen Krankenwagen anfordern!« Giorgio Castalsha rannte zum Haus. Dort stand ein unverschlossenes Fahrrad. Er schwang sich in den Sattel und trat kräftig in die Pedale.

Seine Landsleute umstanden hilflos das Opfer. Sie blickten überrascht auf, als die dicke Frau fassungslos heranwatschelte. Sie hielt ihre Arme von sich gespreizt. Um ihren dicken Bauch lag der Bund einer Trainingshose. Ihr schwappender Oberkörper war mit einer bunten Bluse bekleidet.

Sie kniete sich neben das Opfer und schluchzte. Die Albaner machten ihr Platz und traten zurück auf die Straße. Mitfühlend vernahmen sie das Weinen der Frau. Es ging ihnen unter die Haut, als der kleine Sohn heulend zur Mutter rannte, sich an ihr festhielt und beim Anblick auf das Opfer laut schrie: »Papa, Papa … !«

Sie warteten auf die Polizei und den Krankenwagen.

Wachtmeister Grensemann steuerte den Streifenwagen. Ihn begleitete seine Kollegin de Boer. Sie befanden sich auf einer Routinefahrt, hatten Victobur erreicht und näherten sich der Bundesstraße, als sie per Funk vom Revier Norden angewiesen wurden, nach Marienhafe zu fahren. Im Block hatte sich ein Unfall ereignet. Grensemann schaltete das Blaulicht ein und drosch drauflos. In wenigen Minuten erreichten sie Marienhafe und parkten vor dem Block.

»Drüben liegt das Opfer«, sagte Wachtmeisterin de Boer.

Sie verließen den Wagen und gingen zu dem verunglückten Mann, der auf dem aufkeimenden Rasen lag. Eine beleibte Frau kniete neben dem Opfer und weinte. Ein kleiner Junge saß neben ihr. Er zitterte und heulte.

Grensemann näherte sich einer Gruppe junger Männer, die unter der Straßenlaterne standen. Es waren Albaner. Sie zeigten auf das Fenster im zweiten Stock und auf den Container.

De Boer nahm den kleinen Jungen auf den Arm und sprach beruhigend auf ihn ein.

Der Junge schluchzte: »Ich will zu Helga.«

Eine junge Frau näherte sich ihr. Sie trug ein weißes Kopftuch, eine bunte Bluse mit einem Stehbord und einen langen Rock. Sie blickte die Beamtin leidend aus tiefen, dunklen Augen an.

»Ich mache das«, sagte sie und nahm der Wachtmeisterin den Jungen ab. »Bonno, brav«, sagte sie zu dem Jungen.

Die Beamtin schaute überrascht auf den kleinen, schmächtigen Mann, der einen weißen Pullover und eine legere Wildlederjacke trug. Seine Füße steckten in hochhackigen, kurzschäftigen Cowboystiefeln. Er hielt einen Fotoapparat in den Händen und näherte sich mit hastigen, kleinen Schritten. Er sah verrissen aus. Sie beobachtete, wie er die Kamera an seine Augen hob und die Asylantin fotografierte, die mit dem Jungen davonschritt.

»Presse?« fragte Wachtmeisterin de Boer. Der Fotograf nickte nur und näherte sich dem Opfer und der dicken Alten, die unentwegt weinte und mit sich selbst sprach.

Der Krankenwagen fuhr vor. Die Frau erhob sich, als die Sanitäter mit der Bahre erschienen und sich um das Opfer bemühten. Die Wachtmeisterin sah, wie der Pressemann eilig seinem Wagen entgegenhastete.

6

Fredo Wübbena schob die Bretterreste zusammen. Im Dachausbau roch es nach Holz und Wachs. Zufrieden betrachtete er sein Werk. Die Täfelung von der Decke bis hin zum Fußboden verlief gradlinig. Es gab keine Verschiebungen der Falzkanten. Am Wochenende wollte ein Freund, ein ehemaliger Mitkämpfer des Judo-Clubs, ihm helfen, die Heizungskörper anzuschließen.

Fredo war verheiratet. Nach dem Abitur hatte er sich zum Industriekaufmann ausbilden lassen. Einem inneren Wunsch folgend, hatte er danach die Polizeischule in Hanoversch Münden besucht und versah seit fünf Jahren seinen Dienst als Kommissar im Norder Revier. Seine Frau Zandra hatte bei der Stadtsparkasse gelernt und betreute jetzt die kleine Tochter Mareike.

Fredo und Zandra hatten auf der Moorwiese in Marienhafe gebaut. Vor der Eingangstür hing noch der mit Papierblumen geschmückte Bogen, mit dem die Nachbarn sie herzlich aufgenommen hatten. Sie wollten ihn abfeiern, wenn sie das Kinderzimmer im Dachgeschoß fertiggestellt hatten.

Fredo blickte Zandra erwartungsvoll an, als sie mit einem Plastikkorb den Dachboden betrat. Sie stellte den Korb ab und schaute sich um. »Toll«, sagte sie zufrieden und gab Fredo einen Kuß. Sie begann die Holzreste aufzusammeln. Fredo langte nach dem Besen und fegte den Sägestaub zusammen,

»Es steht eins zu null für Deutschland«, sagte sie.

»Ich gehe nach unten«, antwortete er.

Fredo zog sich im Bad um. Dann setzte er sich in das Wohnzimmer und schaltete den Fernseher ein. Mareike schlief und meldete sich nicht mehr. Es war ein schönes Spiel mit wenigen Fouls. Als der Schiedsrichter das Spiel abpfiff – die deutsche Mannschaft hatte gewonnen –, schaltete Fredo das Gerät ab und nahm den Ordner mit den Bauunterlagen aus dem Schrank, um sie zu studieren. Zandra hatte das Dachzimmer gereinigt. Sie zog die Vorhänge vor die Fenster und setzte sich zu Fredo auf die Couch.

»Den Garten legen wir selbst an, aber erst später. Ich meine, wir sollten den Rest des Bausparvertrages für ein kleines Bad verwenden. Unten haben wir nur die kleine Toilette«, schlug Zandra vor.

»Ich rechne das noch einmal durch«, sagte Fredo.

Zandra begann mit Fredo zu schmusen.

Sie waren knapp über dreißig. Sie sahen beide gut aus, und auch Mareike war niedlich. Ernste finanzielle Probleme standen den Wübbenas nicht ins Haus. Sie waren gesund, glücklich und wünschten sich noch einen Jungen.

Zandra entkleidete sich ihrer Jeans. Fredo zog ihr gerade den Pullover über die ausgestreckten Arme, als das Telefon läutete. »Nicht wieder dieser unzuverlässige Elektriker«, schimpfte Zandra.

Fredo eilte zum Korridor.

Er nahm den Hörer ab und meldete sich.
»Wending, Revier Norden, Herr Kommissar. Ein Asylant machte eine Unfallmeldung. Es handelt sich um einen Fenstersturz im Block Marienhafe. Grensemann befindet sich auf dem Weg dorthin.«
»Schwitters hat Nachtdienst«, sagte Wübbena.
»Er befindet sich im Einsatz. Eine Rauschgiftsache«, antwortete Wending.
»Ich fahre los«, sagte Wübbena. Er legte den Hörer auf und kehrte ins Wohnzimmer zurück.
»Du mußt raus«, sagte Zandra und lächelte verständnisvoll. Sie zog den Pullover über.
»Ich hoffe, es wird nicht so spät«, sagte Wübbena. Er verließ das Wohnzimmer, betrat den Korridor, griff nach seiner Jacke und eilte zur Garage.

Als Wübbena sich dem Block näherte, sah er das flackernde Blaulicht des Einsatzwagens. Aus den Fenstern des Hauses fiel Licht. Der Krankenwagen stand mit offener Hecktür auf dem Bürgersteig. Wübbena parkte hinter dem Streifenwagen. Er griff zur Stablampe und verließ den Wagen. Wachtmeisterin de Boer, Wachtmeister Grensemann und zwei Sanitäter befanden sich bei dem Opfer. Das Licht der Straßenleuchte fiel auf den schweren Mann.
»Tot?« fragte er den Sanitäter.
»Ja, wir müssen dennoch auf den Arzt warten«, sagte der Sanitäter. Sie trugen weiße Jeans und weiße Jacken.
»Er ist aus dem Fenster gestürzt und auf den Container gefallen«, sagte Wachtmeisterin de Boer. Wübbena ging zum Container hinüber. Er schaltete seine Stablampe an und richtete den Strahl auf die Kante und den Bauschutt. Er sah Blutspuren.
»Hat er Angehörige?« fragte Wübbena.
»Seine Frau hat bis vor wenigen Minuten hier neben ihm gekniet«, sagte Wachtmeisterin de Boer. »Der kleine Sohn des Opfers hat sich ebenfalls hier bei ihm aufgehal-

ten. Eine Hausbewohnerin hat den geschockten Jungen mit in das Haus genommen.«

»Wer hat den Unfall gemeldet?« fragte Wübbena.

»Einer der Albaner«, sagte Grensemann und zeigte auf die Gruppe junger Männer, die auf der Straße standen.

»Kommen Sie mit«, sagte Wübbena. Sie gingen zu den Asylanten. »Wübbena, Kriminalpolizei.« Er zeigte seine Marke. Die jungen Männer schwiegen. Sie hatten Respekt vor der deutschen Polizei. »Wer hat die Polizei benachrichtigt?« fragte er.

Ein junger drahtiger Mann meldete sich. »Ich bin Giorgio Castalsha. Kein Telefon im Haus. Nahm Fahrrad von Hauswand und bin losgefahren zur Zelle an Bank neben Kirche.«

»War das Ihr Fahrrad?« fragte der Kommissar.

»Nein, stand unverschlossen an Wand. Hatte schon bemerkt, als kommen von Fernsehfußball«, sagte er.

»Wo haben Sie das Fahrrad abgestellt?« fragte Wübbena.

»Steht schon wieder an Wand wie genommen«, antwortete Castalsha.

»Wem gehört das Fahrrad?« fragte Wachtmeisterin de Boer.

»Können nicht wissen. Ist gutes, teures Rad. War vorher nie da«, sagte einer der Asylanten.

»Haben Sie gesehen, wie der Mann aus dem Fenster gestürzt ist?« fragte der Kommissar.

»Nicht gesehen. Aber war frisch. Als wir gekommen von Fernsehen, war gerade geschehen«, sagte ein Asylant.

»Haben Sie jemanden bemerkt? Einen Fremden, der nicht im Haus wohnt?« fragte Wübbena.

»War jemand da. Ein Mann. War dunkel. Wir hörten Schritte. Jemand kurz gesehen im Licht. Drüben, wo andere Lampe ist«, sagte Giorgio Castalsha.

»Und wann war das?« fragte Grensemann.

»Sofort, als Fußball fertig.«

»Danke«, sagte Wübbena. Sie verließen die Albaner.

Ein Opel Omega hielt am Straßenrand.

»Dr. Noormann«, sagte die Wachtmeisterin. Sie blieben stehen. Sie sahen, wie der etwa sechzigjährige Stationsarzt des Krankenhauses die Medizinertasche aus dem Kofferraum nahm und sich ihnen näherte.

Dr. Noormann war schlank und hochgewachsen. Sein Haar war grau und gelichtet. »Ich versehe mit meinem Assistenzarzt momentan den Nachtdienst«, sagte er. »Ich bin sofort losgefahren, um mir den Mann hier an Ort und Stelle anzuschauen.«

»Der Mann ist tot«, sagte Wübbena.

Die zufällig anwesenden Neugierigen und Hausbewohner zogen sich zurück. Dr. Noormann kniete sich neben das Opfer.

Er öffnete seine Arzttasche, entnahm ihr das Stethoskop. Er horchte den Patienten ab. Dann nahm er Watte und reinigte das Gesicht des Opfers vom blutigen Schleim.

»Todesursache Sturz, schwere Kopfverletzungen, Lungeninfarkt. Der Mann hatte getrunken, Herr Kommissar, das als Schnellbericht. Lassen Sie einen Sarg besorgen.« Dr. Noormann wandte sich an die Sanitäter. »Sie können losfahren. Tote haben kein Recht auf einen Platz in Ihrem Taxi.«

»Moin«, sagten die Männer des Krankenwagens und schritten davon.

»Wir benötigen einen Sarg, Herr Grensemann. Fahren Sie zum Revier!« ordnete Wübbena an.

»Ich werde mir das Opfer im Krankenhaus genauer ansehen«, sagte Dr. Noormann und erhob sich. Er packte seine Tasche. »Bis dann«, sagte er und schritt davon.

Die Bewohner des Heimes verharrten auf der Straße und palaverten. Der Tote lag auf dem Rasen im Licht, das bei der zunehmenden Dunkelheit intensiver wirkte. Um die Straßenleuchten zogen Nebelschwaden auf. Wübbena wartete mit Wachtmeisterin de Boer auf den Sarg. Der Wind briste kühl auf. »Wir bilden die Totenwache«, sagte Wübbena und mied den Blick auf die Leiche.

Wachtmeisterin de Boer zuckte mit den Schultern. »Die Opfer im Straßenverkehr sind oft schlimmer zugerichtet.«

Erst als Grensemann mit einem ihm zugeteilten Kollegen den Sarg brachte und sie den schweren Mann, dem Dr. Noormann bei seiner flüchtigen Untersuchung die Augen für immer geschlossen hatte, in den Sarg betteten, lösten sich die Grüppchen vor dem Haus auf.

»Bringen Sie ihn zum Krankenhaus. Dr. Noormann kann ihn auf Eis legen«, sagte Wübbena und wandte sich an Frau de Boer. »Begleiten Sie mich zur Witwe. Ich möchte ihr wenigstens mein Beileid aussprechen. Hier zu wohnen ist bereits ein Grund zum Saufen.«

Sie schritten über den mit Waschbetonplatten belegten Zuweg und betraten das abgewohnte Haus. Die Flurbeleuchtung brannte auf Sparflamme. Die Luft roch muffig und abgestanden.

Der Tod des Maurers hatte den Zeitrhythmus der Bewohner durcheinandergebracht. Kinder turnten an den Treppengeländern. Sie waren aufgedreht und warteten lärmend auf ihre Eltern.

Hausbewohner eilten an ihnen vorbei, zurück in ihre Wohnungen. Tatortatmosphäre zum Anfassen, dachte Wübbena und fragte eine junge Kurdin: »Wo wohnte der Verunglückte?« Sie wies ihnen den Weg. Wübbena drückte den Klingelknopf. Sie warteten.

Die Tür wurde schließlich geöffnet. Eine dicke Frau stand vor ihnen mit verheultem Gesicht. Sie keuchte, und ihr Atem roch nach Alkohol. Sie blickte die Beamten verwirrt an. »Wo ist Bonno?« fragte sie, bemüht, ihren schweren Körper im Gleichgewicht zu halten.

»Um Ihren kleinen Sohn kümmert sich eine Hausbewohnerin«, sagte Wachtmeisterin de Boer.

»Ach, Po – li – zei ... ?« lallte Frau Componga. Sie schritt ihnen voraus durch den muffigen Korridor. Sie fand Halt am Tisch und setzte sich auf den Stuhl.

»Mein Mann ist tot«, schluchzte sie und wischte sich mit dem Arm die Tränen aus den Augen.

Auf dem Tisch standen die Schnapsflasche und zwei leere Gläschen.

Wübbena blickte sich um. Der Teppichboden war abgenutzt und fleckig. Vor dem Tisch lag eine Fußmatte. Die Wohnung wirkte ärmlich und ungepflegt.

»Wir fühlen mit Ihnen, Frau Componga. Es ist schrecklich für Sie. Wie kam es zu diesem tragischen Unfall?« fragte der Kommissar.

Die Familie wohnt nicht in einer Wohnung, sondern in einem Rattenloch, dachte er. Die Frau tat ihm leid. Frau Componga griff zur Flasche.

»Lassen Sie das!« sagte Wachtmeisterin de Boer forsch.

Frau Componga fuhr erschrocken auf und blickte Frau de Boer überrascht an. In diesem Ton hatte außer ihrem Mann noch niemand mit ihr geredet. Sie riß sich zusammen.

»Bonno schlief«, sagte sie mit schwerer Zunge. »Mein Mann wartete auf Helga. Er wartete seit Tagen auf Helga. Sie hatte uns nach Streitereien mit meinem Mann verlassen.«

»Wer ist Helga?« fragte Wübbena. Wachtmeister de Boer erinnerte sich an den kleinen Jungen, der nach dieser Helga verlangt hatte.

»Helga ist unsere Tochter«, sagte die Alte und legte ihre dicken Hände um die Schnapsflasche.

»Und? Ist sie gekommen?« fragte Wübbena.

»Mein Mann hatte getrunken. Er hatte Autogeräusche gehört. Helga kommt, hat er gesagt und sich gefreut. Er ist in das Kinderzimmer gegangen, hat das Fenster geöffnet und sich weit vorgelehnt, dann ist er aus dem Fenster gefallen.«

Die Alte begann zu schluchzen.

»Und Sie?« fragte Wübbena.

Die Alte blickte gequält auf.

»Ich trinke sonst nicht so viel. Aber weil Helga weg war – ich saß hier am Tisch, ich war eingenickt, als Behrend in den Tod stürzte ...«

Sie begann zu heulen. De Boer und Wübbena ließen ihr Zeit, sich zu fassen.

»Und wer hat Sie benachrichtigt?« fragte Wachtmeisterin de Boer.

Die Alte schaute irritiert auf. »Ich hörte seinen Schrei.«

Wübbena zeigte auf die angelehnte Tür, aus der Licht fiel.

»Ist das Helgas Zimmer?« fragte er.

»Ja, ich habe es noch nicht betreten. Mein Behrend ...« sie schüttelte sich vor Tränen.

»Dürfen wir?« fragte der Kommissar.

Sie nickte. »Armer Behrend ...«, stöhnte sie auf.

Wachtmeister de Boer folgte Wübbena in das Kinderzimmer. Ein Kinderbett stand an der Wand seitlich des Fensters. Mit Filzstiften gemalte Mickymäuse bedeckten eine zerfetzte Tapete. Ein Bett, es war unbenutzt, nahm den Raum vor einem dürftigen Spiegel ein. Auf einem Nachttisch stand eine Lampe mit zerbrochenem Schirm.

»Helgas Bettstatt«, sagte Wübbena und schritt an das Fenster. Es war geöffnet. Er schaute auf den Container, der nur schemenhaft zu erkennen war. Die Hausbewohner und Neugierigen hatten die Straße verlassen.

»Frau de Boer, wenn ich jetzt besoffen wäre und zusätzlich schwerleibig, könnte ich schon, wenn ich mich weit hinauslehne, das Gleichgewicht verlieren«, sagte Wübbena.

Die Wachtmeisterin trat an das Fenster und blickte auf den von der Dunkelheit umhüllten Container.

»Ich weiß nicht, Herr Wübbena. Componga muß total dun gewesen sein.«

Sie verließen das Kinderzimmer. Die fremde Frau mit dem weißen Kopftuch stand im Wohnzimmer. Auf ihrem Arm schlief der kleine Sohn des Opfers. Die Alte blickte nur kurz auf, als sie die Wohnung verließen.

7

Max und Nina hatten Helga bereitwillig aufgenommen. Sie verzichteten auf ihren Beitrag zu den Lebenshaltungskosten. Um so peinlicher war es Helga gefallen, Nina um Wäsche und Kleidung zu bitten. Aber Nina gab großzügig. Sie hing nicht an ihren Klamotten. Doch die gewonnene Unabhängigkeit von ihrer Familie hatte ihren Preis. Nina besuchte in Emden die Fachoberschule. Und wenn sie zu Hause war, ließ sie sich von Helga bedienen und gab vor, lernen zu müssen.

Helga kochte und kümmerte sich um den Abwasch. Sie wusch und bügelte die Wäsche.

Onno hatte seinen Job bei VW geschmissen. Auch er galt als willkommener Gast auf der Schaffarm. Helga bewohnte mit ihm eine kleine Kammer unter dem Dach. Sie schliefen in ausgefransten Schlafsäcken, die auf einem verrosteten Bettgestell lagen und ständig gelüftet werden mußten.

Die Toilette, die sie alle benutzten, war stets bekleckert, und auf dem Zementboden trockneten nach Salmiak riechende Pinkellachen der Männer. Das störte weder Max noch Onno, noch Nina. Helga hielt die Toilette ohne Ekel sauber. Onno gefiel sich in der Rolle des Schafzüchters. Er schlachtete mit Max die Tiere und fuhr sie mit ihm im alten Mercedes Kombi zu den ostfriesischen Wochenmärkten, um das Schaffleisch zu verhökern. Geldsorgen hatten sie nicht. Es waren stets Mittel frei, bei den ihnen bekannten Dealern Rauschgift zu kaufen.

Die von Max und Onno nachmittags geleerten Bierflaschen sammelte Helga ein und achtete darauf, daß sie die Pfandflaschen einlösten. Helga kümmerte sich ebenfalls um die stinkenden Rückstände der Tiere, lud sie in den Container und sorgte dafür, daß sie abgeholt wurden.

Die Kerze war fast abgebrannt. Helga dachte wehmütig an Bonno. War auch er glücklich? Was war aus ihm geworden? Sie mußte sich um ihn kümmern. Sie nahm sich vor, ihrer Mutter trotzend entgegenzutreten und ihrem Vater ihre Anklage entgegenzuschreien. Helga fühlte sich stark und siegessicher. Sie liebte ihren kleinen Bruder über alles. Sie mußte ihn sehen. Nicht später, jetzt. Helga wandte sich an Onno. Sie rüttelte ihn wach. Onno lächelte sie glücklich an.

»Onno, bring mich nach Hause. Ich muß wissen, wie es Bonno geht!«

»Wenn dir soviel daran liegt«, antwortete er. Er legte seinen Arm um Helga, küßte sie und war glücklich, daß er das hübsche Mädchen sein eigen nennen durfte.

Nina und Max schraken aus ihren Träumen. »Was ist?« fragte Max.

»Wir sind gleich zurück. Helga will Bonno sehen«, sagte Onno.

»Fahr vorsichtig«, sagte Max, als Onno mit Helga das Zimmer verließ.

Onno lenkte den Golf über den einsamen Feldweg. Helga fühlte ein leichtes Lampenfieber. Sie haßte ihr Zuhause und war dennoch bereit, sich den Eltern zu stellen, nicht einlenkend, im Gegenteil, anklagend. Sie wollte es für Bonno tun. Helga blickte durch das Fenster des Wagens. Auf das weite Grünland fiel das Licht des Mondes.

Vor dem Block ließ Onno den Wagen auslaufen. Er küßte Helga. Sie blickten sich an. Zwischen ihnen war alles klar.

»Warte hier auf mich«, sagte Helga. Sie eilte entschlossen zur Haustür und betrat das Treppenhaus. Sie fürchtete sich an diesem Abend nicht vor den durchdringenden Blicken ihres Vaters. Zur Not konnte sie Onno herbeiholen, der ihr beistehen würde.

Helga steckte den Schlüssel in das Schloß der Wohnungstür und betrat durch den muffigen Korridor das

Zimmer. Sie war aufgeregt, als sie die Wohnzimmertür öffnete. Sie erschrak und blieb wie angewurzelt stehen.

Auf dem abgewohnten Fußbodenbelag lag Bonno und schlief. Ihre Mutter saß auf dem Stuhl vor dem Tisch. Sie hatte den Kopf mit der Hand abgestützt. Wie immer stand die Flasche auf dem Tisch. Die Tür zu ihrem Zimmer war angelehnt.

Sie bemerkte den Lichtspalt.

Helga kniete sich auf den Boden und küßte Bonno, der nur kurz blinzelte und weiterschlief. Er sah sehr blaß aus. Helga weckte die Mutter, die sie unwirsch anblickte.

»Was ist?« fragte sie, rieb sich die Augen und schaute ungläubig auf. »Helga, du?« fragte sie.

»Was ist Mutter?« fragte Helga irritiert.

»Vater ist tot«, sagte sie mit schwerer Zunge und begann zu schluchzen.

Helga kniete vor der Mutter auf dem Boden. »Was ist passiert?« fragte sie ungläubig.

»Er ist da aus dem Fenster gestürzt auf den Container«, schluchzte die Mutter.

Helga fühlte einen Schmerz, sie hörte, wie die Mutter stockend sagte: »Kind, er wollte nach dir sehen ...«

Helga sprang auf. »Mutter, er hat mich mißbraucht!« Er war mein Vater, dachte sie bitter. Sie rannte aus dem Zimmer, eilte durch den Flur, lief die Treppe nach unten und rannte zu Onno, der wartend im Wagen saß. Onno öffnete die Tür.

»Was ist?« fragte Onno verwirrt.

»Mein Vater ist tot, Onno. Er ist verunglückt. Er ist aus dem Fenster gestürzt.« Sie blickte kurz auf den Container, von dem sie nur die Umrisse erkennen konnte.

»Kommst du mit?« fragte Onno gefühllos.

»Nein, ich muß bei Mutter bleiben«, sagte Helga und brach in Tränen aus.

Onno startete den Motor und fuhr verständnislos davon.

Helga brachte Bonno zu Bett, der sofort weiterschlief. Danach bemühte sie sich um die Mutter, die alkoholisiert ihren schweren Körper nicht mehr unter Kontrolle hatte. Helga stützte sie und bugsierte sie in das Schlafzimmer, in dem sie nun ohne Behrend nächtigen und ihren Rausch allein ausschlafen mußte.

Helga ging zu Bett. Das Heroin in ihrem Körper wirkte nach. Sie schlief sofort ein.

Als Helga am Morgen aufwachte und verschlafen in die Küche ging, blieb sie überrascht stehen.

»Tammo!« rief sie glücklich und stürzte ihrem Bruder entgegen. Sie küßte ihn und weinte.

»Helga, es tut mir leid um dich. Ich hatte euch vergessen«, sagte Tammo und drückte Helga lange an sich.

»Nun ist er tot«, schluchzte sie.

»Endlich! Jetzt hat die Quälerei ein Ende«, sagte Tammo.

»Weiß Mutter, daß du hier bist?«

»Nein, ich besitze immer noch einen Wohnungsschlüssel.«

Bonno, ihr kleiner Bruder, watschelte in die Küche. Er sah müde und blaß aus.

»Bonno, das ist Tammo, dein großer Bruder«, sagte Helga

Tammo nahm Bonno auf den Arm, küßte ihn auf die Wangen und weinte.

»Ich habe dir etwas mitgebracht, Bonno«, sagte Tammo und trug ihn zu seiner abgestellten Reisetasche. Tammo setzte Bonno auf den Boden und überreichte ihm ein Geschenk. »Pack es aus.«

»Oh, ein Piratenschiff«, jubelte Bonno.

»Wir wollen alle zuerst einmal ausgiebig frühstücken. Ich habe frische Brötchen und Aufschnitt mitgebracht«, sagte Tammo.

Helga setzte Teewasser auf und deckte den Tisch. Danach brühte sie den Tee auf, stellte die Kanne auf das Stövchen, suchte nach einer Kerze und zündete sie an, als wollten sie sich jetzt bereits zu einem Leichenschmaus zusammenfinden.

»Ich wecke Mutter«, sagte Helga und verließ die Küche.

Frau Componga drückte ihren Sohn an sich. Sie sah ihn weinend an und machte kein Hehl aus ihrer Freude.

»Es war schrecklich«, schluchzte sie.

So, als wäre allen ein belastender Druck genommen worden, frühstückten sie, während Onno die Häppchen aß, die Tammo ihm reichte. Er saß auf dem Fußboden und setzte Playmobilmännchen auf das Piratenschiff.

Auf dem Wochenmarkt bauten die Händler ihre Stände auf. Vor dem Bismarck-Denkmal hatten die Alkoholiker ihre geleerten Corvit- und Bierflaschen zurückgelassen. Wübbena parkte seinen Wagen vor seiner Dienststelle. Er blickte kurz auf die alten verrosteten Kreuze der Kirchenwarft vor St. Ludgeri und betrat das Gebäude, stieg die Treppe hoch und suchte sein Dienstzimmer auf.

Er stellte die Schreibmaschine auf den Schreibtisch und fertigte das Protokoll an.

Sein jüngerer Kollege Wilko Tjarden betrat das Dienstzimmer, während er die letzte Seite seines Berichtes aus der Halterung der Schreibmaschine zog.

»Sie hatten Spätdienst, Chef?« fragte Tjarden. Der achtundzwanzigjährige Assistent war schlank, hochgewachsen und hatte kurzgeschnittenes, rötliches Haar.

»Notgedrungen, hier, lies das Protokoll«, sagte Wübbena und schritt an das Fenster. Er blickte in die Westerstraße. Vor der Ampel am Teemuseum stauten sich die Autos.

»Und Ihr Eindruck?« fragte Tjarden.

Wübbena verließ das Fenster und setzte sich an seinen Schreibtisch.

»Selbstmord wohl kaum. Ein Unglücksfall, wahrscheinlich«, sagte Wübbena.

»Und der Doktor?« fragte Tjarden.

»Dr. Noormann hat das Opfer untersucht. Componga war ein Säufer. Er war besoffen, als er aus dem Fenster fiel«, sagte Wübbena.

»Und das Fahrrad?« fragte Tjarden.

»Es lehnte an der Wand des Blocks. Es ist registriert. Der Albaner hat es benutzt. Versuche herauszufinden, wem es gestohlen wurde.«

Wübbena legte eine Akte an und heftete das Protokoll ab.

Am Nachmittag fuhren die Beamten nach Marienhafe. Wübbena lenkte den Wagen über den Marktplatz an der wuchtigen Backsteinkirche mit dem Störtebekerturm vorbei in die Kolkstraße, die in das grüne Vorland führte. Einige Bungalows bildeten mit gepflegten Gärten das Dorfende.

Wübbena fuhr langsam. Tjarden entdeckte das kleine, hübsche umgebaute Landhaus. In der offenen Garage stand ein BMW. Wübbena lenkte den Bully auf die Einfahrt. Sie stiegen aus und drückten den Klingelknopf.

»Das können sich nur die Lehrer leisten«, sagte Tjarden ironisch.

»Sie tragen keine Schuld daran, daß viele Schüler ausflippen, Jugendliche Asylanten jagen und Drogen nehmen«, sagte Wübbena.

Lehrer Claussen öffnete ihnen die Tür. Er blickte die Beamten freundlich an. Er trug Jeans und einen sportlichen Pullover.

»Ich war im Garten«, sagte er. Sein Blick huschte über den Polizeibully.

»Wir kommen von der Kripo. Nur ein paar Routinefragen«, sagte Wübbena.

»Treten Sie ein«, sagte Claussen höflich.

»Danke.«

Sie folgten Claussen durch den Korridor in das Wohnzimmer.

»Nehmen Sie bitte Platz«, sagte der Lehrer und wies auf eine Sesselgruppe. »Soll ich einen Tee zubereiten?«

Wübbena nickte. »Wenn es Ihnen keine Umstände macht.«

»Keineswegs. Ich habe selten Besuch.« Claussen ging in die Küche.

Das Wohnzimmer war gemütlich eingerichtet. Die eine Wand nahm ein gefüllter Bücherschrank ein. Vor der anderen Wand stand der Fernseher unter einem Ölgemälde, das die Skyline von Norderney zeigte. Mitten im Zimmer stand der Eßtisch. Durch das Fenster blickten sie auf die Weiden und Äcker, die aufkeimendes Grün trugen.

Claussen brachte das Teegeschirr und deckte den kleinen Couchtisch.

»Einen Moment noch«, sagte er.

Er kam zurück, setzte die Teekanne auf das Stövchen und stellte eine Schüssel mit Gebäck auf den Tisch, nahm die Kanne, goß den Tee ein und setzte sich auf die Couch.

»Sahne?« fragte er und schob Tjarden den Sahnetopf zu.

»Sie wundern sich über unseren Besuch?« fragte Tjarden, goß Sahne in seinen Tee und nahm ein Plätzchen aus der Schale.

Claussen schaute ihn ernst an. »Ehrlich gestanden, ja«, antwortete er und nippte an der Teetasse. »Sie machen mich neugierig.«

»Sie haben uns den Verlust Ihres teuren Fahrzeugs nicht gemeldet. Es liegt in unserem Wagen. Sie haben es registrieren lassen«, sagte Wübbena und trank Tee.

Claussen blickte überrascht auf. »Sie haben es gefunden?« fragte er verwirrt.

»Ja«, sagte Wübbena.

»Ich habe versäumt, den Diebstahl zu melden. Ich wollte bereits meine Versicherung anschreiben«, sagte Claussen gelassen.

»Im Block verstarb der Maurer Behrend Componga nach einem Sturz aus seinem Wohnzimmerfenster«, sagte Tjarden.

»Darüber hat die Zeitung berichtet«, sagte Claussen. »Als ich am Freitag meinen Lottoschein abgegeben habe, hatte ich mein Rad vor der Lottoannahmestelle abgestellt. Als ich die Lottostelle verließ, war mein Fahrrad weg.«

»Ihr Fahrrad lehnte an der Wand des Blocks. Ein Albaner hat den verunglückten Maurer gefunden. Er hat das Fahrrad benutzt, um die Polizei zu benachrichtigen, und er hat das Rad dann wieder dort abgestellt, wo er es genommen hatte.«

»Ein Bewohner des Hauses wird es mir gestohlen haben«, antwortete Claussen.

»Kennen Sie die Familie Componga?« fragte Tjarden.

Claussen nickte ernst. »Ihre Tochter Helga besucht meine Klasse, genauer, sie hätte meine Klasse besuchen müssen. Ihr Unterrichtsbesuch läßt zu wünschen übrig.«

»Und Sie haben ihre Eltern zum Elternsprechtag eingeladen oder zu einem Gespräch gebeten?« fragte Wübbena.

»Mehrmals, aber sie sind nicht gekommen.«

»Und warum reagierten sie nicht auf ihre Bemühungen?«

»Ihre Eltern tranken. Sie kümmerten sich nicht um die Schulpflicht ihrer Tochter, Helga mußte sich zusätzlich um ihren kleineren Bruder kümmern. Die Mutter unterschrieb jede Entschuldigung, die Helga ihr vorlegte.«

»Und was haben Sie und Ihre Schulleitung gegen diese Verletzung der Schulpflicht unternommen?« fragte Tjarden.

»Mein Schulleiter hat die entsprechenden juristischen Schritte eingeleitet. Er hat ein Bußgeldverfahren gegen die Compongas beantragt. Doch bis es soweit ist, ist Helga volljährig.« Claussen saß ruhig auf der Couch und strich mit der Hand über sein kurzgeschnittenes Haar.

»Selbst wenn das Verfahren früher als erwartet entschieden wird, wäre bei den Compongas nichts zu holen«, sagte Wübbena.

Claussen nickte. »So verhält es sich. Helga hat noch einen Bruder. Er hat die Familie nach einem Krach mit dem Vater verlassen. Er lebt seit Jahren in Stuttgart. Er ist ein guter Fußballer.«

»Wie alt ist Helga?« fragte Wübbena.

»Sie wird achtzehn«, antwortete Claussen.

»Hat sie einen Freund?« fragte Tjarden.

»Ja, Onno Hayenna. Sein Vater ist beim Finanzamt in

Emden in einer höheren Position. Der Freund ist einige Jahre älter als Helga.«

»Herr Claussen, ich ging bisher davon aus, daß der Maurer aus dem Fenster stürzte, weil er sich betrunken zu weit aus dem Fenster geneigt hatte, als er nach seiner Tochter schauen wollte. Halten Sie es für möglich, daß jemand nachgeholfen hat?«

»Da fragen Sie mich zuviel. Helga hatte genügend Gründe, nicht zu Hause zu sein«, sagte Claussen.

»Und was waren das für Gründe?« fragte Tjarden.

»Im Suff tyrannisierte der Vater seine Familie. Weitere Auskünfte holen Sie sich bitte bei Frau Componga«, sagte Claussen ernst.

»Und die Asylanten?« fragte Wübbena.

»Soviel ich weiß, kamen die Compongas gut mit ihnen aus. Armut verbindet, Herr Kommissar.«

»Sie kennen sich gut aus. Sie befanden sich nicht zufällig im Block, als der Maurer Behrend Componga nach dem Sturz aus seinem Wohnungsfenster verstarb?« fragte Tjarden.

»Warum sollte ich dort gewesen sein?« fragte Claussen und griff zur Teetasse.

»Einige Bewohner bemerkten einen Mann, der das Haus nur kurz nach dem Unfall verlassen hat. Den Zeugenaussagen zufolge könnten Sie der späte Gast gewesen sein«, sagte Wübbena.

»Sicher auch viele andere«, antwortete Claussen und lächelte. »Darf ich Tee nachgießen?«

»Danke«, sagte Wübbena.

»Wir bedanken uns für den Tee und Ihre Gesprächsbereitschaft, Herr Claussen. Begleiten Sie uns bitte zum Wagen, und nehmen Sie gegen Quittung Ihr Fahrrad entgegen«, sagte Tjarden.

Claussen folgte ihnen zu dem geparkten Bully.

Wübbena lenkte den Dienstwagen in eine Parklücke. Er stieg aus und schritt dem Kreiskrankenhaus entgegen. Er zeigte dem Pförtner die Polizeimarke. »Dr. Noormann, bitte«, sagte er.

Der Pförtner griff zum Telefon und nickte ihm zu.

»Warten Sie bitte drüben«, sagte er.

Auf den Bänken saßen Patienten in Bademänteln. Einige junge Menschen bewegten sich an Krücken an ihm vorbei. Blumenkübel sorgten für ein wenig Abwechslung. Pflegepersonal hastete vorbei. Dr. Noormann näherte sich. Er trug einen weißen Kittel und eine weiße Hose. Er hielt seine Halbbrille in der Hand.

»Herr Kommissar«, begrüßte er Wübbena und reichte ihm die Hand,

»Moin, Doktor. Was ergab die Untersuchung?« fragte Wübbena.

»Begleiten Sie mich bitte in mein Büro«, sagte Dr. Noormann.

Wübbena folgte dem Arzt zum Aufzug.

»Wissen Sie, wir arbeiten hier alle unter Zeitdruck. Uns fehlt es an Personal.«

Sie betraten den Aufzug. Der Arzt drückte die III. Unfallchirurgie, las Wübbena.

Als sie den Aufzug verließen, empfing sie die übliche Hektik der Station. Ein Pfleger schob ein Krankenbett mit einem blassen Patienten vorbei. Schwestern bevölkerten den langen Flur mit den weißen Türen und dem unangenehmen Geruch der Desinfektionsmittel.

Dr. Noormann schritt einer Tür entgegen, auf der »Stationsarzt« stand. Er öffnete sie und bat Wübbena, einzutreten.

»Nehmen Sie Platz«, sagte er und zeigte auf den Besucherstuhl. Er setzte sich an seinen Schreibtisch. An den Wänden standen Regale mit Fachbüchern und Ordnern, Dr. Noormann langte nach einer Akte, die auf seinem Schreibtisch lag, und schlug sie auf.

»Ich habe den Untersuchungsbericht vor mir liegen. Er muß noch in Reinschrift übertragen werden. Dieser Behrend Componga war krank. Sein Cholesterinspiegel zeigte extrem hohe Werte. Seine Leber war kaputt. Um es kurz zu machen, er war ein Säufer. Die Todesursache ist eindeutig auf seinen Sturz auf den Container zurückzuführen. Zusätzlich zu den Brüchen und den Kopfverletzungen stellte sich ein Blutstau ein, der einen Lungeninfarkt zur Folge hatte. Wegen des nachgewiesenen hohen Alkoholgehaltes im Blut schließe ich einen Selbstmord aus.«

»Sie fanden keine Hinweise dafür, daß irgend jemand das Opfer vor dem Sturz geschlagen, mißhandelt oder sonstwie verletzt haben kann?«

»Das ist schwer zu beantworten«, sagte der Arzt und blätterte die Unterlagen durch. »Es sieht so aus, als hätte sich das Opfer einige Blutergüsse vor dem Sturz zugezogen. Ob er, betrunken wie er war, im Zimmer gegen den Kleiderschrank getorkelt ist oder sich an der Fensterkante gestoßen hat, das entzieht sich meiner Kenntnis. Wenn Componga sich in diesem Zustand einem Masseur anvertraut hätte, wäre sein Rücken veilchenblau geworden, so dünn war sein Blut.«

»Danke, Doktor«, sagte Wübbena, verabschiedete sich und ging zu seinem Wagen.

8

Frau Componga verlor sich ganz in der Trauer und stand den notwendigen Entscheidungen hilflos gegenüber. Sie weinte viel und kümmerte sich notgedrungen um Bonno, während Helga die Gänge zu den Behörden übernahm.

Tammo suchte das Friedhofsamt auf, kaufte eine Grabstätte und schaltete ein Beerdigungsinstitut ein.

Er rief seinen Meister in Stuttgart an und meldete sich vom Training beim VfB ab.

Mit dem Pfarrer besprach er den Termin der Totenandacht. Tammo machte sich Sorgen um Helga, die sich bleich, verzehrt und übernervös bemühte, ihm hilfreich zur Seite zu stehen. Er fuhr mit der Familie nach Norden zum Textilhaus. Es war schwer, für die beleibte Mutter passende Trauerkleidung zu finden. Er spürte das Mißtrauen der Geschäftsinhaberin und hielt seine Eurocard wie einen Ausweis in der Hand.

Es waren anstrengende und strapaziöse Tage.

Zur Beerdigung waren nur wenige Trauergäste erschienen. Tammo hatte erleichtert aufgeatmet, als die Friedhofsangestellten den Sarg mit den sterblichen Überresten des Maurermeisters Componga mit Hilfe der Tragebänder in das Grab gleiten ließen. Helga hatte geweint. Ihr schönes, blasses Gesicht hob sich engelsgleich von ihrer schwarzen Kleidung ab. Auch Frau Componga hatte geweint, weil sie wußte, daß Behrend Componga, der Ehemann und Vater, nicht stark genug gewesen war, das Leben erfolgreich zu bestehen. Und sie weinte auch, weil auch sie im Leben versagt hatte.

Der kleine Bonno hatte zur Überraschung der wenigen Trauergäste mit fester Stimme mit dem Blick auf den Sarg gerufen:

»Die Engel sind bei dir, Papi!« Dann hatte er den kleinen Blumenstrauß auf den Sarg fallen lassen und sich danach an Tammo geklammert.

Der Pastor hatte ein paar Worte gesprochen, die vorbeigingen an denen, die da wußten. Seine Worte richteten sich an Gott. Ihm empfahl er die Seele des Verstorbenen.

Helga hatte geschluchzt, als sie den kleinen Reporter entdeckt hatte, der versteckt Fotos von der Beerdigung schoß.

Behrend Componga war weg von dieser Erde.

Holger Häßling hatte mit seinen aggressiven Beiträgen über die Armut in Ostfriesland, Umweltverschmutzung, Herzmuschelfischerei der Holländer im Wattenmeer und Skinheads in Ostfriesland auf sich aufmerksam gemacht. Die Auflagenhöhe der Ostfriesen-Post war merklich angestiegen. Im Freiverkauf verzeichnete der Verlag ein Plus von dreißig Prozent.

»Rauschgift in Ostfriesland, ein heikles Thema«, sagte der Chefredakteur und schaute den hitzköpfigen Häßling an, dessen Augen im blassen Gesicht seinen Eifer widerspiegelten.

»Ich habe bereits recherchiert. Dreizehn Todesopfer in Ostfriesland. Die Dealer schafften den Stoff bisher über die grüne Grenze an. Groningen-Neuschanz-Bunde-Leer-Emden war die Hauptachse. Bremen läuft Amsterdam als Mekka der Dealer und Süchtigen den Rang ab«, sagte Häßling. Er saß dem Chefredakteur am Besuchertisch gegenüber.

»Häßling, fotografieren Sie einen türkischen LKW, der von der Polizei an der deutsch-holländischen Grenze oder vor dem Emstunnel aufgebracht wird, in dessen Ladung kiloweise Heroin versteckt war. Aber bitte, nicht kleine Rauschgiftsüchtige, die hinter abgedeckten Händen einen Joint nehmen.«

»Aber hier in Ostfriesland existiert eine ernst zu nehmende Rauschgiftszene«, empörte sich Häßling. Er wippte mit seinen Beinen, die in weißen Jeans steckten.

»Wir machen eine Zeitschrift für Leser, die hier zu Hause sind, und für die Leser, die Ostfriesland lieben und bei uns ihren Urlaub verbringen. Häßling, bedenken Sie, daß fünfzig Prozent unserer Auflage nach Nordrhein-Westfalen und in den Stuttgarter Raum per Post geht, im Abo vorausbezahlt«, belehrte der Chefredakteur seinen Reporter und trank den Tee aus der Tasse, die das ostfriesische Rosenmuster trug.

Holger Häßling schwieg. Er blickte auf seine Cowboystiefel. Häßling war eitel. Das wußte der Chefredakteur. Dafür sprachen auch seine nachblondierten Locken und das bunte Halstuch, das er locker unter dem Oberhemdkragen trug.

Auch Häßling nippte am Tee, den er gar nicht sonderlich schätzte. Häßling schüttelte den Kopf und blickte den Chefredakteur an.

»Das sehe ich anders. Unsere Abo-Leser ergötzen sich an den hervorragenden Farbfotos des Kollegen Manhorst. Surfer auf dem Großen Meer, alte Kirchen in der Krummhörn, Fischkutter vor der Abendsonne ... Um ihnen diese Idylle zu erhalten, werden Anstrengungen notwendig sein. Dazu zähle ich auch die Eindämmung des Handels und Konsums des Rauschgifts. Hier will ich ansetzen.« Häßling straffte seinen Rücken, um seinen Worten Nachdruck zu verleihen.

Der Chefredakteur griff zur Zigarette. Er wußte, daß sein Mitarbeiter lieber mit ihm in einem Nichtraucherzimmer gesessen hätte. Er steckte die Zigarette an, blies den Rauch von sich und blickte durch das Fenster des Redaktionsgebäudes auf das Grünland, das sich bis zum Nordwald hinzog. Über die B 70 rasten die Fahrzeuge, die winzig wirkten. Dann wandte er sich dem Reporter zu.

»Häßling, wir haben eine Menge Leserbriefe erhalten, deren Verfasser Ihre Art beklagen, wie Sie mit den Menschen hier in Ostfriesland umzugehen pflegen.«

Häßling trank einen Schluck Tee. Er verzog sein Gesicht, als hätte er eine bittere Medizin eingenommen. Er setzte die Tasse ab und schaute angewidert auf die Rauchfäden, die sich vor dem Fenster auflösten.

»Verzeihen Sie meinen Einwand. Ihre Bemühungen, nur die Schokoladenseite Ostfrieslands zu verkaufen, wirken seit langem langweilig. Wir müssen unsere Leser mobilisieren, beizutragen, Ostfriesland so zu erhalten, wie sie sich ihr Urlaubsparadies wünschen. Für uns zählt unter dem Strich nur die Auflage. Leserbriefe werden nicht nur schnell verfaßt, sondern auch von den Lesern nur oberflächlich gelesen, wenn überhaupt.«

Der Chefredakteur drückte seine Zigarette aus. »Häßling, ich genehmige Ihnen das Thema. Ich erwarte, daß Ihr Beitrag die Freiverkäufe um ein weiteres ansteigen läßt, ohne daß uns Abokündigungen ins Haus flattern.«

Häßling verließ zufrieden das Zimmer des Chefredakteurs.

»Der Componga liegt bereits mehr als zwei Wochen unter der Erde, und seine Familie wird ihn vergessen haben«, sagte Tjarden.

Wübbena nickte und bog von der Störtebeker-Straße in die Hein-Janssen-Straße ein. Vor dem Block spielten Kinder in luftiger Kleidung. Sie sahen niedlich aus mit ihren braunen Gesichtern und schwarzen Haaren.

Wübbena parkte den Wagen am Straßenrand. Den häßlichen Container hatte die Baufirma abgeholt, ohne mit den angekündigten Renovierungsarbeiten begonnen zu haben. Er hatte auf dem Rasen einen gelb-grün-sprossigen Fleck hinterlassen. Die Fenster des Hauses waren geöffnet.

Die Beamten verließen den Wagen. Die Haustür stand offen. Niemand der Hausbewohner begegnetet ihnen. Im Haus lag der muffige Geruch, den Wübbena kannte.

Sie stiegen die Treppe hoch, schritten durch den Flur zur Wohnung der Familie Componga.

Wübbena drückte den Klingelknopf. Ein hübsches Mädchen öffnete ihnen die Tür. Es war schlank, hatte dunkle Augen und schaute sie mißtrauisch an, dabei warf es das lange schwarze Haar mit einer schnellen Bewegung auf den Rücken. Ein T-Shirt bedeckte die festen jungen Brüste.

»Sie wünschen?« fragte das Mädchen.

»Ich nehme an, Sie sind Helga, die Tochter?« fragte Wübbena.

Das Mädchen nickte.

»Mein Name ist Wübbena. Das ist mein Kollege Tjarden. Wir kommen von der Kripo.«

»Oh«, sagte Helga. Ihr Gesicht verfinsterte sich.

»Wir möchten mit Ihrer Mutter sprechen«, sagte Tjarden.

Helga bat sie einzutreten. Sie folgten dem Mädchen durch den kleinen Korridor in das Wohnzimmer.

Es wirkte aufgeräumt bis auf die Spielsachen, die auf dem abgetretenen Teppichboden lagen. Auf dem Tisch lag ein sauberes Tischtuch. Der Aschenbecher war geleert.

»Meine Mutter schläft. Bonno spielt mit den Kindern vor dem Haus«, sagte Helga.

Sie wies auf die abgesessenen Sitzmöbel. »Nehmen Sie bitte Platz.«

Wübbena setzte sich auf einen Stuhl.

»Sie waren zur Zeit des Unfalls nicht zu Hause?« fragte er.

»Nein, es war bereits sehr spät, als ich nach Hause kam. Da war mein Vater schon tot«, antwortete sie mit belegter Stimme.

»Ihr Vater hatte auf Sie gewartet«, sagte Tjarden.

»Ich weiß es von Mutter. Ich war bereits einige Wochen vorher ausgezogen«, sagte Helga.

»Und warum haben Sie Ihre Eltern verlassen?« fragte Tjarden.

»Sie waren oft zerstritten. Mein Vater strafte mich, wenn kein Corvit im Hause war. Er demütigte meine Mutter. Reicht Ihnen das?« fragte Helga verärgert.

»Und Sie mußten sich noch zusätzlich um Ihren kleinen Bruder kümmern?« fragte Wübbena.

Helga nickte mit zusammengepreßten Lippen.

»Und Ihre Schulpflicht?« fragte Wübbena.

»Ich habe die Schule häufig geschwänzt. Mutter unterschrieb mir jede Entschuldigung. Mein Vater interessierte sich nicht für die Schule.«

»Und wo haben Sie in der Zwischenzeit gewohnt?« fragte Tjarden.

Helga ging zu dem Stuhl, auf dem ihre Mutter immer gesessen hatte, wenn sie abends nach Hause gekommen war.

»Bei Freunden. Sie haben wie ich Probleme«, sagte sie.

»In einer Wohngemeinschaft?« fragte Wübbena.

Helga stutzte. Sie zog die Augenbrauen kraus.

»Nein, bei guten Bekannten. Sie besitzen ein großes Haus. Sie hatten Platz für mich«, sagte sie.

»Sie haben einen älteren Bruder?« fragte Tjarden.

»Tammo, er hat uns schon vor Jahren verlassen. Er verstand sich nicht mit Vater«, sagte Helga.

»Und was macht er, beziehungsweise wo lebt er?« fragte Tjarden.

»Tammo lebt in Stuttgart und arbeitet bei Mercedes«, antwortete Helga stolz.

»Und kümmert sich Ihr Bruder um die Familie?« fragte Wübbena.

»Tammo spielt beim VfB Stuttgart. Er will Profi werden. Er hat versprochen, uns beizustehen«, sagte Helga.

»War Tammo zufällig zu Hause, als Ihr Vater verunglückte?« fragte Tjarden.

»Nein, Mutter hat ihn angerufen. Er ist die Nacht durchgefahren und war am Morgen hier«, antwortete Helga.

»Und er ist dann wieder zurückgefahren zur Arbeitsstelle und zum Verein?« fragte Wübbena.

»Direkt nach der Beerdigung«, sagte Helga.

»Fräulein Componga, Sie sind noch schulpflichtig. Ihr Klassenlehrer hat uns mitgeteilt, daß Sie die Schule nur sehr unregelmäßig besucht haben. Der Schulleiter hat ein Bußgeldverfahren gegen Ihre Eltern eingeleitet«, sagte Wübbena.

Helga blickte die Beamten mißtrauisch an.

»Sie meinen Claussen?« fragte sie verwirrt.

»Ja, er ist doch Ihr Klassenlehrer«, sagte Wübbena.

»Herr Claussen ist in Ordnung. Mein Gott, lassen Sie ihn aus dem Spiel. Was denken Sie, was hier los war. Der Alte, wenn er dun war …«, antwortete sie und fuhr fort. »Ich bin hier raus! Bei Nacht und Nebel!« Sie weinte.

»Und wohin?« fragte Tjarden.

»Zu Claussen! Ich wollte mich unter den Zug werfen! Ich hatte es satt!« schluchzte sie.

»Und er hat Ihnen geholfen und Sie umgestimmt?« fragte Wübbena.

»Ja, er hat mich aufgenommen und mit mir geredet«, sagte sie.

»Und sind Sie lange bei ihm geblieben?« fragte Tjarden.

»Nur über Nacht. So gegen Mittag hat mich mein Freund abgeholt, da war Claussen in der Schule«, sagte Helga und schluchzte.

Die Schlafzimmertür wurde heftig aufgestoßen. Frau Componga betrat das Zimmer. Ihr angegrautes Haar war ungepflegt. Ihr pummeliger Körper steckte in einem buntfleckigen Jogginganzug. Ihr vom Suff und Schlaf verquollenes Gesicht wirkte abstoßender denn je.

»Was berechtigt Sie, hier in meiner Wohnung meine Tochter zu quälen?« fragte sie aufgebracht und watschelte zum Tisch.

Wübbena und Tjarden erhoben sich.

»Von Quälen kann keine Rede sein, Frau Componga. Wir sind dienstlich hier. Wir wollen uns davon überzeugen, daß niemand Ihren Mann aus dem Fenster gestürzt hat«, sagte Wübbena.

Frau Componga suchte Halt an dem Tisch. Sie stierte die Beamten böse an.

»Sie wagen es, hier in meiner Wohnung solche Anschuldigungen auszusprechen? Behrend war ein Schwein! Wir alle waren ihm hörig! Und jetzt, wo er tot ist, vermissen wir ihn!« schluchzte sie und begann zu weinen.

»Mutter«, sagte Helga mitfühlend, griff nach ihrem Arm und half ihr zum Stuhl.

Frau Componga setzte sich auf den Stuhl, auf dem ihr Mann immer gesessen hatte, und stellte ihre Füße auf die kleine Fußmatte.

»Wir wollen von Ihnen wissen, ob sich Ihr Sohn Tammo oder Lehrer Claussen oder sonst jemand hier in der Wohnung aufgehalten hat, als Ihr Mann aus dem Fenster fiel«, sagte Tjarden.

Die Alte wischte sich mit dem Arm die Tränen aus dem Gesicht und kicherte ironisch.

»Das halte ich im Kopf nicht aus. Hol die Flasche, Helga. Die Herren mögen vielleicht auch einen Lütten.«

Helga ging zum Kühlschrank, entnahm ihm die gekühlte Corvitflasche und stellte sie auf den Tisch.

»Mutter, laß das lieber …«, sagte Helga.

»Die Gläser!« befahl die Alte ungerührt. »Hören Sie, da war niemand. Behrend hatte getrunken. Er wartete auf Helga.« Sie nahm von Helga die Gläschen an und füllte sie.

»Trinken Sie mit mir auf das Wohl meines verstorbenen Mannes, damit seine arme Seele nicht in der Hölle schmachten muß«, sagte sie und grinste.

»Wir schließen uns Ihren Wünschen an, ohne mit Ihnen anstoßen zu können«, sagte Wübbena. »Das verbieten unsere Dienstvorschriften.«

Die Alte kippte den Schnaps gierig in sich, griff zum zweiten Gläschen und trank es blitzschnell leer.

»Frau Componga, Ihre Tochter hatte Sie und Ihren Mann schon seit einiger Zeit verlassen. Warum wartete Ihr Mann auf Helga?« fragte Tjarden.

Helga mischte sich ein. »Mein Vater wartete immer auf mich«, sagte sie.

»Behrend hatte Helga unrecht getan und die Dirn unterschätzt«, sagte die Alte und genehmigte sich den dritten Korn.

»Frau Componga, Ihr Mann betrat das Kinderzimmer, um nach Helga Ausschau zu halten. Er öffnete das Fenster und stürzte auf den Container.«

Die Alte starrte Wübbena an. »Ja, so war es«, sagte sie. »Das habe ich Ihnen schon mal berichtet. Ich hörte seinen Schrei. Ich rief später nach dem Unfall meinen Sohn an und bat ihn, nach Hause zu kommen. Er ist in der Nacht durchgefahren, von Stuttgart, und war am Morgen hier.«

»Und der Lehrer Ihrer Tochter?« fragte Wübbena.

Die Alte blickte den Beamten fragend an. »Welcher Lehrer?«

»Nun, Lehrer Claussen, Helgas Klassenlehrer«, sagte Tjarden.

»Hier war kein Lehrer«, sagte Frau Componga entschieden.

»Frau Componga, geben Sie uns bitte die Telefonnummer Ihres Sohnes«, forderte Tjarden die Alte auf.

»Helga, schreib Tammos Nummer auf einen Zettel«, befahl die Alte. Sie steckte sich eine Zigarette an. Ihre Hände zitterten leicht.

Helga reichte den Beamten den Zettel hin.

»Darf ich erfahren, was Sie von meinem Sohn wollen?« fragte Frau Componga.

»Wir werden ihn fragen, wann er in Stuttgart abgefahren ist und ob er einen Lehrer gesehen hat, als er die Wohnung betreten hat«, sagte Tjarden,

Die Alte lachte leise und sagte mit versoffener, rauchiger Stimme: »Sie spinnen! Ihre blöden Fragen gehen mir auf den Geist.«

»Frau Componga, Fräulein Componga, das war es. Auf Wiedersehen«, sagte Wübbena.

Sie verließen die Wohnung.

Durch das gekippte Oberlicht drang hin und wieder der Verkehrslärm der Norddeicher Straße.

Die Beamten saßen im Dienstzimmer und bemühten sich um das Fazit ihrer Recherchen.

»Die Kleine ist hübsch, Wilko. Sie wirkte etwas blaß. Ihre Story kaufe ich ihr ab. Nur frage ich mich, warum Claussen uns verschwiegen hat, daß Helga bei ihm genächtigt hat«, sagte Wübbena.

»Vielleicht hat er Angst, in etwas hineingezogen zu werden«, sagte Tjarden.

»Richtig«, sagte Wübbena.

»Der Maurer war ein Schwein. Ich mache mir da so meine Gedanken. Die alte Componga hat eine Schau abgezogen und spielt die Rolle der leidenden Witwe.«

»Das erwähnte Telefongespräch mit ihrem Sohn Tammo zweifle ich auch an«, sagte Wübbena. »Im Block gibt es kein Telefon. Es war bereits spät, als ich sie mit Wachtmeisterin de Boer nach dem Unfall in ihrer Wohnung aufgesucht habe.«

Er schaute nachdenklich auf und fuhr fort: »Aber ich kann nicht ausschließen, daß sie in der Tatnacht von irgendwo aus ihren Sohn angerufen hat.«

»Sie will etwas vertuschen«, antwortete Tjarden.

»Sie war aber zu Hause, als Helga danach spät, wie sie sagte, die Wohnung betreten hat.«

»Chef, Sie sind mißtrauisch und vermuten, daß Tammo Componga sich bereits in Ostfriesland aufhielt, als der Maurer aus dem Fenster stürzte?«

»Das ist durchaus denkbar. Vielleicht lohnt es sich, wenn wir uns im Gaststätten- und Beherbergungsgewerbe umsehen.«

»Sie wollen damit andeuten, daß er nachgeholfen haben kann?«

»Eine voreilige Schlußfolgerung«, antwortete Wübbena. »Angenommen, die Compongas täuschen einen Unglücksfall vor, der sich bei näherem Hinsehen ganz anders darstellt. Dann könnte selbst Lehrer Claussen in den Verdacht geraten, seine Finger im Spiel gehabt zu haben. Helga hatte bei ihm übernachtet und sich ausgeheult. Claussen ist ein Vollblutpädagoge. Angenommen, er hätte die Absicht gehabt, mit dem Alten ein Gespräch unter vier Augen zu führen, und war mit Componga in einen Streit geraten. Der besoffene Componga reagierte aggressiv, und Claussen half nach. Eine Version, die man noch variieren kann.«

»Dafür spricht auch sein abgestelltes Fahrrad«, bemerkte Tjarden.

Wübbena erhob sich und stellte die Heizung ab.

»Die Albaner sahen einen Mann, der das Haus verließ. Mehr wissen wir nicht«, sagte er.

»Befragen wir Claussen. Von Tammo Componga benötigen wir ein klares Alibi«, meinte Tjarden.

»Wende dich an die Kollegen in Stuttgart. Sie sollen seinen Urlaubstermin bei Mercedes überprüfen.«

»Das werde ich in die Wege leiten«, sagte Tjarden. »Wir werden ihn gegebenenfalls zu einem Gespräch herholen.«

»Für heute reicht es. Wie wäre es mit einem Bier?« fragte Wübbena.

»In der Backstube?«

Er schritt an das Fenster und blickte auf das gegenüberliegende Lokal. Durch die Bäume schimmerte die Lichtreklame. Der emsige Wirt hatte bereits vor dem Lokal Plastikstühle und Tische für frühe Urlauber aufgestellt.

»Gehen wir«, sagte Wübbena.

9

Helga war enttäuscht. Die Mutter saß weiterhin ungepflegt auf dem Stuhl vor dem Tisch, kommandierte sie herum und spielte die Rolle der leidenden Witwe. Jetzt wo der Vater nicht mehr lebte, schien sie ihn wirklich zu vermissen. Sie rief nach ihm und sprach mit ihm, wenn sie die Flasche mit dem Küstenkorn vor sich stehen hatte und zwischen ihren dicken Fingern die Zigarette hielt.

Um Bonno kümmerte sie sich kaum.

Sie schimpfte auf Tammo, den sie großgezogen hatte und der sie undankbar ihrem schweren Schicksal überließ. Sie nannte Helga, die putzte, wusch und kochte und den kleinen Bruder versorgte, herzlos, weil Helga sie aufforderte, endlich einmal mit anzufassen, statt nur zu jammern.

Helga fühlte sich müde, erschöpft und überfordert. Sie nahm sich vor, einen Antrag an die Gemeinde zu richten, um für Bonno einen Platz im Kindergarten zu bekommen. Finanzielle Sorgen hatten sie nicht zu befürchten. Die avisierte Rente überstieg ihr bisheriges Einkommen. Zusätzlich hatte der Maurer Componga über die Gewerkschaft »Bau-Steine-Erden« in jungen Jahren eine kleine Lebensversicherung abgeschlossen, die zur Auszahlung anstand. Tammo hatte sich nicht wieder gemeldet, schickte ihr aber Geld per Dauerauftrag.

Helga sah ihren Freund Onno in fast regelmäßigen Abständen. Wenn ihre Mutter sich abends mit Korn und Zigaretten an den Tisch setzte und den Fernseher einschaltete, dann stieg sie unbekümmert zu Onno ins Auto, um mit ihm in die einsame Deichlandschaft der Krummhörn zu fahren oder Max und Nina aufzusuchen. Sie liebten sich bei gutem Wetter im Freien und genossen gemeinsam Rauschgift, um ihren Ärger zu vergessen.

Häßling parkte seinen Passat auf dem Parkplatz der VHS. Er bemerkte eine Gruppe junger Leute, die laut grölten und Bierdosen in den Händen hielten. Häßling, der seine Kindheit züchtig in einer Pastorenfamilie verlebt hatte, war erst nach vielen akademischen Irrwegen Journalist geworden. Ihm stieg die Galle hoch.

Seine Blicke suchten und fanden den verantwortungslosen Pädagogen, der, bärtig und lässig in Jeans mit einem verwaschenen T-Shirt bekleidet, diese Undiszipliniertheit duldete.

Häßling mochte die Lehrer nicht. Er gönnte ihnen die Ferien, doch er verabscheute ihr risikoloses und nicht zu kontrollierendes Schaffen. Er mußte, um zu bestehen, sich heißen Themen zuwenden und war dem ständigen Druck der politischen Kräfte ausgesetzt. Und meist waren es die Lehrer, die mit forschen Leserbriefen die Ergebnisse der exakt recherchierten Berichte in Frage stellten.

Er dachte an den Realschullehrer, der einen bitterbösen Brief an die Redaktion geschickt hatte, weil er die kleine Componga in einem Asozialen-Wohnheim abgelichtet hatte, die wegen seiner Rücksichtslosigkeit, so behauptete Lehrer Claussen, seelischen Schaden davongetragen hätte.

Es sah nach einem Gewitter aus. Ein kühler Wind kam auf. Häßling fürchtete sich vor einer Erkältung und schritt eilig an der VHS vorbei, überquerte die Heringstraße und passierte die Ludgeri-Kirche, gelangte zum historischen Weinhaus, in dem nach mehreren Renovierungen jetzt die Kripo untergebracht war. Häßling kannte sich aus. Er stieg die Treppe hoch und betrat das Dienstzimmer des Kommissars. Wübbena schaute den Reporter überrascht an.

»Herr Häßling in Sachen Presse?« fragte er.

»Sie werden in Kürze den Abschlußbericht im Falle Componga von uns erhalten«, sagte Tjarden.

»War das ein Fall?« fragte Häßling und verzog geringschätzig sein Gesicht.

»Bei uns schon. Was führt Sie zu uns?« fragte Wübbena. Er mochte den Reporter nicht.

»Ich besitze Informationen«, sagte Häßling, griff in die

Tasche seiner Sommerjacke und entnahm ihr einen Packen Fotos. »Hier, meine Herren«, sagte er und legte die Bilder auf den Schreibtisch des Kommissars.

»Einen Tee?« fragte Tjarden.

»Nein, danke«, sagte Häßling,

Wübbena studierte die Bilder. »Eine Menge kleiner Dealer, die der Amtsrichter hinterher wieder laufenlassen muß«, sagte er.

»Da bin ich mir nicht so sicher«, sagte Häßling.

»Es fehlt an Therapieplätzen. Unsere oft gefährliche Drecksarbeit wird dabei vergessen. Deshalb, Herr Häßling, wäre es besser, wenn Sie sich nicht so auffällig in unsere Ermittlungsarbeit einschalten würden. Ihre vorlaute Pressearbeit ist für uns nur hinderlich«, sagte Wübbena, dabei schaute er den kleinen, blassen Journalisten ernst an.

»Sie haben recht«, sagte Häßling und grinste ironisch. »Beamten muß man anders kommen. Sie haben Festgehälter. Ich lebe von meinen journalistischen Beiträgen.«

»Herr Häßling, Sie schreiben! Tun Sie das. Aber mischen Sie sich nicht in unsere Ermittlungsarbeiten ein. Ihre Beiträge in der Ostfriesen-Post haben bereits für genügend Wirbel gesorgt«, sagte Wübbena ernst.

»Vielleicht genehmigt mir mein Chefredakteur einen Beitrag über Ihre schlampige Ermittlungsarbeit«, antwortete Häßling empört. »Rund um Ludgeri wird gedealt. In den Discos gibt es Stoff zu Sonderpreisen.«

»Ich bitte Sie um Fairneß, Herr Häßling«, antwortete Wübbena, und er bemühte sich, seinen Ärger nicht zu zeigen. »Andererseits warne ich Sie, sich weiterhin so keß in Ihrem Blatt zu äußern. Mir liegt auch an Ihrem Leben.«

Häßling fühlte sich gemaßregelt und gekränkt. Wübbena erhob sich und schaute auf den kleinen Häßling hinab.

»Uns trennen Welten, Herr Kommissar«, sagte Häßling.

»Uns liegt wenig daran, die kleinen Dealer zu überführen. Sie besorgen sich den Stoff in kleinen Mengen aus Holland über die grüne Grenze.« Häßling sammelte die Bilder ein.

»Die dicken Brocken kommen von Bremen. Amsterdam ist out!« sagte Häßling und grinste hochnäsig.

»Verstehen Sie mich nicht falsch. Uns geht es nicht um Taschengelddealer«, sagte Wübbena einlenkend.

»Vielleicht habe ich während der nächsten Tage einen Tip für Sie«, sagte Häßling.

»Das wäre ein Anfang für eine fruchtbare Zusammenarbeit«, sagte Wübbena und lächelte versöhnlich.

Der Reporter nickte und verließ das Dienstzimmer.

Nach dem Mittagessen spielte Bonno vor dem Haus mit den Kindern. Die Sonne schien, und ein frischer Wind strich von der See her über die Weiden.

Helga stand vor einem Berg von Wäsche. Dreimal füllte sie den großen Kessel, wusch die Teile im kleinen Waschbecken mit der Hand nach, brachte sie nach unten und hängte sie zum Trocknen auf die Spinne. Mehrmals war sie an den Briefkästen vorbeigegangen, ohne auf die Blechtürchen zu schauen. Erst als sie zur Kontrolle die spielenden Kinder aufsuchte, bemerkte sie eine Zeitschrift, die aus ihrem Fach hervorlugte. Sie griff nach dem Magazin und nahm es mit nach oben. Es war bereits abgegriffen. Sie sah die Flecken auf dem Deckblatt. Sie legte es auf den Tisch, vor dem ihre Mutter saß und Fernsehen sah.

»Das hier lag im Briefkasten, sicher vom Nachbarn«, sagte sie nur und ging zum Herd, stellte den Kessel ab und trug ihn in den Waschraum.

»Morgen versuchst du, Vaters Klamotten im Second-Hand-Shop loszuwerden. Und wenn es nur Pfennige sind. Wir haben sie nötig«, sagte die Mutter.

Helga wollte protestieren.

Die Mutter hatte recht. Doch warum immer ich? fragte sie sich. Sie atmete tief durch und bemühte sich um den Rest der Wäsche.

Bei dem sonnigen, windigen Wetter trocknete sie schnell. Vielleicht konnte sie noch einen Teil wegbügeln.

»Das ist ja allerhand! Schau dir das an!« rief die Mutter.

Helga verließ das Waschbecken und trat an den Tisch. Die Mutter saß vor dem ausgebreiteten Magazin.

»Hier, lies! Und die Fotos!« sagte die Mutter.

Helga erstarrte. Sie erkannte sich auf dem Foto. Sie saß neben der weinenden Mutter an der Seite von Tammo in der Kirche.

Das zweite Foto zeigte den kleinen Bruder. Er saß auf Tammos Schoß und hielt seine Hände vor sein Gesicht. Zusätzlich war der Sarg mit den wenigen Blumen abgebildet. Helga hielt sich an der Tischkante fest.

»Das war der Reporter, der Vater fünfzig Mark gab, als er uns beistehen wollte«, sagte die Mutter.

Helga las die Schlagzeilen: »Mitten unter uns! Frührentner (52) stürzte sich aus dem Fenster der Notunterkunft. Armut macht krank! Kinder ohne Hoffnung!«

Vor ihren Augen tanzten die Buchstaben. »Mutter, das stimmt nicht! Vater ist verunglückt!« sagte Helga.

Sie ging heulend ins Bad und bereitete den Rest der Kochwäsche für das Trocknen vor. Sie hörte, wie die Mutter den Verfasser des Berichtes beschimpfte, ihn eine Wildsau nannte.

Einige Asylanten palaverten vor dem Haus, als Helga zu Onno in den Wagen stieg. Onno lächelte gequält.

»Moin«, sagte Helga.

»Hallo«, erwiderte Onno knapp.

Helga schwieg. Hatte ihr Vater Selbstmord begangen, wie das dieser häßliche Schreiberling den Lesern der Ostfriesen-Post verkündet hatte? Wohl kaum. Ihr Vater war, wie so oft, betrunken gewesen. Hatte er vor ihrem leeren Bett auf sie gewartet?

Onno durfte das nie erfahren. Sie dachte an ihren Lieblingslehrer. Sollte sie ihn anrufen? Sie verscheuchte diesen Gedanken. Onno war schlecht drauf, das fühlte sie.

»Scheiße ist das«, stöhnte sie auf, um sich Luft zu machen.

»Helga, es ist zum Kotzen. Heute benötige ich mehr als

nur einen flattrigen Joint«, sagte Onno verbissen und lenkte den Wagen der Schaffarm entgegen.

Helga fand keinen Gefallen an der weiten Landschaft, die am Deich endete und einen ersten zarten grünen Flaum trug. Sie blickte ohne Interesse hinter einem Fischreiher her, der sich erhob, um die hastig verschlungene Beute seiner Brut zu bringen. Ein Sperber tauchte mit eiligen Flügelschlägen in die Dämmerung ein.

Selbst die Stelle des Grabens, an dessen Böschung sie sich umgeben von brüchigen, hochgeschossenen Lampenputzern geliebt hatten, übersah sie. Sie stierte durch das Autofenster auf die mit Zementsteinen gepflasterte Fahrbahn und fühlte sich erleichtert, als Onno den Wagen vor dem ehemaligen Bauernhaus parkte. Auf der Weide blökten die gestörten Schafe.

Max erschien mit Pax vor der Haustür. Er ging mit ihnen ins Haus. Nina empfing sie im vertrauten Wohnzimmer in ihrer lässigen Schlabberkleidung.

»Setzt euch«, sagte sie und lächelte gequält.

Onno und Helga setzten sich wie gewohnt in die Sessel, während Nina für klassische Hintergrundmusik und schummriges Kerzenlicht sorgte.

»Du siehst blaß aus, Helga«, sagte Max.

»Sie hat die Schnauze voll, das ist es«, sagte Onno.

»Bist du nun glücklich, weil dein Alter unter der Erde liegt?« fragte Nina.

»Ich haßte ihn«, schluchzte Helga.

»Wir wollen das alles ganz schnell vergessen«, sagte Max.

»Mein Alter war vielleicht sauer«, sagte Nina. »Ich war nicht zur Silberhochzeit. Er sperrt mir den Geldhahn ab.«

»Fang nun nicht auch noch an zu heulen. Das Gequatsche stinkt mir«, sagte Onno. »Max, raus mit dem Stoff.«

Max näherte sich der Zimmerecke, hob die Holzbohlen hoch und entnahm dem Versteck die Plastikbeutel und das in Stanniol verpackte Heroin.

Helga weinte vor sich hin. Sie sah zu, wie Max und Onno die Lösung vorbereiteten und die Löffel über die

Flamme der Kerze hielten. Helga unterlag dem Wunsch, sich wegzuträumen von all dem, was sie bedrückte. Sie ließ sich widerstandslos von Onno den Arm abbinden, fühlte den Einstich der Nadel und tauchte ein in ein Farbenmeer.

Losgelöst von ihrem Körper, entschwebte sie der Schaffarm, flog wie ein Vogel über das Asozialenheim in einen sich öffnenden weiten blauen Himmel zu den blinkenden Sternen. Vergessen war die Sorge um Onno, der seine Stelle bei VW verloren hatte, den sie liebte, der ihr keine Zukunft bieten konnte. Vergessen war, daß sie nur eine Dienstmagd im mütterlichen Haushalt war und ihrem kleinen Bruder eine düstere Zukunft bevorstand. Vergessen war, daß sie den Realschulabschluß verpatzt hatte und als eine Asoziale abgestempelt war.

Während Wübbena frühstückte, warf seine Frau einen Blick in das Kinderzimmer.

»Mareike schläft. Ihr Atem geht gleichmäßig«, sagte sie, als sie die Küche betrat.

»Gott sei Dank«, antwortete Wübbena beruhigt. Er nahm seine Tasche, verließ das Haus, stieg in seinen Wagen und fuhr zum Dienst.

Am Abend hatten sie sich um Mareike Sorgen gemacht. Sie hatte unter Brechdurchfall gelitten und hohes Fieber gehabt.

Seine Frau Zandra hatte mit der Schwiegermutter telefoniert, danach den Hausarzt angerufen, der dann auch noch zu einer späten Visite erschienen war.

Wübbena erreichte das Revier. Er betrat sein Dienstzimmer, stellte die Tasche ab und setzte sich an den Schreibtisch. Er studierte die Berichte, die in ihrer Hauspost lagen. Er blickte in den Terminkalender und bereitete sich auf die Aufgaben vor, die anstanden. Wenige Minuten später erschien sein Assistent Tjarden.

»Moin«, sagte Tjarden und setzte sich an seinen Schreibtisch. »Das war ein herrlicher Abend. Mimke und ich sind mit den Fahrrädern über den Verschönerungsweg, durch den Nordwald zum Lütetsburger Forst, dann am Berumer Schloß vorbei nach Hage gefahren. Wir haben beim Italiener Eis gegessen und sind danach durch den Berumer Wald zurückgeradelt. Das waren einundzwanzig Kilometer.«

»Ich habe die Nacht am Bett meiner Tochter gesessen«, sagte Wübbena. »Sie hatte neununddreißig Grad Fieber. Ihr geht es besser. Doch nun dienstlich. Auch unsere Kunden haben den schönen Frühlingsabend reichlich genutzt. In Norddeich haben sie einige Wagen von Feriengästen aufgebrochen, und in Großheide hat eine kleine Gruppe von rechtsgerichteten Skinheads Fäkalien gegen die Fenster der Asylantenunterkunft geschleudert.«

»Ich weiß nicht, was in den Köpfen der jungen Menschen vorgeht«, antwortete Tjarden.

Ein Beamter brachte den Posteingang.

»Danke«, sagte Wübbena. »Kripo Stuttgart.«

Er öffnete das Kuvert, entnahm ihm ein Schreiben und las es durch.

»Das Revier römisch zwei Stuttgart berichtet, daß Tammo Componga auf Fürsprache seines Meisters mit der Begründung, er müsse sich um seine Familie kümmern, einen Sonderurlaub genehmigt bekommen hat. Am Abend nach seiner Frühschicht, sie endete um vierzehn Uhr, stürzte sein Vater aus dem Fenster.« Wübbena reichte Tjarden das Schreiben und fuhr fort: »Wegen des Todes seines Vaters bekam er dann zusätzlichen Sonderurlaub.«

»Tammo fährt wahrscheinlich einen schnellen Wagen«, sagte Tjarden. »Er könnte gegen einundzwanzig Uhr zu Hause angekommen sein. Es ist deshalb nicht auszuschließen, daß Tammo am besagten Abend mit seinem Vater in einen Streit geriet. Es hatte sich genügend Zündstoff angesammelt. Seine Schwester hatte fluchtartig das Haus verlassen, und die Mutter war am Ende. Vielleicht hatte sie Tammo um Hilfe gebeten.«

Wübbena nickte. »Auch ich gehe davon aus, daß Tammo vor dem Todessturz die Wohnung seiner Eltern aufgesucht hat. Er könnte der Mann gewesen sein, den die Albaner gesehen haben.«

»Mord?« fragte Tjarden.

»Von Mord wollen wir noch nicht reden. Lehrer Claussen hat sich ebenfalls verdächtig verhalten. Hat er sich als Pädagoge eingemischt und mit dem Vater seiner Schülerin ein ernstes Wort reden wollen? Vielleicht waren sowohl er als auch Tammo zur Tatzeit im Block.«

»Ich gehe mal davon aus, daß Tammo ohne Mordabsichten nach Hause kam. Er wollte seiner Mutter und Helga beistehen. Es wird ein Gerangel gegeben haben. Dabei hat der ehrgeizige Fußballer Rot gesehen.«

»Eine denkbare Version. Und Claussen wurde zum Zeugen?« fragte Wübbena.

»Oder umgekehrt. Der aggressive Maurer hielt nichts von den pädagogischen Bedenken des Lehrers. Er bedrohte den wortgewandten Claussen und griff ihn tätlich an. Der Pädagoge handelte in Notwehr.«

»Ich rufe den Staatsanwalt an. Ich schlage ihm vor, Tammo Componga zum Verhör einzuladen«, sagte Wübbena.

Er langte nach dem Telefonhörer und wählte die Nummer der Staatsanwaltschaft.

Als er auflegte, blickte er Tjarden ernst an. »Wilko, angenommen, Tammo Componga hätte gegen einundzwanzig Uhr Marienhafe erreicht, dann muß er irgendwo übernachtet haben, denn Helga gab an, daß sie ihren Bruder erst am Morgen in der Wohnung angetroffen hat.«

»Das ist keine neue Erkenntnis, Chef. Das habe ich bereits überprüft. Wenn er in einem Hotel oder einer Pension abgestiegen ist, dann nicht unter seinem Namen.«

»Wilko, die Ochsentour! Sein Wagen trägt vermutlich ein Stuttgarter Kennzeichen«, sagte Wübbena.

10

Häßling begann mehr und mehr in der Rauschgiftszene zu recherchieren. Sein Wagen, der ein Kasseler Kennzeichen trug, erweckte kein Mißtrauen, wenn er ihn während seiner Beobachtungsfahrten irgendwo in Disconähe abstellte. Seine Gesichtsblässe, seine knabenhafte Figur, seine nachblondierten Locken und sein angepaßtes Äußeres verhalfen ihm, bei Discobesuchen und Spielsalonaufenthalten innerhalb einer kurzen Zeit die Bekanntschaft mit Dealern und Süchtigen zu machen.

Er lernte die Orte, Plätze und Häuser kennen, in und an denen die Süchtigen ungeniert Rauschgift in allen bekannten Variationen konsumierten und handelten. Er wurde schnell vertraut mit den Rauchgeräten für Haschisch, den gefalteten Stanniolbriefchen, Koksmäppchen, Schnupfröhrchen, Spritzen, Löffeln zur Aufbereitung, Spritzlösungen, Räucherstäbchen und Aufbewahrungsbehältern.

Das kumpelhafte Du ging den Fixern, Haschern und Junkies leicht über die Lippen, wenn sie ihn um fünfzig Mark anpumpten. Häßling sammelte Erfahrungen, ohne selbst auch nur einen Joint zu nehmen. Er galt als der nette, stets hilfsbereite Typ in der Szene, der Kohle besaß.

Häßling fuhr über die erweiterte Straße zum Deich. Die leeren Lastwagen der Baufirma, die mit der Errichtung des neuen Siels beauftragt war, kamen ihm entgegen. Das in Angriff genommene Bauprojekt als Jahrhundertbauwerk in den Zeitungen hoch gepriesen, sicherte den Greetsieler Fischern einen tideunabhängigen Zugang zur Nordsee. Die Techniker hatten Feierabend und verließen mit ihren Autos das Wiesengelände, das die Baufirma mit ihren Bauwagen und Baucontainern belegt hatte.

Häßling stellte seinen Wagen auf dem Parkplatz zwischen den Containerbüros ab. Am Himmel hingen weiße Schäfchenwolken. Bei Windstärke eins lag die ostfriesische Küste unter einem schwülen, warmen Luftkeil. Die Kühe standen wiederkäuend auf den Weiden und glotzten vor sich hin. Mit ihren Schwänzen schlugen sie wie im Takt nach den Fliegen und schwärmenden Insekten.

Häßling betrat den Fußweg, der zur Deichkrone hochführte. Er schritt um den Schlagbaum, mit dem die Milchbauern die Zufahrt zu den Deichweiden abgesperrt hatten, dem historischen Leuchtturm entgegen, der über den Deich hinausragte und jetzt funktionslos als eine Sehenswürdigkeit galt.

Er blieb hin und wieder stehen und prüfte die Sichtverhältnisse für seine Kamera, die er mit sich führte. Häßling ging geduckt, er schaute sich mehrmals um, um sich zu vergewissern, daß es keine Zeugen gab. Die Vögel flogen tief, um Insekten zu erhaschen.

Er hörte das Kreischen der Möwen, die für ihn unsichtbar im lauen Wind das Watt bevölkerten.

Häßling hatte bereits mehrmals seinen Wagen im Bereich der Bauleitung geparkt und auf das Pärchen gewartet, das oft um diese Abendzeit bei gutem Wetter eng umschlungen und dennoch eilig dem Campener Leuchtturm entgegenschritt. Der Name des gutaussehenden jungen Mannes stand auf seiner Liste. Häßling, dem die Hitze zu schaffen machte, fühlte sich wie ein Jäger auf der Pirsch. Er schlich geduckt dem Leuchtturm entgegen. Er atmete die nach Schlick, Fisch und Krabben riechende würzige Seeluft ein.

Er atmete auf, als er die jungen Leute sah, die vor dem mit gelben und roten Ringen bemalten Leuchtturm im Gras saßen. Häßling suchte für seine Kamera den Blick von oben. Er kroch zur Deichkrone und stellte erleichtert fest, daß keine Touristen unterhalb des Deiches am Rande des Wattenmeers unterwegs waren. Er beobachtete das Pärchen, das vor dem Leuchtturm saß. Im Windschatten, auf einer Stufe der Eisentreppe, brannte eine Kerze. Daneben lagen ein Löffel und eine angebrochene Zigarettenschachtel.

Häßling schaute von seinem Versteck aus fasziniert zu, wie der gutaussehende junge Mann dem hübschen Mädchen, das ihr Haar lang trug, mit einem Lederriemen den

Arm abband und eine vorbereitete Spritze in ihren ausgestreckten Arm stieß. Häßling hob die Kamera und drückte mit teuflischer Freude den Auslöser. Ohne Mitgefühl beobachtete er den jungen Mann, als er sich selbst das Rauschgift spritzte. Häßling schoß seine Fotos.

Er kannte das Mädchen. Es war die kleine Componga aus dem Block. Er blickte über das Watt. Die Sonnenstrahlen spiegelten sich im langsam auflaufenden Wasser der Flut. Am Horizont verband sich der Himmel mit dem Meer. Nur die Möwen durchbrachen mit ihrem Kreischen die Stille. Er dachte an seine Karriere und schritt ohne Gewissensbisse seinem abgestellten Wagen entgegen.

Es war bereits eine Stunde vor Mitternacht. Frau Componga saß am Zimmertisch, stierte auf das abgeschaltete Fernsehgerät und trank Corvit mit Sprudel. Sie legte die Brille ab und bemerkte einen Schatten. Erschrocken blickte sie sich um.

»Behrend«, schrie sie auf. Sie glaubte, ihren verstorbenen Mann zu sehen. Er stand vor der Kinderzimmertür und blickte sie mit starren Augen an. Sie schlug die Hände vor ihr Gesicht und wagte kaum zu atmen. Plötzlich vernahm sie ein Knacken, das aus dem Kinderzimmer zu kommen schien. Sie fürchtete um ihren Verstand. Nach einer Weile nahm sie die Hände vom Gesicht und schaute auf. Behrend war nicht mehr da!

Sie erhob sich, spürte das Zittern in den Gliedern und schritt zur Tür des Kinderzimmers. Vorsichtig öffnete sie die Tür und drückte den Schalter. Bonno schlief friedlich in Helgas Bett. Für Sekunden blickte sie auf das Fenster, aus dem Behrend gestürzt war. Sie spürte eine Gänsehaut, die ihr über den Rücken lief und auch ihre Arme erfaßte. Sie ging zurück zu ihrem Stuhl, setzte sich und atmete tief durch.

»Behrend, du bist tot!« schrie sie. »Und tot ist tot!«

Sie schneuzte sich die Nase frei und trocknete mit den Kanten des Tempotuchs den Schweiß von ihrer Stirn.

»Ich sehe bereits Gespenster! Wo bleibt Helga nur? Warum kommt sie nicht nach Hause?«

Sie rang nach Luft. Tammo konnte sie nicht anrufen. Sie wartete seit geraumer Zeit auf einen Telefonanschluß. Die Post verhandelte noch mit dem Sozialamt wegen der Übernahme der Anschlußkosten.

Erneut plagten sie düstere Vorstellungen. Wenn Helga etwas zugestoßen ist! Sie erhob sich und watschelte durch das Zimmer.

Wer konnte ihr beistehen?

Früher, dachte sie, ja, früher, da waren wir noch wer.

Sie begann zu heulen. Der Fußboden knackte unter ihrem Gewicht. Sie verließ das Wohnzimmer, schritt durch den Korridor, öffnete die Wohnungstür und betrat den Flur. Sie rang nach Luft. Durch die Türen der Nachbarwohnungen drangen Geräusche in den Flur. Sie blieb stehen und horchte.

»Es ist alles zuviel für mich«, murmelte sie vor sich hin.

Sie eilte über den Flur und betrat das Klo, entblößte ihre untere Körperpartie und versah bei geöffneter Klotür, mit dem Blick auf den langen Flur, ihre Notdurft. Dabei dachte sie an den häßlichen Container vor dem Haus. Würde ich auch sofort tot sein wie Behrend? Sie schüttelte sich, obwohl sie wußte, daß die Gemeinde den Container hatte abholen lassen. Ihr Stuhl war dünn. Ihr Körper hatte auf ihre Ängste reagiert. Der Alkoholdunst, der ihrem geöffneten Mund entströmte, betäubte ihren Geruchssinn. Sie nahm das Zeitungspapier, das auf dem Zementboden lag, zerriß es in kleine Stücke, um ihren After damit zu reinigen, ohne zu ahnen, daß die Fetzen Puzzlestücke eines Fotos waren, das einen Sarg in der Friedhofskapelle darstellte, das der häßliche Reporter Häßling geschossen hatte.

Als sie ihre Wäsche ordnete, die abgetragene Trainingshose hochzog, schrie sie vor Freude auf. Sie sah durch den Türspalt der Klotür Helga, die vor der Wohnungstür einen jungen Mann innig küßte. Sie wartete glücklich und geduldig auf dem Klo. Das war der simple Grund für ihr Zuspätkommen! Helga war verliebt.

Die Alte schämte sich und verdrängte ihre Schuldgefühle. Sie hatte Behrend verdächtigt, daß er sich an ihr vergangen hatte, und war nicht eingeschritten, aus Angst vor Behrend. Sie verließ ohne Ängste das Klo, als der junge Mann sich von Helga trennte und eilig die Treppe nahm und dem Hausausgang entgegenschritt.

Gott sei Dank, sie war nicht mehr allein mit Bonno in der Wohnung.

Das Finanzamt Emden hatte die Ostfriesen-Post, eine bis dato für Hayenna seriöse Heimatillustrierte, die monatlich erschien, abonniert und pflegte mehrere Exemplare auf die Tische und Flure vor den Dienstzimmern auszulegen, um den Besuchern Kurzweil zu bieten. Die Hefte gelangten über den Posteingang zuerst zum Direktionszimmer, bevor sie in die Verteilung gingen.

Hayenna nahm sich an diesem Morgen bei der Durchsicht der Post nur der Fälle an, die allein in seine Kompetenz fielen. Die übrigen Schreiben und Anträge verteilte er an seine Stellvertreter. Ihn beschäftigten die Sorgen um seinen Sohn Onno. Er hatte sich zu Hause nicht mehr sehen lassen und seine Arbeit bereits verloren. Seine Angst fußte tiefer. Hajo Hayenna nahm ein Exemplar des Magazins, das im Posteingang gelegen hatte, in die Hand. Er blätterte die Seiten durch. Baltrum, das Dornröschen der Nordsee, wurde den Lesern mit herrlichen Farbfotos vorgestellt.

Die Strände, der dörfliche Charakter der Insel weckten Urlaubsstimmung. Hayenna blickte auf das Wahrzeichen von Baltrum. Die kleine Schiffsglocke, die im Balkenkreuz hing. Weitere Fotos zeigten die Brandung und die weiten Dünen, über die Möwen flogen. Hayenna blätterte weiter. Ein Journalist berichtete über den wachsenden Drogenkonsum in Ostfriesland. Hayenna stockte der Atem. Vor dem Leuchtturm von Campen saß ein junger Mann mit einem Mädchen. Sie bedienten die Spritzen. Ihre Gesichter waren abgedeckt. Da gab es keinen Zweifel. Die Körperhaltung der Gestalt in dem vertrauten Anorak verriet ihm, daß es Onno war. Den ausführlichen Bildbericht hatte ein Journalist abgefaßt, der mit Holger Häßling gezeichnet hatte.

Hayenna rang nach Luft. Sein Sohn nahm Rauschgift! Die Katze war aus dem Sack! Das erklärte so vieles, was ihm und seiner Frau bisher unverständlich erschienen war. Er lehnte sich im Stuhl zurück und weinte.

Frau Wübbena hatte die Maiausgabe der Ostfriesen-Post beim Einkauf in den Korb gelegt und am Nachmittag durchgeblättert. Sie hatte das Magazin ihrem Mann am Abend in die Diensttasche gesteckt.

Während der Teepause ergötzte sich Wübbena an den schönen Farbaufnahmen der Insel Baltrum, die der Bildreporter Manhorst exzellent geschossen hatte.

Doch dann stutzte er. Häßling hatte zugeschlagen!

»Da gibt es nichts zu beschönigen, Wilko«, sagte Wübbena und schob Tjarden verärgert das aufgeschlagene Magazin zu. »Solche Fotos bringen Ostfriesland in Verruf! Häßling hätte vorher mit uns sprechen können!«

Tjarden trank Tee, betrachtete die Fotos und las den Bericht. »Flott und reißerisch, Chef. Er argumentiert uns ins Abseits, als machten wir hier Urlaub!«

»Sag ihm das! Ruf ihn an! Versuche herauszufinden, wem die Gesichter gehören, die er mit den Pressebalken abdeckt. Häßling kotzt mich an«, sagte Wübbena und langte nach der Teetasse.

Tammo hatte seiner Mutter einen langen Brief geschrieben und sie gebeten, in Marienhafe oder in der Umgebung nach einer für sie, Bonno und Helga geeigneten Wohnung Umschau zu halten. Er hatte ihr einen weiteren Zuschuß angeboten. Tammo war enttäuscht, denn die Mutter hatte nicht geantwortet.

Helga hatte sich nur einmal bei ihm telefonisch gemeldet und ihm ihr Leid geklagt. Ihre Mutter trank mehr, als es für sie und Bonno gut war. Helga suchte für Bonno einen Platz im Kindergarten. Die Mutter, so berichtete Helga, wollte die Wohnung, in der sie mit ihrem Behrend gelebt hatte, nicht verlassen.

Tammos Freundin leitete einen Supermarkt in Stuttgart-Feuerbach. Sie bot Helga einen Job als Kassiererin an. Voraussetzung war eine kurze Einarbeitungszeit. Helga hatte am Telefon geweint. »Und Bonno?« hatte sie nur gefragt und den Hörer aufgelegt.

»Ja, Bonno«, hatte Tammo achselzuckend wiederholt. Er schickte ihm ein Paket mit Spielsachen. Im Begleitbrief versprach er Bonno, daß Tante Franziska ihn während der Kindergartenferien nach Stuttgart holen würde.

Doch Tammo hatte nicht Wort gehalten und sein Versprechen vergessen, denn der Trainer hatte ihn in den Kader der Bundesligamannschaft aufgenommen. Tammo gab seinen Arbeitsplatz bei Mercedes auf.

Er unterschrieb beim VfB Stuttgart einen Zweijahresvertrag und nahm sich vor, sich in Zukunft um Helga, Bonno und seine Mutter mehr zu kümmern.

Über Stuttgart zog die Abenddämmerung auf. Durch das geöffnete Fenster drang der abnehmende Lärm der Großstadt. Es war gemütlich in der kleinen Dachwohnung, die nur mit dem notwendigsten Mobiliar ausgestattet war.

Franziska und Tammo saßen vor dem kleinen Tisch und studierten die Angebote einer Bauträgergesellschaft aus Oldenburg, die auf Norderney in der Jann-Berghaus-Straße einen Komplex mit zweiundvierzig Eigentumswohnungen erstellte. Der VfB hatte Tammo ein Handgeld von dreihundertachtzigtausend DM und ein monatliches Gehalt von elftausend DM zugesichert.

Tammo, der jahrelang die Armut am eigenen Leibe verspürt hatte, reagierte kühl und bescheiden auf seine sich ändernde Lebenslage. Ihm stand nicht der Sinn danach, in der Nachbarschaft seiner Kollegen in lukrativer Vorstadtlage nach einem Bungalow Ausschau zu halten. Er hatte sich entschlossen, in dem kleinen Dachappartement weiterhin zu wohnen und das Geld in Ostfriesland anzulegen.

Das war auch die Meinung seiner Freundin Franziska. Sie war ehrgeizig, legte keinen Wert auf Statussymbole, von dem Mercedes-Jahreswagen einmal abgesehen. Ihr war klar, daß ein Zweizimmer-Appartement auf der Nordseeinsel Norderney eine gute Kapitalanlage darstellte.

Franziska zeigte auf die Bauzeichnung. »Vierzig Quadratmeter im Obergeschoß, mit Balkon, dreihundertsechzigtausend Mark, bei zwanzig Prozent Abschreibung«, sagte sie.

Tammo nickte. »Wir schauen uns das Objekt an. Der Rohbau ist fertig.«

Tammo schritt ans Fenster. Er blickte auf die Neonwerbung, die buntes Licht auf die Dachziegel warf.

»Mutter soll mit Helga und Bonno in die Wohnung ziehen«, sagte er.

»Das haben wir doch bereits abgeklärt. Sie zahlen keine Miete«, sagte Franziska.

Sie war hübsch und zierlich. Sie trug ihr blondes Haar lang, wie Helga. Franziska kam aus einer einfachen, bürgerlichen Familie. Tammo hatte sie kennengelernt, als ihr Vater, mit dem er lange am Band zusammengearbeitet hatte, ihn zu seiner Silbernen Hochzeit eingeladen hatte. Tammo liebte Franziska. Sie wollten später heiraten. Franziska konnte gut mit Geld umgehen. Sie besaß die mittlere Reife und einen Berufsabschluß.

»Fränzchen, da ist etwas«, sagte Tammo schließlich ernst. Er schritt an den Schrank, zog die Schublade hervor und entnahm ihr ein Kuvert. »Hier lies«, sagte Tammo und legte das Kuvert auf die Bauzeichnung.

»Staatsanwaltschaft?« fragte Franziska und entnahm dem Umschlag das amtliche Schreiben. Sie las. »Eine Vorladung?«

»Die Sache mit Vater«, antwortete er nur.

»Er ist doch aus dem Fenster gestürzt«, sagte Franziska.

»Die Kripo denkt da anders«, sagte Tammo.

»Und was hast du damit zu schaffen?« fragte sie irritiert.

»Ich bin leider der Sohn des Säufers. Die Kripo hat recherchiert und herausgefunden, daß ich zur Unglückszeit in Marienhafe war. Das ist es.«

»Du hast doch nicht ... ?« fragte Franziska.

Tammo ging zu ihr. Er nahm sie in die Arme und küßte sie. Er weinte. »Hältst du mich für einen Mörder?« fragte er.

»Nein«, sagte Fränzchen und führte Tammo zur Couch. Sie ließ sich auf der Couch nieder und zog ihn an sich.

»Ich schäme mich meiner Herkunft. Ich habe es geschafft und möchte nicht, daß es mir wie Helga geht und in einer Stuttgarter Zeitung von mir ein häßliches Foto erscheint. Wir fahren nach Norderney. Wir kaufen die Wohnung. Das ist ein Aufwasch. Ich teile der Kripo den Termin mit«, sagte Tammo und entkleidete seine hübsche Franziska.

11

Claussen lenkte den Rasenmäher an den Kanten der mit Rhododendronsträuchern bewachsenen Beete entlang. Er blickte erstaunt auf und schaltete den Rasenmäher ab, Die Beamten gingen ihm entgegen.

»Ist was mit Helga?« fragte er besorgt.

»Was soll mit Ihrer Schülerin sein?« fragte Wübbena.

»Sie kommen unangemeldet«, bemerkte Claussen und blickte stolz über sein Grundstück. Der Geruch von Waldmeister entströmte dem frisch geschnittenen Gras.

»Herr Claussen, Dr. Noormann hat die Leiche im Norder Krankenhaus untersucht. Sein Ergebnis läßt den Schluß zu, daß jemand nachgeholfen haben kann, als der Maurer Componga auf den Container gestürzt ist«, sagte Tjarden.

Claussen lächelte. »Sie wollen doch wohl nicht annehmen, daß ich ... ?« fragte er und schaute die Beamten ironisch an.

»Warum nicht?« antwortete Wübbena. »Helga mochte Sie. Sie waren ihr Klassenlehrer, mehr noch, ihr Vertrauter. Helga übernachtete bei Ihnen, als sie sich nach einem Streit mit ihren Eltern mit Selbstmordgedanken herumschlug. Bei Ihnen fand sie Unterschlupf.«

Claussen schien überrascht. »Helga hat Ihnen das erzählt?« fragte er verkniffen.

Wübbena nickte.

»Sie sind am besagten Abend mit dem Fahrrad zum Block gefahren«, sagte Tjarden.

Claussen blickte die Beamten unsicher an.

»Mein Fahrrad wurde mir gestohlen«, antwortete er, bemüht, glaubwürdig zu wirken.

»Herr Claussen, erzählen Sie uns keine Märchen. Sie halten es nicht mit der Wahrheit«, sagte Tjarden.

Sie standen im frischen Wind, der in den Garten einfiel. Die Sonne ging mit einem tiefen Abendrot unter.

»Ich habe den Componga nicht aus dem Fenster gestürzt, wenn Sie das meinen«, sagte der Lehrer.

»Und wer war es?« fragte Wübbena.

»Ich weiß es nicht«, antwortete er.

»Sie geben aber zu, daß Sie zum Block geradelt sind?« fragte Wübbena.

»Ja«, antwortete er mürrisch und dachte nicht daran, die Beamten in das Haus zu bitten. Er schwitzte. »Ich wollte mit Helgas Eltern sprechen. Ich machte mir Sorgen um sie. Die Wohnungstür war nur angelehnt. Ich betrat den Korridor und blickte in die Wohnung. Der Maurer und seine Frau saßen am Tisch. Sie tranken. Als Componga sich schwerfällig erhob und mit Frau Componga stritt, sah ich ein, daß es zwecklos war, Helgas Probleme mit den betrunkenen Eltern zu besprechen. Ich spürte einen plötzlichen Blasendruck und suchte die heruntergekommene Toilette am Ende des Flurs auf, um mein Wasser abzulassen. Dabei hörte ich Schritte, denen ich keine Bedeutung zumaß. Als ich die Spülung drückte, bemerkte ich, daß mehrere Asylanten ihre Wohnungen verließen und über den Flur nach unten gingen. Ich habe gewartet, dann das Haus verlassen, bin über die Weidenpfähle geklettert und zu Fuß nach Hause gegangen.«

»Und warum sind Sie nicht auf Ihr Fahrrad gestiegen?« fragte Tjarden.

»Es war weg«, antwortete Claussen. »Ich habe mich aus dem Staub gemacht und wollte nicht gesehen werden.«

»Und warum?« fragte Wübbena.

»Es war irgend etwas passiert. Ich sah Menschen vor dem Haus, die aufgebracht waren. Ich wollte nicht in etwas hineingezogen werden.«

»Sie kamen nach Ihrem Toilettenaufenthalt an der Wohnungstür der Familie Componga vorbei?« fragte Tjarden.

»Die Wohnungstür der Familie Componga war zu«, sagte Claussen.

»Als Sie die Wohnung verließen, haben Sie die Tür nicht ins Schloß gezogen?« fragte Wübbena.

»Nein.«

»Herr Claussen, seien Sie nicht böse, aber Ihre Bemühungen, sich davonzustehlen, wirken recht unglaubwürdig«, sagte Wübbena. »Denkbar allerdings scheint es mir, daß der betrunkene, unangenehme Maurer Sie tätlich angegriffen hat, weil Sie ihm Vorwürfe machten. Bei diesem Gerangel stürzte er dann aus dem Fenster.«

»Das sind infame Unterstellungen«, antwortete Claussen erregt.

»Regen Sie sich nicht künstlich auf«, sagte Tjarden. »Die Personenbeschreibung der Zeugen trifft auf Sie zu.«

»Ich gebe zu, daß ich den Säufer überhaupt nicht mochte. Er hat seine Tochter – er war ein Schwein!« schrie Claussen wütend. »Aber ...«

»Aber was?« fragte Wübbena.

»Ich habe das Wohnzimmer nicht betreten. Bei mir sind Sie an der falschen Adresse!« sagte er wütend.

»Das mag sein. Zumindest sind Sie der Zeuge, der den Maurer noch kurz vor seinem tödlichen Unfall lebend gesehen hat«, sagte Tjarden.

»Wir suchen Sie in Kürze auf wegen des Protokolls«, sagte Wübbena.

»Das dürfen Sie gerne«, sagte Claussen. Er schaltete den Rasenmäher an und schob ihn vor sich her, während die Beamten das Grundstück verließen.

Tammo Componga atmete tief durch, fuhr mit der Hand durch sein kurzgeschnittenes Haar, klopfte an die Tür und öffnete sie. Entschlossen betrat er das Dienstzimmer.

»Mein Name ist Componga«, sagte er und nahm aus seiner Sommerjacke das an ihn gerichtete dienstliche Schreiben. Er schaute den jungen Beamten an, der hinter seinem Schreibtisch saß.

Er war in seinem Alter. In seinem Gesicht entdeckte Tammo ein tiefes Mißtrauen.

Dann bemerkte er den älteren Beamten, dessen Schreibtisch seitlich stand. Tammo schätzte ihn um die Mitte Dreißig. Er wirkte sportlich. Sein Gesicht war sympathisch. Er trug ein buntes Oberhemd und hatte eine kräftige Figur.

»Wübbena«, sagte der Beamte, verließ seinen Schreibtisch und kam ihm entgegen.

»Ich komme zum Termin«, sagte Tammo und reichte ihm das Schreiben.

»Nehmen Sie Platz«, sagte Wübbena und zeigte auf den Besucherstuhl. »Mein Kollege Tjarden«, sagte er und wies auf seinen Assistenten.

Tammo nahm Platz, während Wübbena sich wieder an seinen Schreibtisch setzte.

»Herr Componga, mich wundert es, daß man hier in Ihrer ostfriesischen Heimat so wenig von Ihnen weiß«, sagte Wübbena. »Ich erfuhr von einem Freund, er trainiert den SV Hage, daß Sie beim VfB Stuttgart einen Vertrag erhalten haben.«

Tammo lächelte bescheiden. »Ich spielte lange bei den Amateuren.«

»Ich wünsche Ihnen alles Gute für Ihre Laufbahn als

Profi, Herr Componga. Wir haben Sie zu uns gebeten, weil der Unglücksfall Ihres Vaters uns beschäftigt. Es gibt Verdachtsmomente, die dafür sprechen, daß Ihr Vater aus dem Fenster gestürzt wurde. Nach unseren Ermittlungen war Ihre Mutter zur Unglücks- beziehungsweise zur Tatzeit nicht mit ihm allein in der Wohnung.«

Tammo sah gut aus. Das jahrelange Training hatte ihn geformt. Sein Gesicht war gut geschnitten. Er war schlank und groß.

»Herr Kommissar, Ihnen wird bekannt sein, daß mein Vater nach einem Verkehrsdelikt zu trinken begann. Die Folgen waren für uns katastrophal. Mein Trainer sagte immer zu mir, wenn man Erfolge anstrebt, muß man sich von allen Belastungen lösen.«

»Und Sie haben sich von den miesen Verhältnissen endgültig gelöst?« fragte Tjarden.

Tammo schaute den Beamten nachdenklich an. »Mein Vater war ein Tyrann! Er war gewalttätig und trank! Er alleine trägt die Schuld, daß auch meine Mutter zur Trinkerin wurde. Meine Schwester Helga hat unter diesen Verhältnissen sehr gelitten.«

»Sie hatte sich ihrem Klassenlehrer Claussen anvertraut«, sagte Tjarden. »Aber das vorweg. Herr Componga, Sie befanden sich zur Zeit des Unglücks in der Wohnung Ihrer Mutter. Und wie Sie wissen, hat noch jemand Ihre elterliche Wohnung aufgesucht, kurz bevor Ihr Vater aus dem Fenster auf den Container stürzte.«

Tammo blickte den Beamten verwirrt an. »Helgas Lehrer ist mir unbekannt.«

»Ihre Schwester hat die Schule ausgiebig geschwänzt und sich mit ihren Problemen an den Lehrer gewandt«, sagte Wübbena.

»Mir fehlt der Durchblick«, sagte Tammo.

»Herr Componga, Ihre Mutter hat ausgesagt, daß sie im Wohnzimmer saß, als Ihr Vater sie in angetrunkenem Zustand verlassen hatte, um nach Ihrer Schwester Ausschau zu halten«, sagte Wübbena. »Dann habe sie einen Schrei gehört und das Kinderzimmer betreten.«

»Ich gehe davon aus, daß Mutter die Wahrheit sagt«, antwortete Componga.

»Aber der Lehrer Ihrer Schwester befand sich nachgewiesenermaßen im Hause«, sagte Wübbena. »Er wollte mit Ihren Eltern sprechen, um sie zurechtzuweisen. Er hat vom Korridor aus in das Wohnzimmer geblickt. Ihr Vater war angetrunken und stritt mit Ihrer Mutter. Der Lehrer sah die Sinnlosigkeit seines Besuches ein und verließ die Wohnung, lehnte die Tür an. Er suchte die Toilette am Ende des Flures auf. Dabei hörte er Schritte. Als er die Toilette verließ und durch den Korridor ging, war die Wohnungstür Ihrer Eltern abgeschlossen.«

Tammo blickte um sich. »Ich nehme nicht an, daß Helga meine Eltern aufgesucht hat. Sie befand sich, so viel ich weiß, außerhalb von Marienhafe.«

»Lassen Sie das Versteckspiel«, sagte Tjarden.

Tammo schwieg.

»Während Lehrer Claussen die Toilette aufgesucht hat, haben Sie die Wohnung Ihrer Eltern betreten!« sagte Tjarden. »Sie besitzen einen schnellen Mercedes. Sie sind von Stuttgart nach Hause gefahren, um mit Ihrem Vater Klartext zu reden. Sie bekamen Streit mit ihm. Er hat Sie angegriffen, und Sie haben ihn vielleicht in Notwehr aus dem Fenster gestürzt. Die Albaner haben Sie gesehen, als Sie das Haus verlassen haben und das Licht der Straßenlaterne auf Sie fiel.«

»Das ist eine Unterstellung! Ich habe meinen Vater nicht aus dem Fenster gestürzt! Ich haßte ihn! Für meine Familie war sein Tod eine Erlösung. Ich habe nicht einmal mit ihm reden können.«

»Aber Sie waren in der Wohnung«, sagte Wübbena.

»Ja, am Morgen nach seinem tragischen Sturz«, antworte Tammo.

»Herr Componga, wir gehen davon aus, daß der Tod Ihres Vaters kein Unfall war«, sagte Tjarden. »Ihr Vater trug Blutergüsse davon, die nicht vom Sturz herrührten.«

Tammo stieg das Blut in das Gesicht. Unsicher strich er mit seiner linken Hand über seine Jeans.

»Hören Sie genau hin! Meine Mutter rief mich an, es war kurz vor Mitternacht. Sie teilte mir mit, daß Vater verstorben war. Ich bin sofort losgefahren und war am Morgen hier«, sagte Tammo entschlossen und schaute auf den Boden.

»Belasten Sie sich nicht noch zusätzlich mit Falschaussagen«, sagte Tjarden. »Halten Sie uns nicht für naive Bauerntölpel! Wir haben Ihre Urlaubsgenehmigung bei Mercedes überprüfen lassen. Sie haben im Hotel Fährblick unter einem falschen Namen als Monteur übernachtet. Der Hotelier hat Sie auf dem Foto in der Zeitung erkannt. Alles spricht gegen Sie.«

Tammo kam ins Schwitzen. »Ja, ich war hier. Ich war in der Wohnung, habe Vater aber nicht zu Gesicht bekommen. Ich habe das Wohnzimmer nicht betreten. Niemand wußte, daß ich nach Hause kam. Ich sah Mutter, die betrunken am Tisch saß und vor sich hin blubberte. Vater war nicht anwesend. Mich ekelte das an. Ich habe die Haustür zugeschlagen und bin auf und davon. Ich hatte meinen Wagen weit vor dem Haus geparkt.«

»Und Sie sahen vor dem Hause die Albaner, die Ihren Vater gefunden hatten?« fragte Wübbena.

»Ich sah einige Hausbewohner, die laut palaverten. Ich habe nicht gesehen, daß es einen Unfall gegeben hatte. Ich bin zum Hotel gefahren und habe am Morgen die Wohnung aufgesucht. Dort traf ich meine Schwester an und erfuhr von ihr, daß der Alte tot war. So war das!«

»Wir fertigen ein Protokoll an, Herr Componga. Sie unterschreiben es dann bitte noch«, sagte Wübbena.

»Das werde ich mit ruhigem Gewissen tun«, sagte Tammo und blickte auf seine Armbanduhr. »Meine Freundin wartet draußen auf mich.«

»Und Sie bleiben bei Ihrer Aussage?« fragte Tjarden.

»Ja, ich habe meinen verhaßten Vater nicht umgebracht, habe mit ihm keine Auseinandersetzung gehabt! Und das unter Eid. Ich muß die Fähre bekommen. Ich beabsichtige, nach Norderney zu fahren.«

»Sie verlassen uns als Mordverdächtiger«, sagte Wübbena. »Kalkulieren Sie das bitte in Ihre Zukunftspläne mit ein. Wir müssen Sie vielleicht dem Amtsrichter vorführen. Ihre Geschichte ist für uns nicht glaubwürdig.«

»Sie können mir nichts anlasten, was ich nicht getan habe«, sagte Tammo. Er wartete und schwieg, während Tjarden das Protokoll anfertigte.

»Das wär's dann«, sagte er und zeigte mit einen Finger auf die leere Zeile. »Hier bitte, Herr Componga.«

Tammo unterschrieb. Seine Hand zitterte leicht. »Moin«, sagte er und verließ das Revier.

Tammo betrat den kleinen Parkplatz. Franziska stand neben dem Mercedes und unterhielt sich mit einem Mann, dessen Alter Tammo schlecht einschätzen konnte. Er glaubte, ihm schon einmal begegnet zu sein. Seine knabenhafte Figur, die weißen Jeans, die Cowboystiefel und seine blondierten Locken ließen ihn mißtrauisch werden. Bei den Pressekonferenzen des VfB belagerten solche Typen den Trainer, wenn das Spiel abgepfiffen worden war.

»Fränzchen, steige ein. Die ›Frisia‹ legt in einer halben Stunde ab!« rief Tammo und schritt zu seinem Wagen.

Franziska wandte sich von dem jungen Mann ab und stieg in den Mercedes. Tammo öffnete die Fahrertür. Er sah, wie der Reporter seine Kamera zückte.

»Herr Componga, Unglücksfall, Selbstmord oder Mord? Ihre Meinung?« fragte er mit einer sympathischen Stimme und hob die Kamera an seine Augen.

»Verschwinden Sie!« schimpfte Tammo und stieg eilig in den Wagen. Er bemerkte die Blitze, startete den Motor und fuhr los.

Bonno Componga sah niedlich aus. Er war wie die übrigen Kinder akkurat gekleidet, leicht zu führen und paßte sich der Spielgruppe an. Seine hübsche Schwester Helga begleitete ihn stets bis zur Eingangstür des Kindergartens, küßte ihn dann und wartete, bis ihr kleiner Bruder von der Kindergärtnerin Maike in Empfang genommen wurde.

Nach wenigen Wochen, es war Mitte April, beobachtete die Kindergärtnerin Maike, daß Bonno sein Verhalten änderte. Er begann die Kinder der Gruppe während der Spiele und Bastelarbeiten zu stören. Erste hilfreiche Eingriffe blieben ohne Erfolg. Anfangs waren es kleine Abweichungen von den Spielregeln, mit denen er sich als Gruppenclown hervortat. Besonders auffällig verhielt er sich bei den Puppenspielen. Er reagierte aggressiv, wenn er nicht als Kasper mit dem Hammer das Krokodil oder den Teufel vertreiben durfte. Nach den Märchenlesungen, wenn die Kinder Goldmarie oder Frau Holle malten, brachte er nur Fratzen und Ungeheuer in tristen Farben auf das Papier. Schließlich begann Bonno damit, die Arbeiten der Kinder mit Farbe zu überpinseln und setzte sich provozierend auf den Boden, wenn Maike Bewegungsspiele durchführte.

Maike machte die Leiterin des Kindergartens auf Bonnos Verhalten aufmerksam. Die Leiterin benachrichtigte daraufhin Bonnos Schwester Helga und bat sie um einen Besuch.

Helga betrat den Kindergarten. Der Lärm fröhlicher Kinderstimmen drang in den weiten Flur. Helga kannte sich aus. Sie klopfte an die Tür, auf der sie den Namen der Leiterin entdeckte. Sie öffnete die Tür und betrat das kleine Büro.

Helga war aufgeregt. Sie hatte das Gefühl, ihr verschlage es den Atem in dem engen Raum mit den nüchternen Bürogeräten.

»Ach, Fräulein Componga. Nehmen Sie bitte Platz«, sagte die Leiterin distanziert.

Helga setzte sich auf den Stuhl, der in der Ecke neben der Tür stand, und betrachtete eingeschüchtert die Endvierzigerin, die eine Brille im spitzen Gesicht trug. Ihr Haar war angegraut. Sie hatte schmale Schultern und trug einen karierten Rock. Ihr breites Gesäß füllte den Drehsessel, den sie hin und her bewegte. Helga fühlte ihre Abneigung, als sie sich ihr zuwandte.

»Ich fasse mich kurz, Fräulein Componga. Bonno hat zu unserem Bedauern sein Verhalten erschreckend geändert. Er zeigt nicht die nötige Reife für die pädagogischen und erzieherischen Ansätze unseres Kindergartens. Er benimmt sich destruktiv und aggressiv. Wir beobachteten bei ihm Anzeichen von Verhaltensstörungen, die darauf schließen lassen, daß er zu Hause zu oft sich selbst überlassen bleibt. Möglicherweise versucht er sich bei uns von Konflikten zu lösen, die ihn belasten. Ich rate Ihnen, mit Bonno einen Psychiater aufzusuchen.« Die Leiterin nahm ihre Brille ab. Dann lächelte sie höflich.

Helga wollte nicht wahrhaben, was diese Ziege ihr vorgetragen hatte. Sie weinte in ihrer hilflosen Wut und bemühte sich um Fassung. Schließlich faßte sie sich ein Herz.

»Das ist Unsinn! Sie wollen Bonno nicht, weil er vom Block kommt! Sie wollen nur reiche Kinder, und wir sind Asoziale! Sie können mich mal ...«

Helga spuckte auf den Boden und rannte davon. Der Leiterin verschlug es den Atem. Das hatte sie während ihrer Laufbahn noch nie erlebt! Sie holte die Schreibmaschine aus dem Büroschrank und verfaßte empört und wütend ein Protokoll, schrieb an die Mutter des Kindes einen Brief und teilte ihr mit, daß der Platz an ein Kind der Warteliste vergeben worden sei.

Nach den unerfreulichen Vorfällen im Kindergarten erreichte in der zweiten Maihälfte ein ungelenk verfaßter Brief, der keine Unterschrift trug, den Kinderschutzbund in Norden.

Mit einer nur schwer lesbaren Schrift hatte eine Hausbewohnerin, wahrscheinlich eine Asylantin, auf die Mißstände und – wie sie schrieb – »die Verwahrlosungstatsachen mit das Kind Bonno« aufmerksam gemacht. Der Kinderschutzbund reagierte zögernd und abwartend.

Auch der Ostfriesen-Post war ein gleichlautendes Schreiben zugegangen, das die Redaktion an Häßling weiterleitete. Häßling reagierte sofort und begab sich auf den Weg. Er parkte am Spätnachmittag seinen Wagen am Straßenrand vor dem Block und betrat das vernachlässigte Haus. Er ging zu der Wohnung und betätigte die Klingel.

Bonno öffnete die Tür. Er blickte ihn ängstlich an. Dem Kind fehlte die Pflege, das sah Häßling auf Anhieb. Der Junge trug einen mit Speiseresten bekleckerten Pullover. Seine Locken hingen fettig und wirr um sein blasses Gesicht.

»Ist deine Mutti da?« fragte Häßling.

»Ja, aber du darfst sie nicht stören. Sie schläft«, sagte der Junge.

Häßling nahm die Kamera und schoß ein Foto.

»Willst du Helga ein Bild von mir schicken?« fragte der Junge und blickte auf die Kamera.

»Ja, ich möchte, daß du wieder mit anderen Kindern spielen kannst«, sagte Häßling und lächelte den Jungen freundlich an.

»Das möchte ich aber nicht!« sagte er.

»Laß mich nur eben kurz rein. Dann gehe ich wieder, um Helga zu suchen«, sagte Häßling.

Er folgte Bonno in die Wohnung. Der Boden war bedeckt mit zertretenen Fritten, es roch nach einem Gemisch aus Spaghetti-, Bier-, Schnaps- und Zigarettendunst. Ein Plastikspielauto stand vor einem Berg von Verschlußkappen geleerter Corvit- und Bierflaschen. Häßling schoß ein Foto.

»Ich komme wieder«, sagte Häßling, schritt an dem Jungen vorbei und verließ die Wohnung. Bonno schaute weinend hinter ihm her.

12

Ende Mai erschien die Juni-Ausgabe der Ostfriesen-Post. In ihr befand sich ein Artikel unter der Überschrift:

»Kinder in Not! Warum schauen alle weg?«

Ein Foto zeigte einen kleinen, verwahrlosten Jungen. Der Kinderschutzbund in Norden nahm diesen Bericht zum Anlaß, der Sache auf den Grund zu gehen. Er beauftragte den zivildienstleistenden Abiturienten F. Möller, Frau Componga und ihren kleinen Sohn Bonno aufzusuchen, um dort nach dem Rechten zu schauen.

Staatsanwalt Mertens hatte die Kripo aufgefordert den Fall Componga abzuschließen. Die Beamten saßen im Dienstzimmer vor den wenig aussagenden Akten. Wübbena zog die Ostfriesen-Post aus seiner Diensttasche, schlug sie auf und reichte sie Tjarden. »Häßling hat Bonno ein paar Zeilen und ein Foto gewidmet«, sagte er. »Der Kinderschutzbund hat das Familiengericht eingeschaltet. Ich erfuhr von Richter Heidtkamp, daß Bonno einer Ziehmutter anvertraut wird. Die Alte säuft. Sie muß in eine Entziehungskur.«

»Suchen wir sie noch einmal auf, bevor sie ihre Kur antritt«, schlug Tjarden vor.

»Es wäre gut, wenn du die Mai-Ausgabe der Ostfriesen-Post einstecken würdest, in der Häßling Helga beim Fixen erwischt hat«, sagte Wübbena.

»Vielleicht hat die Alte keinen Durchblick. Mich interessiert es schon, was aus Helga geworden ist.«

Die Beamten verließen das Dienstzimmer und fuhren nach Marienhafe.

Bonno öffnete die Tür einen Spalt. Er schaute die Beamten mißtrauisch an. Der Junge sah sauber und gepflegt aus. Er trug ein buntes Hemd, Jeans und Sandalen.

»Ist die Mutti zu Hause?« fragte Wübbena freundlich.

»Mutti ist krank«, antwortete Bonno.

»Wir müssen mit ihr sprechen«, sagte Tjarden.

»Ich darf niemand einlassen«, sagte Bonno mit finsterem Gesicht.

»Und wer sorgt für dich?« fragte Wübbena.

Er griff zur Tür und schob sie ganz auf.

»Tante Roxana und Onkel Ahmed«, sagte der Junge.

»Bonno, gehe zu deiner Mutti, sage ihr, daß Kommissar Wübbena sie zu sprechen wünscht!« forderte er den Jungen auf.

Bonno blickte den Kommissar hoffnungsvoll an.

»Kommt Helga bald zurück?« fragte er.

»Das wissen wir nicht«, sagte Tjarden.

Der Junge lief davon. Die Beamten betraten die Wohnung. Wübbena schaute sich um. Auf dem abgetretenen Teppichboden lagen Bonnos Spielsachen. Der Bodenbelag war gründlich gereinigt worden. Das Zimmer wirkte aufgeräumt und war gelüftet worden. Die kleine Fußmatte vor dem Tisch fehlte, wie Wübbena feststellte.

Als er mit Wachtmeisterin de Boer am besagten Abend die Wohnung betreten hatte, hatte sie nur kurz sein Interesse geweckt. Sie hatten sich für die Wohnung nicht weiter interessiert, da die näheren Umstände für einen Unfall sprachen. Er meinte, die Matte beim letzten Besuch der Wohnung ebenfalls noch bemerkt zu haben, doch er war sich nicht ganz sicher.

Er wartete mit Tjarden geduldig auf den Auftritt der Alten.

Dann betrat Bonno mit der Mutter das Wohnzimmer. Frau Componga trug einen frischen Bademantel. Ihre stämmigen Beine steckten in Leggings. An den Füßen trug sie Latschen. Ihr graues Haar wirkte gepflegt. Ihr Gesicht sah verquollen aus. Es trug die Spuren des Alkohols. Ihre wäßrigen Augen verrieten ihren Unmut.

»Was muß ich noch alles durchmachen? Meine Tochter hat mich im Stich gelassen. Ich bin krank und muß für Bonno sorgen, und dieser Karrierereporter hat nicht nur meinen Sohn Tammo durch den Dreck gezogen, sondern auch Lügen über mich und Bonno in seinem Heft verbreitet. Dieses Schwein hat sich an unserer Familie versündigt.« Sie watschelte zu dem Stuhl, der vor dem Tisch stand, und ließ sich stöhnend nieder.

»Auf diesem Stuhl haben Sie am besagten Abend gesessen und waren nach dem reichlichen Genuß von Alkohol eingeschlafen«, sagte Wübbena. »Der Schrei Ihres Mannes hat Sie dann aufgeweckt?«

Die Alte verzog ihr Gesicht.

»Und was stört Sie daran?« fragte sie den Kommissar böse.

»Uns irritiert es, daß Sie den Lehrer nicht bemerkt haben, der Sie beobachtet hat.«

»Das ist verrückt. Das habe ich Ihnen schon mal gesagt! Ich habe keinen Lehrer gesehen, und ich weiß immer noch nicht, was er hier zu suchen gehabt haben sollte.«

Bonno saß auf dem Boden und spielte mit einem Playmobilschiff.

»Wir haben weitere Fragen, die wir aus Rücksicht auf Ihren kleinen Sohn nicht an Sie richten können«, sagte Wübbena. »Wir werden Ihnen eine Einladung schicken.«

Die Alte lächelte gequält. »Ich weiß nicht, was Sie noch von mir wollen. Ich bin am Ende!«

Sie erhob sich, schritt schwerfällig an den Kühlschrank und öffnete ihn.

Mit der Corvitflasche in der Hand kam sie zurück und setzte sich auf den Stuhl.

»Bonno, hol ein Glas aus dem Schrank. Dann geh zu Tante Roxana«, sagte sie.

Der Junge holte aus dem Schrank das Schnapsglas und verließ das Wohnzimmer. Frau Componga begann zu heulen. Sie öffnete die Flasche, goß das Gläschen voll, schaute die Beamten an, wischte sich die Tränen aus dem Gesicht und kippte den Schnaps in sich hinein. Dann schaute sie auf.

»Mich wollen sie in eine Anstalt stecken. Bonno soll zu fremden Leuten«, schluchzte sie.

»Wir wissen, daß Ihr Sohn Tammo auf Ihre Bitte hin von Stuttgart angereist ist«, sagte Tjarden. »Ihre Tochter hatte Sie verlassen, und Tammo wollte mit dem Vater ein ernstes Wort reden. Er befand sich hier in der Wohnung. Er zettelte mit dem Vater einen Streit an und stürzte ihn aus dem Fenster. Sie wollen Ihren Sohn decken und sagen uns nicht die Wahrheit.«

Die Alte stierte ihn böse an.

»Nein! Tammo war nicht hier! Ich war alleine mit Behrend! Tammo kam am nächsten Morgen«, sagte sie schnippisch und goß das Gläschen voll und kippte den Corvit in sich hinein.

»Trinken Sie nicht zuviel. Wir müssen das Gespräch mit Ihnen protokollieren«, sagte Wübbena schroff.

Die Alte heulte. »Behrend wollte nach Helga sehen. Wir waren allein. Bonno schlief fest. Ich hörte den Schrei. Ich bin in das Kinderzimmer geeilt und habe das offene Fenster gesehen. Ich habe die Wohnung in Panik verlassen. Bonno ist dann aufgewacht und nach unten gekommen«, sagte sie.

»Frau Componga«, sagte Wübbena, »Ihr Mann trug Blutergüsse davon, die nicht von dem Sturz auf den Container herrührten. Das medizinische Gutachten legt die Vermutung nahe, daß irgend jemand, wir denken an Ihren Sohn, Ihrem Mann kurz vor dem verhängnisvollen Sturz Verletzungen zugefügt haben muß.«

»Schreiben Sie in das Protokoll, daß mein Sohn Tammo seinen Vater an diesem Abend nicht getroffen hat«, zischte sie gereizt.

»War Ihr Mann Brillenträger?« fragte Tjarden.

»Nein!« sagte sie aufmüpfig.

»In seinem Alter besitzen viele eine Lesebrille«, sagte Wübbena. Frau Componga schaute überrascht auf. Sie erhob sich, schritt an den abgewohnten Schrank, zog eine Schublade heraus und entnahm ihr ein speckig aussehendes Etui.

»Seine Lesebrille«, sagte sie schnippisch und setzte sich wieder an den Tisch.

»Und Ihre Tochter Helga lebte nach dem Tod Ihres Mannes wieder bei Ihnen und ist dann erneut ausgezogen?« sagte Wübbena.

»Die Kinder hänselten Bonno im Kindergarten! Und auch die Kindergärtnerin wollte den Bonno loswerden, weil er aus dem Block kam. Helga war es satt, hier zu wohnen«, sagte sie.

Tjarden zog die Ostfriesen-Post aus seiner Jacke. Er

reichte Frau Componga die aufgeschlagene Zeitschrift. »Betrachten Sie das Foto. Die Ostfriesen-Post brachte in der Mai-Ausgabe einen Bericht über die Drogenszene in Ostfriesland. Der Reporter hat die Gesichter der abgebildeten Personen nach den Vorschriften des Pressegesetzes mit einem Balken bedeckt. Handelt es sich hier bei dem Mädchen, das vor dem Leuchtturm in Campen Rauschgift konsumiert, um Helga?«

Die Alte stutzte. Sie stierte für Sekunden auf das Foto. Das Blut schoß ihr in das Gesicht. Erschrocken blickte sie auf.

»Helga und Rauschgift? Das halte ich für ausgeschlossen«, sagte sie mit Tränen in den Augen, bemüht, gelassen zu wirken.

»Die abgelichtete Person ist Ihre Tochter!« sagte Wübbena.

»Schuld an allem trägt dieser Reporter! Er steckt dahinter, daß mir Bonno abgenommen wird und ich in ein Heim muß«, schimpfte sie, nahm ein Taschentuch und weinte.

»Und Sie wissen nicht, wo Helga sich zur Zeit aufhält?« fragte Tjarden.

»Ich weiß es nicht«, schluchzte sie. »Spüren Sie sie auf. Sagen Sie ihr, daß ihre alte Mutter mit ihren Kräften am Ende ist.«

»Wir werden Ihre Aussagen zu den Akten nehmen«, sagte Wübbena.

»Tun Sie das.« Sie füllte wieder ihr Schnapsgläschen.

Die Beamten verließen die Wohnung. Asylanten begegneten ihnen und grüßten höflich.

»Ich schaue da noch nicht durch. Aber Helga hatte es nicht leicht«, sagte Tjarden.

»Das erklärt auch das Engagement ihres Lehrers«, sagte Wübbena. »Helga hatte sich ihm anvertraut. Und nun hängt sie an der Nadel.«

»Und Tammo hat Nägel mit Köpfen gemacht«, sagte Tjarden.

»Was es zu beweisen gilt.«

Sie stiegen in den Dienstwagen und fuhren zum Revier.

Tammo und Franziska hatten auf Norderney beim Notar den Kaufvertrag über den Erwerb der Eigentumswohnung Nr. 217 in der fast fertiggestellten Anlage »Inselglück« unterschrieben, die für Mutter Componga, Helga und Bonno den Aufstieg in die bürgerliche Welt bedeuten sollte. Der Makler hatte sie anschließend in das Café »Alte Teestube« eingeladen. Sie tranken Tee echt ostfriesisch mit Stövchen, genossen den Meeresblick und aßen ein Stück Torte.

Sie besprachen mit dem Makler die Einrichtung der Küche, die im Kaufpreis enthalten war. Während sie mit der Vorfreude, auf der Insel Eigentum zu besitzen, im Glück schwelgten, umschlich in Bremen auf dem Markt ein schmächtiger Mann mit seiner Kamera den Verkaufsstand, der frisches Lammfleisch werbewirksam mit Erfolg feilbot. Es waren zumeist Ausländer, die das Schaffleisch kauften.

Max schenkte dem kleinen Mann, der weiße Jeans und Cowboystiefel trug, keine besondere Beachtung und machte sich nichts daraus, als er die Kamera hob und seinen gut besuchten Stand wie ein Tourist fotografierte. Er und Onno bedienten die Kunden, das Geschäft lief. Das Rauschgift der Kurden lag bereits in Plastik verschweißt in einer Metzgerwanne unter unverkäuflichen Fleischfetzen und Knochen versteckt.

Helga waren die ständigen Anforderungen der trinkenden Mutter auf die Nerven gegangen. Als dann auch noch die arrogante Leiterin des Kindergartens sie hatte fühlen lassen, daß Bonno als asoziales Kind nicht zu den übrigen Kindern paßte, hatte sie bei Nina und Max erneut Zuflucht gesucht. Doch es war noch schlimmer gekommen. Dieser widerliche Reporter, den sie aus tiefster Seele haßte, hatte Bonno in seinem Magazin vorgeführt. Ungepflegt, mit fragenden Augen, neben ihm das Plastikmüllauto vor gehäuften Flaschenverschlüssen.

Doch auch Nina hatte in Emden das Zimmer aufgegeben. Ihre hochgeschraubten Ansprüche an die Gesellschaft, ihre Vorstellungen von der Selbstverwirklichung nach einer wohlbehüteten Kindheit in einer wohlhabenden Arztfamilie und nach verpatzten Schulchancen waren erneut vor der Realität gescheitert. Sie hatte stets genommen und nie gegeben. Ihr fehlte die Bereitschaft, sich ein- und unterzuordnen. Die Schuld für ihr Versagen suchte sie immer auf der Seite der anderen. So verhielt es sich auch in Emden an der Fachoberschule für Sozialwesen. Als die Lehrer sie wie die anderen Schülerinnen forderten, hatte sie die Schule geschmissen. Die Pauker hatten ihr den Rest gegeben, wie sie sich ausdrückte. Nina schuf sich eine eigene Lebensphilosophie, schrieb Gedichte und wartete auf den Tag ihrer Entdeckung. Sie glaubte fest daran, daß sie mit ihrer Lyrik der ohne Werte dahinlebenden Gesellschaft neue Maßstäbe bieten konnte.

Auf der Schaffarm war das Leben teurer geworden, nachdem sie alle, ohne es sich einzugestehen, an der Nadel hingen und sich immer mehr in die Abhängigkeit vom Rauschgift begaben. Onno und Max besaßen ein Depot, aus dem sie sich alle bedienen konnten. Sie verstanden sich als eine verschworene Gruppe und als eine Bastion gegen die von ihnen verschmähte Umwelt und spritzten sich in sich verringernden Abständen Heroin in die Adern.

Sie hatten am späten Abend gefixt. Danach waren die Männer bereits um sechs Uhr nach Bremen zum Markt gefahren. Helga hatte ihnen einen Tee zubereitet und sich danach wieder ins Bett verkrochen. In das Zimmer fiel das Licht der aufgehenden Sonne. Helga fror innerlich. Sie fühlte sich hilflos und elend. Sie liebte Onno und empfand eine tiefe Angst vor ihrer gemeinsamen Zukunft. Sie weinte und nahm sich vor, Onno zu überreden, mit ihr die Schaffarm zu verlassen. Sie dachte an ihren Lehrer, der ihnen sicherlich beistehen würde.

Voller Hoffnung stand sie um zehn Uhr auf und bereitete das Frühstück für sich und Nina zu. Nina ließ sich wie immer von Helga bedienen. Sie aßen nicht viel, tranken Tee und rauchten. Nina saß am Tisch nur in ihrer Wäsche und las Helga ein Gedicht vor, das sie beim Sonnenaufgang verfaßt hatte. Helga gefiel das Gedicht. Sie weinte ergriffen. Nina hatte mit ihren Zeilen ihre eigenen inneren Ängste angesprochen.

Nachdem Helga die Küche hergerichtet hatte, schritt sie entschlossen in den ehemaligen Kuhstall. In einem Anflug von Ekel schob sie mit einer Mistgabel die unverkäuflichen Reste der geschlachteten Tiere zusammen. Sie holte die Schubkarre, lud die rosaroten Fleischfetzen, abgehackten Knochen, stinkenden Bälger und die Hammelköpfe, in denen noch die stierigen Augen saßen, auf und fuhr die übelriechende Masse zum Garten. Ohne sich um veterinäre Vorschriften zu kümmern, schaufelte sie mit einem Spaten eine Grube und kippte die Abfälle hinein. Der Gestank kümmerte sie wenig. Sie betrat das Haus und suchte die gebrauchten Einwegspritzen zusammen und warf sie ebenfalls in die Grube. Mit dem Spaten schaufelte sie die Grube zu. Danach schloß sie den Wasserschlauch an, um die Blutspuren vom Zementboden abzuspritzen. Dabei mußte sie sich übergeben. Sie litt seit langem schon an Appetitlosigkeit und empfand auch keinen Hunger, als sie die Küche betrat, in der Nina streng nach einem Öko-Rezept frisches Brot buk.

»Was essen wir heute?« fragte Nina, die im Backen von Brot stets eine heilige, fast biblische Handlung sah.

»Ich weiß nicht, mir ist der Appetit vergangen«, sagte sie.

»Ich fahre gleich nach Norden«, sagte Nina aufgeräumt.

»Bring vom ›Kochlöffel‹ zwei halbe Hähnchen mit«, sagte Helga.

»Dazu essen wir dann Salat, viel Salat«, antwortete Nina.

Helga schaute durch das Fenster. Draußen schien die Sonne. Im ungepflegten Garten standen die wildgewachsenen Birken, deren Blätter sich im leichten Wind bewegten. Sie dachte an Ninas Verse. Nina hatte die Birkenrinden als die Unschuld der Natur bezeichnet. Helga lächelte.

»Ich reinige die Auffahrt. Die Männer kümmern sich nicht um den Dreck«, sagte sie.

»Sie haben Wichtigeres zu tun«, antwortete Nina.

»Ja«, sagte Helga nur.

Helga empfand Gewissensbisse. Was war aus ihrer Mutter geworden? Besuchte Bonno wieder den Kindergarten? Sie verließ die Küche, holte aus dem Stall einen Besen. Verbissen ging sie dem Schmutz und Dreck zu Leibe. Dabei fühlte sie sich selbst verschmutzt und heruntergekommener denn je.

Nina hatte die Schaffarm bereits verlassen, als Helga die Auffahrt gereinigt hatte. Sie betrat das Haus, zog sich aus und stellte sich unter die Dusche. Sie duschte heiß und genoß das Prickeln auf ihrer Haut. Als sie sich nach dem Duschen vor den Spiegel stellte und sich mit dem Handtuch frottierte, heulte sie, weil sie nicht die Kraft fand, auszusteigen. Lange schaute sie auf ihren abgemagerten Körper. Ihre Brüste waren spitz geworden, und ihr schwarzes krauses Schamhaar wölbte sich buschig unterhalb des knochigen Beckens.

Nina kam erst am Nachmittag zurück. Helga setzte sich mit ihr vor der Hauswand auf die Plastikstühle in die Sonne, knabberte am Hähnchen herum und warf Pax Knochen und Fleisch zum Fraß vor, der sie mit wachen Augen vor unliebsamen Besuchern beschützte.

Als die Sonne unterging, zogen sich die Frauen in das Wohnzimmer zurück. Nina las Verse vor, während sie Tee tranken.

Max und Onno waren auf Norderney, um ihren Geschäften nachzugehen. Am Abend griffen die Frauen zur Spritze und träumten sich davon, während Pax mehrmals gegen die Haustür sprang und ungehört laut kläffte.

13

Über den Deich spazierten Urlauber, und Pärchen saßen auf den Bänken und blickten auf den Strand. Einige Surfer glitten mit ihren bunten Segeln über das Wasser. Die Sonne sank wie ein riesiger roter Ball zwischen Juist und Norderney dem Meer entgegen.

Max parkte den Wagen im Hafengelände. Das Arbeitsschiff des Wasserschiffahrtsamtes lag bereits an der Kaimauer. Weder Max noch Onno interessierten sich an diesem schönen Freitagabend für die Fischkutter, die der Sonne in Abständen entgegentuckerten.

Sie verließen ihren abgestellten Mercedeskombi und schritten unterhalb des Deiches der Fähre entgegen.

Max hatte den Lederriemen der ausgedienten Schultasche seiner Freundin Nina über die Schulter gelegt und drückte sie mit seiner linken Hand fest an seinen Körper. Sie betraten die »Frisia IV« und mischten sich unter die Fahrgäste. Im Nichtraucherdeck setzten sie sich an einen Tisch. Sie störte nicht die Unruhe, der Lärm der quengelnden Kinder, die nach langen Autoreisen nach Bewegung suchten. Max und Onno wirkten selbst wie sonnenhungrige Urlauber. Ihre Gesichter zeigten die Spuren ihres unsoliden Lebenswandels.

Sie bestellten bei der Bedienung Kaffee, den sie dann mit nervösen Händen an den Mund führten. In Ninas abgetragener Schultasche lag das im Plastikbeutel abgepackte Rauschgift.

Zwischen Klebestreifen steckte der Haustürschlüssel für das Appartement 220. Die Adresse kannten sie auswendig. Sie sprachen kaum und stierten durch das Bordfenster auf die Nordsee, während die »Frisia IV« Norderney entgegenfuhr.

Achttausend DM hatte Max an die Kurden bezahlt. Dreißig Gramm Heroin hatte er gratis bekommen, für den Eigenbedarf. Das waren sechzig Einheiten für ihn, Nina, Helga und Onno. Im Appartement auf der Insel war der

Kaufpreis für ihn hinterlegt. Das war der Lohn für den Kurierdienst.

Über den Molenkopf der Insel strich ein kühler Nordwestwind. Das Licht des kleinen Leuchtturms warf seinen Strahl in die aufkommende Dämmerung. Spaziergänger lehnten sich an die Eisengeländer und betrachteten das Anlegemanöver der »Frisia IV«.

Die Passagiere verließen das Schiff und hasteten zu den Taxen und Bussen, die auf dem Vorplatz warteten. Onno und Max kannten sich aus. Sie stiegen in den Bus und verließen ihn an der Haltestelle Meierei. Von dort gelangten sie zum Zuckerpadd und schritten über den Dünenweg dem Appartementhotel »Kaninchenhorst« entgegen.

In den Tälern der Dünen lag der Duft wildwachsender Blumen. Vom nahen Strand drang ihnen das Rauschen des Meeres entgegen. Sie überholten eilig Urlauber, die gemächlich mit dem Blick auf Strandhafer, lilablühende Seenelken und weiße Moosröschen und segelnde Möwen durch die Dünen schritten und in sich einsaugten, was ihre Großstadt ihnen vorenthielt.

Das Haus »Kaninchenhorst« lag in einem weiten Dünental. Im Parterre befand sich ein Restaurant. Für die Appartementgäste gab es einen eigenen Eingang. Eine Menge Fahrräder standen in den Ständern. Max öffnete die Tasche, entfernte den Schlüssel vom Heroinpäckchen und steckte ihn in das Schloß. Sie horchten und betraten den Korridor. Das Appartement befand sich in der zweiten Etage. Irgendwo lief der Fernseher. Sonst war es ruhig.

Max schloß die Wohnungstür auf. Sie warteten einige Sekunden. Die Wohnung war unbewohnt, das fühlte Max. Sie betraten den engen Korridor, schalteten das Licht an und gingen in das Wohnzimmer. Eine Couch, zwei Sessel, ein Eßtisch mit Stühlen, eine Küchenzeile. Sie öffneten die Tür zum Bad. Dusche, WC. Weiß gekachelt.

»Gemütlich«, sagte Onno.

»Legen wir ab«, sagte Max.

Onno öffnete den Kühlschrank.

»Bier, Schnaps, Sprudel«, sagte er.

Max entnahm der Tasche das Rauschgift. Sie betraten das Schlafzimmer. Max öffnete die Schranktür und griff unter die Handtücher, die akkurat im Stapel lagen. Er schob das Rauschgift in den Schrank.

»Das ist okay«, sagte Max und hielt das Geldbündel in der Hand. Er steckte es in die alte Schultasche und entnahm ihr ein Besteck.

»Jetzt benötige ich dringend einen Schuß«, sagte er, während Onno die Kerze, die im Ständer auf dem Tisch stand, mit einem Streichholz anzündete und den Schuß vorbereitete. Es gab niemanden, der sie sah, als sie sich die Spritzen ansetzten. Sie hatten auch nichts zu befürchten. Auf Norderney gab es keine Drogenszene.

Hayenna versah sein Amt wie gewohnt korrekt. Er war um Jahre gealtert.

Die ungelesenen Zeitungen wuchsen in der Garage zu einem Stapel für die Altpapierentsorgung an. Das Fernsehen war seit Wochen nicht mehr eingeschaltet worden.

Frau Hayenna lebte lustlos in den Räumen des Bungalows, die sie vor Jahren mit viel Liebe und gutem Geschmack eingerichtet hatte. Sie saß mit ihrem Mann im Wohnzimmer. Die Blumen auf den Fensterbänken verkümmerten. Draußen sangen die Vögel in den Bäumen. Im ungeschorenen Rasen blühte der Löwenzahn. Im Raum lagen unbeantwortet die Fragen, die sie sich immer wieder stellten.

Sie quälten sich mit Schuldzuweisungen, trugen dennoch keine Schuld und wollten nicht hinnehmen, was schicksalhaft in ihren Frieden eingebrochen war. Der mit Fleiß und Sparsamkeit erreichte bescheidene bürgerliche Wohlstand hatte für sie an Glanz verloren. Ihr einziges Kind war dabei, sich selbst zu ruinieren.

Hayenna hatte die Drogenberatungsstelle aufgesucht und mit dem Leiter des Gesundheitsamtes gesprochen. Er hatte seine Beziehungen in das Spiel gebracht und mit anerkannten Kapazitäten der Suchttherapie telefoniert.

Schließlich gelang es ihm, für Onno einen Therapieplatz in einer anerkannten Berner Klinik zu bekommen. Die Kosten spielten keine Rolle. Onno mußte entziehen, wenn er dem qualvollen Tod entrinnen wollte.

Frau Hayenna hatte in Norden die katholische Kirche aufgesucht, einen Hundertmarkschein in den Schlitz des Opferstocks geworfen, eine Kerze angezündet, sich in eine Bank gekniet und im matten Licht der Kirche unter Tränen zur Mutter Maria gebetet.

An den Wochenendabenden war Hayenna zur Disco gefahren. Er hatte seinen Wagen so auf dem Gelände abgestellt, daß er durch die Frontscheibe die jungen Menschen beobachten konnte, die kamen und gingen. Bis spät in die Nacht hatte er mit klopfendem Herzen vergeblich auf die Eingangstür unterhalb der bunten Leuchtreklame gestiert.

Selbst der Versuch, mit verschlüsselten Kleinanzeigen in den Zeitungen Onno zu bewegen, sich zu Hause zu melden, war ohne Erfolg geblieben. Ein Anruf bei Lehrer Claussen erhärtete den Verdacht, daß der Sohn mit der kleinen Componga, deren Vater aus dem Fenster gestürzt war, irgendwo Unterschlupf im Fixermilieu gefunden hatte.

Als Hayenna schließlich in seiner Verzweiflung das Polizeirevier aufsuchte, hatte der diensttuende Beamte der Schutzpolizei eine Suchmeldung abgelehnt, da gegen Onno keine strafbare Handlung vorlag. Hayenna rief in Bern an und bat den leitenden Professor um eine Terminverschiebung.

Onno betrat am frühen Morgen die Weide. Er betrachtete abschätzend die Schafe. So, als spürten die Tiere seine Absicht, hoppelten sie blökend davon. Es gelang ihm, die von ihm ausgewählten Tiere einzufangen. Erst beim letzten Schaf geriet er zu Fall und verknackste sich den Fuß. Max kam ihm zu Hilfe. Sie zerrten auch dieses Schaf in den ehemaligen Kuhstall und schlachteten es für den Bremer Wochenmarkt.

Onno fühlte Schmerzen. Er rieb den Fuß und das Gelenk mit Sportgel ein und half Max, soweit er konnte. Am Abend, als sie sich im Wohnzimmer, das Helga mit ihrer Pflege wohnlich gehalten hatte, wie fast immer mit Schafkäse, selbstgebackenem Brot und Rotwein um den Tisch setzten, war sein Fuß dick angeschwollen.

»Max muß am Morgen allein nach Bremen fahren, um an die Kurden das frische Fleisch zu verkaufen«, sagte er.

Als Helga den Tisch abgeräumt hatte, verstieg Nina sich in ihre Gedichte, die den Tod und die geläuterte Wiedergeburt in einem Meer von Farben mit himmlischer Musik versprachen. Helga weinte, während Max sauer reagierte.

»Wir haben keinen Grund, uns hier wie in einer Totenandacht mit unseren Gedanken ins Jenseits zu begeben«, sagte er und holte frische Bestecke.

»Das Heroin ist von erstklassiger Qualität«, sagte Onno.

Sie präparierten die Spritzen und injizierten sich das Gift in die Adern. Verträumt saßen sie in den Sesseln und blickten auf die tanzende Flamme der Kerze. Sie fuhren erschrocken zusammen, als Helga aufschrie und auf das Fenster stierte.

Sie glaubte, das blasse Gesicht des häßlichen Reporters gesehen zu haben. Pax knurrte. Max schaute nur kurz auf. Der Rausch trug sie bereits davon in eine unreale Welt der Glückseligkeit.

Max stellte den Wagen auf dem Parkplatz des Yachthafens ab, nahm die Tasche aus dem Wagen und schritt zum Schiffsanleger. Es war ein lauer Sommerabend. Die vielen Touristen nahmen um diese Zeit das Abendbrot ein. Am Horizont sah Max die Silhouette von Norderney.

Er betrat die »Frisia VI«, die um zwanzig Uhr nach Norderney auslief. Im Restaurationsdeck gab es noch genügend freie Plätze. Max setzte sich auf eine Sitzbank eines Fenstertisches, klemmte seine Tasche zwischen die Füße und bestellte bei der Serviererin ein Bier.

Als er sich unbeobachtet fühlte, öffnete er die Tasche,

löste vom Heroinbeutel den Schlüssel, an dem die Adresse seines für ihn gebuchten Appartements klebte.

Max war zufrieden. Er mußte die heiße Ware erneut zum »Kaninchenhorst« transportieren. Er blickte auf den Schlüssel. Appartement 220. Wie gehabt, stellte er fest. Er nahm sich vor, zu Fuß in die Stadt zu gehen und erst auf der Kaiserstraße nach einem Taxi Ausschau zu halten. Man konnte nie wissen. Er fühlte eine aufsteigende Angst, die ihn verunsicherte. Ihm kam der etwa dreißigminütige Weg durch die Siedlung Alter Horst an den Weiden entlang in die hell erleuchtete Stadt zur Kaiserstraße lang vor. Er spürte das verräterische Kribbeln am ganzen Körper. Seine Hände zitterten, als er die Riemen der Tasche von der einen Schulter auf die andere legte. Schweiß perlte in sein Gesicht.

Der Wind hatte an Stärke zugenommen. Er hörte die Brecher, die unterhalb der Strandpromenade gegen die Basaltsteine rollten.

Vor dem Hochhaus hielt ein Taxi. Max rannte. Er atmete schwer und hatte Angst zu ersticken. Der Taxifahrer sah ihn im Spiegel. Er öffnete ihm die Tür.

»Leuchtturm«, sagte Max nur und setzte sich auf den Sitz.

Der Fahrer schwieg, während er das Taxi über die leere Straße lenkte. Er hielt vor dem Leuchtturm.

Max zahlte und wartete einige Minuten. Niemand achtete auf ihn, als er sich über den schmalen Versorgungsweg in die Dünen begab. Es waren nur einige hundert Meter bis zum Haus Kaninchenhorst. Er ging hastig zur Tür und steckte den Schlüssel in das Schloß.

Max drehte sich überrascht um. Er glaubte, einen Schatten bemerkt zu haben. War ihm jemand gefolgt? Er zog den Schlüssel aus dem Schloß und ging einige Schritte an den hell erleuchteten Fenstern des Restaurants entlang. Er sah sich um. Da war niemand. Max schloß die Tür auf und betrat das Haus, drückte den Lichtschalter und stieg die Treppe nach oben.

Er vernahm Kinderstimmen.

Irgendwo hörte jemand moderne, schrille Musik. Max schloß hastig die Appartementtür auf, sorgte für Licht und betrat den Korridor und dann das Wohnzimmer. Er sah sich um. Die Räume waren ihm vertraut. Er fand eine Kerze. Sie stand auf dem Tisch. Er zündete sie an, langte nach seinem Fixerbesteck und bereitete einen Schuß vor.

Er atmete auf, als er die erste Wirkung spürte. Er hörte Haustürschlagen und glaubte Schritte auf dem Flur zu vernehmen.

Max wurde unruhig. Onno fehlte ihm. Onno hatte ihm auch auf dem Wochenmarkt gefehlt.

Max nahm die Ware, trug sie in das kleine Schlafzimmer, schob den Beutel unter die Frotteehandtücher, nahm das dort abgelegte Geld und steckte es ein. Hastig entfernte er vom Bett eine Decke, rollte sie zusammen und steckte sie in die Tasche.

Er schritt an den Kühlschrank, warf die dort gelagerten Bierdosen in die Tasche und verließ das Appartement. Dann lief er die Treppe hinab und betrat den Kellerraum. Fahrräder standen herum. Eine Tür führte aus dem Haus. Sie war nicht verschlossen. Max verließ das Appartementhaus über einen Plattenweg und eilte in die angrenzenden Dünen.

Kaninchen hoppelten aufgescheucht davon. Der Mond schien vom Himmel und tauchte die Dünen in ein helles Licht.

Er hörte das Rauschen der Wellen, die auf dem Strand ausrollten. Der aufgebriste Wind war frisch. Er blies vom Meer her über die Dünenkämme.

Max breitete die Decke über dem warmen Sand aus und ließ sich nieder. Es war ein herrlicher Abend. Er trank Bier und stierte hinab auf den Weg, der vom Leuchtturm zum Appartementhotel »Kaninchenhorst« führte. Dann sah er das Auto, das vor dem Appartementhaus hielt. Das Licht der Neonröhren fiel auf den Opel Frontera der Bullen. Max war ihnen entkommen. Er trank Bier und erinnerte sich an Helga, die geglaubt hatte, das Gesicht des Reporters gesehen zu haben, der sie den Lesern der Ostfriesen-Post vorgeführt hatte. Er dachte an den kleinen Mann, der seinen Stand fotografiert hatte.

Max entschloß sich, die Nacht in den Dünen zu verbringen.

14

Seenebel trieb über die Stadt. Es war kühl im Dienstzimmer. Von draußen drangen gedämpft die Geräusche der Fahrzeuge durch die angelehnten Fenster nach innen.

Die Beamten saßen vor ihren Akten.

»Die kleine Componga und ihr Freund dealen vermutlich, um selbst an den Stoff zu kommen«, sagte Tjarden und legte das verfaßte Gedächtnisprotokoll zu den Akten.

»Die Alte spielt Blindekuh«, sagte er.

»Häßling hätte sie zumindest vor der Veröffentlichung seiner Fotos aufsuchen können«, sagte Wübbena.

»Ihm fehlt es nun mal an Fingerspitzengefühl«, meinte Tjarden.

»Ihm geht es um die Sensation, ohne Interesse an dem Schicksal der Betroffenen. Und was noch bedeutsamer ist, ihm fehlt es an der Kooperationsbereitschaft.«

Kommissarin Wessels betrat das Dienstzimmer. »Aus Bremen«, sagte sie nur und reichte Wübbena ein Fax.

Wübbena las laut: »Wir haben Hinweise, die dafür sprechen, daß Rauschgift in großen Mengen von Bremen nach Norderney geschafft wurde. Unsere Blitzaktion blieb erfolglos, weil der von uns observierte Dealer sehr wahrscheinlich von einem recherchierenden Journalisten aufgeschreckt wurde. Wir bitten um Rückruf. Kripo Bremen, Dezernat R 4, Abt. 14/B. Kommissar Socha.«

Wübbena schaute auf, »Das war Häßling«, sagte er überzeugt.

»Der Kerl ist des Teufels!« schimpfte Tjarden.

Wübbena griff zum Telefonhörer. »Wilko, die Nummer der Kripo Bremen.«

Krisenstimmung zeichnete die Gesichter der Bewohner der Schaffarm, als sie sich im Wohnzimmer berieten. Die Kerze brannte wie gewohnt. Sie tranken Tee aus ungespülten Tassen. Die Männer hatten seit Tagen kein Schaf mehr geschlachtet. Max hütete einen kleinen Notvorrat Heroin, der zur Neige ging, dabei spritzten sie in immer kleiner werdenden Abständen.

Max, der auf Norderney nur knapp dem Zugriff der Polizei entgangen war, hatte in Bremen den Stand aufgegeben. Dann hatte das Finanzamt Norden zugeschlagen. In den brüchigen Frieden der Süchtigen flatterte der Steuerbescheid aus dem Vorjahr. Max wurde aufgefordert, fünfzehntausend DM Einkommensteuer bis zum zwölften Juli zu zahlen. Max machte dem Finanzamt einen Besuch. Die Beamten legten die Akten offen. Da gab es nichts zu diskutieren. Entweder Einspruch, gekoppelt mit einer Betriebsprüfung, oder zahlen, das war die Alternative.

Max legte keinen Einspruch ein und konnte auch nicht zahlen. Auch Onno war finanziell am Ende. Er hatte die KFZ-Versicherungsbeiträge für seinen Golf nicht bezahlt, den TÜV-Termin des Wagens weit überschritten.

Pax war abgemagert. Er schlich müde, als suche er nach einem ruhigen Platz für immer, durch die ungepflegten Räume.

Die Bank meldete sich, Max hatte sein Konto überzogen.

Ninas Gedichte hatten den Beigeschmack von bitterer Galle und faulendem Herbstlaub. Ihre Bemühungen, ihre reichen Eltern anzupumpen, blieben ohne Erfolg. Wenn sie zu Hause anrief, wurde der Hörer auf die Gabel gelegt. Sie tranken Tee, aßen einige Schnitten und warteten gierig auf den nächsten Schuß.

»Wenn sie meine Farm versteigern lassen, dann müßte unter dem Strich noch etwas übrigbleiben«, sagte Max.

»Meine Karre bringt auch noch etwas«, sagte Onno.

»Der Mercedes ist zwar alt, aber die Maschine läuft noch zigtausend Kilometer«, sagte Max. Sie hatten den Bezug zur Realität verloren. Auf den Höfen der Autohändler standen Tausende von unverkauften Gebrauchtwagen.

Helga trug wie Nina die schreiend bunten Leggings.

»Max, das war Häßling, der die Bullen auf dich gehetzt hat«, sagte sie.

»Das Schwein hat mich und Helga am Campener Leuchtturm erwischt«, sagte Onno, als suche er nach einem Schuldigen für seine verkorkste Laufbahn.

»Wir sind Opfer dieser satten Typen«, sagte Nina. Sie griff verträumt nach einer Schere, schnipselte Gedichte aus den Schreibmaschinenseiten und klebte sie auf ein frisches Blatt.

»Ich verkaufe die Schafe! Noch sind wir nicht am Ende«, sagte Max. Er erhob sich, holte aus dem Versteck die Einwegspritzen und das Heroin.

Helga schrie plötzlich auf.

»Was ist?« fragte Onno.

»Häßling! Er war am Fenster!« Helga weinte.

»Das Schwein!« schimpfte Max. Er rannte aus dem Haus. Onno folgte ihm. Vor dem Haus war die Luft noch heiß. Sie sahen einen Mann, der weit entfernt in die Dämmerung radelte.

»Helga sieht bereits Gespenster«, sagte Onno. Sie gingen zurück in die Wohnung und präparierten die Spritzen.

Dem Finanzbeamten Hayenna war es trotz seiner vielen Bemühungen nicht gelungen, seinen Sohn ausfindig zu machen. Er und seine leidende Frau gaben dennoch nicht auf. Immer noch schöpften sie Hoffnung. Die Werbegemeinschaft der Norder Kaufleute hatte ihr Open-Air-Festival als Clou der Saison unter Mithilfe eines angesehenen Moderators des NDR mit bekannten Popgruppen auf den weiten Wiesen des kleinen Ortes Halbemond unter Einbeziehung des Speedway-Stadions mit viel Einsatz und mäßigem Erfolg veranstaltet.

Hunderte von Toilettenkabinen hatten sie hinstellen lassen und Tausende Quadratmeter abgemähter Grasflächen für die Autos und Busse zur Verfügung gestellt. Bierbuden, Würstchengriller und Pizzabäcker hatten ihre Stände aufgebaut. Tausende von jungen Menschen erfreuten sich während der schönen Spätsommertage und der lauen Nächte an den Klängen moderner Massenmusik.

Kripobeamte in Zivil mischten sich unter die Besucher, um den Rauschgiftkonsum unter Kontrolle zu halten.

Regelrechte Zeltdörfer waren entstanden. Mehr als zehntausend junge Menschen – die Werbegemeinschaft hatte noch mehr erwartet – sorgten für Hektik und Betrieb.

Hayenna lief verzweifelt über die abgemähten Weiden auf der Suche nach seinem Sohn.

Die engagierten Musiker begeisterten die jungen Menschen bis spät in die Nacht. Doch am Rande der Musikszene floß das Bier. Dealer, selbst süchtig, machten gute Umsätze. Die wenigen Kripobeamten, die im Rhythmus ihre Kontrollgänge versahen, waren überfordert. Viele Gäste aus dem benachbarten Holland hatten ihren Stoff legal erworben.

Hayenna schritt an den Ständen vorbei, blickte in Zelte, in denen Licht brannte. Verbissen und mit bleichem Gesicht, schritt er aufrecht wie ein Soldat über das vernarbte Gras. Ihm kam nicht der Gedanke, seine Suche aufzugeben. Er wirkte in der saloppen Musikszene wie ein Greis, der es vergessen hatte, sich zurückzuziehen.

»Onno, ich muß dich finden«, sprach er vor sich hin.

Plötzlich stutzte er. Das Blitzlicht eines Fotoapparates hatte ihn geblendet. Außer sich vor Wut stierte er den kleinen Mann an, dessen Haare gelockt waren.

»Häßling!« schrie er auf. »Sie sind Häßling!«

Der Reporter grinste ihn ironisch an.

»Sie sind ein Schwein! Sie suchen hier erneut nach Opfern für Ihre Sensationsberichte!« schrie Hayenna. Er näherte sich dem Journalisten und schlug ihm mit der Faust ins Gesicht. »Das ist meine Antwort!« zischte Hayenna und ging davon.

Einige Typen näherten sich neugierig. Häßling wandte sich ab. Er spürte den Schmerz in seinem Gesicht und ließ den alten Mann davonschreiten.

Lehrer Claussen hatte sich einen Tee aufgebrüht. Er saß am Schreibtisch und las den »Spiegel«, als das Telefon klingelte. Er nahm den Hörer ab.

»Claussen«, sprach er in die Muschel.

»Hier ist Helga. Herr Claussen, Sie müssen mir helfen.« Ihre Stimme klang gehetzt.

»Was ist los?« fragte Claussen überrascht. Er hörte, wie sie weinte. Er wartete Sekunden.

»Es ist so schrecklich«, sagte sie stockend.

»Und wie kann ich dir helfen?« fragte Claussen konzentriert.

»Ich rufe aus der Telefonzelle in Marienhafe, Freesenstraße, Ecke Kirchplatz an. Ich sterbe, wenn Sie nicht kommen.«

Sie hatte aufgelegt. Claussen legte nachdenklich den Hörer auf die Gabel, blies das Licht im Stövchen aus, griff nach seiner Sommerjacke, überzeugte sich, daß die Brieftasche in der Futtertasche steckte, griff zum Autoschlüssel und verließ die Wohnung. Es war bereits dunkel und angenehm mild nach dem heißen Tag. Er stieg in das Auto und fuhr los. Er sah Helga, die vor der beleuchteten Telefonkabine stand. Claussen fuhr langsam an dem beleuchteten Telefonhäuschen vorbei und hielt an der Bushaltestelle. Helga trat an den Wagen. Claussen öffnete die Beifahrertür. Er bemerkte trotz des schwachen Lichts der Innenlampe, daß Helga blaß und leidend aussah.

»Was ist?« fragte er.

»Herr Claussen, mir geht es schlecht, ich benötige einen Schuß!« hauchte sie erschöpft.

»Helga, du verlangst von mir Unmögliches! Ich bin dein Lehrer!« sagte Claussen.

Helga schluchzte. »Nur dieses eine Mal! Bitte, bitte, pumpen Sie mir hundert Mark.«

»Das geht nicht! Ich riskiere Kopf und Kragen!« antwortete Claussen und kämpfte mit seinen Gefühlen. Helga tat ihm leid. Sie war süchtig. Wie konnte er ihr helfen?

»Helga, suche mich morgen in der Schule auf. Ich will dir beistehen, einen Therapieplatz zu bekommen«, sagte Claussen.

Er steckte den Schlüssel in das Schloß. Helga warf sich auf den Beifahrersitz und heulte auf. Sie schlug mit ihren Fäusten auf den Sitz. »Ich krepiere!« schrie sie.

Claussen schaute sich ängstlich um. Seitlich befand sich ein Supermarkt. Ein Werbetransparent warf farbiges Licht auf die weiße Fassade und das gestapelte Leergut.

Wie würde der Direktor entscheiden? Er stieg aus, ging um den Wagen herum und näherte sich der Schülerin, die immer noch hysterisch um sich schlug.

»Helga, bitte, verlaß meinen Wagen!« forderte Claussen sie auf.

»Lassen Sie mich nicht krepieren!« heulte sie auf.

Claussen beobachtete, wie ein Zittern ihren Körper erfaßte. Er schwitzte und hatte nicht den Mut, das Mädchen aus dem Auto zu zerren. Hilflos öffnete er die Brieftasche, entnahm ihr zwei Fünfzigmarkscheine und drückte sie Helga in die verkrampfte Hand.

Nur langsam hob Helga ihren Oberkörper. Sie blickte Claussen mit leeren Augen an, verließ das Auto und rannte davon.

Claussen schaute ihr nach. Hätte er Helga leiden lassen müssen? Sie wie ein Tier aus dem Wagen stoßen sollen?

Er fand keine Antwort. Die hundert Mark taten ihm nicht weh.

Sollte er Helga sich allein überlassen? Konnte er beruhigt nach Hause fahren, um seinen »Spiegel« zu Ende zu lesen? Er setzte sich hinter das Steuer und wartete nervös.

Als die Gemeinde die Straßenleuchten abschaltete, wurde Claussen unruhig. Niemand belebte die Straße. Die Handvoll Eigenheime am Ende der Straße lagen ohne Licht im Dunkeln.

Claussen schwitzte nervös und hielt das Steuer in den

verkrampften Händen. Endlich sah er Helga, die sich ihm näherte.

Er atmete auf.

Munter, ja, übermütig stieg sie zu ihm in den Wagen und strahlte Claussen glücklich an.

Seit Wochen bestimmte ein konstantes Azorenhoch das Wetter der norddeutschen Küste. Am Himmel zeigte sich keine Wolke. Gegen Mittag briste der Nordwestwind allmählich auf und brachte ein wenig Kühlung. Die Feriengäste belebten die Strände. Vor der weißen Düne lehnten Hunderte von Fahrrädern an der kleinen Schutzmauer, und ebenso viele standen auf dem kleinen Parkplatz. Über den Dünen hingen die Möwen im Wind. Vor dem Leuchtturm wartete eine Gruppe auf eine Führung. Die Urlauber des Campingplatzes hatten ihre Wohnwagen und Zelte verlassen und Erfrischung am Strand gesucht.

Auf dem Flugplatz landeten Maschinen mit sonnenhungrigen Wochenendgästen.

Nina, Helga, Max und Onno fanden an diesem Sommernachmittag keine Beachtung, als sie sich schwitzend zu Fuß auf dem Dünenweg zum Leuchtturm befanden. Sie trugen prall gefüllte Rucksäcke und kämpften mit der Hitze. Ihre blassen Gesichter verrieten, daß sie Neuankömmlinge waren. Sie trugen poppige Klamotten, wie sie zur Zeit in waren. Wie Soldaten schritten sie im Gänsemarsch ihrem Ziel entgegen.

Sie hatten keinen Blick übrig für die kleinen blühenden Dünenröschen und die Wiesen mit den Hagedornsträuchern. Sie interessierten sich auch nicht für den Golfplatz, der seitlich ihres Weges lag. Ihr Ziel war der Campingplatz, von dem sie bereits das Verwaltungsgebäude sahen.

Der Leuchtturm hatte ihnen als Orientierung gedient. Sie waren glücklich, als sie den Greis sahen, der ihnen zuwinkte. Sie waren ausgelaugt und am Ende ihrer Kräfte.

»Hallo«, begrüßten sie den alten Mann.

»Es sind nur noch zweihundert Meter«, sagte der etwa siebzigjährige Konrad Worringer, der in Zorts am Niederrhein sein Café bereits vor zehn Jahren verpachtet hatte. Er führte die jungen Leute zu dem aufgebockten Wohnwagen, der am Fuße einer Düne stand.

»Wie gesagt, meine Frau sitzt im Rollstuhl. Sie und ich waren leidenschaftliche Camper. Wir hätten uns eine Wohnung leisten können, aber all die Jahre war das unser lauschiges Plätzchen.«

»Er sieht noch ganz passabel aus«, sagte Onno.

»Der Preis ist fast geschenkt. Aber es zählt nur Bares«, sagte Worringer im Kölner Tonfall.

Die jungen Leute warfen ihre Rucksäcke ab. Max stieg als erster in den Wohnwagen. Onno folgte ihm. Nina und Helga setzten sich geschafft in den Schatten. Sie blickten mißmutig auf das Wattenmeer.

Sie waren tief gesunken. Der kleine Wohnwagen sollte ihr neues Zuhause sein. Es gab keine andere Möglichkeit. Sie hörten, wie sich Max und Onno mit dem Rentner im Wohnwagen unterhielten.

»Dreitausend auf die Hand. Dann die Papiere«, sagte Max.

»Das geht in Ordnung. Der Wohnwagen ist abgemeldet. Hier habe ich den Fahrzeugbrief und hier die Quittung.«

Max zahlte, steckte die Quittung und den Eigentümerschein ein.

»Die Platzgebühr ist bis zum nächsten Frühjahr von mir bezahlt worden. Ich könnte heulen vor Wehmut«, sagte der alte Worringer und schritt mit gebeugtem Rücken und schweren Schritten davon.

15

Beim Heimspiel gegen Bayern München gelang Tammo fünfzehn Minuten vor Spielende beim Stande von zwei zu drei der entscheidende Treffer. Der herausgelaufene Torwart der Bayern hatte sich vor dem auftauchenden Stürmer nach hinten fallen lassen und seine Füße zur Abwehr nach dem Ball ausgestreckt.

Tammo hatte den Ball auf den Spann bekommen und voll durchgezogen. Er vernahm den Jubelschrei der Zuschauer und fühlte gleichzeitig einen Schmerz, der vom Fuß in die Waden zog.

Tammo war daraufhin zur Seitenlinie gehinkt. Der Trainer hatte ihn gegen einen Abwehrspieler ausgewechselt, Tammo in die Kabine geschickt und den Vereinsarzt herbeigerufen.

Tammo mußte notgedrungen pausieren.

Franziska nutzte die Zwangspause, telefonierte mit dem Makler, danach mit der Firma, die die Küchen im Appartementhaus ›Inselglück‹ auf Norderney installierte. Sie nahm einige Tage Urlaub und fuhr mit Tammo nach Norderney.

Franziska wich nicht von der Seite der Handwerker und war erst zufrieden, als die teure Küche funktionsfähig die Küchenzeile der Wohnung ausfüllte.

Sie hatten Glück gehabt, denn Norderney war ausgebucht gewesen. Wegen einer Abbuchung – der Mieter war ausgeblieben, weil er einen Todesfall in der Familie zu beklagen hatte – hatten sie im Hochhaus an der Kaiserstraße ein schnuckeliges Appartement bekommen.

Fränzchen war nicht zu bremsen gewesen. Auf der Insel boten die wenigen Möbelgeschäfte nicht das Sortiment, das ihr vorgeschwebt hatte.

»Tammo, ich mag diese modernen Schlafzimmer nicht. Was meinst du dazu?« hatte sie Tammo gefragt,

»Das überlasse ich dir«, hatte er lächelnd geantwortet.

Fränzchen nahm das Telefonbuch in die Hand, schlug

den Ortsteil von Norden auf und bemühte sich um eine Übernachtungsmöglichkeit in einem Norddeicher Hotel.

»Wir suchen die Möbelgeschäfte auf dem Festland auf. Ich möchte ein rustikales Schlafzimmer aus massivem Holz im bayerischen Stil«, sagte sie.

Tammo grinste. »Wenn ich dir damit eine Freude machen kann.«

»Vielleicht bleibt uns danach noch etwas Zeit, um deine Mutter zu besuchen«, sagte Fränzchen.

Im Wohnzimmer des Appartements brannte die Kerze. Durch das Fenster blickten sie über den Balkon hinweg in den klaren Abendhimmel. Tammo nahm Fränzchen in die Arme.

»Ich freue mich auf das neue und auch auf das hiesige Schlafzimmer«, sagte Tammo. Er entkleidete Fränzchen und zog sie in das kleine Schlafzimmer, in das das Licht der blanken Sterne fiel.

Für Frau Componga hatte sich das Blatt gewendet. Sie konnte sich einiges leisten.

Die Lebensversicherung, die Behrend während seiner jungen Jahre abgeschlossen hatte, war ihr ausgezahlt worden.

Die Staatsanwaltschaft hatte seinen Sturz aus dem Fenster als natürliche Todesursache anerkannt und das Verfahren eingestellt.

Sie fieberte dem Antrittstermin ihrer Kur mit gemischten Gefühlen entgegen und erhoffte sich von der ihr aufgezwungenen Heilmaßnahme eine grundlegende Besserung ihres angegriffenen Gesundheitszustandes.

Bonno lebte bei einer Ziehmutter, die ihn mit den eigenen Kindern liebevoll umsorgte. Darüber war sie eigentlich froh, denn sie war den Anstrengungen und geistigen Anforderungen, die die Erziehung ihres kleinen Sohnes erforderten, nicht mehr gewachsen. Um so mehr sorgte sie sich um Helga, die sie verlassen hatte. Sie befürchtete, daß sie – wie die Kripo angedeutet hatte – der Rauschgiftszene angehörte. Sie weinte oft, wenn sie die vielen Fotos der abgemagerten, bleichen jungen Menschen in den Illustrierten sah. Frau Componga wußte, daß sie als Mutter versagt hatte. Und dieser Journalist hatte Helga zutiefst gedemütigt und ihr den Rest ihrer Selbstsicherheit und Selbstachtung genommen. Nur Tammo war ihr geblieben. Sie war stolz auf ihn. Er machte ihr keine Vorwürfe und überwies ihr mitfühlend per Dauerauftrag einen Zuschuß auf ihr Bankkonto.

Die Post hatte auf Anraten der Gemeinde nach dem tödlichen Unfall ihres Mannes vor dem Block eine Telefonzelle installiert.

Um sich aus der Isolierung zu begeben, suchte sie öfter die Telefonzelle auf. Sie bestellte ihre Einkäufe beim Supermarkt und ließ sich die Waren in die Wohnung bringen. Sie rief ihre Bank an, wenn sie Geld abheben wollte, die dann einen Angestellten schickte, der ihr das Bargeld zu Hause aushändigte.

In der Vorahnung, daß die Ärzte ihr in der Heilanstalt den Schnaps verbieten würden, trank sie mehr als zu Lebzeiten ihres verunglückten Mannes. Wenn ihr die Einsamkeit allzusehr zu schaffen machte, bestellte sie ein Taxi und ließ sich nach Norden, zum Lütetsburger Forst oder nach Norddeich fahren, um dort in einem Café ihrer Lieblingsbeschäftigung nachzugehen. Sie griff nach den Heften der Lesemappe und trank Kaffee mit Asbach.

Hin und wieder entschloß sie sich auch abends zu einem Ausflug in die Emdener Altstadtpinten, um beim gepflegten Bier und kühlen Corvit unter Menschen zu sein und ihren Erinnerungen nachzugehen.

Ihre neugewonnene finanzielle Unabhängigkeit hatte sie genutzt und sich von ihren abgetragenen Kleidern getrennt. Sie hatte sich lange genug von Behrend tyrannisieren lassen. Sie weinte ihm nur selten eine Träne nach. Sie fühlte sich noch jung und tatkräftig genug, sich den Herausforderungen der kommenden Jahre zu stellen, und es gab da noch einiges, was sie bewegen wollte.

Es war bereits nach einundzwanzig Uhr, als sie mit einer

Tragetasche bepackt das Haus verließ. Am Himmel brauten sich dunkle Wolken zusammen. Es war schwülwarm. Ein Gewitter kündigte sich an. Draußen vor dem Haus traten einige Asylanten die Kippen der Zigaretten aus, um ihre Notunterkunft aufzusuchen. Ein Blitz zuckte vom Himmel, und der nachfolgende Donnerschlag übertönte das Klimpern der Flaschen in ihrer Tragetasche. Regen prasselte vom Himmel und näßte das französische Brot, das aus der Tüte hervorlugte. Frau Componga blickte hastig um sich. Sie sah den Wagen und eilte ihm entgegen.

Kapitän Löhrs steuerte die »Gretje« Norddeich entgegen. Die Sonne ging auf und schien voll auf das Steuerhaus. Sie hatten während der Nacht einige Seemeilen westlich von Norderney bei starkem, böigem Wind gefischt. Über der Küste hatten sich heftige Gewitter entladen. Maat Dreesen hatte die Krabben auf dem Heckofen des Kutters kurz mit Salzwasser aufgekocht, die Seezungen und Schollen mit dem Fischmesser abgestochen und auf die Plastikwannen verteilt. Löhrs neigte sich aus dem Steuerhaus und blickte nach hinten. Die »Orion« folgte ihnen. Sie näherten sich der Mole, an der die Frisiaschiffe im Licht der frühen Sonne vertäut lagen. Möwen segelten im Wind. In der Kombüse spülte der Maat die Teetassen. Löhrs steuerte den Kutter aus der Fahrrinne in den Hafen. Sie waren an diesem Morgen die ersten, die vom Fang zurückkehrten.

»Das wird heute ein Bombenwetter«, sagte er zu Dreesen.

Er dachte an seine Feriengäste. Auch Dreesen vermietete an Urlauber. Löhrs stoppte die Maschinen. Die »Gretje« näherte sich dem Kai.

»Ist dat en Schiet!« schimpfte Löhrs und wischte sich verwirrt mit der Hand über die Stirn.

Unterhalb der Kaimauer schwamm eine Leiche!

Der Motor heulte auf, als Löhrs dem Kutter Fahrt nahm und auf Gegenkurs steuerte.

»Keno!« rief er. »Schau dir das an!«

Der Maat trat zu ihm und schaute durch die Scheibe auf die Leiche.

»Mein Gott!« rief Dreesen und eilte aus dem Steuerhaus, während Löhrs die »Gretje« an der Leiche vorbeisteuerte und an der Kaimauer anlegte. Dreesen sprang von Bord, vertäute den Kutter und schritt direkt auf die Telefonkabine zu, die sich vor dem Genossenschaftsgebäude befand, um die Polizei zu benachrichtigen. Löhrs wartete, bis sein Maat zurückkam, ohne der Leiche, die bei auflaufendem Wasser nicht aus dem Hafen treiben konnte, auch nur die geringste Aufmerksamkeit zu schenken.

Die »Orion« fuhr an der »Gretje« vorbei. Kapitän Löhrs hob die Hand zum Gruß und wies hinter sich auf die Leiche. Sein Kollege von der »Orion« hatte ihn verstanden und legte hinter der »Gretje« an. Er und sein Maat gingen ohne Unterbrechung ihrer Arbeit nach. Auch Löhrs und Dreesen trugen die mit Krabben, Seezungen und Schollen gefüllten Aluminiumkästen auf den Kai.

Ein Feuerwehrauto, es war ein Ford Transit, auf dessen Dach ein Schlauchboot befestigt war, näherte sich und hielt auf dem Kai. Ein Feuerwehrmann sprang vom Wagen.

»Drüben«, rief Dreesen ihm zu.

Der Feuerwehrmann schritt an die Kante des Kais und blickte nach unten. Er stieg wieder in das Fahrzeug zu seinen Kollegen. Der Wagen fuhr davon. Löhrs blickte hinter dem Fahrzeug her.

»Keno, setz Teewasser auf! Wir bekommen Besuch«, sagte er.

Die Feuerwehrleute fuhren an der kleinen Schiffswerft vorbei auf den großen Parkplatz vor den Hallen des Yachtclubs, in denen die Yachten überwinterten.

In unmittelbarer Nähe befand sich die bepflasterte Böschung, über die bei jedem Tidestand Baufahrzeuge des Amtes für Küstenschutz über die Ladeklappen an Bord der Arbeitsschiffe fahren konnten. Auch Sportboote wurden hier von den Eignern von den Tendern zu Wasser gelassen.

Löhrs vernahm den laut knatternden Außenbordmotor.

Das Boot stob durch das Wasser. Als es die »Gretje« passierte, erstarb das Motorengeräusch. Die Männer näherten sich der Leiche und bargen sie. Löhrs beobachtete, daß es sich um eine männliche Leiche handelte. Über den Kai fuhr ein Polizeibully mit Blaulicht.

Wübbena fuhr hoch. Er blickte in das dunkle Schlafzimmer. Irritiert schaute er auf die Uhr des Radioweckers. Es war zehn nach sechs. Erneut vernahm er das Rufzeichen des Telefons. Er sprang aus dem Bett und hastete in den Korridor. Verschlafen meldete er sich. Der Beamte des Nachtdienstes bat ihn, sofort nach Norddeich zu fahren. Der vom Fang zurückgekehrte Kutter »Gretje« hatte einen Leichenfund gemeldet.

»Ist ein Arzt ... ?« fragte er.

»Dr. Noormann! Ich habe Manhorst benachrichtigt«, antwortete der Beamte.

»Und ein Sarg ... ?« fragte Wübbena.

»Die Kollegen sind bereits auf dem Wege«, antwortete der Beamte vom Dienst und legte auf.

Wübbena zog sich hastig an, verließ das Haus und ging zur Garage.

Wübbena stellte seinen Wagen vor den großen Hallen des Yachtclubs ab.

Er sah, wie die Feuerwehrmänner die Leiche aus dem Schlauchboot hievten und sie auf die gepflasterte Böschung legten. Ein weiterer Polizeiwagen fuhr vor. Zwei Beamte trugen einen Zinksarg und stellten ihn neben der Leiche ab.

Wübbena ging zur Leiche hinüber. Er blickte überrascht in das blasse Gesicht des Toten.

»Das ist Häßling, der Reporter der Ostfriesen-Post«, sagte er aufgeregt. Die nasse Wildlederjacke, die verschmutzten weißen Jeans und die aufgeweichten Cowboystiefel ließen keinen Zweifel offen.

»Wir warten im Bully«, sagte einer der Beamten des Polizeifahrzeuges.

»Ja«, antwortete Wübbena.

Die Feuerwehrmänner zogen das Schlauchboot aus dem Wasser und bauten mit ernsten Gesichtern den Außenbordmotor ab. Mit eingeübten Handgriffen bugsierten sie das Boot auf das Dach des Feuerwehrautos. Niemand der Anwesenden richtete den Blick in die nördliche Richtung, in der sich die Silhouette der Insel Norderney im auflaufenden Wasser spiegelte. Die aufsteigende Sonne warf ihr Licht auf die Nordsee. Möwen kreischten im Wind.

Wübbena sah den Wagen des Arztes. Dr. Noormann parkte in ihrer Nähe und verließ seinen Wagen. Er näherte sich ihm.

»Das Opfer ist Holger Häßling von der Ostfriesen-Post«, sagte Wübbena.

»Hat man ihn schon fotografiert?« fragte der Arzt.

»Manhorst wird gleich eintreffen«, antwortete Wübbena.

Der Arzt betrachtete das Opfer, öffnete seine Tasche und entnahm ihr Gummihandschuhe.

»Warten wir auf seinen Kollegen, dessen Fotos mir mehr Freude bereiteten«, sagte er.

»Häßling kannte keine Skrupel«, sagte Wübbena.

»Und ein Opfer hat sich an ihm gerächt«, stellte Dr. Noormann fest. Er sah müde aus.

»Um das herauszufinden, benötige ich die Ergebnisse Ihrer Untersuchung«, sagte Wübbena.

»Da kommt der Fotograf«, sagte der Arzt.

Manhorst verließ seinen Wagen und trat zu ihnen.

»Moin«, sagte er und stutzte. »Mein Gott, das darf doch nicht wahr sein!« Er griff zur Kamera und fotografierte den toten Kollegen aus mehreren Perspektiven.

»Herr Manhorst, wie gab sich Ihr Kollege? Kamen Sie gut mit ihm klar?« fragte Wübbena.

»Leidlich. Er mochte mich, aber nicht meine Fotos«, antwortete Manhorst und grinste.

»Und sonst?« fragte der Kommissar.

»Häßling war sehr ehrgeizig und ein negativer Mensch«, sagte Manhorst. »Wer hat ihn gefunden?«

»Die Fischer von der ›Gretje‹«, antwortete Wübbena.

Manhorst ging davon. Dr. Noormann begann seine Untersuchung.

Wübbena erinnerte sich an seine letzte Unterhaltung mit Häßling. Er hatte den Reporter gewarnt, sich nicht mit zuviel Elan in die Rauschgiftszene zu stürzen.

Ein Urlauber joggte in greller, bunter Kleidung über den Platz, ohne Interesse an der makabren Szene zu zeigen. Ein Kutter zuckerte in den Hafen. Dr. Noormann untersuchte den toten Journalisten, entfernte die störende nasse Wildlederjacke und schob mit seiner Hand Hemd und Unterwäsche des Opfers hoch.

Er setzte sein Stethoskop auf den Körper des Toten, klopfte den Magen- und Lungenbereich ab und horchte. Danach fuhren seine Hände die Wirbelsäule des Opfers ab. Er bewegte den Kopf des toten Journalisten vorsichtig hin und her. Wübbena blickte auf eine Yacht, die mit gerafften Segeln auslief. Die Feuerwehrleute fuhren davon.

»Ich gehe davon aus, daß er nicht ertrunken ist«, sagte Dr. Noormann. »Jemand hat ihm vermutlich das Genick gebrochen und danach in die Nordsee geschmissen.« Er stand über die Leiche gebeugt und hob seinen Oberkörper. »Bei dem Sturz in das Wasser hat er sich wohl kaum die Strangulierungsverletzungen zuziehen können. Herr Kommissar, das ist zuerst einmal mein voreiliges Ergebnis.« Er beugte sich wieder über die Leiche und schob die Augenlider des Toten über die starren, leeren Augen.

Wübbena betrachtete den blassen, schmächtigen, knabenhaften Körper des Journalisten.

»Er war bereits tot, als er das unfreiwillige Bad in der sommerlichen Nordsee nahm?« fragte er. Er wunderte sich über die Kälte seiner Gefühle. Er hatte schon viele Opfer von Gewaltverbrechen gesehen und Mitleid empfunden, doch dieser Reporter wirkte selbst tot abstoßend auf ihn.

»Der Mörder hat ihn erwürgt und ihm dabei das Genick gebrochen«, sagte Dr. Noormann.

»Also eindeutig Mord?« fragte Wübbena.

»Ja, es war Mord. Der Mörder besaß Kraft«, sagte der Arzt.

»Und Häßling hat sich kaum zur Wehr gesetzt?« fragte Wübbena.

»So ist es. Schaffen Sie den kleinen Sensationsreporter zum Krankenhaus. Ich werde ihn mir dort genauer ansehen.«

»Herr Doktor, bevor Sie Ihre Gummihandschuhe ausziehen, schauen Sie bitte nach, was der Reporter bei sich trägt«, bat Wübbena.

Der Arzt durchsuchte die Taschen der Jacke und der Jeans.

»Nichts«, sagte er, »nicht einmal ein Lockenwickler.«

»Danke. Und wann verstarb Häßling?«

»Ich nehme an, kurz vor Mitternacht, vielleicht gegen dreiundzwanzig Uhr«, antwortete der Arzt.

»Zu der Zeit tobte über Norddeich ein heftiges Gewitter«, sagte Wübbena.

Dr. Noormann hob die Leiche auf seine Arme und legte sie in die bereitgestellte Sargschale. Er streifte die Gummihandschuhe ab und packte seine Tasche.

»Ich hoffe, daß ich bei Ihrem nächsten Fall nicht wieder Nachtdienst im Krankenhaus versehe, Kommissar«, sagte er, nahm die Tasche und schritt seinem Wagen entgegen.

Wübbena schaute zu, wie die Beamten den Deckel auf die Schale legten, den Sarg zum Bully trugen und ihn in den Wagen schoben. Dann fuhren sie davon.

Wübbena ließ seinen Wagen stehen und machte sich auf den Weg zum Kutter »Gretje«. Auf dem Werftgelände begannen die Arbeiter an einer aufgedockten Yacht mit ihren Schweißarbeiten. Funken spritzten. Die Männer trugen Schutzbrillen.

Ein weiterer Kutter hatte den Hafen erreicht und angelegt. Die Fischer hoben gefüllte Aluwannen auf einen breiten Handwagen. Der D-Zug nach Bad Harzburg wurde auf den Gleisen Norddeich-Mole bereitgestellt. Lastwagen fuhren zum Fähranleger. Um sieben Uhr legte die »Frisia VI« nach Norderney ab. Arbeiter parkten ihre Autos auf dem Parkplatz hinter dem Schienenstrang.

Kapitän Löhrs stand vor der geöffneten Tür des Steuerhauses, als erwarte er den Beamten, der müde wirkte und bleich aussah.

»Kripo«, sagte der Kommissar und betrat das Schiff.

»Wir haben Sie erwartet, Herr Kommissar. Der Pressefotograf war bereits an Bord«, sagte Löhrs.

»Sie hatten einen guten Fang?« fragte Wübbena höflich.

»Wir sind zufrieden, doch diese Scheiß-EG-Quoten«, schimpfte Löhrs.

Wübbena folgte ihm in das Steuerhaus.

»Einen Tee?« fragte Löhrs.

»Gerne«, sagte Wübbena.

Kapitän Löhrs wies auf seinen Maat. »Keno Dreesen«, sagte er.

Der Maat setzte das Teegeschirr auf den Tisch der Kombüse. »Nehmen Sie Platz«, sagte er. Um den fest verschraubten Tisch zog sich eine kleine Sitzbank.

»Es gibt nicht viel zu berichten«, sagte der Kapitän. Der Maat schenkte Tee ein.

»Immerhin fanden Sie die Leiche«, sagte Wübbena und trank den heißen Tee, der ihm guttat, denn er hatte noch nicht gefrühstückt. »Der Arzt geht davon aus, daß der Reporter so gegen dreiundzwanzig Uhr ertrunken ist. Sie fanden ihn kurz vor sechs Uhr. Wie verhielt es sich mit der Tide?«

»Um Viertel nach elf Uhr begann die Flut. Um sechs Uhr zehn hatten wir Hochwasser«, sagte Löhrs und trank Tee.

»Die Leiche konnte also nicht aus dem Hafen treiben, wenn der Doktor sich nicht geirrt hat«, sagte der Maat. Er goß Tee nach.

»Das war es dann auch schon. Ich bereite ein Protokoll vor und melde mich danach wieder bei Ihnen«, sagte Wübbena. »Danke für den Tee.« Er reichte den Fischern die Hand.

»Viel Erfolg«, sagte Löhrs.

»Danke, Ihnen auch«, antwortete der Kommissar. Er verließ das Steuerhaus und stieg auf die Mole.

Die Bäckerei auf der Westerstraße hatte bereits geöffnet. Wübbena parkte auf dem Seitenstreifen und kaufte zwei Croissants.

Danach fuhr er zum Revier. Auf dem Marktplatz bauten die Markthändler ihre Stände auf. Ein leichter Wind kämmte die breitkronigen Linden und Ulmen. Er blickte auf den geparkten Polizeibully, mit dem die Beamten die Leiche des erfolgreichen Journalisten zum Kreiskrankenhaus transportiert hatten. Hinter dem Flachdachpavillon, in dessen Räumen sich eine öffentliche Toilette, ein Kiosk und ein Blumenladen befanden, saßen die Stadttrinker nach durchzechter Nacht auf einer Bank im Licht der frühen Sonne. Nur wenige Passanten belebten die Straße.

Der Parkplatz vor der Post war leer. Der Himmel war blau, die Luft mild, und in den Bäumen zwitscherten die Vögel.

Wübbena stieg die Steinstufen des alten Patrizierhauses hoch. »Moin«, grüßte er.

»War das ein Unglücksfall?« fragte der Beamte des Nachtdienstes und trat an den Tresen.

»Nein, Mord. Ich sehe rüber«, sagte Wübbena.

»Gut, ich weiß Bescheid«, sagte der Kollege.

Wübbena ließ den Wagen vor dem Revier stehen und schritt über den Marktplatz an den emsigen Händlern vorbei zum historischen Weinhaus, in dem die Kripo untergebracht war. Er schloß die Haustür auf und ging zu seinem Dienstzimmer. Er stellte Teewasser auf, schaute auf die Uhr, nahm das Telefonbuch zur Hand und suchte nach der Anschrift des Opfers.

Häßling war im Norder Teil des Telefonbuches nicht aufgeführt. Wübbena suchte unter Großheide. Er hatte Erfolg. »Holger Häßling, Journalist, Moorlage 7, Ortsteil Berumbur, 7322.«

Er setzte sich an den Schreibtisch und verfaßte ein Kurzprotokoll. Dabei fühlte er eine ansteigende Nervosität.

Er hatte diesen Sensationsreporter nicht gemocht, dennoch, Mord war Mord! Wübbena war entschlossen, alles aufzubieten, um seinen Mörder zu überführen. Er holte aus dem Regal einen Aktenordner, legte das Protokoll ab und bereitete sich einen Tee zu. Er aß die Croissants und suchte in Gedanken nach einer Strategie.

Als sein Assistent Wilko Tjarden das Dienstzimmer betrat, schob er den frisch angelegten Ordner mit dem Protokoll Tjarden zu und langte nach dem Telefonhörer. Er rief den Staatsanwalt an und teilte ihm den Mord mit. Danach wählte er die Nummer der Redaktion der Ostfriesen-Post. Der Chefredakteur befand sich noch nicht im Hause.

Die Sekretärin konnte weiterhelfen. Häßling hatte oft genug seinen Wagen, es handelte sich um einen VW-Passat, vor dem Verlagsgebäude geparkt. Der Wagen war in Kassel zugelassen. Wübbena rief die KFZ-Zulassungsstelle der Stadt Kassel an. Der Sachbearbeiter gab ihm das Kennzeichen durch.

»Wir fahren nach Norddeich, Wilko«, sagte er. »Sein Wagen wird dort auf einem Parkplatz stehen. Häßling wird sich von Berumbur wohl nicht mit einem Fahrrad seinem Mörder genähert haben und erst recht nicht den Fußweg von achtzehn Kilometern auf sich genommen haben.«

Wübbena bemühte sich um einen Dienstwagen. Die Beamten fuhren los.

Der Passat des Reporters stand seitlich im Schatten der großen Hallen. Wübbena wunderte sich deshalb auch nicht, daß er ihn am frühen Morgen übersehen hatte.

Häßling hatte, so nahmen sie an, den Weg in den Fischerhafen, es waren nur knapp dreihundert Meter, zu Fuß zurückgelegt.

Dort war er auf seinen Mörder gestoßen.

Die Kripobeamten schritten um den Wagen und blickten durch die beschlagenen Scheiben.

»Wir lassen ihn zum Revier schleppen«, sagte Wübbena.

Er machte sich auf den Weg zur Telefonzelle, rief den VW-Betrieb an und gab den Auftrag, den Wagen abschleppen zu lassen.

16

Staatsanwalt Mertens war angereist. Er stand mit Wübbena und Tjarden unter dem abgeschrägten Dach der KFZ-Wartungshalle. Mertens kraulte nervös seinen Bart. Er trug ein pinkfarbenes Samtblouson und eine leichte Sommerhose.

Die Sonne stand hoch und schien auf den fast neuen Passat. Ein Angestellter der Autofirma im blauen Overall öffnete mit einem Universalschlüssel die Autotüren. Heiße Luft entströmte dem Auto. Tjarden stieg in den Wagen und durchsuchte ihn nach Gegenständen.

Auf dem Boden hinter dem Fahrersitz fand er Wanderschuhe, ein Fernglas und eine Sonnenbrille. Auf dem Rücksitz lag ein unbenutzter Regenschirm.

Das Handschuhfach enthielt Straßenkarten und eine Taschenlampe. Auf dem Boden, vielleicht von der Lüftung herabgeweht, lag ein Briefbogen im DIN-A4-Format.

Der Staatsanwalt trat an die Autotür. »Keine Kamera?« fragte er.

»Nein«, sagte Tjarden, er betrachtete die beklebte Schreibmaschinenseite. »Eine recht merkwürdige Mitteilung. Vielleicht eine Spur.« Er reichte Mertens den Papierbogen.

Der Staatsanwalt holte seine Lesebrille aus der Jackentasche, setzte sie auf und betrachtete die Zeilen. Die Buchstaben waren aus Zeitschriften und Zeitungen unakkurat ausgeschnitten und auf das Blatt geklebt. Das Ganze sah aus wie eine Kinderarbeit. Der Leim war verlaufen, die Buchstaben nicht auf Linie zusammengefügt. Die Buchstaben waren zum Teil farbig und unterschieden sich in ihrer Druckgröße.

Mertens las laut: »Übermorgen um dreiundzwanzig Uhr im Fischerhafen Norddeich Übergabe von Rauschgiftfracht an Dealer aus Weser-Ems!«

»Das war eine Falle«, sagte der Staatsanwalt. »Und Häßling tappte, ohne uns zu verständigen, hinein«, sagte Wübbena.

»Kein Datum, kein Absender«, stellte der Staatsanwalt fest.

»Ob die Information stimmte, können wir nicht beurteilen«, sagte Wübbena. »Wir schicken die ominöse Klebearbeit an das Labor.«

»Ob Taucher auf dem Grund des Hafenbeckens die Autoschlüssel und die Kamera des Reporters finden würden?« fragte der Staatsanwalt.

»Die Kamera versilbert der Mörder, und die Schlüssel liegen bereits im Schlick des Tidehubs«, sagte Tjarden.

»Sie haben recht«, sagte Mertens.

»Wir schauen uns in der Wohnung des Opfers um«, sagte Tjarden.

»Ich benachrichtige die Zeitungen. Vielleicht melden sich Zeugen«, sagte Wübbena.

»Lassen Sie den Wagen nach Spuren und Fingerabdrücken absuchen«, sagte Mertens. Sie verließen den schattigen Platz des Wartungshofes und gingen zum Dienstzimmer.

Häßlings kleine Kate lag etwa fünfzig Meter von der Moorlage entfernt in der Weidenlandschaft. In der Nachbarschaft befanden sich einige für Ostfriesland typische Klinkerhäuser mit angebauten Stallungen für Kleinvieh und großen Gemüsegärten. Hinter dem Haus zog sich ein bewachsener Erdwall weit hinein in die Weiden. Der kleine Vorgarten war ungepflegt. Um Rhododendren und Thuja waren Gras und Quecken hochgeschossen. Aus den Ritzen der Auffahrtsplatten wucherte das Unkraut.

Das Garagentor war geöffnet. Ein Fahrrad lehnte seitlich an der geweißten Wand. Ein Mülleimer enthielt schimmelige Speiserückstände. Zwei Stufen führten zur Eingangstür der Kate. Vor den Fenstern fehlten die Gardinen.

»Ein Öko«, sagte der Beamte der Schutzpolizei, der einen Riesenring mit Schlüsseln trug und sie nach den Bartabmessungen mit dem Schlüsselloch verglich.

Tjarden kam zurück. Er war um das Haus gegangen, hatte durch die Fenster in die Räume geschaut. »Ein Single«, sagte er.

Dem Beamten gelang es, die Tür zu öffnen. Der kleine Korridor wirkte freundlich. An der Wand hing ein Spiegel. Sie öffneten eine weiß lackierte Tür und schauten in die Küche. Sie sah sauber und aufgeräumt aus. Dann betraten sie das Wohnzimmer. In der Mitte stand ein Tisch mit vier Stühlen. In der Ecke befand sich der Fernseher. Eine kleine Sitzecke mit Stehlampe ließ den Blick durch das Fenster auf die Weiden frei.

An den weißen Wänden hingen Vergrößerungen von Farbfotos hinter Glas. Sie zeigten Gewaltszenen, prügelnde Polizisten, Demonstranten mit Kerzen in den Händen, Bruchstücke der Berliner Mauer und sich mit Asylanten schlagende Skinheads.

Der einzige Lichtblick der Bildergalerie war eine Porträtaufnahme einer jungen Frau mit Bubikopf, vollen Wangen und Stupsnase, blauen hinterlistigen Augen, mit Sommersprossen auf rosiger Haut, die mit geschlossenen Lippen in die Kamera schaute. Den Rest nahmen gefüllte Bücherregale ein.

»Sehen wir uns um«, sagte der Staatsanwalt.

Sie suchten die übrigen Räume der Kate auf. Auf einem Wandregal eines kleinen Arbeitszimmers standen mehrere Kameras. Der Schreibtisch enthielt gefüllte Schubladen. Auf der Schreibtischplatte stand das Telefon, daneben lag eine Kladde.

Wübbena schlug sie auf. Sie enthielt eine Menge eingetragener Anschlüsse. Presseagenturen, Namen und Titel, die ihm nichts sagten. Doch dann stutzte er. »Miriam, Vorwahl Berlin.«

Wübbena sah, wie Tjarden Sammelmappen, die nach

Themen geordnet Negative enthielten, aus dem Schreibtisch holte und sie studierte. Staatsanwalt Mertens kehrte von seinem Rundgang zurück. »Diese Großfotos schoß Häßling für die Bildzeitung, für die Berliner Morgenpost und die Berliner Tageszeitung. Häßling ist kein unbeschriebenes Blatt«, sagte der Staatsanwalt.

»Und die interessante junge Dame?« fragte Wübbena.

»Privat. Der Titel: Miriam.«

»Einen Moment«, sagte Wübbena. Er wählte die Berliner Telefonnummer.

»Steildorf«, meldete sich eine Frau.

»Wübbena, Kriminalpolizei Norden, Ostfriesland«, sprach Wübbena in den Hörer.

»Ja, und was ist?« fragte die Frau.

»Heißen Sie Miriam?« fragte Wübbena.

»Das stimmt, doch weshalb rufen Sie mich an? Kann ich etwas für Sie tun?« fragte sie.

»Wir bemühen uns, den Mord an dem Journalisten Holger Häßling aufzuklären«, sagte Wübbena. Er hörte, wie sie aufschrie und schluchzte. Nach wenigen Sekunden sagte sie: »Holger war mein Verlobter. Was ist passiert?«

Wübbena vernahm ihren Atem. »Jemand hat ihn erwürgt«, antwortete der Kommissar.

»Das ist entsetzlich. Holger hielt es in Berlin nicht mehr aus. Der Streß und der Futterneid nach der Wende! Er suchte einen ruhigen Job in der Provinz. Und jetzt ist er tot!« Miriam Steildorf heulte.

»Hat Herr Häßling in Berlin Feinde hinterlassen? Könnte es eine Verbindung Berlin – Ostfriesland geben?« fragte der Kommissar.

Miriam antwortete stockend: »Holger liebte es, heiße Themen anzupacken. In Berlin schrieb er unter einem Pseudonym.«

Die Fotos, die Häßling in seiner Kate an die Wände gehängt hatte, schienen das zu bestätigen. »Und Rache ehemaliger Stasi-Leute?«

»Das möchte ich fast ausschließen«, antwortete sie mit fester Stimme.

»Es wäre gut, wenn Sie sich um seine Hinterlassenschaft kümmern würden. Er wohnte Moorlage sieben in zwei sechs fünf drei zwei Großheide, Ortsteil Berumbur. Sie können uns anrufen, falls Sie Hinweise oder Fragen haben.« Er gab ihr eine Telefonnummer durch.

»Danke, ich habe die Nummer notiert«, antwortete sie und legte auf.

Der Staatsanwalt blickte Wübbena fragend an.

»Seine ehemalige Verlobte aus Berlin«, sagte Wübbena und zeigte auf die Telefonkladde.

»Eine Mordsarbeit«, stöhnte Tjarden und blickte auf den Computer, auf die vielen Schnellhefter im Regal und die Plastikbehälter, die mit Disketten gefüllt waren.

»Vielleicht hat er den Namen seines Mörders gespeichert«, sagte der Staatsanwalt.

»Es wird Wochen dauern, bis wir uns durch seine Hinterlassenschaft gewühlt haben werden«, sagte Wübbena.

»Ich werde einen Computerspezialisten vom LKA anfordern«, sagte Mertens.

Sie fanden die persönlichen Akten des Journalisten im Schreibtisch. Häßling stotterte den Passat ab. Er zahlte eine angemessene Miete für das Haus. Sein Gehalt war, wie sie dem Dienstvertrag entnehmen konnten, mager, und seine weiteren Einnahmen von anderen Zeitungen hatten ihn sicherlich nicht zum reichen Mann gemacht.

»Das reicht«, sagte schließlich der Staatsanwalt. »Das Opfer ist für uns kein Unbekannter mehr.«

»Keine Hinweise, die uns momentan weiterbringen«, sagte Wübbena.

Sie verließen das Haus, und Wilko Tjarden trug die ausgesuchten Mappen mit den Negativen zum Auto. Der Beamte der Schutzpolizei schloß mit seinem Notschlüssel die Wohnungstür ab. Wübbena klebte das Siegel über das Schloß. »Wir waren heute sicherlich nicht das letztemal hier«, sagte er.

»Statten wir dem Vermieter noch einen Besuch ab«, sagte der Staatsanwalt.

Sie stiegen in den Wagen. Tjarden kannte den Weg. Sie

fuhren über ländliche Versorgungswege an Weiden, Bauernhöfen und kleinen Friesenhäuschen entlang.

Der Alte Postweg war eine ausgebaute Straße, die Berumerfehn mit Berumbur und Großheide verband.

Sie parkten vor dem Haus mit der Nummer 74, einem ehemals ländlichen Krämerladen, der umgebaut worden war. Vor einem großen Fenster hingen Gardinen. Neben der ehemaligen Ladentür befand sich die Klingel. Mertens drückte den Klingelknopf.

Ein Mann, er mochte um die siebzig Jahre sein, öffnete die Tür und schaute die Besucher überrascht durch eine Brille an, deren Gläser seine Augen entstellten.

»Mein Name ist Mertens. Ich bin Staatsanwalt. Herr Ufen, Sie haben sicherlich erfahren, daß Ihr Mieter Holger Häßling ermordet wurde.«

Der Alte erschrak. »Ich lese wenig Zeitung. Meine Frau ist nach einem Schlaganfall behindert. Wir leben zurückgezogen.«

»Kannten Sie Herrn Häßling näher?« fragte Wübbena.

»Nein. Er bezahlte pünktlich die Miete. Es gab keinen Ärger.«

»Wir haben in dem Haus recherchiert und die Haustür versiegelt. Die Exverlobte des Mieters wird sich um seine Hinterlassenschaft kümmern«, sagte Wübbena.

»Das ist entsetzlich. Ich fange an zu begreifen. Starb er im Haus?«

»Nein, in Norddeich. Betreuen Sie das Anwesen selbst?« fragte Tjarden.

»Nein, mein Steuerberater. Er hat mir nichts vom Tod meines Mieters gesagt.«

»Vielleicht weiß er es selbst noch nicht«, sagte Mertens. »Benachrichtigen Sie ihn bitte. Er wird Ihnen beistehen.«

Der Alte nickte, betrat das Haus und zog die Tür hinter sich in das Schloß.

17

Die Zeitungen im ostfriesischen Raum brachten am nächsten Morgen das Bild des ermordeten Journalisten. In schwarz umrandeten Balken würdigten sie den Kollegen mit Kommentaren. Dabei baten sie Zeugen, die sich am besagten Gewitterabend gegen dreiundzwanzig Uhr im Norddeicher Fischerhafen aufgehalten hatten, sich an die Kriminalpolizei zu wenden.

Wübbena und Tjarden warteten am Morgen im Dienstzimmer vergeblich auf Hinweise der Leser. Gegen elf Uhr fuhren sie zur Ostfriesen-Post und suchten den Chefredakteur auf. Onning empfand tiefe Trauer. Der Tod seines Mitarbeiters ging ihm sehr nahe.

»Häßling war hochbegabt, äußerst redegewandt und sehr intelligent«, sagte Onning. »Er recherchierte konsequent und besaß überdurchschnittliche Fähigkeiten, komplizierte Sachverhalte für den Leser verständlich darzustellen. Allerdings besaß mein Mitarbeiter einen fast krankhaften Ehrgeiz, der ihm im Wege stand. Häßling wäre bei uns nicht alt geworden.«

»Hat Häßling den Neid seiner Kollegen herausgefordert?« fragte Wübbena.

»Sie reagierten anfangs aufgeschreckt. Aber sie wußten genauso wie ich, daß der neue Kollege das Spielchen Alles oder Nichts aufgeben mußte. Er übernahm sich und mußte irgendwann scheitern.«

»Und er ist gescheitert. Man hat ihn erwürgt und in die Nordsee geworfen«, sagte Wübbena.

»Herr Kommissar, wenn Sie im Team meiner Redaktion nach seinem Mörder suchen, dann befinden Sie sich auf dem falschen Dampfer«, sagte der Chefredakteur und lehnte sich in seinen Sessel zurück. »Wir erhielten eine Menge Leserbriefe. Viele enthielten böse Beschimpfungen, aber keiner enthielt eine Morddrohung. Warum auch? Das Thema Rauschgift wird uns in Zukunft noch mehr, als mir lieb ist, beschäftigen, und auch die

Asylantenflut trägt nicht gerade zum sozialen Frieden bei.«

»Der Verdacht liegt nahe, daß Ihr Mitarbeiter mit seinen Beiträgen seinen Mörder herausgefordert hat«, sagte Tjarden.

»Häßling war nicht zimperlich. Ich hatte ihn gebeten, nicht zu forsch die Sache anzugehen, weil er den Kollegen der überregional arbeitenden Sonderkommission mit seinen Recherchen in die Quere kam«, sagte Wübbena.

»Und ich bedaure im nachhinein, daß wir seine Beiträge, die reißerisch und ohne Fingerspitzengefühl von ihm verfaßt worden waren, unredigiert gebracht haben«, sagte Onning.

»Ich nehme an, daß er sich juristisch abgesichert hat, dennoch hat er die Intimsphäre einiger junger Menschen verletzt«, sagte Wübbena.

»Ein Vater eines Süchtigen, er ist ein höherer und angesehener Beamter, hat uns hier eine Szene gemacht und vergeblich seinen Anwalt bemüht, Häßling zu verklagen«, antwortete der Chefredakteur.

»Aber Häßling hat mit seiner ihm eigenen Art, Journalismus zu betreiben, für starke Zuwachsraten, was die Auflage angeht, gesorgt«, sagte Tjarden und grinste schmal. Onning spielte mit seiner Lesebrille. Seine Augen verrieten seine Mißstimmung.

»Sie sind Beamte. Ich mache eine Zeitschrift. Sie suchen einen Mörder. Das ist Ihr Job. Ich muß das Magazin im harten Wettbewerb kommerziell in der Gewinnzone halten. Meine Mitarbeiter leben wie auch ich von den Lesern. Da muß man gelegentlich abweichen von hochgestochenen moralischen Ansprüchen und Sensationen aufgemacht anbringen.«

»Wir haben eine Menge Filmmaterial in seiner Kate gefunden. Uns wäre es lieb, wenn Ihr Mitarbeiter Manhorst es in Ihrem Labor entwickeln würde«, sagte Wübbena.

»Sie nehmen an, Häßling habe seinen Mörder irgendwann fotografiert?« fragte Onning.

»Immerhin hat er die Bremer Kollegen verärgert, weil er sich an die Spur eines Dealers geheftet hat, der wahrscheinlich von Bremen Heroin in großen Mengen in ein konspiratives Appartement auf Norderney deponiert hat. Der Dealer hat Lunte gerochen und ist den Kollegen auf der Insel entkommen. Das Rauschgift wurde nicht aufgefunden.«

»Und dieser Dealer hat wohl möglicherweise Häßling umgebracht?« fragte Onning.

»Wir tappen im dunkeln. Wir vermuten allerdings den Mörder in der Rauschgiftszene«, antwortete Wübbena.

»Ich hole das Filmmaterial«, sagte Tjarden. Er erhob sich und verließ das Büro.

»Herr Kommissar, wenn Sie mich fragen, dann befinden Sie sich auf der richtigen Spur. Häßling hatte sich zu weit vorgewagt«, sagte Onning.

Tjarden kam zurück und stellte die Plastiktüte im Zimmer ab.

»Manhorst versteht sein Geschäft«, sagte der Chefredakteur und erhob sich. »Ich wünsche Ihnen viel Erfolg.«

Die Beamten verließen das Chefbüro der Redaktion des Magazins.

Schoolmann versah mit Rodering den Spätdienst. Sie hatten die Fenster geöffnet. Im Raum lag noch die schwüle, schwere Abendluft. In das Zimmer drang der Lärm der Wagen, die vor der Ampel an der Heringstraße an- und abfuhren.

Schoolmann zuckte zusammen, als das rote Licht der Notrufanzeige aufleuchtete. Er drückte die Taste. »Polizeirevier Norden«, sagte er und horchte.

»Claussen, Lehrer, Osteel, Überfall ...« Die Stimme erstarb.

»Hallo, Herr Claussen!« rief Schoolmann in den Hörer. Er vernahm ein Röcheln und ein Geräusch, als wäre der Hörer auf den Boden gefallen.

Schoolmann reagierte sofort. Er langte nach dem Telefonbuch und schlug die Seiten auf. Marienhafe! Er blieb kühl. Seine Blicke huschten über die Buchstaben. Claussen, Jan, Realschullehrer. Er drückte die Taste des Rettungsdienstes.

»Krankenhaus«, meldete sich der Pförtner.

»Einen Notwagen nach Osteel, Lehrer Claussen, Kolkstraße«, sagte Schoolmann. Er benachrichtigte die Streifenwagen und rief Kommissar Wübbena an.

Vor dem umgebauten Bauernhaus standen der Rettungswagen des Kreiskrankenhauses und zwei Streifenwagen mit flackerndem Blaulicht.

Wübbena stellte seinen Wagen ab und hastete in das Haus. Im Korridor bemühte sich ein Arzt um das Opfer. Er war dabei, die klaffende Stirnwunde zu verbinden. Claussen lag auf der Bahre wie tot. Der Arzt hatte eine Flasche mit Traubenzuckerlösung an den Haken der Bahre gehängt und die Kanüle in die Armvene des Opfers gesteckt. Auf dem Steinboden befand sich eine Blutlache.

Wübbena betrat das Wohnzimmer und schaute sich um. Claussen mußte sich gewehrt haben. Dafür sprach der gekippte Stuhl. Der Telefonhörer lag auf dem Boden. Eine Blutspur führte in den Korridor. Die Tischlampe war heruntergefallen. Die Schreibtischschublade war herausgerissen und durchwühlt worden. Sie enthielt Sparbücher, Kontoauszüge, Wertpapiere und die persönliche Korrespondenz mit der Dienstbehörde.

Beim Ordnen der Unterlagen fand Wübbena einen Briefumschlag, der keine Anschrift trug und auch keinen Absender verriet. Das Kuvert enthielt Fotos. Sie zeigten den gutgewachsenen Körper eines jungen Mädchens, das neben dem Lehrer saß. Auf einem weiteren Foto sah man die Hand des Lehrers, die auf dem Unterleib der jungen Frau lag. Der Fotograf hatte das Gesicht des Mädchens unkenntlich gemacht. Wübbena steckte die Fotos in seine Jackentasche.

Tjarden mußte noch die Schublade nach Fingerabdrücken untersuchen. Er betrat den Korridor.

»Der Täter hat mit einem Stock oder einer Eisenstange

auf sein Opfer eingeschlagen«, sagte der Arzt zu Wübbena. »Das Schultergelenk ist angebrochen. Der Lehrer hatte einen Schutzengel. Er muß den Schlag mit dem Arm abgefangen haben. Seine Schädeldecke blieb unverletzt. Der Täter erwischte seine Stirn. Das rechte Auge ist total verquollen. Er hat viel Blut verloren. Wir kamen gerade noch zur rechten Zeit, sonst wäre er verblutet.« Er winkte die Sanitäter zu sich. »Krankenhaus, Intensivstation. Fahrt langsam, ich befürchte eine Gehirnblutung. Einer bleibt bei ihm.« Er streifte seine Gummihandschuhe ab und stopfte sie in eine Plastiktüte, die er in die Tasche legte.

Der Arzt war Mitte Dreißig.

»Dr. Terjung«, stellte er sich Wübbena vor.

»Mein Name ist Wübbena«, sagte der Kommissar.

»Sie bekommen unseren Bericht«, sagte Terjung und verließ den Tatort.

Wübbena trat vor das Haus. Im Licht der Streifenwagen tanzten Mücken. Die Luft hatte sich abgekühlt. Die Kollegen der Streifenwagen hatten das Gelände rund um das Haus gründlich abgesucht.

»Herr Kommissar, kommen Sie bitte mit«, sagte ein Kollege der Schutzpolizei.

Seitlich der Garage, die verschlossen war, lagen zwei Masken. Wübbena hob sie vorsichtig auf. Es handelte sich um grobe, blaue Pudelmützen, wie sie Fischer und Segler im Herbst und Winter tragen. Die Täter hatten Augenschlitze ausgeschnitten.

»Der Lehrer hatte keinen zufälligen Besuch. Der Überfall war geplant«, sagte Wübbena.

»Raubüberfall! Vielleicht Schüler, die süchtig sind«, sagte der Kollege der Schutzpolizei.

»Denkbar«, sagte Wübbena. Er dachte an die Fotos. Hatte der Journalist Holger Häßling sie dem Lehrer zugeschickt? Er war ein wenig enttäuscht. Claussen hatte auf ihn nicht den Eindruck gemacht, daß er sich den Einsatz für seine ehemalige Schülerin auf diese Art und Weise hatte bezahlen lassen. Doch man mußte einfach abwarten. Er ging mit dem Beamten zur Haustür.

»Der Schlüssel steckte von innen, als wir eintrafen. Der Rettungswagen kam später. Die Außenleuchte brannte bereits, die Tür lag im Schloß«, sagte der Wachtmeister.

»Dann hat Claussen den Gangstern selbst die Haustür geöffnet«, stellte der Kommissar fest.

Sie gingen gemeinsam in das Haus und schauten sich im Wohnzimmer um. Sie warteten auf den Kollegen Tjarden und begannen mit der Spurensicherung. Als Tjarden zu ihnen stieß, bat Wübbena ihn, die Pudelmütze in eine Plastiktüte zu stecken, um sie nach Haarresten untersuchen zu lassen.

Wübbena hatte in Absprache mit dem Staatsanwalt zu einer Pressekonferenz geladen. Im Etat für Öffentlichkeitsarbeit befanden sich noch freie Mittel, um den Presseleuten im unteren Saal des ehemaligen historischen Weinhauses, den die Kirche für ihre Übungsabende des Posaunenchores angemietet hatte, eine Tasse Tee anbieten zu können.

Wübbena und Tjarden liehen sich aus der Kantine Geschirr und Warmhaltekannen aus, deckten den Tisch und bereiteten Tee zu. Kurz vor Konferenzbeginn rief Wübbena das Krankenhaus an und ließ sich mit Dr. Terjung verbinden.

»Ich mache Überstunden, Herr Kommissar. Den Untersuchungsbericht kann ich noch nicht abschließen. Mir fehlen noch einige Laborergebnisse.«

»Herr Doktor, in wenigen Minuten bombardieren mich die Journalisten mit Fragen. Beim Bäcker erfuhr meine Frau, daß Claussen bereits verstorben ist«, sagte Wübbena.

»Das ist der blanke Unsinn. Der Lehrer liegt zwar noch im Koma, wir erwarten allerdings während der nächsten Stunden eine Besserung. Unser Neurologe strahlt Optimismus aus.«

»Danke, Herr Doktor.« Wübbena legte den Hörer auf die Gabel. »Wilko, Manhorst hat die entwickelten Fotos gebracht. Da könnte es schon einige Überraschungen geben.«

»Gehen wir zu den Presseleuten, Chef«, drängte Tjarden.

In dem kleinen Saal saßen die Journalisten an den Tischen. Das unbenötigte Mobiliar stand ineinander verkeilt an der fensterlosen Wand. Die Wände schmückten Kollagen, die den Hunger in der Dritten Welt anklagend dokumentierten. Durch die Fenster fiel der Blick der Besucher auf die hochgewachsenen Bäume des Marktplatzes. Als die Beamten den Saal betraten, stellte Tjarden fest, daß fast alle Plätze besetzt waren.

Wübbena und Tjarden setzten sich an die Stirnwand des Karrees. Der Staatsanwalt hatte bereits Platz genommen.

»Meine Damen und Herren, ich heiße Sie herzlich willkommen«, sagte Tjarden. »Wir haben für Sie Tee bereitgestellt, bitte bedienen Sie sich. Ich beginne mit dem Überfall auf den Lehrer Claussen. Nach den Aussagen des Arztes ist eine Besserung seines Gesundheitszustandes zu verzeichnen. Die Täter, vermutlich Süchtige der Rauschgiftszene, haben mit einer Eisenstange Claussen niedergeschlagen und ihn beraubt. Wir haben bei der Raiffeisenbank in Marienhafe erfahren, daß Claussen am Nachmittag tausend Mark von seinem Konto abgehoben hat, die wir bei der Durchsuchung seiner Wohnung nicht gefunden haben. Vor dem Haus in der Nähe der Garage fanden wir zwei Masken.« Tjarden erhob sich und hielt die Pudelmützen mit den Sehschlitzen hoch. »Ich bitte Sie, die Mützen zu fotografieren und mit entsprechenden Suchmeldungen in Ihren Zeitungen zu veröffentlichen.«

Die Reporter fotografierten die Masken.

»Da der Türschlüssel von innen steckte, gehen wir davon aus, daß der Lehrer den Tätern selbst die Wohnungstür geöffnet hat«, fuhr Wübbena fort. »Ihr verstorbener Berufskollege Häßling hat in der Rauschgiftszene recherchiert.«

»Gibt es einen möglichen Zusammenhang?« fragte der Reporter des Kuriers.

»Ich denke schon, doch darauf komme ich noch zu sprechen«, antwortete Wübbena. »Wir hoffen, daß Claussen sich nach seiner Genesung an seine Besucher erinnern wird. Das Verbrechen an dem Journalisten Häßling ereignete sich nur wenige Tage vorher. An dem verregneten Abend wurde er, wie Sie wissen, das Opfer eines Anschlages. Sein Mörder oder seine Mörder haben ihn erwürgt und in Norddeich von der Mole in die Nordsee geworfen. Sie haben darüber berichtet. Wir vermuten einen Zusammenhang, denn wir fanden im Wagen des Journalisten eine grob angefertigte Mitteilung. Es handelte sich um aus Illustrierten und Zeitschriften ausgeschnittene und zusammengefügte Buchstaben, die die Anlandung einer großen Heroinmenge im Norddeicher Hafen ankündigte. Sie kannten Ihren Kollegen Häßling. Er war ein Mann, der sich durch seine intellektuellen Fähigkeiten auszeichnete und roher Gewalt nicht gewachsen war. Wir fragen uns deshalb, wie er auf diesen albernen Trick hereinfallen konnte. Ich bitte Sie, auch diese primitive Klebearbeit abzulichten und den Lesern mit der Bitte um Hinweise zugänglich zu machen. Wen Häßling während des Gewitterregens in Norddeich angetroffen hat, entzieht sich unserer Kenntnis. Um das zu klären, benötigen wir Zeugen, die sich zur Tatzeit im Norddeicher Hafengelände befanden.«

Wübbena unterbrach seinen Vortrag. Die Presseleute fotografierten auch das bunte Schnipselwerk.

»Kollege Häßling war nicht nur ein hervorragender Berichterstatter, sondern auch ein exzellenter Fotograf. Haben Sie seinen Bildbestand gesichtet?« fragte die kleine, sympathische Journalistin der Ostfriesen-Zeitung.

»Frau Agemann, der anwesende Bildjournalist der Ostfriesen-Post hat nur wenige Minuten vor Beginn der Pressekonferenz das von ihm entwickelte Bildmaterial abgeliefert«, sagte Wübbena.

»Fanden Sie seine Kamera?« fragte Frau Agemann.

»Nein! Bemerkenswert ist, daß Häßling weder Papiere noch den Autoschlüssel bei sich trug. Nicht einmal drei Groschen für ein Telefongespräch. Auch im Auto fanden wir außer einem Paar Socken, Wanderschuhen und einem Schirm nichts. Der Täter hat auch keine Fingerabdrücke hinterlassen.«

»Welche Schlüsse ziehen Sie daraus?« fragte ein Reporter.

»Nach dem üblichen Ablaufschema hätte sich der Mörder hinter das Steuer gesetzt und den Passat des Opfers irgendwo hingefahren, vielleicht nach Dornum oder ihn in Emden vor dem Bahnhof abgestellt, um uns abzulenken. Er hätte keine Probleme gehabt, denn die Straßen waren leergefegt an diesem gewittrigen Regenabend. Er hat vermutlich diese primitive Klebearbeit in Häßlings Wagen gelegt, um anzudeuten, daß Ihr Kollege Häßling sich zu weit in das Geschäft mit dem Rauschgift getraut hatte.«

»Hat der Mörder bei seiner Absicht, Häßling umzubringen, sich das schlechte Wetter zunutze gemacht?« fragte der Reporter der Nord-West-Zeitung.

»Wir wissen nicht einmal, ob Häßling die Information überhaupt gesehen hat«, sagte Wübbena. »Vielleicht hat der Mörder ihn telefonisch in den Hafen bestellt. Ich gehe davon aus, daß der Mörder den Wetterfunk studiert hat, um den Mord planmäßig durchzuführen, denn bei gutem Wetter beleben Touristen das Hafengelände bis spät in die Nacht.«

»Sein Tod war also eine beschlossene Sache«, folgerte die Journalistin der Ostfriesen-Zeitung.

»Davon gehen wir aus, Frau Agemann. Häßling stand dem Mörder oder den Mördern im Wege. Die Motive sind noch unklar. Vielleicht hätten er oder sie Häßling in einen anderen Hinterhalt gelockt, ihn erstochen oder erschossen. Doch das sind theoretische Spielereien.«

Die Pressevertreter stellten keine weiteren Fragen. Sie tranken Tee, unterhielten sich untereinander und verließen dann den kleinen Saal, den sonst die Kirche nutzte.

Wübbena wandte sich an den Staatsanwalt.

»Manhorst hat die Filme entwickelt, die wir in der Kate gefunden haben.«

Sie stiegen die Treppe hoch und gingen zum Dienstzimmer.

»Nehmen Sie Platz«, sagte Tjarden und rückte den Besucherstuhl an den Schreibtisch.

Wübbena öffnete die prall gefüllte Versandtasche und entnahm ihr die vergrößerten Fotos und betrachtete sie. Er gab sie dem Staatsanwalt einzeln.

Die Luft im Raum war schwül. Sie hatten die Fenster geöffnet. Sie überhörten den Verkehrslärm, der in das Dienstzimmer drang.

Der Staatsanwalt studierte die von einem Profi geschossenen Fotos und reichte sie an Tjarden weiter.

»Häßling war ein Realist. Da ist nichts drin mit Romantik. Jedes Foto enthält eine negative Perspektive«, kommentierte Mertens.

»Hier, das sind Süchtige«, sagte Wübbena.

Mertens nahm das Bild in die Hand und betrachtete es. »Uns interessieren die Dealer«, sagte er und wandte sich an Tjarden. »Betrachten Sie das Umfeld. Sie sind hier zu Hause.«

Tjarden schaute die Bilder an und legte sie auf den Schreibtisch. »Das ist die kleine Componga. Der junge Mann neben ihr ist ihr Freund. Sie hängen an der Nadel. Claussen hat sich mehrmals für Helga stark gemacht«, sagte Wübbena.

»Und geriet dabei unter Mordverdacht«, fügte der Staatsanwalt hinzu. »Und ihren Bruder hatten Sie auch verdächtigt.«

»Ich bleibe immer noch bei meinem Verdacht«, sagte Wübbena.

»Häßling hat auch ihn im Heimatmagazin ganz mies heruntergemacht und seinen Bericht an eine Agentur verkauft. Die Boulevardpresse ist danach über Tammo Componga hergefallen«, sagte Tjarden.

Wübbena blickte überrascht auf ein Bild, das Schafe vor einem Verschlag zeigte.

»Diese Aufnahme könnte Manhorst geschossen haben«, sagte er.

Der Staatsanwalt gab das Foto weiter. Das nächste Foto zeigte einen Bauernhof, der umgeben von weiten Weiden unter einem freien Wolkenhimmel stand. Wübbena griff zum Stapel. Er stutzte, als er das Foto betrachtete. Es zeigte Helga Componga, die vor dem Hofgebäude mit einem Besen die Auffahrt fegte. Auf einem weiteren Foto lud sie Schafbälger mit einer Mistgabel von einer Schubkarre. Das nächste Foto war unscharf. Bei näherem Hinsehen erkannte er junge Leute, die um einen Wohnzimmertisch saßen und bei Kerzenlicht fixten.

»Das ist die Höhe«, sagte Mertens. »Wir müssen herausfinden, wo sich das Gehöft befindet.«

Die weiteren Bilder bestätigten, daß Häßling sich auf der Spur der im Hinterland operierenden Dealer befunden hatte. Er hatte Fotos mit dem Teleobjektiv geschossen, die zeigten, wie Helga und eine weitere junge Frau vor einer Klinkerwand spritzten. Türkische oder kurdische Käufer belagerten einen Marktstand. Ein junger Mann befand sich auf dem Weg zur Fähre in Norddeich und klemmte eine harmlose Schultasche gegen seine Hüfte. Sie fanden noch ein Gruppenbild der Hausbewohner.

»Diese Clique muß es sein«, sagte Wübbena. »Sie haben Häßling in den Hafen gelockt! Sie haben ihm die Luft abgedrückt und ihn in die Nordsee geworfen. Er war ihnen auf der Spur. Aus dem Jäger wurde der Gejagte.«

»Und ein Killer der Kurden oder Türken?« fragte Mertens.

»Wir können das nicht ausschließen. Ich schätze, Häßling mußte sterben, weil er in Bremen recherchiert hat und die vier Süchtigen um ihren Dealerlohn und um die Zufuhr des Stoffes fürchten mußten. Sie töteten aus Verzweiflung. Häßling hat uns, ohne konkrete Hinweise zu liefern, auf die Verlagerung des Rauschgifthandels von Amsterdam nach Bremen aufmerksam gemacht. Er beging den folgenschweren Fehler, sich für den Alleingang zu entscheiden.«

»Ich werde mit meinem Kollegen aus Bremen sprechen«, antwortete der Staatsanwalt.

»Sie verkauften Hammelfleisch, zur Tarnung, versteht sich«, sagte Tjarden.

»Sie müssen eine Konzession besessen haben«, sagte Wübbena. »Beim Gewerbeaufsichtsamt und bei der Handwerkskammer werden wir entsprechende Hinweise bekommen.«

»Ich schlage vor, daß Sie sich im Hause des Journalisten noch einmal umsehen. Verhören Sie den Lehrer, sobald es sein Gesundheitszustand zuläßt«, sagte Mertens.

»Es ist vorstellbar, daß die kleine Componga ihren Lehrer überfallen hat«, sagte Wübbena nachdenklich.

»Sie und ihre Clique waren abgeschnitten vom Heroinhandel. Verfolgen Sie die Spur«, sagte der Staatsanwalt und erhob sich. »Ich habe noch einen Termin.« Er verabschiedete sich.

18

Dem schwülheißen Abend folgte kurz vor Mitternacht ein heftiges Gewitter. Als Wübbena am Morgen sein Haus verließ, ging die Sonne auf, und nur wenige weiße Wolken trieben bei einer Windstärke von vier bis fünf am Himmel. Wübbena ging zur Garage, stieg in seinen Golf und fuhr zur Dienststelle. Seine Frau besuchte mit der kleinen Mareike für einige Tage ihre Eltern in Norddeich, um das sonnige Sommerwetter am Strand zu genießen. Wübbena hatte am Abend auf das Fernsehen verzichtet, die Ruhe genossen und beim Bier über die »Fälle« nachgedacht.

Als er sein Dienstzimmer betrat, lag die Post bereits auf seinem Schreibtisch. Er ging ans Fenster, öffnete es und ließ die stickige Luft, die nach einem Putzmittel roch, entweichen. Das wird ein herrlicher Tag, dachte er.

Tjarden betrat das Dienstzimmer. Er wirkte blaß.

Wübbena grinste. »Du hast wohl zuwenig Schlaf gehabt. Es war sündig schwül gestern abend.«

»Nicht das, was Sie denken, Chef«, sagte er und lächelte verlegen. »Mich hat es erwischt. Sommerdurchfall.«

»Mein Freund Ade hat Medizin studiert. Er pflegte zu sagen, daß großzügige Menschen unter Durchfall leiden, während Knauser nicht kacken können.«

»Da mag was dran sein. Ich war mit meiner Verlobten Eis essen, und ich habe hinterher ein kaltes Bier getrunken«, antwortete Tjarden und blickte vorwurfsvoll auf die Post, die ungeöffnet auf dem Schreibtisch des Chefs lag. »Gibt es was Neues?«

»Moment«, sagte Wübbena. Er schritt an den Schreibtisch und hob den DIN-A4-Umschlag auf. »LKA«, sagte er und öffnete ihn. »Der Laborbericht! Das Schnipselwerk.« Er zog den Bericht aus dem Umschlag und las: »Der Papierbogen, Größe DIN A 4, entstammt einem unlinierten Schreibblock. Hersteller ist die Firma Plaka AG, Hannover. Es handelt sich um die handelsübliche Qualität. Käufer sind Schüler, Studenten und Hobbymaler. Es eignet sich auch für die Anfertigung von Zeichnungen. Bei dem Kleber handelt es sich um einen Vielzweckartikel, der in Büros verwendet wird. Die aufgeklebten Buchstaben wurden zum größten Teil der HÖR ZU und der Illustrierten NEUE REVUE entnommen. Die restlichen Buchstaben entstammen vermutlich einem in Ostfriesland vertriebenen Heimatmagazin. Es gab keine verwertbaren Fingerabdrücke. Die Klebearbeit wurde mit den für Hausarbeiten üblichen Gummihandschuhen ausgeführt.« Wübbena schaute jetzt auf.

»Die Süchtigen von der Schaffarm könnten die Verfasser sein«, sagte er.

»Häßling stand ihnen im Wege«, stellte Tjarden fest.

»Versuchen wir herauszufinden, wo die Kate liegt«, sagte Wübbena und griff zum Telefonhörer. Er wählte die Nummer der Polizeistation von Marienhafe.

Werner Olmütz betrat gegen zehn Uhr das Dienstzimmer. Er war um die Dreißig, hatte ein spitzes Gesicht, war schlank und mittelgroß. Er trug einen leichten Sommeranzug. Sein Haar war leicht angegraut. Er wirkte mehr wie ein Abteilungsleiter eines Kaufhauses und nicht wie ein Spezialbeamter des LKA. Er führte eine schwarze Ledertasche mit sich, die einem kleinen Koffer ähnlich sah.

»Moin«, sagte Wübbena.

»Ich habe mich ein wenig verspätet. Ein Stau auf der Autobahn«, sagte Olmütz und reichte den Beamten die Hand.

»Möchten Sie einen Tee?« fragte Tjarden.

»Danke«, sagte Olmütz, der seinen Ausweis lächelnd vorzeigte. »Sicher ist sicher.«

»Dann schlage ich vor, daß wir sofort losfahren«, sagte Wübbena.

»Wir wollten uns sowieso noch einmal in der Kate des Opfers umschauen«, sagte Tjarden.

Sie fuhren nach Berumbur zur Moorlage sieben und parkten den Dienstwagen vor der Kate. Wübbena entfernte das Siegel und öffnete die Tür.

Eine schwüle, warme, abgestandene Luft strömte ihnen entgegen. Tjarden betrat die Wohnung und öffnete die Fenster, auf die die Sonne schien. Wübbena führte Olmütz in den kleinen büroähnlichen Raum, in dem der Computer stand.

Olmütz nickte. »Das dürfte keine Probleme bringen.« Er griff nach Diskettenboxen und rückte sie zurecht. »Ich komme klar«, sagte er, öffnete sein Köfferchen und griff nach Aktenordnern. Er studierte die Inhalte.

Unterhalb des Bücherregals befanden sich einige Schubladen, die dem Reporter als Ablage seiner persönlichen Papiere gedient hatten. Wübbena studierte die Nachweise der Universitäten und die Zeugnisse, die sich unter Plastikschutzhüllen in einer Dokumentenmappe befanden. Häßling hatte nicht nur seine Arbeitgeber öfter gewechselt, sondern sich auch in mehreren akademischen Berufen versucht. In seinem Leben mußte es mehrere Krisen gegeben haben. Die ehemalige Verlobte hatte sich nicht wieder gemeldet. Irgend jemand mußte sich um seinen Nachlaß kümmern und für seine Leiche eine Grabstelle finden, dachte Wübbena.

Tjarden hatte sich in den übrigen Räumen umgesehen. »Nichts Aufregendes, Chef. Ich habe noch etliche Bilder gesichtet, doch für uns ohne Wert. Da bleibt nur noch unser Computerspezialist.«

Während Olmütz eifrig die Datenbank des Opfers absuchte, weltvergessen auf den Bildschirm schaute, verließen die Beamten die Wohnung und suchten die Nachbarn auf.

Im Haus gegenüber öffnete eine fünfzigjährige Frau die Tür. Sie betrachtete die Besucher mißtrauisch und blickte auf die Messingplakette, mit der sich die Beamten auswiesen. Sie lud die Besucher zum Tee ein. Als habe sie den Tee bereits vorbereitet, schenkte sie nach wenigen Minuten ein und setzte sich zu den Beamten an den einfachen Eßtisch im Wohnzimmer, das wie hundert andere im Stil der Zeit eingerichtet war.

»Der Reporter war sehr eigensinnig. Er grüßte nicht. Wir haben ihm zum Einzug einen Bogen geflochten, den er nicht einmal zur Kenntnis genommen hat. Das kommt einer Beleidigung gleich. Nein, er hat sich nicht einmal vorgestellt. Ja, er arbeitete auch nachts lange. Besuche? Nein, wohl kaum. Keine Parties. Kein Hund. Ja, er war ruhig und zurückgezogen. Wir waren für ihn nur Luft.«

Das war das Ergebnis der Befragung. Aber Häßling hatte die Kate bewohnt und war nicht zurückgekehrt, was den Nachbarn nicht einmal aufgefallen war. Erst der Bericht im Kurier hatte sie aufgeschreckt.

Als sie zurückkamen, saß Olmütz immer noch vor dem Bildschirm. »Ich finde keine Hinweise auf irgend jemanden, den sie belasten könnten. Anschriften von Zeitungsverlagen und Agenturen hat er zur Genüge programmiert. Er hat seine gesamten Arbeiten gespeichert. Ich schaffe es zeitlich nicht, die restlichen Disketten einzulegen. Ich nehme sie mit nach Hannover«, sagte Olmütz. Er verstaute die Disketten in seine Tasche.

»Gehen wir«, sagte Wübbena. Sie schlossen die Fenster und verließen das Haus. Wübbena klebte ein Siegel auf das Türschloß.

Lehrer Claussen bemühte sich um ein Lächeln, als Dr. Terjung die Beamten in das Krankenzimmer führte. Er lag auf dem Bett. Sein Kopf ruhte auf einem bauschigen Kissen. Er trug einen Kopfverband, der sein rechtes Auge mit abdeckte. Sein Gesicht war blaß.

»Herr Claussen, Sie haben dem Besuch der Kripobeamten zugestimmt. Ich bitte Sie, sich nicht zu übernehmen. Soweit Sie sich ohne große Anstrengungen an die Vorfälle des Überfalls erinnern, geht das in Ordnung. Die Kripo kann sich Zeit lassen. Es geht um Ihre Gesundheit.« Dr. Terjung verließ das Krankenzimmer.

»Setzen Sie sich«, sagte der Lehrer und wies auf die Stühle, die an der weißen Wand standen. Oberhalb der Stühle hing ein Druck von Paula Modersohn-Becker.

»Herr Claussen, Sie sind dem lieben Gott noch einmal von der Schippe gesprungen«, sagte Wübbena freundlich.

Der Lehrer blickte den Kommissar ernst an. »Es hätte für mich schlimmer kommen können. Es geht mir von Tag zu Tag besser.«

»Wir benötigen Hinweise auf die Täter. Sie haben Ihnen die Tür geöffnet«, sagte Tjarden.

Claussen richtete den Blick auf das Fenster, als suche er am wolkenlosen Himmel nach einer Antwort. Nach einigen Sekunden sagte er: »Ich war für meine Schüler stets ansprechbar. Ich habe die Tür geöffnet, weil ich dachte, jemand brauchte meinen Rat.«

»Und?« fragte Wübbena.

»Es waren Unbekannte. Sie trugen Wollmützen mit Sehschlitzen. Sie stießen mich beiseite, als seien sie ganz von Sinnen, und stürzten in die Wohnung. ›Geld!‹ hat einer der beiden geschrien. Ich zögerte noch. Ich hatte Geld bei der Bank abgeholt. Es war furchtbar! Das waren keine Menschen! Das waren Bestien, die Kräfte entwickelten, gegen die ich nicht ankam. Sie trieben mich zum Schreibtisch. Ich öffnete die Schublade und griff nach dem Geld. Dann schlug mich einer der beiden mit einer Stange nieder.«

»Erinnern Sie sich an die Waffe?« fragte Tjarden.

»Sie war aus Metall. Sie glich einer dieser kleinen

Abgrenzungsstangen, mit denen man frisch eingesätes Gras schützt«, sagte er. Er schloß die Augen und schwieg für Sekunden. Dann fuhr er fort: »Ich lag bewußtlos auf dem Boden. Als ich zu mir kam, bemerkte ich das Blut. Mich überfiel eine panische Angst. Ich kroch zum Schreibtisch und rief die Polizei an, danach fiel ich in Ohnmacht.« Claussen wirkte erschöpft. Das Gespräch strengte ihn an.

»Und Sie haben keinen Verdacht, wer die Gangster waren?« fragte Wübbena.

Claussen winkte ab.

»Waren es Männer?« fragte Tjarden.

Durch das abgemagerte Gesicht des Lehrers fuhr ein leichtes Zucken. »Ja«, antwortete er.

»Junge Männer? Vielleicht ehemalige Schüler?« fragte Wübbena.

»Sie trugen diese Masken«, sagte Claussen.

»Und finden Sie eine Erklärung dafür, daß diese Männer gerade Sie überfallen haben?« fragte Tjarden.

»Darüber habe ich lange nachgedacht. Sie müssen mich in der Raiffeisenbank beobachtet haben, als ich tausend Mark abgehoben habe.«

»Haben Sie im Schalterraum oder vor dem Eingang der Bank irgend jemanden bemerkt, der sich verdächtig verhielt?« fragte Tjarden.

»Nein«, antwortete Claussen müde. »Die Bank war gut besucht, wie immer.«

»Der Reporter Häßling ist, wie Sie wissen, ermordet worden«, sagte Tjarden. »Sie haben einen bösen Leserbrief verfaßt, in dem Sie ihm Vorwürfe machten, weil er Ihre Schülerin Helga Componga in der Notunterkunft fotografiert hatte und das Foto in seinem Magazin veröffentlicht hat. Doch mehr noch überraschten uns Bilder, die Sie in Ihrem Schreibtisch verwahrten. Sie zeigen Sie neben einem entkleideten Mädchen, und nicht nur das. Ihre Hand ruhte auf dem entblößten Unterleib der jungen Frau. Wir nehmen an, daß die abgelichtete weibliche Person Helga ist.«

Claussen fuhr hoch, sackte dann sofort zurück auf das Bett. Erschöpft legte er seine Hand auf seinen Verband.

»Dieser Häßling hat rücksichtslos auf Kosten seiner Opfer mit seinen Sensationsberichten nur seine Karriere im Auge gehabt! Auch mich versuchte er einzuschüchtern. Ich habe mit ihm telefoniert.«

»Und wie hat er reagiert?« fragte Tjarden.

»Gehässig. Ich habe ihm den Zusammenhang erklärt«, antwortete der Lehrer.

»Und wie war es wirklich?« fragte Wübbena.

»Helga hatte mich angerufen. Sie bat mich, sie in Marienhafe vor einer Telefonzelle zu treffen. Ich bin hingefahren. Sie war am Ende. Sie trug nur ein T-Shirt und einen Jeansrock. Sie zitterte und jammerte und bettelte mich um hundert Mark an. Sie benötigte einen Schuß. Ich schlug ihr vor, mich am nächsten Tag in der Schule aufzusuchen, und verweigerte ihr Ansinnen. Sie reagierte hysterisch, brüllte drauflos und warf sich auf den Beifahrersitz. Was hätte ich sonst tun sollen? Sie war total kaputt! Wohin hätte ich sie schicken sollen? Wir erhalten jetzt die Quittung für die laschen Jahre unserer Pädagogik! Ich habe im Wagen auf sie gewartet, während sie sich den Stoff besorgt hat. Als sie zurückkam, war sie happy. Sie öffnete die Wagentür, setzte sich zu mir auf den Beifahrersitz. Ich wollte losfahren, als sie sich blitzschnell auszog und sich nackt zu mir herüberbeugte, ihre Arme um mich schlang. Ich habe Helga abgewehrt und sie zurechtgewiesen. Ich wollte keinen Dank, erst recht nicht diesen. Häßling hat uns in der Dunkelheit aufgelauert. Er überraschte uns mit den Blitzen aus seiner Kamera. Dabei war er ohne Kenntnis der Situation, in der ich mich befand. Er war weg, als ich ausstieg!«

Claussen atmete schwer und machte den Eindruck, als hätte er Schmerzen.

»Und er wollte Sie erpressen?«

»Nein, er hat mir die Fotos nur so zugeschickt. Ich bin Beamter! Mein Ruf als Lehrer! Der Oberschulrat hätte bestimmt nicht auf meiner Seite gestanden.«

»Sie haben Buchstaben aus Illustrierten geschnitten und Häßling mit einer Sensationsmeldung in den Norddeicher

Hafen gelockt! Sie sind kräftig! Sie haben den kleinen Mann nach einem Streit erwürgt und ihn in das Hafenbecken geworfen!« sagte Tjarden kalt.

Claussen stierte den Beamten fassungslos an.

»Es ging um Ihren Ruf«, fügte Tjarden erbarmungslos hinzu.

Claussen rang nach Luft. »Sie nehmen doch wohl nicht an, ich hätte ...« Er stutzte verwirrt, als hätte er die Mordanklage erst jetzt begriffen. »Ich dachte, Sie fahnden nach den Verbrechern, die mich beraubt und mich beinahe umgebracht hätten?«

»Ihre Verbindung zu Helga Componga ist bereits mehrmals aktenkundig geworden«, sagte Wübbena. »Sie gerieten in den Verdacht, den Maurer Componga aus dem Fenster gestürzt zu haben. Sie haben Helga Componga in Ihre Wohnung aufgenommen. Häßling erwischte Sie mit dem nackten Mädchen. Uns würde schon interessieren, wo sich Helga Componga aufhält.«

Claussen legte die Hände an seinen Körper. Die Finger waren in Bewegung und massierten seine Oberschenkel. »Ich weiß es nicht! Sie ist süchtig! Vielleicht hat sie noch eine Chance!«

»Irgend jemand hat den Journalisten mit falschen Informationen in den Hafen gelockt. Wenn Sie das nicht waren, könnten Ihre Schülerin und ihr Freund das gewesen sein?« fragte Wübbena.

»Ich kenne mich in der Drogenszene nicht aus. Helga haßte diesen Reporter, und ich gehe davon aus, daß Sie wissen, warum! Und mich lassen Sie bitte aus Ihren Spekulationen!« Claussen deutete an, daß er allein gelassen werden wollte.

»Und Helgas hübscher Körper steckte nicht zufällig in Jeans, und sie trug auch nicht zufällig eine Pudelmütze mit Schlitzen, unter der sie ihr langes schönes Haar versteckt hatte?« fragte Tjarden.

Claussen schwieg. Er schloß die Augen. Nach einigen Sekunden sagte er geschafft: »Mich überfielen skrupellose Gangster! Das steht fest.«

»Und ein Tip, wer den Reporter ins Wasser geworfen hat?« fragte Tjarden.

»Ich weiß es nicht. Ich habe damit nichts zu schaffen. Dem Täter gehört allerdings meine Sympathie«, sagte er müde.

»Wir wünschen Ihnen gute Besserung«, sagte Wübbena.

Sie verließen das Krankenzimmer. Die reguläre Besuchszeit war zu Ende, und sie hatten Claussen bereits einiges zugemutet. Die Beamten gingen zum Wagen und fuhren zum Revier.

Tjarden füllte den Wasserkocher und bereitete den Tee zu. Wübbena setzte sich an seinen Schreibtisch und studierte die Hauspost. Er fand die Mitteilung eines Kollegen der Schutzpolizei vor. »Wilko, hör zu«, sagte er und las: »Das Anwesen gehört einem Max Köstler. Es wird von den Osteelern Schaffarm genannt, weil Max Köstler dort Schafe züchtet. Die Anschrift lautet: Osteel, Hirtenweg.«

Wübbena ging zum Ablageschrank und suchte die Fotos heraus, die Häßling von der Schaffarm und ihren Bewohnern gemacht hatte. Tjarden servierte den Tee.

»Das sind die Betreiber der Schaffarm. Geschossen mit einem Teleobjektiv. Helga Componga, Onno Hayenna, eine Unbekannte und der mutmaßliche Max Köstler«, sagte Wübbena und reichte Tjarden die Fotos.

Wübbena trank Tee. Im Dienstzimmer lag die warme Sommerluft. Die Sonne ging unter und schien auf die offenen Fenster, durch die der Lärm der Heringsstraße drang.

»Claussen wird sich von den Folgen des brutalen Überfalls schnell erholen«, sagte Tjarden.

»Aber nicht von seinem Knacks«, sagte Wübbena. »Er ist ein Superpädagoge. Er hat dieser kleinen Componga mehrmals beigestanden und Kopf und Kragen riskiert.«

»Und seine Story?« fragte Tjarden.

»Ich möchte daraus keine voreiligen Schlüsse ziehen. Allerdings steht fest, daß die Veröffentlichung dieser Fotos Claussen in Verlegenheit gebracht hätte.«

»Und Claussen hat das durch den Mord an Häßling verhindern wollen«, folgerte Tjarden.

»Ich sagte bereits, daß mir dieser Verdacht ein wenig voreilig erscheint.« Wübbena langte zum Telefonhörer und wählte die Nummer des Staatsanwaltes.

Die Sekretärin des Staatsanwaltes meldete sich. »Ich verbinde Sie«, sagte sie.

»Was gibt es Neues, Herr Wübbena?« fragte Mertens.

»Es ist uns gelungen, das von Häßling fotografierte Anwesen ausfindig zu machen«, sagte Wübbena. »Die Osteeler nennen es die Schaffarm. Ein uns bisher unbekannter Max Köstler züchtet dort Schafe. Wir nehmen an, daß auch er sich auf den Fotos, die Häßling vor seinem tragischen Ende geschossen hat, befindet.«

»Sie kennen die Anschrift der Farm?«

»Ja.«

»Das klingt recht hoffnungsvoll. Warten Sie! Um diese Zeit kann ich meinen Bremer Kollegen noch erreichen.«

Wübbena legte den Hörer auf die Gabel. »Jetzt kommt Schwung in den Fall!«

Tjarden studierte die Fotos. »Da gibt es keine Zweifel, Chef. Wir müssen der Schaffarm einen Besuch abstatten.«

»Fassen wir uns in Geduld. Mertens bestimmt, wie es weiter geht«, meinte Wübbena.

Um siebzehn Uhr meldete sich Mertens.

»Haben Sie Informationen aus Bremen?« fragte Wübbena.

»Dieser Max Köstler besaß eine Konzession. Mein Bremer Kollege wußte zu berichten, daß Köstler den Stand nur zur Tarnung unterhalten hat, um mit seinen Kunden, es waren zumeist Kurden und Türken, Rauschgiftgeschäfte abzuwickeln. Die Bremer Kripo war ihm auf der Spur. Häßling hat ihnen die Tour vermasselt.«

»Das bestätigen die hinterlassenen Fotos«, antwortete Wübbena.

»Sie vermuten, daß Max Köstler oder jemand von der

Schaffarm den Journalisten nach Norddeich gelockt hat, um ihn dort zu ermorden?« fragte der Staatsanwalt.

»Der Verdacht liegt nahe. Die Bewohner der Schaffarm sind vermutlich alle süchtig«, sagte Wübbena.

»Suchen Sie die Schaffarm auf. Sie bekommen den erforderlichen Durchsuchungsbefehl. Ich spreche mit dem Amtsrichter«, sagte Mertens und beendete das Gespräch.

Es war bereits nach achtzehn Uhr, als sie Osteel erreichten. Wübbena steuerte den Wagen an der Friedhofswarft und der wuchtigen Backsteinkirche entlang und bog auf den Hirtenweg, dem sie in das weite Vorland folgten. Der mit Betonsteinen gepflasterte landwirtschaftliche Versorgungsweg führte an Weiden entlang, auf denen Buntvieh graste. Parallel zu dem Weg floß ein Tief nur träge dem Siel entgegen. An dem Böschungsgraben stand der mächtige, hochgewachsene Bärenklau. Schilf und heranreifende Lampenputzer wuchsen zwischen Disteln, Kamille und Schafgarben. Die Sonne ging rot unter, Bussarde und Sperber erhoben sich, während Wübbena den Wagen im kleinen Gang über den Weg lenkte.

»Das ist also die Schaffarm«, sagte Tjarden, als sie sich dem ehemaligen Bauernhof näherten.

Das Anwesen wirkte trostlos im Licht der untergehenden Sonne. Auf der gegenüberliegenden Weide stand der Schafverschlag leer und warf Schatten.

Wübbena parkte den Wagen auf der Einfahrt. Das Haus mit dem schräg abfallenden Dach wirkte ungepflegt. Auf dem verriegelten Tor hing ein Schild. »Betreten verboten. Der Eigentümer.«

Sie schauten durch die Fenster und gingen um das Gebäude herum. Ein traniger Geruch stieg ihnen in die Nase. Der Garten war verwildert.

»Die Vögel sind ausgeflogen«, sagte Wübbena.

»Sie sind untergetaucht. Sollen wir uns gewaltsam Zutritt verschaffen? Ich würde gerne einen Blick in die Opiumhöhle werfen.«

»Noch haben wir keinen Durchsuchungsbefehl. Wir müssen wissen, wer der Eigentümer ist. Komm, wir fahren zum Revier«, sagte Wübbena.

Es war kurz vor zwanzig Uhr, als die Beamten aus Osteel zurückkamen. Über dem Marktplatz bummelten Feriengäste. Die Eisdiele war proppenvoll. Vor der Altstadtpinte saßen Gäste im Freien und tranken Bier.

Sie stellten den Wagen ab und betraten das Dienstzimmer.

»Ich erkundige mich beim Katasteramt nach dem Eigentümer der Schaffarm«, sagte Wübbena. »Sollte es ein Rheinländer sein, der sie zum Feriendomizil umbauen lassen will, dann öffnen wir die Tür gewaltsam. Die Gangster haben bereits einen großen Zeitvorsprung.«

Er langte zum Telefonbuch und suchte die Nummer des Steuerbeamten Hayenna heraus. Er nahm den Hörer ab und drückte die Nummer.

»Hayenna.« Die Stimme klang ängstlich.

»Kripo Norden, Wübbena. Herr Hayenna, wir suchen Ihren erwachsenen Sohn Onno. Können Sie uns weiterhelfen?«

Er hörte den schwergehenden Atem des Beamten, als leide er unter Asthma.

»Wir sind dabei, unseren Sohn zu vergessen, bevor wir selbst draufgehen«, sagte Hayenna mit leiser Stimme. »Meine Frau grämt sich zu Tode. Ich habe alles Erdenkliche unternommen, ihn ausfindig zu machen. Durch einen Zufall erfuhr ich, daß er seinen teuren Golf unter Preis verkauft hat, um sich endgültig zu vergiften. Wir hatten für Onno einen Therapieplatz. Benachrichtigen Sie mich, wenn er sich seinen Todesschuß gesetzt hat. Ich bin dann froh, daß das Leiden ein Ende hat.«

Wübbena vernahm, wie er schluchzte. Der Finanzbeamte legte den Hörer grußlos auf.

Das war verständlich. »Der Mann ist fertig«, sagte Wübbena.

»Wie wäre es mit einem Bier in der Backstube zum Entspannen?« fragte Tjarden.

»Nicht nur eins!« antwortete Wübbena.

Sie drückten die Lichtschalter und verließen das Dienstzimmer.

19

Der Beamte des Katasteramtes reichte dem Kommissar die Kopie der Grundbuchseite.

»Ich kenne mich in Osteel aus«, sagte er. »Das war für den Käufer ein Schnäppchen. Die Stadtsparkasse ließ das Anwesen versteigern, weil der Eigentümer die Zinsen hatte auflaufen lassen. Das Finanzamt verlangte von dem Schafzüchter eine hohe Einkommensteuernachzahlung.«

»Und wer ersteigerte das Anwesen?« fragte Wübbena.

»Das steht hier«, sagte der Beamte und zeigte auf die entsprechende Spalte der fotokopierten Aktenseite.

Wübbena las: »Miriam Steildorf, Journalistin, Berlin.« Er stutzte. »Das darf doch nicht wahr sein!«

»Kennen Sie die neue Eigentümerin?« fragte der Beamte neugierig.

»Nein, noch nicht«, antwortete Wübbena. Er rollte die Kopie zusammen. »Wurde die Kate zur Besichtigung freigegeben?« fragte er.

»Die Stadtsparkasse hat vorher eine Entrümpelung vornehmen lassen. Ganz privat habe ich erfahren, daß containerweise Abfall, Tierkadaver, Unrat, Einwegspritzen und ein vergifteter Hund entsorgt werden mußten. Da haben Süchtige gehaust wie die Vandalen.«

»Damit ist der Durchsuchungsbefehl für die Katz«, sagte Wübbena.

»Soviel ich weiß, hat die Käuferin bereits Handwerker beauftragt, mit der Renovierung zu beginnen«, sagte der geschwätzige Beamte.

Auf Spurensuche konnte die Kripo nicht mehr gehen. Die Käuferin war die Exverlobte des ermordeten Journalisten.

Das stimmte den Kommissar nachdenklich. Hatte Häßling mit dem Blick auf die idyllische Lage des ehemaligen Kleinhofes die Fixer unter Druck gesetzt? Max hatte in der Tat in Bremen, wie Mertens bestätigt hatte, Rauschgift gekauft. Seine Observierung auf Norderney war ein Flop gewesen. Häßling muß seiner ehemaligen Verlobten vor seinem Tod bereits einen Tip gegeben haben, dachte Wübbena und verließ das Katasteramt.

Als er das Dienstzimmer betrat, lag auf seinem Schreibtisch ein Fax vom Landeskriminalamt. Olmütz hatte bei der Durchsicht der Disketten keine Hinweise gefunden, die weiterhelfen konnten. Wübbena setzte sich an seinen Schreibtisch und verfaßte das Protokoll.

Auch Tjarden hatte nicht ergebnislos recherchiert. Er hatte die Autohändler aufgesucht und vom Mercedeshändler erfahren, daß er den Wagen von Max günstig gekauft hatte, um ihn als Werkstattwagen zu benutzen. Max hatte Bares auf die Hand bekommen.

Doch wo befanden sich die ehemaligen Bewohner der Schaffarm? Wübbena telefonierte mit dem Staatsanwalt. Mertens lehnte es ab, Suchfotos in der Presse veröffentlichen zu lassen. Auch er ging davon aus, daß die Süchtigen den Journalisten umgebracht hatten. Dennoch galten sie als nicht überführt. Er empfahl der Kripo, eine interne Fahndung zu starten und die Fotos der Gesuchten bundesweit den Polizeidienststellen zuzusenden.

Den Verdacht, daß der Lehrer Claussen sich wegen seiner befürchteten Rufschädigung seines Mitwissers entledigt hatte, ließen sie vorerst fallen.

Sie konzentrierten ihre Arbeit auf die Suche nach den ehemaligen Bewohnern der Schaffarm. Auf diese fiel der Verdacht, sich an Häßling gerächt zu haben. Sie waren alle süchtig und mußten zwangsläufig irgendwann mit dem Gesetz in Konflikt geraten. Doch was hatte es auf sich mit dem Umbau der Schaffarm? Sie mußten mit Frau Steildorf ein Gespräch führen.

Miriam Steildorf hatte sich im Restaurant des Hotels Fährhaus für einen Tisch mit Fensterblick entschieden. Sie hatte eine Flasche Wein bestellt, nachdem sie ein Krabbenbrot mit Rührei und Zwiebelringen zu sich genommen hatte. Sie nippte am Glas und schaute durch das Fenster.

Die Sonne ging unter. An der Mole lagen die weißen Frisia-Schiffe der Reederei. Segelyachten liefen in den Sporthafen. Sie blickte auf die Silhouette von Norderney. In dem noblen Restaurant waren die meisten Tische besetzt. Die Ober bedienten in schwarzen Anzügen.

Sie dachte an Holger und weinte still vor sich hin. Miriam Steildorf war zweiunddreißig Jahre alt, Journalistin, Sparte Kultur. Sie hatte gelitten. Zuerst unter der Einsamkeit, nachdem ihr Verlobter und Kollege sich nach einem Streit entschlossen hatte, ohne sie in die Provinz zu ziehen. Holger war dem zusätzlichen Streß zum Opfer gefallen, den die gesamte Belegschaft des ehemals angesehenen Berliner Blattes zu spüren bekommen hatte, nachdem die Mauer gefallen war. Der Druck der Konkurrenzzeitungen! Dann die plötzliche Leere, nachdem sie all die Jahre mit dem Blick auf das DDR-Regime über das unterschiedlich angelegte kulturelle Schaffen berichtet hatten. Holger hatte erst vor zwei Monaten den Kontakt zu ihr wieder aufgenommen. Er hatte in Ostfriesland einen erfolgreichen Start gehabt. Ihm war es mit einigen aufsehenerregenden Berichten gelungen, das kleinbürgerliche Denken und die zurückhaltende Art der Menschen vor den Deichen mit kritischen Themen aufzurütteln. Damit hatte er sich gute Aussichten verschafft, irgendwo im norddeutschen Raum bei einer der großen überregionalen Zeitungen den gewünschten Aufstieg zu finden.

Holger war stets bemüht gewesen, sich seine geistige Unabhängigkeit zu bewahren. Er hatte auf der Suche nach seiner Selbstverwirklichung die Studienrichtungen öfter gewechselt und das kleine Erbe der Pastorenfamilie verbraucht.

Miriam stand besser da. Ihr Vater, ein praktizierender Arzt, besaß genügend Mittel, der Tochter beizustehen.

Miriam hatte sofort zugestimmt, als Holger ihr empfohlen hatte, das alte Bauernhaus mit den dazugehörigen Weiden, in Küstennähe gelegen, in dem einige Fixer gehaust hatten, zu kaufen.

Sie hatte über das Anwalts- und Notariatsbüro Dirks und Dörfler ihr Gebot abgegeben und den Zuschlag erhalten.

Miriam Steildorf steckte sich eine Zigarette an. Alles hätte anders kommen können, dachte sie. Holger war hier im Hafengelände ermordet worden. Sie wollte seine Leiche nicht sehen. Sie nahm sich vor, tapfer zu sein. Holger mußte überführt werden. Sie hatte alles in die Wege geleitet. Holger sollte in Kassel im Grab seiner Eltern seine letzte Ruhe finden. Miriam entschloß sich, den Kauf der Kate nicht rückgängig zu machen. Ihr Vater hatte ihr seine Hilfe angeboten. Noch praktizierte er. Auch er suchte nach Abstand und liebte die grüne Küstenlandschaft.

Sie mußte mit den Kriminalbeamten sprechen, den Vermieter aufsuchen, die Wohnung Holgers räumen und entscheiden, was von Holgers Habseligkeiten verwertet werden konnte.

Das Telefon klingelte. Der Kommissar nahm den Hörer ab.

»Herr Wübbena, eine Frau Steildorf wünscht Sie zu sprechen«, sagte der Beamte des Reviers.

Wübbena stutzte. »Ja, bringen Sie sie zu uns«, sagte er. Er schritt ans Fenster und blickte auf die historische Fassade des Reviers. Auf dem Marktplatz standen zwei Reisebusse. Seit Wochen bescherte das Wetter einen wolkenlosen Himmel. Die Blätter der Bäume bewegten sich im leichten Ostwind. Am Markt vorbei floß der Verkehr.

Er beobachtete, wie der Beamte die Dame begleitete. Sie trug ein blaues Kostüm und ging auf Pumps mit kleinen Schritten dem ehemaligen Weinhaus entgegen.

»Eine Dame von Welt«, sagte er und schaute Tjarden an, der dabei war, die Suchmeldung nach den ehemaligen Bewohnern der Schaffarm mit entsprechenden Fotos zu erstellen.

»Trägt sie Schwarz?« fragte Tjarden.

»Nein, Blau«, antwortete Wübbena und setzte sich an seinen Schreibtisch. »Journalistin, vielleicht sogar Schriftstellerin. Vielleicht will sie auf der Schaffarm träumen, wo die Träume der Fixer endeten.«

»Warum so gehässig? Der Häßling muß unter die Erde. Die Frau hat ihn geliebt«, sagte Tjarden.

Wübbena schwieg und wartete auf die Ankunft der Exverlobten des ermordeten Journalisten.

Er vernahm das Klopfen.

»Ja«, sagte er. Die Tür wurde geöffnet. Das Gesicht der Besucherin war nicht schön, wirkte aber dennoch irgendwie anziehend. Ihre Figur war stämmig.

Die Frau blickte ihn fragend an. Sie hatte blaue Augen. »Steildorf«, sagte sie und lächelte reserviert.

Wübbena fühlte, daß sie ihn nicht ernst nahm. Sie hatte die Größen der DDR-Literatur interviewt, die sich geängstigt haben mußten vor der Feder dieser Frau. Doch Wübbena war kein DDR-Literat. Er hatte den Mord an ihrem Exverlobten aufzuklären.

»Nehmen Sie Platz«, sagte Tjarden und rückte ihr den Besucherstuhl zurecht.

»Wir haben miteinander telefoniert. Mein Name ist Wübbena, Herr Tjarden ist mein Assistent. Ihr ehemaliger Verlobter hat keine Anverwandten. Seine Leiche wurde zur Bestattung freigegeben.«

Das blaue Sommerkostüm verlieh ihr Würde. Ihr Haar war blond und getönt. Sie trug es kurz geschnitten.

»Es scheint mir angebracht, wenn ich meinen ehemaligen Verlobten nach Kassel überführen lasse, um ihn dort im Familiengrab seiner Eltern beisetzen zu lassen. Sein Vater war Pastor«, sagte sie ernst.

»Dem steht nichts im Wege, doch da gibt es noch ein Problem. Sie haben das Anwesen gekauft. Der vorige Eigentümer hat dort Schafe gezüchtet«, sagte Wübbena.

»Ich sah in dem Erwerb des heruntergekommenen Anwesens eine Basis für meine und Holgers gemeinsame Zukunft. Wir waren dabei, uns wieder zu vertragen. Holger konnte dort günstig wohnen, und ich beabsichtigte, dort meine Ferien und Feiertage zu verbringen«, sagte sie. Sie holte aus ihrer Handtasche ein Taschentuch und begann zu weinen. »Verzeihen Sie. Ich leide sehr unter dem Verlust.«

»Sie arbeiten in Berlin. Beabsichtigen Sie, unter den jetzigen Umständen das Anwesen dennoch zu behalten?« fragte Tjarden.

Frau Steildorf sah überrascht auf.

»Selbstverständlich! Sie sind Beamte und kennen nicht den Streß, dem man bei einer Zeitung ausgesetzt ist. Ich sitze auf einem Schleudersitz.« Sie blickte die Beamten von oben herab an.

»Ihre Anspielung auf unseren Beamtenstatus ist abgedroschen«, sagte Wübbena. »Wir müssen den Mörder Ihres ehemaligen Verlobten überführen, deshalb interessieren wir uns für die näheren Umstände, die zum Kauf des herabgewirtschafteten Hofes geführt haben.«

Miriam Steildorf lächelte arrogant. »Wissen Sie, ich habe in jungen Jahren in Frankfurt als Gerichtsreporterin gearbeitet und kenne mich aus. Schon alleine, wie Sie mit mir das Gespräch führen, macht mir Ostfriesland sympathisch. Ich habe meinen ehemaligen Verlobten nicht umgebracht! Holger wünschte, daß wir uns wieder zusammenraufen sollten. Er schickte mir Fotos, die mich begeisterten. Ich besaß genügend Gespartes. Ich kann meine Mietwohnung in Berlin bezahlen und in ihr langfristig wohnen. Aber zusätzlich ein Feriendomizil in Ostfriesland, das reizte mich. Ich bediente mich eines Norder Notars. Sonst noch Fragen?« Miriam Steilhaus erhob sich. »Wenn Sie so freundlich sind, das Siegel von der Tür des von meinem Verlobten angemieteten Häuschens zu entfernen, dann kann ich mit der Wohnungsräumung beginnen.«

»Dem steht gar nichts im Wege«, sagte Tjarden. »Allerdings drängt sich uns der Verdacht auf, daß Ihr Freund die ehemaligen Bewohner der Schaffarm systematisch und eigennützig beobachtet hat. Er hat seine Zeitungsberichte raffiniert lanciert, die Süchtigen, ohne uns einzubeziehen, von Rauschgiftlieferungen abgeschnitten, und wie ich bei der Stadtsparkasse erfahren habe, hat die Kreditabteilung, hellhörig geworden, auf Zahlung der fälligen Hypothekenzinsen gedrängt. Wir gehen davon aus, daß er damit die Süchtigen vergrellt hat, die sich mutmaßlich an ihm gerächt haben.«

Miriam Steildorf drückte mit dem Ellbogen die kleine Tasche gegen ihre Rippen. Sie blickte irritiert um sich. Diese Gedanken waren ihr fremd.

»Häßling hat sich in Ostfriesland auf seinem Weg nach oben neben Bewunderern auch Feinde geschaffen. Einer davon war sein Mörder«, sagte Wübbena.

»Aber Holger stand immer auf der Seite der Schwachen. Er war ein Kämpfer für die soziale Gerechtigkeit«, sagte sie überzeugt.

»Ihr Verlobter fühlte sich weder dem Wohl der Allgemeinheit verbunden, noch bot er den Opfern eine Chance, wenn er mit seiner Kamera junge Menschen in die Pfanne haute, um Sensationen zu verkaufen«, sagte Tjarden.

Das war zuviel für die Literaturkritikerin. Ihre Augen versprühten Haß. »Vielleicht waren Sie nicht fähig, seinen Hinweisen zu folgen!« zischte sie.

»Im Gegenteil«, sagte Wübbena kalt. »Ihm verdankt die Bremer Polizei einen großen Flop, Frau Steildorf. Wir entfernen die Siegel und bemühen uns weiterhin, den Mord an Ihrem Verlobten aufzuklären.«

Frau Steildorf verließ grußlos das Dienstzimmer.

Die Sauna am FKK-Strand steht auf einer Rampe. Bei Flut rollen die Wellen vor der Treppe aus. Die Saunagäste stürzen sich dann nach dem Schwitzgang zur Abkühlung direkt in die Nordsee. Bei Ebbe laufen sie dampfend etwa hundert Meter den Wellen entgegen. Für Saunafreunde, die sich in ihrer Nacktheit wohl fühlen, ein einmaliges Naturerlebnis, an dem auch Helga Componga und Nina ihre Freude gefunden hatten. Die Sonne hatte ihre abgemagerten Körper tief gebräunt. Sie zogen die Blicke der männlichen Badegäste auf sich, wenn sie im Kreise der mit Gewichtsproblemen und dem Alter kämpfenden weiblichen Besucherinnen schwitzten und sich danach in den Wellen der Nordsee abkühlten.

Sie reagierten abweisend, wenn sich junge Männer ihnen mit Discomanieren zu nähern versuchten. Sie flirteten mit den Männern, deren Haare sich bereits grau zu färben begannen. Ihnen gelang es schon nach wenigen Saunagängen, den Kontakt zu den Männern herzustellen, die allein kurten, mit denen sie nach einem feudalen Essen abends in die Hotelbetten stiegen. Natürlich gegen Bares, versteht sich.

Die Frisia-Schiffe, fast immer ausgebucht, boten Max und Onno genügend Schutz, wenn sie zum Festland fuhren. In Norden, im Schatten der Ludgeri-Kirche, in Wurfnähe des alten Weinhauses, in dem die Kripo residierte, beschafften sie sich das lebensnotwendige Heroin. Gespritzt wurde im ehemaligen Wohnwagen des Konditormeisters Worringer, und am Abend täuschten die jungen Leute, wenn sie auf den Plastikstühlen vor dem kleinen Tisch im Freien saßen, eine heile Welt vor.

Die Frage, wie es weitergehen würde, wenn die sexsüchtigen »Opis« die Insel verlassen hatten, hatten die Bewohner des aufgebückten Campingwagens bereits geklärt. Im Herbst kamen die Kegelclubs, die mit gefüllten Portemonnaies an zwei bis drei Tagen ihre aufgestaute Vereinskasse auf den Kopf hauten. Angst hatten die Mädchen vor Aids. Max hatte deshalb einen großen Vorrat an Kondomen angelegt.

Norderney, sicherlich mit Sylt die attraktivste Insel, verwöhnt ihre Besucher nicht nur mit den einmaligen landschaftlichen Reizen, sondern bietet auch ein kulturelles Spitzenprogramm. Weder den Stadtvätern noch der Polizei war bekannt, daß auf dem Campingplatz in der Nähe des Leuchtturms ein Krebsgeschwür zu wuchern begann, das der Insel großen Schaden zufügen konnte, denn Max und Onno blieben nicht untätig. Sie machten sich abends ebenfalls mit Urlauberbräune zu den Discos auf den Weg und suchten nach weinerlichen Typen, denen sie leichte Eir stiegsdrogen und auf Wunsch auch Heroin verkauften. Hinzu kam, daß als Asylanten getarnte Dealer das Absatznetz von Bremen ausweiteten und damit begannen, über die schützenden Deiche zu den ostfriesischen Inseln vorzustoßen.

Auf der Insel Norderney suchten Tausende von Urlaubern aus den Großstädten Erholung in der salz- und jodhaltigen Luft. Beim Baden in der Brandung und bei Spaziergängen durch die Dünen fanden sie zu sich selbst zurück. Um ihre Sicherheit bemühte sich die Polizei. Ihre Präsenz zeigten auch die beiden Beamten, die hoch zu Roß durch die Dünenlandschaft des Osthellers in das Schutzgebiet zur Spitze der Insel ritten.

Höflich machten sie Wanderer darauf aufmerksam, wenn sie verbotenes Terrain aufgesucht hatten. Danach ritten sie am Strand entlang zurück, den sie am FKK-Strand verließen. In der Nähe des Campingplatzes an den Salzwiesen hielt Wachtmeister Apke Wiards sein Pferd an, stieg aus dem Sattel und hob aus dem blühenden Strandflieder eine Einwegspritze.

»Rauschgift, das ist neu«, sagte er zu seinem Kollegen.

»Das könnte doch auch eine andere Spritze sein«, antwortete sein Kollege.

»Wer weiß? In der Ostfriesen-Post habe ich einen Artikel gelesen. Es gab bereits mehrere Rauschgifttote in Ostfriesland. Diese Rucksacktouristen, die hier nachts unkontrolliert pennen. Soll die Kripo das Ding untersuchen«, sagte Apke Wiards und steckte die Spritze ein. Er stieg auf sein Pferd. Die Beamten setzten ihren Kontrollritt fort.

Kommissar Meyers war beunruhigt. Eine kurze Zeit nach dem Fund der Einwegspritze durch die berittene Staffel der Polizei hatten einige Gäste empört das Revier angerufen. Sie hatten im Bereich der öffentlichen Toiletten an der Kaiserstraße Einwegbestecke und blutgetränkte Tempotücher gefunden. Auch in der Toilette des Busbahnhofes auf der Jann-Berghaus-Straße hatten Urlauber entsprechende Fixerutensilien entdeckt.

Selbst die Müllwerker hatten sich gemeldet. In den Müllbehältern am Zuckerpadd waren sie auf Einwegspritzen gestoßen. Meyers hatte die Funde an das Gesundheitsamt Norden geschickt. Es gab keinen Zweifel, auf der Insel wurde Heroin gespritzt. Meyers, verantwortlich für die Sicherheit der Inselbesucher, schlug während einer von ihm einberufenen Dienstbesprechung vor, ihre Präsenz an den Abenden zu verstärken. Nach einer ausgiebigen Diskussion ordnete er an, die Discos, das Gelände rund um die Campingplätze und besonders das Landschaftsschutzgebiet oberhalb des Leuchtturms von Beamten in Zivil kontrollieren zu lassen. Nach der Dienstbesprechung rief Meyers das Revier in Norden an.

»Wübbena«, meldete sich der Kollege.

»Hier Meyers, Norderney. Wir haben eine Menge Fixermüll gefunden. Dealer und Fixer versuchen auf der Insel Fuß zu fassen. Sie nutzen das beständige Sommerwetter und kommen als Rucksacktouristen auf die Insel. Sie nächtigen in den Dünen und verstecken sich tagsüber an den Stränden. Ich habe Beamte vom Tagesdienst abgezogen. Sie gehen abends in Zivil auf Streife. Zur wirksamen Durchführung benötige ich zusätzlich zwei Beamte.«

»Das geht klar. Ich werde mir Rückendeckung in Aurich holen«, sagte Wübbena. Er blickte Tjarden an, der am Schreibtisch saß und Akten bearbeitete.

»Danke«, sagte Meyers und legte auf.

»Das Heroin schwappt rüber nach Norderney. Meyers fehlen zwei Beamte für zusätzliche Kontrollen«, sagte Wübbena.

»Chef, Kost und Logis gratis. Ich mache mit«, sagte er spontan.

»Und wer soll dich begleiten?« fragte der Kommissar.

»Ich denke an Ufke Rose«, meinte Tjarden.

»In Ordnung«, sagte Wübbena.

20

Wilko Tjarden und Ufke Rose trugen T-Shirts und Jeans. Sie betraten am Zuckerpadd die Dünen. Nach einem heißen Sommertag mit Temperaturen knapp unter achtundzwanzig Grad strich am Abend von der See her ein kühler Wind erfrischend über die Dünen. Der Himmel war wolkenfrei. Der Mond warf fades Licht.

Meyers hatte darauf bestanden, daß sie ihre Dienstwaffen mit sich führten. Schon seit Tagen versahen sie abends ohne sonderliche Vorkommnisse ihren Dienst. Die Eintönigkeit der langen Nachtstunden erinnerte sie an ihre Zeit bei der Bundeswehr. Sie unterhielten sich und führten die Stablampen in ihren Händen und beobachteten das Gelände.

Das Café »Weiße Düne« hatte die Türen geschlossen. Sie stapften durch den weißen Sand, nachdem sie die öffentlichen Toiletten und Duschanlagen hinter dem Café inspiziert hatten. Sie blickten auf das Meer, von dem sie nur die weißen Schaumkämme sahen, und hörten das Ausrollen der Brecher. Zwei berittene Beamte kreuzten ihren Weg. Sie ritten zur Inselspitze, die Norderney nur einige Seemeilen von Baltrum trennte, um das Gelände nach illegalen Campern abzusuchen, während die Beamten den Weg zum Campingplatz nahmen.

Der Leuchtturm warf im Rhythmus seinen Strahl über die Insel. Sie sahen seine schmalen Umrisse, während der rotierende Strahl sie blendete. Im Golfhotel brannten noch Lichter. Hotelgäste saßen auf der Terrasse. Fetzen ihrer Unterhaltung trug der abgekühlte Wind ihnen entgegen. Sie überquerten die Straße und schritten dem Campingplatz entgegen. In einigen Wohnwagen brannten noch Lichter. Auf der Terrasse des Cafés »Um-Ost« saßen Camper und tranken Bier. Es roch nach gegrillten Würstchen.

Tjarden und Rose schritten durch den weichen Sand. An der Steinfassade der Sanitäranlagen brannte eine matte

Lampe. Sie stutzten, als der Strahl des Leuchtturmes für Sekundenbruchteile über zwei Männer huschte, die aus dem Toilettengebäude kamen. Sie bemerkten, wie der eine etwas unter seine Achsel schob. Als wolle er sich orientieren, verharrte er auf der Stelle, während der andere Mann eilig in die Dunkelheit eintauchte.

»Hast du gesehen?« zischte Tjarden und rannte los, um den Mann zu verfolgen. Der andere Mann kam Rose entgegen. Rose schaltete die Stablampe an. Es war ein Farbiger. Rose hielt ihn an.

»Polizeikontrolle«, sagte er.

Der Farbige war stämmig. Sein Haar war kurz geschoren.

»Bin Asylant«, sagte der Fremde und lächelte.

»Ihre Papiere!« sagte Rose.

»Habe Papiere nicht hier. Haben in Bremen. Bin nur auf Insel, um zu schauen«, sagte er.

»Und wo wohnen Sie?« fragte Rose.

»Ich arm, nicht brauchen Zimmer. Wetter gut«, sagte der Farbige und wollte davonlaufen.

Rose zog die Dienstwaffe. »Lassen Sie das!« sagte er forsch.

Der Asylant blieb stehen. Rose durchsuchte ihn. Er fand unter seiner Achselhöhle ein Geldpäckchen. Es waren fünf Tausendmarkscheine. Er steckte das Geld ein.

Er hielt den Fremden in Schach und wartete auf Tjarden.

Tjarden war um das Café gelaufen, um dem Unbekannten zu folgen. Er hatte Schritte vernommen und war an den Campingwagen entlang in die Dünen gelaufen. Dort hatte er sich für Sekunden orientiert, die Stablampe eingeschaltet und nach dem Unbekannten gesucht. Seine Bemühungen waren vergeblich. Er brach die Suche ab und ging zu Rose zurück, der wachsam den Farbigen im Auge behielt.

»Ein Dealer?« fragte Tjarden.

»Bin nicht Verbrecher«, sagte der Asylant.

Sie nahmen ihn in die Mitte und brachten ihn zum Revier.

Meyers saß am Schreibtisch. Tjarden hatte an dem kleinen Seitentisch Platz genommen, auf dem die Schreibmaschine stand. Er führte das Protokoll, während Rose einen Stuhl in Türnähe gerückt hatte und dem Verhör folgte.

»Ihren Paß haben Sie in Bremen?«

»Ja.«

»Ihr Name?«

»Tom Rabuta.«

»Und Sie wohnen?«

»Alte Ziegelei, Lehmweg siebzehn, Bremen dreizehn.«

»Ihr Beruf?«

»Student und Vater ohne Arbeit. Keine Semester.«

»Sind Sie anerkannter Asylant?«

»Nein, warten auf Bescheid.«

»Von wem bekamen Sie das Rauschgift?«

»War Landsmann aus Ghana, selbst drei Jahre in Deutschland. Ist in Heimat reich. Bezahlte Ticket für Asyl. Ich muß verkaufen heiße Stoff, weil er will Geld zurück.«

»Wie heißt dieser Landsmann?«

»Haben viele Namen. Viele Passports.«

»Wieviel Heroin haben Sie verkauft?«

»War kleine Menge, gut Ware, vielleicht fünfzig Gramm.«

Tom Rabuta antwortete bereitwillig. Er zeigte keine Reue. So als handele es sich um täglichen Kleinkram, blieb er gelassen.

»Seit wann leben Sie in der BRD?«

»War halbes Jahr in Bremen. Mußte fahren zu Insel nach Campingplatz vor Leuchtturm. Zeit war halb zwölf Uhr Toilette. Mußte sagen zu Mann: Wie spät ist es? Er mußte antworten: Habe immer Zeit. Dann ich gebe Ware und bekomme Geld.«

»Sie sprechen gut Deutsch.«

»Habe gelernt in Schule. Liebe deutsche Kultur. Ist viel Armut bei Vater und Mutter.«

»Können Sie den Abnehmer des Heroins beschreiben?«

»Kann nicht. War dunkel auf Toilette, und Menschen hier alle ähnlich.«

»Und die Anschrift Ihres Freundes?«

»Ist unbekannt. Wohnt bei Asylanten hier und dort und

immer Geschäft. Müssen alle zahlen für Ticket und verkaufen Rauschgift«, antwortete er.

»Wir werden Sie dem Amtsrichter vorführen. Sie haben gegen ein Gesetz unseres Landes verstoßen«, sagte Tjarden.

»Ich gezwungen, kann nicht zahlen Ticket von Sozialgeld. Möchte nicht Gefängnis. Möchte sagen, was weiß und nicht zurück nach Ghana.«

Meyers blickte auf die Fahrkarte und auf das Schiffsticket, die mit der Barschaft des Dealers vor ihm auf dem Schreibtisch lagen. »Sie sind mit der Bundesbahn angereist. Ihren Paß haben Sie in Bremen. Und Ihr Gepäck?« wandte er sich an den Schwarzen.

Er wunderte sich über die Selbstsicherheit des Mannes, der nicht zu begreifen schien, daß er sich wegen einer Gesetzesübertretung zu verantworten hatte.

»Bin ohne Tasche. Ist Sommer. Habe Geld. Kann essen und trinken. Und irgendwo warten auf Schiff«, antwortete er.

»Herr Rabuta, Sie befinden sich bei uns in Untersuchungshaft. Unterschreiben Sie bitte das Protokoll«, wies Meyers an.

Tjarden zog den Bogen aus der Schreibmaschine. Rabuta las das Protokoll durch. Dann unterschrieb er.

»Der Amtsrichter wird über Ihr weiteres Schicksal entscheiden.« Meyers langte zum Telefonhörer und rief die Bereitschaft an. »Holt den Dealer ab. Er verbringt die Nacht in der Zelle.«

Gelassen saß der Schwarze auf dem Stuhl. Er wirkte wie ein Gast in seiner gepflegten Sommerkleidung. Ein Beamter der Schutzpolizei erschien und führte Rabuta ab.

Tjarden stellte die Schreibmaschine ab. Er schritt an das Fenster und blickte auf den Onnen-Fisser-Platz. Feriengäste spazierten durch die milde Nachtluft.

»Wir benötigen einen Durchsuchungsbefehl«, sagte Tjarden. »Wir beobachteten einen Mann, der mit dem Dealer die Toilette verließ. Ich habe die Dünen vergeblich durchsucht. Er muß in einem der Campingwagen am Dünenrand Unterschlupf gefunden haben.«

»Vielleicht der Kunde des Herrn Rabuta«, folgerte Meyers.

»Davon können wir ausgehen«, antwortete Tjarden. Er langte nach dem Telefonhörer. »Ich benachrichtige den Staatsanwalt.«

»Ich faxe das Protokoll an unsere Bremer Kollegen«, sagte Meyers.

Tjarden und Rose fuhren gegen neun Uhr zehn in Begleitung eines Wachtmeisters zum Campingplatz. Sie parkten ihren Bully vor dem Café »Um-Ost«. Die Sonne schien. Kinder spielten in den Dünen. Vor dem Kiosk hatte sich eine Schlange gebildet.

Urlauber in Badekleidung saßen im Freien auf Plastikstühlen vor ihren Campingwagen. Möwen kreischten im leichten Wind. Vom Wattenmeer stieg ihnen ein leichter salziger Tang- und Fischgeruch entgegen. Es war Ebbe.

Tjarden schaute sich um. Rechts lagen die Waschräume mit den Toiletten. »Hier geht es lang«, sagte er. Sie schritten an den sonnenhungrigen Feriengästen vorbei. Tjarden betrachtete die Campingwagen. Es waren mehrere, die in der Nähe der Dünen standen. Vor einigen frühstückten die Bewohner im Freien. Ihm fiel ein Campingwagen auf, der unbewohnt wirkte.

Vielleicht schlafen die Bewohner noch, dachte er, näherte sich dem Campingwagen und schlug mit der Faust gegen die Außenhaut. Sie horchten erwartungsvoll. Tjarden klopfte gegen die Tür. Sie vernahmen Geräusche.

Sekunden später wurde die Tür aufgestoßen. Tjarden sah in das Gesicht eines schmächtigen Mannes. Das ist Max, schoß es ihm durch den Kopf. Max Köstler blinzelte verwirrt. Die Sonne blendete ihn.

»Was wollen Sie?« fragte er unwirsch. Sein Gesicht war knochig und sein Körper mager. Er trug nur eine Badehose.

Tjarden griff zur Messingmarke und hielt sie hoch. »Kripo, mein Name ist Tjarden.«

Aus dem Campingwagen drangen Stimmen nach draußen. Der aufgebockte Wagen begann leicht zu schaukeln. Hinter Max erschien ein weiterer Bewohner und blickte sich finster um. Er sah gut aus, trotz des verkaterten Gesichts.

»Was ist hier los?« fragte er böse.

»Sie sind Onno Hayenna«, sagte Tjarden.

»Verschwinden Sie!« rief Hayenna.

»Langsam, nicht so vorlaut. Ich gehe davon aus, daß sich auch Helga Componga im Wagen befindet«, sagte Tjarden.

»Sie haben kein Recht, uns hier zu stören«, schimpfte Max Köstler.

»Über Recht und Unrecht läßt sich reden«, sagte Rose ironisch.

»Wir spielen hier nicht Blindekuh«, sagte Tjarden. »Wir haben einen Durchsuchungsbefehl. Der Staatsanwalt fahndet nach Ihnen. Sie stehen im Verdacht, im großen Stil mit Rauschgift zu handeln. Verlassen Sie den Wohnwagen.«

Der Wachtmeister schritt an die Tür und zog Max aus dem Wagen.

»Steigen Sie aus«, befahl Tjarden Hayenna.

Onno folgte widerstandslos der Aufforderung. Auch er trug nur eine Badehose. Rose betrat den Campingwagen. Er sah die beiden Mädchen, die sich hastig anzogen.

»Packen Sie Ihre Papiere und einige Wäschestücke in eine Tasche, und verlassen Sie den Campingwagen. Sie müssen uns zum Revier begleiten.«

Die Luft im Wagen war stickig und warm. Lebensmittel standen auf dem Tisch. Auf dem Boden lagen benutzte Spritzbestecke. Kleidungsstücke lagen überall herum. Die Mädchen stopften ihre Rucksäcke voll und verließen den Wagen.

Rose trat an die Tür. »Herr Köstler, kommen Sie, packen Sie eine Tasche für die Untersuchungshaft«, forderte er den Mann auf.

Max betrat wortlos den Campingwagen. Der Wachtmeister stellte sich zur Sicherung an die Tür. Unter den Blicken des Beamten suchte Max im Durcheinander nach Wäsche, Hemden und Hose. Er zog sich an und packte einen Rucksack.

»Vergessen Sie Ihre Papiere nicht«, sagte Rose.

Nach Max war Onno an der Reihe. »Scheiße, Sie nehmen mir die Chance, selbst Schluß zu machen«, schimpfte er.

»Tragen Sie das dem Amtsrichter vor. Ihr Vater war da anderer Meinung«, sagte Tjarden.

Onno Hayenna stopfte Klamotten in eine große Sporttasche und verließ mit Rose den Campingwagen.

»Folgen Sie uns bitte«, sagte Tjarden. »Wir werden den Wohnwagen später durchsuchen.« Er versiegelte die Tür.

Das kleine Sitzungszimmer lag zur Nordwestseite. Das Fenster stand offen. Im Raum war es angenehm kühl. Meyers saß mit Tjarden und Rose an der Stirnseite der zum Karree zusammengerückten Tische. In der Nähe der Tür hatte der Wachtmeister der Schutzpolizei auf einem Stuhl Platz genommen.

Die Süchtigen saßen kleinlaut den Beamten gegenüber. Sie standen, so schien es, noch unter Drogenwirkung. Der Raum wirkte nüchtern. An den weißen Wänden hingen Luftbildaufnahmen von Norderney. An einem Tisch in Fensternähe saß Wachtmeisterin Kleen mit einem Stenoblock in der Hand.

Meyers begann das Verhör. »Es steht fest, daß Sie Drogen zu sich nehmen. Wir vermuten, daß Sie auch auf Norderney in Discos Rauschgift verkauft haben. Gestern abend haben wir auf dem Campingplatz einen Dealer überführt, der Ihnen Heroin verschafft hat. Wir fanden bei ihm fünftausend Mark.«

Max blickte den Kommissar böse an. »Sie haben keine Beweise!«

»Doch, die haben wir. Der Farbige hat gestanden. Er hat Ihnen auf der Toilette die Ware ausgehändigt«, sagte Meyers.

»Sie sind uns nur knapp entkommen«, sagte Tjarden.

»Herr Kommissar, jetzt spielen Sie wirklich Blindekuh«, erwiderte Max und grinste.

»Nehmen Sie mich nicht auf den Arm, Herr Köstler«, sagte Meyers. »Wir werden Ihren Campingwagen durchsuchen und Rauschgift finden.«

Tjarden schaltete sich ein. »Fräulein Componga, an Sie muß ich eine Frage richten, die in das Protokoll aufgenommen wird. Haben Sie mit Ihrem Freund Ihren Lehrer überfallen und beraubt, weil Sie dringend Geld und Stoff benötigten?«

Helga senkte den Blick und weinte.

»Mit Freund meinen Sie mich?« fragte Onno Hayenna und lachte gehässig.

»Ja, Herr Hayenna«, erwiderte Tjarden gelassen.

»Sie bluffen!« antwortete Hayenna und wandte sich an Helga. »Hör auf zu flennen!«

»Ich muß Sie enttäuschen, Herr Hayenna. Das Labor fand in den Pudelmützen, die Sie und Fräulein Componga sich überstülpten, als Sie den Lehrer überfielen, einige Haarrückstände. Ich gehe davon aus, daß wir bei der Durchsuchung des Campingwagens weitere Haarreste finden werden.

»So ein Stuß!« empörte sich Hayenna.

»Es liegt an Ihnen, uns zu helfen, Ihre Unschuld zu beweisen«, sagte Meyers. »Zupfen Sie sich ein Haar aus, das gilt auch für Sie, Fräulein Componga. Wir werden sie im Labor mit den vorliegenden Haarrückständen vergleichen lassen.«

Tjarden zog ein Tempotuch aus seiner Tasche. »Bitte«, sagte er.

Helga Componga war sehr blaß. »Ich möchte das nicht«, sagte sie kleinlaut.

»Na, los! Es geht um einiges!« sagte Meyers.

Helga griff in ihr langes Haar, wickelte eines um ihren Finger und riß es aus. »Hier«, sagte sie und begann zu schluchzen.

Auch Onno folgte dem Beispiel und legte angewidert ein Haar auf das Papiertuch.

»Wir werden sehen, ob Sie Ihren Lehrer für läppische tausend Mark überfallen haben«, sagte Tjarden.

»Hängen Sie uns nichts an!« zischte Hayenna. »Sie haben dafür keine Beweise!«

»Noch nicht«, sagte Meyers. »Sie können Gott danken, daß Herr Claussen überlebt hat. Aber sterben mußte der recherchierende Journalist Häßling.«

Helga blickte überrascht auf. »Was ist mit ihm?« fragte sie und wischte sich die Tränen aus dem Gesicht.

»Ach?« fragte Tjarden. »Das wissen Sie nicht?« Er grinste ironisch. »Wir fischten Häßling in Norddeich aus dem Hafenbecken. Er wurde erwürgt.«

»Häßling ist tot?« fragte Helga ungläubig.

»Ja, er wurde ermordet!« antwortete Meyers mit vorwurfsvoller Stimme. Nina blickte nur kurz auf, als ginge sie das alles nichts an. Onno lachte wieder.

»Sagen Sie das noch einmal, Herr Kommissar. Den Häßling hat jemand geschaßt?«

»So verhält es sich«, sagte Meyers.

Max schaute böse drein. »Und nun wollen Sie uns dafür verantwortlich machen.«

»Häßling war Ihnen zu nahe gerückt. Er wußte, daß Sie im großen Stil in Bremen Heroin kauften. Sie betrieben Ihren Verkaufsstand nur zur Tarnung. Sie sind Häßling nur knapp entkommen, weil er der Bremer Kripo erst den Tip gab, als Sie eine Großlieferung auf Norderney deponiert hatten. Sie haben Häßling in den Hafen gelockt! Sie haben ihn erwürgt und in das Hafenbecken geworfen!«

»Herr Kommissar, ich spritze, auch Max spritzt«, sagte Onno Hayenna. »Wir haben Probleme, für uns gilt es nur, daß wir den Stoff bekommen. Aber wir sind keine Mörder!«

Er wirkte müde und blaß. Max saß zusammengesunken auf dem Stuhl und stierte vor sich hin.

»Warum hat dieser eklige Zeitungsmensch uns nicht in Ruhe gelassen!« empörte sich Nina. »Ich schreibe Gedichte. Ich war glücklich auf der Schaffarm.«

»Und Sie haben sich die Mühe gemacht, aus Illustrierten und Zeitschriften, für die der Reporter schrieb, Buchstaben herauszuschneiden und sie zu einer aufregenden Nachricht zusammenzukleben?« fragte Tjarden.

Nina schaute den Beamten verwirrt an. Sie sah hübsch aus mit ihren kastanienbraun gefärbten Haaren und dem irgendwie verträumten Blick.

»Ich weiß nicht, wie Sie das meinen. Ich schreibe Gedichte, schneide hin und wieder die Zeilen aus und klebe sie dann zusammen«, sagte sie.

»Spielen Sie nicht die Naive«, sagte Meyers vorwurfsvoll.

»Herr Kommissar, Ihren Gedanken liegt wohl ein Irrtum zugrunde«, sagte Max und kicherte vor sich hin. »Wir haben den Reporter nicht in den Norddeicher Hafen gelockt. Wir haben ihn auch nicht umgebracht! Wir haben erst jetzt von Ihnen erfahren, daß er nicht mehr lebt.«

»Und warum haben sie die Schaffarm fluchtartig verlassen, um hier auf der Insel unterzutauchen?« fragte Tjarden.

»Weil man uns vertrieben hat. Das Finanzamt und die Stadtsparkasse forderten Beträge, die wir nicht aufbringen konnten. Mein Anwesen ließen sie versteigern. Sie zerstörten meine Existenz. Der Campingwagen war unsere letzte Möglichkeit, ein Dach über dem Kopf zu haben.«

»Ein kleines Inselmärchen«, sagte Tjarden ironisch.

»Spielen Sie sich nicht so auf«, schimpfte Max.

»Wir werden Sie dem Untersuchungsrichter zuführen«, sagte Tjarden. Frau Kleen begann das Protokoll zu tippen. Meyers schaute auf die Uhr.

»Wir haben einen Haftbefehl. Ich bitte Sie, sich den notwendigen Maßnahmen nicht zu widersetzen.« Er erhob sich. »Herr Rose, bitten Sie die Kollegen der Schutzpolizei, sich bereit zu halten. Sie können die Vierzehn-Uhr-Fähre nach Norddeich noch erreichen.«

Rose verließ das Zimmer.

»Es liegt an Ihnen, ob wir Handschellen verwenden müssen«, sagte Meyers und ließ sich von Wachtmeisterin Kleen das Protokoll anreichen. Er verlas das Protokoll.

»Wir unterschreiben nur, wenn Sie vermerken, daß wir mit dem Mord nichts zu schaffen haben«, forderte Max.

»Frau Kleen, tippen Sie diesen Zusatz in das Protokoll«, sagte Meyers.

Danach unterschrieben die ehemaligen Bewohner der Schaffarm das Protokoll. Die Beamten der Schutzpolizei betraten das Sitzungszimmer und begleiteten die jungen Leute zum bereitgestellten Kleinbus. Meyers faxte das Protokoll zur Staatsanwaltschaft.

Am Nachmittag begannen Tjarden und Rose mit der Durchsuchung des Campingwagens.

Der Platzwart half ihnen, die vergammelten Lebensmittel und benutzten Einwegspritzen und den übrigen Fixermüll zu entsorgen. Sie fanden Restbestände des gedealten Heroins. Die Clique hatte keine Dokumente hinterlassen, die es ermöglichten, ihren bisherigen Lebensstationen zu folgen. Keine Zeugnisse, weder eine Steuerkarte noch den Nachweis einer Mitgliedschaft in einer Krankenkasse. All das, was das Leben des normalen Bürgers an Formularen, Berechtigungsnachweisen, Bestätigungen und Quittungen gewöhnlich begleitet, fehlte.

Die Süchtigen waren in der Tat Aussteiger, die sich von allem gelöst hatten, was die Gesellschaft für wichtig hielt. Um so überraschter reagierten die Beamten auf einen groß angelegten Vorrat an Kondomen. Der Verdacht lag nahe, daß die Mädchen auf den Strich gegangen waren. Die Beamten steckten einige Wäschestücke in Plastiktüten und trugen sie zum Wagen.

Neugierige Camper hatten sich eingefunden. Als Tjarden die Tür des Campingwagens versiegelte, befragte Rose sie und erkundigte sich bei den benachbarten Bewohnern der Campingwagen nach den Rauschgiftsüchtigen.

Sie folgten den Hinweisen und suchten den FKK-Strand auf. Der von der Sonne tiefgebräunte Medizinstudent aus Pewsum, der ihnen in seiner Funktion als Bade- und Saunameister Antwort gab, erinnerte sich an die beiden hübschen Mädchen, die, so hatte er beobachtet, gezielt den Umgang mit reiferen Jahrgängen bevorzugt hatten. »Mehr ist nicht drin«, hatte er geantwortet und die Beamten auf der kleinen Terrasse in der Sonne stehen lassen, um in der Sauna den fälligen Aufguß zu machen.

Nackte kamen und gingen und betrachteten sie böse, als seien sie Voyeure.

21

Durch das Fenster schien die Sonne. Im Dienstzimmer war es sehr heiß. Wübbena studierte die Akten. Sie hatten den Fall Componga zu den Akten gelegt. Und nun ging es um die Tochter. Hatte sie, wie sie annahmen, mit ihrem Freund den Lehrer Claussen überfallen? Sie mußten auf die Laborergebnisse warten.

Sie hatten auch noch keine Beweise, daß die Süchtigen von der Schaffarm den Journalisten umgebracht hatten.

Wübbena zweifelte auch weiterhin daran, daß der Maurer Componga ohne Fremdeinwirkung auf den Container gestürzt war.

Er vermißte Tjarden, der auf Norderney seinen Dienst versah. Er setzte seine Gedanken dort noch einmal an, wo für ihn der Fall begonnen hatte.

Als er mit Wachtmeisterin de Boer an jenem späten Abend die Wohnung der Compongas betreten hatte, waren sie davon ausgegangen, daß der Maurer bei seiner Absicht, nach seiner Tochter zu schauen, in der Tat verunglückt war.

Weder er noch Wachtmeisterin de Boer hegten bei ihrem Besuch einen Mordverdacht. Deshalb hatten sie darauf verzichtet, sich in der Wohnung genauer umzusehen.

Wübbena erhob sich und bereitete sich einen Tee zu. Während er Tee trank und dazu eine Pfeife rauchte, versuchte er sich zu erinnern.

Vor dem Tisch, dem Platz gegenüber, an dem Frau Componga gesessen hatte, hatte eine billige Fußmatte auf dem fleckigen Bodenbelag gelegen. Er hatte sie bei seinem letzten Besuch bei Frau Componga nicht mehr gesehen und festgestellt, daß der Fußbodenbelag gründlich gereinigt worden war.

Vielleicht hatte Frau Componga die Matte dort plaziert, weil ihr trinkender Mann, der auch viel rauchte, mit den glimmenden Zigaretten unvorsichtig hantiert und die herabfallende Glut Löcher in den Teppichbelag gebrannt hatte.

Nach einigen Minuten griff Wübbena nach dem Telefonbuch und suchte vergeblich nach der Telefonnummer der Frau Componga.

Er blies das Licht im Stövchen aus, trank die Tasse leer, klopfte die Pfeife aus und verließ die Dienststelle. Er stieg in seinen Dienstwagen und fuhr nach Marienhafe, um der Mutter der straffällig gewordenen Tochter einen Besuch abzustatten.

Die Landwirte begannen viel früher als in den vorherigen Jahren mit der Getreideernte. Mähdrescher zogen mit riesigen Staubwolken über die Felder. Die Maispflanzen standen bereits hoch. Das Gras der Weiden, auf denen das Buntvieh graste, hatte sich nach einigen regenträchtigen Gewittern erholt.

Wübbena befand sich auf dem Wege zu Frau Componga. Er ging davon aus, daß sie ihre Entziehungskur beendet hatte. Ihre Tochter war volljährig. Sie war juristisch gesehen ihrer Mutter weder Rede noch Antwort schuldig. Doch Helgas Familienleben war verworrener als das ihrer Mitschülerinnen verlaufen.

Wübbena hielt es daher für notwendig, Frau Componga mitzuteilen, daß Helga sich in einer Clique befunden hatte, die nicht nur gegen das Betäubungsmittelgesetz verstoßen, sondern sich auch wegen eines Raubüberfalls mit ihrem Freund zu verantworten hatte. Hinzu kam, daß Helga mutmaßlich zum Mittäterkreis gehörte, falls, was es noch zu beweisen galt, Max und Onno Häßling in Norddeich ermordet hatten.

Doch der eigentliche Grund für seinen Besuch bestand

darin, sich bei Frau Componga nach dem Verbleib der Fußmatte zu erkundigen.

Wübbena parkte vor dem Block, verließ den Wagen und betrat das Haus.

Er schritt zu der Wohnung der Compongas und war überrascht, als er auf dem Namensschild oberhalb der Klingel »Vladimir Stokowska« las. Er drückte den Klingelknopf. Eine Frau öffnete die Tür. Sie war um die Dreißig. Ihr Haar war schwarz, ihr Teint verriet ihre slawische Herkunft.

»Bitte?« sagte sie und musterte ihn.

»Entschuldigen Sie bitte, hier wohnte eine Frau Componga«, sagte er und lächelte gewinnend.

»Ja, hat hier gewohnt. Ist ausgezogen, jetzt ich und mein Mann mit Kindern hier. Kommen aus Rußland.«

»Und Frau Componga ... ?« fragte Wübbena.

»Nicht weiß«, sagte sie.

»Ich komme von der Polizei«, sagte Wübbena.

Die Frau erschrak. Wübbena zeigte seine Messingmarke.

»Darf ich kurz einen Blick in die Wohnung werfen?« fragte er.

Die junge Frau blickte ihn ängstlich an.

»Frau Stokowska, ich bin wegen Ihrer Vormieterin hier«, beruhigte Wübbena sie.

Kinder spielten an einem Tisch. Er befand sich dort, wo auch der Tisch der Compongas gestanden hatte. Die Wohnung war sauber. Die Gemeinde hatte den abgetretenen Bodenbelag nicht erneuern lassen. Das Mobiliar war neu. Vor den Türen lagen bunte Brücken.

»Danke«, sagte Wübbena. »Ich wünsche Ihnen alles Gute!« Er verließ die Wohnung.

Wübbena fuhr zum Gemeindeamt. Er suchte den Sachbearbeiter auf, der für Asylanten und Aussiedler zuständig war.

»Herr Saathoff, ich komme vom Block«, sagte Wübbena und wies sich aus. »Ich habe die ehemalige Wohnung der Familie Componga aufgesucht. Ich wollte Frau Componga einen Besuch abstatten.«

»Frau Componga ist hier abgemeldet. Wir haben ihre Wohnung räumen lassen, während sie zur Kur war. Sie wohnt jetzt auf Norderney in der Jann-Berghaus-Straße, Appartementhaus ›Inselglück‹«, sagte Saathoff.

»Eine noble Adresse«, antwortete Wübbena.

»Das kann man wohl sagen. Wir sind darüber sehr glücklich. Wir wissen nicht, wo wir die Asylanten und Aussiedler noch unterbringen können«, sagte Saathoff reserviert.

»Können Sie den Teppichboden in der Wohnung nicht erneuern lassen?« fragte Wübbena.

Saathoff schaute den Kommissar überrascht an. »Uns fehlt es an Geld«, antwortete er.

»Mir läge es daran, wenigstens ein Stück des ausgedienten Bodenbelags für unsere Untersuchung zu bekommen«, sagte Wübbena.

Saathoff zog die Stirn kraus. »Wir können doch nicht einfach ein Stück herausreißen«, sagte er irritiert.

»Schicken Sie einen Handwerker hin. Soviel Geld haben Sie doch noch im Etat«, sagte Wübbena.

»Warten Sie«, sagte Saathoff. »Das kann ich nicht entscheiden. Sprechen Sie mit unserem Kämmerer.«

Wübbena folgte Saathoff, der ihm den Weg zeigte. Dann betrat er das Zimmer des Kämmerers. Wilken, den Wübbena von seiner Schulzeit her kannte, begrüßte ihn freundlich. Nach einem vertraulichen Gespräch erklärte sich der Gemeindekämmerer bereit, dem Wunsch der Kripo nachzukommen und beauftragte den Gemeindemaler in Anwesenheit des Kommissars, den alten Teppichboden zu entfernen und mit neuer Ware auszulegen.

Am Morgen befand sich der Laborbericht des Gerichtsmedizinischen Institutes in der Post. Die Untersuchung hatte ergeben, daß die von Helga Componga und Onno Hayenna für die Aufklärung gespendeten Haare mit an Sicherheit grenzender Wahrscheinlichkeit mit den in den Pudelmützen und in der Bettwäsche gefundenen Haarrückständen übereinstimmten.

Wübbena benachrichtigte den Staatsanwalt. Der eingeschaltete Untersuchungsrichter ließ Helga und Onno vorführen, um sich ihre Stellungnahmen zu den vom Staatsanwalt erhobenen Vorwürfen anzuhören. Sie tagten im kleinen Sitzungszimmer des Amtsgerichtes Aurich. Helga weinte ununterbrochen und gestand schließlich die Tat. Auch Onno zeigte Reue und bekannte sich zu dem Verbrechen.

Der Richter bat sie, sich einem Rechtsbeistand anzuvertrauen oder ihre Belange von einem durch das Gericht bestellten Strafverteidiger wahrnehmen zu lassen.

Der Richter machte darauf aufmerksam, daß Lehrer Claussen auf die Rolle als Nebenkläger verzichtet hatte. Er ordnete an, daß Helga Componga bis zum Prozeß in die Vollzugsanstalt Hameln eingewiesen wurde. Helga wurde abgeführt. Sie warf Onno beim Verlassen des Zimmers mit verheulten Augen einen traurigen Blick zu.

Onno Hayenna, der zusätzlich unter dem Verdacht stand, mit seinem Freund Max Köstler den Journalisten Holger Häßling in Norddeich ermordet zu haben, wies diese Tat vehement von sich. Alle Versuche des Staatsanwaltes, ihn zu einem Geständnis zu bewegen, blieben ohne Erfolg.

Der Richter entschied, daß Onno der Strafvollzugsanstalt Lingen/Ems zugewiesen wurde.

Das Verhör des Verdächtigen Max Köstler verlief ebenfalls im Sande. Max gestand, im größeren Stil gedealt zu haben. Weder er noch Onno Hayenna seien zur Tatzeit in Norddeich gewesen. Er beteuerte seine Unschuld an dem Mord an Häßling.

Der Richter ordnete an, daß Max Köstler wegen erwiesener grober Verstöße gegen das Betäubungsmittelgesetz und wegen Mordverdachts bis zur Prozeßeröffnung in der Vollzugsanstalt in Oldenburg einzusitzen hatte.

Tjarden stand an der Reling und beobachtete das Anlegemanöver der »Frisia IV«, die sich langsam dem Anleger näherte.

Der aufgebriste Wind spielte mit der Reedereifahne, die auf dem Mast der Verladerampe flatterte. Taxis und Busse warteten auf dem Vorplatz auf Fahrgäste. Die Luft war salzig und sauber. Er hörte das laute Klatschen der Bugklappe. Das Schiff hatte angelegt.

Er verließ das Autodeck und folgte den Passagieren durch die Tür auf die Fußgängerbrücke. Zwei Reedereiangestellte in blauen Hemden und mit Prinz-Heinrich-Mützen sahen aus wie Zwillinge. Sie kontrollierten die Fahrkarten. Tjarden nahm sich Zeit. Er mochte das Gedränge der aufgeregten Urlauber nicht.

Er entdeckte Meyers. Der Kommissar stand vor der Wartehalle.

»Moin«, sagte Meyers. »Wir gehen zu Fuß.«

Sie ließen das Gewühle der Inselbesucher, die vor den geparkten Bussen nach Orientierung suchten, hinter sich und schritten durch das Hafengelände an teuren Yachten entlang und besprachen ihren dienstlichen Auftrag. Nach zwanzig Minuten standen sie vor dem eleganten weißen Klinkerbau, in dem reiche Binnenländer teure Ferienwohnungen besaßen.

»Stinkvornehm«, sagte Tjarden.

»Hier zu wohnen, das ist nicht billig«, sagte Meyers.

»Und diesen Luxus kann sich der Bundesligakicker leisten?« fragte Tjarden.

»Warum sollte er in Marienhafe, Großheide oder Hage investieren? Er ist gut beraten«, sagte Meyers.

Sie betraten das Haus und gelangten in eine elegante Vorhalle. Die Rezeption bediente ein ergrauter Mann. Er grüßte freundlich.

»Ich bin der Hausmeister, kann ich Ihnen helfen?« fragte er höflich.

»Wir möchten Frau Componga einen Besuch machen«, sagte Meyers.

»Appartement zwei eins sieben, zweite Etage. Sie ist zu

Hause. Sie kam vor einer halben Stunde aus der Sauna«, sagte der Hausmeister.

Tjarden verschlug es die Stimme. »Sauna?« fragte er.

Der Hausmeister nickte.

Die Beamten betraten den Flur. Wie in einem Hotel standen Blumenkübel in toten Winkeln. Aus Fenstern fiel Licht auf den teuren Fußbodenbelag.

»Alles vom Feinsten«, sagte Tjarden.

Sie nahmen die Treppe, betraten den Flur der zweiten Etage und standen vor dem Appartement Nummer 217. Sie blickten auf den eleganten Schriftzug, der Edda Componga als Besitzerin der Wohnung auswies. Tjarden drückte den Klingelknopf. Nach wenigen Sekunden öffnete sich die Tür. Vor ihnen stand die Witwe Componga.

Tjarden blickte die Dame überrascht an. Sie trug ihr Haar blondiert im Pagenschnitt. Sie wirkte in weißen Jeans, über der sie lässig eine bis in Kniehöhe reichende beige Leinenbluse trug, elegant. Sie hat ihr Gesicht liften lassen, dachte Tjarden. Die ehemalige Trinkerin wirkte jugendlich und selbstbewußt. Sie war kaum wiederzuerkennen.

»Herrenbesuch?« fragte sie ironisch.

»Frau Componga, wir hatten bereits die Ehre«, sagte Tjarden.

Durch ihr Gesicht fuhr ein Zucken. »Ja, ich kann mich erinnern. Sie sind bei der Kripo«, sagte sie und bemühte sich um ein Lächeln. Ihr Gesicht wirkte fast hübsch.

»Das ist Kommissar Meyers, der Leiter des Norderneyer Reviers«, sagte Tjarden.

Frau Componga, die während ihrer Kur etliche Kilo abgehungert haben mußte, bat die Beamten, einzutreten. Tjarden, der ihre Armut in dem Block kennengelernt hatte, traute seinen Augen nicht. Teurer Teppichboden, eine Sitzecke, ein Eichenschrank aus massivem Holz, eine Eßecke in bayerischem Stil.

Nobel, dachte er.

»Nehmen Sie Platz«, sagte sie.

Die Beamten ließen sich in den Sesseln nieder.

»Einen Tee?« fragte sie freundlich.

»Wenn es Ihnen keine Umstände macht«, sagte Meyers.

»Das ist anders als damals im Block«, antwortete sie. »Ich mag an diese Zeit nicht mehr zurückdenken.«

Frau Componga schritt in die Küchenzeile und setzte Wasser auf. Neben dem Couchtisch lagen auf einem kleinen Bücherregal Illustrierte.

»Ich habe einen vortrefflichen Sohn, der mich vergessen läßt, was ich während meiner Ehe mit meinem Mann durchgemacht habe«, sagte sie.

»Nicht nur Sie sind stolz auf Ihren Sohn. Er wurde zum Vorbild der ostfriesischen Sportjugend«, sagte Tjarden.

Frau Componga lehnte sich nun zufrieden an den Küchenschrank. »Ich habe jahrelang in einem Rattenloch gewohnt. Ich hatte vergessen, daß ich lebte. Behrend, der mein Mann war, Gott habe ihn selig, hat mich all die Jahre unterdrückt und gedemütigt.« Sie strahlte glücklich. »Jetzt besuche ich das Kurkonzert und habe gelernt, ohne Scheu einen Badeanzug überzustreifen und ohne Hemmungen im Meer zu baden. Im Haus befindet sich eine Sauna.«

»Und Ihr kleiner Sohn Bonno?« fragte Tjarden.

Die Componga senkte den Blick. Ihr Gesicht wirkte ernst. »Er hat mich vergessen«, sagte sie. »Die Zieheltern wollen ihn nicht mehr hergeben. Er entwickelt sich prächtig.« Sie wandte sich ab und brühte den Tee auf.

Die Beamten schwiegen. Frau Componga setzte Teegeschirr auf den Tisch und teilte die Gedecke aus, brachte das Stövchen und füllte eine Schale mit Gebäck.

»Bitte, bedienen Sie sich«, sagte sie und schenkte Tee ein. Dann nahm sie auf der kleinen Couch Platz.

Hatte sie ihre Tochter vergessen? Helga hatte mehr unter den mißlichen Verhältnissen gelitten als ihr erfolgreicher Bruder. Sie war zum Opfer ihres hemmungslosen Vaters geworden. Frau Componga hatte gelitten und geschwiegen und bemühte sich nun, die verlorenen Jahre im Luxus nachzuholen. Der Familientyrann Componga war tödlich verunglückt. Die näheren Umstände waren ungeklärt geblieben. Der Staatsanwalt hatte unter die Akte einen Schlußstrich gezogen.

Tjarden nahm ein Plätzchen aus der Schale, schob es in den Mund und trank Tee. Er blickte Frau Componga an, die an der Tasse nippte.

»Frau Componga, seit wann wohnen Sie in der hübschen Wohnung Ihres Sohnes?« fragte er.

Sie lächelte glücklich. »Wohnen? Das ist untertrieben. Warten Sie.« Die Witwe schloß die Augen, als müsse sie nachdenken. »Die Kur – seit Mitte Juli mache ich hier Ferien auf Lebenszeit.«

»Und niemand hat Ihnen gesagt, daß Ihre hübsche rauschgiftsüchtige Tochter Helga in Ihrer Nachbarschaft auf dem Campingplatz in der Nähe des Leuchtturms mit Freunden in einem Campingwagen gewohnt hat und für den Heroinbedarf auf den Strich ging?«

Frau Componga schaute den Beamten böse an. Er fühlte die Kälte ihres Blickes.

»Helga hat mich enttäuscht. Ich habe mich einer Entziehungskur unterworfen! Ich habe gelitten. Nicht einmal eine einfache Postkarte hat sie mir geschickt. Sie hat sich nicht um mich gekümmert, hat ihren kleinen Bruder verlassen. Ich habe keine Tochter mehr!«

»Frau Componga, Ihre Tochter befindet sich in Hameln in der Haftanstalt. Sie hat mit ihrem Freund Onno Hayenna ihren ehemaligen Lehrer Claussen überfallen und beraubt. Claussen schwebte in Lebensgefahr. Wir hielten es für unsere Pflicht, Sie davon in Kenntnis zu setzen.«

»Ich habe für meine Tochter mehr getan, als Sie sich vorstellen können. Mein Mann hat mich geschlagen, wenn ich für sie eingetreten bin«, sagte sie, zündete sich eine Zigarette an und rauchte hastig.

»Ihre Tochter ist erwachsen«, sagte Tjarden. »Sie und Ihr verunglückter Mann trugen selbst Schuld an Ihrem sozialen Abstieg. Sie fühlten sich geehrt, als der Reporter Ihre Kinder für seinen Zeitungsbericht ablichtete, und vergaßen dabei, daß Sie damit Helga in einen Konflikt stürzten.«

Frau Componga stierte die Beamten böse an.

»Das sind Lügen!« zischte sie. »Behrend hat das Geld in Corvit umgesetzt. Der Reporter wollte uns helfen!«

»Und hat er?« fragte Meyers.

»Nein, es gibt zuwenig Wohnungen.«

»Er hat Helga mit ihrem Freund Onno noch einmal bloßgestellt«, sagte Tjarden böse. »Er hat ihnen aufgelauert. An einem sonnigen Nachmittag vor dem Campener Leuchtturm, als sie dort Rauschgift spritzten.«

»Davon weiß ich nichts«, antwortete sie kühl.

»Doch, davon wissen Sie durch uns. Erinnern Sie sich bitte an unseren Besuch. Außerdem lesen Sie doch Zeitungen«, sagte Meyers und wies auf die Illustrierten, die auf dem kleinen Beitisch lagen.

»Ich habe immer nach Ablenkung gesucht. Mir war alles über den Kopf gewachsen. Suchen Sie den Reporter auf! Stellen Sie ihn zur Rede, wenn er meiner Tochter Schaden zugefügt hat.«

»Da kommen wir zu spät«, sagte Meyers. »Der Journalist lebt nicht mehr. Er wurde ermordet! Jemand hat ihn erwürgt und in Norddeich in das Hafenbecken geworfen.«

»Das ist ja entsetzlich!« sagte sie kalt.

»Er war den Dealern auf der Spur, die zum engsten Bekanntenkreis Ihrer Tochter zählten«, sagte Tjarden.

Meyers beobachtete, wie sie erschrocken zusammenfuhr. Ihr Gesichtsausdruck verriet ihre Abneigung. So, als wollte sie alles verdrängen, was die Beamten vortrugen, nahm sie eine kampfbereite Haltung an. Sie richtete den Oberkörper auf.

»Mir reicht es jetzt«, sagte sie und erhob sich. »Ich bin es satt, mir ihre Vorwürfe noch länger anhören zu müssen. Helga ist ausgeflippt! Sie hatte genügend Chancen, sich zu besinnen. Vielleicht kommt sie im Gefängnis zur Vernunft. Mein Sohn wird ihr sicherlich beistehen. Für mich ist meine Tochter gestorben.«

»Ihr Sohn hat auch Ihnen beigestanden. Er ist auch angereist, als Ihr Mann aus dem Fenster gestürzt war«, sagte Tjarden.

Frau Componga lächelte geringschätzig. »Sie können es wohl nicht verkraften, daß der Staatsanwalt zu Ihren Anschuldigungen gegen meinen Sohn nichts hören wollte.«

»Wollte er nicht?« fragte Tjarden ironisch.

»Ja, weil Sie neidisch sind, daß er berühmt ist.«

»Frau Componga, Ihrer Tochter stehen harte Zeiten bevor«, sagte Meyers.

»Ich muß endlich einmal an mich selbst denken! Helga muß für das einstehen, was sie angerichtet hat«, sagte sie entschlossen.

»Wir danken Ihnen für den Tee«, sagte Meyers.

Sie verließen das teure Appartement, das der berühmte Stürmer des VfB Stuttgart und seine hübsche Verlobte für seine Mutter gekauft hatten.

Sie gingen zum Revier. Dic Urlauber hatten bei diesem schönen Sommerwetter die Strände aufgesucht. Auf dem Onnen-Fisser-Platz saßen einige Alte auf den Bänken in der Sonne und genossen den frischen Seewind, der in den Platz einfiel.

Die Beamten betraten das Revier und suchten das Dienstzimmer auf. Im Zimmer hing die schwüle Nachmittagsluft. Meyers wies auf den Besucherstuhl vor dem kleinen Tisch.

»Setz dich, Wilko«, sagte er und nahm an seinem Schreibtisch Platz.

»Ich habe die Componga kaum wiedererkannt«, sagte Tjarden. »Sie war fett, schlampig und versoffen, als sie noch in dem Block wohnte.«

»Sie hat einen großen Nachholbedarf und hat sich der neuen Situation angepaßt. Sie ist jetzt wer. Sie ist die Mutter eines bekannten Fußballspielers.«

»Der Junge hat dazugelernt. Er wollte verhindern, daß mißgünstige, sensationsgierige Journalisten der Yellow-Press seine soziale Herkunft mit entsprechenden Fotos ausschlachten.«

»Vielleicht war das Häßlings Absicht. Der Journalist suchte weiterhin nach dem großen Fisch«, sagte Meyers.

»Da könnte was dran sein. Häßling hat in der Tat Helga Componga nur geschadet. Er hat auch den Fußballer mit Dreck beworfen«, meinte Tjarden

»Und Tammo hatte die Schnauze voll. Er lockte den Journalisten in den Hafen und warf ihn in die Nordsee«, sagte Meyers.

»Das klingt logisch. Und diese rätselhafte Einladung?« fragte Tjarden.

»Du setzt auf die Fixer. Aber bedenke dabei, daß die hübsche Braut des Fußballers sie angefertigt haben kann, um uns abzulenken. Der Junge besitzt ein schnelles Auto. Sein Alibi steht noch aus«, sagte Meyers.

Tjarden schwieg, während Meyers das Gedächtnisprotokoll in die Maschine tippte.

22

Die IG-Medien hatten eine Belohnung von zweitausend DM für Hinweise ausgesetzt, die zur Aufklärung des Mordes an ihrem Mitglied Häßling führten. Die Ostfriesen-Post hatte den Betrag auf viertausend DM aufgefüllt.

Doch an dem gewittrigen, dunklen, verregneten Sommerabend schien es keine Zeugen gegeben zu haben. Der Mörder hatte sich wahrscheinlich mit seinem Opfer allein im Fischerhafen aufgehalten, während die Fischer mit ihren Kuttern auf Fang waren.

Tjarden betrat das Dienstzimmer, hängte seine Jacke auf den Bügel. »Chef, ich habe kein Schiff der Reederei ausgelassen. Kein Steward und keine Stewardeß erkannte Max und Onno auf den Fotos. Weder die Angestellten der Reederei, die die Fahrkarten verkauften, noch die, die auf Norderney die Fahrkarten kontrollierten, konnten weiterhelfen. Das sagt allerdings wenig, denn bei diesem lang anhaltenden Sommerwetter haben Tausende die Insel besucht«, berichtete Tjarden.

»Wir besitzen keine Beweise, dennoch gehe ich davon

aus, daß Max und Onno den Mord an dem Journalisten verübt haben«, sagte Wübbena. Er saß im schwül-warmen Dienstzimmer vor den Akten. »Helga, Onno und Max sitzen in Untersuchungshaft. Nina hat sich ihren Eltern anvertraut. Ihr Vater ist Arzt. Vielleicht schafft sie den Ausstieg aus der Drogenszene«, sagte Wübbena.

Tjarden lächelte. »Sie wußte mit der Schere umzugehen. Verdankte Häßling ihr die Einladung?«

»Und wer brachte Häßling um?«

»Es ist zum Kotzen. Angenommen, Max und Onno sind unschuldig, dann sind aus unserer Sicht nur noch der Fußballer, der Finanzbeamte und der Lehrer verdächtig«, antwortete Tjarden.

»Es sei denn, der kleine Schreiberling hätte in Berlin einen Feind hinterlassen, von dem seine ehemalige Verlobte nichts erfahren konnte. Doch das halte ich für unwahrscheinlich«, sagte Wübbena.

Frau Hayenna öffnete die Haustür. Sie sah krank aus. Ihr Haar war grau. Um ihre Augen lagen Schatten. Ihr Gesicht war abgemagert. Sie trug eine beige Bluse, die reizlos ihren Oberkörper bedeckte. Um ihre knochigen Hüften spannte sich ein blauer Rock.

»Die Kripo«, sagte sie mißtrauisch. »Sie kommen wegen Onno?«

Wübbena nickte.

»Ist Ihr Mann zu Hause?« fragte Tjarden.

»Ja, treten Sie ein.«

Sie folgten Frau Hayenna in das Wohnzimmer. Hayenna saß am Tisch. Sein Blick verfinsterte sich. Er erhob sich.

»Bitte, nehmen Sie Platz«, sagte er und zeigte auf die Stühle, die vor dem Tisch standen. Sein Gesicht war knochig und trug die fahle Farbe eines Magenkranken. Die Beamten setzten sich.

»Sie haben Zeit für ein paar Fragen?« fragte Wübbena.

Hayenna nahm wieder Platz. »Um diese Zeit trinken wir Tee. Ich bin eben erst aus Emden vom Amt gekommen. Dort auf der Anrichte liegen die Akten, die ich heute abend bearbeiten werde. Nur in der Arbeit finde ich den erforderlichen Abstand.«

Wübbena blickte auf die farbigen Ordner. »Es tut uns leid, Sie mit schwerwiegenden Vorwürfen gegen Ihren Sohn belasten zu müssen.«

»Ich bereite einen Tee zu«, sagte Frau Hayenna.

»Machen Sie bitte keine Umstände«, antwortete der Kommissar.

»Ein paar Tassen mehr, das ist keine Arbeit«, sagte sie und verließ das Wohnzimmer,

»Meine Frau versteht die Welt nicht mehr. Sie ist dankbar für jede Unterbrechung, die sie ablenkt. Wir kennen nur ein Thema. Es ist furchtbar, hilflos zusehen zu müssen, wie unser Sohn sich selbst zugrunde richtet. Und jetzt erscheinen Sie mit neuen Vorwürfen.« Hayenna kämpfte mit den Tränen.

»Auf ihm lastet ein weiterer schwerer Verdacht. Darüber möchte ich mit Ihnen sprechen, wenn Ihre Frau anwesend ist«, sagte Wübbena.

Hayenna nickte und schaute den Kommissar ernst an. »Und Sie interessiert es, wo ich mich am Abend aufhielt, als jemand die kaputte Welt von diesem schrägen Vogel befreit hat?«

Die Beamten sahen sich überrascht an. Hayenna stierte vor sich hin.

»Und wo waren Sie?« fragte der Kommissar.

Der Finanzbeamte hob den Kopf. In sein Gesicht stieg das Blut. »Auf diese Frage habe ich gewartet. Ich war in Norddeich.«

»Und was wollten Sie dort?« fragte Tjarden neugierig.

»Ich suchte Häßling«, antwortete Hayenna, bemüht ruhig zu wirken.

»Sie waren am Tatort«, stellte Wübbena fest.

»Ziehen Sie bitte daraus keine voreiligen Schlüsse, Herr Kommissar. Da bleiben auch für mich noch Rätsel«, sagte Hayenna.

Frau Hayenna betrat das Zimmer, Ihr Blick war stumpf,

als sie das Geschirr mit der ostfriesischen Rose zurechtrückte. Danach erschien sie mit der Teekanne, zündete das Licht im Stövchen an und fragte: »Darf ich einschenken?«

Die Beamten ließen sich von Frau Hayenna den Tee servieren. Auch der Steuerdirektor des Finanzamtes Emden vergaß für Minuten den Streß und trank den heißen Tee.

Doch Tjarden unterbrach die friedliche Pause nach einigen Minuten.

»Und woher erfuhren sie, daß Häßling sich im Norddeicher Hafen aufhielt?«

Hayenna schaute auf. »Das hat eine Vorgeschichte«, sagte er und blickte seine Frau an, die mit verheulten Augen nickte. »Wir hatten für unseren Sohn einen Therapieplatz bei Professor Andermatt reserviert. In meiner Verzweiflung besuchte ich mit meiner Frau in Bremen einen Rotarierfreund. Er bekleidet im Polizeipräsidium der Hansestadt ein hohes Amt. Wir tranken Tee, und unsere Frauen freundeten sich an. An diesem Nachmittag erfuhr ich vertraulich, daß dieser Reporter Onno und einem Max auf der Spur war. Der Reporter haßte mich. Ich hatte ihn auf dem Open-Air-Festival in Halbemond, als ich dort nachts nach meinem Sohn suchte, in die Fresse geschlagen, als er dabei war, mich in meinem Elend zu fotografieren. Als ich mit meiner Frau wieder zu Hause war, habe ich am Abend Häßling angerufen und ihn gefragt, wo sich mein Sohn aufhält. Häßling hat mich am Telefon verhöhnt. ›Ich werde Ihren Sohn hochgehen lassen, Herr Steuerdirektor. Vor dem Gesetz sind alle gleich!‹ hat er gesagt und eingehängt. Einige Stunden später, es war so gegen dreiundzwanzig Uhr, klingelte das Telefon. Ich nahm den Hörer ab, meldete mich. Ich hörte eine Frauenstimme, die gehetzt klang. ›Der Reporter der Ostfriesen-Post befindet sich auf dem Wege nach Norddeich. Ihr Sohn plant im Fischerhafen mit einem süchtigen Freund einen groß angelegten Deal.‹ Ich war aufgeregt. ›Rufen Sie aus Bremen an?‹ habe ich gefragt. Die Stimme der Anruferin klang blechern. ›Ja, von einer Telefonzelle‹, sagte die Anruferin und legte auf. Ich vermute, daß es die Frau meines Rotarierfreundes war.«

Hayenna legte eine Pause ein. Er griff zur Teetasse. Auch die Beamten tranken Tee.

Dann fuhr Hayenna fort: »Ich dachte mir, daß mein Freund von dem Hinweis nichts erfahren durfte. Ich habe meine Jacke genommen und bin sofort losgefahren. Der Regen troff in Strömen von der Windschutzscheibe und ließ mir wenig Sicht. Ich bin zum Hafen gefahren und habe in der Dunkelheit meinen Wagen abgestellt. Als ich durch den Hafen schritt, habe ich einen geparkten Wagen in der Nähe der Hallen entdeckt. Ich bin durch den Hafen und über die Mole gelaufen und habe den Namen meines Sohnes laut herausgebrüllt. Niemand außer mir war unterwegs. Das Gewitter entlud sich. Es goß in Strömen. Das Bahnhofsgebäude war erleuchtet. Versieht dort noch ein Beamter seinen Dienst, habe ich mich gefragt. Erwartet er noch einen Spätzug? Ich bin zum Bahnhof gelaufen. Die Eingangshalle und der Fahrkartenschalter waren erleuchtet, die Tür verschlossen. Ich spürte einen Blasendruck, bin an die Büsche des Bahndammes getreten und habe mein Wasser abgelassen. Seitlich des Bahnhofs warf eine hohe Straßenleuchte Licht auf die Güterrampe. Dort lag ein Penner. Trotz des schummrigen Lichts und des herabstürzenden Regens erkannte ich geleerte Bierdosen und eine Flasche. Ich erschrak und bin dann zurückgelaufen. Ich habe weder Häßling noch meinen Sohn angetroffen.« Hayenna langte nach der Teekanne und schenkte sich Tee ein.

»Sie waren völlig durchnäßt und haben sich einen Schnupfen geholt?« fragte Tjarden ironisch.

»So war das«, sagte Hayenna böse und trank Tee.

»Und Sie erwarten, daß wir diese Geschichte glauben?« fragte Wübbena.

»Das war so. Mein Mann hat die nassen Klamotten ausgezogen und heiß gebadet«, sagte Frau Hayenna.

»Mein Ehrenwort, Herr Kommissar«, sagte Hayenna.

»Und Sie haben aus Illustrierten und der Ostfriesen-Post eine Einladung zum tödlichen Rendezvous zusammengeschnippelt und in Häßlings Wagen gelegt?« fragte Tjarden.

Hayenna schaute die Beamten verständnislos an.

»Sie haben doch Zeitung gelesen«, sagte Tjarden.

»Sie nehmen doch nicht an, daß ich als Beamter ...?« Er war außer sich.

»Es ist doch denkbar, daß Sie am Hafenbecken standen und auf den Reporter regelrecht gewartet haben. Sie sind hochgewachsen und besaßen die Kraft und auch den Haß, den schmächtigen Reporter zu überwältigen«, sagte Tjarden.

»Ich bitte Sie, auch Sie sind Beamte. Unterlassen Sie diese Vorwürfe!« sagte Hayenna sauer.

»Nun, da bleibt noch Ihr Sohn«, sagte Wübbena. »Er gehörte zu einer Clique, die mit Rauschgift handelte und selbst süchtig war, wie Sie wissen. Die jungen Leute bewohnten die Schaffarm in Osteel. Das Anwesen ließ die Hypothekengläubigerin versteigern. Die Süchtigen gingen davon aus, daß sie ihre Misere dem Journalisten Häßling zu verdanken hatten. Sie kauften auf Norderney einen Campingwagen. Sie befürchteten nicht zu Unrecht, daß dieser Häßling sie erneut in der Ostfriesen-Post den Lesern vorführen und die Kripo auf sie ansetzen würde. Der Telefonanruf aus Bremen spricht ebenfalls dafür, daß der Journalist der Clique auf der Spur war. Häßling wurde erwürgt und in die Nordsee geworfen.«

»In langen schlaflosen Nächten haben mein Mann und ich uns zerstritten«, sagte Frau Hayenna und kämpfte mit den Tränen. »Onno ist süchtig. Er hat mit seiner Freundin den Lehrer überfallen. Das müssen wir hinnehmen. Aber Onno ist kein Mörder! Das fühle ich als Mutter!« Sie erhob sich und schenkte Tee nach.

»Haben Sie Argumente, die gegen unseren Verdacht sprechen?« fragte Tjarden.

»Sie tappen im dunkeln«, sagte Hayenna.

»Onno ist kein Mörder!« schluchzte Frau Hayenna erneut.

»Mutter, hör auf zu flennen«, sagte Hayenna unwirsch.

»Wer sollte außer den in die Enge getriebenen Fixern ein Motiv gehabt haben, den Journalisten zu ermorden?« fragte

Wübbena. »Solange wir auf diese Frage keine schlüssige Antwort finden, bleiben auch Sie verdächtig.«

»Ihr Sturmlauf durch den Norddeicher Hafen ändert nichts daran«, sagte Tjarden.

Frau Hayenna saß zusammengekauert auf dem Stuhl. Sie weinte. »Nein, mein Mann hat nichts damit zu tun«, sagte sie unter Tränen.

»Ich verstehe Ihren Unmut, Herr Kommissar, aber warten Sie, da gab es etwas! Ich beginne mich zu erinnern«, sagte Hayenna und schaute nachdenklich auf den Tisch.

»Sprechen Sie sich aus«, forderte Wübbena ihn auf.

Der Finanzbeamte hob den Blick und schaute den Kommissar ernst an. »Ich war sehr aufgeregt, es ging ja schließlich um meinen Sohn. Ich war bis auf die Haut durchnäßt, und immer noch goß es in Strömen. Ein starker Wind fegte durch den Hafen. Sie kennen sich aus in Norddeich. Ich irrte umher und suchte meinen Sohn. Ich lief am Schiffsausstattungsgeschäft vorbei zur Mole. Nur die Leuchten auf der Mole waren eingeschaltet. Ich kann mich daran erinnern, daß ich im Licht des Fährhotels ein Taxi gesehen habe. Es fuhr zum Hafen.«

»Aber trotz mehrfacher Aufforderung in den Zeitungen hat sich kein Taxifahrer als Zeuge gemeldet«, antwortete Tjarden.

»Wir haben immer noch Hoffnung, unseren Sohn retten zu können«, warf Frau Hayenna ein.

»Wir werden über unseren Besuch ein Protokoll anfertigen und es Ihnen dann vorlegen«, sagte Wübbena. »Sie hören von uns.«

Frau Hayenna erhob sich. Sie war am Ende ihrer Kräfte. »Ich begleite Sie zur Tür«, sagte sie mit verheultem Gesicht.

»Danke«, sagte Wübbena.

Sie schritt ihnen voraus. Als sie die Haustür öffnete, sagte sie mit bebender Stimme: »Onno hat uns enttäuscht! Aber er ist kein Mörder!«

Kein Zeuge und erst recht kein Taxifahrer hatte sich auf die wiederholt in den Zeitungen erschienenen Aufforderungen gemeldet.

Der letzte Zug hatte um zweiundzwanzig Uhr den Bahnhof Norddeich-Mole erreicht. War ein Taxifahrer ohne Rückruf auf dem Heimweg mit seiner Freundin noch im Hafen unterwegs gewesen, um im bequemen Fahrzeug ein Schäferstündchen zu genießen? Oder hatte der Taxifahrer, dessen Fahrzeug der Finanzbeamte gesehen zu glauben vorgab, Max und Onno bei der Durchführung eines großen Deals zur Verfügung gestanden? Es war aber auch nicht auszuschließen, daß Hayenna sie, um seinen Sohn aus der Schußlinie zu bringen, auf eine im Sande verlaufende Fährte gelockt hatte.

Wübbena und Tjarden machten sich auf den Weg. Sie befragten systematisch die Taxifahrer, suchten auch die Fahrer auf, die auf der 520-DM-Basis nur aushilfsweise fuhren. Einige von ihnen waren mehrmals in Norddeich gewesen, doch nicht zu der späten Zeit. Diese mühevolle Kleinarbeit blieb ohne Erfolg. In das Dienstzimmer fiel die Dunkelheit. Die Beamten saßen vor den Akten und bemühten sich, die spärlichen Ergebnisse ihrer Recherchen auf einen Nenner zu bringen.

»Es gibt keine Zeugen«, sagte Tjarden. »Kein Hotelgast des Fährhauses hat am offenen Fenster gestanden und in den Hafen geschaut, als der Journalist mit seinem Passat und kurz danach der Finanzbeamte mit seinem Mercedes in den Hafen gefahren sind. Waren der Täter oder die Täter zu Fuß unterwegs?«

»Wenn Tammo Componga seinen teuren Wagen in Wittmund, Leer oder selbst in Wilhelmshaven abgestellt hat und sich per Taxi nach Norddeich hat fahren lassen?« fragte Wübbena.

»Das halte ich für unwahrscheinlich«, sagte Tjarden. »Solche rentablen Aufträge sind selten. Und Taxifahrer sind eifrige Zeitungsleser. Selbst die Bildzeitung hat über den Mord berichtet.«

»Irgendwie bewundere ich Tammo. Er hat sich verbissen

hochgekämpft. Sein Erfolg kommt der alten Componga zugute. Um seine Schwester kümmerte er sich zu spät.«

»Und der Tod seines Vaters?« fragte Tjarden.

»Tammo ist ein Hitzkopf. Zum Leidwesen seines Trainers bekam er bereits mehrmals die gelbe Karte des Schiedsrichters zu sehen«, sagte Wübbena.

»Seit wann sehen Sie die Sportschau, Chef?« fragte Tjarden und grinste.

»Seitdem ich den jungen Star aus Ostfriesland kenne. Mir scheint es gerechtfertigt zu fragen, ob Tammo ein Doppelmörder ist. Hat er seinen Vater und auch den Häßling umgebracht?«

»Unserer Phantasie sind keine Grenzen gesetzt. Nina entledigte sich ihres Weltschmerzes und schrieb Gedichte. Hat sie aus den gängigen Illustrierten und dem Heimatmagazin die Einladung zusammengeschnipselt? Oder haben sich Franziska und der Fußballer dieses hinterhältigen Tricks bedient?«

»Angenommen, Max Köstler und Onno Hayenna hätten Häßling nicht umgebracht, dann fiele auch auf den Finanzbeamten der Verdacht«, meinte Wübbena. »Er haßte den Reporter. Er war besessen von der Idee, seinen Sohn in die Therapie zu schicken, dabei schreckte er vor nichts zurück.«

»Hayenna bemerkte unter dem Dach des Güterbahnhofes auf der Rampe einen Penner. Es ist doch wohl auszuschließen, daß dieser Obdachlose den Journalisten umgebracht hat«, sagte Tjarden.

»Davon können wir ausgehen. Im Sommer treiben sich hier an der Küste eine Menge Penner herum«, sagte Wübbena.

»Und Hayenna, auf der Suche nach Ausflüchten! Das Taxi, wer weiß, eine Schutzbehauptung?« sinnierte Tjarden. »Mich kotzt es an, im Nebel mit der Stange im trüben Wasser herumzustochern. Trinken wir ein Bier?«

»Ja, machen wir Schluß«, meinte Wübbena.

Helga hatte es abgelehnt, mit einer gleichaltrigen Straffälligen eine Doppelzelle zu teilen. Ihr wurde wunschgemäß eine Einzelzelle zugewiesen. Obwohl Helga von ihrem Bruder in regelmäßigen Abständen Briefe erhielt, in denen er sich bemühte, ihr Mut zu machen, fühlte sie sich einsam und weinte viel.

Tammo hatte einen angesehenen Rechtsanwalt mit ihrer Verteidigung beauftragt, der Dank seiner Erfolge in Strafprozessen ihr auch prompt einige Hafterleichterungen verschafft hatte, denn sie wurde dem Küchenpersonal zugeteilt.

Der Gefängnisarzt hatte ihr die Ersatzdroge Methadon verschrieben, die ihr half, mit der Sucht fertig zu werden. So gesehen war sie besser dran als viele andere Mitinsassen. Dennoch bedrückte sie nicht nur der Freiheitsentzug und die karge Zelle, sondern auch das ungewisse Schicksal Onnos, von dem sie nichts hörte.

Der Anwalt diskutierte gefühllos an ihr vorbei während seiner mehrmaligen Besuche. Er setzte auf ihre Unzurechnungsfähigkeit zur Tatzeit. Seine Strategie lief darauf hinaus, für Helga mildernde Umstände zu erreichen unter Aussetzung der Strafe auf Bewährung. Er bat Helga, keine Drogen mehr zu nehmen, denn auch in der Vollzugsanstalt wurde gedealt.

Helga gab die Hoffnung auf eine Zukunft auf. Selbst wenn Tammo, wie angekündigt, ihr eine Stelle in einem Supermarkt verschaffen konnte, blieb der Ruf des Verbrechens an ihr haften. Sie ließ sich gehen und drohte im Umgang mit Kapitalverbrecherinnen zu verrohen. Sie begann Onno zu hassen, weil er sie in die Rauschgiftszene zu Max und Nina gebracht hatte.

Ihr Vater hatte sie mißbraucht. Ihre Mutter hatte sie aufgegeben. Sie begann die Männer zu hassen und auch ihren Bruder, der ihr nicht einmal einen Besuch abgestattet hatte. Er war ein Star. Für ihn war sie nur eine unangenehme Belastung, ein Schandfleck beim Aufbau seiner Karriere. Helga begann immer mehr unter Depressionen zu leiden. Sie wußte nicht, was aus ihrem kleinen Bruder Bonno geworden war. Tammo erwähnte ihn in keiner Zeile. Nur der Psychiater hätte ihr helfen können. Doch von dieser Seite wünschte sie keinen Beistand. Sie stellte sich störrisch, wenn sie zu dem angesetzten Termin ging. Sie verlor die Freude daran, von ihren Mitinsassinnen wegen ihrer Schönheit bewundert zu werden. Selbst den Rat und die guten Worte des Gefängnispastors schrieb sie in den Wind.

Helga verlor die Lust am Leben. Sie aß nur noch wenig, zog sich zurück in ihre Zelle und meldete sich von den Freigängen ab. Sie schluckte das Methadon und lag oft stundenlang apathisch auf der Gefängnispritsche. Helga war erwachsen und verweigerte ihre Zustimmung, als die Gefängnisleitung ihr vorschlug, ihre Mutter und ihren Bruder zu einem Gespräch einzuladen.

Helga verfaßte einen testamentähnlichen Text, in dem sie den Wunsch äußerte, daß weder ihre Mutter noch ihre Brüder von ihrem Gesundheitszustand in Kenntnis gesetzt werden durften.

Helgas Körper begann abzumagern. Schließlich verweigerte sie die Nahrung. Der Gefängnisarzt überwies Helga in das Krankenhaus. Sie zeigte Symptome einer Magersucht.

Die Ärzte entschlossen sich zu einer Zwangsernährung und legten Helga an den Tropf.

Die Traubenzuckerlösung hielt Helga am Leben. Den Ärzten gelang es, ihren Kreislauf stabil zu halten, doch die Versuche des Gefängnispastors und des Psychologen, Helgas Lebenswillen herauszufordern, scheiterten kläglich.

Trotz der aufmerksamen Bemühungen der Nachtschwester war es Helga gelungen, die zu ihrer Rettung angebrachten Kanülen aus ihren Armvenen zu entfernen.

Helga hatte sich aufgegeben. Der von der Nachtschwester herbeigerufene Arzt konnte nur noch ihren Tod feststellen.

23

Frau Componga hatte über ihr blondgefärbtes Haar ein dezentes, dunkelgetöntes seidenes Kopftuch gelegt. Sie trug ein schwarzes Kostüm. Auch Tammo trug schwarz. Franziska hatte eine schwarze Schleife in ihr Haar gebunden, das über den weißen Kragen ihres schwarzen Jäckchens fiel. Sie saß mit Tammo und seiner Mutter in der ersten Bank der Friedhofskapelle. Vor ihnen stand der Sarg. Kerzen brannten mit flackernden Flammen von schmiedeeisernen Ständern. Blumengebinde und Kränze mit Schleifen umrahmten den Sarg der Fixerin.

Der VfB Stuttgart, die Süddeutsche Handelsbank, die Eigentümergemeinschaft der Wohnanlage Norderney und der Ostfriesische Sportbund gedachten einer Toten, die sie nicht gekannt hatten.

Wübbena betrachtete die Besucher. Ein paar alte Damen saßen in der zweiten Bank. Ihre teuren Roben ließen darauf schließen, daß sie von Norderney angereist waren. Ein junger Mann, ein Kollege des Fußballers und zwei ältere Vereinsfunktionäre waren aus Stuttgart angereist. Weder Frau noch Herr Hayenna waren anwesend. Aus Marienhafe hatte sich niemand bemüht, an Helgas Beisetzung teilzunehmen. Kein ehemaliger Lehrer, auch nicht Claussen, und keine ehemalige Mitschülerin waren erschienen, um der Toten ihre Anteilnahme zu erweisen.

Der aus Emden angereiste Pastor, der erst vor wenigen Monaten dem Maurer Componga die Totenandacht gehalten hatte, schritt an den kleinen Altar. Er kniete nieder und sprach laut ein Gebet. Danach erhob er sich und wandte sich an die kleine Schar der Trauergäste. Er trug den vorgeschriebenen schwarzen Talar mit dem weißen Spitzenumhang. Sein Gesicht war blaß. In den Händen hielt er das Gebetsbuch.

»Liebe Frau Componga, lieber Herr Componga, verehrte Trauergäste, wir nehmen heute Abschied von unserer Glaubensschwester Helga Componga.«

Wübbena hörte, wie Frau Componga schluchzte. Auch Tammo weinte.

»Helga hat den Weg, der zu bürgerlichem Ansehen führt, nicht gefunden. Ihr ist es nicht gelungen, in unserer konsumorientierten Leistungsgesellschaft Fuß zu fassen. Sie ließ sich leiten von Wunschvorstellungen nach einer paradiesischen Harmonie, die herzustellen wir Menschen zu schwach sind. Helga war dem Rauschgift verfallen. Sie hat gekämpft und den Kampf verloren. Wir dürfen nicht richten und ihr das christliche Begräbnis vorenthalten, denn Helga war krank Sie hatte die Kraft verloren, sich ein- und unterzuordnen in die Notwendigkeiten irdischer Zwänge. Sie versagte an der harten Realität! Dabei hat sie selbst viele Enttäuschungen hinnehmen müssen. Gott wird ein Einsehen mit unserer geliebten Schwester haben. Nur er wird richten, denn er hat das letzte Wort. Er wird abrechnen mit den Geschäftemachern, die aus Habsucht junge Menschen dem Verderben und dem Untergang zuführen.«

Wübbena neigte sich zu Tjarden. »Bla, bla«, flüsterte er.

Tjarden nickte.

»Wir nehmen am Totenschmaus teil«, flüsterte Wübbena Tjarden zu.

Sie warteten, bis der Pastor seine Ansprache beendet hatte und sich vor dem Altar niederkniete. Als die Orgel einsetzte, verließen sie die Kapelle.

Nach der Beisetzung fand sich die kleine Trauergemeinde im Clubzimmer des Restaurants »Zum Anker« ein. Die Tische waren gedeckt. Es gab den obligatorischen Butterkuchen mit Tee. Frau Componga hatte ihre stämmigen Arme auf den Tisch gestützt und schluchzte, während Tammo leidend die wenigen Gäste aufforderte, sich zu bedienen.

Er hatte die angereisten Vereinsmitglieder des VfB bereits verabschiedet, da sie so schnell wie möglich nach Stuttgart zurück mußten.

Niemand der Trauergäste konnte die Mutter trösten. Die Herrschaften von der Insel nippten am Tee und würgten sich den Butterkuchen hinunter. Auch Wübbena und Tjarden, die nicht eingeladen worden waren, blieb der Butterkuchen fast im Halse stecken beim Anblick der leidenden Frau Componga.

Sie schien ihre Anwesenheit nicht zu bemerken und würdigte sie keines Blickes. Schließlich nahm Tammo neben ihnen Platz. »Ich danke für Ihre Anteilnahme«, sagte er.

Seine hübsche Franziska kümmerte sich um die Mutter und reichte ihr Tempotücher, wie Tjarden bemerkte.

»Sie haben viel durchmachen müssen«, sagte Wübbena mitfühlend. »Der überraschende Tod Ihres Vaters, die Sorgen um Ihre Mutter und nun das tragische Ableben Ihrer Schwester.«

»Es ist einfach zuviel«, antwortete Tammo leise. »Unser Vater trug an allem die Schuld.«

Wübbena nickte. »Soweit können wir folgen. Dennoch bleiben da einige Fragen. Helga hat sehr darunter gelitten. Der Reporter Häßling, der nicht nur schamlos, sondern auch sensationslüstern Ihre Schwester in seinem Magazin bloßgestellt hat und auch Ihr Privatleben in der Regenbogenpresse zu vermarkten versucht hatte, wurde ermordet. Ich weiß nicht, ob es zu seiner Beerdigung auch frischen Butterkuchen und Tee gab.«

»Das klang recht vorwurfsvoll«, sagte Tammo gereizt.

»Es gibt nur wenige, die ein Motiv hatten, den unbequemen Schreiberling zu beseitigen«, sagte Tjarden provozierend.

»Und ich gehöre zu diesen wenigen?« fragte Tammo und grinste geringschätzig.

»Vielleicht«, sagte Wübbena. »Doch nicht nur das. Es gibt da einen recht sonderbaren Zusammenhang zwischen dem Tod Ihres Vaters, dem Ableben Ihrer Schwester und dem Mord an dem Journalisten.«

Er sah, wie die Alte unter dem vorgehaltenen Tempotuch kurz zu ihnen herüberschaute. Das Bedienungsfräulein schritt mit gefüllter Kanne an die Tische, um frischen Tee nachzuschenken.

»Den gibt es nicht!« antwortete Tammo wütend mit gedämpfter Stimme. »Vater stürzte aus dem Fenster. Helga starb vor Kummer. Mit dem Verbrechen an Häßling habe ich nichts zu schaffen. Suchen Sie sich Ihren Mörder anderswo. Hier werden Sie ihn nicht finden! Entschuldigen Sie«, sagte er. Er hatte bemerkt, daß die Damen von Norderney sich erhoben hatten.

»Kommen Sie Ihren Pflichten nach, Herr Componga«, sagte Tjarden. »Sie bleiben sicherlich noch für einige Tage bei Ihrer Mutter auf Norderney?«

»Ja«, antwortete Tammo kurz angebunden.

»Auch wir müssen unseren Pflichten nachkommen«, sagte Wübbena und erhob sich. Er und Tjarden verließen das Clubzimmer des »Ankers«.

Nach einer wochenlangen Trockenperiode hatte Regen eingesetzt. Ein aufgebrister Wind warf dicke Tropfen gegen die Fensterscheiben.

Wübbena und Tjarden hatten bereits ihren Dienst begonnen und saßen an ihren Schreibtischen, als ein Kollege die Post brachte.

»Moin«, sagte er nur und verließ das Dienstzimmer.

Wübbena sah den Posteingang durch.

»Habe ich mir doch gedacht. Das ist ein Ding! Das Labor hat den Fußbodenbelag untersucht. Die Probe brachte Blutspuren ans Licht. Ich habe es geahnt, jemand hat den Maurer niedergeschlagen, bevor er auf den Container gestürzt ist.« Wübbena reichte Tjarden den Bericht.

»Der Staatsanwalt hatte es zu eilig«, antwortete Tjarden und las den Bericht.

»Wir kommen dem Mörder erst spät auf die Spur. Er hat es verstanden, uns abzulenken«, antwortete Wübbena nachdenklich.

In das Zimmer drang das Rauschen des Regens.

»Es war doch wohl nicht der Lehrer?« fragte Tjarden ironisch.

»Wer weiß ...«, sagte Wübbena geheimnisvoll.

Am Samstag schien die Sonne. Marienhafe feierte das Dorffest. Rund um den Störtebekerturm hatten die Kaufleute und Vereine ihre Stände aufgebaut. Es gab Bier vom Faß. Bratwürste schmorten auf den Rosten, Erbsensuppe dampfte aus der Gulaschkanone. Das Angebot umfaßte Gyros, Spanferkel, Mettbrötchen, Matjes, Bratfisch, selbstgebackenen Kuchen und frische Berliner.

Einheimische und Urlauber wälzten sich an den Ständen vorbei. Die ostfriesische Blaskapelle sorgte für Stimmung. Auf dem Markt, in der Nähe der Statue des legendären Seeräubers, drehte sich das Karussell unter den Klängen der Orgel.

Mareike saß im Feuerwehrauto und bediente die Feuerglocke. Die Wübbenas spendierten Mareike ein Eis, kauften ihr ein Lebkuchenherz und gingen nach Hause. Wübbena hatte, als Mareike schlief, mit seiner Frau noch einmal das Dorffest aufgesucht. Sie trafen Freunde, plauderten, tranken Bier und waren aus Sorge, Mareike könne aufwachen, gegen halb zehn nach Hause gegangen. Frau Wübbena ging danach sofort zu Bett, während Wübbena in der Küche einige Flaschen Bier in den Korb packte und es sich im Wohnzimmer gemütlich machte.

Er schaltete den Fernseher ein und sah sich die Spätnachrichten an. In Jugoslawien tobte der unverständliche Bürgerkrieg. In Bonn stritten die Politiker um das Asylrecht. Die Wetternachrichten meldeten für Norddeutschland ein weiteres Hoch an.

Wübbena schaltete das Gerät ab. Die im Block untergebrachten Asylanten hatten am Dorffest teilgenommen. In Marienhafe gab es keinen Fremdenhaß. Die jungen Albaner und Rumänen hatten sich, wie auch die kurdischen Familien, zurückhaltend unter die Besucher gemischt.

Wübbena trank Bier und rauchte Pfeife. Er ließ seinen Gedanken freien Lauf. Er dachte an die Familie Componga, an deren Schicksal er beruflich Anteil nahm. Da war so vieles schiefgelaufen. Die Blutspuren verrieten, daß dem Maurer vor dem Sturz Verletzungen zugefügt worden waren. Damit hatten sie nicht rechnen können.

Wübbena paffte die Pfeife. Und hatte der Mörder nicht nur Behrend Componga aus dem Fenster geworfen, sondern auch noch zusätzlich den Journalisten Häßling in Norddeich erledigt?

Und immer wieder diese idiotische Schnipselarbeit! Sie hatten Nina in Osnabrück in der Therapieklinik aufgesucht und nacheinander verhört. Ihr ging es schlecht, denn der Tod Helgas hatte ihr sehr zugesetzt. Nina hatte geheult und geschworen, daß sie die Einladung nicht angefertigt hatte.

Wübbena kam ein Gedanke. Er schritt an den Bücherschrank, durchsuchte die dort abgelegten Zeitschriften und legte die Ausgaben der Ostfriesen-Post, in denen Häßling über die Drogensüchtigen und die Familie Componga berichtet hatte, vor sich auf seinen Schreibtisch. Während er Bier trank, blätterte er in den Zeitschriften. Er hatte das Gefühl, dicht vor dem Ziel zu stehen.

Staatsanwalt Mertens betrat gegen neun Uhr dreißig sein Dienstzimmer.

Er hatte an der obligatorischen Montags-Frühbesprechung teilgenommen.

»Herr Mertens, Herr Kommissar Wübbena aus Norden hat angerufen. Er bittet um Ihren Besuch«, sagte die Sekretärin und reichte ihm die Aktennotiz.

»Einzelheiten?« fragte er.

»Nein«, antwortete sie.

»Irgendwelche Termine?«, fragte er kurz angebunden.

»Keine, Herr Mertens«, sagte die Sekretärin.

»Dann fahre ich nach Norden«, sagte Mertens.

In dem Besuch sah er mehr eine Routineangelegenheit, denn es gab kein Weiterkommen im Mordfall Häßling. Um so erstaunter empfand er die aufgebrachte Stimmung, die die Kripobeamten ausstrahlten.

Wübbena holte den Besucherstuhl an seinen Schreibtisch. Mertens nickte, als Tjarden die kleine Kochnische betra, den Wasserkocher füllte und ihn fragend ansah. Es war heiß im Wagen gewesen. Er hatte geschwitzt und verspürte einen leichten Kopfschmerz. Sie hatten in der Nachbarschaft bis nach Mitternacht gefeiert. So mit sich selbst und den Dienstgeschäften unzufrieden, horchte er auf, als Wübbena ihn anlächelte.

»Wir müssen noch einmal von vorn anfangen, Herr Staatsanwalt«, sagte er und reichte ihm die Akte Componga.

Mertens nahm den mittlerweile angewachsenen Ordner in die Hand. »Ich kenne die Seiten fast auswendig«, antwortete er gereizt.

»Es kommt auf die Auslegung an«, antwortete Wübbena unbeeindruckt.

»Und Sie sind immer noch der Meinung, daß ich die Akte zu früh habe schließen lassen?« fragte Mertens und klopfte nervös mit seinen Fingern auf den Aktendeckel.

Wübbena nickte. »Öffnen Sie die Akte. Das Labor hat den Bodenbelag der ehemaligen Wohnung der Compongas untersucht und Blutspuren nachgewiesen. Damit steht fest, daß dem Maurer vor dem Fenstersturz Verletzungen zugefügt worden sind. Und im Fall Häßling erübrigt es sich meines Erachtens, auf einen Zeugen zu warten, der die ausgesetzte Prämie von viertausend Mark kassiert und uns den Namen des Mörders auf dem Präsentierteller serviert, denn es gab keine Zeugen. Die Rauschgiftsüchtigen Max und Onno hatten ein Motiv, ebenso der Finanzbeamte.«

Tjarden schenkte Tee ein. »Wir müssen noch einmal mit Tammo Componga reden.«

»Tun Sie das. Schalten Sie die Stuttgarter Kollegen ein«, sagte Mertens und trank Tee.

»Das haben wir bereits«, warf Wübbena ein.

Mertens verbarg seinen Unmut. Seit Wochen ging das nun schon so hin und her. Er blätterte in den Akten.

»Tammo befindet sich mit seiner Mutter auf Norderney. Er ist wegen der Beerdigung seiner Schwester vom Verein freigestellt«, sagte Wübbena.

»Sie bleiben bei Ihrem Verdacht und halten Max und Onno für die Täter?« fragte Wübbena.

»Ja«, antwortete Mertens entschlossen und fuhr fort:

»Auch dem aufgebrachten Finanzbeamten traue ich die Tat zu. Seine Geschichte klingt recht unglaubwürdig. Was hat es auf sich mit dem Taxi, das er gesehen zu haben vorgibt?«

»Wir haben alle in Frage kommenden Taxifahrer befragt«, sagte Tjarden. »Entweder ein Bluff, oder der Mörder hat ein Taxi benutzt und es verstanden, den Fahrer zu bestechen.«

Der Staatsanwalt war sauer. »Seien Sie nicht böse, aber wie soll ich bei diesem Wischi-Waschi Entscheidungen treffen?«

»Wir haben weder Beweise für die Schuld der Fixer noch für ihre Unschuld«, sagte Tjarden. »Ich gebe zu bedenken, daß der Mörder gerissen zu Werke ging. Dabei war Häßling vertraut im Umgang mit Fixern.«

»Und Tammo Componga? Wie soll er zu Werke gegangen sein?« fragte der Staatsanwalt.

»Vielleicht half ihm seine hübsche Franziska, telefonierte mit dem Journalisten und lockte ihn zum Hafen«, sagte Tjarden.

»Und die Einladung? Die Schnipselarbeit?« fragte Mertens.

Wübbena zuckte nur mit den Schultern.

»Selbst wenn Tammo aus Stuttgart angereist sein sollte und Häßling im Streit ermordet hat, fehlen uns ebenfalls die Beweise«, sagte Mertens. »Ich teile Ihren Optimismus nicht. Die Presse wird langsam ungeduldig.« Er erhob sich.

»Die Presse muß mit uns noch ein wenig Geduld haben«, antwortete Wübbena. Auch er erhob sich.

Durch das Fenster fiel das Licht der Sonne. Der Verkehrslärm drang in die Dienststube.

»Wir nehmen die Dreizehn-Uhr-Fähre nach Norderney, um mit Tammo Componga zu sprechen«, sagte Wübbena.

Mertens schaute auf die Uhr. »Dann bleibt Ihnen nicht mehr viel Zeit«, sagte er.

»Sie hören von uns, Herr Staatsanwalt. Für einen Haftbefehl ist es noch zu früh«, sagte Wübbena.

24

Auf dem Autodeck der »Frisia VI« standen PKWs und Lastwagen Stoßstange an Stoßstange. Die Fahrgäste belagerten das Sonnendeck. Auch der letzte Klappstuhl war besetzt. Die Sonne schien. Ein frischer Ostwind strich über das Schiff und spielte mit den Fahnen, die am Mast flatterten. Im Restaurationsdeck hielten sich nur wenige Passagiere auf. Der dunkelhäutige Kellner trug gelassen Getränke und kleine Mahlzeiten an die Tische.

Wübbena und Tjarden hatten Kaffee bestellt. Das Schiff fuhr langsam. Es war Ebbe. Das ablaufende Wasser hatte die Sandbänke freigelegt. Auch sie schauten suchend durch das Fenster, als die Stimme des Kapitäns durch die Lautsprecher hallte, der die Fahrgäste auf die Seehunde aufmerksam machte.

»In einer Stunde setzt die Flut ein. Ein Bad an der weißen Düne müßte zeitlich noch drin sein«, sagte Tjarden und genoß den Kaffee.

»Ich bin mir da nicht so sicher«, sagte Wübbena und fühlte das aufkeimende Lampenfieber. Er suchte gedanklich nach einer Strategie, das Gespräch mit Tammo und seiner Mutter zu führen.

»Wir werden uns Tammo vornehmen, daß ihm Hören und Sehen vergeht«, sagte Tjarden. »Wenn er der Mörder ist, werden wir ihn in Handschellen zum Untersuchungsrichter schleppen lassen.«

Wübbena schaute durch das Fenster auf die Spitze der Insel Juist. »Noch spielt der Mörder mit uns Katz und Maus. Dennoch wird er keine Chance haben, uns zu entkommen. Wir werden ihn gewaltig bluffen.«

»Und wir jagen ein Phantom, während der Staatsanwalt davon ausgeht, daß Onno und Max die Mörder waren. Und dieses Phantom entpuppt sich dann als der Lehrer der Realschule.«

Wübbena schaute Tjarden an. »Ist das dein Ernst? Den habe ich längst von der Liste der Verdächtigten gestrichen.«

»Ich auch«, antwortete Tjarden.

»Und als Fußballfan glaubst du an die Unschuld des Stürmerstars vom VfB Stuttgart?« fragte Wübbena und grinste.

»Ja und nein«, meinte Tjarden. »Das kann ich so nicht sagen. Ich hege Zweifel. Dieser Steuerdirektor ist mir wesentlich unsympathischer. Ich nehme an, daß es das Taxi nicht gegeben hat.«

Wübbena schwieg. Er dachte an den Besuch bei der Familie Hayenna. Der Finanzbeamte hatte sich erst nach langem Nachdenken an das Taxi erinnert. Doch da war noch der Penner, den er erwähnt hatte, was Wübbena Anlaß zum Nachdenken gegeben hatte.

Das Schiff änderte den Kurs und steuerte die Insel an. Wübbena genoß den Blick auf die noch entfernt liegende Insel mit der Promenade, den teuren Hotels und Hochhäusern. Die vielen Menschen wirkten winzig. Der Himmel war blau. Das Schiff änderte noch einmal den Kurs und fuhr am Weststrand entlang. Bunte Strandkörbe standen im hellen Sand und lenkten ihn für Minuten ab. Er und Tjarden fuhren nicht als Urlauber zur Insel.

Die »Frisia VI« legte an. Busse und Taxis warteten auf die Passagiere. Wübbena und Tjarden ließen sich Zeit. Sie gingen zu Fuß durch das Hafengelände. Urlauber radelten über den Deich des Wattenmeeres. Die Luft roch nach Salz und Tang. Der frische Ostwind brachte eine angenehme Kühle.

Sie unterhielten sich über Belangloses auf dem Weg zum Appartementhaus »Inselglück« auf der Jann-Berghaus-Straße.

Der Pförtner saß hinter dem Tresen der anspruchsvollen Rezeption und blickte ihnen neugierig entgegen. Er wirkte blaß unter dem Licht einer Neonlampe.

»Familie Componga, bitte«, sagte Wübbena.

»Ihr Kollege war bereits hier und kennt den Weg.«

Die Beamten stiegen die Treppe hoch und schritten über den Flur zum Appartement 217. Wübbena drückte den Klingelknopf.

Die Tür wurde geöffnet. Die hübsche Franziska betrat,

bekleidet mit einem Bademantel, den Flur. Sie hielt eine Sporttasche in der Hand.

»Treten Sie ein«, sagte sie freundlich und wies auf die geöffnete Tür. »Sie werden erwartet. Ich suche die Sauna auf, denn ich stehe wohl außerhalb ihrer Verdächtigungen.«

»Das sehen wir anders«, sagte Tjarden und betrachtete die hübsche Verlobte des Fußballers, die im Bademantel eine gute Figur machte.

Franziska sah Tjarden irritiert an. »Das müssen Sie mir näher erklären«, sagte sie und hob die Augenbrauen.

Der Junge hat Geschmack, dachte Wübbena. »Gedulden Sie sich bitte ein wenig«, sagte er.

Franziska nahm eine Trotzhaltung an. »Wenn Sie meinen«, sagte sie schnippisch.

Tammo kam ihnen im kleinen Korridor entgegen. »Moin«, sagte er.

»Die Herren verwehren mir die Sauna«, schimpfte Franziska.

»Ich weiß nicht, was Sie von meiner Verlobten wünschen«, sagte Tammo aufgebracht.

»Wir wollen mit Ihnen und Ihrer Mutter sprechen und möchten, daß sie an dem Gespräch teilnimmt«, antwortete Wübbena.

Tammo führte sie in das Wohnzimmer. »Nehmen Sie Platz«, sagte er und zeigte auf die gemütliche Sitzgruppe.

Frau Componga stand in der Küchenzeile am Herd. Sie trug ein Trachtenkostüm aus einem leichten Sommerstoff, das ihr gut stand. Sie schaute auf, als Franziska mit den Besuchern im Zimmer erschien. Sie hatte sich zurecht gemacht. Ihr Haar war blondiert. Sie trug es kurz. Ihre Lippen waren geschminkt.

Tammo sah leidend aus, trotz der frischen Inselbräune.

Die Beamten setzten sich in die Sessel. Tammo nahm mit Franziska ihnen gegenüber auf der Couch Platz. Franziska bedeckte züchtig mit den Schößen des Bademantels ihre Beine.

»Wer hätte das gedacht«, sagte Edda Componga gequält, während sie sich bemühte, ihre Tränen zurückzuhalten.

»Frau Componga, Ihre Tochter war nicht nur süchtig. Ihr fehlte zusätzlich auch der Lebenswille«, sagte Wübbena. Die Alte schwieg. In der luxuriösen Kleinwohnung lag eine Spannung, die fast unerträglich war. Frau Componga stierte vor sich hin. Sie hielt ein Päckchen Papiertücher in der Hand. Franziska saß bleich auf der Couch.

Wübbena spürte sein Sodbrennen, schluckte den Speichel, der sich im Munde angesammelt hatte, hinunter und gab sich einen Ruck.

»Frau Componga«, begann Wübbena, »wir wissen, daß ihr verunglückter Mann Sie und Ihre Tochter tyrannisiert hat. Sie leisteten Ihrer Tochter nicht den nötigen Beistand, und nahmen es hin, daß sie Ihnen immer mehr entglitt. Sie begann Rauschgift zu nehmen und endete danach kläglich. Eine traurige Fixerkarriere!«

Die Alte bäumte sich auf und verzog ihr Gesicht. »Ich bin nicht schuld am Tod meines Kindes«, zischte sie und begann zu heulen.

»Sie haben für Ihre Tochter nicht gekämpft. Sie haben sich hängenlassen und mit Alkohol betäubt«, sagte Tjarden.

»Helga ist tot. Quälen Sie meine Mutter nicht zusätzlich«, schimpfte Tammo.

»Herr Componga, wir sind hier, weil wir von Ihnen ein Geständnis erwarten. Sie haben Ihren Vater in der Wohnung erschlagen und danach aus dem Fenster geworfen, weil Sie Ihrer Mutter beistehen wollten«, sagte Wübbena und ließ dabei Tammos Mutter nicht aus den Augen.

»Das hat Tammo nicht!« schrie Franziska auf.

»Das ist nicht alles. Sie haben sich auch an diesem Journalisten gerächt! Sie haben ihn in Norddeich in das Meer geworfen, nachdem Sie ihm die Luft abgedrückt hatten«, sagte Tjarden.

»Das ist eine Unverschämtheit!« schrie Tammo empört.

»Helga und ihr Freund spritzten«, fuhr Wübbena ungerührt fort. »Der Journalist hatte aus seiner gesellschaftlichen Verantwortung heraus über die Drogenszene berichtet zur Abschreckung«, sagte Wübbena.

»Das ist Unsinn!« schrie die Alte, dabei rotzte sie in ein

Taschentuch und zerknüdelte es in der Hand. Sie blickte die Beamten haßerfüllt an. »Ihnen ist doch bekannt, daß dieser miese Tintenpisser Fotos meiner Tochter in seinem Magazin veröffentlicht hat!« Sie heulte drauflos.

»Er hat auch Sie vorgeführt, Herr Componga«, sagte Tjarden, »und beabsichtigte vermutlich, über Sie in der Regenbogenpresse zu berichten. Fräulein Franziska hat aus Illustrierten und aus dem Magazin, für das Häßling schrieb, Buchstaben ausgeschnitten und sie zu einer tödlichen Einladung zusammengeklebt.«

»Das ist nicht wahr!« sagte Franziska empört.

»Sie haben Häßling daraufhin im Hafen aufgelauert«, sagte Wübbena provozierend. »Sie sind stark und durchtrainiert und haben dem schwächlichen Reporter das Genick gebrochen.«

Tammo sah den Beamten für Sekunden irritiert an.

»Unsere Kollegen in Stuttgart informierten uns, daß Sie, aus welchen Gründen auch immer, Ihre Wohnung für einige Tage verlassen hatten«, sagte Tjarden.

»Tammo hatte sich beim Spiel gegen Bayern München verletzt. Tammo und ich haben in Norddeich übernachtet. Aber er hat mit dem Mord nichts zu tun!« schrie Franziska wütend.

»Ach, Sie befanden sich zur Tatzeit in Norddeich? Das läßt Rückschlüsse zu!« stellte Tjarden fest.

Das ging Tammo zu weit. Er erhob sich wütend und näherte sich Tjarden. »Was soll das, Mann? Hören Sie gut zu!« Er griff nach dem Revers von Tjardens Jacke.

Tjarden sprang auf und stieß Componga beiseite. »Beherrschen Sie sich!« schimpfte er.

Tammo ließ von Tjarden ab und schaute die Beamten böse an.

Wübbena beobachtete die Alte, die wie ein Häufchen Elend auf der Couch saß und in einem fort heulte.

»Versuchen wir es andersherum, Herr Componga«, sagte Wübbena. »Sie schlugen während einer Auseinandersetzung Ihren Vater mit einem eckigen Gegenstand nieder, schleppten ihn zum Fenster und warfen ihn auf den Schuttcontainer. Sie waren angereist und haben Klarschiff gemacht. Damit noch nicht genug. Frau Componga, Sie sind Alkoholikerin. Sie hatten es sich in den Kopf gesetzt, daß der Journalist Häßling die Schuld daran trug, daß Sie Helga verloren haben. Der Reporter hat Helga und Ihren Sohn in der Presse bloßgestellt. Helga war süchtig geworden. Zugegeben, Häßling hat sich nicht immer fair verhalten. Waren Sie es nicht, Frau Componga, die den Journalisten in den Hafen lockte? Sie fertigten die Einladung an!«

»Das ist alles Unsinn!« antwortete sie wütend.

»Sie sind gerissen zu Werke gegangen, Frau Componga. Sie hatten reagiert. Das Wetter kam Ihnen zu Hilfe. Sie haben den Journalisten angerufen und ihm einen Rauschgiftdeal angekündigt. Sie stiegen in Leer oder in Emden in den D-Zug Hannover-Norddeich, der um zweiundzwanzig Uhr Norddeich-Mole erreicht. Sie führten Reisegepäck mit sich und hatten sich mit Ihrer Kleidung dem Wetter angepaßt! Sie brachten den zu Tode erschrockenen, Ihnen körperlich unterlegenen kleinen Reporter um. Es gab keine Zeugen. Sie riefen den Emder Finanzbeamten Hayenna von Norddeich aus der Zelle an, die sich nur knapp sechshundert Meter vom Tatort entfernt befindet. Daraufhin warteten Sie in Norddeich, ebenfalls nicht viel weiter entfernt, auf der ausgedienten, überdachten Rampe des Güterbahnhofes auf das Ende des gewaltigen Sturmtiefs. Dort konnten Sie sich zu Recht sicher fühlen, denn der Bahnhof liegt gut hundertfünfzig Meter von der Straße entfernt auf dem Bahndamm in einer Sackgasse. Es kam kein Zug mehr an. Sie tranken Bier und Schnaps nach vollendeter Tat. Der Sohn des Steuerbeamten hatte Ihre Tochter an das Rauschgift gebracht! Auf Hayenna sollte der Verdacht fallen, falls doch jemand zufällig während des scheußlichen Wetters sich im Hafengelände aufgehalten haben sollte. Ein fast perfekter Mord!«

Tammo Componga starrte jetzt fassungslos seine Mutter an. »Mutter, du auf der Rampe des Güterbahnhofes?« fragte er unsicher.

Die Alte kicherte wie irr. »Das ist eine Finte!«

»Nein, Frau Componga, das ist keine Finte«, sagte Tjarden. »Herr Hayenna hat nach Ihrem Anruf in der Tat im Hafen nach seinem Sohn gesucht. Ihn hatte das Licht des Bahnhofes angelockt. Als er sein Wasser vor den Sträuchern am Bahndamm abschlug, hat er Sie gesehen und Sie für einen Penner gehalten.«

»Mutter, das mit Vater, das können sie dir nicht nachweisen, doch was ist ...?«

Wübbena lächelte zufrieden und stieß kalt nach. »Ihre Mutter ist, nachdem der Regen nachgelassen hatte, zu Fuß nach Norden gegangen und hat auf der Westerstraße ein Taxi genommen. Der Taxifahrer hat sie auf einem Foto aus der Ostfriesen-Post erkannt.«

»Mutter – Vater und nun ...«, stammelte Tammo überrascht.

Frau Componga fuhr hoch. »Tammo, du? Du hast die Fußmatte ...? Ich dachte, Roxana ...«, sagte sie verwirrt.

»Frau Componga, heraus mit der Sprache«, forderte der überraschte Tjarden sie auf.

Frau Componga strich mit ihren Händen über den teuren Trachtenrock. Sie schaute Tjarden haßerfüllt an. Das Blut war ihr in das Gesicht gestiegen. Ihr Atem ging schnell. »Das ist verrückt!« zischte sie.

Sie griff mit beiden Händen an ihren Hals und öffnete ihre Bluse ein wenig. »Ich bekomme keine Luft«, stöhnte sie.

»Frau Componga, wir warten auf Ihre Antwort!« sagte Wübbena.

»Die bekommen Sie ...«, sagte sie, eilte der Balkontür entgegen, riß sie auf, betrat den Balkon und stürzte sich über die Brüstung.

Tjarden und Tammo hasteten zur Wohnungstür. Franziska saß entsetzt auf der Couch und heulte drauflos.

Wübbena betrat den Balkon. Die Alte lag auf der Terrasse der Parterrewohnung. Aufgeschreckte Passanten kümmerten sich um sie. Wübbena ging zum Telefon, das im Korridor auf einem kleinen Ablageschränkchen stand. Er wählte die Notrufnummer und verließ die Wohnung.

Frau Componga war auf die Steinmauer der Terrassenumfriedung gefallen. Neugierige hatten sich eingefunden. Tammo kniete vor seiner Mutter. Er weinte. Wübbena hielt sich zurück. Ihm war übel. Er wartete, bis der Arzt kam, und beobachtete dann, wie er sich um das Opfer bemühte.

Tammo trat neben ihn. »Sie ist tot. Genickbruch!« sagte er und weinte.

»Herr Componga, ich muß mit Ihnen noch sprechen«, sagte Wübbena.

»Ich kümmere mich um Franziska«, sagte er.

Der Krankenwagen hielt mit Blaulicht vor dem Appartementhaus. Der Arzt bat die neugierigen Passanten, Platz zu machen.

Er näherte sich Wübbena. »Schwarting, vom Krankenhaus«, sagte er.

»Wübbena«, stellte sich der Kommissar vor.

»Da kam jede Hilfe zu spät«, sagte Dr. Schwarting.

»Herr Doktor, für uns bleiben da keine Fragen«, sagte Wübbena.

Der Arzt ging zu den Sanitätern, die wartend vor der Leiche standen. »Tragen Sie die Tote in die Wohnung«, ordnete er an.

Sie legten das Opfer auf die Bahre und hoben sie über die Mauer. Wübbena sah, wie Tammo vor ihnen herschritt. Auch Tjarden folgte ihnen in das Haus zur Wohnung.

Die Sanitäter legten die Tote im Schlafzimmer auf das Bett. Franziska saß auf der Couch. Sie sah entsetzt zu und weinte. Die Sanitäter verließen die Wohnung. Tammo ließ sich neben Franziska auf der Couch nieder.

Als Wübbena das Zimmer betrat, unterbrach Franziska für Sekunden das Weinen. Sie sah sehr bleich aus. Tammo bemühte sich um Haltung.

»Herr Componga, wir haben eine Menge Fragen. Angesichts des schrecklichen Ereignisses sind wir gerne bereit, diese später an Sie zu richten.«

»Nein, bleiben Sie. Auch ich will endlich Klarheit. Es ist einfach zu viel«, sagte Tammo. Er blickte auf die Tür, hinter der die tote Mutter lag.

Die Beamten nahmen in den Sesseln Platz. Die Balkontür stand noch offen.

»Vielleicht nahm sich Ihre Mutter das Leben, um Sie zu decken. Sie litt unter einem Schuldkomplex«, sagte Tjarden.

Franziska schaute böse auf. »Tammo hat seinen Vater nicht umgebracht, das meinen Sie doch«, sagte sie empört und wischte sich die Tränen aus den Augen.

»Herr Kommissar, lassen Sie mich dazu etwas sagen. Wir waren nach Norddeich gefahren. Franziska und ich hatten uns am Nachmittag Schlafzimmer für unsere Norderneyer Wohnung angeschaut. Es sollte im bayerischen Stil gefertigt werden. Schließlich kauften wir bei der Firma Egger in Norden. Am Abend saßen wir im Reichshof. So in der Vorfreude auf unsere Wohnung auf Norderney entschlossen wir uns, Mutter einen Besuch abzustatten. Es dämmerte bereits. Ein kräftiges Gewitter kündigte sich an. Der Wind war aufgebrist. Ich parkte den Wagen am Straßenrand. Es begann zu regnen. Wir rannten in das Haus. Mutter war nicht zu Hause. Ich besaß einen Wohnungsschlüssel und öffnete die Tür. Wir betraten die Wohnung. Franziska und ich haben auf Mutter gewartet. Wir hatten uns im Hotel ›Regina‹ in Norddeich einquartiert. Ich war ein wenig beunruhigt. So gegen dreiundzwanzig Uhr haben wir die Wohnung verlassen und sind zum Hotel gefahren. Am Morgen sind wir noch einmal zum Block gefahren und haben ein paar Süßigkeiten und hundert Mark hinterlassen und sind nach Stuttgart abgereist.«

»Und Ihre Mutter hat Ihnen dann irgendwann eine Story aufgetischt, die Sie uns jetzt erzählen wollen?« sagte Tjarden gelangweilt.

»Das war so«, sagte Franziska, »Mutter hat gesagt, Sie hätte in Emden einen Termin mit einem Journalisten gehabt, der über Helgas Schicksal einen Bericht für eine Illustrierte schreiben wollte und ihr viel Geld dafür angeboten habe. Mutter hat das Geld empört zurückgewiesen. Da es spät geworden sei, habe sie in Emden in einem Hotel übernachtet.«

»Herr Componga, es erübrigt sich, diesen Angaben nachzugehen. Ihre Mutter hat in Norddeich auf der Rampe auf das Ende des Unwetters gewartet«, sagte Wübbena.

Tammo entschuldigte sich und suchte die Toilette auf.

»Herr Kommissar, Tammo muß erst damit fertig werden«, sagte Franziska. »In wenigen Tagen geht es für ihn wieder um Punkte und Tore. Wir müssen uns um die Beisetzung seiner Mutter kümmern.«

Tammo kam zurück und setzte sich wieder auf die Couch.

»Es war Häßling, der das Schicksal Ihrer Schwester vermarkten wollte, um bei einer Illustrierten abzusahnen?« fragte Tjarden.

Tammo rang mit sich.

»Das ist die Wahrheit«, sagte Franziska. »Und nun ist Mutter tot.« Sie schluchzte.

»Herr Componga, Sie haben Ihrer Mutter geglaubt?« fragte Tjarden.

»Sie haßte den Reporter!« sagte Tammo.

»Ihr Vater war aus dem Fenster gefallen«, sagte Wübbena. »Die Albaner hatten die Polizei benachrichtigt. Als ich mit Wachtmeisterin de Boer die Wohnung betrat, stand Ihre Mutter unter einem Schock und hatte zusätzlich getrunken. Da wir von einem Unfall ausgingen, haben wir die Wohnung nicht weiterhin untersucht. Mir fiel nur eine Fußmatte auf, die vor dem Tisch auf dem Boden lag und bei späteren Besuchen fehlte. Wir ließen den Teppichboden im Labor untersuchen. Das Ergebnis brachte Blutspuren zutage. Alles weitere ist bis zur Genüge bekannt. Schildern Sie mir bitte, wie Ihr Vater ums Leben gekommen ist!«

Tammo sackte in sich zusammen. »Nicht Roxana, wie Mutter glaubte, hat die Fußmatte, die draußen vor der Tür lag, auf den blutverschmierten Teppich gelegt. Ich war zum Zeugen geworden, als Mutter dem verhaßten Vater die leere Geldkassette auf den Kopf schlug. Es ging mal wieder um das leidige Geld. Ich war wie von Sinnen. Hätte ich Mutter anzeigen sollen? Ich haßte meinen Vater. Mutter hat den Boden später irgendwie gereinigt oder von einer Nachbarin reinigen lassen.«

»Sie haben damit unsere Recherchen erschwert«, sagte Wübbena.

Tammo hob seine Schultern. »Sie war meine Mutter«, sagte er.

»Und sie hat auch das Schnipselwerk angefertigt«, sagte Tjarden.

»Sie las gerne Illustrierte«, sagte Franziska.

»Ich habe Vaters zerschlagene Brille eingesteckt. Mutters Fingerabdrücke befinden sich auf der Kassette. Ich habe sie in Stuttgart. Daß sie auch den Reporter umgebracht hat, konnte ich mir erst zusammenreimen, nachdem ich von Ihnen erfuhr, daß sie sich in Norddeich aufgehalten hat.«

»Haben Sie in der besagten Nacht, so gegen dreiundzwanzig Uhr dreißig, mit Ihrem Wagen in Norddeich den Hafen aufgesucht?« fragte Wübbena.

Tammo schaute Franziska fragend an.

»Ja, Herr Kommissar, bevor wir unser Hotel aufgesucht haben, sind wir noch einmal durch den Hafen gefahren und haben einen Blick auf die Lichter von Norderney geworfen«, antwortete Franziska.

»Und welche Farbe hat Ihr Wagen?« fragte Tjarden.

»Beige«, erwiderte Tammo.

»Der Zeuge, der Ihre Mutter für einen Penner gehalten hat, als er sie auf der Rampe des Güterbahnhofes entdeckt hatte, hat behauptet, im Licht des Fährhauses ein Taxi gesehen zu haben. Er hat Ihren Mercedes verwechselt«, sagte Wübbena.

Franziska und Tammo waren geschafft, das sah man.

»Wir müssen Ihre Angaben überprüfen und protokollieren«, sagte Wübbena. »Suchen Sie morgen Herrn Meyers hier in der Dienststelle Norderney auf. Wir werden die Brillenreste und die Geldkassette durch unsere Stuttgarter Kollegen bei Ihnen zwecks Spurenüberprüfung abholen lassen.«

Die Beamten verabschiedeten sich und verließen die Wohnung.

NACHTRAG

Onno Hayenna büßt zur Zeit in der Vollzugsanstalt Lingen/Ems seine Strafe ab und bereitet sich dort auf die Abschlußprüfung zum KfZ-Mechaniker vor.

Er folgt konsequent den Anordnungen des Gefängnisarztes, nimmt die Ersatzdroge Methadon und genießt ohne Hinterlist die Sympathie und das Vertrauen der Vollzugsbeamten.

Der Finanzbeamte Hajo Hayenna hatte mit der Verteidigung seines Sohnes einen erfahrenen Rechtsanwalt, der wie er Rotarier war, beauftragt.

Dem Oldenburger Juristen war es gelungen, den zur Gnade neigenden Richter davon zu überzeugen, das vom Staatsanwalt geforderte Strafmaß von sieben Jahren Freiheitsentzug wegen der Unzurechnungsfähigkeit seines Mandanten zur Tatzeit und des einsichtigen Verhaltens des Angeklagten auf vier Jahre zu beschränken.

Onnos Verhalten berechtigt seine Eltern zu der Hoffnung, daß er resozialisiert werden und dann mit einer Haftverkürzung rechnen kann. Eine erfreuliche Tatsache.

Auch Nina hat in der Entziehungsklinik in Osnabrück Fortschritte zu verzeichnen. Sie lebt streng nach den Vorschriften ihres Therapeuten und hat sich einer Selbsthilfegruppe angeschlossen. Ausgesöhnt mit ihren Eltern, hat sie sich erneut in Emden an der Fachoberschule für Sozialwesen zur Fortsetzung ihrer Schullaufbahn für das Schuljahr 1992/93 angemeldet.

Auch Max hatte unerwartet Beistand gefunden. Ihm war sein Bruder zur Seite gesprungen, der in Paderborn lebt und nach dem Tode der Eltern die alteingesessene Metzgerei übernommen hatte. Ihn hatten die Recherchen der Kripo aufgeschreckt. Er hatte für Max einen Strafverteidiger aus Bielefeld engagiert. Der anerkannte Jurist hatte dem Gericht über einige Krisen im Leben des Max Köstlers berichtet, die entscheidend den Werdegang seines Mandanten bestimmt hatten. Max war ins Abseits geraten.

Die streng an dem katholischen Glauben orientierten Eltern hatten sich von Max losgesagt, als er aus der Kirche ausgetreten war.

Sein Bruder hatte Max nach dem Tod der Eltern das ihm zustehende Erbe ausgezahlt und danach den Kontakt mit Max aufgegeben, als Max damit begonnen hatte, sich in der linken, radikalen Studentenszene der achtziger Jahre zu engagieren.

Max hatte Reue gezeigt, als er auf der Anklagebank gesessen hatte. Der Staatsanwalt hatte ihm grobe Verstöße gegen das Betäubungsmittelgesetz zur Last gelegt und ihm unterstellt, beim nachgewiesenen Handel mit Rauschgift aus egoistischen Motiven, in der Absicht, sich zu bereichern, gehandelt zu haben.

Der Staatsanwalt forderte fünf Jahre Freiheitsentzug.

Dem Verteidiger gelang es, den Vorwurf der Bereicherung abzumildern, da Max sein Einkommen mit dem Handel von Schaffleisch bestritten hatte.

Er gab zu bedenken, daß Max den Lebensunterhalt der Clique mitgetragen und nur für den Eigenverbrauch das Dealer-Geschäft betrieben habe.

Der Richter ließ Milde walten.

Max erhielt drei Jahre Freiheitsentzug, die er in der Haftanstalt Oldenburg abzubüßen hatte.

Anfang Dezember 1993, kurz vor dem zweiten Advent hatten der Gefängnisarzt, der Psychologe, der Pfarrer, der Vertreter der Vollzugsbeamten und die Gefängnisleitung während einer Besprechung Max, in Unkenntnis seiner vielen Beziehungen zu den harten Typen der Gefängnisinsassen, zum Freigänger erklärt.

Max durfte tagsüber während der Freistunden das Gefängnis verlassen und die Stadt aufsuchen.

Am Freitag, dem 17.12.1993, kehrte Max nach einem Stadtbesuch nicht zurück.

Die anschließende Fahndung blieb ohne Erfolg.

Am Montag, dem 03.01.94, fegte ein aufgebrister Wind mit Stärke sechs wirbelnde Schneeflocken gegen das Fenster des Reviers Norden. Die Beamten saßen an den Schreibtischen und arbeiteten Akten auf. Als das Telefon läutete, hob Wübbena den Hörer ab.

»Wübbena«, meldete er sich und blickte auf die Uhr. Es war sechzehn Uhr vierzig.

»In Halbemond, Slootpad, in der Kate liegt ein Toter!«

Wübbena vernahm den hastigen Atem des Anrufers. Der Mann hatte Hochdeutsch gesprochen.

»Ich habe verstanden. Ihren Namen bitte?« fragte er.

Er hörte das Knacken in der Leitung, der Anrufer hatte aufgelegt.

Tjarden blickte neugierig auf.

»Ein anonymer Informant, Wilko. Eine Leiche in Halbemond, Slootpad. Pack deine Tasche und besorge einen Wagen. Ich verständige einen Arzt und den Fotografen.« Wübbena langte nach dem Telefonhörer.

Danach verließ er das Dienstzimmer und stieg vor dem Revier zu Tjarden in den Wagen.

Sie fuhren los. Der Schnee klebte auf der Straße und behinderte den Verkehr. Am Lütetsburger Schloß waren auf glatter Straße zwei Fahrzeuge zusammengestoßen. Tjarden stieg aus, sprach mit dem Kollegen der Schutzpolizei, der sie an der Unfallstelle vorbeidirigierte.

Sie fuhren langsam. Der LKW der Straßenmeisterei war im Einsatz und streute Salz.

An der Ampel in Hage gab es einen weiteren Stau. Doch dann hatten sie freie Fahrt, an der Kirche und den Supermärkten entlang nach Halbemond. Der Slootpad führte an einigen Bungalows vorbei. Wübbena steuerte den Wagen mit eingeschalteten Scheinwerfern über den landwirtschaftlichen Versorgungsweg, an verschneiten Weiden vorbei, der Kate entgegen. Das ehemalige Landarbeiterhäuschen mit verwitterten Klinkern und kleinen Fenstern sah heruntergekommen aus. Schnee lag auf dem Zuweg und auf dem verwilderten Garten, wie sie im Scheinwerferlicht bemerkten.

Sie parkten auf der Einfahrt und verließen den Wagen. Zwei verwitterte Steinstufen führten zur Eingangstür, die unverschlossen war.

Die Beamten betraten das Haus und tasteten die Wände ab. Tjarden fand den Lichtschalter. Ihnen strömte ein muffiger, feuchter Geruch entgegen. Das Licht fiel auf die Wände des Korridors, von dem der Kalkputz abgebröckelt war. Wübbena öffnete vorsichtig eine Tür. Er fand den Lichtschalter. Das Licht war schummrig. Vierzig Watt dachte er.

Sie betraten das Zimmer, das nicht nur verwohnt, sondern total ungepflegt wirkte. Der Fußboden war verdreckt. Plastikmüll lag herum. Sein Blick fiel auf einen Mann, der auf einer Matratze in einem halb geöffneten Schlafsack lag. Wübbena stieg Kotgeruch entgegen.

Tjarden richtete den Strahl der Stablampe auf das Gesicht des Mannes. Er blickte überrascht auf. »Das ist Max«, sagte er und lenkte den Strahl der Lampe an dem ausgestreckten Arm entlang.

Sie bemerkten die Spritze, die im Fleisch saß.

»Mein Gott, wie die Zeit vergeht! Den hatte ich bereits vergessen«, sagte Wübbena.

»Das tragische Ende eines Aussteigers!« sagte Tjarden.

»Warten wir auf den Arzt und den Fotografen. Ein Opfer mehr für die Statistik!« antwortete Wübbena angewidert.

ENDE